Knaur

Vom Autor sind bereits erschienen

Der Sohn des Muschelhändlers
Fluß der Träume
Unter dem Jacarandabaum

Über den Autor:

Ashley Carrington, Jahrgang 1951, studierte Jura sowie Theater-, Film- und Fernsehwissenschaft, bevor er sich dem Schreiben widmete. Der mehrfach preisgekrönte Autor lebt mit seiner Frau in Palm Coast, Florida.

Ashley Carrington

Insel im blauen Strom

Roman

Knaur

Besuchen Sie uns im Internet:
www.droemer-weltbild.de

Vollständige Taschenbuchausgabe 2001
Droemersche Verlagsanstalt Th. Knaur Nachf., München
Copyright © 1999 bei
Droemersche Verlagsanstalt Th. Knaur Nachf., München
Alle Rechte vorbehalten. Das Werk darf – auch teilweise –
nur mit Genehmigung des Verlages wiedergegeben werden.
Umschlaggestaltung: ZERO Werbeagentur, München
Umschlagabbildung: Statens Museum for Kunst, Kopenhagen;
© VG Bild-Kunst, Bonn 1998
Satz: Ventura Publisher im Verlag
Druck und Bindung: Nørhaven A/S
Printed in Denmark
ISBN 3-426-61927-X

2 4 5 3 1

Meiner Frau Helga
in Liebe und Dankbarkeit

»Da ist ein Land der Lebenden
und ein Land der Toten, und die
Brücke zwischen ihnen ist die Liebe –
das einzig Bleibende, der einzige Sinn.«

Die Brücke von San Luis Rey
Thornton Wilder

Prolog
*Prince Edward Island
1969*

Ist Ihnen nicht gut, Missis Forester?«
Emily Forester schreckte aus ihren beklemmenden Gedanken auf und schaute die Stewardeß verständnislos an. Die junge Frau, die im Mittelgang der halbleeren Propellermaschine auf der Höhe ihres Sitzes stehengeblieben war, beugte sich mit besorgter Miene zu ihr herab.
»Wieso fragen Sie?«
»Sie weinen, Ma'am.« Die Stewardeß warf kurz einen Blick auf den Brief in Emily Foresters Hand. Es war, als wollte sie auf diese stumme, diskrete Weise fragen, ob der Brief vielleicht die Ursache ihres Kummers sei. Er trug deutliche Brandspuren an den Rändern. Offensichtlich hatte man ihn im letzten Moment davor bewahrt, lichterloh in Flammen aufzugehen und vom Feuer verzehrt zu werden.
Emily wischte sich mit einer raschen Handbewegung die Tränen von den Wangen, ließ den Brief in ihren Schoß sinken und lächelte verlegen. »Ach, der Brief! ... Er ... er hat mich an einige romantische Erlebnisse in meiner Jugend erinnert«, sagte sie leichthin zu der jungen, attraktiven Frau, die vom Alter her durchaus ihre Tochter hätte sein können. »Und derlei Sentimentalitäten bringen mich immer schnell zum Weinen. Denken Sie sich nichts dabei.« Sie bemühte sich weiterhin zu lächeln, doch es kostete sie große Anstrengung.
Der Stewardeß, noch voller Enthusiasmus für ihren Beruf und aufrichtig um das Wohl ihrer Passagiere besorgt, war die Erleichterung deutlich anzusehen. »Dann ist es ja gut, Missis Forester. Darf ich Ihnen noch einen Martini bringen,

bevor wir die Bordbar schließen? Wir landen in einer Viertelstunde.«

Nur mühsam widerstand Emily der Versuchung, sich noch einen zweiten Drink zu gönnen. »Nein, danke. Einer ist so früh am Nachmittag mehr als genug.« Dabei hatte sie das Gefühl, eigentlich alle Drinks auf Erden nötig zu haben. Ihre Vernunft sagte ihr jedoch, daß nichts sie vor dem schützen konnte, was nun auf Prince Edward Island vor ihr lag. Alkohol schon gar nicht. Im Gegenteil: Sie würde all ihre Kraft und Klarheit brauchen, um mit der erschütternden Wahrheit ins reine zu kommen und vor den Dämonen der Vergangenheit nicht in die Knie zu gehen. Und um den Mut zu finden, Byron einen Besuch abzustatten.

Die Stewardeß machte im ersten Moment ein enttäuschtes Gesicht, weil sie nichts weiter für ihren liebsten Passagier tun konnte, lächelte jedoch sofort wieder. »Dies ist meine erste Flugwoche, und Sie an Bord zu haben, ist für mich ... ich meine natürlich für uns alle von der Quebec Air eine ganz besondere Ehre!« Sie errötete wie ein junges Mädchen unter dem Blick ihres ersten Schwarms. »Ich liebe Ihre Bücher. Sie ... sie sind einfach wunderbar. Besonders wenn man auch von der Insel kommt. Ich bin an der Golfküste, in North Rustico, aufgewachsen.«

»Danke«, sagte Emily freundlich und rechnete insgeheim damit, daß die Stewardeß sie im nächsten Augenblick um ein Autogramm bitten würde.

Die junge Frau war jedoch entweder zu gut ausgebildet oder zu schüchtern. Sie nickte ihr nur mit einem strahlenden Lächeln zu und ging weiter.

Emily unterdrückte einen schweren Seufzer, als sie wieder mit ihren Gedanken alleine war. Ganz langsam faltete sie den angekohlten Brief zusammen. Wie oft hatte sie ihn in den letzten Tagen schon zur Hand genommen und gelesen! Immer und immer wieder. Geradezu zwanghaft wie eine Drogensüchtige, die sich wegen ihrer Haltlosigkeit selbst haßt, aber dennoch nicht von ihrem zerstörerischen Gift loskommt.

Mittlerweile kannte sie die Zeilen fast auswendig. Dennoch griff sie immer wieder zu diesen angesengten Seiten – in der trügerischen Hoffnung, bei der erneuten Lektüre vielleicht einen Hinweis zu finden, den sie bislang übersehen hatte und der die erschütternde schreckliche Wahrheit ein wenig erträglicher machte. Doch einen derartigen gnädigen Hinweis gab es nicht, und so befiel sie jedesmal aufs neue das entsetzliche Gefühl, von einem überwältigenden Gewicht der Schuld und Ohnmacht schier erdrückt zu werden und keine Luft mehr zu bekommen.

»Warum nur, Leonora?« murmelte sie und wurde von einer Woge brennenden Zorns und Aufbegehrens erfaßt. »Warum hast du das getan? Und warum hast du mich von dir gestoßen und kein Vertrauen gehabt? Und warum habt ihr so lange geschwiegen? All die Jahre!«

Weil wir alle Gefangene unserer eigenen Schuld sind, beantwortete sich Emily die Frage mit einem Anflug von Bitterkeit selbst. Niemand entkommt seiner Vergangenheit. Die Vergangenheit prägt einen für immer – und dem Teufel begegnet man auf halbem Weg zu Gott. Wie recht Andrew damit doch hatte! Der Mensch ist nun mal das, was er liebt und tut, nicht was er denkt und sagt. Und der gefährlichste Feind des Glaubens und der Liebe ist der Zweifel: die bohrende Frage, ob nicht alles nur Betrug und Selbsttäuschung ist. O ja, an Betrug und Selbsttäuschung hatte es in ihrem Leben keinen Mangel gegeben. Soviel Schmerz und so viele Irrungen! Und wofür? Um jetzt voller Scham und Schuld erfahren zu müssen, daß nichts so gewesen ist, wie es einst den Anschein gehabt hatte? Daß sich hinter der Maske der Unschuld eine abscheuliche Fratze verbarg?

Warum habt ihr mir das angetan?

Die Propellermaschine der Quebec Air zog eine sanfte Linkskurve und verlor spürbar an Höhe. Emily hob unwillkürlich den

Kopf und blickte aus dem Fenster. Ihr Gesicht hellte sich auf. Eine Weile vergaß sie, was sie bedrückte, denn unter ihr rissen die Wolken auf und gaben den Blick auf Prince Edward Island frei: ein gut zweihundertzwanzig Kilometer langer, sichelförmig geschwungener Streifen fruchtbaren Landes, der an der schmalsten Stelle bei Summerside, am Isthmus zwischen der Malpeque Bay im Norden und der Bedeque Bay im Süden, kaum sechs Kilometer aufwies und der sich an der breitesten Stelle auf vierundsechzig Kilometer ausdehnte, womit er in etwa die Größe der Karibikinseln Trinidad oder Tobago erreichte.

Aus der Luft sah Prince Edward Island mit seinem dichten Flickenteppich aus Wäldern, Wiesen und Weiden beinahe wie ein riesiger grüner Schmetterling mit bunten Farbtupfern aus. Besonders die knallgelben Flecken der Rapsfelder stachen ins Auge. Die Strände und Dünen entlang der Küste leuchteten dagegen im milden Licht der Frühlingssonne in einem warmen sandgoldenen Ton. Wie feine Adern durchzogen die geteerten Straßen sowie die vielen schmalen Feld- und Waldwege mit der typisch lehmroten Erde der Insel den grüngefleckten Leib des Schmetterlings. Und er trieb, gleichsam ermattet und an den Flügeln zerzaust von seinem langen Flug durch stürmisches Wetter, auf den klaren eisigen Fluten des Sankt-Lorenz-Stromes dahin, der sich hier im Nordosten von Kanada zwischen Akadien und Neufundland zu einem mächtigen Golf öffnet, bevor er sich in den unermeßlichen Fluten des Nordatlantiks verliert.

Emilys Augen füllten sich mit Tränen, als ihr plötzlich mit überwältigender Klarheit bewußt wurde, was ihr diese Insel bedeutete, die sie vor mehr als drei Jahrzehnten noch am Tag ihrer Hochzeit verlassen hatte. Das dort unten war das Fleckchen Erde, wo Herz und Seele tiefere Wurzeln geschlagen hatten, als sie sich je hätte träumen lassen, wo sie größtes Glück, aber auch schmerzhafteste Verletzungen erfahren hatte. Ein Ort abgründigster Geheimnisse, die – wie ein verseuchter Brunnen, aus dem alle ahnungslos trinken – das Leben so vieler vergiftet und noch mehr Hoffnungen zerstört hatten.

Und doch fühlte sie sich nur hier wahrhaft zu Hause. Selbst wenn sie mittlerweile doppelt so viele Jahre in Lac-Saint-Germain und in Quebec wie auf der Insel verbracht hatte: Prince Edward Island und insbesondere die Gegend von Summerside und Charlottetown trugen das unverbrüchliche Siegel der Heimat und würden es immer tragen.

Ja, es war ihre Insel. Ihre Insel im blauen Strom, zu der sie nun endlich zurückkehrte – zutiefst verstört, beschämt und bedrängt von quälenden Schuldgefühlen und Ängsten, aber auch mit dem unbändigen Mut der Verzweiflung an der Hoffnung festhaltend, daß vielleicht doch noch nicht alles verloren war. Nicht verloren sein *durfte!* Sie mochte Angst vor der Dunkelheit des Abgrunds haben, der sich vor ihr aufgetan hatte. Und dennoch hielt sie in solch dunklen Stunden an der Hoffnung fest, die Andrew einst mit den Worten in ihr gesät hatte: »Die Nacht ist bei aller Dunkelheit doch auch voller Sterne.«

Wann hat das alles bloß begonnen, fragte sich Emily, als die Propellermaschine ihren Landeanflug auf den Flughafen von Charlottetown, der Hauptstadt der Insel, begann. Wann nur war das einst für ewig unverbrüchlich gehaltene Band der schwesterlichen Verbundenheit zerrissen? Wann war das Vertrauen und die Nähe ihrer großen Schwester Leonora geschwunden, die sie als kleines Mädchen so bedingungslos geliebt und angehimmelt hatte?

Emily brauchte nicht lange zu überlegen. Noch bevor die Maschine auf der Rollbahn des Wald-und-Wiesen-Flugplatzes aufsetzte, wußte sie die Antwort auf ihre Frage. Es hatte damit begonnen, daß sie im Winter 1926 im Alter von zehn Jahren an Scharlach erkrankte und mehrere Wochen lang von ihrer zwei Jahre älteren Schwester getrennt worden war, um diese nicht anzustecken. Danach begann sich die tiefe Kluft, die zu einem schrecklichen Abgrund werden sollte, zwischen ihnen zu öffnen. Und wenn auch das Verhängnis in Wirklichkeit schon viel früher seinen Anfang genommen hatte, so zeigte es in den letzten Wochen des bedrückend langen Winters von 1926 doch zum erstenmal unverhohlen seine häßliche Fratze.

Ja, meine Krankheit machte den Ausbruch einer ganz anderen Krankheit erst möglich, dachte Emily und schauderte, als die Erinnerung sie wie ein Sog ergriff und mehr als vierzig Jahre zurück in ihre Vergangenheit zog ...

Erstes Buch

*Prince Edward Island
1926–1935*

1

Erst zwei Stunden nach Einbruch der Dunkelheit traf Doktor Norman Thornton mit seinem Pferdeschlitten bei den Foresters ein. Schnee bedeckte sein Cape aus grober schwarzer Wolle und fand sich, mit einigen kleinen Eisklumpen, auch in seinem dichten zotteligen Vollbart, der die Farbe von Eisenspänen hatte.

»Dem Himmel sei Dank, daß Sie endlich da sind, Doktor!« rief Agnes Forester ihm zu, kaum daß er die Zügel festgebunden hatte und vom Sitz gestiegen war. »Unsere kleine Emily glüht schon seit Stunden vor Fieber!« Der Vorwurf in ihrer Stimme war nicht zu überhören.

Doktor Thornton zog seine abgewetzte Ledertasche unter einer alten Pferdedecke hervor. »Ich bin so schnell gekommen, wie ich konnte, Missis Forester. Oder hätte ich Heather Wilkins vielleicht verbluten und ihr Kind mit der Nabelschnur um den Hals ersticken lassen sollen?« antwortete er auf seine direkte, bärbeißige Art.

»Sie wissen schon, wie ich es gemeint habe«, sagte Agnes Forester verlegen und schloß hinter ihm die Tür.

»Halt den Doktor nicht mit unnötigem Geschwätz auf, Agnes!« wies Frederick Forester seine Frau ungehalten zurecht. Und an seine älteste Tochter Leonora gewandt, die stumm und mit blassem Gesicht in der Tür zur Küche stand, sagte er mit bedeutend sanfterer Stimme: »Wenn deine Mutter schon jegliche Höflichkeit vergißt, so nimm wenigstens du dem Doktor das nasse Cape ab und bring ihm eine Tasse Tee!«

»Ja, Dad!« erwiderte Leonora eilfertig und nahm den schweren Umhang entgegen.

»Der Tee kann bis nachher warten!« Doktor Thornton stiefelte die Treppe ins erste Obergeschoß hinauf, ging den kleinen dunklen Flur hinunter, vorbei an den Zimmern der Eheleute, und stand einen Augenblick später an Emilys Bett. An der gegenüberliegenden Wand der kleinen Kammer, nur durch eine alte Wäschekommode mit vier Schubfächern getrennt, befand sich das Bett ihrer älteren Schwester Leonora.

Mit rotfleckigem, schweißglänzendem Gesicht und fiebrigen Augen blickte das zehnjährige Mädchen zu Doktor Thornton auf, der zunächst den Docht der Petroleumlampe auf der Kommode höherschraubte, um mehr Licht zu haben, und sich dann über sie beugte. »Hast du starke Halsschmerzen, mein Kind?« fragte er.

Emily nickte.

Doktor Thornton befühlte ihre Stirn, entblößte kurz ihre Brust, um dort den Ausschlag zu begutachten, und forderte sie dann auf, den Mund zu öffnen und die Zunge herauszustrecken. »Natürlich, Himbeerzunge! Das Kind hat eindeutig Scharlach«, verkündete er mit ernster Miene. »Das Mädchen muß sofort isoliert werden. Die Krankheit ist höchst ansteckend und kann einen bösen Verlauf nehmen.«

»Wir könnten die Dachkammer für sie herrichten«, schlug Frederick Forester vor und rieb sich über den Ellbogen seines halbsteifen linken Armes, den er nur noch arg eingeschränkt gebrauchen konnte. Seit ihm im Ersten Weltkrieg auf einem französischen Schlachtfeld ein Granatsplitter diese schwere Verletzung zugefügt hatte, plagten ihn bei starker Kälte Schmerzen.

»Da ist es viel zu eisig!« widersprach seine Frau.

»Ach was, eisig ist es zur Zeit in jedem Zimmer außer in der Küche und im Laden! Hier ist es auch nicht anders«, entgegnete Frederick barsch. »Sie liegt ja im Bett und bekommt aufgeheizte Ziegelsteine unter die Decke geschoben. Da hat sie es warm.

Und da sie eh vor Fieber glüht, ist die Dachkammer so gut wie jedes andere Zimmer auch!«
Doktor Thornton enthielt sich jeglichen Kommentars. Die Insulaner pflegten ihren ganz besonderen Stolz. Kein Außenstehender wagte es, einem Mann in seine häuslichen Angelegenheiten auch nur im Ansatz hineinzureden. Selbst für ihn als Arzt galten ganz enge Grenzen, was er sagen und vorschlagen durfte. Und diese Ratschläge mußten in viele vorsichtige Formulierungen wie »möglicherweise«, »wer weiß, ob nicht vielleicht« oder »könnte eventuell mal gelegentlich eine Überlegung wert sein« verpackt werden, um auch ja jeglichen Eindruck von Besserwisserei zu vermeiden. Zudem mußte er Frederick Forester recht geben: In allen oberen Räumen herrschte bittere Kälte. Aber das war im Winter der Normalzustand. Nicht nur bei den Foresters, sondern in so gut wie allen Häusern auf Prince Edward Island. Sogar in seinem eigenen Heim fand er an manchem Morgen den Wasserkessel festgefroren auf der Herdplatte vor, wenn er die Nacht zuvor vergessen hatte, noch gut Holz nachzulegen – was viele Inselbewohner für eine Verschwendung von kostbarem Brennholz hielten.
Damit war die Angelegenheit entschieden. Agnes wickelte ihre kranke Tochter in warme Decken und wiegte sie in ihren Armen wie ein Baby, bis Frederick das Eisengestell von Emilys Bett auseinandergeschraubt, oben in der Dachkammer wieder zusammengebaut und auch die mit Stroh gefüllte Matratze die steile Treppe hinaufgeschafft hatte.
Bevor ihre Mutter mit ihr in der Dachkammer verschwand, erhaschte Emily noch einen kurzen Blick auf das angsterfüllte Gesicht ihrer Schwester, die am Fuß der Stiege stand und eine Hand erhoben hatte, als wollte sie ihr zum Abschied zuwinken. Sie sagte auch noch etwas, denn Emily sah, wie Leonora die Lippen bewegte. Doch nicht ein Wort drang durch das wilde Pochen und Rauschen, das ihre Ohren erfüllte. »Muß ich jetzt sterben, Mom?« flüsterte Emily, und jedes Wort ließ die

Schmerzen in ihrem Hals jäh aufflammen. »Komme ich jetzt vor Gottes Strafgericht?«

»Was redest du denn für ein dummes Zeug!« schalt ihre Mutter sie liebevoll. »Natürlich wirst du nicht sterben. Du bist zäh und wirst das im Handumdrehen hinter dich bringen. Und habe ich dir nicht schon mal gesagt, daß du dir diese … harschen Buß- und Fegefeuerpredigten von Reverend Sedgewick nicht so zu Herzen nehmen sollst? Du hast nichts auf dich geladen, wofür du gestraft werden müßtest. Und überhaupt ist Gott kein unbarmherziger Richter.«

Emily sah ihre Mutter mit erleichterter Verwunderung an und ignorierte ihre starken Halsschmerzen. Es geschah selten, daß ihre Mutter so wie jetzt aus sich herausging und dermaßen offen zu ihr sprach. »Dann … dann stimmt das also alles gar nicht, was Reverend Sedgewick über Gott predigt?«

Agnes Forester zögerte kurz. »So kann man das auch nicht sagen. Reverend Sedgewick ist gewiß ein ehrenwerter und gottesfürchtiger Mann, mein Kind. Aber es gibt nun mal Menschen, die reden immer nur von der Finsternis und vergessen darüber ganz, daß im Leben alles zwei Seiten hat – und diese andere Seite ist der lichte Tag mit dem Sonnenschein. Und Gott ist zuallererst das Licht und die barmherzige Liebe, mein Kind, nicht das Dunkel und das Strafgericht.«

Emily dachte kurz darüber nach. »Dann ist Mister Sedgewick also ein Prediger der Finsternis?«

Agnes Forester seufzte und vermied eine direkte Antwort. »Es ist traurig, daß manche Menschen sich beharrlich in die Dunkelheit verkriechen, anstatt ins warme Sonnenlicht zu treten. Leider zählt Mister Sedgewick zu ihnen.«

»Muß er einem dann nicht leid tun?« krächzte Emily.

Ihre Mutter stutzte über die Frage und nickte dann mit einem feinen Lächeln. »Ja, das muß er wohl. Aber das bleibt besser unter uns, versprichst du mir das?«

Emily nickte ernst und kreuzte dann Zeige- und Mittelfinger der

rechten Hand zum Schwur. Mit ihrer Mutter ein solch gewichtiges Geheimnis zu teilen, war etwas Wunderbares und Aufregendes und gab ihr das Gefühl, schon fast erwachsen zu sein. Sie hatte noch nie mit ihrer Mutter ein Geheimnis geteilt, und Leonora bestimmt auch nicht.
»Ich bin gleich wieder bei dir und mache dir einen Wadenwickel«, versprach Agnes Forester und erhob sich vom Bett.
Als sie die Stiege hinunterkam, drang von unten vor der Tür zur Küche die Stimme ihres Mannes zu ihr. »Was ist es denn geworden, der Zuwachs bei den Wilkins, Doc?«
»Wieder ein Junge, Frederick. Prächtiges Kerlchen. Fast neun Pfund schwer und kräftig wie ein kleiner Ochs!«
Agnes Forester hörte ihren Mann kurz und freudlos auflachen. »Der dritte Sohn, den Heather zur Welt gebracht hat. Ja, diese Frau weiß eben, worin ihre Aufgabe besteht und was sie ihrem Mann schuldig ist!«
Agnes wankte wie unter einem unverhofften Schlag ins Gesicht. Ihre Hand umklammerte das Treppengeländer, während sie sich so heftig auf die Lippen biß, daß ihr die Tränen kamen.
Doktor Thornton räusperte sich und sagte verlegen: »Nun ja, die Launen der Natur ...« Er brach ab. »Ah, da ist ja der versprochene Becher Tee. Ich danke dir, Leonora.«
Die Männer gingen in die warme Küche.
Agnes Forester verharrte noch eine ganze Weile im dunklen, kalten Flur. Sie weinte bittere Tränen, weil sie in so vielen Dingen versagt und schwere Schuld auf sich geladen hatte. Besonders als Ehefrau, die ihrem Mann nur zwei Mädchen geschenkt und bei fünf schweren Fehlgeburten drei Söhne verloren hatte. Alles andere hätte Frederick ihr verzeihen können, nicht aber, daß sie ihm keinen Stammhalter geboren hatte. Dafür gab es keine Entschuldigung. Nicht nur in seinen Augen. Das war eine Schande und Schuld, die sie bis zu ihrem Tode quälen würde. Und als ob das noch nicht genug der Seelenpein wäre, gab es in ihrem Leben noch andere schwerwiegende Sünden.

Manchmal glaubte sie, nicht mehr die Kraft und den Willen zum Weiterleben zu haben.
Aber allein dieser Gedanke war schon eine schreckliche Versündigung, der sie widerstehen mußte. Und bisher hatte sie auch noch immer genug Kraft und Demut gefunden, um ihr Kreuz weiterhin klaglos zu tragen. Hatte sie ihr bitteres Los denn nicht auch mehr als verdient? Ja, wohl schon, daran gab es für sie nicht den geringsten Zweifel. Zu groß war die Schuld, die sie auf sich geladen hatte.

2

Das Fieber, das tagelang das Leben aus Emilys schmächtigem Körper zu brennen versuchte, bescherte ihr eine Vielzahl von Träumen – gräßliche wie märchenhaft schöne. Oftmals verschwammen aber auch Wirklichkeit und Phantasie miteinander. Wann immer sie jedoch die Augen öffnete, sah sie ihre Mutter an ihrem Bett sitzen oder über sie gebeugt, wie sie ihr neue Wickel anlegte, ihr das Gesicht abwusch oder ihr heiße Fleischbrühe Löffel für Löffel einflößte.
Ihre Mutter begleitete sie häufig in jene Träume, die von beglückend märchenhafter Art waren. Einmal jedoch verwandelte sich die friedvolle Atmosphäre in einen häßlichen Alptraum, der von einem Ausbruch an Gewalt beherrscht wurde. Emily vergaß alle Träume, bis auf diesen einen, wenn sie von ihm auch nur eine vage Erinnerung bewahrte. Es blieben nur einige wenige Bilder in ihrem Gedächtnis haften: ihre Mutter, die eine wunderschöne Kette mit kleinen jadegrünen Perlen in der Hand hielt und einen wundersamen Zauberspruch sagte, ein Wirbel von tausend Schneeflocken, die seltsamerweise jedoch keine Kälte, sondern Wärme und Sonnenschein mit sich führten, und dann

das Bild einer groben Faust aus blauem Eis, die ihre Mutter zum Schreien brachte. Die Kette riß, und plötzlich floß Blut aus dem Mund ihrer Mutter, und in diesem Blut schwammen die einzelnen Perlen.
Über drei Wochen, bis in die zweite Märzwoche hinein, blieb Emily in der Dachkammer isoliert. Als sie die ersten zehn kritischen Tage überstanden hatte und das Fieber zu sinken begann, fragte sie nach ihrer Schwester und ihrem Vater: »Warum kommen Leonora und Dad nie zu mir?«
»Weil Doktor Thornton jeglichen Besuch verboten hat. Du könntest sie ja noch immer anstecken«, antwortete ihre Mutter.
»Und du allein kannst dich nicht anstecken?« wunderte sich Emily und wünschte, wenigstens Caroline, ihre beste Freundin, dürfte sie besuchen kommen. Aber wer sollte sie mit ihrem Rollstuhl bis unter das Dach tragen? Denn Caroline Clark war seit ihrer Kinderlähmung vor vier Jahren auf Rollstuhl und Krücken angewiesen.
Agnes lächelte sie zärtlich an. »Ich bin deine Mutter, Kind. Wer sollte dich denn sonst pflegen?« antwortete sie und richtete die Genesungswünsche der Nachbarn und Freunde aus – sowie die der wenigen Kunden, die den Stoffladen von Frederick Forester am östlichen Ortsrand von Summerside überhaupt noch zu betreten wagten, solange seine jüngste Tochter bekanntlich mit einer ansteckenden, gefährlichen Krankheit daniederlag.
Doktor Thornton machte regelmäßig Krankenbesuche. »Weil er weiß, daß er von mir ordentlich und umgehend bezahlt wird«, erklärte Frederick nicht ohne Stolz. »Die meisten seiner Patienten lassen ihn endlos auf seiner Rechnung sitzen. Und bei so mancher Niederkunft vergelten sie ihm seine Dienste, indem sie das Neugeborene raffinierterweise auf seinen Namen taufen lassen. Denn das ist Lohn, nämlich Gotteslohn, genug, so ist es nun mal der Brauch. Deshalb findet man in Summerside und Umgebung ja auch überdurchschnittlich viele Kinder, die Norman und Norma heißen. Glaub mir, daß der Doc diese Unsitte

unter seinen zahlungsscheuen Patienten mehr als alles andere verflucht.«

Als Emily sich wieder besser fühlte, aber von Doktor Thornton zur Sicherheit noch immer in Quarantäne gehalten wurde, verbrachte sie viele Stunden vor dem kleinen Giebelfenster. Eingewickelt in mehrere Decken, kauerte sie in einem alten Korbstuhl, hauchte gegen die mit Eisblumen bedeckte Scheibe, um mit ihrem warmen Atem ein Guckloch zu schaffen, und blickte hinaus in die verschneite Landschaft. Am unterschiedlichen Glockenklang der Schlitten versuchte sie zu erraten, wer da wohl gerade über die verschneiten Felder an ihrem Haus vorbeiglitt.

Ihr Blick reichte weit: Über den Obsthain der Duncans, die Farm von Silas und Hazel Robinson und die dahinterliegenden Felder, die sich wellenförmig wie die erstarrten Wogen einer einst bewegten See kilometerweit nach Norden und Osten erstreckten und von den Spuren der Pferdeschlitten durchzogen waren. Denn das schlichte Haus der Foresters mit dem schmalen Anbau hinter dem Laden, über dessen Tür ein Schild mit der Aufschrift Forester's Fine Fabrics hing, lag am äußersten nordöstlichen Ortsrand von Summerside.

Mit den feinen Stoffen war es jedoch nicht sehr weit her. Die wenigsten der knapp viertausend Einwohner der geschäftigen Hafenstadt begaben sich bis in die Russell Street, wo schon die ersten Farmen lagen, um bei Frederick Forester Stoffe einzukaufen, geschweige denn, um wirklich feines und teures Tuch zu erstehen. Dieses Geschäft machten zwei andere Kaufleute, die ihre eleganten und wohlsortierten Läden mit holzgetäfelten Verkaufsräumen und edlen Porzellanlampen über den goldbraunen Verkaufstischen im Herzen von Summerside hatten, nämlich unten im Süden, in der belebten Water Street am Hafen sowie an der Ecke Central und First Street. Wer bei Frederick Forester als Kunde in den Laden trat, gehörte zumeist zur Landbevölkerung und brauchte hauptsächlich derben

Drillich für die Arbeit auf den Farmen, strapazierfähigen Kord, robuste Wolle für den Winter sowie einfaches Leinen und billigen Kaliko für die heißen Sommermonate – und ließ nicht selten bis zur nächsten Ernte oder zum nächsten Schlachttag anschreiben.

Emily verbrachte auch viel Zeit damit, von ihrem Bett aus auf die unzähligen Nägel zu schauen, mit denen die Dachschindeln befestigt waren. Gut daumenlang ragten sie aus den unverkleideten Sparren heraus, und an besonders kalten Morgen hing an jedem Ende ein kleiner weißer Eiszapfen. Dann stellte sie sich vor, sie befände sich in einem unterirdischen Eislabyrinth, das aus unzähligen solcher Eiszapfen bestand und aus dem sie nur dann wieder herausfand, wenn sie sich den Weg ganz genau merkte, den ihr Blick durch diesen Irrgarten aus Eis nahm. Aber sosehr sie sich auch bemühte, dieses Gedankenspiel möglichst lange hinzuziehen, es beanspruchte doch nur einen Bruchteil der schrecklich vielen Stunden, die sie vom Morgen bis zur nächsten Nacht allein in der Dachkammer verbrachte, isoliert von ihrer vertrauten Welt mit ihren vielfältigen Beschäftigungen, Ablenkungen, Pflichten und Begegnungen.

Allein die Besuche ihrer Mutter und die des Arztes unterbrachen Emilys Einsamkeit, die mit jedem Tag quälender wurde. Keiner von beiden blieb jedoch lange genug, um ihre Sehnsucht nach Gesellschaft auch nur annähernd zu stillen. Doktor Thornton hielt sich nie länger als ein, zwei Minuten an ihrem Krankenbett auf, und ihre Mutter bekam spätestens nach einer halben Stunde Gewissensbisse, weil sie so lange ihre häuslichen Pflichten vernachlässigte. »Sei vernünftig, Kind! Ich kann hier nicht stundenlang bei dir sitzen und dem lieben Herrgott die Zeit stehlen. Die Arbeit im Haus tut sich nun mal nicht von selbst!« sagte sie mehr als einmal, wenn Emily bettelte, sie möge doch noch etwas bleiben. Sie machte ihr jedoch ein Geschenk, von dem sie hoffte, daß es ihrer Tochter helfen würde, die vielen einsamen Stunden besser zu ertragen.

Freudig erregt öffnete Emily das zerknitterte braune Packpapier. Ihr fielen zwei brandneue Bleistifte entgegen, und dann hielt sie ein Buch in der Hand, auf dessen Deckel ein Bild abgedruckt war, das zarte Rosenblätter auf einem Spitzentaschentuch zeigte. Als sie das Buch aufschlug, das gar keinen Titel trug, stellte sie fest, daß alle Seiten leer waren. »Was ist das, Mom?« fragte sie verwundert.

»Ein Tagebuch oder Poesiealbum, ganz wie du willst, mein Kind«, erklärte ihre Mutter mit strahlender Miene. »Du kannst tausend Dinge, die dir in den Sinn kommen, in dieses Buch malen oder schreiben. Da vergeht die Zeit wie im Flug. Später kannst du auch gepreßte Blumen oder gar eine Locke deiner besten Freundin einkleben. Glaube mir, es ist etwas Wunderbares, so ein Tagebuch und Poesiealbum zu haben. Ich weiß es aus eigener Erfahrung. Als junges Mädchen habe ich einst auch solch ein Buch besessen, und es war mein kostbarster Schatz.«

Emily hatte Mühe, sich ihre Enttäuschung über ein derart unpraktisches Geschenk nicht anmerken lassen. Was sollte sie mit so einem Buch? Weder verstand sie sich aufs Zeichnen, noch hatte sie vor, niederzuschreiben, was ihr durch den Sinn ging. Wozu auch? Sie wußte doch auch so, was sie beschäftigte. Und daß ihre Mutter einst Zeit damit verbracht haben sollte, in solch einem Büchlein irgend etwas aufzuschreiben, erschien ihr äußerst unglaubwürdig. Mit ihrer Mutter verband sie nur Bilder einer stets beschäftigten schwitzenden Frau, die beispielsweise in der dampfenden Waschküche über das Waschbrett gebeugt stand oder die jeden Abend in der Küche den Teig für das Brot des kommenden Tages knetete und dabei nie vergaß, aus dem Vaterunser die Zeile »Herr, gib uns unser tägliches Brot« zu zitieren, bevor sie das Blech mit dem Teiglaib in den Ofen schob. Das Bild ihrer Mutter jedoch, wie sie etwas ganz und gar Unnützes tat, nämlich etwas in ein Tagebuch zu kritzeln, erschien ihr geradezu lächerlich und überstieg ihre Vorstellungskraft bei weitem. Aber auch wenn sie nichts Rechtes mit diesem Buch voll

leerer Seiten anzufangen wußte, so blieb es doch ein Geschenk, und allein das war schon etwas Besonderes, gab es Geschenke doch sonst nur zu Weihnachten. Ihre Mutter hatte ihr eine Freude machen wollen, das rührte sie, wie unsinnig die Wahl des Geschenkes auch ausgefallen sein mochte. Zudem sah das Bild mit den Rosenblättern auf dem Vorderdeckel wirklich hübsch aus. Und warum sollte sie nicht auch etwas besitzen, wofür sie keine praktische Verwendung wußte?
Mit diesen Gedanken fiel es Emily nun nicht mehr ganz so schwer, ein überzeugendes Lächeln auf ihr Gesicht zu zaubern, als sie sich artig für das wunderbare Poesiealbum bedankte.
»Du wirst sehen, es wird dir viel Freude bereiten!« versicherte ihr die Mutter und hastete zurück zu ihrer Arbeit.
Wenn Caroline nicht gewesen wäre, hätte Emily die leeren Seiten des Poesiealbums vielleicht doch schon bald mit gelangweiltem Gekritzel verschmiert. Doch ihre Freundin bewahrte sie davor und machte ihr ahnungslos ein Geschenk, das Emily ihr ganzes Leben lang beglücken sollte.
Ob nun Fügung oder Zufall, auf jeden Fall brachte ihre Mutter ihr am nächsten Morgen ein schweres in Leinen gewickeltes Paket ans Bett. »Das hat Mister Rhodes gerade im Laden für dich abgegeben«, teilte sie ihr mit, eine Spur von Stolz in der Stimme. »Ich soll dir die besten Grüße von Caroline bestellen, und er wünscht dir schnelle Genesung, natürlich auch im Namen seiner Herrschaft.«
Emilys Gesicht leuchtete auf. Sie fragte sich gespannt, mit was Caroline sie da wohl bedacht hatte.
Ihre Mutter bewegte jedoch etwas anderes. »Du wirst nicht glauben, wer zufällig im Laden stand. Edwina Cobbs! Natürlich hat sie sich nicht ein Wort entgehen lassen. In ein paar Stunden wird es die ganze Nachbarschaft wissen, daß der Commodore seinen Fahrer zu uns geschickt hat.« Sie lachte kurz auf. »Na, deinem Vater wäre es natürlich zehnmal lieber, wenn anstelle des Fahrers die Frau des Commodore mal unseren Laden betre-

ten würde. Aber eine vornehme Dame wie sie läßt natürlich in Boston schneidern und würde sich nie im Leben ihre Stoffe in einem Geschäft wie dem unsrigen aussuchen.«
Das mit einer hübschen blauen Kordel verschnürte Leinenpaket enthielt drei in Leder gebundene Bücher und einen Briefbogen aus schwerem cremeweißen Büttenpapier, den Caroline wohl vom Sekretär ihrer Mutter stibitzt hatte, wie das Monogramm HC, das für Heather Clark stand, verriet. Caroline schrieb ihr mit schöner rundschwingender Handschrift:

Liebe Emily,
ich bin keine große Briefeschreiberin, aber von wochenlangem Im-Bett-Liegen verstehe ich eine ganze Menge, wie Du weißt. Von Büchern, die mich oft vor dem Verzweifeln bewahrt haben und noch heute zu meinen treuesten Freunden zählen (natürlich erst lange nach Dir!), hast Du ja bisher nichts wissen wollen, Du Sturkopf. Aber vielleicht versuchst Du es jetzt doch einmal. Zeit hast Du ja genug. Du kannst beruhigt sein: Bücherlesen führt nicht bei jedem gleich zur Sucht so wie bei mir, und Du riskierst auch keine Blutarmut, wenn Du mal ein Buch zur Hand nimmst und ein paar Stunden darin liest. Ich habe drei von meinen Lieblingsbüchern für Dich ausgesucht. Wehe, sie gefallen Dir nicht! Laß auf alle Fälle den Kopf nicht hängen. Du bist bestimmt im Handumdrehen wieder auf den Beinen – das hoffe ich jedenfalls, denn langsam wird es mir langweilig, ja, sogar mit meinen vielen Büchern. Du fehlst mir. Der gute Stanley Rhodes ist nicht halb so gut im Rollstuhlschieben wie Du. Er weigert sich sogar standhaft, mit mir Rennen durch die Gänge zu fahren, und ich kann ihn auch nicht dazu bringen, mit mir von der verschneiten Terrasse aus Schneebälle auf die Krähen und auf die anderen Dienstboten zu werfen. Und das will mal ein gehorsamer Kabinensteward der Royal Canadian Navy gewesen sein! Ich glaube, der alte Knabe (Stanley ist gestern zweiunddreißig geworden! Ich wette, bald beginnt er, so grau zu werden wie mein Daddy!) ist es nur gewohnt, Befehle von meinem Vater entgegenzunehmen, dem er nach seinem Abschied so treu gefolgt

ist. Du weißt, er nennt ihn auch heute noch zackig Commodore. Na ja, irgendwie tun das ja alle. Wie auch immer. Ich weiß nicht, was ich Dir sonst noch schreiben soll. Sieh also gefälligst zu, daß Du wieder auf die Beine kommst. Und dann erzählst Du mir, wie Dir die Bücher gefallen haben. Ich erwarte Lobeshymnen, also übe schon mal!

*Deine Freundin Caroline, die ganz
ungeduldig Deiner Genesung harrt!*

Von wegen keine große Briefeschreiberin! Das war mal wieder eine von Carolines typischen Untertreibungen, dachte Emily, voller Bewunderung für die elegante Handschrift und Ausdrucksweise ihrer Freundin. Sie hatte noch nie etwas so Wundervolles in ihrer Hand gehalten – die köstlich duftende Orange, die es in guten Jahren zu Weihnachten gab, vielleicht einmal ausgenommen.

Emily las den Brief mindestens ein dutzendmal, so sehr freute sie sich über die Zeilen ihrer Freundin, die trotz ihrer schrecklichen Krankheit eine ansteckende Lebensfreude besaß. Dann faltete sie ihn sorgfältig zusammen, um ihn in ihr Poesiealbum zu legen. Dieser Brief, der erste, den sie in ihrem Leben erhalten hatte, bedeutete eine große Kostbarkeit, die sie für immer bewahren wollte.

Bei den drei Büchern handelte es sich um die Romane *Robinson Crusoe*, *Die Schatzinsel* sowie die Märchensammlung *Tausendundeine Nacht*. Sie blätterte mäßig interessiert in ihnen herum, schaute sich die vereinzelten Stiche und Zeichnungen an und legte die Bücher schließlich zur Seite. Niemand in ihrer Familie las. Das einzige Buch in ihrem Haus war die Bibel. Aber die nahm auch nur ihre Mutter zur Hand.

Viele Stunden später jedoch, als sich der Nachmittag endlos lange hinzog und die Langeweile wieder einmal unerträglich wurde, griff sie aus schierer Verzweiflung, wie sie die Zeit bloß totschlagen sollte, dann doch zu einem der Bücher, die Caroline ihr geschickt hatte. Mit grimmiger Miene und felsenfest davon überzeugt, über die ersten zwei Seiten nicht hinauszukommen, schlug sie *Die Schatzinsel* auf und begann zu lesen.

Erst als ihre Mutter mit dem Abendessen kam, vermochte sie sich aus dem Bann zu lösen, der sie stundenlang alles andere hatte vergessen lassen. Hastig stopfte sie sich den Eintopf hinein. Sie konnte gar nicht schnell genug zu den Abenteuern des Schiffsjungen Jim Hawkins und des zwielichtigen Schiffskochs John Silver zurückkehren.

Emily verschlang die drei Bücher und begann sie sofort wieder von vorn zu lesen, derart fasziniert, ja berauscht war sie von diesem neuen phantastischen Universum zwischen zwei Buchdeckeln, das sich ihrem Geist auf einmal offenbarte. Ihr hatte sich die unendliche Welt der Literatur eröffnet, eine Welt, die sie von dem Tag an nie wieder verlassen und die sie stets zu den großen Wundern und Segnungen ihres Lebens zählen sollte.

3

Nach über drei Wochen Quarantäne in der Dachkammer sprach Doktor Thornton eines Abends endlich die erlösenden Worte: »Die Krankheit ist auskuriert. Nun ist nichts mehr zu befürchten. Die Isolation ist aufgehoben, Missis Forester.«

Emily sprang aus dem Bett und wäre dem bärbeißigen Landarzt vor Erleichterung beinahe um den Hals gefallen. Endlich konnte das Leben weitergehen! Sie rannte hinunter in die Küche. »Dad! Leonora! Ich bin gesund!« rief sie außer sich vor Freude, daß sie diese Tortur endlich überstanden hatte.

»Gott sei Dank, mein Kind!« antwortete ihr Vater und bedachte sie mit einem warmherzigen Lächeln. »Wir haben uns alle lang genug Sorgen um dich gemacht.«

Emily strahlte. Wie sehr sie doch ihren Vater und ihre Schwester, ja das ganze alltägliche Leben in diesen Wochen vermißt hatte. Es war wunderbar, wieder zurück zu sein. »Wirklich, Dad?«
Frederick ließ die Zeitung sinken, legte seinen gesunden Arm um Emilys Taille und zog sie auf seinen Schoß. »Und ob wir uns um dich gesorgt haben, nicht wahr, Leonora?«
Emilys Schwester, die gerade am Spülbecken stand und Kartoffeln geschält hatte, als Emily in die Küche gestürzt kam, wischte sich die nassen Hände an der Schürze ab. »Sicher haben wir das!« bestätigte sie, machte dabei aber ein nicht gerade freundliches Gesicht. Ihre Miene war verschlossen, ja fast abweisend.
»Dünn bist du geworden, mein Kind«, stellte Frederick fest.
»Ach was, sie war immer so mager!« meinte Leonora ungehalten. Dann sagte sie schroff zu Emily: »Nachdem du dich jetzt wochenlang da oben in deiner Kammer auf die faule Haut gelegt hast, wird es höchste Zeit, daß du wieder deinen Teil der Hausarbeit übernimmst! Du kannst gleich damit anfangen.«
Emily rutschte vom Schoß ihres Vaters und sah sie mit sprachloser Betroffenheit an. Ihre Schwester hatte zwar schon immer eine sehr bestimmende Art gehabt, aber daß Leonora sie nach diesen drei schweren Wochen, die hinter ihr lagen, so anfahren würde, damit hätte sie nicht gerechnet. Als ob sie sich die Krankheit selbst an den Hals gehext hätte, um sich vor ihren Pflichten zu drücken! Statt daß ihre Schwester sich freute, daß sie kuriert war, kam sie ihr mit unhaltbaren Vorwürfen!
Leonora machte eine ungeduldige Gebärde. »Also, komm schon und hilf mir bei den Kartoffeln!«
»Was redest du da? Ich habe mir das mit dem Scharlach doch nicht ausgesucht!« protestierte Emily gegen diese ungerechte Unterstellung und verstand selbst nicht, warum sie sich dennoch schuldbewußt fühlte. Sie wandte sich an ihren Vater. »Kann ich nicht erst meine Sachen wieder ins Zimmer hinunterbringen, Dad? Und baust du mein Bett wieder in unserem Zimmer auf?«

Ihr Vater räusperte sich und faltete geräuschvoll die Zeitung zusammen. »Das wird nicht nötig sein, Kind«, antwortete er.
»Und warum nicht?« fragte Emily verständnislos.
»Weil es kein gemeinsames Zimmer mehr gibt«, antwortete Leonora hinter ihr, und etwas wie Triumph tönte aus ihrer Stimme. »Das ist jetzt ganz allein mein Zimmer. Du wirst weiterhin in der Dachkammer schlafen.«
Emily glaubte, ihren Ohren nicht zu trauen, und blickte verstört von ihrem Vater zu ihrer Schwester und zurück. »Das ... das kann doch nicht sein!«
»Es ist wirklich besser so, Emily«, sagte Frederick und begann seine Pfeife zu stopfen. »Das Zimmer ist für euch beide allmählich wirklich zu klein. So hat jeder mehr Platz.«
Emily erblickte ihre Mutter in der Tür. »Mom, sag doch du etwas!« flehte sie. »Ich will nicht in die Dachkammer. Warum kann ich plötzlich nicht mehr mit Leonora in einem Zimmer schlafen?«
Ihre Mutter wich ihrem Blick aus. »Es ist beschlossene Sache, Kind. So hat wirklich jeder mehr Platz. Und die Dachkammer kann man auch sehr hübsch herrichten, du wirst sehen«, versuchte sie ihre jüngste Tochter zu trösten.
»Aber ich brauche doch gar nicht mehr Platz!« beteuerte Emily mit Tränen in den Augen.
»Vielleicht denkst du zur Abwechslung auch mal an mich!« sagte Leonora bissig. »Ich habe nämlich genug davon, dieses kleine Zimmer mit dir zu teilen und mir dein ständiges Gebrabbel im Schlaf anzuhören. Mir reicht es, daß du jede Nacht ...«
»Genug!« donnerte ihr Vater und schlug mit der flachen Hand auf den Tisch, daß es knallte. Alle zuckten zusammen. »Die Sache ist beschlossen, und damit hat es sich. Ich will nichts weiter hören – weder jetzt, noch später.«
Emily konnte nicht begreifen, wie Leonora ihr das antun konnte, auch wenn sie tatsächlich einen etwas unruhigen Schlaf hatte und bei jedem Unwetter zu ihrer Schwester ins Bett kroch. Sie hütete

sich jedoch, in Gegenwart ihrer Eltern darüber auch nur noch ein einziges Wort fallenzulassen. Ihr Vater war gewöhnlich ein recht umgänglicher Mann, doch wenn er erst einmal eine Sache für beschlossen erklärt hatte, dann war das wirklich das letzte Wort, so wie das Amen in der Kirche. Und dann tat man besser daran, sich nicht länger aufzulehnen oder seine Unzufriedenheit durch Maulen oder eine beleidigte Miene zur Schau zu stellen. Das konnte einem schmerzhaft zu stehen kommen.
Sie gab die Hoffnung jedoch nicht auf, Leonora doch noch umstimmen zu können. Immerhin waren sie doch Schwestern und gehörten demnach zusammen! Sie war sogar zu dem Versprechen bereit, tapfer zu sein und nicht mehr zu ihr ins Bett zu kommen, wenn es blitzte und donnerte. Und ihre nächste Weihnachtsorange, dieses wunderbarste aller Geschenke, dem alle schon monatelang entgegenfieberten, wollte sie ihr auch versprechen. Konnte es ein größeres Zeichen des Opfers und der Schwesterliebe geben? Nein, ganz unmöglich! Leonora würde überwältigt sein und bestimmt wieder ihr Zimmer mit ihr teilen wollen!
Ja, Emilys Zuversicht hätte nicht größer sein können – und um so tiefer traf sie dann die Zurückweisung ihrer Schwester.
»Was willst du? Scher dich aus meinem Zimmer!« herrschte Leonora sie an, als Emily sich in dieser Nacht zu ihr schlich. »Und laß es dir ja nicht noch einmal einfallen, nachts durchs Haus zu geistern und mich so zu erschrecken!«
»Aber es ist doch auch für dich nicht schön, so allein im Zimmer zu sein!« versuchte Emily sie zu überzeugen und meinte, mit Engelszungen zu reden. »Wir können uns vor dem Einschlafen nichts mehr erzählen, so wie früher immer – und wenn ich von nun an da oben unter dem Dach schlafe und du hier, können wir doch auch morgens und abends nicht mehr miteinander unsere Gebete sprechen!« Alles unwiderlegbare Einwände, die nur einen einzigen Schluß zuließen, wie Emily fand.
Nicht jedoch ihre Schwester. »Was macht das schon für einen

Unterschied? Dann betest du eben allein!« erwiderte Leonora gereizt. »So, und jetzt troll dich. Ich bin müde. Und wenn du noch einmal nachts so durch das Haus schleichst und mich störst, rufe ich Dad – und dann setzt es Hiebe, kapiert?«
Emily fühlte sich wie vor den Kopf gestoßen. »Wie ... wie ... kannst du nur so gemein sein?« stammelte sie mit erstickter Stimme.
»Ich bin nicht gemein, Schwesterchen«, antwortete Leonora von oben herab. »Ich bin nur, ganz im Gegensatz zu dir, du Heulsuse, kein kleines Kind mehr. Aber davon verstehst du natürlich nichts. Und jetzt verzieh dich gefälligst, ehe ich es mir noch anders überlege und Dad schon jetzt rufe!«
Blind vor Tränen, schlich sich Emily zurück in ihre Dachkammer. Etwas, was sie für gottgegeben und auf ewig für unverbrüchlich gehalten hatte, das Band schwesterlicher Verbundenheit, hatte seinen ersten tiefen Riß bekommen.

4

Gewöhnlich sind einige warme Tage im April auf Prince Edward Island noch längst kein Grund, den Einzug des Frühlings zu feiern und die Schneekufen von den Pferdewagen zu montieren. So manch ein Schneesturm, begleitet von eisigen Nordostwinden, hat häufig noch in den letzten Apriltagen die Hoffnung auf ein frühes Weichen des Winters jäh zunichte gemacht.
Auch in diesem Jahr setzte der Frühling erst Anfang Mai ein. Im Nu verwandelten schmelzender Schnee und milder Regen Straßen und Wege in Schlammpfade. Wer von den Besitzern der fast dreitausend Automobile, die Mitte der zwanziger Jahre schon auf der Insel registriert waren, sein Gefährt nicht unbedingt brauch-

te, ließ es in dieser Zeit aufgeweichter Straßen besser ungenutzt stehen. Denn allzu häufig blieben Autos im tiefen Morast stecken, und ihre Fahrer wurden zum Gespött der Leute, wenn ein Pferdegespann geholt werden mußte, um das Automobil aus dem Dreck zu ziehen.
Überall schmückte sich die Landschaft mit frischem Grün, das voller Ungeduld und mit unbändigem Lebensdrang der Sonne entgegensproß, durch Scholle und Rinde brach und sich von den schützenden Schichten unzähliger Knospenschalen befreite. Und am sonnigen Himmel tauchten die ersten Schwärme Zugvögel auf, die aus dem Süden zurückkehrten, um die Insel im blauen Sankt-Lorenz-Strom wieder zu bevölkern.
Niemand begrüßte den Frühling wohl mit mehr Dankbarkeit und Erleichterung als die Farmer. Der lange Winter hatte längst ihre Vorräte an Heu und Kraftfutter aufgezehrt, und in vielen Stallungen vermochte sich das abgemagerte Vieh kaum noch auf den Beinen zu halten. Jeder Farmer dankte dem Allmächtigen, wenn sein Vieh es im Frühling wieder hinaus aufs Gras schaffte. Es noch einmal »hinaus aufs Gras schaffen« war eine gebräuchliche Redewendung, die jedoch nicht nur die Farmer in Verbindung mit ihrem Vieh benutzten. Auch die Alten und Gebrechlichen führten diese Redensart im Mund, wenn sie in langen Wintermonaten ihrer Hoffnung – oder ihren Zweifeln – Ausdruck verliehen, ob sie es wohl noch einmal bis in den neuen Frühling, eben »auf das Gras schaffen« würden.
Auch Emily hatte das Ende des Winters kaum erwarten können. Ihre Freude, daß der Frühling sich endlich durchgesetzt hatte und die fruchtbare Insel nun in einen blühenden Garten verzauberte, wurde in diesem Jahr jedoch durch die wachsende Entfremdung von ihrer Schwester stark getrübt. Früher hatten sie gescherzt und in ihrem Übermut allerlei Unsinn angestellt, während sie ihre schweren Stiefel, die dicken schwarzen Wollstrümpfe und die lästigen, weil kneifenden Strumpfhalter zusammen mit Winterschal, Handschuhen und Wollmützen mit Oh-

renklappen in die große Truhe geräumt hatten, um sie erst wieder sechs, sieben Monate später hervorzuholen, wenn die letzten Eisfischer drüben von Robinson's Pond aufflogen und ihre lange Reise in den warmen Süden antraten. In diesem Jahr ordnete jedes der Mädchen seine Wintergarderobe erstmals allein, und es fielen auch keine Scherze.

Emily verstand nicht, daß Leonora immer weniger mit ihr zu tun haben wollte und sie mehr denn je barsch bevormundete, als wäre sie ein dummes kleines Baby. Ihre Schwester gab sich nicht mehr mit ihr ab, und auf dem Weg zur Schule schloß sie sich neuerdings der schon fast vierzehnjährigen Deborah Cobbs an, die genauso plump und schwatzsüchtig war wie ihre Mutter und die sie, Emily, auf den Tod nicht ausstehen konnte, was allerdings auf Gegenseitigkeit beruhte.

In dieser Zeit wurde Emily zum erstenmal in ihrem Leben schmerzhaft bewußt, daß sie keine Verwandten auf der Insel besaß, weder Großeltern noch Tanten und Onkel, und damit natürlich auch keine Cousinen und Vettern, mit denen sie hätte Freundschaft schließen können. Ihre Eltern waren erst kurz vor der Geburt ihrer Schwester nach Prince Edward Island gekommen. Und das einzige, was sie über die Vergangenheit ihrer Eltern wußte, war, daß ihr Vater in Halifax auf Nova Scotia in einem Waisenhaus aufgewachsen war und daß über die Familie ihrer Mutter, mit der sich ihre Eltern offenbar überworfen hatten, niemals gesprochen werden durfte. Nicht einmal Leonora wagte es, dieses Thema anzuschneiden. Es war einfach tabu. Doch das brachte natürlich nicht die Frage nach dem Warum in ihr zum Schweigen, sondern verdrängte sie nur in tiefere Regionen ihrer Gedanken.

Emily litt sehr unter der harschen Ablehnung, die sie in den Monaten nach ihrer Genesung von ihrer Schwester erfuhr. Und mehr als einmal versuchte sie, der Ursache auf den Grund zu kommen und sich mit Leonora auszusprechen. »Sag mir doch, wenn ich dir etwas getan habe! Was immer es ist, ich habe es bestimmt nicht böse gemeint, und ich verspreche dir auch, daß ich es wiedergutmache! Sag mir nur, was ich dir getan habe!« bat sie eindringlich.

»Gar nichts hast du getan, außer so nervig zu sein, wie du nun mal bist!« antwortete Leonora unwirsch. »Und ich weiß überhaupt nicht, was du hast. Warum liegst du mir dauernd mit diesem Gejammer in den Ohren, Emily? Ich habe einfach weder Lust noch Zeit, mit dir Kleinkinderspielchen zu spielen. Dafür bin ich zu erwachsen, begreif das endlich. Such dir Mädchen, die so alt sind wie du, und hör endlich auf, mir auf die Nerven zu gehen!«

Wenn es nur das gemeinsame Spielen, die gemeinsamen Gebete vor dem Aufstehen und Zubettgehen, das nächtliche Austauschen von geflüsterten Vertrautheiten im Bett vor dem Einschlafen und ähnliches gewesen wäre, was Leonora nicht länger mit ihr teilen mochte, hätte Emily es ja vielleicht noch verstanden, wenn auch nicht weniger schmerzlich bedauert. Ihre Schwester war nun einmal über zwei Jahre älter als sie, und der Altersunterschied war wirklich gewaltig, wenn sie es recht überlegte.

Aber es waren nicht allein diese langjährigen Gewohnheiten geschwisterlicher Verbundenheit, mit denen Leonora brach. Ihre Schwester legte ein ganz neues Verhalten an den Tag, das in den folgenden Monaten zunehmend von Überheblichkeit und Herrschsucht bestimmt wurde. Nichts konnte sie ihr mehr recht machen. Und alles, was sie sagte, tat sie als kindisches Geplapper ab. Ja, Leonora behandelte sie zunehmend wie ein kleines Kind. Sogar wie sie ihre Zöpfe zu flechten hatte, wollte sie ihr vorschreiben. Und was am schlimmsten war: Leonora stellte sie vor ihrem Dad bloß, wann immer sich ihr dazu eine Gelegenheit bot.

Emily beklagte sich bitterlich bei ihrer Mutter. »Immer muß ich nach ihrer Pfeife tanzen! Und nie läßt sie ein gutes Haar an mir!« beschwerte sie sich. Ihre Hoffnung, daß ihre Mutter dem gemeinen Benehmen ihrer Schwester endlich Einhalt gebieten würde, erfüllte sich jedoch nicht. Ja, ihre Mutter schien gar nichts tadelnswert daran zu finden.

»Leonora ist schon ein großes Mädchen und sieht daher viele Dinge anders als du. Sie meint es nur gut mit dir, auch wenn sie manchmal vielleicht etwas streng mit dir ist.«

»Streng? Sie ist gemein!« rief Emily erregt.

»Das will ich von dir nicht noch einmal hören!« wies ihre Mutter sie ärgerlich zurecht. »Leonora ist deine ältere Schwester, und du bist ihr Gehorsam schuldig, so wie es sich in einer guten Familie gehört!«

»Aber wenn sie mich doch immer ...«, setzte Emily zu einem empörten Widerspruch an.

»Genug! Ich will nichts mehr von diesem dummen Gerede und Gezänk hören, Emily!« schnitt ihre Mutter ihr streng das Wort ab und erhob die Hand zur Warnung, daß es jeden Moment eine Ohrfeige setzen könnte. »Du wirst tun, was Leonora dir sagt! Dafür sind ältere Schwestern da. Also rauft euch gefälligst zusammen! Ich dulde keinen Zank unter meinen Kindern – und schon gar kein Gepetze, haben wir uns verstanden, Emily Forester?«

Emily nickte stumm, mit hochrotem Gesicht und sich fest auf die Lippen beißend, um ja die Tränen des Zorns und der Enttäuschung zurückzuhalten.

»Wir alle müssen lernen, uns mit dem für uns vorbestimmten Platz zu begnügen und das Beste daraus zu machen«, fügte ihre Mutter noch hinzu. »Je früher du das kannst, desto besser wirst du im Leben zurechtkommen. Und nun geh!«

Emily würgte ihren Widerspruch hinunter. Sie mußte sich geschlagen geben. Denn bei ihrem Vater versuchte sie erst gar nicht, sich über Leonora zu beschweren. Sie wagte es nicht. Mit diesen häuslichen Angelegenheiten belästigte man ihn besser nicht. Derlei Dinge zählten zu den »Frauensachen« und damit zu den Dingen geringer Bedeutung, die von der Mutter und Hausfrau zu regeln waren.

Außerdem wäre es auch vergebens gewesen, hatte Leonora ihren Vater doch um den Finger gewickelt. Er hatte sie eindeutig zu seinem Liebling erkoren, dem er alles durchgehen ließ. Während Emily bei der Arbeit im Haushalt eine lange Liste von Pflichten zu erfüllen hatte, durfte Leonora vorn im Laden dem Vater zur Hand gehen, wenn er Hilfe benötigte. Nur ihr erklärte er die besonderen Eigenschaften und die Handhabung der Stoffe. Und auch nur sie durfte ihm abends sein Glas Milch mit Honig bringen, das er stets vor dem Schlafengehen zu sich nahm.

Und natürlich verband die beiden die Liebe zum Schachspiel. Ihr Vater nannte es »das Spiel der Könige – und zugleich König aller Spiele«. Er hatte sogar in einer Ecke seines Geschäftes ein Schachbrett stehen, um sich neue Züge auszudenken oder berühmte Partien nachzuspielen, wenn es nichts zu tun gab. Leonora hatte sich schon mit zehn von seiner Begeisterung anstecken und sich bereitwillig unterweisen lassen. Und nun verbrachte sie regelmäßig Stunden mit ihrem Vater vor dem Schachbrett. Dagegen hatte sie, Emily, nie Gefallen an dem Spiel mit den schwarzen und weißen Figuren gefunden. Ihr fehlte nicht nur die Geduld, sich mehrere Züge im voraus auszudenken und sich Strategien zurechtzulegen, sie vermochte auch nicht länger als eine halbe Stunde still vor dem Brett auszuharren. Ganz im Gegensatz zu ihrer Schwester, die mit ihrem Vater den halben Sonntag über eine Partie gebeugt verbringen konnte, ohne kribbelig zu werden und ins Freie stürmen zu wollen.

Aber auch wenn sie, Emily, Interesse am Schachspiel mit ihrem Vater gezeigt hätte, hätte es ihr nichts genutzt. Voller Eifersucht wachte Leonora nämlich darüber, daß sie ihr auch nicht eines der Privilegien, die sie für sich allein in Anspruch nahm, streitig machte. Der Vorfall bei der abendlichen Rasur ihres Vaters führte Emily dies zu Beginn des Sommers besonders deutlich vor Augen.

Ihr Vater, ein gutaussehender Mann von schlanker und hochgewachsener Gestalt, gab viel auf seine gepflegte äußere Erscheinung. Und da er unter besonders starkem Bartwuchs litt und sich mit Bart oder gar mit Bartstoppeln nicht leiden mochte, rasierte er sich zusätzlich zur Morgenrasur noch ein zweites Mal am frühen Abend. Irgendwann im März hatte er auf den Wunsch ihrer Schwester hin damit begonnen, ihr in der Küche beizubringen, wie man die Rasierseife im kleinen schwarzen Porzellantiegel mit der richtigen Menge Feuchtigkeit zum Schäumen brachte, den Schaum gleichmäßig auf der Haut auftrug und das Rasiermesser, nachdem die Klinge am Lederriemen die nötige Schärfe erhalten hatte, sachkundig über die Haut führte.

Die Prozedur des Rasierens hatte auf Emily von Kind an eine besondere Faszination ausgeübt. Sie wurde es nie müde, ihrem Vater dabei zuzusehen, wie das gefährlich scharfe Messer in seiner Hand eine tiefe Schneise nach der anderen durch den Schaum schnitt und dort glatte, herrlich aromatische Haut hinterließ, wo gerade noch dunkle Stoppeln gewuchert hatten. Und nun lehrte er Leonora diese atemberaubende Kunst, ein dermaßen gefährlich scharfes Messer mit sicherer Hand über seine Kehle zu führen! Eine Kunst, für die sie ihren Vater wie einen todesmutigen Helden bewundert hatte, solange sie denken konnte. Es erfüllte sie mit brennendem Neid und stiller Empörung, daß Leonora nun mit diesen fast geheiligten Gerätschaften umgehen durfte. Nichts erschien ihr ungerechter. Ihre Schwester kam ihr wie jene verbrecherische ägyptische Hohepriesterin vor, von der sie in einer der Märchen- und Sagensammlungen aus Carolines Bibliothek gelesen hatte und die sich in dieser Geschichte durch gemeine Intrigen ihr hohes Amt erschlichen hatte, um im Auftrag einer fremden Macht den gütigen Herrscher zu töten.

Eines frühen Abends, als Leonora draußen im Häuschen neben dem Hühnerstall auf dem Abort hockte und ihre Mutter auf

der anderen Seite des Hinterhofs auf dem Platz vor dem Gemüsegarten einen Korb Wäsche auf die Leine hängte, saß Emily am großen Küchentisch und schälte Kartoffeln. Vor dem Fliegengitter surrten die Insekten, Hühner gackerten im Hof, einer der Hunde von den Robinsons bellte jenseits des Obsthains, und goldenes Sonnenlicht, in dem Staubflocken tanzten, flutete in die Küche. Die friedvolle Stimmung dieses wunderschönen Sommerabends zauberte ein verträumtes Lächeln auf ihr Gesicht, während sie ihrem Vater dabei zusah, wie er alles für seine abendliche Rasur vorbereitete. Der Klappspiegel stand vor ihm, und das geschärfte Messer lag bereit. Leise vor sich hin summend, brachte er die Rasierseife im Tiegel zum Schäumen.
Als er den Kopf hob, fing er Emilys Blick auf. Er zögerte kurz und blinzelte ihr dann verschwörerisch zu. »Na, möchtest du es auch mal versuchen?« fragte er und hob den Rasierpinsel, der von einer kleinen Haube weißen Schaums gekrönt war. »Was meinst du, traust du es dir genauso zu wie deine große Schwester?«
Emilys Lächeln ging in ein Strahlen über, das nur die Kraft der Sonne zu übertreffen vermochte. »O ja, Dad!« rief sie in überschwenglicher Freude, daß ihr Vater, den sie als das Maß aller Dinge anhimmelte, endlich auch sie ernst nahm und sie durch einen besonderen Beweis seiner väterlichen Zuneigung auszeichnete.
»Dann komm her!«
Sie ließ das Schälmesser in die Schüssel mit den Kartoffeln fallen, sprang vom Stuhl auf, wischte sich die Hände an der verschlissenen Schürze ab, die sie sich über ihr sommerliches Hängerkleid gebunden hatte, und stand im nächsten Moment an der Seite ihres Vaters.
Er schob seinen Stuhl ein wenig vom Tisch zurück, damit sie sich auf seinen Schoß setzen konnte, und drückte ihr den Pinsel mit dem Rasierschaum in die Hand. Emily schlug vor Aufregung

und Freude das Herz im Hals. Auch ein juwelenbesetztes Zepter hätte sie in diesem Moment in keine größere Verzückung versetzen können.
»Ja, oben am linken Ohr anfangen und dann zügig in kleinen kreisenden Bewegungen um das Kinn herum und zum rechten Ohr hinauf«, hielt er sie an, während Emily ihm das Gesicht einseifte. »Warte, hier noch ein bißchen.«
»Oh, entschuldige, Dad!«
»Aber das ist doch nicht schlimm. Im Gegenteil, du machst das wirklich schon ganz gut«, lobte er sie.
»Wirklich, Dad?«
»Ja, du bist schon ein großes Mädchen.«
Emily strahlte ihn an. Sicher war sie noch nie in ihrem Leben glücklicher gewesen.
»So, und jetzt mußt du den Pinsel wieder in den Tiegel ...«
Ihr Vater kam nicht weiter, denn in dem Augenblick kam Leonora in die Küche gestürmt. Mit verkniffenem Gesicht riß sie Emily den Rasierpinsel aus der Hand, knallte ihn auf den Tisch, packte sie grob am Oberarm und zerrte sie vom Schoß ihres Vaters.
»Aua, du tust mir weh!« schrie Emily auf.
»Ja, hoffentlich!« fauchte Leonora sie an. »Kaum dreht man dir den Rücken zu, da vergißt du auch schon deine Pflichten! Du taugst wirklich zu nichts, Emily!«
Verstört blickte Emily in das wutverzerrte Gesicht ihrer Schwester, die sie noch nie zuvor so außer sich gesehen hatte. Oder war das schon Haß, was in Leonoras Miene zum Ausdruck kam?
»Aber ... ich ... ich habe doch alles gemacht. Die Kartoffeln sind geschält«, stammelte sie bestürzt und schaute hilfesuchend zu ihrem Vater. »Dad, sag du ihr doch, daß du mich ...«
Leonora ließ sie erst gar nicht ausreden. »Dad ist viel zu nachsichtig mit dir. Aber wenn du glaubst, du kannst ihm Honig um den Bart schmieren, dann hast du dich geirrt!« geiferte sie. »Und wenn du mit den Kartoffeln fertig bist, dann kümmere dich

gefälligst um die Hühner. Und sieh zu, daß du nicht wieder die Stalltür offenläßt!«

Emily rechnete fest damit, daß ihr Vater ihre Partei ergreifen und Leonora nun endlich einmal in ihre Schranken weisen würde. Ihre Erwartung wurde jedoch bitter enttäuscht, als er statt dessen bestürzend nachsichtig zu ihrer Schwester sagte: »Beruhige dich wieder und veranstalte nicht so einen Radau, Leonora. Und mach nicht so ein finsteres Gesicht. Damit kannst du ja sogar frische Molke in Sauerquark verwandeln!« Das klang so, als hätte er an ihrem Verhalten im Grunde genommen nichts auszusetzen. Und zu Emily gewandt fuhr er gleichmütig fort: »Tu, was sie sagt, und kümmere dich um die Hühner, Kind.«

Die Ungerechtigkeit schnürte Emily Herz und Kehle zu. Schnell lief sie aus der Küche. Sie wollte ihrer Schwester nicht den zusätzlichen Triumph gönnen, sie in Tränen ausbrechen zu sehen, um sie dann wieder einmal als Heulsuse verspotten zu können.

Leonora kam ihr wenige Augenblicke später nach, als ihre Mutter mit dem Wäschekorb ins Haus zurückkehrte, und verstellte ihr in der Ecke zwischen Abort und Hühnerstall den Weg. Von der Küche aus war dieser Winkel des Hinterhofes nicht einzusehen. »Tu das nie wieder, oder du wirst mich kennenlernen, wie du es dir nicht einmal in deinen schlimmsten Alpträumen vorstellen kannst!« zischte Leonora. Sie unterstrich ihre Drohung, indem sie Emily gegen die Bretterwand des Abortes preßte, sie am Kragen ihres Kleides packte und den Stoff in ihrer Faust einmal halb herumdrehte, so daß er Emilys Kehle zuzuschnüren drohte.

Emilys Augen weiteten sich vor Schreck. Sie bekam es regelrecht mit der Angst zu tun. »Laß mich los! ... Ich weiß gar nicht, was du willst!« stieß sie entsetzt hervor.

»Wenn einer Dad rasiert, dann bin ich das, hast du mich verstanden? Das habe ich mir verdient! Wenn ich dich noch einmal dabei erwische, daß du versuchst, dich bei ihm einzuschmei-

cheln, dann schlage ich dich grün und blau!« drohte Leonora ihr. »Und glaub bloß nicht, das ist nur Gerede! Ich schwöre dir bei allem, was mir heilig ist, daß ich es tun werde!«
Emily starrte sie zitternd an. »Ich hasse dich! ... Ich hasse dich!« schrie sie und spuckte ihr ins Gesicht.
Leonora zuckte zusammen. Doch anstatt nun den letzten Rest Beherrschung zu verlieren und sie zu schlagen, wie Emily es erwartete, ließ ihre Schwester sie los und trat einen Schritt zurück. Sie wischte sich mit dem Handrücken den Speichel von der Wange und lächelte plötzlich. Doch es war kein freundliches Lächeln, mit dem sie Emily bedachte. »Haß du mich nur. Das ist ganz in Ordnung, solange du nur nicht vergißt, auf welchen Platz du gehörst – und was dir blüht, wenn du dich nicht daran hältst!« Dann wandte sich Leonora abrupt um und jagte die Hühner mit Fußtritten in den Stall.
In dieser Nacht begann Emily Tagebuch zu führen. Denn in ihr tobten entsetzliche Gedanken und Empfindungen, die sie nicht einmal ihrer Freundin Caroline anzuvertrauen wagte.
Sie setzte sich an das breite Fensterbrett des Giebelfensters, durch das helles Mondlicht fiel, griff zum Bleistift und schrieb, ohne lange zu überlegen, als ersten Satz in ihr Tagebuch: *Ich hasse meine Schwester, und ich wünschte, Leonora wäre tot, tot, tot!*

5

Die Drohung ihrer Schwester hatte Emily wirklich Angst gemacht; sie nahm diese Drohung ernst. Fortan achtete sie darauf, Leonora möglichst aus dem Weg zu gehen und ihr keinen Anlaß zu bieten, wieder über sie herzufallen. Was blieb ihr auch anderes übrig? Leonora hatte den Vater auf ihrer Seite, und damit war jeder Gedanke an Auflehnung zwecklos. Denn auch wenn sie von ihrer Mutter Beistand bekommen hätte, hätte das wenig ausgerichtet. Vaters Wort war in ihrer wie in jeder anderen Familie, die sie kannte (die Clarks vielleicht einmal ausgenommen!), nun mal Gesetz. Daran vermochte auch die Mutter nur in den seltensten Fällen zu rütteln, sofern sie es denn überhaupt versuchte.

Außerdem konnte sich Emily nicht daran erinnern, daß ihre Mutter ihrem Vater jemals die Stirn geboten und nachdrücklich darauf bestanden hätte, daß er eine Entscheidung zurücknahm oder doch wenigstens in ihrem Sinne korrigierte. Ein solches Verhalten lag einfach nicht in ihrer zurückhaltend ruhigen, ja manchmal geradezu erschreckend wortlosen und schwermütigen Natur. Ihre Mutter war von robuster und kräftiger Statur, und ihr starker Körper vermochte unermüdlich und klaglos zu arbeiten. Aber diese Härte und Ausdauer hatte nur Geltung in Verbindung mit der täglichen Plackerei im Haus, im Gemüsegarten oder bei der Nachbarschaftshilfe auf den Äckern und Feldern der umliegenden Farmen. Im Verhältnis zum Vater ihrer Kinder kennzeichneten dagegen starke Selbstbeschränkung und Widerspruchslosigkeit ihr wahres Wesen. Ob es daran lag, daß sie keine Söhne, sondern »nur« zwei Mädchen zur Welt gebracht hatte?

Jedenfalls konnte sich Emily auf das seltsame Verhalten ihrer Mutter oft keinen vernünftigen Reim machen. Gelegentlich fiel ihr auf, daß ihre Mutter immer wieder dem Blick ihres Vaters auswich, und dann beschlich sie der verrückte Gedanke, daß ihre Mutter irgend etwas Sündhaftes getan haben könnte, von dem ihr Vater wußte. Daß sie deshalb unter Schuldgefühlen litt und sich nicht einmal bei Kleinigkeiten gegenüber ihrem Ehemann zu behaupten wagte. Ob das wohl auch der Grund war, warum ihre Mutter nie lachte oder sonstige Zeichen von Fröhlichkeit zeigte?

Manchmal tat sie offenbar Dinge, die ihren Vater in Zorn

versetzten, ohne daß sie, Emily, auch nur eine vage Vermutung gehabt hätte, was ihre Mutter denn bloß falsch gemacht haben mochte.
Sie brauchte nur an das Abendessen am letzten Sonntag zu denken. Ihre Mutter hatte wie immer das kurze Tischgebet gesprochen: »Herr, wir danken dir für die Gaben, die du uns schenkst, und wir bitten dich um deinen Segen.«
Und plötzlich hatte ihr Vater mit der Faust auf den Tisch geschlagen und sie zornig angefaucht: »Untersteh dich, Agnes!«
Ihre Mutter hatte sich erschrocken an die Stirn gefaßt, war errötet und hatte mit gesenktem Kopf eine unverständliche Entschuldigung gemurmelt, während ihr Vater seine Gabel wütend in den Sonntagsbraten gerammt hatte. Aber wofür hatte sie sich bloß entschuldigt? Was hatte ihre Mutter denn Empörendes getan oder möglicherweise auch unterlassen, daß ihr Vater so aus der Haut gefahren war? Diese und ähnliche Momente gaben ihr immer wieder Rätsel auf, die sie auch mit noch soviel Grübeln zu lösen nicht in der Lage war.
Was aber auch immer der Grund für dieses seltsame Gebaren sein mochte, von ihrer Mutter konnte sich Emily jedenfalls keine Hilfe erhoffen. Ihre Mutter hatte genug mit ihren eigenen Problemen zu kämpfen. Nichts verriet das deutlicher als die »schwierigen Zeiten« oder »Gemütskoliken«, wie Dad jene gelegentlichen Anfälle von Schwermut spöttisch bezeichnete, die ihre Mutter dazu brachten, sich stundenlang, manchmal sogar ein, zwei Tage in ihr Zimmer einzuschließen. Dann wollte sie niemanden sehen und sprechen.
Emily brauchte den ganzen Sommer, um sich allmählich mit der bitteren Erkenntnis abzufinden, daß es zwischen ihr und Leonora niemals wieder so werden würde, wie es einst gewesen war. Zwar verheilte die heftig blutende Wunde mit der Zeit, und ihre verletzte Seele bildete Schorf und schließlich neue Haut über der argen Verletzung, doch der Schmerz hörte niemals ganz auf,

auch wenn er allmählich in immer tiefere Schichten ihres Bewußtseins sank.
Was sie früher nicht gestört, ja was ihr nicht einmal zu denken in den Sinn gekommen war, stieß ihr nun bitter auf. Warum erhielt immer Leonora die neuen Kleider, die Mutter nähte, während sie, Emily, stets die Sachen ihrer großen Schwester – von der Leibwäsche bis hin zu den Schuhen – auftragen mußte? Warum nur hatte ausgerechnet Leonora die schönen dunklen Augen und das prächtige schwarze Haar ihrer Mutter geerbt, dessen weiche, leicht gewellte Flut sie nur mit einer hübschen Spange im Nacken zusammenhalten konnte, so daß es ihr wie ein herrlicher glänzender Pferdeschweif bis auf den Rücken fiel? Sie, die Zweitgeborene, hatte nicht nur das widerspenstige rotbraune Haar ihres Vaters, das sie zu zwei Zöpfen flechten mußte, um es zu bändigen, sondern zu allem Übel war sie auch noch mit Sommersprossen geschlagen. Daß Leonora noch nicht einmal eine einzige Sommersprosse hatte, die ihre Nase verunstaltete, sondern mit der klaren zarten Haut ihrer Mutter gesegnet war, schrie geradezu zum Himmel.
Und wie ungerecht es doch auch war, daß ihre Schwester nicht nur als die Hübschere von ihnen beiden galt, sondern bei ihrer Geburt auch noch mit einem wunderschönen Namen bedacht worden war, hatten ihre Eltern ihr doch einen Namen gegeben, der nach einem fernen verheißungsvollen Land klang, das man noch nicht einmal mit einer der großen Dampffähren erreichen konnte, die zwischen der Insel und dem Festland verkehrten. Wie einfach und einfallslos dagegen Emily klang! Ein gewöhnlicher Name, auf den zahllose gewöhnliche Dienstmädchen hörten.
Leonora hatte nicht nur von allem das Beste bekommen, sondern riß zu Hause nun auch noch alles andere an sich. Zudem übertraf ihre Schwester sie auch noch in allen Arten von Handarbeiten. Was immer sie anfaßte, sie war besser und ausdauernder. Leonora verstand sich schon fast so gut auf das Nähen von Kleidern

wie ihre Mutter, und ihre Stickereien und Strickarbeiten stachen alles aus, was sie, Emily, zustande brachte. Jedes Lob heimste Leonora ein. War es daher ein Wunder, daß sie ihre Schwester aus ganzem Herzen haßte, obwohl das eine schreckliche Todsünde war?

Emily fürchtete Gottes Zorn, kam jedoch nicht gegen die Übermacht ihrer Gefühle an. Zudem: Hatte sie nicht oft und inständig genug zu Gott gebetet und ihn angefleht, zwischen ihr und Leonora alles wieder gut werden zu lassen? Sie war mehr als bereit gewesen, ihr alle Gemeinheiten zu verzeihen und zu vergessen, was sie ihr angetan hatte. Und sie hatte sogar darum gebetet, von ihrem Haß auf ihre Schwester geheilt zu werden. Aber Gott hatte ihre Gebete nicht erhört. Das war schlimm genug. Nun konnte er ihr auch nicht zum Vorwurf machen, daß sie ihre Schwester so haßte!

6

Auch wenn Emily sich nicht traute, ihrer Freundin alles zu sagen, was in ihr brodelte, so war Caroline Clark doch der einzige Mensch, dem sie ihr Herz ausschütten konnte und der sie aufzumuntern verstand – wenn auch nicht immer so, wie sie es erwartet hätte.

»Du *hast* wenigstens eine Schwester, mit der du dich streiten kannst. Das ist immer noch um einiges besser, als ein Einzelkind zu sein, so wie ich, während alle anderen eine ganze Horde von Geschwistern um sich haben«, hielt Caroline ihr vor, als Emily ihr wieder einmal ihr Leid mit Leonora klagte.

»Wenn ich könnte, würde ich dir Leonora lieber heute als morgen schenken!«

»Und ich würde sie mit Handkuß nehmen.«
Emily sah sie ungläubig an. Caroline machte häufig seltsame Bemerkungen, aber diese schien sie wirklich ernst zu meinen.
»Du spinnst ja wohl!«
»Überhaupt nicht. Sei mir nicht böse, aber ich wünschte, ich würde mal solche Dramen wie du mit deiner Schwester erleben, denn für ein Einzelkind ist es einfach sterbenslangweilig, das kannst du mir glauben. Und wenn du mich nicht ab und zu mal besuchen kommen würdest, hätte ich schon längst Spinnweben angesetzt!«
Damit brachte sie Emily zum Lachen.
Caroline lebte mit ihren Eltern auf der anderen Seite der Stadt in einem stattlichen viktorianischen Haus mit über zwanzig Zimmern sowie mehreren Erkern und spitzen Türmchen. Ein reicher Werftbesitzer hatte sich dieses eindrucksvolle Herrenhaus auf einer sanften Anhöhe am nördlichen Ende der Duke Street errichten lassen, als der Bau von schnittigen Schonern in Summerside noch in voller Blüte stand. Angeblich hatte sein ältester Sohn das herrschaftliche Anwesen um die Jahrhundertwende beim Spiel an einen der ersten Fuchszüchter verloren. Damals sank der Schiffsbau zu wirtschaftlicher Bedeutungslosigkeit herab, während ein neuer Clan von Geschäftsleuten, die in großem Stil Silberfüchse für die hochpreisige Pelzindustrie züchteten, in wenigen Jahren zum einflußreichen Geldadel der Insel aufstieg. Tiere mit silberschwarzem Fell waren in freier Natur nur höchst selten anzutreffen und noch seltener zu erjagen, und die edlen Felle der Fox-Farmer von Prince Edward Island genossen weltweit den Ruf erstklassiger Qualität. Einkäufer der vornehmsten Pelzhäuser in New York, Montreal, Boston, London, Paris und Leipzig nahmen jedes Jahr die weite Reise bis nach Summerside auf sich, um rechtzeitig zur Saison einzutreffen. Dann verkauften die Züchter unten in der Water Street, dem Mekka des Silberfuchshandels, ihre Felle meistbietend an die Einkäufer aus den Metropolen aller Herren Länder.

»Ach, ich wünschte, ich hätte auch noch mehr Geschwister«, seufzte Emily. »Wenigstens einen großen Bruder, der Leonora in die Schranken verweist und mich in Schutz nehmen könnte. Dad hätte bestimmt gern einen Sohn gehabt.«
Caroline lachte spöttisch auf. »Komisch, wie bekannt mir das vorkommt.«
»Weißt du, daß ich schon fünf weitere Geschwister hätte haben können? Aber meine Mutter hat die anderen Kinder immer wieder verloren.«
»Fehlgeburten«, sagte Caroline trocken. »Ich habe das in der Enzyklopädie meines Vaters nachgelesen.«
»Ja, und letzten Oktober wäre Mom fast daran gestorben. Du weißt, wie schlecht es lange Zeit um sie stand. Jetzt kann sie keine Kinder mehr bekommen«, sagte Emily traurig. »Das hat nämlich Doktor Thornton zu meinem Dad gesagt. Ich habe das zufällig mitbekommen, weil ich auf dem Abort saß, als Mister Thornton mit meinem Vater im Hof vor seinem Wagen stand und davon gesprochen hat, wie schlimm es für Mom gewesen ist und daß es sie beinahe das Leben gekostet hätte.«
»Deine Mutter hat wenigstens mehr Kinder haben wollen. Meiner reicht dagegen eine Tochter im Rollstuhl«, sagte Caroline sarkastisch. »Außerdem ruinieren Kinder die Figur, und auf die legt meine Mutter mehr Wert als auf Nachwuchs.«
Emily sah sie erschrocken an. »So ein Unsinn! Das bildest du dir bloß ein!«
»Von wegen, das habe ich mit meinen eigenen Ohren gehört. Meine Mutter hat das gesagt, als sie sich mal wieder mit Daddy gestritten hat. Das liegt jetzt schon einige Jahre zurück, aber vergessen habe ich es nicht. Meine Eltern streiten sich überhaupt sehr oft.« Sie verzog das Gesicht. »Vermutlich gehen sie sich deshalb auch immer aus dem Weg. Manchmal kommen sie mir gar nicht wie zwei Verheiratete vor, sondern eher wie Bruder und Schwester, die nicht viel voneinander halten.«
Emily wußte nicht, was sie darauf erwidern sollte. Zu Anfang

ihrer Freundschaft, die nun schon drei lange Jahre währte, hatte sie Caroline um so vieles beneidet. Ihre Freundin lebte in einem traumhaften Haus mit mehreren Dienstboten, konnte voller Stolz zu einem hochdekorierten Vater aufblicken, der aus der kanadischen Kriegsmarine mit dem hohen Rang eines Commodore ausgeschieden war, danach das kränkelnde Familienunternehmen, das landwirtschaftliche Gerätschaften vom Spaten bis zum Traktor verkaufte, zu neuer Blüte geführt hatte und kürzlich ins Abgeordnetenhaus der Provinz gewählt worden war. Und sie hatte eine Mutter, um die sie einfach jeder beneiden mußte. Missis Heather Clark sah nämlich so bildhübsch und elegant aus, daß man sie glatt für eine berühmte Filmschauspielerin hätte halten können. Emily hatte sie noch nie wie ihre eigene Mutter beim Kneten von Brotteig oder verschwitzt aus der Waschküche kommen sehen. Bei jeder ihrer flüchtigen Begegnungen mit Missis Clark hatte Emily das Gefühl, ein beinahe engelhaft zartes Wesen mit durchscheinend blasser Haut zu erblicken, dessen knabenhaft schlanker Leib von ebenso zarten, aber zweifellos unvorstellbar teuren Gewändern umspielt wurde. Am meisten faszinierten sie jedoch die kurze pagenartige Frisur, die Missis Clark in schlichterer Form auch ihrer Tochter hatte schneiden lassen, mit der halbkreisförmigen Locke auf der Stirn, die dort wie angeklebt saß, sowie die lange Zigarettenspitze aus Elfenbein mit der qualmenden Zigarette in ihrer meist behandschuhten Hand. Carolines Mutter war die einzige Frau, die Emily kannte, die so mutig und verrucht zugleich war, wie ein Mann in aller Öffentlichkeit zu rauchen!
Der stille Neid der ersten Zeit hatte sich jedoch schnell in Mitgefühl verwandelt, als sie erfahren hatte, daß Caroline ihre Eltern nur höchst selten in ihrer Nähe wußte. Die geschäftlichen und politischen Aktivitäten ihres Vaters nahmen so viel Zeit in Anspruch, daß Caroline ihn manchmal tagelang nicht zu Gesicht bekam, weil er oft erst nach Hause kam, wenn sie schon längst

im Bett lag. Manchmal blieb er sogar über Nacht weg. Und was ihre Mutter betraf, so war diese noch viel mehr ein Gast im eigenen Haus. Sie hielt sich manchmal wochenlang in Boston auf, wo ihre vermögende Familie angesiedelt war und sie sich auch ihre Kleider schneidern ließ. Zur Opern- und Ballsaison pendelte sie regelmäßig zwischen Boston und New York hin und her, im Sommer verbrachte sie mindestens einen Monat in Bar Harbor, dem mondänen Badeort an der Küste von Maine, manchmal auch noch einen zweiten im nicht weniger legendären Saratoga Springs, und im Winter zog es sie neuerdings nach Florida hinunter, wo der Entrepreneur und Visionär Henry Flagler, der zusammen mit Rockefeller im Ölgeschäft zu einem der reichsten Männer Amerikas aufgestiegen war, entlang der subtropischen Küste nicht nur eine Eisenbahnlinie bis zu einem obskuren Ort namens Miami baute, sondern auch Luxushotels für die verwöhnte High-Society. Und wenn Missis Clark nicht eine unüberwindliche Angst vor dem offenen Meer gehabt hätte, wären sicher auch längere Überseereisen nach Europa zur Regel geworden.
»Eltern und Geschwister kann man sich eben nicht aussuchen. Da muß man nehmen, was man von oben zugeteilt bekommt. Na ja, wenigstens haben wir uns, und das macht eine Menge wett!« sagte Caroline betont fröhlich und drückte die Hand ihrer Freundin.
»Ja, Gott sei Dank!« pflichtete Emily ihr bei, erfüllt von einem wunderbar warmen Gefühl der Zuneigung und Verbundenheit. »Ich wüßte gar nicht, was ich ohne dich täte. Ich wünschte bloß, wir könnten öfter zusammensein.«
Daß Emily überhaupt die Bekanntschaft einer Tochter aus so vornehmem Hause gemacht hatte, verdankte sie Carolines unglaublicher Entschlossenheit, sich von nichts und niemandem beirren zu lassen, wenn sie sich erst einmal etwas in den Kopf gesetzt hatte. Als nach ihrer schweren Erkrankung im Alter von sechs Jahren feststand, daß sie wohl bis an ihr Lebensende auf

Rollstuhl und Krücken angewiesen sein würde, hatten ihre Eltern sie zu Hause von Privatlehrern unterrichten lassen wollen. Caroline hatte sich jedoch mit Händen und Füßen dagegen gesträubt. Sie wollte nicht von der Außenwelt abgeschlossen sein, und sie wehrte sich auch mit so manchem Schreikrampf dagegen, aufs Festland in ein teures Internat geschickt zu werden, wo man angeblich auf so schwierige »Sonderfälle« wie sie bestens eingestellt war. Sie wollte auf die öffentliche Schule in Summerside, die auch die Kinder aus der Nachbarschaft besuchten. Und nach vielen Auseinandersetzungen setzte sie ihren Willen letztendlich durch.

Aufgrund ihrer Krankheit und der vielen Monate intensiver Krankengymnastik, die jedoch leider nur einen Teil der schweren Lähmungen hatte rückgängig machen können, hatte Caroline ein Jahr verloren – und kam in die Klasse von Emily. Die Jungen und Mädchen in der Schule nahmen sie mit einer Mischung aus Neugier, Mitleid und Bewunderung auf. Und so manch ein Mädchen schenkte Caroline anfangs besondere Aufmerksamkeit, rechnete es sich doch Vorteile aus, wenn es nett zur behinderten Tochter des Commodore war. Häufig gaben die Eltern einen Hinweis in mehr oder weniger direkter Form. Sogar Emilys Vater ließ bei Tisch einmal die Bemerkung fallen, daß es nicht schaden könne, sich mit dem »armen Clark-Mädchen« gut zu stellen, selbst wenn es ein Krüppel sei.

Doch nachdem der Reiz des Neuen verflogen war, blieb nur Emily Caroline treu und wurde zu ihrer Freundin. Nicht, weil sie sich irgendeinen Vorteil davon versprochen hätte, sondern weil sie Caroline bewunderte, wie tapfer sie ihr schweres Schicksal meisterte, und weil sie das Mädchen schlichtweg in ihr Herz geschlossen hatte. Auch machte es ihr, im Gegensatz zu allen anderen Kindern, nichts aus, daß Caroline bestenfalls auf ihren Krücken humpeln, nicht aber mit ihr Seilspringen, Fangen und vieles andere unternehmen konnte, wozu man gesunde Beine brauchte. Es gab genug andere schöne Spiele, mit denen man

sich die Zeit vertreiben und viel Spaß haben konnte. Außerdem fuhr sie ihre Freundin gern im Rollstuhl umher, am liebsten über die schmalen Wege, die sich durch die Felder, Wiesen und Waldstücke schlängelten, und natürlich hinunter ans Wasser, wobei ihre Lieblingsplätze am Küstenstreifen zwischen Linkletter's Shore und Belony's Cove lagen. Dort konnte man nämlich die schönsten Muscheln finden sowie stets zahlreiche Seevögel und Boote beobachten, die vom Festland kommend die Northumberland Strait kreuzten und auf die Bedeque Bay von Summerside zuhielten – oder auf umgekehrtem Kurs per Dampf oder Segelkraft unterwegs waren.
Dort, am Strand von Linkletter's Shore, begegnete ihnen zwei Jahre später auch zum erstenmal Byron O'Neil.

7

An die Sonntage ihrer Kindheit und Jugend sollte sich Emily ihr Leben lang ohne große Freude erinnern, von wenigen Ausnahmen abgesehen, wenn sie den Tag mit Caroline verbracht hatte – und natürlich jenem Sonntagnachmittag, an dem Byron O'Neil, ihr Retter aus höchster Not, in ihr beider Leben trat. Welch eine Ironie des Schicksals, daß dies ausgerechnet am geheiligten Tag des Herrn geschah!
Daß Emily die Sonntage in wenig guter Erinnerung behielt, lag nicht so sehr an Geistlichen wie Mister Sedgewick, die am Morgen in der schneeweißen, schmucklos nüchternen Methodistenkirche Trinity United in der Spring Street ihr Bestes gaben, um von der Kanzel herab wortreich und stimmgewaltig die vielfältigen Formen menschlicher Sündhaftigkeit anzuprangern, immer wieder den heiligen Zorn Gottes heraufzube-

schwören und der Gemeinde ein möglichst plastisches Bild von den Qualen des ewigen Fegefeuers zu vermitteln. War ein Prediger ausnahmsweise einmal milde gestimmt, so sang er das vielstrophige Hohelied der strengen Selbstzucht, Anspruchslosigkeit und Rechtschaffenheit und versprach jenen Arbeitern in Gottes Weinberg gerechten Lohn, auf Erden wie im Himmel, die den wollüstigen Einflüsterungen des Teufels widerstanden, klaglos ihre Pflichten als Kinder, Mütter und Ehefrauen erfüllten, im Schweiße ihres Angesichtes ihr Brot verdienten und ohne Wankelmut die Gebote des Herrn befolgten.

Nein, sosehr einem diese Schwefel-und-Feuer-Predigten auch zusetzen mochten, Emilys Unbehagen hatte doch mehr mit dem komplizierten und schwammigen System von Regeln zu tun, das wie ein unsichtbares und unheilvolles Netz über jedem Sonntag lag. Irgendwo lauerte immer eine heimtückische Spinne darauf, daß man sich in dem feinen Gewebe ihres Netzes verfing. Und diese wachsame Spinne waren die Nachbarn.

Wie Emily mit den Jahren herausfand, gab es in ihrer Gemeinde Anhänger des negativen und Anhänger des positiven Sonntags. Für die ersteren war der Sabbat ein Tag strikter Verbote, die um jeden Preis eingehalten werden mußten. Diesen Tag hatte sich der Allmächtige auserkoren, so sagten sie, und ER wollte diesen Tag ganz allein für sich. Niemand durfte IHN in seiner Ruhe stören, wenn er nicht SEINEN fürchterlichen Zorn erregen wollte. Und der Zorn des Allmächtigen flammte nur allzuleicht auf, wollte man diesen grimmigen Sabbat-Hütern Glauben schenken. Alles Unglück dieser Welt, mißratene Kinder eingeschlossen, hatte ihrer unerschütterlichen Überzeugung nach seine Hauptursache darin, daß die Menschen es an der gottgefälligen Einhaltung der sonntäglichen Gebote und Verbote mangeln ließen.

Dagegen betrachteten die positiven Anhänger den Sonntag als einen Tag göttlicher Gnade und Segnungen. Sie begrüßten den Sonntag nach sechs Tagen erschöpfender Arbeit als eine wun-

derbare Oase der Ruhe, als eine Zeit der Heilung von Körper und Geist. Der Sonntag galt ihnen als ein kostbares Geschenk und nicht zuletzt als ein eindeutiges Zeichen von Gottes Barmherzigkeit.
Aber beide Gruppen hielten sich an die Regeln. Die ersteren, weil sie schwerwiegende Konsequenzen fürchteten, wenn sie durch Übertretungen Gottes Mißfallen erregten. Die anderen, weil sie wußten, wie leicht sich der Mensch von seiner Gier und seinem unwiderstehlichen Drang, sich über das Gemeinwohl hinwegzusetzen, dazu hinreißen lassen konnte, eine für alle gute Einrichtung der Schöpfung zu ruinieren. Daher mußte es Gebote geben, und zwar sehr strikte.
Emilys Mutter pendelte irgendwo zwischen diesen beiden Anschauungen hin und her. Bei ihrem Vater gewann Emily, je älter sie wurde, jedoch immer mehr den Eindruck, daß er zu einer dritten Gruppe gehörte, nämlich zu jenen, die sich den Regeln nur deshalb unterwarfen, weil alle anderen sie wichtig nahmen und auf ihre Einhaltung pochten und weil sie es nicht riskieren wollten, zum Gerede der Nachbarn oder von ihnen geschnitten zu werden. Als Geschäftsmann konnte ihr Vater sich das schon gar nicht erlauben. Dieses gewaltige Regelwerk, eine Art von ungeschriebenem protestantischem Talmud, das nicht nur Emily niemals richtig verstehen sollte, besaß jedoch auch viele Schlupflöcher. So war es beispielsweise gestattet, reife Beeren von Pflanzen und Sträuchern zu pflücken und sie sofort aus der Hand zu essen, doch es war untersagt, sie auf einen Teller oder in ein Waschsieb zu legen. Denn das galt als Arbeit, und die war strengstens verboten. Dennoch durfte man nach dem sonntäglichen Essen das gute Porzellan abspülen, nicht jedoch das alltägliche Geschirr, weil das wiederum unter die Rubrik »verbotene Arbeit« fiel. Zu Emilys Unverständnis durfte man nach der Kirche, wenn man noch eine Weile mit seinen Nachbarn im Gespräch zusammenstand, sehr wohl über Ernten und den Viehmarkt, nicht aber über Preise reden. Merkwürdigkeiten dieser

Art begegneten Emily fast jeden Sonntag. Was war, wenn man beispielsweise am Samstag vergessen hatte, ausreichend Kleinholz zum Entzünden des Herdfeuers zu spalten? Mußte dann das warme Essen ausfallen, zumal wenn man Gäste hatte?

Nein, die Lösung lautete dann: »Nimm die Axt und schlag ein paar trockene Äste klein, aber mit der Rückseite!« Die Axt mit der Klinge nach vorn zu schwingen, galt natürlich als unerlaubte Arbeit. Führte man sie dagegen mit der stumpfen Seite, war man sofort aus dem Schneider – es sei denn, man benutzte sie als Hammer, um einen Nagel oder Pflock einzuschlagen. Dann wiederum versündigte man sich selbstverständlich auch mit dem stumpfen Ende einer Axt.

Natürlich wurden auch alle Kinderspiele nach dem ungeschriebenen Sonntagskodex geregelt und in erlaubte und unerlaubte Sonntagsvergnügungen unterteilt. Man durfte mit Murmeln spielen, nicht aber Seilspringen. Ein Buch zur Hand zu nehmen oder ein Instrument zu spielen, sofern es sich nicht um ein Schlag- oder Blasinstrument handelte, fiel unter gottgefällig, nicht aber, wenn man eine neue Saite aufziehen wollte. Es war gestattet, im Winter einen Schneemann zu bauen, doch unter Verbot stand das Anlegen einer Rutschbahn, auf der man ein paar Meter entlangschlittern konnte.

Ja, es war keine einfache Sache, den Sonntag heilig zu halten, so wie es der ungeschriebene Kodex verlangte. Blind über eine Kuhweide zu laufen, ohne dabei in einen der vielen Fladen zu treten, erschien Emily dagegen wie ein Kinderspiel. Und deshalb atmete sie jedesmal erleichtert auf, wenn dieser Tag im Westen verglühte und das ungezwungene Leben unter der Woche wieder weitergehen konnte.

Manchmal jedoch gelang es ihr, der sonntäglichen Mühsal zu entkommen, wenn ihre Eltern ihr die Erlaubnis erteilten, wenigstens den Nachmittag mit ihrer Freundin zu verbringen. So wie an diesem warmen sonnigen Septembertag des Jahres 1928.

»Laß uns zu unserem Strand hinunterfahren!« schlug Caroline

vor, nachdem sie auf der Terrasse des Clarkschen Herrenhauses, von dem aus man einen Blick auf die lange Queen's Pier von Summerside und das blaue Wasser der Bucht erhaschen konnte, eine kalte Limonade getrunken und dazu eine ganze Schale köstlicher Ingwerplätzchen verspeist hatten.
Emily hatte denselben Gedanken gehabt. Minuten später schob sie ihre Freundin im Rollstuhl durch das hintere Gartentor und die Straße hinunter, die zum westlichen Ortsende von Summerside führte. Dort folgten sie ihrem vertrauten Pfad, der sich zuerst durch die Felder und Wiesen umliegender Farmen wand, bevor er in den Schatten einer fast anderthalb Kilometer langen Allee aus alten Rotbuchen und Platanen überging. Sonnenlicht sickerte hier und da durch das dichte, schon herbstlich gefärbte Laub der Bäume und sprenkelte die rote Lehmerde mit goldenen Sonnenflecken. Goldruten blühten, und Vögel zwitscherten über ihnen in den Bäumen. Libellen sirrten und blieben manchmal wie von Zauberhand gehalten mitten in der Luft stehen, Schmetterlinge flatterten schillernd im Sonnenlicht.
Dieser Teil der Wegstrecke gefiel Emily und Caroline am besten. Im Laufe der langen heißen Sommermonate hatte sich überall in den flachen Mulden, Schlaglöchern und tiefen Spurrillen, die Fahrzeuge aller Art in den Lehmboden gegraben hatten, eine dicke Schicht Staub angesammelt. Dieser rote warme Sand fühlte sich nun unter Emilys nackten Füßen so fein wie Talkumpuder an. Wenn sie in eine Mulde trat, hatte sie das wunderbare Gefühl, als liefe sie durch eine Pfütze warmen Wassers – herrlich!
Kurz vor dem Ende der Allee, die zu einer großen Fox-Farm führte, bogen die beiden Mädchen wieder auf einen Feldweg ab, der sie über eine kleine Hügelkette und schließlich zu einem Waldstück brachte. Erhitzt, wie sie nach einer guten halben Stunde waren, genossen sie die schattige Kühle und den erdigen Geruch, der dem Waldboden entströmte, den Duft von Pilzen, Farnen, Moos und wilden Beeren. Die herbstlich gelben Nadeln

der Tamarack-Lärchen fingen die warme Septembersonne ein, und rot leuchtete der Ahorn.

Den kleinen Wald, der vom einst ausgedehnten Compton Forest der ersten Siedler übriggeblieben war, hatten sie in einer Viertelstunde durchquert, obwohl die vielen aus dem Boden ragenden Baumwurzeln und Steine die Handhabung des Rollstuhls nicht gerade leicht machten. Häufig mußte Emily nachhelfen, um auf dem Waldweg so manch sperriges Hindernis zu überwinden, das ein gesunder Wanderer kaum eines zweiten Blickes gewürdigt hätte.

Dann endlich lag der kilometerlange Strand von Linkletter's Shore vor ihnen.

»Das nächstemal sollte ich vielleicht doch besser meine Krücken mitnehmen«, sagte Caroline, als sie sich aus dem Rollstuhl stemmte. »Ich mute dir auch so schon genug zu.«

»Ach was, die Dinger sind einfach zu lästig«, wehrte Emily ab. »Wir machen das so wie immer. Komm, gib mir deinen Arm!«

Auf ihre Freundin gestützt, humpelte Caroline über den Strand ans Wasser hinunter. Dort schlugen die beiden ihre Kleider bis zur Hüfte hoch, wodurch sie ihre Schlüpfer entblößten, was natürlich ausgesprochen unschicklich, ja regelrecht anstößig war. Doch an diesem einsamen Ort konnte man sich getrost über die Gebote der Schicklichkeit hinwegsetzen. Außerdem mußte es sein, wollten sie doch in dem mit Muscheln durchsetzten Sand sitzen und sich die nackten Füße und Beine von den sanften Ausläufern der anlaufenden Wellen umspülen lassen, ohne ihre Sachen mit Salzwasser zu durchnässen. Denn Salzwasser hinterließ häßliche Flecken, und dafür konnte es zu Hause Hiebe setzen, zumindest bei Emily. Leonora würde solche Flecken nämlich sofort bemerken und dafür sorgen, daß sie ihre Strafe bekam.

Ganz in der Nähe schnitt eine felsige Hügelkuppe, die zu beiden Seiten sacht auf eine Höhe von vielleicht sieben bis acht Metern anstieg, durch den Strand. Dort oben verbrachten sie immer eine ganze Weile, nachdem sie lange genug im Sand nach ungewöhnlichen Muscheln gesucht hatten. Denn von diesem kleinen Felsplateau aus wanderte der Blick ganz ungehindert über die glitzernde Bedeque Bay und über die Northumberland Strait hinüber zum gut zwölf Kilometer entfernten Festland, das für die meisten Inselbewohner schlichtweg »drüben« oder »die andere Seite« hieß.

Auch an diesem herrlichen Sonntagnachmittag im September schob Emily ihre Freundin im Rollstuhl auf die Kuppe der kleinen Anhöhe. Viel gab es an diesem Tag nicht zu beobachten. In der Ferne zog ein Frachtschiff eine dunkle Rauchfahne hinter sich her. Zwei Segelboote, die sich offenbar ein Rennen lieferten, kreuzten südlich von der Hafeneinfahrt zwischen Indian Point und Graham Head, ein Wanderfalke strich hoch über ihnen hinweg, und linker Hand dümpelte in Ufernähe ein Ruderboot, in dem jemand sein Glück mit der Angelrute versuchte.

»Ich kann einfach nie genug vom Wasser bekommen«, seufzte Caroline.

»Ich auch nicht.«

»Ich wünschte, unser Haus würde direkt am Meer stehen.«

»Und ich wünschte, wir könnten zusammen in diesem Haus wohnen«, träumte Emily laut.

»Eines Tages machen wir das wahr!«

»Ach, Caroline …«

»Doch, wirklich!« beteuerte ihre Freundin. »Ich werde doch alles erben. Und da ich nie heiraten werde …«

»Warum solltest du nie heiraten?« fiel Emily ihr ins Wort.

»Hast du vielleicht vergessen, daß ich ein Krüppel bin? Wer wird denn schon jemanden wie mich, der sein Leben lang an den Rollstuhl gefesselt sein wird, zur Frau haben wollen?« hielt Caroline ihr nüchtern entgegen.

»Sag doch so etwas nicht!«

»Weil du lieber nicht darüber nachdenken willst?«

»Nein, weil es Unsinn ist!« erwiderte Emily wider besseres

Wissen, während sie gleichzeitig errötete. Natürlich würde sich kein Mann in ein Mädchen verlieben, das im Rollstuhl saß. Nicht einmal Mädchen mit einer Hasenscharte fanden einen, auch wenn sie noch so tüchtig waren und wie ein Mann zupacken konnten.

»Und von einem Mann, der es nur auf mein Erbe abgesehen hat, werde ich mich nicht umgarnen lassen. So einen durchschaue ich gleich, das kannst du mir glauben!« fuhr Caroline unbeirrt fort. »Also bleibe ich allein, und das bedeutet, daß ich jede Menge Geld haben werde und uns dieses Haus irgendwo am Meer bauen lassen kann.«

Emily lenkte ein, schon um ihre Freundin nicht zu enttäuschen, aber auch weil sie an ihre vielen Sommersprossen und ihr widerspenstiges Haar dachte, das sie so abscheulich fand wie Karottenkraut. »Ich glaube, ich werde auch nicht heiraten. Du hast recht, das ist nichts für uns. Außerdem kann uns dann auch keiner vorschreiben, was wir zu tun oder zu lassen haben, und wir bekommen keinen Ärger, weil wir statt Söhnen nur Töchter zur Welt bringen«, verkündete sie. Bald erging sie sich mit Caroline in romantischen Träumereien, wo sie ihr Haus bauen und wie sie es einrichten würden.

Als es schließlich Zeit wurde, sich auf den Rückweg zu begeben, unterlief Caroline aus Leichtsinn und Übermut ein folgenschwerer Fehler. Statt wie üblich mit Emilys Hilfe langsam den steinigen Abhang hinunterzurollen, wartete sie diesmal nicht ab, daß ihre Freundin hinter sie trat, sondern ließ den Rollstuhl einfach laufen – unter fröhlichem Gekreische.

Auf halbem Weg geriet das rechte vordere Rad in einen zwei Finger breiten Spalt, der unter wucherndem Unkraut verborgen lag. Das Rad glitt in die Felsritze, verklemmte sich und splitterte augenblicklich. Es riß den Rollstuhl aus seiner geraden Bahn und warf ihn auf die Seite. Caroline stürzte mit einem gellenden Schreckensschrei aus dem Sitz und schlug hart auf dem felsigen Untergrund auf, während ihr Kissen durch die Luft flog und der

Rollstuhl auf der Seite liegend abwärts schrammte, bis er am Fuß der Anhöhe gegen einen kleinen Erdbuckel prallte, sich einmal überschlug und dann demoliert liegenblieb.

»Um Himmels willen!« stieß Emily entsetzt hervor und lief zu ihrer Freundin, die sich mit schmerzverzerrtem Gesicht aufsetzte. »Hast du dich verletzt? ... Ist was gebrochen?«

Caroline schüttelte den Kopf. »Ich glaube, ich habe Glück gehabt und nur ein paar Schrammen abgekriegt«, antwortete sie mit einem gequälten Lächeln.

Emily atmete erleichtert auf. »Wie konntest du auch so etwas Leichtsinniges tun!« schimpfte sie.

Caroline zuckte die Achseln. »Ich weiß auch nicht. Mir war einfach danach.«

»Du hättest dir Kopf und Kragen brechen können! Wie konntest du bloß so einen Blödsinn machen!« Emily bemerkte, daß ihre Freundin erneut ihr rechtes Fußgelenk vorsichtig betastete. »Was ist? Hast du dir vielleicht doch etwas gebrochen?«

»Nein, dann könnte ich den Fuß bestimmt nicht so gut bewegen. Aber ich habe ihn mir wohl ordentlich verstaucht, denn es tut ganz schön weh. Was die Sache auch nicht viel schlimmer macht«, sagte Caroline selbstironisch. »Denn ich hätte den ganzen Weg bis nach Hause zu Fuß ja sowieso nicht geschafft, nicht einmal, wenn du mich halb geschleppt hättest.«

Emily warf einen kurzen Blick zum Rollstuhl hinüber. »Das Ding ist so schnell nicht wieder zu gebrauchen. Und das bedeutet, daß wir hier festsitzen«, stellte sie fest.

»Nicht wir, sondern ich.«

Emily sah sie fast entrüstet an. »Glaubst du vielleicht, ich lasse dich hier im Stich?«

»Nein, aber bei mir sitzen bleiben kannst du natürlich nicht. Das bringt uns nicht weiter. Du mußt schon allein zu mir nach Hause laufen und meinen alten Rollstuhl holen. Er steht in der Kammer unter der Dienstbotentreppe. Tut mir leid, daß ich dir diese Umstände machen muß, aber anders wird es wohl nicht gehen«,

entschuldigte sich Caroline und machte ein zerknirschtes Gesicht.
»Ach was, ist doch nicht der Rede wert!« winkte Emily ab und versicherte: »Ich bin im Handumdrehen wieder zurück.«
»Von wegen! Schon wenn du es hin und zurück in einer Stunde schaffst, ist das rekordverdächtig!« widersprach Caroline nüchtern, wußte sie doch nur zu gut, wie weit die Entfernung wirklich war.
»Du wirst sehen …«, setzte Emily zu einer Antwort an, kam jedoch nicht dazu, den Satz zu beenden.
Denn in diesem Moment gellte ein scharfer Pfiff hinter ihnen auf. Die beiden Mädchen zuckten zusammen, wandten sich um und sahen unten am Strand einen kräftigen Jungen aus einem Ruderboot springen, das sich vor wenigen Minuten noch weiter draußen im tiefen Wasser befunden hatte.
Der Junge, der eine helle dreiviertellange Hose aus zerschlissener ausgewaschener Baumwolle sowie ein buntkariertes Hemd mit hochgekrempelten Ärmeln trug, rannte auf sie zu. »Ist sie verletzt?« rief er aufgeregt und deutete im Laufen auf Caroline. »Ich habe den Sturz vom Boot aus beobachtet!«
»Nein, mir fehlt nichts!« versicherte Caroline.
Der Junge blieb vor ihnen stehen. Er hatte ein offenes sympathisches Gesicht, das schon im Begriff stand, die markanten Züge eines jungen Mannes anzunehmen. Emily schätzte ihn auf um die fünfzehn Jahre.
»Da bin ich aber froh. Das sah nämlich richtig übel aus, wie du da aus dem Rollstuhl geflogen bist«, sagte der fremde Junge aus dem Ruderboot zu Caroline und fuhr sich mit der gespreizten Hand durch das wildzerzauste blondgelockte Haar.
»Ich versuche eben immer mein Bestes zu geben, damit man mich in unvergeßlicher Erinnerung behält«, nahm sich Caroline selbst auf den Arm. »Ich denke, heute ist mir das besonders gut gelungen.«
Der Junge lachte, wurde aber sofort wieder ernst. »Und was habt

ihr jetzt vor?« fragte er und deutete auf den Rollstuhl. »Der ist doch hin und nicht mehr zu gebrauchen. Wie kommt ihr jetzt ohne ihn nach Hause? Kann ich euch helfen?«
»Danke, aber das ist nicht nötig«, sagte Emily nun und erklärte ihm, daß sie zu Caroline nach Hause laufen und ihren zweiten Rollstuhl holen würde.
»Da kann deine Freundin aber lange hier herumsitzen und warten, bis du zurückkommst«, erwiderte der Junge sofort. »Ich habe eine bessere Idee.«
»Wirklich?« fragte Emily hoffnungsvoll und stellte fest, daß die Augen des sympathischen hilfsbereiten Jungen eine ungewöhnliche Farbe besaßen. Sie lag irgendwo zwischen einem milchig verwaschenen Blau und einem kräftigen Rauchblau. Jedenfalls verlieh sie seinen Augen einen besonderen Ausdruck, ohne daß dieser jedoch stechend oder gar kalt gewesen wäre, wie das bei vielen Menschen der Fall war, deren Augen in einem kräftigen Eisblau leuchteten.
»Ich nehme euch mit zurück in den Hafen«, schlug er vor. »Im Ruderboot ist Platz genug, auch für euren demolierten Rollstuhl. In einer guten halben Stunde seid ihr beide wieder in Summerside.«
»Wenn du meinst, daß das keine Umstände macht, wäre das natürlich wunderbar«, sagte Caroline erfreut. »Vom Hafen kann ich aus dem Büro des Hafenmeisters Stanley, unseren Fahrer, anrufen, damit er uns abholt. Aber geht das auch wirklich?«
»Na, klar geht das«, versicherte der Junge.
Emily fand die Idee ausgezeichnet, blieben ihr so doch die Anstrengungen erspart, den Weg vom Strand bis zum Haus ihrer Freundin an diesem Nachmittag noch dreimal zurückzulegen. »Ich helfe auch beim Rudern!«
»Keine Sorge, das schaffe ich schon allein«, erklärte der Junge nicht ohne Stolz. »Ich heiße übrigens Byron ... Byron O'Neil. Und ihr?« Der Blick seiner rauchblauen Augen richtete sich zuerst auf Emily.

Sie nannte ihm ihren Namen und tauschte dann einen kameradschaftlichen Händedruck mit ihm. »Und das ist meine beste Freundin, Caroline Clark, die Tochter des Commodore!«
Byron reichte auch ihr die Hand, ohne sich sonderlich beeindruckt zu zeigen, und zog sie dabei gleich auf die Füße. »Du kannst deine Freundin schon zum Boot bringen, Emily. Ich hole indessen den Rollstuhl.«
Zehn Minuten später saßen alle im Boot. Auch der schwer demolierte Rollstuhl war verstaut. Zwar ragte er halb über das Heck hinaus, doch über Bord gehen konnte er nicht, denn Byron hatte ihn mit einer Leine festgezurrt. Mit dem Rücken zum Bug und das Gesicht den beiden Mädchen auf dem hinteren Sitzbrett zugewandt, zog er die Riemen kraftvoll und mit einer Gleichmäßigkeit durch das Wasser, die langjährige Übung verriet.
»Hast du heute kein Glück gehabt?« fragte Caroline und deutete auf die Angelrute und den leeren Holzeimer zu ihren Füßen.
Byron schüttelte den Kopf. »Ich habe neue Köder ausprobiert. Künstliche, aus angemaltem Blech. Ein Kunde meines Vaters hat sie aus den Staaten mitgebracht. Aber die Dinger taugen nichts, zumindest hier nicht. Nicht ein lausiger Fisch hat angebissen.«
»Verstehst du was vom Fischfang?« wollte Emily wissen. »Ist dein Vater ein Fischer?«
»Nein, meinem Vater gehört das Fuhrunternehmen O'Neil & Sons. Meine beiden älteren Brüder Patrick und Robert und auch meine Schwester Mary arbeiten schon in der Firma mit. Die sind alle viel älter als ich, weil ich nämlich ein richtiger Nachzügler bin. Inzwischen haben wir vier Pferdewagen und seit letztem Jahr sogar ein Automobil! Bestimmt bekommen wir bald noch ein zweites«, berichtete er stolz. »Einen Maxwell Club Sedan. Aber einen Fischer haben wir auch in der Familie, Onkel Ben. Er ist Lobsterfischer. Sein Boot, die ›Shamrock‹, ist das schönste von allen im Hafen, finde ich jedenfalls. Eines Tages möchte ich auch so ein Lobsterboot haben!«
»Dann willst du also nicht wie deine Brüder in die Firma deines

Vaters eintreten, sondern Lobsterfischer werden?« folgerte Caroline.

»Nein, ich werde weder Fuhrmann noch Fischer«, erklärte er leicht verlegen. »Dad meint, daß ich es besser haben soll als er, Onkel Ben und meine älteren Brüder. Deshalb schickt er mich nächstes Jahr nach Charlottetown auf das Technische Institut. Wenn ich mich anstrenge, kann ich eines Tages sogar eine Ausbildung zum Ingenieur machen und dann große Brücken und Wolkenkratzer bauen.«

Emily und Caroline zeigten sich gebührend beeindruckt.

»Das ist bestimmt ein toller Beruf«, meinte Emily. »Nur wirst du dann wohl auf das Lobsterboot verzichten müssen, das du so gern haben möchtest.«

»Warum?« fragte Byron. »Wenn man über breite Flüsse und Meeresengen Brücken baut, braucht man bestimmt auch Boote, um die Arbeit zu überwachen und so.«

Das leuchtete Emily und Caroline ein, und sie stimmten ihm zu, daß ein Lobsterboot zweifellos eine große Hilfe für einen Ingenieur wäre, der den Bau solch gewaltiger Brückenkonstruktionen zu planen und zu beaufsichtigen hatte.

Byron überließ das Reden bald den Mädchen und konzentrierte sich ganz auf das Rudern. Er kam gehörig ins Schwitzen, bestand jedoch darauf, das Boot allein in den Hafen zu bringen. Langsam, aber beständig rückte die Waterfront von Summerside mit ihren Fabriken, Lagerhäusern und weit in die Bucht reichenden Kaianlagen näher.

Der Schweiß lief ihm über das Gesicht und näßte auf Brust und Rücken sein Hemd, als er es endlich schaffte, das Ruderboot an einen kleinen Landungssteg in der Nähe der heimischen Fischerboote anzulegen. Es floß noch mehr Schweiß, bis er Caroline mit Emilys Unterstützung sicher an Land gebracht und den Rollstuhl auf den Steg gewuchtet hatte.

»Ich weiß gar nicht, wie wir dir das danken können, Byron«, sagte Caroline und machte eine hilflose Geste.

»Ach was, das war doch alles halb so wild«, wehrte Byron mit einem breiten stolzen Grinsen ab und fuhr sich mit dem Handrücken über die schweißglänzende Stirn.

»Von wegen!« widersprach Emily. »Du hast dich wirklich schwer für uns ins Zeug legen müssen. Wir haben doch noch Augen im Kopf! Und hätte ich das geahnt, hätte ich dein Angebot wahrscheinlich gar nicht angenommen.« Und zu Caroline gewandt setzte sie hinzu: »Er hat sich wirklich eine Belohnung verdient.«

Caroline nickte. »Das finde ich auch. Und mir wird bestimmt etwas einfallen.«

Byron lachte plötzlich schelmisch auf. »Also gut, wenn ihr unbedingt darauf besteht, kann ich euch die Mühe sparen und euch sagen, wie die Belohnung ausfallen soll.«

»Nur heraus damit!« forderte Caroline ihn auf.

»Jede von euch opfert mir eine Haarlocke!«

Verblüfft sahen sie ihn an. Er wollte ihnen eine *Locke* abschneiden? Sie hatten mit allem gerechnet, damit jedoch nicht. Und es erfüllte sie mit Verlegenheit, wie ihr beider Erröten verriet.

Byron grinste sie vergnügt an. »Was habt ihr? Ist eine Locke von eurem Haar, das doch schnell wieder nachwächst, vielleicht zuviel verlangt?« neckte er sie.

»Nein, aber ... aber ohne Schere geht das sowieso nicht«, wandte Emily ein, und Caroline nickte erleichtert.

»Aber hiermit schon«, erwiderte Byron, griff in die Hosentasche und holte ein Taschenmesser hervor, dessen Klinge im nächsten Moment in seiner Hand aufsprang. Mit der Daumenkuppe fuhr er vorsichtig über die Schneide. »Scharf wie ein Rasiermesser!«

»Oh!« machten Emily und Caroline wie aus einem Mund.

»Also, was ist? Darf ich?« wollte Byron wissen und griff mit der linken Hand nach Emilys rechtem Zopf.

»Meinetwegen«, murmelte Emily verlegen und mit brennenden Wangen. Unwillkürlich hielt sie den Atem an, als Byron sofort

das Messer ansetzte und mit einem schnellen glatten Schnitt das geschwungene daumendicke Ende ihres Zopfes abtrennte.
Dann war Caroline an der Reihe. Ihr schnitt er eine Locke im Nacken aus dem Haar. »So, dann macht es mal gut!« sagte er fröhlich, steckte die Locken in die Brusttasche seines Hemdes, ließ das Messer in der Hosentasche verschwinden und schwang sich wieder in sein Boot. »Und paß beim nächstenmal besser auf, was du dir als Rollstuhlrennbahn aussuchst. Na ja, im Notfall ruft ihr einfach nach mir!« Er hob kurz die Hand zum Gruß, stieß das Boot vom Steg ab und griff zu den Riemen.
»Als Belohnung eine Locke! Das war ja wie in diesem schmalzigen Ritterroman, den du mir im Frühling ausgeliehen hast. Was für ein verrückter Bursche, dieser Byron O'Neil!« entfuhr es Emily lachend, während sie ihm nachblickte, wie er um den Fischereihafen herumruderte.
»Ja, aber ein *netter* verrückter Bursche«, erwiderte Caroline versonnen, sich auf ihren kaputten Rollstuhl stützend und mit einem träumerischen Lächeln auf dem Gesicht. Doch schon im nächsten Moment strafften sich ihre Züge, und mit der ihr eigenen Nüchternheit sagte sie: »Ich bin so durstig, daß mir schon die Zunge zum Hals raushängt, von meinem Bärenhunger ganz zu schweigen. Und dir geht es bestimmt auch nicht anders. Sehen wir also zu, daß wir irgendwo telefonieren können, damit der gute Stanley uns abholen kommt!«
Stunden später saß Emily zu Hause in ihrer Dachkammer am Fensterbrett und schrieb im Licht eines Kerzenstummels ihr Tagebuch. Schon lange vertraute sie ihm regelmäßig und mit ungeahnter Schreibfreude ihre Gedanken und Erlebnisse an.

Heute haben Caroline und ich am Strand von Linkletter's Shore einen Jungen kennengelernt. Er heißt Byron O'Neil und war mit einem Ruderboot zum Fischen in der Bucht. Caroline hat ihren Rollstuhl zu Bruch gefahren und sich dabei auch noch ganz bös den Fuß verstaucht.

Er hat uns in den Hafen gerudert und sich als Belohnung von mir eine Locke gewünscht. Na ja, nicht nur von mir. Er hat auch von Caroline eine genommen. Aber mir hat er eine besonders große Locke abgeschnitten, das habe ich genau gesehen! Er trägt übrigens eine Kette mit einem goldenen Medaillon um den Hals, wie das sonst nur Frauen tun. Ich habe mich aber nicht getraut, ihn danach zu fragen. Wo er uns doch so geholfen hat, wollte ich nichts sagen, was ihn vielleicht verletzt hätte. Aber er ist trotzdem nett, und er muß schon fünfzehn sein, weil sein Vater ihn nächstes Jahr auf das Technische Institut nach Charlottetown schickt, damit er eines Tages Brücken und Wolkenkratzer baut. Warum kann ich nicht so einen Jungen wie Byron zum Bruder haben? Von mir aus könnte er auch ruhig eine Kette tragen. Aber natürlich würde Dad so etwas Anstößiges niemals erlauben. Was dieser Byron bloß mit meiner Locke anstellt? Vermutlich hat er sich nur einen Spaß gemacht, und unser Haar treibt schon längst im Hafen zwischen den Fischerbooten. Aber wenn schon, er hat uns geholfen, und was hat er sich anstrengen müssen! Vielleicht treffe ich ihn ja noch mal, und wenn ich mich traue, werde ich ihn einfach danach fragen – und auch nach dem Medaillon! Aber vielleicht frage ich ihn doch besser nur nach der Locke. Sonst bringe ich ihn nur in arge Verlegenheit. Denn wer weiß, was es mit der Kette mit dem Medaillon für eine Bewandtnis hat? Ja, so werde ich es machen. Das ist sicherer.

8

Monate vergingen, ohne daß Emily die erhoffte Gelegenheit fand, Mut zu beweisen und ihr im Tagebuch angekündigtes Vorhaben in die Tat umzusetzen. Erst an einem eisigen Februarnachmittag des Jahres 1929, als ihr Vater sie mit einigen Stoffbestellungen in ein Haus in der Fitzroy Street schickte, sah sie

Byron O'Neil wieder. Es handelte sich jedoch nur um eine Begegnung von wenigen Sekunden.
Der leichte Schneefall, der schon seit dem Morgen anhielt, hatte sich auf halbem Weg in dichtes Schneegestöber verwandelt. Summerside verschwand hinter einem wild wehenden Schleier. Gerade wollte Emily mit dem schweren Paket unter dem Arm die Eustane Street überqueren, als plötzlich wie aus dem Nichts ein Automobil von links auftauchte. Eine heiser blökende Hupe ertönte im Stakkato, und erschrocken sprang Emily vor dem dunklen Schatten zurück, der im nächsten Moment an ihr vorbeibrauste. Sie erhaschte nur einen kurzen Blick auf das Gesicht des Jungen, der vorn auf dem Beifahrersitz saß und nicht minder erschrocken zu ihr hinausschaute. Dieser flüchtige Moment war jedoch ausreichend, um zu erkennen, daß es sich um Byron O'Neil handelte. Emily war sicher, auch in seinen Augen ein Wiedererkennen aufblitzen zu sehen, und ihr war sogar so, als hätte er die Hand gehoben, um ihr zu winken. Aber das wollte sie tags darauf nicht beschwören, als sie Caroline davon berichtete. Denn zu schnell hatte das Schneegestöber das Auto mit Byron wieder verschluckt.
Eine Woche nach dieser flüchtigen Begegnung überraschte Emily ihre Schwester in ihrer Dachkammer, wie diese auf ihrem Bett saß und in ihrem Tagebuch blätterte. »Was machst du da?« rief sie empört und verlegen zugleich, weil Leonora sich Einblick in ihre geheimsten Gedanken verschafft hatte. Nur gut, daß sie die erste Seite mit der Eintragung: »Ich hasse meine Schwester, und ich wünschte, Leonora wäre tot, tot, tot!« schon längst herausgerissen hatte. »Gib das her! Du hast kein Recht, in meinem Zimmer herumzuschnüffeln und mein Tagebuch zu lesen!«
Leonora erhob sich ohne Hast und ohne Anzeichen von Schuldbewußtsein vom Bett. »Ich weiß schon, was ich mache, Schwesterchen. Und ich habe alles Recht, das ich brauche, wie du siehst«, erwiderte sie von oben herab. »Also plustere dich nicht auf wie ein dämlicher Gockel! So interessant ist dein Geschreib-

sel nun wirklich nicht. Daß überhaupt jemand auf die Idee kommt, solch einen ausgemachten Kinderkram zu Papier zu bringen, ist mir ein Rätsel.«

»Das geht dich gar nichts an. Und jetzt gib es endlich her!« Emily versuchte, ihr das Tagebuch aus der Hand zu reißen. Aber Leonora hielt sich ihre Schwester mit der Rechten vom Leib, während sie das Tagebuch mit der Linken hoch über ihrem Kopf schwenkte und sie mit Spott übergoß. »Na, hast du deinen süßen Byron immer noch nicht wiedergetroffen? Das tut mir ja so leid für mein kleines Schwesterchen, das sein Herz an diesen strahlenden Helden von Linkletter's Shore verloren hat. Und ich gestehe, daß ich mich vor Neid verzehre, weil mir so ein erhebendes Erlebnis noch nicht vergönnt gewesen ist. Sag mal, träumst du immer noch davon, daß dein edler Ritter, der junge Prinz Byron vom einsamen Ruderboot, mit einer Locke von dir unter dem Kopfkissen schläft?«

Emily wurde puterrot im Gesicht. »Wie kann man nur so gemein sein!« In wildem Zorn schlug sie auf den Arm ihrer Schwester ein, während ihr die Tränen in die Augen schossen. Dann ließ sie resigniert die Fäuste sinken, denn gegen ihre Schwester kam sie nicht an, weder körperlich noch sonst. »Warum tust du das, Leonora? Was habe ich dir getan, daß du immer so ekelhaft zu mir bist und nie ein gutes Haar an mir läßt?«

Als Emilys Widerstand wie ein Strohfeuer erlosch, verlor Leonora augenblicklich den Spaß an der Sache. »Ich bin nicht gemein, ich tue dir bloß einen Gefallen. Also hör auf, wie ein verwöhntes Balg zu heulen, wenn es mal ein bißchen hart rangenommen wird! Du bist hier nicht im Haus deiner feinen Freundin!« herrschte sie ihre Schwester an und warf das Tagebuch achtlos hinter sich auf das Bett. Sie ging zur Tür und drehte sich dort noch einmal kurz zu Emily um. »Von mir aus kannst du ein ganzes Dutzend von solchen schwachsinnigen Tagebüchern vollkritzeln, wenn es dir Spaß macht. Und wer weiß, vielleicht schläft dieser Byron ja tatsächlich mit einer Locke von dir unter dem Kopfkissen.« Sie machte eine kurze Pause und fügte geradezu versöhnlich hinzu: »Du wirst es mir vielleicht nicht glauben, aber ich würde es dir sogar gönnen.«

Verstört und verblüfft zugleich blickte Emily auf die Tür, die sich hinter ihrer Schwester schloß. Hatte Leonora ihren letzten Satz beim Hinausgehen wirklich versöhnlich gemeint und sich womöglich auf diese Weise für ihr abscheuliches Verhalten entschuldigen wollen, oder bildete sie sich das nur ein? An die Bevormundung und ständigen Zurechtweisungen ihrer Schwester hatte sie sich längst gewöhnt, und deshalb wußte sie nicht, was sie von dieser merkwürdigen Bemerkung halten sollte.

Emily wurde aus ihrer Schwester immer weniger schlau, je weiter das Schicksalsjahr 1929 mit dem New Yorker Börsenkrach und der sich anbahnenden weltweiten Wirtschaftskrise voranschritt. Als der Sommer begann, kam Leonora an einem Samstagabend zu ihr in die Dachkammer und brachte ihr ein wunderhübsches Kleid aus lindgrünem Stoff mit feinen weißen Streifen.

Emily reagierte zuerst argwöhnisch und abwehrend. »Was willst du? Wenn du eine Naht am Kleid genäht haben mußt, hättest du das eher sagen sollen. Ich gehe jetzt zu Bett!«

Leonora schüttelte lächelnd den Kopf. »Nein, die Nähte sind alle in Ordnung. Das Kleid ist nämlich neu, und es ist für dich«, eröffnete sie ihr.

Emily sah ihre Schwester verständnislos an. »Für mich?« fragte sie ungläubig. Sie trug doch immer nur die abgelegten Sachen auf!

»Ja, ich habe es für dich genäht. Es wird dir passen, weil ich an deinem braunen Maß genommen habe«, antwortete Leonora leichthin, als wäre es ganz normal, daß sie ihr hübsche Kleider nähte. »Wenn du willst, kannst du es gleich morgen zum Kirchgang anziehen.«

Emily wußte nicht, was sie sagen sollte. Sie fühlte sich wie vor den Kopf geschlagen.

»Ich hoffe, es gefällt dir. Oder magst du das Muster nicht?«

»Doch, es … es ist … sehr hübsch«, stammelte Emily verstört. »Und es ist wirklich für mich?«
»Du solltest dir besser die Ohren waschen, sonst würdest du jetzt nicht so dumm fragen«, antwortete ihre Schwester bissig, wobei sich ihr eben noch so freundlicher Ausdruck wieder in eine mürrisch verschlossene Miene verwandelte.
»Danke, Leonora!« Am liebsten wäre sie ihrer Schwester um den Hals gefallen, solch eine Freude erfüllte sie. Der verkniffene Gesichtsausdruck ihrer Schwester hielt sie jedoch davon ab.
»Mach bloß nicht so ein Aufhebens! Ich habe genug zum Anziehen, und da ich einen neuen Schnitt ausprobieren wollte, habe ich dir eben das Kleid genäht. Und jetzt sieh zu, daß du ins Bett kommst!«
Emily strahlte sie dennoch glücklich an, worauf Leonora jedoch schnell den Blick abwandte und sich beeilte, aus der Dachkammer zu verschwinden.
Am nächsten Morgen verpaßte Leonora ihrer Schwester eine schmerzhafte Kopfnuß, als sie im knöchellangen Nachthemd vom Hof zurück ins Haus kam, und schwärzte sie bei ihren Eltern an, weil sie angeblich ihren Nachttopf im Hof unter der Wasserpumpe nicht gründlich genug gesäubert hatte – was Emily empört zurückwies. Aber größer noch als ihre Empörung über die Unterstellung war ihre Enttäuschung, hatte sie doch schon fest geglaubt, daß Leonora endlich Frieden mit ihr schließen und ihr wieder eine liebevolle Schwester sein wollte, wie sie es bis zum Tag ihrer Scharlacherkrankung immer gewesen war.
Dem war nicht so – auf der einen Seite. Denn wenn Leonora sie auch weiterhin herumkommandierte und sie oft genug mit ihrer Überheblichkeit zur Weißglut brachte, so leuchteten in dieser Dunkelheit der Ablehnung doch seltsamerweise immer wieder merkwürdige Lichter der Zuneigung und Nachsicht auf. Ihre Schwester sorgte beispielsweise dafür, daß Emily nicht mehr ihre alten Kleider auftragen mußte, was schon ein großes Geschenk war.

»Bilde dir bloß nichts darauf ein. Es macht sich einfach nicht gut im Geschäft, wenn die Tochter eines Tuchhändlers in so alten Sachen herumläuft!« meinte Leonora nur kühl, als Emily sich bei ihr für all die schönen Sachen bedankte, die sie nun erhielt.

Aber so ganz nahm Emily ihrer Schwester die grobe Art, mit der diese sie immer wieder von sich stieß und derartige Gefälligkeiten wie die neuen Kleider mit eigennützigen Überlegungen abtat, nicht ab. Denn welchen Vorteil sollte Leonora davon haben, auf einmal bei ihrem Vater durchzusetzen, daß sie von nun an jede Woche ein Taschengeld von einem Vierteldollar erhielt? Keinen! Also machte sie es ganz allein deshalb, weil sie ihr, Emily, etwas Gutes tun wollte. Wie sie ja auch dafür sorgte, daß sie viel aus dem Haus und mit ihrer Freundin zusammensein konnte. Daß Leonora sie dafür ordentlich herumscheuchte und nicht selten schikanierte, wenn sie wieder daheim war, nahm sie deshalb klaglos in Kauf. Daß ihrer Schwester offensichtlich doch noch viel an ihr lag, auch wenn sie es hinter ihrer rauhen Schale verbarg, war ein Gedanke, der vieles erträglicher machte und Emily ein wenig mit dem Schicksal versöhnte.

Leonora war noch immer unangefochten der Liebling ihres Vaters. Stolz nannte er sie »meine Große, auf die ich allmählich ein scharfes Auge haben muß, kommt sie doch ganz auf ihre Mutter«. Denn das gutaussehende Mädchen begann immer deutlicher die Gestalt einer bildhübschen jungen Frau anzunehmen. Nach Beendigung der Schulzeit hatte er ihr auch im Laden immer mehr Verantwortung übertragen, und mittlerweile bediente sie die Kundschaft beinahe schon so kompetent wie ihr Vater. Eines Tages würde Leonora das Geschäft übernehmen, das stand nicht nur für Emily fest, sondern auch für jeden, der die Foresters kannte und Kunde der Stoffhandlung war.

In die einstige Harmonie zwischen ihrem Vater und Leonora begannen sich jedoch in diesem Jahr schrille Mißtöne zu mischen. Emily beobachtete, daß ihre Schwester nicht nur immer selbstbewußter und launischer wurde, sondern ihrem Vater auch immer öfter die Stirn bot – und zwar in einem Maße, wie es ihre Mutter noch nicht einmal in ihren mutigsten Momenten gewagt hatte. Und wenn ihr Vater anfangs oft auch verärgert und auffahrend reagierte, so setzte Leonora ihren Kopf doch fast immer durch.

»Ein Radio kommt mir nicht ins Haus! Diese Lärmkästen ruinieren einem nur die Nerven!« donnerte er im Sommer, als Leonora ihnen vom Radio im Haus ihrer Freundin Deborah Cobbs und den wunderbaren Konzerten der großen Tanzorchester vorschwärmte, die aus den exklusiven Ballsälen der Großstädte auf dem Festland übertragen wurden und neuerdings auch auf der Insel empfangen werden konnten.

Keine zwei Wochen später gab es auch in ihrem Haus einen schweren Radioapparat, und ihr Vater begeisterte sich innerhalb weniger Tage für diese Erfindung, die er bis dahin noch für so überflüssig wie einen Kropf gehalten hatte.

Dasselbe Theater spielte sich ab, als Leonora es sich im Herbst in den Kopf setzte, daß auch ihr Geschäft endlich ein Telefon erhalten und an die Gemeinschaftsleitung der Straße angeschlossen werden sollte. »Die Kunden müssen uns telefonisch erreichen können, wenn das Wetter, beispielsweise strömender Regen, nicht gerade dazu einlädt, sich zu uns auf den Weg zu machen, bloß um zu fragen, ob wir diesen oder jenen Stoff noch auf Lager haben.«

»Telefon? So ein Unfug, Leonora! Wir führen doch kein Frachtkontor, sondern eine gediegene Stoffhandlung!« wehrte ihr Vater ungehalten ab. »Bisher haben alle unsere Kunden noch immer ihren Weg zu uns ins Geschäft gefunden, wenn sie etwas brauchten! Außerdem kann jeder, der an so eine Leitung angeschlossen ist, die Telefonate aller anderen mithören. Das Telefon ist zweifellos eine himmlische Erfindung für alte Klatschmäuler wie Edwina Cobbs und Josephina Potter, die stundenlang am Ohrtrichter hängen, um auch ja kein noch

so kurzes und banales Gespräch ihrer Nachbarn zu verpassen. Nein, das schlag dir mal schnell wieder aus dem Kopf!«
Leonora dachte jedoch gar nicht daran, sich das Telefon aus dem Kopf zu schlagen. Und binnen weniger Wochen hing unten im Geschäft an der Wand zur Tür, die nach hinten zu den Privaträumen führte, ein schwarzes Telefon mit Sprechmuschel und Ohrtrichter in der Gabel.
Ja, Leonora verstand sich ausgezeichnet darauf, ihren Vater um den Finger zu wickeln und letztendlich immer ihren Willen durchzusetzen. Sie genoß bei ihm fast so etwas wie Narrenfreiheit. Vater ließ ihr ungestraft die schlimmsten Launen durchgehen, die sie immer öfter an den Tag legte, und er zeigte sich auch nachsichtig, wenn Leonora ihn mit Widerworten herausforderte, für die sie, Emily, sich schon längst deftige Ohrfeigen eingehandelt hätte.
Richtig böse wurde ihr Vater jedoch, als ihm nach der County Fair im Oktober zu Ohren kam, daß der achtzehnjährige Jason von der armseligen Lindsay-Farm am Gillespies Creek ihr nicht nur schon seit Wochen bei jeder Gelegenheit schöne Augen machte, sondern daß Leonora ihn auch noch dazu ermunterte und sich auf dem Rummelplatz mit ihm hinter eines der Festzelte verdrückt hatte. Da war es mit seiner Geduld und Nachsicht vorbei. Er tobte regelrecht. »Wie kannst du es wagen, dich hinter meinem Rücken mit solch einem Nichtsnutz von Bauernlümmel einzulassen?« schrie er sie mit hochrotem Gesicht an. »Hast du vergessen, wer du bist? Willst du dich an einen dahergelaufenen armen Schlucker verschenken, der sein Leben lang Knecht seiner beiden älteren Brüder bleiben wird? Du siehst mir diesen Hungerleider nie wieder und sprichst auch kein Wort mehr mit ihm, sonst schlage ich dich grün und blau!«
Und ihr Vater hielt Wort. Er, der bis dahin nie mehr als ein paar kräftige Ohrfeigen verteilt und im Gegensatz zu den meisten anderen Vätern nie zum Lederriemen gegriffen hatte, schlug seine Tochter tatsächlich grün und blau, weil Leonora sich

seinem Verbot widersetzte und sich heimlich mit Jason traf. Ihre Mutter flehte ihn schon nach den ersten Schlägen unter Tränen an, doch um Gottes willen von ihr abzulassen. Doch er stieß sie grob aus der Tür und fiel weiter über Leonora her. Die Schläge mit dem Ledergürtel prasselten nur so auf sie nieder.

Emily wurde regelrecht übel, und sie kauerte sich oben auf die Stiege und hielt sich verzweifelt die Ohren zu, um das abscheuliche Klatschen und die Schreie ihrer Schwester zu ersticken. Vergebens. Schließlich sprang sie auf und lief hinunter. Sie mußte ihrem Vater in den Arm fallen und dieser fürchterlichen Strafe, die ihre Schwester bezog, ein Ende bereiten. So schlecht ihr Verhältnis auch sein mochte, sie blieben doch Schwestern. Der Mut verließ sie jedoch unten am Treppenabsatz, wo sie wie erstarrt stehenblieb und auf die abscheuliche Szene starrte, die sich nur wenige Schritte weiter am Ende des Flurs abspielte. Sie verachtete sich dafür, daß ihre Angst stärker war und sie es nicht wagte, ihrem Vater in diesem Zustand fürchterlicher Rage entgegenzutreten. Dies war nicht der Vater, den sie kannte. Dieser gewalttätige Mensch war ein Fremder, der sie zutiefst erschreckte.

Endlich hörte das häßliche Klatschen auf.

»Laß dir das gefälligst eine Lehre sein!« keuchte ihr Vater mit verzerrtem, schweißglänzendem Gesicht, während Leonora sich in ihrem Zimmer wimmernd vor seinen Füßen am Boden krümmte. »Wage es ja nicht noch einmal, die Grenzen zu übertreten, die ich dir ziehe, hast du mich verstanden?«

Dann tat ihr Vater etwas, was Emily noch weniger verstand als seinen Gewaltausbruch. Er beugte sich nämlich zu Leonora hinunter, fuhr ihr zärtlich über den Kopf und sagte mit erstickter Stimme, als hätte er plötzlich reuevoll begriffen, was er da gerade getan hatte: »Warum hast du meinen Zorn herausgefordert, Leonora? Warum bloß? Weißt du denn nicht, daß jeder Schlag mich noch viel mehr schmerzt als dich? Warum hast du *mir* das angetan, Leonora?« Er strich ihr über die tränennasse Wange, schüttelte den Kopf und verließ dann ohne ein weiteres Wort die Kammer, die Emily noch bis vor drei Jahren mit ihrer Schwester geteilt hatte.

Ihr Vater erwähnte den Namen Jason Lindsay nie wieder in Gegenwart seiner Familie, wie auch Leonora hinterher nicht ein einziges Wort verlor – weder über ihren Schwarm Jason noch über die fürchterlichen Prügel, mit der ihr Vater sie für ihren Ungehorsam bestraft hatte. Das Leben in ihrem Haus verlief schon wenige Tage später wieder in seinen altvertrauten Bahnen. Emily hielt wachsam Ausschau nach Anzeichen, ob unter den Schlägen des Lederriemens das innige Verhältnis zwischen ihrer Schwester und ihrem Vater zerbrochen war. Doch sie vermochte nichts dergleichen festzustellen. Alles war so wie vorher. Es schien, als hätte es diesen erschreckenden Vorfall nie gegeben, Schweigen umhüllte ihn. Vergessen würde ihn jedoch keiner können, dessen war sich Emily sicher!

9

Seit den Tagen der ersten Siedler war für die Einwohner auf der Insel ein Leben ohne Pferde nicht vorstellbar. Pferde pflügten die schwere rote Lehmerde, sie schleppten das Heu in die Scheunen und den Mist auf die Felder, setzten die Tretmühlen zum Dreschen des Korns in Gang und trieben die schweren Sägemaschinen an. Sie zogen Wagen und schwerbeladene Fuhrwerke aller Art, auf Rädern wie auf Kufen. Im Winter stampften sie bei Sonnenschein wie bei Sturm meilenweit durch Schneewehen, transportierten schwere Ladungen von Muschelschlamm, der durch Löcher in der dicken Eisschicht aus dem Bett der Flüsse hochgeholt wurde, und zogen die

Stämme gefällter Bäume aus den Wäldern. Nach schweren Schneestürmen machten sie die Wege wieder frei. Und wenn im Frühling der Frost aus dem Boden wich und tiefen Schlamm hinterließ, zogen sie auf den Straßen den schweren Planierpflug hinter sich her. War die Arbeit getan, brachten Pferde die Inselbewohner zu Familienfeiern und Beerdigungen, zu Tanzveranstaltungen am Samstagabend und zum Gottesdienst am Sonntagmorgen.

Die Insulaner liebten ihre Pferde. Sie betrachteten sie als »Gottes eigene Kreatur« unter den Tieren und sprachen von ihnen mit derselben Zuneigung in der Stimme wie von ihren Brüdern und Schwestern, an denen ihr Herz ganz besonders hing. Als das Zeitalter der Fotografie einsetzte, fehlte bei Familienaufnahmen fast nie das Farmpferd, das oft eine ganze Generation begleitete. Das Gnadenbrot war ihm gewiß. Ein altersschwaches Pferd als Futter an die Fuchsfarmen zu verkaufen, galt als schändlich. Die Menschen klagten wenig über den Tod einer Kuh oder eines Schweines, doch den Tod ihrer Pferde betrauerten sie. Ein ordentliches Begräbnis auf Farmland gehörte dazu. Ein aufrechter Mann hegte soviel Stolz für sein Pferd wie für seine Arbeit. Und wer sein Pferd mißhandelte, dem war die Verachtung der Gemeinschaft sicher.

Ja, die Landbevölkerung von Prince Edward Island liebte ihre Pferde und das Leben mit ihnen. Deshalb reagierten sie auch mit äußerster Ablehnung, als die ersten Automobile und Traktoren aufkamen. Es kam ihnen gar nicht in den Sinn, ihre bewährten Pferde abzuschaffen und sich diesen lärmenden Maschinen anzuvertrauen, selbst wenn sie das Geld dafür gehabt hätten. Was war ein Farmer ohne seinen getreuen vierbeinigen Mitarbeiter und Kameraden bei fast allen Tätigkeiten, die sein Leben ausmachten?

»Automobil und Traktor – ohne uns!« Länger als in anderen Teilen des Landes hielten die Farmer von Prince Edward Island an diesem Schwur fest. Und gemeinsam mit einigen Städtern, die Automobile für eine Bedrohung der Zivilisation hielten, stemmte sich die Landbevölkerung lange Zeit erfolgreich gegen den technischen Fortschritt, der sich auf dem Festland längst auf dem Vormarsch befand.

1907 existierten nur sieben »pferdelose Wagen« auf der Insel, deren Besitzer auf Jahrmärkten und Landwirtschaftsausstellungen zehn Cent für eine kurze Fahrt um den Platz nehmen konnten. Im Jahr darauf verbannte die Regierung sämtliche Automobile von der Insel. Man begründete diesen drastischen Schritt damit, daß sich viele Farmer an Markttagen nicht mehr in die Orte trauten und auch der Kirche fernblieben, weil sie befürchteten, ihre Pferde könnten von einem dieser lärmenden Vehikel zu Tode erschreckt werden und durchgehen. Wer sich mit seinem Auto dennoch auf die Straßen wagte, riskierte sechs Monate Gefängnis oder eine Geldstrafe von fünfhundert Dollar, was für die meisten mehr war, als sie in drei, vier Jahren verdienen konnten, lag das durchschnittliche Jahreseinkommen der Inselbewohner doch unter hundertfünfzig Dollar.

Dieses strikte Verbot wurde erst 1913 gelockert. Nun war das Autofahren montags, mittwochs und donnerstags zwar gestattet, allerdings nur auf den Hauptverkehrsstraßen. Zudem durfte jede Gemeinde nach eigenem Gutdünken weitere Beschränkungen erlassen. Das Ergebnis war ein einziges Chaos. Blieb ein Auto am Donnerstag mit einem Schaden irgendwo liegen, mußte sein Besitzer bis Montag warten, um den Wagen reparieren zu lassen und nach Hause fahren zu können. Lebte der Autobesitzer in einem Gebiet, wo Automobile noch immer verboten waren, blieb ihm nichts anderes übrig, als seinen Wagen von einem Pferd bis zur nächsten Gemeinde ziehen zu lassen, wo das Autofahren erlaubt war. Aber nicht einmal dann konnte man sicher sein, unbehindert fahren zu können. Denn immer wieder blockierten Farmer einfach die Straßen, um den Automobilverkehr zu unterbinden. Erst im Jahre 1918 wurden alle Restriktionen aufgehoben, was zur Folge hatte, daß sich die Zahl der Autos auf der Insel innerhalb von zwei Jahren vervierfachte. Die Vorzüge, die so ein Vehikel gegenüber einem Pferdewagen besaß, begannen zuerst einmal die Menschen in den größeren Ortschaften zu überzeugen. Doch bald legte sich auch so manch wohlhabender Farmer einen Ford, Packard, Studebaker oder Dodge zu – natürlich ohne seine Pferde abzuschaffen.

1930 gab es auf Prince Edward Island schon annähernd achttausend Automobile. Im Mai des folgenden Jahres entdeckte dann Leonora ihre Liebe zu diesen Vehikeln, nachdem die Cobbs sich einen fünf Jahre alten Oldsmobile mit achtzehn Pferdestärken zugelegt hatten.

Es begann dasselbe Spiel zwischen Leonora und ihrem Vater, das auch der Anschaffung des Radios und des Telefons vorangegangen war. Ihr Vater wollte von der neuen Idee absolut nichts wissen und verkündete, in dieser Sache hart zu bleiben. »Wozu brauchen wir ein Automobil, wo wir doch Jamie und einen prächtig gepflegten Wagen haben?« hielt er ihr vor. Jamie war eine Fuchsstute, die gegenüber von ihnen im Stall von Silas Robinson einstand. Der Freund und Nachbar kümmerte sich gegen ein bescheidenes Entgelt nicht nur um das Pferd, sondern auch um den halboffenen Wagen.

»Jamie hat bald sein Gnadenbrot verdient, und der Wagen ist nichts für schlechtes Wetter«, wandte Leonora ein. »Außerdem fährt inzwischen schon fast jeder, der als Geschäftsmann etwas auf sich hält, ein Automobil.«

»Fredrick Forester ist nicht jedermann«, erwiderte er. »Und statt unnötig Geld auszugeben, sollten wir froh sein, daß die schwere Wirtschaftskrise unsere Insel bisher noch verschont hat, und unser Erspartes zusammenhalten.« Leonora zeigte sich von seinem Einwand nicht im mindesten beeindruckt. »Das Geld hältst du nicht erst seit der Krise, sondern schon seit vielen Jahren zusammen – und zwar fester als nötig«, warf sie ihm vor, und sie wußte, wovon sie sprach, hatte sie doch nun schon seit geraumer Zeit Einblick in die Geschäfte. »Außerdem ist

gerade jetzt, wo die Wirtschaft auf dem Festland so darniederliegt, der beste Moment, um billig an ein Automobil zu kommen.«
»Aber wir brauchen so etwas doch gar nicht!«
Leonora ließ jedoch nicht locker. Abend für Abend und wohl auch tagsüber im Geschäft, wenn keine Kunden zugegen waren, belebte sie die Diskussion aufs neue und setzte ihrem Vater zu. Er konnte noch so wütend mit der Hand auf den Tisch hauen und die Debatte ein für allemal für beendet erklären, am nächsten Tag fing Leonora völlig unerschrocken wieder von vorn damit an.
Und Forester wurde von Tag zu Tag gereizter. Statt des einen Glases Brandy, das er sich gelegentlich gönnte – trotz der Prohibition, die auf Prince Edward Island noch immer Gültigkeit hatte, obwohl alle anderen Provinzen Kanadas diese Maßnahme längst für gescheitert erklärt und aufgegeben hatten –, sprach er dem geschmuggelten Alkohol abends immer öfter und intensiver zu.
»Laß mich in Ruhe! Ich will nichts mehr davon hören!« wies er seine Tochter ab und entfloh ihrem Insistieren, indem er einfach das Radio laut aufdrehte. Und wenn das nichts nützte, nahm er die Flasche und schloß sich in sein Zimmer ein.
Aber was ihr Vater auch tat, es half nichts. Leonora setzte auch in dieser Angelegenheit ihren Kopf durch, weil er ihr letztendlich einfach keinen Wunsch abschlagen konnte. Und so fuhr er dann vier Wochen, nachdem sie das Thema zum erstenmal aufs Tapet gebracht hatte, mit ihr nach Charlottetown, wo es zwei Autohändler gab.
Am nächsten Tag kamen sie mit einem schnittigen Studebaker Commander Eight zurück, dessen Karosserie in einem herrlich dunklen Burgunderrot glänzte, während die Zierleisten in einem schlichten, aber elegant wirkenden Schwarz gehalten waren. Noch recht unsicher und ruckhaft, doch mit sichtlichem Stolz chauffierte ihr Vater den Studebaker vor ihr Haus.

Mit einem triumphierenden Strahlen sprang Leonora aus dem Wagen. »Sieht er nicht wie neu aus?« flüsterte sie Emily und ihrer Mutter aufgeregt zu. »Er ist erst zwei Jahre alt, hat doppelt so viele Pferdestärken wie der Oldsmobile der Cobbs und ist schneller als das schnellste Rennpferd!«

Ihre Mutter lächelte unsicher. »Ich weiß nicht so recht, ob ich das für einen Vorzug halten soll, mein Kind.«

Emily war sprachlos vor Staunen und Bewunderung für ihre Schwester, daß diese ihren Vater tatsächlich dazu gebracht hatte, solch ein wunderbares und bestimmt sündhaft teures Gefährt zu kaufen.

Leonora lachte ausgelassen. »Zeig ihnen, wie man das Dach herunterklappt und den Wagen in ein Kabriolett verwandelt!« forderte sie ihren Vater auf.

Nur zu bereitwillig demonstrierte er ihnen das nach hinten einklappbare Verdeck. »Na, ist das was?« prahlte er, und sichtlich angesteckt von der Begeisterung für den Studebaker verkündete er aufgeräumt: »Morgen fahren wir nach Cavendish und machen dort am Strand in den Dünen ein Picknick!«

»O ja, das machen wir! Es ist wunderbar, Dad, daß du den Wagen gekauft hast!« rief Leonora, schlang ihre Arme um seinen Hals und drückte ihm in ihrem Überschwang in aller Öffentlichkeit einen Kuß auf die Wange.

»Benimm dich, Kind!« tadelte ihre Mutter sie ob dieser Unschicklichkeit unter den neugierigen Augen der Nachbarn, die schon an den Fenstern standen und sich nichts entgehen ließen.

Leonora lachte jedoch nur, während ihr Vater bis zu den Haarwurzeln errötete, gleichzeitig aber auch vor Freude über das ganze Gesicht strahlte.

Auch Emily freute sich, daß sie sich nun stolze Besitzer eines Automobils, wenn auch nur eines gebrauchten, nennen konnten. Daß sie selbst selten mitfahren würde, nahm sie von vornherein als Gegebenheit hin. Irgendwie betrachtete sie den eleganten

Studebaker vom ersten Moment an als den Besitz ihrer Schwester.
Welch folgenschwere Auswirkungen der Kauf dieses Autos für ihr Schicksal, ja, für ihrer aller Leben haben sollte, ahnte damals keiner.

10

Sie saßen am Strand im warmen Sand, und Emily beobachtete amüsiert eine Gruppe von langschnäbeligen Strandläufern, die auf ihren dünnen staksigen Beinen blitzschnell vor jeder noch so schnell heranbrandenden Welle aufs trockene Land zurückwichen, um dem zurückfließenden Wasser jedoch schon im nächsten Moment wieder bis zur Rückzugslinie zu folgen. Im Rhythmus der Brandung ging es unablässig vor und zurück. Es war, als vollführten diese flinken Vögel einen Tanz mit den Wellen. Oder war es eine Jagd? Doch wer jagte dann wen?
Gerade wollte Emily eine dementsprechende Bemerkung machen, als Caroline plötzlich mit der schockierenden Nachricht herausplatzte: »Dad hat mir heute mitgeteilt, daß er in Charlottetown ein Haus gekauft hat und wir bald dort wohnen werden. Nach dem Sommer werde ich dort dann auch zur Schule gehen.«
Emily sah sie bestürzt an. »Ihr zieht von Summerside weg?«
Caroline nickte. »Ja, schon in sechs Wochen, wenn die Renovierungsarbeiten abgeschlossen sind. Zwar behalten wir das Haus in der Duke Street, aber wir werden vermutlich nur noch im Sommer manchmal dasein.«
Emily wurde blaß und schluckte heftig. Die Vorstellung, daß sie ihre beste Freundin schon in wenigen Wochen verlieren würde, erschütterte sie zutiefst. Charlottetown lag gute siebzig Kilometer von Summerside entfernt. Caroline hätte ebensogut aufs

Festland ziehen können, denn beides war gleichermaßen unerreichbar für sie. Somit würde sie ihre Freundin also nur noch in den Sommerferien sehen, sofern die Clarks auch wirklich ein paar Wochen in ihrem Haus in Summerside verbrachten.

»Hast du denn nicht versucht ...«, begann Emily, um mit erstickter Stimme abzubrechen. Verzweifelt biß sie sich auf die Lippen, um die Tränen zurückzuhalten, die ihr in die Augen schossen. Sie konnte sich ein Leben ohne ihre Freundin nicht vorstellen.

»Natürlich habe ich das!« beteuerte Caroline. »Aber es hat nichts genutzt. Dad ist es leid, während der Sitzungsperioden des Parlamentes jeden Tag zwischen Summerside und Charlottetown hin und her fahren zu müssen. Außerdem gibt es hier in Summerside ja keine weiterführende Schule, und ich denke nicht daran, mich jetzt doch noch unter die Fuchtel irgendwelcher Privatlehrer zu begeben. Dann besuche ich lieber die Schule, in der Dad mich in Charlottetown angemeldet hat.«

»Und mich läßt du hier einfach zurück!« entfuhr es Emily mit bitterem Vorwurf.

Caroline sah sie verletzt an. »Sag doch so etwas nicht, Emily! Natürlich lasse ich dich nicht hier zurück. Du kannst mit mir auf diese Schule gehen!«

»Natürlich, das ist ja auch wirklich ganz einfach, nicht wahr?« erwiderte Emily sarkastisch. »Mein Vater braucht sich ja auch bloß ein zweites Haus in Charlottetown zu kaufen! Oder aber er stellt einen Fahrer wie Stanley ein, der mich jeden Morgen in die Hauptstadt kutschiert und abends wieder abholt. Du hast recht, das ist alles kein Problem. Wir schwimmen ja nur so im Geld!«

Statt auf den bitteren Spott verärgert zu reagieren, lachte Caroline. »Dad schickt mich auf die Lawrence Landon Boarding School for Young Ladies ...«

»Ah, eine feine Privatschule für junge Damen! Na, wenn das nicht genau der richtige Ort für die jüngste Tochter eines kleinen Landkrämers ist, der in Häusern wie dem euren nur durch den Dienstboteneingang Zutritt hat!« warf Emily bissig ein.

»Mein Gott, nun laß mich doch erst einmal ausreden!« rief Caroline ungeduldig aus, ohne jedoch ihr Lächeln zu verlieren. »Diese Privatschule nimmt nicht nur Tagesschüler wie mich auf, sondern vergibt in Verbindung mit einer Stiftung auch großzügige Stipendien. Und da du in allen Fächern ausgezeichnete Zensuren hast, hat mir mein Vater versprochen, dafür zu sorgen, daß du eines dieser Stipendien erhältst.«

Emily bedachte sie mit einem zutiefst skeptischen Blick. »Das hat er bestimmt nur gesagt, um dich erst einmal zu beruhigen.« Caroline lachte sie vergnügt an. »Wollen wir wetten, daß du das Stipendium kriegst? Aber nein, das wäre gemein. Ich weiß nämlich, daß dein Stipendium schon bewilligt ist. Mein Dad gehört nämlich zu den Gründern und Finanziers dieser Stiftung.«

»Oh!« Emily machte ein verblüfftes Gesicht. Für einen Augenblick überwältigte sie die Vorstellung, mit Caroline eine so exklusive Schule zu besuchen und eine höhere Schulbildung zu erhalten, die ihr ungeahnte Möglichkeiten für ihr späteres Leben eröffnen würde. Welch eine verlockende Aussicht!

Doch schon im nächsten Moment verdrängte gesunde Skepsis diese luftigen Träumereien. »Und wenn schon, ich glaube nicht, daß mein Vater mir die Erlaubnis gibt, in Charlottetown auf diese Schule zu gehen. Außerdem hat er seinen Stolz, der es ihm bestimmt verbietet, ein Stipendium für mich überhaupt anzunehmen. Ehe er zugibt, daß er eine dermaßen teure Schulausbildung nicht bezahlen kann, wird er sagen, daß er nichts davon hält und ich da auch nicht hingehöre. Dad wird mich im Herbst irgendwo in Stellung schicken – oder aber er holt mich mit ins Geschäft.« Emily verbesserte sich jedoch sofort. »Aber nein, das wird Leonora schon zu verhindern wissen. Wenn ich also Glück habe, wird Dad mich bei irgendeinem anderen Krämer in der Stadt unterbringen, damit ich da etwas lerne und mir für meine

Aussteuer etwas dazuverdienen kann, bis ich irgendwann unter die Haube komme.«

»Das darfst du aber nicht zulassen!« beschwor Caroline sie und ergriff ihre Hände. »Wir können weiterhin zusammensein. Du mußt nur deine Eltern davon überzeugen, daß dieses Stipendium kein Almosen, sondern eine Auszeichnung für deine bisherigen schulischen Leistungen ist. Du hast es dir wirklich verdient. Du mußt sie deshalb bei ihrer Ehre packen.«

Emily lachte trocken auf. »Das ist leicht gesagt.«

»Wenn du möchtest, kann ja mein Vater auch mal mit deinem Dad reden«, bot Caroline an.

»Um Gottes willen, bloß das nicht!« wehrte Emily erschrocken ab. »Wie ich Dad kenne, würde er sich bevormundet und überfahren vorkommen, wenn ihn jemand wie dein Vater aufsucht und ihm sagt, was zum Besten seiner jüngsten Tochter zu tun ist. Dann kannst du mich gleich von der Liste der Stipendiaten streichen. Nein, das muß ich schon auf meine Weise versuchen. Und ich darf es auf keinen Fall übers Knie brechen.«

Je länger Emily mit ihrer Freundin über einen gemeinsamen Schulbesuch in Charlottetown redete, desto mehr begeisterte sie sich dafür. Als sie sich auf den Heimweg machten, war sie Feuer und Flamme für diese Idee. Sie brannte förmlich darauf, ihren Eltern von dem angebotenen Stipendium für die Lawrence Landon Boarding School for Young Ladies zu erzählen. Darum fiel es ihr auch ungemein schwer, ihre Ungeduld zu bezwingen und eine günstige Gelegenheit abzuwarten, wo alle gut gelaunt waren.

Vier lange Tage mußte sie sich gedulden. Dann, am Sonntagnachmittag, hielt sie den Augenblick für gekommen. Sie waren mit dem Studebaker bei herrlichem Sommerwetter und mit heruntergeklapptem Verdeck nach Cape Tyron an der Golfseite der Insel gefahren, um sich dort am Strand im Schatten des Leuchtturmes zu einem Picknick niederzulassen. Es war das erstemal, daß Leonora, der ihr Vater nach beständigem Insistieren endlich das Autofahren beigebracht hatte, eine längere Strecke mit dem Studebaker zurücklegte. Und sie machte ihre Sache ganz ausgezeichnet, wie sogar Emily ihr zugestehen mußte. Ihre Schwester hatte nun mal ein goldenes Händchen für solche Sachen. An diesem Tag neidete sie ihr die vielen Privilegien jedoch nicht, sondern hoffte darauf, daß der Stolz über die eigenen Fahrkünste und die gute Stimmung ihre Schwester davon abhalten würden, allzu bösartig auf ihr herumzuhacken und das Stipendium als reine Gefälligkeit von Carolines Vater abzuwerten.

Emily faßte sich also ein Herz und eröffnete ihrer Familie, daß man ihr ein Stipendium für die angesehene Privatschule von Lawrence Landon in Charlottetown angetragen hatte. Wie schwer fiel es ihr, Stolz und Erregung in ihrer Stimme zu bezähmen!

»Das ist ja wunderbar!« freute sich ihre Mutter spontan. »Was für eine großartige Auszeichnung! Ich bin ja so stolz auf dich, Kind!«

Ihr Vater reagierte dagegen wie erwartet mit krasser Ablehnung. »Du sollst in Charlottetown auf ein vornehmes Internat gehen? Wer ist denn bloß auf diese verrückte Idee gekommen?« fragte er verständnislos.

»Ja, aber ...«, setzte ihre Mutter zu einem Widerspruch an.

Ihr Vater überging sie jedoch einfach, indem er ungehalten fortfuhr: »Das kommt natürlich überhaupt nicht in Frage. Diese eitlen Flausen schlag dir mal gleich aus dem Kopf! Wir brauchen keine milden Gaben. Außerdem hast du in diesen Kreisen nichts verloren.«

»Aber warum denn nicht?« wandte Leonora ein. »Wir müssen uns doch nicht vor den feinen Herrschaften verstecken, nur weil die mehr Geld zusammengegaunert haben, oder? Dieses Stipendium beweist, daß wir Foresters es durchaus mit ihnen aufnehmen können, wenn es um das geht, was wir im Kopf haben!«

Emily fiel aus allen Wolken. Ausgerechnet Leonora, von der sie bestenfalls nachsichtigen Spott erwartet hätte, machte sich nun zu ihrer entschlossenen Fürsprecherin!

Ihr Vater zeigte sich ebenso überrascht. »Das mag ja alles sein«, räumte er widerstrebend ein. »Aber dennoch lasse ich nicht zu, daß Emily in so jungen Jahren schon aus dem Hause geht. Wir kennen niemanden, der in Charlottetown ein Auge auf sie hält! Nein, sie kann sich hier in Summerside eine Anstellung suchen.«

»Aber das macht doch keinen Sinn, Dad!« widersprach Leonora heftig. »Du kannst doch nicht eine gewöhnliche Stellung bei irgendeinem Händler mit der einmaligen Möglichkeit vergleichen, eine höhere Schulbildung zu erlangen. Emily kann hinterher auf das Lehrerinnenseminar gehen oder sonst eine Ausbildung machen. Willst du ihr diese Chance versagen? Das kann ich einfach nicht glauben. So kurzsichtig und verbohrt kannst du doch wirklich nicht sein.«

»Ich verbitte mir diesen Ton, Leonora!« wies er sie gereizt zurecht. »Mir gefällt überhaupt nicht, wie du dich in letzter Zeit benimmst. Ich werde deine rebellische Art nicht länger dulden!«

Die Drohung vermochte Leonora jedoch keineswegs einzuschüchtern. Sie reckte vielmehr herausfordernd das Kinn und funkelte ihn angriffslustig an. »So, wirst du nicht? Na, *du* wirst dir zumindest anhören müssen, was *ich* zu sagen habe, auch wenn es dir nicht gefällt. Und ich werde nicht zulassen, daß du Emily die vielleicht größte Chance ihres Lebens verbaust!«

»Das habe noch immer ich zu entscheiden!« brauste er auf.

»Gut, aber dann triff auch die richtige und kluge Entscheidung!« gab Leonora nicht weniger erbost zurück. »Dir wird es ja wohl nicht gleichgültig sein, was aus deiner Tochter mal wird, oder?«

»Hört auf zu streiten, bitte! Es ist ein so schöner Tag, laßt uns doch in Ruhe darüber reden. Irgendwie wird sich alles schon zum Guten wenden«, versuchte ihre Mutter mit zaghafter Stimme begütigend einzuwirken, aber niemand schenkte ihr die geringste Beachtung.

Emily konnte kaum glauben, was sich da vor ihren Augen und

Ohren abspielte. Leonora stritt sich mit Dad, damit der seine Zustimmung gab, sie nach Charlottetown auf die Boarding School gehen zu lassen. Leonora setzte sich bereitwillig und ohne zu zögern Dads Zorn aus, um ihr, Emily, zu helfen! Ein Traum hätte nicht verrückter sein können.
Der Streit wogte noch eine ganze Weile hin und her. Doch Leonora wich nicht von ihrer Position ab. Sie wollte, daß Emily das Stipendium annehmen und auf diese Schule gehen konnte. Schließlich zeigte ihr Vater das erste Anzeichen von Kapitulation, als er ärgerlich fragte: »Und wann bekommen wir Emily wieder zu Gesicht, wenn ich sie ziehen lasse? Nur zu den Ferien?«
»Ach was, sie kann doch an den Wochenenden zu uns nach Hause kommen, Dad. Charlottetown ist mit dem Wagen gerade mal eine Autostunde entfernt«, antwortete Leonora im Ton sofort versöhnlich, weil sie spürte, daß sie gewonnen hatte. »Ich hole sie samstags auch gern ab. Du weißt doch, wieviel Spaß mir das Autofahren macht.«
Ihr Vater machte ein grimmiges Gesicht. »Mit diesem Studebaker habe ich mir ganz schön etwas eingebrockt«, knurrte er, sichtlich verärgert über sich selbst. »Und was wird im Winter, wenn es mit dem Auto auf den verschneiten und vereisten Straßen zu gefährlich ist?«
»Auch dafür wird sich eine Lösung finden, ganz bestimmt, Dad. Notfalls kann sie ja mit der Eisenbahn kommen, auch wenn der Bummelzug eine Ewigkeit für die Strecke braucht«, versicherte Leonora und legte ihm zärtlich eine Hand auf den Arm. »Na komm, gib deinem Herzen schon einen Stoß und willige ein, daß Emily das Stipendium annehmen und mit ihrer Freundin auf diese feine Schule gehen kann.«
Ein Seufzer der Resignation löste sich aus seiner Brust. Dann sagte er matt: »Also gut, meinetwegen kann Emily nach Charlottetown gehen. Ich hoffe nur, wir bereuen es später nicht.«
Emily war außer sich vor Freude – und wußte nicht, wie sie

Leonora danken sollte, daß sie so unerschrocken für sie gekämpft und nicht lockergelassen hatte.

»Wie soll ich das je wiedergutmachen, Leonora?« fragte sie, als sie später unter vier Augen waren.

Leonora bedachte sie mit einem spöttisch hintergründigen Blick. »Keine Sorge, ich bin sicher, daß du schon sehr bald ausreichend Gelegenheit haben wirst, wenigstens einen Teil deiner Schuld bei mir abzutragen! Also vergiß ja nicht, was du mir zu verdanken hast!« erklärte sie rätselhaft und ließ ihre Schwester einfach stehen.

Emily hatte plötzlich das unangenehme Gefühl, wieder einmal die falschen Schlüsse gezogen und sich einmal mehr grundlegend in ihrer Schwester getäuscht zu haben. Doch wenn Leonora nicht aus schwesterlicher Fürsorge, sondern aus ganz eigennützigen Motiven heraus dafür gesorgt hatte, daß sie die Schule in Charlottetown besuchen durfte, welcher Art mochten diese Motive dann bloß sein?

11

Die Privatschule, ein solides Backsteingebäude mit einem stattlichen Eingangsportal, einem weitläufigen, baumbestandenen Innenhof, der von einer mannshohen Mauer umschlossen war, lag in einer ruhigen Seitenstraße von Charlottetown, aber dennoch zentral. Bis zu den Parkanlagen am Hillsborough Square war es ein Spaziergang von nur wenigen Minuten. Und um ins Geschäftszentrum der Stadt zu gelangen, das sich auf die Queen Street und rund um das Parlamentsgebäude an der Richmond Street konzentrierte, mußte man bloß rechter Hand um die Ecke biegen und der Dorchester Street fünf Häuserblocks nach We-

sten folgen, und in einer knappen Viertelstunde befand man sich schon mitten im Zentrum der Hauptstadt von Prince Edward Island.
An ihrem ersten Schultag trat Emily mit reichlich gemischten Gefühlen durch das Portal der Lawrence Landon School. Daß sie dabei von ihren Eltern und ihrer Schwester begleitet wurde, die für diese Gelegenheit in ihren besten Sonntagsstaat gekleidet waren, machte es ihr nicht einfacher. Denn mit der Eleganz der anderen Eltern vermochten sie nicht annähernd mitzuhalten.
Um das Beste aus der Situation zu machen, imitierte Emily den betont blasierten Gesichtsausdruck der anderen Mädchen, machte sich jedoch keine Illusionen. Ihr sah man an der Seite ihrer Familie bestimmt auf den ersten Blick an, daß sie zu den drei Schülerinnen zählte, die jedes Jahr nur dank eines Begabtenstipendiums Zugang zu diesem angesehenen und teuren Internat erhielten. Deshalb atmete sie erleichtert auf, als der offizielle Teil am Morgen endlich vorbei war und ihre Familie nach Summerside zurückkehrte.
»Bis Samstag, Schwesterchen!« sagte Leonora spöttisch zum Abschied.
Caroline war sofort an ihrer Seite, sowie die Angehörigen aus der Schule strömten. Sie spürte, daß ihre Freundin sich durch die Atmosphäre eingeschüchtert fühlte und nun ihrer Nähe und Hilfe bedurfte. »Hier wird auch nur mit Wasser gekocht. Es kostet nur etwas mehr, weil man es mit edlen Gerätschaften schöpft und nicht im Steingutbecher serviert, sondern in Porzellantassen. Aber dennoch bleibt es Wasser«, versuchte sie Emilys Selbstvertrauen zu stärken.
Der Vergleich mit dem Wasser überzeugte Emily allerdings nicht so recht. Immerhin würde sie hier nicht nur intensiv Sprach- und Klavierunterricht erhalten, sondern es fanden auch dreimal in der Woche Nachmittagskurse in Konversation, Tanz und Etikette statt, die den Schliff gesellschaftlicher Umgangsformen zum Ziel hatten. Nichts davon stand auf dem Lehrplan

einer öffentlichen Schule. Nein, das Wasser, das in der Lawrence Landon Boarding School for Young Ladies gekocht wurde, besaß nicht nur einen anderen Geschmack, es stammte auch aus einer ganz anderen Quelle als das, was sie bisher zu sich genommen hatte!
»So, und jetzt zeigst du mir erst einmal dein Zimmer, bevor wir uns in diesem Kasten weiter umsehen!« forderte Caroline sie auf.
Man hatte Emily mit einer anderen Stipendiatin, einem blassen und nervösen Geschöpf namens Rose Winslow aus Souris, zusammengelegt. Nach der kargen Dachkammer mit den nägelgespickten Dachsparren, den nackten Wänden und den schlichten splitterreichen Dielenbrettern kam Emily das Zimmer, das sie mit diesem Mädchen teilen sollte, wie ein prachtvoller Salon vor. Ein breiter, wenn auch schon etwas fadenscheiniger Läufer mit orientalischem Muster lag auf dem frisch gebohnerten Parkettboden, die Wände trugen Tapeten, auf deren sandfarbenem Hintergrund sich allerlei Geblüm und Gewächs der Decke entgegenrankte, die soliden Betten mit den gedrechselten Pfosten beherbergten richtige Daunendecken, und es gab nicht nur für jede von ihnen einen eigenen Kleiderschrank mit einer Reihe von Schubladen sowie eine kleine Waschkommode, sondern es gehörten zur Einrichtung auch noch zwei einladend wirkende Schreibtische sowie zwei gepolsterte Stühle mit Armlehnen. Zudem hingen vor dem Fenster Gardinen aus zartem Gewebe, die rechts und links von kastanienbraunen, schweren Samtvorhängen eingefaßt wurden.
Emily hatte Mühe, sich in ihrer Begeisterung nicht zu peinlichen Ausrufen der Bewunderung und Freude hinreißen zu lassen. Und mit dieser Rose Winslow würde sie bestimmt auskommen, das sagte ihr schon nach wenigen Minuten ihr Gefühl. Das Mädchen zeigte sich sehr bemüht, einen guten Eindruck auf sie zu machen und ihre Sympathie zu gewinnen. Sie bestand sogar darauf, daß sie, Emily, sich die Seite des Zimmers wählte, die ihr besser gefiel.

Dagegen hatte Caroline an allem etwas auszusetzen, vor allem an Rose Winslow. Unter dem Vorwand, die Toilette aufsuchen zu müssen, lockte sie Emily schon nach wenigen Minuten aus dem Zimmer. »Mit der kannst du unmöglich die nächsten Jahre ein Zimmer teilen!« erklärte sie kategorisch. »Dieses verschreckte Huhn, das offensichtlich zu nichts eine eigene Meinung hat und sich vermutlich nicht einmal sicher ist, ob sie wirklich Rose Winslow heißt, wird dir schon nach einer Woche den letzten Nerv rauben.«
»Ach, so schlimm wird es schon nicht werden«, beruhigte Emily ihre Freundin.
Caroline ließ sich jedoch nicht beirren. »Nein, das kommt gar nicht in Frage. Ich sorge dafür, daß du von dieser Rose Winslow erlöst wirst und in ein anderes Zimmer kommst – am besten in ein Einzelzimmer! Da hast du deine Ruhe und brauchst auf keinen Rücksicht zu nehmen.«
»Ich habe aber wirklich nichts dagegen, mit jemandem das Zimmer zu teilen«, wandte Emily ein. »Im Gegenteil.«
»Ach, so ist das! Du willst mir also schon am ersten Tag untreu werden und dir eine neue Freundin suchen, ja?« fragte Caroline scherzhaft und stemmte scheinbar empört die Fäuste in die Hüften.
Emily stutzte. Plötzlich kam ihr der überraschende Gedanke, daß diese Frage vielleicht gar nicht so scherzhaft gemeint war, wie sie klang. Hatte Caroline wirklich Angst, ihre Freundschaft könnte durch das tägliche Zusammensein mit einer Zimmergenossin für sie an Bedeutung verlieren?
Ja, diese Angst verbarg sich tatsächlich hinter der Maske des Spottes, wie Emily erkannte, als sie ihrer Freundin forschend ins Gesicht sah. Mit Erstaunen traf sie die Erkenntnis, daß auch Caroline sich wegen ihrer starken körperlichen Behinderung in diesem Haus als Außenseiterin fühlte, obwohl sie wie alle anderen Mädchen in dieser Schule aus einem »richtigen«, nämlich vermögenden Haus kam. In der öffentlichen Schule von Sum-

merside hatte ihre vornehme Herkunft sie aus der Menge herausgehoben und das körperliche Handikap mehr als aufgewogen. In diesem Internat war sie jedoch nur ein Mädchen unter vielen, die das Glück hatten, aus einem wohlhabenden Elternhaus zu stammen. Und in einer elitären Gesellschaft, in der äußere Formvollendung einen extrem hohen Stellenwert einnahm, stellten Rollstuhl und Krücken als ständige Lebensbegleiter einen schweren Makel dar, den viele zu meiden vorzogen.
Eine Welle tiefen Mitgefühls stieg in Emily auf. Sie hütete sich jedoch, es zu zeigen. »Na ja, vielleicht hast du ja recht, daß ein eigenes Zimmer auf Dauer angenehmer ist.« Sie tat, als würde sie sich eines anderen besinnen. »Und wer weiß, ob sich Rose Winslow nicht vielleicht wirklich als unerträgliche Nervensäge herausstellt, wie du befürchtest. Aber ein Einzelzimmer werde ich deshalb bestimmt nicht bekommen.«
»Laß mich nur machen!« sagte Caroline zuversichtlich. »Mein Vater hat Mister Landon schon mitgeteilt, daß du unter der Woche oft bei uns zu Gast sein wirst. In diesem Zusammenhang wird ihm bestimmt auch ein triftiger Grund einfallen, warum es sinnvoller ist, wenn du dein eigenes Zimmer hast. Das kriegen wir schon hin, verlaß dich drauf!«
Caroline hatte den Mund nicht zu voll genommen. Schon am nächsten Tag suchte die verwitwete Missis Zelda Easton, die das scharfgeschnittene Gesicht eines Habichts besaß und auf diesem Flur die Aufsicht führte, Emily nach dem Mittagessen in ihrem Zimmer auf, um ihr mitzuteilen, daß sie mit ihren Sachen leider in ein anderes Zimmer umziehen müsse. Ein Fehler im Belegungsplan, wie ihr Direktor Landon mitgeteilt hatte. Die pummelige Sarah Webbersby, Stipendiatin wie sie, gehöre rechtmäßig mit Rose Winslow auf ein Zimmer, schon vom Alphabet her. Es müsse nun mal alles seine Ordnung haben, und das betreffe eben auch scheinbar belanglose Kleinigkeiten. Aber das Leben sei nun einmal ein Labyrinth unendlich vieler solcher

Kleinigkeiten, die jeden, der ihre Bedeutung nicht erkannte, unweigerlich auf gefährliche Irrwege führten.
Emily packte folgsam ihre Sachen zusammen, warf der sichtlich traurigen Rose mit einem hilflosen Achselzucken einen bedauernden Blick zu und ließ sich von Missis Easton in ein wunderschönes Einzelzimmer führen, das im Verhältnis zu den Doppelzimmern zwar recht klein war, dafür jedoch über ein zauberhaftes kleines Erkerfenster verfügte. Rose Winslow trauerte ihr nicht lange nach. Innerhalb weniger Tage wurden sie und Sarah Webbersby unzertrennliche Freundinnen, die ständig die Köpfe zusammensteckten und alle naselang etwas zu kichern hatten.
In den ersten Tagen stürzte viel Neues auf Emily ein, so daß die Woche wie im Flug verging. Obwohl es auch genügend Momente gab, die ihr entsetzlich lang wurden. Denn manches war ihr doch fremd, bereitete ihr Schwierigkeiten und brachte sie immer wieder in peinliche Verlegenheit. Etwa wenn es um korrekte Körperhaltung, dialektfreie Aussprache und fehlerlose Tischmanieren ging. Denn auf diese Dinge hielten Unterrichts- und Aufsichtspersonal ein ebenso scharfes wie unerbittliches Auge. Ihre verhältnismäßig einfache Herkunft ließ sich eben nicht verleugnen.
»Aber keine Sorge, das treiben wir dir schon noch aus, Emily!« versicherte Missis Easton. Was sie jedoch nicht als Drohung verstanden wissen wollte. So streng und unerbittlich sie in der Sache auch war, so lag ihr das Wohl ihrer Zöglinge doch spürbar am Herzen. Zudem zählte sie nicht zu jenen Lehrerinnen, die akademische Leistungen bei Mädchen für nicht halb so wichtig wie perfekte gesellschaftliche Umgangsformen hielten. Und was diese akademischen Leistungen betraf, so stach sie, Emily, ebenso wie Rose und Sarah, die Mehrzahl ihrer Mitschülerinnen aus. Schon in der ersten Woche ahnte Emily, daß sie wohl mit keinem der anderen Mädchen aus besseren Kreisen richtig Freundschaft schließen würde. Eine Vermutung, die sich als zutreffend erweisen sollte. Zwar schnitt man sie nicht und machte sie auch nicht

zum Ziel gemeiner Streiche, was wohl irgendwie damit zusammenhing, daß Caroline und sie fast unzertrennlich waren. Aber über eine oberflächliche und unverbindliche Bekanntschaft ging ihre Beziehung zu den anderen Mädchen doch nie hinaus. Es blieb immer diese unausgesprochene gesellschaftliche Kluft, die Emily von sich aus nicht überwinden konnte – und die ihre Mitschülerinnen offensichtlich nicht überwinden wollten. Sie hätte sich Rose und Sarah anschließen können, aber um deren Freundschaft zu buhlen, dafür war sie dann doch zu stolz.

Emily fand sich jedoch leicht mit der Situation ab, weil sie es gewohnt war, mit sich allein zurechtzukommen, und weil sie den größten Teil ihrer Freizeit mit Caroline verbrachte, sowohl in der Schule als auch außerhalb. Ihre Freundin gehörte zu den gut zwei Dutzend Tagesschülerinnen, die in Charlottetown oder doch nahe genug wohnten, um zwischen Schule und Elternhaus pendeln zu können. Carolines Vater hatte ein prachtvolles Stadthaus am Connaught Square gekauft. Stanley Rhodes brachte Caroline jeden Morgen mit der silbergrauen Pierce-Arrow-Limousine zur Schule und holte sie gewöhnlich auch ab. War er verhindert, wurde ein Ersatzfahrer von einem Fahrservice damit beauftragt.

Aber Emily konnte auch gut allein sein und verbrachte Stunden in ihrem kleinen Zimmer damit, Eintragungen in ihr Tagebuch zu machen, sich kleine Geschichten auszudenken und Gedichte zu schreiben. Und je länger sie sich damit beschäftigte, die Bilder ihrer Phantasie in die Form eines Gedichtes oder einer Kurzgeschichte zu fassen, desto mehr Freude bereitete ihr diese Beschäftigung.

Und dann kam der erste Samstag.

Emily freute sich auf das Wochenende zu Hause in Summerside. Nach dem Mittagessen lief sie rasch auf ihr Zimmer, um ihre kleine Reisetasche zu holen, die sie schon am Morgen gepackt hatte. Sie meldete sich vorschriftsmäßig bei Missis Hamilton an der Pforte ab – um dort dann doch noch eine gute halbe Stunde zu warten, bis ihre Schwester schließlich im Studebaker durch das hohe schmiedeeiserne Tor in den weitläufigen Hof fuhr.

»Wolltest du nicht früher hier sein? Ich habe mir schon Sorgen gemacht, daß du vielleicht unterwegs eine Panne hast«, sagte Emily, als Leonora sie an der Pforte abholte.

»Nein, als Panne würde ich das nicht bezeichnen.« Ihre Schwester lächelte geheimnisvoll, als sie auf den Wagen zugingen, und fügte dann von oben herab hinzu: »Um mich brauchst du dir keine Sorgen machen, Kindchen.«

Emily bemerkte auf dem Fahrersitz die Umrisse einer männlichen Gestalt. Ihr Gesicht leuchtete in freudiger Überraschung auf. »Ist Dad mitgekommen?«

»Nein, das ist Nicholas.«

»Wer ist Nicholas?«

»Nicholas Brinkley ist die Gelegenheit, einen Teil deiner Schuld bei mir abzutragen, Schwesterchen!« Leonora blieb ein halbes Dutzend Schritte vor dem Studebaker stehen und faßte Emily mit festem Griff am rechten Arm. »Du stehst doch zu deinem Wort, oder?«

»Du hast einen festen Freund?« stieß Emily fassungslos hervor.

Leonora lächelte stolz und glücklich zugleich. »Wir sind längst mehr als nur befreundet. Wir sind verlobt – heimlich!«

»O mein Gott!« entfuhr es Emily erschrocken. »Weiß Dad davon?«

»Natürlich nicht, du Dummerchen! Sonst wäre es doch keine heimliche Verlobung! Und Dad darf vorerst auch nichts erfahren, hast du verstanden?« Der Griff ihrer Schwester wurde zu einer schmerzhaften Klammer.

»Von mir bestimmt nicht!« beteuerte Emily. »Ich weiß von nichts. Du hast mein Ehrenwort!«

»Du wirst schon ein bißchen mehr für mich tun müssen, als nur die Ahnungslose zu spielen.« Leonora klärte sie nun darüber auf, wie sie ihre Schuld bei ihr abzutragen hatte. »Nicholas arbeitet

im Geschäft seines Vaters, der hier in der Stadt einen Handel mit gebrauchten Automobilen betreibt.«
»Habt ihr bei ihm den Studebaker gekauft?«
Leonora nickte. »An dem Tag habe ich Nicholas kennengelernt. Es war Liebe auf den ersten Blick – bei ihm auch!« verriet sie Emily, die jede dieser aufregenden Vertraulichkeiten ihrer Schwester begierig aufsaugte. »Aber du kennst ja Dad. Für mich ist kein Mann gut genug. Und solange ich nicht volljährig bin, kann ich nicht tun und lassen, was ich will. Aber ich denke nicht daran zu warten, bis ich einundzwanzig werde! Deshalb haben wir uns bisher nur heimlich in Summerside getroffen. Aber Nicholas kann nicht jede Woche zweimal zu uns rausfahren. Deshalb mußt du uns helfen, damit wir mehr Zeit miteinander verbringen können.«
»Und wie soll das gehen?« fragte Emily.
»Indem du von nun an samstags eine Stunde mit Spazierengehen oder in der Bibliothek verbringst, während ich mit Nicholas zusammen bin. Du bist doch so verrückt nach Büchern«, sagte Leonora. »Und was ist da schon eine Stunde, oder?«
»Ja, schon ... aber ... was sollen wir Dad sagen, warum wir so spät nach Hause kommen?« wollte Emily wissen.
»Am besten sagen wir, daß deine Busenfreundin immer darauf besteht, dich am Samstag noch zum Tee bei sich zu haben, und daß sie mich auch dazu eingeladen hat«, schlug ihre Schwester vor. »Dagegen wird Dad nichts einwenden können. Denn er kann ja nicht verlangen, daß ich dich sofort bei den Clarks aus dem Haus schleife, sobald ich angekommen bin, um dich abzuholen.«
Emily blickte skeptisch drein. »Und du meinst, Dad wird uns das abnehmen?«
»Wenn du ihm das mit deinem treuherzigen Augenaufschlag so erzählst, dann wird er es auch glauben!« versicherte Leonora mit einem spöttisch bitteren Unterton. »Dir Musterschülerin traut er ja nichts Schlechtes zu.«

»Aber warum sprichst du denn nicht offen mit Mom und Dad, daß du dich mit Haut und Haaren in diesen Nicholas Brinkley verliebt hast und daß ihr heiraten wollt?«

»Hast du sie noch alle?« fauchte Leonora sie nun an. »Mein Gott, in welcher Traumwelt lebst du denn, Emily? Hast du schon vergessen, daß Dad mich letztes Jahr wie einen räudigen Hund geprügelt hat?«

Emily senkte beschämt den Blick. »Nein, natürlich nicht«, murmelte sie. »Aber vielleicht ist es jetzt etwas anderes, da es dir und Nicholas mit dem Heiraten ernst ist und du zudem ein Jahr älter bist.«

Leonora schüttelte heftig den Kopf. »Nein, wohl kaum! Dad würde auch jetzt wieder durchdrehen und tausend Sachen an Nicholas auszusetzen haben. Ich kenne Dad besser als du, besser als du es dir vorstellen kannst!« Sie lachte bitter auf, schüttelte erneut den Kopf und beschwor Emily: »Nein, Dad darf auf keinen Fall von Nicholas erfahren. Nicht einmal Verdacht darf er schöpfen, sonst gibt es eine Katastrophe!«

»Ich werde kein Sterbenswörtchen sagen!« versprach Emily. »Aber *irgendwann* wirst du es Dad doch sagen müssen. Ewig kannst du es ihm nicht verschweigen, wenn ihr wirklich heiraten wollt.« Ihr kam plötzlich ein unangenehmer Gedanke. »Es sei denn, ihr wollt gemeinsam durchbrennen.«

Leonora verzog das Gesicht. »Ich hätte nicht die geringsten Skrupel, das zu tun. Ja, du brauchst mich gar nicht so schockiert anzuglotzen, Schwesterchen! Ich würde auf der Stelle mit ihm durchbrennen, wenn es nach mir ginge, und deshalb nicht die geringsten Schuldgefühle haben. Nicht eine Minute Schlaf würde ich darüber verlieren, das sage ich dir!« erklärte sie mit Nachdruck. »Aber Nicholas macht das nicht mit, was ich auch verstehen kann. Er ist nämlich ein Einzelkind und kann es gut mit seinem Vater, der unter schweren Asthmaanfällen zu leiden hat. Deshalb soll Nicholas auch das Geschäft übernehmen, sobald sich die wirtschaftliche Situation wieder erholt hat. Und wenn das im nächsten Jahr hoffentlich der Fall ist, wird nicht mal mehr Dad mir Steine in den Weg legen können. Aber bis dahin darf Dad nichts von Nicholas erfahren! Also, was ist, kann ich mich auf dich verlassen?«

»Ja, sicher«, versprach Emily.

Das angespannte Gesicht ihrer Schwester wurde weich und von einem verträumten Lächeln verklärt, während sie in einer seltenen Geste schwesterlicher Verbundenheit nun Emily den Arm um die Schulter legte. Und mit dem Stolz und Überschwang der bedingungslos Verliebten sagte sie schwärmerisch: »Komm, jetzt stell ich dir Nicholas vor, meinen künftigen Mann. Er ist schon fast zwanzig und einfach wunderbar! Natürlich darf ich ihm nicht zu deutlich zeigen, wie sehr er es verdient, angehimmelt zu werden, sonst steigt ihm das noch zu Kopf. Aber weißt du, manchmal kann ich mein Glück gar nicht recht fassen. Dann kommt mir alles wie ein Traum vor, aus dem ich jeden Moment erwachen kann. Ach, es ist so grausam, sich derart beherrschen und gedulden zu müssen, wenn man liebt und weiß, daß man den Richtigen gefunden hat!«

Die Nähe und das Vertrauen, das Leonora ihr nach so vielen Jahren kühler Distanz und Bevormundung nun schenkte, erfüllte Emily mit einem ungeheuren Glücksgefühl. Sie wünschte, sie könnte länger als nur diese sechs, sieben Schritte zum Studebaker mit ihrer Schwester zusammen so Arm in Arm gehen.

Emily stieg hinten in den Studebaker ein.

Nicholas hatte sich gerade eine Zigarette angesteckt, die er nun in die linke Hand nahm, während er sich halb zu ihr nach hinten drehte. Er besaß volles schwarzes Haar und recht ansprechende Gesichtszüge, machte auf Emily im ersten Moment jedoch einen enttäuschend mittelmäßigen, ja schon gewöhnlichen Eindruck. Sie hatte nach der Schwärmerei ihrer Schwester einen Mann mit wirklich umwerfendem Aussehen erwartet.

»Du bist also die kleine Schwester!« begrüßte er sie mit einem breiten Grinsen und streckte ihr seine Hand hin. »Komisch, daß sie völlig zu erwähnen vergessen hat, daß du gar nicht mehr so klein bist, Emily. Und warum hat sie bloß so getan, als wärst du ein häßliches Entlein, wo du in Wirklichkeit doch ausgesprochen hübsch bist?« Er schlug sich mit der flachen Hand vor die Stirn, als fiele ihm soeben die Antwort ein. »Ich weiß, warum! Ich Idiot muß ihr wohl erzählt haben, daß ich Sommersprossen unwiderstehlich finde!«

Mit diesem Kompliment, das ihm so spontan und mit solcher Herzlichkeit über die Lippen kam, nahm Nicholas Emily augenblicklich für sich ein. Und ihr erster enttäuschter Eindruck verwandelte sich umgehend in Sympathie. Nicholas Brinkley mochte zwar kein Adonis sein, aber er besaß ohne Zweifel eine ganz besondere Ausstrahlung. Kein Wunder, daß ihre Schwester sich in ihn verliebt hatte.

Leonora boxte Nicholas in die Rippen. »Untersteh dich!« wies sie ihn halb im Scherz, halb ernsthaft zurecht. »So etwas will ich nicht noch einmal hören, sonst ...«

»Ja, Ma'am?« Nicholas hob spöttisch die Brauen und steckte sich die Zigarette zwischen die Lippen, während er den ersten Gang einlegte und vom Hof fuhr.

»Du wirst schon sehen, was dir dann blüht!« brummte Leonora, jedoch nicht ernstlich böse. »Und jetzt fahr zur Bibliothek! Wir haben heute schon genug Zeit vertrödelt.«

»Daraus folgere ich scharfsichtig, daß du also unser kleines Versteckspiel mit deinen Eltern mitspielst, ja?« fragte Nicholas vergnügt, als wäre das alles ein großer Spaß, und warf Emily einen Blick über die Schulter zu.

»Was ich tun kann, um euch zu helfen, will ich gerne tun«, antwortete Emily, jedoch nicht ohne Bedenken. »Ich hoffe bloß, daß Dad keinen Verdacht schöpft.«

»Das hängt ganz von dir ab! Wenn du dir Mühe gibst und deine Sache gut machst, kann gar nichts schiefgehen!« erklärte Leonora barsch, und ein warnender Unterton schwang in ihrer Stimme mit.

»Sie wird es schon gut machen«, meinte Nicholas versöhnlich.
Wenig später hielt der Studebaker vor der Bibliothek. »In einer Stunde hole ich dich ab«, sagte Leonora. »He, was willst du mit der Reisetasche? Die kannst du hier im Wagen lassen.«
Emily stieg aus, und kaum hatte sie die Fondtür zugeschlagen, als der Wagen mit ihrer Schwester und Nicholas hinter dem Steuer auch schon davonbrauste. Sie sah kurz hinter dem Studebaker her, zwang sich dann aber, nicht weiter darüber nachzudenken, in was sie sich da von ihrer Schwester hatte verwickeln lassen. Sie hatte ihr den Gefallen nicht abschlagen können, weil sie doch in ihrer Schuld stand. Ach, irgendwie würde schon alles gutgehen!
Beherzt schritt Emily die Stufen zur Bibliothek hinauf. Da sie hier ja künftig jeden Samstag eine Stunde zubringen mußte, beschloß sie, sich in die Mitgliederkartei eintragen zu lassen und gleich den Betrag für das erste Vierteljahr zu bezahlen.
Statt nach einer Stunde, wie sie es versprochen hatte, holte Leonora sie jedoch erst nach fast zwei Stunden wieder vor der Bibliothek ab. »Hast du mal auf die Uhr gesehen? Ich würde es an deiner Stelle nicht übertreiben!« sagte Emily besorgt, als sie vorn neben ihrer Schwester Platz nahm.
»Ach was, das holen wir auf der Landstraße schon wieder auf. Dad fährt viel zu langsam und glaubt daher, ich würde für so eine Strecke auch so lange brauchen wie er«, wehrte ihre Schwester lachend ab. Und kaum hatten sie die Stadt hinter sich gelassen, als Leonora auch schon das Gaspedal durchtrat und den Studebaker mit einer Geschwindigkeit über die staubige Landstraße jagte, daß es Emily angst und bange wurde.
Leonora gab jedoch nichts auf die inständigen Bitten ihrer Schwester, doch um Gottes willen nicht so halsbrecherisch zu fahren. Sie amüsierte sich vielmehr darüber. »Mach dir vor Angst mal nicht ins Hemd, okay? Ich habe den Wagen schon unter Kontrolle!«

Emily verlegte sich aufs stumme Beten. Eine Dreiviertelstunde später stieg sie in Summerside mit weichen Knien und einem Stoßseufzer der Erleichterung – und Dankbarkeit, noch am Leben zu sein – aus dem Wagen.
Ihre Eltern kamen aus dem Haus. »Was ist, mein Kind?« fragte ihre Mutter besorgt, als sie sah, daß Emily tief durchatmete.
»Ihr seid spät dran!« stellte ihr Vater stirnrunzelnd fest.
Bevor Emily den Mund aufmachen konnte, kam ihre Schwester ihr zuvor. »Ach, wir hatten ständig Pferdefuhrwerke und Traktoren vor der Nase, und immer, wenn ich überholen wollte, kam mir irgend jemand entgegen!« log Leonora. »Außerdem hat Caroline uns nicht weggelassen. Erzähl du es Dad, Emily. Ich muß mal dringend aufs Örtchen!« Und weg war sie.
Emily tischte ihren Eltern die Geschichte mit der Teestunde bei Caroline auf, die sich Leonora ausgedacht hatte. Dabei hatte sie ein entsetzlich flaues Gefühl im Magen, weil sie jeden Moment damit rechnete, von ihrem Vater ein schallende Ohrfeige zu bekommen, weil er ihre Lüge durchschaut hatte.
Es geschah jedoch nichts dergleichen. Ihr Vater glaubte ihr vielmehr jedes Wort. Er machte sogar ein verständnisvolles Gesicht und sagte: »Wenn ihr diese Teestunde wirklich so wichtig ist, könnt ihr natürlich nicht nein sagen. So ein Leben als Krüppel ist schon schlimm. Na ja, deine Caroline und ihre Eltern haben schon gewußt, warum sie dir dieses Stipendium beschafft haben. So recht betrachtet, steckte da doch mehr Eigennutz als Großzügigkeit dahinter.« Dieser Gedanke schien ihm Genugtuung zu bereiten.
Emily bestritt das mit dem Eigennutz der Clarks heftig, womit sie die gefährliche Klippe der Glaubwürdigkeit auch schon glücklich umschifft hatte. Am Montagmorgen weihte sie Caroline in den Schwindel ein. Ihre Freundin mußte über alles unterrichtet sein, wie Emily ihrer Schwester auf der Rückfahrt am Sonntagabend klargemacht hatte, wenn ihr falsches Alibi

nicht eines Tages durch einen dummen Zufall platzen sollte. Caroline zeigte sich hellauf begeistert, Teil einer solchen »Liebesverschwörung« zu sein, wie sie es nannte.

Von nun an konnte sich Leonora unbesorgt jeden Samstag für gute anderthalb Stunden und zusätzlich jeden Sonntagabend für zumindest eine halbe bis dreiviertel Stunde mit ihrem Nicholas in Charlottetown treffen.

»Aber irgendwann wirst du dich vor Dad offen zu ihm bekennen müssen«, sagte Emily wenige Monate später, als sie im dichten Schneetreiben auf dem Weg zurück in die Stadt waren. »Das kann nicht ewig so weitergehen.«

»Im nächsten Jahr, wenn die Wirtschaft wieder besser wird!« erwiderte Leonora fast beschwörend und fiel in ein düsteres Schweigen, das Emily nicht zu brechen wagte.

12

Doch auch 1932 liefen die Geschäfte für viele Händler auf Prince Edward Island schlecht, weil keine spürbare wirtschaftliche Besserung zu verzeichnen war. Dabei hatte die Inselbevölkerung, die sich mit landwirtschaftlichen Produkten und Fischfang zumindest selbst versorgen konnte, noch am wenigsten unter der weltweiten Depression zu leiden.

Auf dem Festland sah die Lage dagegen erschütternd aus. Die Zahl der Arbeitslosen schwoll auch im dritten Jahr der Weltwirtschaftskrise immer weiter an und erreichte jeden Monat neue Rekordhöhen. In manchen Städten kletterte die Marke gar auf achtzig Prozent. Mehr als zwölf Millionen Menschen lebten in bitterster Armut. Von Hunger und Hoffnungslosigkeit gequält, wußten sie oft nicht, wie sie den nächsten Tag überstehen sollten. Die Suppenküchen und Obdachlosenheime wurden der endlosen Schlangen kaum noch Herr.

Schwere Naturkatastrophen entwurzelten zudem Hunderttausende im Mittleren Westen von Kanada und den Vereinigten Staaten, die trotz katastrophaler Dürrejahre bis dahin auf ihren kümmerlichen Farmen geblieben waren. Nun verwüsteten gewaltige Sandstürme und Heuschreckenschwärme ganze Landstriche. Der Wind wehte den letzten Rest fruchtbarer Krume hinweg und hinterließ ödes Farmland, das nicht einmal mehr eine an Hunger gewöhnte Familie am Leben erhalten konnte. Der Mittlere Westen und Teile des Südens verwandelten sich in eine *dustbowl*, eine gigantische Schüssel aus Sand und Staub, in der alles erstickte – auch die letzten Hoffnungen all derjeniger, die bisher verzweifelt auf ihrem kleinen Stück Land ausgeharrt und darauf vertraut hatten, daß die nächste Ernte sie über den Winter retten und Geld für die längst angemahnten Hypothekenzahlungen bringen würde.

Nun setzte im Herzen des Landes, der einstigen Kornkammer der Nation, ein gewaltiger Exodus ein. Hunderttausende gaben auf und zogen mit ihrem wenigen Hab und Gut über die Landstraßen gen Westen. Meist ohne Ziel und ohne Chance, jemals wieder auf die Beine zu kommen. Sie wurden zu menschlichem Treibsand. Präsident Herbert Hoover zeigte sich außerstande, die Krise auch nur ansatzweise in den Griff zu bekommen. Dagegen erregte die Rede von Franklin Delano Roosevelt, der als Kandidat der Demokraten in den Präsidentschaftswahlkampf zog und den Amerikanern einen *New Deal* versprach, Aufsehen und weckte neue Hoffnung.

Wann immer Emily zu Hause im Radio Berichte über die erschreckenden Auswirkungen der weltweiten Depression hörte oder im Lesesaal der Bibliothek in einer der ausliegenden Tageszeitungen darüber las, empfand sie tiefe Dankbarkeit für ihr gesichertes und sorgenfreies Leben, zumal als privilegierte Schülerin der Lawrence Landon School, die ihr dann wie eine Insel luxuriöser Geborgenheit auf der auch so schon sicheren Prince Edward Island in diesem Meer entsetzlicher Katastrophen und Bedrängnisse vorkam.

»Wenn sich doch nur der Automobilhandel der Brinkleys endlich wieder beleben würde, damit Nicholas um die Hand meiner Schwester anhalten kann!« sagte Emily mit einem schweren Seufzer zu Caroline, als sie an einem eisigen Novembernachmittag ihre Freundin besuchte und ihre klammen Finger vor einem prasselnden Kaminfeuer aufwärmte. Caroline litt seit Tagen unter einer Erkältung und einem schweren Husten, der nicht weichen wollte. Sie hatte schon mehrere Tage der Schule fernbleiben müssen.

»Wenn sie ihre Hochzeit allein davon abhängig machen wollen, dann werden sie wohl noch lange warten müssen«, antwortete Caroline, die auf dem Sofa lag, eingewickelt in mehrere Decken und mit einem Kräuterwickel um den Hals. »Mein Vater sagt, daß noch lange kein Silberstreifen am Horizont der Wirtschaft auszumachen ist. Sogar er stöhnt, wie schlecht die Lage ist.«

Emily wandte sich am Kamin um und ließ sich nun den Rücken vom Feuer wärmen. Der eiskalte Novemberwind hatte sie auf dem Weg von der Schule zum Haus der Clarks am Connaught Square ganz schön durchgeblasen. »Bei uns sieht es auch nicht gerade rosig aus. Mein Vater hat schon überlegt, ob er nicht den Studebaker verkaufen soll. Aber das läßt Leonora natürlich nicht zu. Sie hat tausend Argumente, warum das keine Ersparnis bringt.«

»Das glaube ich dir.«

»Ich will meiner Schwester wirklich nichts Schlechtes, und vermutlich würde sich keiner mehr freuen, wenn sie Nicholas bald heiraten dürfte, als ich. Aber jetzt, wo es Winter geworden ist, wünsche ich mir immer öfter, Dad würde den Wagen loswerden«, gestand Emily. »Ich hasse es, wenn Leonora am Wochenende bei jedem noch so scheußlichen Wetter wie eine Lebensmüde mit mir über die Landstraßen jagt, um möglichst lange mit

ihrem geliebten Nicholas zusammensein zu können. Ich habe manchmal schon gräßliche Alpträume, wo ich uns tot im Graben liegen sehe. Mir wäre es viel lieber, ich könnte den Bus oder die Eisenbahn nehmen, selbst wenn ich dann viel länger unterwegs wäre. Aber das läßt Leonora nicht zu. Sie hat genau ausgerechnet, daß es Dad ein paar Dollar im Jahr mehr kosten würde.«
»Du mußt deiner Schwester einfach die Pistole auf die Brust setzen, Emily! Gib ihr klipp und klar zu verstehen, daß du nicht mehr mit ihr fährst, wenn sie nicht endlich Vernunft annimmt. Sie soll sich einen verantwortungsvollen Fahrstil aneignen, sonst steigst du nicht mehr bei ihr ein. Sag ihr das und bleib hart, auch wenn sie dir Vorhaltungen macht. Und jetzt setz dich zu mir!« forderte Caroline sie auf. Dabei deutete sie auf das Teegedeck und die kleine Platte mit Sandwiches, die vor ihr auf dem Tisch standen. »Das Eingießen mußt du übernehmen. Und dann erzählst du mir, was heute in der Schule gewesen ist.«
Emily setzte sich neben ihre Freundin in den herrlich bequemen Sessel, füllte die Porzellantassen mit dampfendem Tee und machte sich über die köstlichen Toastsandwiches her, die ohne Krusten und zu Dreiecken geschnitten waren. Dabei berichtete sie Caroline, was sie alles im Unterricht neu durchgenommen hatten, wer sich von ihren Mitschülerinnen von wem einen Tadel zugezogen und was sich sonst noch Erwähnenswertes ereignet hatte.
Mit ihren Gedanken war Emily jedoch ganz woanders. Als Caroline vorhin vorgeschlagen hatte, nicht mehr zu ihrer Schwester in den Wagen zu steigen, wenn diese nicht gelobte, ihren Fahrstil zu verändern, da hätte sie ihr beinahe gestanden, daß sie am liebsten gar nicht mehr nach Hause fahren würde – weder mit Leonora noch mit Bus oder Eisenbahn. Zumindest nicht mehr jedes Wochenende.
Sie liebte Summerside. Aber die Atmosphäre bei ihnen daheim empfand Emily schon seit Monaten nicht mehr als einladend. Die Spannungen zwischen Leonora und ihrem Vater, aber auch

zwischen ihren Eltern, wurden immer offensichtlicher und gestalteten das Zusammenleben immer unerfreulicher. Ihr Vater reagierte auf jede Kleinigkeit gereizt, fuhr der Mutter über den Mund und trank weit mehr, als er vertragen konnte. Er war mittlerweile zu einem guten Kunden der lokalen *rum runner*, der Alkoholschmuggler, geworden, denen die Prohibition seit vielen Jahren ein höchst einträgliches Geschäft bescherte.

Ihre Mutter reagierte auf die zunehmenden Streitereien im Haus auf ihre eigene Art: Sie zog sich noch mehr in sich zurück, schloß sich immer öfter in ihr Zimmer ein oder unternahm lange einsame Spaziergänge, die Doktor Thornton ihr als Therapie gegen ihre Anfälle von Schwermut verschrieben hatte und von denen sie manchmal mit einem seltsam verklärten Gesichtsausdruck zurückkehrte, ohne je jedoch auch nur ein Wort darüber zu verlieren, was sie in so stille Glückseligkeit versetzt hatte.

Besonders schlimm stand es mit Leonora und ihrem Vater. Ihre Schwester lag sich neuerdings ständig mit ihm in den Haaren. Sie ließ auch kaum eine Gelegenheit aus, um ihn herauszufordern und sich gegen seine Autorität aufzulehnen. Was ihr an Mut fehlte, um sich zu ihrer Liebe zu Nicholas zu bekennen, machte sie durch ungekannte Aufsässigkeit mehr als wett. Es war, als steuerte sie bewußt auf eine Konfrontation hin, die zu einer gewaltigen Explosion führen und alles verschlingen mußte. Mehr als einmal hegte Emily die Befürchtung, daß Leonora sich nun wirklich zuviel herausgenommen hatte und ihr Vater sie dafür wutentbrannt schlagen würde. Doch was körperliche Züchtigungen anging, zeigte ihr Vater erstaunliche Selbstbeherrschung, auch wenn es ihm sichtlich schwerfiel.

»Warum tust du das bloß?« fragte Emily ihre Schwester verständnislos nach einem solchen Krach. »Warum reizt du ihn wie einen Stier bis aufs Blut, wenn du doch weißt, wie er darauf reagiert?«

»Weil ich mich nicht länger von ihm herumstoßen lasse, und

weil er es verdient hat!« antwortete Leonora schroff. »Aber davon versteht ein verwöhntes Internatspüppchen wie du natürlich nichts! Also halt dich gefälligst raus aus diesen Sachen. Sie übersteigen dein Fassungsvermögen nämlich mehr, als du dir vorstellen kannst, Schwesterchen.«

»Das stimmt nicht und ist auch nicht fair! Du hast dich doch vehement dafür eingesetzt, daß ich das Stipendium annehme!« protestierte Emily erbost. »Langsam habe ich es satt, daß du mich immer von oben herab behandelst, Leonora. Ständig fährst du mir über den Mund, so wie Vater es mit Mom tut, und spielst dich als wer weiß wie erwachsen auf. Aber den Mut, endlich reinen Tisch zu machen und dich zu deinem Nicholas zu bekennen, den Mumm hast du nicht.« Sie lachte höhnisch auf. »Du bist wirklich sehr tapfer und erwachsen, Schwesterchen!«

Wut blitzte in den Augen ihrer Schwester auf, und sie machte Anstalten, Emily eine Ohrfeige zu verpassen.

Mit dieser Reaktion hatte Emily jedoch gerechnet und reagierte blitzschnell. Ihre Hand schoß hoch und umschloß das Handgelenk ihrer Schwester, kaum daß Leonora zum Schlag ausgeholt hatte. »Das läßt du besser bleiben!« warnte sie mit entschlossener Stimme. »Du wirst mich nicht noch einmal ungestraft schlagen, das schwöre ich dir! Die Zeiten, wo du mich tyrannisieren konntest, sind vorbei!«

Leonora preßte den Mund zu einem schmalen Strich des Ingrimms zusammen, ließ den Arm jedoch sinken, als Emily ihn freigab. »Was weißt du denn schon!« stieß sie mehr bitter als wütend hervor.

»Und noch etwas, Leonora!« Emily fand nun den Mut, ihrer Schwester hinsichtlich ihres Fahrstils das Ultimatum zu stellen, das Caroline ihr vorgeschlagen hatte.

Leonora verzog abfällig das Gesicht. »Keine Sorge, Nicholas und ich können auf deine ach so großzügige Hilfe schon bald verzichten. Du brauchst dir also nicht mehr lange vor Angst in die Hosen zu machen.«

»Habt ihr euch entschlossen, es Dad endlich zu sagen?« fragte Emily überrascht, und ihr Zorn verrauchte augenblicklich.
»Ja, wir können und wollen nicht länger warten, bis die Geschäfte besser laufen. Irgendwie schaffen wir es auch so. Auf jeden Fall werden wir im nächsten Frühjahr heiraten – komme, was wolle!« erklärte Leonora entschlossen.
»Wann wollt ihr es Dad und Mom sagen?«
»Zu Weihnachten.«
Emily lächelte unwillkürlich. »Am Fest der Liebe, ja, das paßt. Ich drücke jedenfalls beide Daumen, daß Dad euch keine Steine in den Weg legt und der Hochzeit auch zustimmt.«
»Das wird er!« versicherte Leonora grimmig und mit unbeugsamer Entschlossenheit. »Verlaß dich drauf!«

13

Wie es sich herausstellte, hätte Leonora sich wirklich keinen günstigeren Tag aussuchen können, um ihrem Vater den Mann zu präsentieren, dem ihr Herz gehörte und den sie um jeden Preis zu heiraten gedachte.
In der zweiten Novemberwoche traf nämlich der Vikar Matthew Whitefield, ein recht gutaussehender Mann von kräftiger Statur mit dunkelbraun gewelltem Haar, in Summerside ein. Reverend Sedgewick hatte im Sommer eine schwere Magenoperation überstanden, von der er sich nur sehr langsam erholte. Deshalb hatte er sich seit Monaten bei seinem Bischof um einen jungen Geistlichen bemüht, der ihm einen Teil der Arbeit abnehmen konnte. Endlich waren seine Bitten und Gebete in Gestalt des siebenundzwanzigjährigen Vikars erfüllt worden.

Jeder Fremde wurde auf der Insel mit mißtrauischer Zurückhaltung bedacht, bis die Einheimischen sich nach langer kritischer Prüfung einig waren, ob sie ihn akzeptieren oder ablehnen sollten. Dies galt auch für einen Reverend. Schon so manch neuer Geistlicher, der nicht auf der Insel aufgewachsen war und sich mit den Eigenheiten der Inselbewohner schwergetan hatte, war schon nach wenigen Wochen vom Gemeinderat höflich, aber unverblümt aufgefordert worden, seine Sachen zu packen und sein Glück bei einer anderen Gemeinde zu versuchen.

Matthew Whitefield gewann jedoch schnell die Sympathie der Methodistengemeinde von Summerside, insbesondere die des einflußreichen Gemeinderates. Er erwies sich trotz seiner jungen Jahre als ein reifer Mann, der seine Aufgaben mit großem Engagement, jedoch ohne den Überschwang der Jugend und das oft überbordende Bedürfnis nach Neuerungen ausführte. Er zeigte Bescheidenheit in seinen eigenen Ansprüchen, Sorgfalt in der eigenhändigen Pflege seiner Kleidung, Umsicht und Anpassungsvermögen im Umgang mit Menschen jeglichen Alters und Taktgefühl am Piano, was nach dem schrecklichen Klavierspiel von Missis Sedgewick von der Gemeinde als besondere Gabe hochgeschätzt wurde. Zudem machte er auch auf der Kanzel keine schlechte Figur. Daß auch er einen Hang zu leidenschaftlichen »Schwefel-und-Feuer-Predigten« hatte, wurde ihm nicht als Nachteil angekreidet. Da war man von Reverend Sedgewick bei der Beschreibung des Fegefeuers doch entschieden heißere Flammen und bei der Beschwörung der menschlichen Sündhaftigkeit einen erheblich stärkeren Donnerhall von der Kanzel gewöhnt.

Als es nun darum ging, wo der bescheidene Vikar und Junggeselle die Festtage verbringen sollte, verfiel der Gemeinderat auf die Idee, aus den eigenen Reihen die Familien auszulosen, bei denen er zu Gast sein sollte. Denn im Haus von Reverend Sedgewick, dessen Frau wieder einmal schwanger war und die nur wenige Wochen vor der Niederkunft stand, wollte man ihn auf keinen Fall lassen. Ein Junggeselle zusammen mit einer verheirateten schwangeren Frau unter einem Dach, so etwas schickte sich einfach nicht.

Und als Frederik Campbell, der Vorsitzende des Gemeinderates, zehn Tage vor Weihnachten die Auslosung durchführte, fand sich auf den Zetteln mit den Namen auch der von Frederick Forester.

Als Leonora erfuhr, daß der Vikar am ersten Weihnachtstag bei ihnen zu Gast sein würde, wertete sie das als gutes Omen. Besser hätte sie es nicht treffen können!

Emily bangte innerlich mit ihrer Schwester, die ihr nun, da sie beschlossen hatte, das Versteckspiel aufzugeben, wie umgewandelt vorkam. Leonora zeigte sich nicht nur ihr gegenüber umgänglicher, sondern bemühte sich in den Tagen vor dem Fest spürbar, jeden Konflikt mit ihrem Vater zu vermeiden. Das wirkte sich nachhaltig auf die Atmosphäre im Haus aus. Denn ihr Vater quittierte ihre respektvolle Zurückhaltung mit sichtlichem Wohlgefallen und guter Laune, was das häusliche Zusammenleben nach vielen Jahren der Aggressivität und Bitterkeit endlich wieder angenehm machte.

Auch das Wetter spielte mit. Die tiefhängende Wolkendecke, die immer neue Schneefälle auf die Insel hatte niedergehen lassen, riß an Heiligabend auf und machte einem wolkenlosen Himmel Platz. Klar und blau wie ein Dach aus Gletschereis spannte er sich über Prince Edward Island. Die verschneite Landschaft wirkte im strahlenden Sonnenschein wie ein romantisches Wintergemälde.

Am Weihnachtsmorgen waren alle früh auf den Beinen. In der guten Stube, wo der kleine Christbaum in seinem Weihnachtsschmuck funkelte, herrschte bei der Bescherung eine fröhliche Stimmung, wie sie dieses Haus schon seit Jahren nicht mehr erlebt hatte. Und obwohl die Geschenke wegen der schweren wirtschaftlichen Zeiten denkbar bescheiden ausfielen, tat dies

der Freude keinen Abbruch. Allein schon die traditionelle Weihnachtsorange aus dem wunderbar dünnen Seidenpapier zu wickeln, an der kostbaren Frucht zu riechen und zu sehen, wie sich ihre Schwester über die emaillierte Haarspange freute, die sie für Leonora auf einem vorweihnachtlichen Kirchenbazar in Charlottetown erstanden hatte, ließ Emilys Herz höher schlagen. Das wunderbare Gefühl, ihre Schwester zurückgewonnen zu haben, erfüllte sie, als Leonora sie umarmte und sich mit einem Kuß bei ihr bedankte. »Bete für mich und Nicholas!« raunte sie ihr zu, als sie wenig später durch den Schnee zur Kirche stapften.
Emily nickte und drückte ihr stumm die Hand. Sie hatte schon am frühen Morgen im Bett ein Gebet für Nicholas und ihre Schwester gesprochen. Das wollte sie nun gleich im Gotteshaus wiederholen, hatten Leonora und Nicholas doch jeden Beistand nötig.
Reverend Sedgewick hielt die Predigt, und obwohl an diesem hohen kirchlichen Festtag Dankbarkeit und Freude über die Geburt des Heilands das zentrale Thema waren, gelang es ihm auch diesmal ohne große Mühe, einen Bogen zur Sündhaftigkeit des Menschen und zum Strafgericht Gottes zu schlagen.
Während ihr Vater nach dem Gottesdienst vor der Kirche noch mit Freunden und Nachbarn eine gute halbe Stunde verplauderte, bevor er dann den Vikar abholte, eilte Emily mit ihrer Schwester und ihrer Mutter schon nach Hause, um die letzten Vorbereitungen für das Essen zu treffen. Den Tisch hatten sie am Abend zuvor gedeckt und mit Tannengrün geschmückt, wie auch der Festtagsbraten schon am Tag zuvor im Ofen langsam vor sich hin geschmort hatte.
Alles war gerichtet, als schließlich ihr Vater in bester Stimmung mit Matthew Whitefield bei ihnen eintraf. Die Aufregung der ersten Minuten legte sich schnell, wenn Emily auch verlegen errötete, als der Vikar sich unverhofft an sie wandte und sie für ihr Gedicht »Morning Glory« lobte, das im September in der

Festschrift anläßlich des fünfundzwanzigjährigen Jubiläums der Lawrence Landon Boarding School for Young Ladies erschienen war.

»Ich habe einfach nur Glück gehabt«, sagte Emily bescheiden, obwohl sie insgeheim doch recht stolz auf ihr Werk war. Denn in die Festschrift waren nur einige wenige Beiträge von Schülerinnen aufgenommen worden. Dabei war fast jedes Mädchen der Aufforderung gefolgt, beim Auswahlkomitee etwas einzureichen.

Matthew Whitefield lächelte sie an. »Den Eindruck hatte ich nicht, Miss Emily. Auf mich hat die Komposition Ihrer lyrischen Bilder einen sehr ausdrucksstarken und gelungenen Eindruck gemacht. Offensichtlich besitzen Sie eine bewundernswert poetische Ader, was eine seltene Gottesgabe ist.«

Emilys Verlegenheit ob dieses Lobes vor ihrer Familie trieb ihr die Röte noch tiefer in die Wangen. Zumal Leonora, die hinter dem Vikar stand, spöttisch die Augen verdrehte. »Ich wußte gar nicht, daß solche Festschriften auch außerhalb der Lehrer- und Elternschaft auf Interesse stoßen«, versuchte sie von sich abzulenken.

»Ihre Mutter bereitete mir das Vergnügen, die Festschrift einige Tage studieren zu dürfen, Miss Emily.«

»Oh!« sagte Emily und warf ihrer Mutter einen leicht vorwurfsvollen Blick zu.

»Man wird ja wohl noch auf seine Kinder stolz sein dürfen, nicht wahr?« verteidigte sich diese fröhlich. »So, und wenn ich jetzt an den Tisch bitten darf? Das Essen wäre fertig.«

Ihr Vater klatschte vergnügt in die Hände. »Nichts gegen ein nettes Gedicht, und das in der Festschrift scheint meiner Emily wirklich recht gut gelungen zu sein, obwohl ich von solchen Sachen wenig verstehe. Aber die wahren Qualitäten einer Frau erweisen sich doch immer noch darin, was sie in der Küche zustande bringt!« erklärte er. »Und was diese hohe Kunst betrifft, so sind meine Frau und Leonora, meine Älteste, darin

unübertroffen. Ich bin sicher, daß sie mir zustimmen werden, Mister Whitefield.«
»Ich zweifle nicht daran«, versicherte der Vikar höflich.
»Seien Sie doch so gut, das Tischgebet zu sprechen«, forderte ihr Vater ihn auf, als sie alle am festlich gedeckten Tisch saßen. Und Matthew Whitefield kam dieser Bitte gern nach.
Emily beobachtete ihn, wie er fromm die Hände faltete, den Kopf neigte und mit geschlossenen Augen Gott für die reichen Gaben seiner Schöpfung dankte; dann bat er um seinen Segen für die Tischgemeinschaft. Dabei bemerkte sie, daß sein Hemdkragen zwar sauber, an den Rändern aber stark abgescheuert war. Auch sein Anzug wies an den Ärmeln verräterisch blanke Stellen auf, und der billige Stoff seiner Krawatte entging ihr ebensowenig. Alles in allem machte sein Aufzug den Eindruck, als käme er mit dem bescheidenen Lohn, mit dem ein junger Vikar sich zufriedengeben mußte, nur mit Mühe über die Runden. Aber er hielt seine Garderobe tadellos in Ordnung, und sein Wesen war freundlich und einnehmend. Was im Augenblick jedoch noch viel schwerer in die Waagschale fiel, war die erfreuliche Tatsache, daß ihr Vater große Stücke auf ihn hielt – was wohl vermutlich wesentlich damit zusammenhing, daß Matthew Whitefield die Leidenschaft ihres Vaters für das Schachspiel teilte und nun ebenso begeistert war, auf einen ebenbürtigen Gegner getroffen zu sein. Aber worauf die große Wertschätzung ihres Vaters letztlich auch immer beruhen mochte, sie würde sicherlich von großer Bedeutung sein, wenn ihm Nicholas unter die Augen trat.
Was das Essen anging, so hatten sich Leonora und ihre Mutter wirklich selbst übertroffen. Die Suppe mit den kleinen Grießbällchen war lecker und leicht, der Braten wunderbar saftig, die dickflüssige Soße ein Gedicht, und der Mandelcremepudding zerging auf der Zunge. Nur Emily verstand, warum ihre Schwester dennoch wenig Appetit zeigte. Es fiel aber nur ihr und ihrer Mutter auf, die sich jedoch eines Kommentars enthielt, als spürte

sie, daß etwas in der Luft lag. Ihr Vater hatte den Vikar zu sehr in ein Gespräch über Politik, Wirtschaft und berühmte Schachgroßmeister verwickelt, als daß ihm etwas am Verhalten ihrer Schwester aufgefallen wäre.
Schon während der Mahlzeit war Matthew Whitefield voll des Lobes für die Köstlichkeiten, die ihm unter Löffel, Gabel und Messer kamen. Auch nach dem Essen pries er noch einmal überschwenglich die Kochkünste der beiden Frauen, die dieses exzellente Festessen zubereitet hatten. »Es gibt nicht nur herausragende Werke auf dem Gebiet der Lyrik, sondern auch kulinarische Gedichte von unübertrefflicher Qualität – und mit beidem ist dieses Haus reich gesegnet!« erklärte er ein wenig pathetisch, handelte sich jedoch von Leonora und ihrer Mutter vor Dankbarkeit strahlende Gesichter ein, während sie gleichzeitig mit der obligaten Untertreibung versicherten, daß ihre Kochkünste doch ganz gewöhnlich und daher keiner besonderen Erwähnung wert seien.
Um die Verdauung anzuregen und der Müdigkeit entgegenzuwirken, die das reichhaltige Essen zwangsläufig mit sich gebracht hatte, begab sich ihre Mutter in die Küche, um einen starken Kaffee aufzubrühen, während ihr Vater dem Vikar eine jener guten Zigarren anbot, die er tags zuvor noch im Tabakladen in der Water Street gekauft hatte – für einen Vierteldollar das Stück, was wirklich sündhaft teuer war. Hinterher wollten sie eine Partie Schach spielen.
Emily tauschte mit ihrer Schwester einen wissenden Blick. Dies war der Moment, auf den Leonora seit Wochen gewartet hatte. Jetzt galt es, ihren ganzen Mut zusammenzunehmen, Nicholas ins Haus zu lassen und mit ihm vor ihren Vater zu treten.
»Drück uns, um Gottes willen, bloß die Daumen!« flüsterte Leonora, als Emily ihr hinaus in den Flur folgte. Hektische rote Flecken sprenkelten ihr Gesicht. »Er muß mir die Erlaubnis zur Heirat geben! Er *muß* einfach, Emily!«
»Bestimmt wird alles gut!« versicherte Emily. »Und jetzt laß

Nicholas nicht länger warten. Er wird bestimmt schon durchgefroren sein. Es wird sowieso höchste Zeit, daß ihr das hinter euch bringt.«
Leonora schluckte und nickte, die Lippen entschlossen zusammengepreßt, warf sich einen Schal um den Hals und huschte verstohlen aus dem Haus. Keine fünf Minuten später kehrte sie mit Nicholas zurück. Er hatte in der Seitenstraße bei abgestelltem Motor im Wagen gesessen und mit wachsender Aufregung gewartet, daß sie ihm das verabredete Zeichen gab. Sein Gesicht war von der Kälte gerötet. Doch wie blaß er eigentlich war, fiel Emily sofort ins Auge.
Ihre Mutter stellte in der guten Stube gerade das Tablett mit dem Kaffeegeschirr und eine Schale selbstgebackene Weihnachtsplätzchen auf den Tisch, als Leonora ihren Geliebten ins Zimmer führte. »Dad ... Mom ... Reverend ...« Sie hielt inne und räusperte sich, um den schweren Belag von ihrer heiseren Stimme zu bekommen. »Wir haben Besuch.«
Nicholas machte in der Tür eine Verbeugung. »Ma'am ... Sir ... Reverend, ein gesegnetes Fest!« grüßte er steif, während seine Finger nervös die Krempe seines Hutes bogen.
Ihr Vater blickte auf. »Aber das ist ja der junge Brinkley aus Charlottetown!« rief er überrascht und stand auf. Dabei zogen sich seine Augenbrauen zusammen, als käme ihm plötzlich eine unangenehme Ahnung, was sein Erscheinen wohl bedeuten mochte. »Was führt Sie an solch einem hohen Festtag zu uns, Mister Brinkley?«
»Ich habe ihn gebeten, heute zu uns zu kommen, damit du und Mom ihn näher kennenlernen könnt«, antwortete Leonora aufgeregt und platzte im nächsten Moment ganz undiplomatisch heraus: »Nicholas und ich, wir lieben uns, Dad. Und wir möchten, daß du uns deine Erlaubnis zur Heirat erteilst!«
Einen Augenblick herrschte allseits verblüfftes Schweigen.
Sogar Nicholas machte eine betroffene Miene, denn damit hatte Leonora ihre sorgfältige Absprache, wie sie vorgehen wollten,

gänzlich über den Haufen geworfen. Doch nun war es heraus, und jetzt mußten sie sehen, daß sie das Beste daraus machten.

Nicholas ging schnell einen Schritt auf Leonoras Vater zu, wahrte jedoch respektvolle Distanz, als er tapfer erklärte: »Sir, ich bin gekommen, um in aller Form und mit allem Respekt um die Hand Ihrer Tochter anzuhalten!«

Leonora trat an seine Seite und beteuerte noch einmal: »Wir lieben uns. Seit damals, als wir den Wagen bei seinem Vater gekauft haben. Es war Liebe auf den ersten Blick. Und seitdem ist viel Zeit vergangen, um uns zu prüfen und sicher zu sein, daß wir füreinander geschaffen sind.«

Emily fühlte sich zu Tränen gerührt, als sie ihre Schwester dies sagen hörte und die beiden Hand in Hand vor ihrem Vater stehen sah. Noch nie war ihr Leonora so verwundbar und zugleich doch so stark und tapfer erschienen.

»Kinder, nein! Was soll man dazu bloß sagen?« rief ihre Mutter, sichtlich zwischen freudiger Überraschung und Besorgnis hin und her gerissen.

»In aller Form und mit allem Respekt?« stieß ihr Vater dagegen erbost hervor, während ihm die Zornesröte ins Gesicht schoß. Und schon im nächsten Atemzug ließ er alle Höflichkeit fahren, als er Nicholas anfuhr: »Woher nimmst du die Frechheit, einfach so in mein Haus zu spazieren und um die Hand meiner Tochter anzuhalten, als hättest du etwas vorzuweisen, das dir das Recht geben könnte, mir mit solch einem Anliegen unter die Augen zu treten?«

Nicholas bewahrte Haltung. »Sir, ich liebe Ihre Tochter, und ich werde für sie sorgen!« antwortete er, und nur ein leichtes Zittern in seiner Stimme verriet, wie ihm zumute war. »Wenn Sie mich nur einen Augenblick in Ruhe anhören, dann kann ich Ihnen erklären, was Leonora und ich ...«

»Ich denke nicht im Traum daran, mir von einem jungen Burschen wie dir, der noch nicht ganz trocken hinter den Ohren ist und nichts vorzuweisen hat, irgendwelche langatmigen und schmachtenden Erklärungen anzuhören!« fiel ihm ihr Vater schroff ins Wort. »Es reicht, daß du dich hinter meinem Rücken an meine Tochter herangemacht und ihr den Kopf verdreht hast! Und du kannst von Glück reden, wenn ich euch beide mit einem blauen Auge davonkommen lasse, bevor ich diesem lächerlichen Theater ein Ende bereite!«

»Das ist nicht wahr!« rief Leonora erregt. »Nicholas hat nichts Unehrenhaftes getan. Wir lieben uns, und wir sind alt genug, um zu heiraten. Mom war viel jünger, als du sie geheiratet hast. Und ich lasse nicht zu, daß du unsere Liebe in den Schmutz ziehst!«

Bevor ihr Vater in blinder Wut losbrüllen konnte, mischte sich Matthew Whitefield in die häßliche Auseinandersetzung ein. Er trat zwischen Leonora und ihren Vater. »Darf ich daran erinnern, daß wir heute das Fest unseres Heilands feiern, das nicht von ungefähr das Fest der Liebe und der heiligsten Segnungen genannt wird?« gemahnte er, ohne jemanden im besonderen anzusehen.

Ihr Vater kniff wütend den Mund zusammen.

Ihre Mutter, die stumm die Hände gerungen hatte, warf dem Vikar einen dankbaren Blick zu.

Matthew Whitefield legte seinem Gastgeber eine Hand auf den Arm. »Erinnere ich mich recht, daß Ihre älteste Tochter schon bald neunzehn Jahre alt wird?« fragte er sanft.

»Erst im kommenden Februar!« lautete die schroffe Antwort ihres Vaters. »Und auch dann ist sie noch lange nicht volljährig!«

»Nein, gewiß nicht«, pflichtete der Vikar ihm diplomatisch bei. »Und natürlich wollen Sie nur das Beste für Ihre Kinder, auch wenn diese das erst viel später einsehen. Aber mit fast neunzehn Jahren sollte man die Herzenswünsche seiner Tochter, wenn sie entschlossen auf die Ehe gerichtet sind und sofern sich der Mann ihrer Wahl nicht als unakzeptabel erweist, wohl doch ernst nehmen, meinen Sie nicht? Also warum hören wir uns nicht in aller Ruhe an, was Ihre Tochter und ihr junger Mann Ihnen zu

sagen haben, Mister Forester? Zuhören hat noch nie geschadet – ein vorschnelles Urteil dagegen nur allzuoft, wenn Sie mir diese Bemerkung gestatten.«
»Bitte, Frederick, laß uns doch in aller Ruhe darüber reden!« flehte auch ihre Mutter ihn an. »Leonora ist wirklich kein kleines Kind mehr. Und sie hat recht. In ihrem Alter war ich schon deine Frau!«
Emily hörte ihren Vater irgend etwas von »Überfall im eigenen Haus mit dem Segen der Kirche« murmeln, dann machte er eine verärgerte Geste und knurrte: »Also gut, sollen sie sagen, was sie zu sagen haben! Aber für dumm verkaufen lasse ich mich nicht, damit das gleich klar ist! Ich gebe meine Tochter keinem Hungerleider zur Frau!«
Alle setzten sich, ihre Mutter holte noch ein sechstes Gedeck, und dann nahm ihr Vater den Sohn des Autohändlers, der seine Tochter heiraten wollte, unerbittlich in die Mangel. Doch wie er es auch drehte und wendete, er fand keinen triftigen Grund – und schon gar keinen wirtschaftlichen –, Nicholas die Hand seiner Tochter zu verweigern.
»Ich bin von Kindesbeinen an mit Motoren aufgewachsen und habe vorletzte Woche einen der begehrten Jobs als Mechaniker bei der Steam Navigation Company in Charlottetown erhalten. Ich werde auf der Fähre ›Northern Light‹ arbeiten«, erklärte er stolz.
»Als Vollmaschinist?« hakte ihr Vater sofort mißtrauisch nach.
»Nein, zuerst einmal nur als Hilfskraft«, gestand Nicholas. »Aber man hat mir versprochen ...«
»Wußte ich es doch!« schnitt ihr Vater ihm geringschätzig das Wort ab. »Eine solche Stelle bringt nur einen elenden Hungerlohn. Das werde ich meiner Tochter nicht zumuten!«
»Sir, so bescheiden mein Lohn auch sein mag, er reicht doch völlig aus, ihre Tochter und mich zu ernähren«, beharrte Nicholas.
»Wir brauchen nicht viel«, versicherte Leonora.

Ihr Vater schoß ihr einen wütenden Blick zu. »Komm mir nicht mit solch dummen Sprüchen!« blaffte er sie an, und augenblicklich sprang der Vikar vermittelnd ein, um einem neuen Ausbruch seines Gastgebers vorzubeugen.

»Wir können im Haus meiner Eltern die Zimmer im Obergeschoß bewohnen«, fuhr Nicholas schließlich fort. »Da ist Platz genug. Außerdem ist diese Anstellung auf der ›Northern Light‹ auch nur vorübergehend. Sowie sich die wirtschaftliche Lage verbessert, kehre ich wieder ins Geschäft meines Vaters zurück. Er möchte, daß ich den Autohandel so schnell wie möglich übernehme.«

»Pah!« machte ihr Vater geringschätzig und wurde wieder verletzend. »Was wirft denn so ein Handel mit Gebrauchtwagen schon groß ab? Offenbar nicht einmal genug, um den eigenen Sohn im Geschäft zu halten!«

Leonora funkelte ihn empört an. »Nicht mehr und nicht weniger als deine Stoffhandlung, Vater!« kam es wie aus der Pistole geschossen. »Wenn du mich bezahlen müßtest, könntest du dir eine Kraft wie mich auch nicht leisten!«

Wenn Matthew Whitefield nicht gewesen wäre, hätte ihr Vater spätestens jetzt den letzten Rest Beherrschung verloren, davon war Emily felsenfest überzeugt. Doch der Vikar verstand es, immer wieder die Wogen so weit zu glätten, daß es nicht zum Abbruch des Gespräches kam, wie hitzig und unerfreulich dieses auch hin und her wogte.

Emily bewunderte, wie unerschrocken und selbstbewußt Nicholas blieb. Er bewahrte eine fast engelsgleiche Ruhe, egal was ihr Vater an ihm als Heiratskandidaten zu bemängeln hatte. Ihr Vater ließ sogar die gemeine Unterstellung durchscheinen, daß er Leonora vermutlich nur deshalb in die Ehe locken wolle, weil er es auf die Stoffhandlung abgesehen habe.

»Ich halte um die Hand Ihrer Tochter an, weil ich Leonora liebe, Sir! Außerdem habe ich es nicht nötig, ein Auge auf anderer Leute Eigentum zu werfen. Ich werde es selbst zu etwas bringen.

Und noch etwas, Mister Forester: Das Haus meiner Eltern ist ebenso unbelastet von Schulden wie der Hof mit den Garagen, wo mein Vater seinen Automobilhandel betreibt!« erklärte Nicholas daraufhin mit unverhohlenem Stolz. »Ich bin das einzige Kind meiner Eltern und werde das alles eines Tages erben! Aber deshalb kämen meine Eltern noch lange nicht auf den Gedanken, Leonora zu unterstellen, daß sie es darauf abgesehen habe.«

»Gewiß nicht, Mister Brinkley«, versicherte der Vikar schnell, bevor Frederick aufbrausen konnte. »Und ich bin sicher, daß Mister Forester seine Worte so auch gar nicht gemeint hat.«

So ging es noch eine ganze Weile mehr oder weniger erregt hin und her, bis Leonoras Vater der Kragen platzte und er sich abrupt erhob. »Das reicht jetzt. Was es zu sagen gab, ist ja nun gesagt worden! Und damit ist für heute Schluß mit der Diskussion«, knurrte er.

»Gibst du uns nun deine Erlaubnis zur Heirat, Dad?« wollte Leonora wissen. Inständiges Flehen lag in ihrer Stimme wie auch in ihrem Blick. Schnell trat sie zu ihm und umschloß seine Hand. »Bitte, Dad! Gib deinem Herzen einen Stoß. Ich weiß, daß du nur das Beste für mich willst – und Nicholas ist das Beste, glaube mir, Dad.«

Er wand sich unter ihrer zärtlichen Berührung, als wäre er plötzlich in einen Schraubstock geraten, der sich schmerzhaft um ihn schloß. »Laß mich in Ruhe darüber nachdenken, Leonora«, murmelte er verunsichert und entzog ihr seine Hand.

»Das ist doch ein Wort!« freute sich Matthew Whitefield, klatschte in die Hände und lächelte zufrieden in die Runde. »Ich bin sicher, daß Sie die richtige Entscheidung treffen werden, Mister Forester, liegt Ihnen doch das Glück Ihrer Tochter genauso sehr am Herzen wie diesem tüchtigen jungen Mann.«

Leonora spürte, daß sie im Augenblick nicht mehr erreichen konnte und daß es ein Fehler wäre, ihren Vater vor Nicholas und dem Vikar noch mehr zu bedrängen.

Während ihre Mutter und der Vikar Nicholas mit Herzlichkeit und Wohlwollen verabschiedeten, hatte ihr Vater nur ein frostiges Nicken für ihn übrig. Die ausgestreckte Hand übersah er.

»Ich bringe Nicholas noch zum Wagen«, sagte Leonora und nahm ihren Mantel vom Haken.

»In fünf Minuten bist du aber spätestens zurück!« rief ihr Vater ihr mißmutig nach. »Und vergiß bloß nicht, daß die Nachbarschaft tausend Augen hat – und was du deinem Namen schuldig bist!«

Emily paßte ihre Schwester vor dem Haus ab, als diese aus der Seitenstraße zurückkehrte. Leonora hatte Tränen in den Augen.

»Ich bin so stolz auf euch!« gestand sie, noch immer ganz aufgeregt. »Ich weiß nicht, ob ich den Mut gehabt hätte, Dad so die Stirn zu bieten.«

»Es ist uns ja nichts anderes übriggeblieben.«

»Welch ein Segen, daß wir heute den Vikar zu Gast hatten, auf den Vater so große Stücke hält. Er hat seine Sache wirklich gut gemacht, findest du nicht auch?«

Leonora nickte. »Dad wäre sonst bestimmt noch ausfallender geworden ... ja, vermutlich hätte er Nicholas erst gar nicht angehört, sondern gleich aus dem Haus geworfen.«

»Jetzt habt ihr das Schlimmste hinter euch, Leonora«, sagte Emily zuversichtlich. »Ich bin sicher, daß Dad euch seinen Segen gibt.«

»Seinen Segen kann er getrost behalten, mir reicht seine Unterschrift auf der Einverständniserklärung!«

»Du mußt ihm jetzt nur etwas Zeit lassen, diese Neuigkeit in Ruhe zu verdauen, dann wird schon alles ins Lot kommen. Und wenn ihr erst einmal offiziell verlobt seid, wird euch auch das Jahr bis zu eurer Hochzeit gar nicht mehr so lang vorkommen.«

Leonora bedachte sie mit einem spöttischen Blick. »Man merkt wirklich, daß du von Liebe nicht den Schimmer einer Ahnung hast, Emily. Denn sonst würdest du nicht solch ein dummes Zeug daherreden. Ein Jahr ist eine Ewigkeit! Und ich denke

nicht daran, mich an diese idiotische Konvention zu halten, nach der Verlobung noch mindestens ein Jahr bis zur Hochzeit verstreichen zu lassen. Nicholas und ich haben schon lange genug gewartet. Ich werde spätestens im Mai heiraten, und damit basta!«
Emily machte eine skeptische Miene. »So schnell schon? Na, ob Dad da mitspielen wird, das bezweifle ich sehr. Er muß sich bestimmt erst langsam an den Gedanken gewöhnen, daß du aus dem Haus gehst und nach Charlottetown ziehst. Du weißt doch, wie sehr er an dir hängt. Du bist immer sein Liebling gewesen.«
Leonora lachte bitter auf. »O ja, wenn es danach ginge, würde er mich nie gehen lassen. Aber er wird es müssen, und ich will seine Zustimmung zu unserer Heirat nicht erst in ein paar Wochen, sondern ich will sie noch heute!«
Emily sah sie ungläubig an. »Das kann nicht dein Ernst sein?«
»Und ob es mein Ernst ist!« erklärte Leonora mit einer wilden Entschlossenheit, die Emily erschreckte. »Ich will, daß er mich heiraten läßt, und ich werde ihn dazu kriegen – koste es, was es wolle!« Und ohne eine Antwort abzuwarten, stürmte sie an Emily vorbei ins Haus.
Wenig später machte sich ihre Mutter mit einem Korb, der allerlei Weihnachtsgebäck sowie mehrere Einmachgläser mit eingelegten Gurken, Leberwurst und ihrer besten Marmelade enthielt, zu einem Besuch bei Missis Patterson auf den Weg. Die alte Frau, die ihren Mann vor zwei Jahren verloren hatte und nun auch noch langsam erblindete, lebte sehr einsam und war dankbar für jede Abwechslung.
»Ich bin rechtzeitig zum Abendessen wieder zurück«, versprach sie, streichelte Leonora aufmunternd die Wange und verließ das Haus.
Emily und Leonora saßen in der Küche. Das Radio brachte Weihnachtslieder, ein Chor sang »O Little Town Of Betlehem«. Und mit der Dämmerung kehrten auch die Wolken zurück, aus denen nun sanft Schnee herabrieselte.

Emily machte sich Sorgen. Ihre Schwester starrte mit geistesabwesendem Blick unverwandt auf einen Fleck an der Wand. Sie rührte sich nicht von der Stelle und gab auch nicht einen einzigen Ton von sich. Wie in Trance saß sie da.

»Leonora, wollen wir Patiencen legen oder unsere Brettspiele holen?« fragte Emily. »Leonora, hörst du mir überhaupt zu?«
Ihre Schwester wandte den Kopf. »Hast du was gesagt?«
Emily lachte. »Und ob, aber du hast wie ein Geist auf die Wand gestiert. Ein Königreich für deine Gedanken!«
»Die würdest du nicht haben wollen, Schwesterchen – nicht für alles Geld der Welt!« erwiderte Leonora ernst. »Wo ist Dad?«
»Im Laden. Du weißt doch, wie er ist. Wenn er sich über etwas aufgeregt hat, zieht er sich in den Laden zurück, um sich mit irgendwelchen Arbeiten abzulenken. Aber was ist nun, wollen wir Patiencen legen, oder magst du lieber etwas anderes spielen?«
Leonora schüttelte den Kopf. »Ich habe Besseres und Wichtigeres zu tun, als meine Zeit mit diesem Unsinn zu vertrödeln«, sagte sie und stand auf. »Ich muß mit Dad reden.«
»Ich weiß nicht, ob das eine so gute Idee ist«, versuchte Emily ihre Schwester zurückzuhalten.
»Halt du dich da heraus, verstanden? Und untersteh dich bloß, gleich in den Laden gerannt zu kommen, wenn du Dad brüllen hörst! Wenn du das tust, machst du alles kaputt – und dann sind wir für immer geschiedene Leute! Und es ist mir bitter ernst, Emily!« warnte Leonora sie nachdrücklich.
Mit nervöser Anspannung ging sie aus der Küche und klopfte am Ende des Flurs an die Tür, die zu den Geschäftsräumen führte.
»Dad, ich bin es! ... Mach bitte auf, ich muß mit dir reden! ... Dad? ... Dad, bitte laß mich rein!«
Es verstrichen einige Sekunden, dann sah Emily den Schatten ihrer Schwester hinter der Tür verschwinden, und weil gerade im Radio ein Lied verklang, hörte sie deutlich, wie der Riegel von der anderen Seite wieder vorgeschoben wurde. Still blieb sie

am Tisch sitzen, während sie sich mit klopfendem Herzen vorzustellen versuchte, was Leonora nun dort im Laden zu ihrem Vater sagte und wie dieser wohl darauf reagieren würde. Als sie trotz der weihnachtlichen Radiomusik plötzlich bis in die Küche die laute Stimme ihres Vaters vernahm, die sich zu einem wütenden Gebrüll steigerte, wollte sie aufspringen und ihrer Schwester zu Hilfe eilen. Doch die scharfe Warnung, die Leonora ihr erteilt hatte, hielt sie zurück. Ihre Schwester wollte unbedingt ihren Kopf durchsetzen und wünschte dabei von ihr keinerlei Unterstützung.

Emily saß verkrampft am Küchentisch und bangte um ihre Schwester, während ein fröhliches Weihnachtslied nach dem anderen aus dem Radio klang. Wenn sie doch nur etwas hätte tun können! Es war schrecklich, nicht zu wissen, was sich dort im Laden abspielte, und die Minuten zogen sich so quälend langsam hin.

Schließlich hielt es sie nicht länger auf ihrem Stuhl. Sie sprang auf und ging ruhelos in der Küche umher. Dann drehte sie die Lautstärke des Radios herunter, wagte sich bis an die Tür heran und lauschte in den dunklen Flur. Das zornige Gebrüll ihres Vaters hatte aufgehört. Die Stille war zusammen mit der Ungewißheit jedoch noch schwerer zu ertragen. Deshalb stellte sie das Radio wieder lauter.

Sie wartete mehr als eine halbe Stunde.

Und dann stand Leonora plötzlich in der Tür. Emily schlug die Hände vor den Mund und stieß einen erstickten Schrei des Entsetzens aus. Ihr Vater hatte Leonora geschlagen, wie sie es insgeheim schon befürchtet hatte. Ein blutiger Striemen zog sich über ihre rechte Wange, und aus einer Platzwunde an der Unterlippe sickerte Blut. »O mein Gott, was hat er dir getan?« rief Emily erschüttert. »Habe ich dir denn nicht gesagt, du sollst es nicht auf die Spitze treiben?«

»Das war sein Ring«, sagte Leonora mit erschreckender Sachlichkeit und deutete auf die Wunde über dem rechten Wangenknochen. »Und mit seinem dritten Schlag hat er mir die Unterlippe aufgerissen.«

»Das hätte Dad nicht tun dürfen!« flüsterte Emily gequält und machte sich nun heftige Vorwürfe, daß sie nichts unternommen hatte, um ihre Schwester vor der Gewalttätigkeit ihres Vaters zu schützen. Sie hatte so etwas doch geahnt und hätte deshalb versuchen müssen, das Schlimmste zu verhindern, auch wenn es vergeblich gewesen wäre und sie vielleicht selbst Schläge bezogen hätte. »Wie er dich zugerichtet hat! Das ... das ist unverzeihlich!«

Leonora hatte Tränen in den Augen, lächelte jedoch unverhofft. »Ja, aber das ist es mir dennoch wert gewesen«, sagte sie. »Was sind schon ein paar Schläge für das, was ich ihm abgerungen habe.«

»Dad hat wirklich ja gesagt?« stieß Emily ungläubig hervor.

Leonora nickte. Ein triumphierender Ausdruck leuchtete in ihren feuchten Augen auf. »Ich habe bekommen, was ich wollte. Er wird uns von nun an nichts mehr in den Weg legen. Ich darf Nicholas im Mai heiraten. Ich bin frei, Emily ... Ich bin endlich frei!« Sie lachte kurz auf und schüttelte den Kopf, als könnte sie es selbst noch nicht recht glauben. Dann sank sie auf den nächsten Stuhl, schlug die Hände vors Gesicht und ließ ihren Tränen freien Lauf.

14

Gewöhnlich bedeckte schon im Dezember, in milden Wintern jedoch spätestens im Januar eine dicke Eisschicht die Northumberland Strait. Dann kam jeglicher Schiffsverkehr zwischen dem Festland und den Häfen an der Südküste von Prince Edward Island zum Erliegen. Auch die Fähren von Summerside und

Charlottetown, die mit ihren verstärkten Bugpartien in den ersten Winterwochen noch durch die Eisfelder brachen, stellten um die Jahreswende ihren Dienst ein. Einzig die als Eisbrecher gebauten Fähren »Abegweit« und »Northern Light« hielten dann die Verbindung mit Nova Scotia und New Brunswick aufrecht. Doch sogar diese Schiffe konnten wegen der sich auftürmenden Eismassen in der schmalen Northumberland Strait nur vom Hafen von Georgetown im King's County aus operieren, das auf der Ostseite der Insel lag, wo sich die See weit öffnet und sich das Eis auf dem Weg nach Pictou an der Küste von Nova Scotia leichter aufbrechen ließ.

So oft, wie es sein Dienst an Bord der »Northern Light« gestattete, kam Nicholas nach Charlottetown, um seine Eltern zu besuchen und sich mit Leonora zu treffen. Meist pendelte er zweimal die Woche zwischen Charlottetown und Georgetown hin und her. Die Entfernung zwischen den beiden Häfen betrug zwar nur zweiundfünfzig Kilometer, und es gab auch eine direkte Eisenbahnverbindung. Doch weil der Bummelzug große Bögen fuhr und alle vier, fünf Kilometer an einer kleinen Dorfstation hielt, benötigte er für die Strecke fast anderthalb Stunden.

Leonora hatte ihrem Vater die Erlaubnis abgerungen, sich nicht nur am Wochenende, sondern auch unter der Woche einmal mit Nicholas in Charlottetown treffen zu dürfen. An diesen Tagen übernachtete sie im Haus von Harold Cobbs, dem ältesten Bruder ihrer Freundin Deborah, der mit seiner Frau Evelyn im Haus seiner verwitweten Schwiegermutter Wilma Marsh in Charlottetown lebte.

Emily erkannte ihre Schwester kaum wieder. Nachdem ihrer Heirat mit Nicholas im Mai nun nichts mehr im Weg stand, vollzog sich mit Leonora eine frappierende Wandlung. Kratzbürstigkeit und Streitlust verschwanden fast völlig aus ihrem Wesen. An ihre Stelle traten überschwengliche Lebensfreude und Umgänglichkeit. Sie strahlte nur so vor Glück. Und dieses

Glück, das sie erfüllte, ließ keinen Raum für irgend etwas Negatives.

»Meine Schwester ist ein ganz anderer Mensch geworden!« schwärmte Emily ihrer Freundin Mitte Januar vor. »Ich kenne Leonora kaum wieder. Sie hackt überhaupt nicht mehr auf mir herum, sondern lobt mich neuerdings sogar und interessiert sich wieder für mich. Und du glaubst gar nicht, wie gut das auch meiner Mutter bekommt. Sie ist richtig aufgeblüht. Ihre Depressionen setzen ihr kaum noch zu. Mom und Leonora sind ständig zusammen, reden stundenlang über die anstehende Hochzeit und die Aussteuer und nähen regelrecht um die Wette.«

»Nicholas ist das Beste, was Leonora und euch widerfahren konnte«, meinte Caroline.

Ein Schatten fiel kurz über Emilys Gesicht. »Ja, das ist er wohl. Nur Dad will das einfach nicht einsehen. Er ist richtig bitter geworden und trinkt wieder. Ich glaube, er hat Leonora noch immer nicht verziehen, daß sie ihn am Weihnachtstag so überfahren hat.«

»Er wird sich schon damit abfinden«, versicherte Caroline. »Und mit der Zeit wird sich alles einrenken – auch zwischen deinem Dad und Nicholas.«

Emily hoffte inständig, daß ihre Freundin recht behielt. Und daß der nette junge Vikar Whitefield, der an den Wochenenden häufig bei ihnen zu Gast war, in dieser Sache seinen positiven Einfluß auf ihren Vater geltend machen konnte.

Wie grundlegend sich ihre Schwester verändert hatte, stellte Emily immer wieder fest, wenn sie mit ihr zusammen war. Leonora nahm sie gelegentlich sogar zum Bahnhof mit, wenn sie Nicholas vom Zug abholte, und sie hatte auch nichts dagegen, wenn Nicholas anschließend auch sie zum Tee in »Megan's Tearoom« in der Grafton Street einlud. Dieses Lokal erfreute sich einer tadellosen Reputation und zählte zu den wenigen Etablissements, die verheiratete wie auch alleinstehende jun-

ge Frauen aufsuchen konnten, ohne ihren guten Ruf zu gefährden.
Emily wußte natürlich, daß ihre Mutter und auch Missis Wilma Marsh, unter deren Dach Leonora an diesen Besuchstagen nächtigte, bei jedem Treffen mit Nicholas auf der Gegenwart einer Anstandsdame bestanden. Evelyn, die warmherzige Schwägerin von Deborah Cobbs, hatte sich großzügig angeboten, diese undankbare Rolle zu übernehmen, sofern ihre Zeit es zuließ. Nicholas hatte jedoch alle Parteien davon überzeugt, daß sie, Emily, eine ebenso vertrauenswürdige Begleitung darstellte.
»Du bist mir von allen Anstandsgouvernanten, die ich mir vorstellen kann, mit Abstand die liebste!« schmeichelte Nicholas ihr, als sie wieder einmal in »Megan's Tearoom« saßen.
»Ja, weil ich mich bei euren langen Spaziergängen klaglos durchfrieren und mich immer kilometerweit abhängen lasse und angeblich noch schnell mal einen Blick in die Bibliothek werfen muß, wenn wir zum Wagen zurückkommen!« hielt sie ihm spöttisch vor.
Nicholas gab sich überrascht. »So ein Gedanke ist mir nie gekommen, verehrte künftige Schwägerin!« beteuerte er und legte seine rechte Hand aufs Herz.
Leonora lachte. »Du bist schon in Ordnung, Schwesterchen. Und eines Tages werden wir uns bestimmt revanchieren können.«
Der Tee kam, und Nicholas brachte das Gespräch auf seinen Freund Henry Jacobson, der mit ihm auf der Fähre arbeitete und dessen Vater noch zu einer der letzten Mannschaften der legendären Eisboote gezählt hatte. »Bis 1918 stellten diese gerade mal fünf Meter langen und nur einen Meter zwanzig breiten Eisboote im Winter die einzige Verbindung zwischen der Insel und dem Festland dar«, erzählte er. »Die Boote waren mit Blechplatten beschlagen, um den Rumpf vor dem Druck der Eisschollen zu schützen, und hatten zudem Kufen an beiden Seiten des Kiels.«

»Das klingt ja nach abenteuerlichen Überfahrten«, sagte Emily. Nicholas nickte nachdrücklich. »Und ob das ein Abenteuer war – oft sogar ein verdammt lebensgefährliches!« bekräftigte er. »Wenn das Eis nämlich zu dick war, wurde das Segel eingeholt und das Boot auf den Kufen über das Eis gezogen. Die Männer trugen dabei ledernes Zuggeschirr, das sie mit dem Boot verband. Wer in eine solche Crew aufgenommen wurde, der mußte aus einem besonderen Holz geschnitzt sein, was Kraft und Ausdauer anging. Denn im Februar türmen sich in der Northumberland Strait nahe der Küsten die Eisschollen ja oft bis zu fünfzehn Fuß hoch auf, und mit einem beladenen Boot solche Eisbarrieren zu überwinden, das ist wahrlich kein Kinderspiel.«

»Und diese Eisboote haben auch Passagiere befördert?« fragte Emily ungläubig.

Nicholas nickte. »Die mußten fast so mutig und kräftig wie die vierköpfige Crew sein, um sich auf so eine gefährliche Passage einzulassen. Und teuer war es noch obendrein. Es kostete vier Dollar für Männer, die unter allen Umständen im Boot sitzen bleiben wollten, auch wenn das Boot übers Eis gezogen werden mußte. Wer mit anpackte, brauchte nur die Hälfte zu bezahlen. Frauen dagegen zahlten nur zwei Dollar, auch wenn sie sich nicht aus dem Boot rührten.«

»Und wie lange dauerte es mit so einem Eisboot von der Insel zum Festland hinüber?« wollte Leonora wissen.

»Mit viel Glück schafften sie die zwölf Kilometer in gut dreieinhalb Stunden«, antwortete Nicholas. »Es kam jedoch auch oft genug vor, daß ein Boot steckenblieb, und dann konnte sich so eine bitterkalte Überquerung auch doppelt oder dreimal so lange hinziehen. Manchmal mußte man das Boot aufgeben und zu Fuß weiter, und wenn dann Nebel aufkam, wurde es wirklich lebensgefährlich. Einmal irrte eine Mannschaft mit ihren Passagieren, zehn Leute insgesamt, zwei Tage lang über das Eis, bevor sie endlich an Land fanden. Und es gab auch immer wieder Tote.

Henry hat mir von seinem Vater und Großvater Geschichten erzählt, die einem die Haare zu Berge stehen lassen.«

Emily war fasziniert von diesen Eisboot-Geschichten und nahm sich vor, bei ihrem nächsten Bibliotheksbesuch in Erfahrung zu bringen, ob es in irgendeinem Buch mehr über diesen Teil der Inselhistorie nachzulesen gab.

Drei Wochen später, an einem windigen Freitagnachmittag Mitte Februar, begleitete Emily ihre Schwester wieder einmal auf den Bahnhof, um Nicholas abzuholen, der das ganze Wochenende frei hatte.

»Ich weiß nicht, was ich mir lieber wünsche – daß es schnell Sonntagabend wird, oder daß die nächsten Tage möglichst langsam vergehen«, seufzte Leonora und rieb sich in ihrem Kaninchenmuff die Hände. »Ich bin sicher, daß Dad nichts unversucht lassen wird, um es uns so schwer wie möglich zu machen, und uns die Gästeliste radikal zusammenstreichen wird!«

»Ach was, so schlimm wird es schon nicht kommen!« machte Emily ihrer Schwester Mut. »Ihr werdet euch schon über die Gäste, die zu eurer Hochzeit eingeladen werden sollen, einigen. Laß Dad nur poltern, er wird letztlich gar nicht umhinkönnen, eure Liste abzusegnen, wenn er sich nicht blamieren und eine Menge Freunde und Nachbarn vor den Kopf stoßen will. Und das kann er sich mit seinem Geschäft gar nicht leisten. Du hast also keinen Grund, so schwarzzusehen.«

»Vielleicht, aber die Diskussion über die Sitzordnung wird ein Alptraum!« fürchtete Leonora.

»Auch das steht ihr durch!«

Der Zug lief in den Bahnhof ein. Dicke Rauchschwaden quollen aus dem Schornstein und entwichen aus den Ventilen hinter den mächtigen Rädern, als die Lokomotive an ihnen vorbeizog und schließlich auf der Höhe des alten Wasserturms zum Stehen kam. Die Waggontüren flogen auf, und die Passagiere stiegen aus.

»Da ist Henry!« rief Emily, als sie eine große, schlanke Gestalt

mit einer rotblauen Pudelmütze aus dem zweiten Waggon steigen sah. Nicholas' Freund und Arbeitskollege stach aus jeder Menge hervor, überragte er seine Mitmenschen doch zumeist um mindestens einen Kopf.
»Aber wo bleibt Nicholas bloß?« Leonora stellte sich auf die Zehenspitzen und hielt mit unruhigem Blick unter den aussteigenden Zugpassagieren Ausschau nach ihrem Verlobten.
Vergeblich.
Mit schweren, zögerlichen Schritten und blassem, ernstem Gesicht kam Henry auf sie zu.
»Wo ist Nicholas?« fragte Leonora.
Henry stellte seinen Seesack ab. »Ich habe schlechte Nachrichten, Leonora.«
Emily bekam plötzlich eine Gänsehaut.
»Erzähl mir bloß nicht, daß euer Captain wieder einmal seine Zusage vergessen und Nicholas der Wochenendschicht zugeteilt hat!« sagte ihre Schwester entrüstet.
Henry schüttelte den Kopf. »Ich habe eine schlimmere Nachricht, Leonora.« Er schluckte schwer, wich ihrem Blick aus und erklärte dann: »Nicholas ist vor ein paar Stunden verunglückt ... Er ... er ist tot ... Es tut mir leid.«
Leonora machte eine ärgerliche Miene. »Laß das, Henry. Heute bin ich wirklich nicht in Stimmung für deinen schwarzen Humor!«
»Mein Gott, ich wünschte, es wäre ein schlechter Witz«, sagte Henry betroffen. »Aber leider ist es die schreckliche Wahrheit, die ich dir überbringen muß. Nicholas ist beim Anlegemanöver tödlich verunglückt.«
Leonora erstarrte, und Emily glaubte, ihr bliebe das Herz stehen. Nicholas Brinkley tödlich verunglückt? Das konnte nicht sein! In drei Monaten sollte er doch mit ihrer Schwester vor dem Traualtar stehen und Leonora den Ehering an den Finger stecken.
»Er konnte nicht schnell genug vom Schiff kommen und ist

schon abgesprungen, bevor die Männer auf dem Kai noch die Leinen festgemacht und wir die Gangway ausgerollt hatten«, redete Henry hastig weiter. »Er hat sich verschätzt, ist an der Mauer abgerutscht und unten auf eine der scharfkantigen Eisschollen gestürzt. Dabei hat er sich das Genick gebrochen. Das hat der Arzt festgestellt, der an Bord unter den Passagieren war und ihn noch an Ort und Stelle untersucht hat. Nicholas war also gottlob sofort tot. Denn den Sturz hätte er auf keinen Fall überlebt. Das Schiff hat ihn nämlich zwischen den Eisschollen und der Kaimauer so böse zerquetscht, daß ...«
Leonora umklammerte mit beiden Händen ihren Kopf, als fürchtete sie, daß er jeden Moment zerspringen würde.
»Nein! ... Nicholas! ... Nicholas! ... Nein!« brach es in einem nicht enden wollenden Schrei grenzenloser Verzweiflung aus ihr heraus.
Der Schrei drang Emily wie ein Dorn aus kältestem Eis durch Mark und Bein und ließ sie gefrieren. Nie wieder in ihrem Leben sollte sie einen Laut hören, der eine derart entsetzliche Seelenqual in die Welt hinausschrie.
Dann sackte Leonora plötzlich betäubt von einem unerträglichen Schmerz in sich zusammen. Henry vermochte sie gerade noch rechtzeitig aufzufangen.
Benommen blickte Emily auf Leonora hinunter und hatte das Gefühl, in einen allzu drastischen Alptraum versetzt zu sein. Sie sah, wie Henry ihre Schwester an seinen Seesack lehnte, doch ihr Gehirn schien in Unordnung geraten und mit dieser Szene nichts anfangen zu können. Sie hörte auch nicht, was Henry ihr zurief. Denn in ihrem Kopf gellte noch immer der entsetzliche Schrei, während sie die grausame Tragweite der Nachricht zu erfassen suchte.

15

Nicholas Brinkley wurde am Mittwoch der darauffolgenden Woche auf dem Friedhof von Charlottetown beigesetzt. Wegen ihrer ausgezeichneten Noten wurde Emily nicht nur am Morgen der Beerdigung vom Unterricht befreit, sondern erhielt von Missis Landon sogar die Erlaubnis, die restliche Woche der Schule fernzubleiben, damit sie einige Tage mit ihrer Familie verbringen und ihrer Schwester in ihrem Kummer beistehen konnte. Auch Caroline nahm an den Trauerfeierlichkeiten teil.
Emily vergoß ein Meer von Tränen, und auch ihre Mutter mußte ständig zum Taschentuch greifen, um sich das Gesicht abzuwischen. Leonoras Augen dagegen blieben trocken wie ein ausgedörrter Brunnen. Mit unbewegter, ausdrucksloser Miene und so leichenblaß im Gesicht, als wäre nicht nur aus Nicholas, sondern auch aus ihr jegliches Leben gewichen, saß sie in der Kirchenbank, stand am offenen Grab und nahm mit den Eltern des Toten die Beileidsbekundungen der Trauergäste entgegen.
Ihr Vater wahrte in der Öffentlichkeit die Form und zeigte gefaßte Betroffenheit. Doch Emily hörte ihn nach ihrer Rückkehr nach Summerside, als Leonora sich in ihr Zimmer eingeschlossen hatte und er sich allein mit ihrer Mutter wähnte, ärgerlich sagen: »Nun reiß dich mal endlich zusammen, Agnes! Dieser Nicholas Brinkley ist ein ausgemachter Dummkopf gewesen. Ich habe gleich gewußt, daß er nicht für unsere Leonora taugt. Nicht, daß ich ihm den Tod gewünscht hätte, aber meine Trauer um diesen Burschen hält sich doch sehr in Grenzen. Und du tust gut daran, nicht so zu heulen, als hätte er schon einen festen Platz in unserer Familie gehabt!«
Emily wußte nicht, was sie in ihrer Empörung gesagt und getan hätte, wäre in diesem Moment nicht Matthew Whitefield erschienen, um sein Beileid zu bekunden und ihrer Familie in

dieser Stunde der Prüfung, wie er sich ausdrückte, seine Hilfe anzubieten.

Leonora weigerte sich, mit dem Vikar zu sprechen, kam jedoch kurz an die Tür. »Es gibt keinen Gott!« fiel sie ihm schroff ins Wort, als er einen tröstenden Spruch aus der Bibel zu zitieren begann. »Denn wenn es ihn gäbe, hätte er mir so etwas Grausames nicht angetan!«

»Miss Leonora, Gott ist kein himmlischer Puppenspieler, der für alles Leid und Unglück dieser Welt ...«, setzte Matthew Whitefield zu einer Erwiderung an.

Leonora ließ ihn auch jetzt nicht ausreden. »Ihr Gott kann mir nicht helfen. Niemand kann das. Also lassen Sie mich in Ruhe«, sagte sie mit tonloser Stimme. In ihren Augen stand ein Blick, der den bodenlosen Abgrund ihrer Verzweiflung offenbarte. Und ohne eine Antwort abzuwarten, wandte sie sich ab und schloß die Tür.

Warum ist es bloß so unglaublich schwer, in einem solchen Moment das richtige Wort zu finden? fragte sich Matthew Whitefield bedrückt. Ich habe es falsch angefangen. Nur weiß ich nicht, wie ich es anders hätte machen sollen.

Emily empfand dieselbe Hilflosigkeit, die der Vikar an den Tag legte. Sie hätte ihrer Schwester nur zu gern Trost gespendet. Doch auch wenn Leonora sie zu sich gelassen hätte, was hätte sie ihr schon sagen können, um ihren wütenden Schmerz auch nur ein wenig zu lindern?

»Machen Sie sich nichts draus. Leonora ist noch ein junges Ding, und so lange haben sich die beiden ja noch nicht gekannt. Sie wird sich schon wieder fangen«, sagte ihr Vater mit grobschlächtiger Zuversicht. »Die Zeit heilt alle Wunden.«

»Nicht alle«, hörte Emily ihre Mutter leise murmeln.

Leonora kam in den nächsten drei Tagen nur zu den Mahlzeiten aus ihrem Zimmer – und das wohl auch nur, weil ihr Vater drohte, andernfalls die Tür aufzubrechen und sie notfalls mit Gewalt aus der Kammer zu holen.

»Niemand hat etwas dagegen, daß du aufrichtig um deinen Nicholas trauerst. Aber ich lasse nicht zu, daß du dich wie eine Frau gebärdest, die nach langen Jahren treuer Ehe ihren Mann verloren hat. Diese Witwenrolle steht dir nicht zu!« beschied er sie grob. »Du bist erst neunzehn und hast noch dein ganzes Leben vor dir!«

»So, wirklich?« fragte Leonora bitter.

Ihr Vater starrte sie mit verkniffener Miene an. »Ja, aber das liegt ganz bei dir, Leonora. Nicholas ist tot. Du holst ihn nicht zurück, egal was du tust. Aber *dein* Leben geht weiter. Und wie das aussehen wird, liegt allein in deiner Hand!« Ein drohender Ton schwang in seiner Stimme mit.

»Deine Besorgnis rührt mich zu Tränen«, erwiderte Leonora mit ätzendem Spott.

Emily wollte ihrer Schwester in diesen ersten schweren Tagen beistehen und ihr zu verstehen geben, wie sehr sie mit ihr fühlte. Aber Leonora ließ keinen an sich heran. Sie wich jedem Gespräch aus und umgab sich mit einem Panzer der Unnahbarkeit. Und so kehrte Emily am Sonntagnachmittag mit der Bahn nach Charlottetown zurück, ohne auch nur einmal mit Leonora richtig darüber geredet zu haben, was sie sehr bedrückte.

Auch an den folgenden Wochenenden blieben Emilys Bemühungen, diese Mauer der Abwehr zu durchbrechen und das Herz ihrer Schwester zu erreichen, erfolglos. Leonora kapselte sich von ihrer Familie ab, wann immer es möglich war, und wenn sie nicht allein sein konnte, verharrte sie in düsterer Schweigsamkeit und reagierte nicht, wenn man sie ansprach.

Es überraschte Emily deshalb nicht sehr, als ihr Vater ihr vier Wochen nach der Beerdigung nach dem sonntäglichen Kirchgang eröffnete: »Wir schicken Leonora aufs Festland, weil sie dringend einen Tapetenwechsel braucht, um endlich wieder zu sich zu finden. Wir können sie nicht länger grübeln und Trübsal blasen lassen. Was sie braucht, um über den Tod

von Nicholas hinwegzukommen, ist harte Arbeit, und zwar am besten von morgens bis abends. Deshalb geben wir sie in Stellung.«
»Aber warum muß sie denn aufs Festland?« wollte Emily wissen. »Sie könnte doch bestimmt auch in Summerside oder Charlottetown eine gute Anstellung finden.«
»Das habe ich dir doch gerade erklärt!« antwortete ihr Vater gereizt. »Deine Schwester braucht Abstand von allem, was sie an ihren Nicholas erinnert. Und hier auf der Insel erinnern sie bestimmt täglich tausend Dinge an ihn. Matthew Whitefield war so freundlich, mir dabei zu helfen, deiner Schwester eine gute Anstellung im Haus eines ehrbaren Tuchhändlers in Yarmouth zu verschaffen.«
»Yarmouth?« stieß Emily bestürzt hervor. »Aber diese Hafenstadt liegt ja ganz unten im Süden von Nova Scotia! Das ist bestimmt mehr als eine Tagesreise von hier entfernt!«
»Das läßt sich nun mal nicht ändern«, erwiderte ihr Vater knapp. »Jedenfalls bringe ich sie morgen dorthin.«
»Wird sie uns denn wenigstens regelmäßig besuchen kommen?«
»Das hängt ganz von ihr selbst ab. Wenn Leonora sich gefangen und wieder Vernunft angenommen hat, habe ich nichts dagegen, wenn sie wieder zu uns zurückkehrt. Aber das liegt ganz bei ihr. Solange sie sich so unerträglich aufführt, ist in diesem Haus kein Platz für sie!«
Emily stürzte sofort zu ihrer Schwester, die sich auch an diesem Sonntagmorgen geweigert hatte, mit ihnen in die Kirche zu gehen. »Warum hast du es bloß soweit kommen lassen, daß Dad dich jetzt nach Yarmouth in Stellung schickt!« warf sie Leonora in ihrem Kummer vor. »Weißt du denn nicht, wie sehr du mir fehlen wirst?«
Leonora, die schon ihre Sachen zusammenpackte, wies ihr diesmal nicht sofort die Tür, sondern hielt im Packen inne und sah sie mit einem erschreckend qualvollen Blick an. »Es ist besser

so, glaub mir, Emily«, versicherte sie. »Ich kann nicht länger bleiben. Ich muß hier raus.«
Emily kämpfte mit den Tränen. »Ja kann ich dir denn wenigstens schreiben?«
»Warum nicht?«
»Und wirst du mir denn auch antworten, Leonora?«
»Du weißt, ich habe es nicht so sehr mit dem Schreiben wie du. Außerdem wird es kaum viel zu sagen geben«, antwortete sie ausweichend.
»Versprich mir, daß du dennoch zurückschreibst!« bat Emily inständig.
Leonora zuckte gleichgültig die Achseln. »Also gut, versprochen. Wenn ich die Zeit dafür finde, kriegst du eine Antwort. Und jetzt laß mich bitte allein!«
»Leonora …«
Von einer Sekunde auf die andere verlor Leonora ihre Selbstbeherrschung. »Geh aus meinem Zimmer!« schrie sie ihre Schwester an, die Hände zu Fäusten geballt. »Kannst du denn nie genug bekommen? Mach, daß du rauskommst! Ich habe genug von euch! Von euch allen, hörst du?«
Erschrocken wich Emily zurück und lief verstört davon. Leonora knallte die Tür hinter ihr zu. Später im Zug nach Charlottetown weinte Emily bitterlich, weil sie so voneinander Abschied genommen hatten – ohne zu wissen, wann sie sich je wiedersehen würden.

16

Emily schrieb jede Woche einen Brief an ihre Schwester und schickte ihn an die Adresse in Yarmouth, die ihr Vater ihr gegeben hatte. Fast zwei Monate lang erhielt sie keine Antwort.

Sie hatte die Hoffnung, daß Leonora je etwas von sich hören lassen würde, schon fast aufgegeben, als endlich an einem sonnigen Maitag ein Brief aus Yarmouth eintraf.
Fast ungläubig blickte sie auf den Umschlag, der die abgehackt fahrige Handschrift ihrer Schwester trug. Endlich hatte sie ihr Schweigen gebrochen und ihr geschrieben! Was machte es, daß der Brief nur ein Dutzend Zeilen umfaßte, in denen Leonora ihr in kurzen grimmigen Sätzen mitteilte, daß sie mit den Ashcrofts, ihren Arbeitgebern, leidlich auskäme und daß Yarmouth eine häßliche und dreckige Hafenstadt sei, in der sie nicht einmal begraben sein wollte. Einzig und allein, daß sie geantwortet hatte, war von Bedeutung.
»Na, wenn es deiner Schwester in Yarmouth so wenig gefällt, kommt sie ja vielleicht doch bald wieder zurück!« meinte Caroline, nachdem Emily ihr freudig den Brief gezeigt und vorgelesen hatte. »Daß sie auch ausgerechnet an so einen Ort gehen mußte!«
Emily verzog ihr Gesicht. »Ich fürchte, daß Leonora erst vor meinem Vater richtig zu Kreuze kriechen muß, bevor er sie wieder ins Haus läßt«, sagte sie bekümmert.
»Komm, laß uns im Garten ein paar Blumen pflücken und damit zum Friedhof fahren!« schlug Caroline vor, die es an diesem schönen Frühlingstag nach draußen drängte. »Wir sind schon seit über einer Woche nicht mehr am Grab von Nicholas gewesen!«
Als Emily ihre Freundin gute anderthalb Stunden später wieder nach Hause brachte, registrierte sie flüchtig, daß ein kleiner Lieferwagen mit dem Kühler zur Straße im Tor zum Hinterhof stand, wo sich die beiden Garagen der Clarks befanden. Sie hörte die Stimme von Stanley Rhodes, der dem Lieferanten offenbar irgendwelche Anweisungen erteilte, achtete jedoch nicht weiter darauf. Sie brachte Caroline noch ins Haus, um sich dann umgehend auf den Heimweg zu machen. Vorher würde sie aber noch kurz in der Bibliothek nachfragen, ob die beiden Bücher,

für die sie sich auf die Warteliste hatte setzen lassen, schon für sie bereit lagen. Sie konnte es nicht erwarten, den Roman *Die gute Erde* von Pearl S. Buck zu lesen. Auch auf die anderen beiden Titel war sie gespannt, *Zeit der Unschuld* von Edith Wharton und *Eine amerikanische Tragödie* von Theodore Dreiser. Zwar hatte sie von letzterem Autor noch nie etwas gehört, aber die junge Missis Fuller, die in der Bibliothek arbeitete und deren Empfehlungen bisher immer ausgezeichnet gewesen waren, hatte ihr diesen Schriftsteller sehr ans Herz gelegt.
Als sie aus der Tür trat und kurz auf dem Treppenabsatz stehenblieb, kam der Chauffeur von Carolines Vater gerade mit dem Fahrer des Lieferwagens aus dem Hinterhof. Stanley wechselte mit dem jungen Mann, der eine braune speckige Lederjacke und auf dem blonden Lockenkopf eine schwarze Lederkappe nach Art der Schauerleute trug, einen kräftigen Handschlag. Und sie hörte Stanley sagen: »Das war wirklich eine prompte Lieferung! Mister Clark weiß das sehr zu schätzen. Das soll ich dir von ihm als Dankeschön geben.« Emily sah, wie er dem Mann, der ihr den Rücken zuwandte, einen Geldschein in die Hand drückte.
»Also dann, bis zum nächstenmal, Byron.«
»Jederzeit, Mister Rhodes. Sie wissen, Anruf genügt, Mister Rhodes!« antwortete er.
Byron?
Emily blickte verblüfft zu ihm hinüber. Die Erinnerung an jenen goldenen Herbstnachmittag vor ... mein Gott, vor fast fünf Jahren, als Carolines Rollstuhl auf der felsigen Anhöhe zerborsten war, setzte schlagartig ein. War das vielleicht jener Byron O'Neil, der Caroline und sie damals von Linkletter's Shore in den Hafen von Summerside gerudert hatte? Natürlich, diese blonde Lockenflut, die unter der Kappe hervorquoll, hatte sie schon einmal bewundert!
Der Mann öffnete die Fahrertür, drehte sich dabei um – und fing ihren forschenden Blick auf. Er runzelte die Stirn, während ein fragendes Lächeln auf seinem Gesicht erschien, sichtlich ver-

wundert und geschmeichelt zugleich von ihrem unverhohlenen Interesse. Im nächsten Moment traf auch ihn die Erkenntnis, daß sie einander nicht fremd waren.
»Emily?« stieß er überrascht hervor. »Du bist doch Emily Forester, nicht wahr?«
Sie nickte mit einem verlegenen Lächeln. »Und du bist Byron O'Neil, unser tapferer Ruderheld und Retter aus höchster Not!«
Er lachte auf, warf die Tür wieder zu und trat zu ihr. »Mensch, ich werde verrückt! Du bist es wirklich«, sagte er in spontaner Freude. Dann bemerkte er, daß sie die allseits bekannte Schuluniform der vornehmen Lawrence Landon School trug. »Entschuldigen Sie bitte mein Benehmen, aber im ersten Moment des Wiedererkennens habe ich völlig vergessen, wie viele Jahre seit jener Ruderpartie damals vergangen sind. Jetzt muß ich wohl Miss Emily zu Ihnen sagen.«
Emily errötete. »Unsinn, nur unser neuer Vikar nennt mich so, und dann komme ich mir immer gräßlich alt vor«, wehrte sie ab und hatte das Gefühl, ihm eine Erklärung für ihre feine Internatskleidung zu schulden. »Carolines Vater hat mir ein Stipendium verschafft, weil ich so gute Zeugnisse hatte. Mein Vater hätte sich das gar nicht leisten können. Also nenn mich bloß nicht Miss Emily, verstanden?«
Sein zurückhaltendes Lächeln wurde wieder unbeschwert und strahlend. »Daß Sie ... oh, entschuldige! Also, daß du dieses Stipendium bekommen hast, wundert mich nicht. Die wenigsten hätten nach so vielen Jahren noch meinen Namen in Erinnerung behalten.«
»Wenn es danach ginge, hättest du ja auch ein Stipendium verdient«, erwiderte Emily burschikos, um ihre Befangenheit zu überspielen. »Denn du hast meinen Namen ja auch noch gewußt.«
»Manche Erlebnisse und Gesichter vergißt man eben nicht«, antwortete er mit einem Augenzwinkern.
Emily freute sich über dieses Kompliment, wußte vor Verlegen-

heit jedoch nicht, wohin mit ihren Händen. Sie wünschte, sie hätte ihren Regenschirm mitgenommen, um sich wenigstens daran festhalten zu können. Warum klopfte ihr Herz auf einmal wie ein Hammer in ihrer Brust? Und warum überfiel sie jetzt bloß der idiotische Gedanke, ob er wohl noch immer ihre Haarlocke von damals besaß? War es vielleicht das rauchige Blau seiner Augen, das in ihr solch ein Durcheinander der Gefühle und Gedanken verursachte?
»Und was machst du so, Byron? Arbeitest du doch noch für deinen Vater?« lenkte sie schnell von sich und ihrer Verwirrung ab, von der sie fürchtete, daß sie ihr zu deutlich ins Gesicht geschrieben stand.
»Ja, aber das ist nur vorübergehend, bis ich eine Stelle als technischer Bauzeichner gefunden habe.«
»Dann hast du deine Ausbildung am Technischen Institut also abgeschlossen?«
Byron nickte. »Wenn alles klappt, kann ich im übernächsten Monat bei der Grand Acadia Construction Company anfangen.«
»Das ist ja wunderbar!« freute sich Emily für ihn. »Meinen Glückwunsch. Dein Vater ist bestimmt stolz auf dich.«
»Ja, nur ist er leider ...«
Er kam nicht dazu, den Satz zu beenden, denn Stanley Rhodes tauchte im Tor auf. »Tut mir leid, daß ich eure Unterhaltung stören muß, aber ich kann das Tor nicht schließen, solange dein Lieferwagen mitten in der Einfahrt steht, Byron!«
»Oh, entschuldigen Sie, Mister Rhodes! Ich bin sofort weg!« rief Byron ihm schuldbewußt zu und sagte bedauernd zu Emily: »Tut mir leid, aber ich muß weg. Kann ich dich mitnehmen und zur Schule bringen?«
Sie lachte. »Danke für das Angebot, das ich gern annehmen würde. Aber ich möchte nicht wissen, was ich zu hören bekäme, wenn ich vor der Schule aus einem Lieferwagen steige. Ein strenger Verweis wäre mir sicher. Und als Stipendiatin braucht man nur drei Verweise, um der Schule verwiesen zu werden.«

»Um Gottes willen, daran will ich natürlich nicht schuld sein!« erklärte er erschrocken und verzog das Gesicht.
»Außerdem muß ich vorher noch in die Bibliothek, und die ist ja gleich um die Ecke.«
»Tja, dann ... dann mach es gut, Emily. Vielleicht laufen wir uns ja mal wieder über den Weg ...« Er stockte kurz und sagte dann mit Nachdruck: »Ach was, bestimmt sehen wir uns noch mal, was meinst du?«
Emily erwiderte sein Lächeln, das trotz der verkündeten Zuversicht so traurig wirkte, wie sie sich plötzlich fühlte. »Ja, bestimmt!« versicherte sie und hätte am liebsten gefragt, wann und wo dieses Wiedersehen denn stattfinden sollte. Aber diesen Mut hatte sie nicht. Und es wäre auch alles andere als schicklich gewesen.
»Byron, bitte!« drängte Stanley Rhodes, nun hörbar ungeduldig über die Verzögerung.
»Schon gut«, brummte Byron. »Also, bis bald, Emily!« Es klang wie ein Versprechen.
Emily nickte nur. Sie hatte den Eindruck, daß Byron nur sehr widerwillig zu seinem Lieferwagen zurückging. Sie blieb stehen und sah zu, wie er hinter das Lenkrad rutschte, den Motor anließ und aus der Toreinfahrt fuhr. Er winkte ihr noch einmal zu, dann hatte ihn auch schon der Verkehr erfaßt. Sie blickte dem Wagen nach, bis er wenige Augenblicke später oben an der Kreuzung rechts abbog und in der Rochford Street verschwand.
An diesem Abend saß sie noch lange an ihrem Tisch, nachdem sie das überraschende Wiedersehen mit Byron in ihr Tagebuch eingetragen hatte, und blickte mit einem verträumten Lächeln aus ihrem kleinen Erkerfenster hinaus in die milde Mainacht.
Emily ertappte sich nun jeden Tag dabei, daß sie an Byron dachte und ungeduldig darauf hoffte, ihn möglichst bald wiederzusehen. Caroline, der sie schon am nächsten Morgen aufgeregt berichtet hatte, wem sie da vor ihrem Haus begegnet war,

neckte sie bald. »Ich hätte nie gedacht, daß du es mal nicht erwarten könntest, dich mit einem *bootlegger* und *rum runner* zu treffen!«

»Sag doch nicht so was! Byron ist kein Alkoholschmuggler, sondern technischer Zeichner!«

»Aber er hat uns ein paar Kisten Champagner und Scotch ins Haus geliefert, damit die Abendgesellschaft meiner Eltern am Wochenende nicht auf dem trocknen sitzt«, hielt Caroline, die Stanley diese Information entlockt hatte, ihr vergnügt entgegen.

»Damit ist er ein *rum runner*, und wenn ihn unsere Khaki- oder Navyhemden erwischen, wandert er hinter Gitter.«

Mit Khaki- und Navyhemden meinte Caroline die Beamten der erst 1930 gegründeten Provincial Police Force, die auf der Insel die Einhaltung der Prohibition durchsetzen sollte. Mit wenig Erfolg allerdings. Der illegale Handel mit Whiskey, Scotch, Rum und Schnaps blühte. In den zwanziger Jahren war die Prohibition auf dem kanadischen Festland nach und nach aufgehoben worden, nicht jedoch auf Prince Edward Island. Die Insel war die einzige Provinz der Konföderation, wo dieses Gesetz noch immer bestand. Zu den Merkwürdigkeiten, die den fanatischen Temperenzlervereinen zu verdanken waren, gehörte außerdem, daß allein der Handel, nicht jedoch der Genuß von Alkohol unter Strafe stand. *Rum running* hatte sich in dieser harten Zeit wirtschaftlicher Depression jedoch längst zu einem viel zu einträglichen Geschäft entwickelt, als daß die wenigen Beamten der PPF dem schwungvollen Handel, der zu Land und zu Wasser betrieben wurde, auch nur ansatzweise Herr werden konnten. Farmer stellten den *rum runners* ihre Scheunen als geheime Lager zur Verfügung, viele Fischer brachten in ihren Frachträumen und Lobsterkästen oft mehr Alkohol als Fisch an Land – und so manches Fuhrunternehmen hielt sich mit dem lukrativen Transport von Kisten mit Flaschen voll Hochprozentigem finanziell über Wasser, weil es auf der Insel einfach nicht genug Umzugsgut, Baumaterial und andere legale Fracht gab.

»Und wenn schon! Byron hilft nur bei seinem Vater aus und tut nicht wirklich etwas Unrechtes, wenn er euch mit Champagner und Scotch beliefert!« verteidigte Emily ihn beherzt. »Diese ganze Prohibition ist doch eine einzige Heuchelei. Alkohol zu trinken, ist erlaubt, aber damit zu handeln, darauf steht Gefängnis. Also, das hat doch wirklich keinen Sinn und Verstand!«
Caroline lachte. »Ich bin ganz deiner Meinung und wollte dich auch bloß ein wenig auf den Arm nehmen. Also beruhige dich mal wieder, Emily. Ich will deinem Byron ja nichts.«
»Er ist nicht *mein* Byron!« wehrte Emily ab.
»Noch nicht, aber du hättest doch bestimmt nichts dagegen, wenn er es wäre, oder?« fragte Caroline verschmitzt.
Emily fühlte sich wie ertappt, ihr schoß das Blut ins Gesicht. »Ach was!« wehrte sie übertrieben heftig ab. »Diese Begegnung mit ihm war nichts als ein netter Zufall. Und dabei wird es auch bleiben!«
Caroline lächelte nachsichtig. »Na, warten wir mal ab.«
»Da gibt es nichts abzuwarten!« beteuerte Emily und wußte doch im selben Moment, daß dies ganz und gar nicht der Wahrheit entsprach. In Wirklichkeit wartete sie sehr wohl darauf, daß dieser gutaussehende junge Mann mit den wilden blonden Locken wieder in ihr Leben trat.
Zehn Tage vergingen, besonders das Wochenende in Summerside wurde zur Qual. Seit Leonora die Stelle in Yarmouth angetreten hatte, fühlte sich Emily in ihrem Elternhaus seltsamerweise unbehaglicher denn je. Dabei hätte sie sich von der Bevormundung und dem allgegenwärtigen Schatten ihrer herrschsüchtigen Schwester, unter der sie so viele Jahre gelitten hatte, eigentlich befreit fühlen müssen. Dem war jedoch nicht so. Leonora hatte eine spürbare Lücke hinterlassen. Wenn nicht gerade der Vikar zugegen war, um mit ihrem Vater Schach zu spielen und zu plaudern, benahm sich der alte Forester unleidlicher denn je, und ihre Mutter reagierte auf seine unablässigen kleinkrämerischen Nörgeleien und seine zunehmend aufbrau-

sende Art mit verbitterter Schweigsamkeit und Rückzug in die Abgeschiedenheit ihres Zimmers.

»Warum kommt Leonora nicht zurück, wenn es ihr doch überhaupt nicht gefällt in Yarmouth?« fragte Emily, nachdem sie wieder einmal einen Brief von ihrer Schwester erhalten hatte, in dem sie sich nicht nur bitterlich über ihre Einsamkeit und ihr Leben in der fremden Stadt beklagte, sondern neuerdings auch über die Ashcrofts.

»Das könnte ihr so passen!« knurrte ihr Vater unversöhnlich. »Aber so leicht kommt sie mir nicht davon. Sie kann schon nach Hause kommen, aber erst wenn die Zeit reif dafür ist. Bevor ich sie gnädigerweise wieder bei uns aufnehme, will ich ganz sicher sein, daß sie ihre Lektion gelernt hat und das angenehme Leben unter meinem Dach auch richtig zu würdigen weiß!«

Nichts davon ließ Emily in ihrem Brief an ihre Schwester verlauten, den sie ihr noch in Summerside schrieb. Im Gegenteil, sie versicherte Leonora, daß sie ihnen allen schmerzlich fehle und daß sie hoffe, sie möge doch bald wieder zu ihnen zurückkehren. Die einzige Anspielung, die sie sich in Hinsicht auf die Erwartungen ihres Vaters erlaubte, war der Satz: »Laß dich bitte nicht durch falschen Stolz davon abhalten, wieder nach Hause zu kommen.«

Sie warf den Brief noch am selben Tag im Postkasten ein, was ihr den Vorwand für einen weiteren langen Spaziergang durch den Ort lieferte – immer in der Hoffnung, plötzlich Byron entgegenkommen zu sehen, der ebenfalls über das Wochenende nach Summerside gekommen war, um seine Eltern zu besuchen. Aber wenn er sich wie sie hier aufhielt, dann wußte ein ungnädiges Schicksal zu verhindern, daß sie einander begegneten.

Am folgenden Donnerstagnachmittag suchte Emily wieder einmal die Bibliothek auf. Voller Vorfreude lief sie die breite Steintreppe zum säulengeschmückten Portal hinauf. Sie war vor gut anderthalb Stunden mit Caroline am Grab von Nicholas gewesen und hatte dort zufällig Missis Fuller getroffen. Sie hatte ihren freien Nachmittag und war dabeigewesen, das Grab ihrer Eltern frisch zu bepflanzen.

»Wie gut, daß ich Sie sehe, Miss Emily! Die drei Bücher, auf die Sie schon so lange warten, sind heute morgen zurückgekommen«, hatte Missis Fuller ihr mit der ihr eigenen Freundlichkeit und Hilfsbereitschaft mitgeteilt. »Ich habe sie gleich für Sie weggelegt.«

Emily freute sich schon auf die herrlichen Lesestunden mit diesen drei neuen Schätzen, als sie die Bücher an der Ausleihe in Empfang nahm, in ein dünnes Leinentuch wickelte und dann in der Umhängetasche aus feinem Gobelinstoff verstaute, die sie sich vorsichtshalber von Caroline ausgeliehen hatte. Denn der Himmel hatte sich bezogen und sah ganz so aus, als würde er bald einen jener heftigen Regenschauer bringen, die im Frühling häufig auf die Insel niedergingen.

Als Emily sich umdrehte und dem Ausgang zustrebte, stand sie plötzlich Byron gegenüber. Ihn so unverhofft und dann auch noch an diesem Ort wiederzusehen, verblüffte sie dermaßen, daß es ihr die Sprache verschlug. Und sofort begann ihr Herz spürbar schneller zu schlagen.

»So trifft man sich wieder! Diesmal also in der Bibliothek!« Er strahlte sie an und fragte fröhlich: »Na, habe ich nicht gesagt, daß wir uns bestimmt schon bald wiedersehen würden?«

Emily faßte sich. »Sag bloß, du kommst auch regelmäßig in die Bücherei?« fragte sie angenehm überrascht.

»Für Bücher habe ich schon immer eine Schwäche gehabt, aber hier bin ich erst seit kurzem Mitglied«, gestand er ihr. »Was hast du dir denn ausgeliehen?«

Emily nannte ihm die Titel und Autoren. »Kennst du vielleicht eines der Bücher?«

Byron nickte. »*Die amerikanische Tragödie* von Theodore Dreiser. Die Geschichte von so einem bettelarmen Sohn einer Wanderpredigerfamilie, der um jeden Preis die gesellschaftliche Leiter aufsteigen will, hat mir gut gefallen. Die anderen beiden

Romane kenne ich nicht, aber ich stehe auf der Warteliste für das neue Buch von Edith Wharton.«
Emily sah ihn verblüfft an. Er interessierte sich für dieselben Bücher wie sie! »Dann werde ich das zuerst lesen, damit du nicht zu lange warten mußt«, versprach ihm Emily mit einem strahlenden Lächeln und vergaß in ihrer freudigen Erregung, daß in den Räumen der Bibliothek nur Flüstern gestattet war.
»Psst!« machte Fiona Sherwood, die junge Frau an der Ausleihe, mit gerunzelter Stirn.
»Wenn wir noch ein wenig miteinander reden wollen, sollten wir besser gehen«, schlug Byron mit gedämpfter Stimme vor, einen fragenden Unterton in der Stimme.
»Ja«, flüsterte Emily und spürte, wie plötzlich eine innere Hitze in ihr aufwallte.
»Mußt du gleich zurück ins Internat?«
Emily nickte und machte eine Miene des Bedauerns. »In einer guten halben Stunde gibt es bei uns schon Abendbrot.«
»Hast du etwas dagegen, wenn ich dich auf dem Heimweg begleite?«
Sie lächelte verlegen und antwortete unter leichtem Erröten: »Nein, wenn du es gern möchtest.«
»Sehr gern sogar!« versicherte er und hielt ihr die Tür auf.
Emilys Freude bekam einen kräftigen Dämpfer, als sie sah, daß es inzwischen zu regnen begonnen hatte. Besser gesagt: Es goß in Strömen. Aus ihrem gemächlichen Spaziergang mit Byron zurück zur Schule würde also nichts werden.
Er schien ebenso enttäuscht zu sein. Sein Gesicht hellte sich jedoch gleich wieder auf. »Ich habe meinen Wagen um die Ecke stehen und bringe dich gern ins Internat zurück – vorausgesetzt es macht dir nichts aus, in einer kleinen klapprigen Lieferkiste zu fahren.«
»Ach, das ist mir schon recht«, versicherte Emily.
»Wunderbar!« Er strahlte sie an. »Ich bin gleich wieder da!«
Wenige Minuten später saß Emily neben ihm in dem kastenar-

tigen Auto und strich sich die nassen Haarsträhnen aus der Stirn, während der Regen nur so niederprasselte.
»Bei diesem Wolkenbruch sieht man ja kaum die eigene Hand vor den Augen«, klagte Byron. »Ich fürchte, da kommen wir nur im Schneckentempo voran, wenn ich nicht Gefahr laufen will, einen Unfall zu bauen. Und das mit dir auf dem Beifahrersitz würde ich mir nie verzeihen. Vielleicht bleibe ich besser ein paar Minuten am Straßenrand stehen und warte ab, bis der Regen etwas nachläßt, was meinst du?«
Emily nickte. »Sicher ist sicher«, pflichtete sie ihm bei, obwohl sie den Eindruck hatte, daß Byron kräftig übertrieb. So schlimm, daß man nichts sehen konnte und auf besseres Wetter warten mußte, war der Regen nun auch wieder nicht. Aber ihr war es recht, wenn sie nicht gar so schnell zurück ins Internat kam. »Es besteht auch kein Grund zur Eile.«
Und so verbrachten sie eine gute Viertelstunde im Schutz der alten Platanen, die an der Dorchester Street in der Nähe der mächtigen St.-Dunstan's-Basilika eine stattliche Allee bildeten. Emily erzählte ihm auf seine interessierten Fragen hin von ihrem Leben im Internat, und er berichtete ihr, wie er sich am Technischen Institut durchgeschlagen hatte. Mehrfach war er versucht gewesen, die streckenweise unbefriedigende Ausbildung einfach abzubrechen und sich unter die Fittiche seiner beiden älteren Brüder zu begeben, die mittlerweile das Fuhrunternehmen O'Neil & Sons in eigener Verantwortung führten. In diesem Zusammenhang erfuhr sie auch, daß sein Vater erst vor wenigen Monaten verstorben war – und zwar am Tag nach seinem Examen.
Byron lächelte wehmütig. »Der Arzt hatte sich schon die Monate davor gewundert, daß er noch so lange durchgehalten hat. Aber mein Vater wollte mein Examen unbedingt noch erleben. Er kannte mich zu gut und wollte mit der Gewißheit sterben, daß ich die Prüfung auch wirklich geschafft und er mich somit auf den richtigen Lebensweg gebracht hatte.« Byron seufzte und

lachte versonnen auf. »Vermutlich hätte ich schon vor Jahren die Ausbildung abgebrochen und wäre den Verlockungen der Bequemlichkeit erlegen, wenn mein Vater mir nicht so penetrant im Nacken gesessen und mich ständig angetrieben hätte, etwas aus mir zu machen. So hielt ich durch, weil ich ihm nicht das Herz brechen wollte. Und heute bin ich ihm dankbar dafür.«

»Ich beneide dich darum, daß du von deinem Vater so voller Dankbarkeit sprechen kannst«, sagte Emily berührt.

Byron wandte den Kopf und sah sie an. »Du kannst das nicht?«

»Nein«, antwortete sie knapp.

Einige Sekunden des Schweigens verstrichen.

»Der Regen hat aufgehört«, sagte Emily schließlich. »Fahr nur zu, Byron.« Und scherzhaft fügte sie hinzu: »Die größte Gefahr ist gebannt.«

»Ja, leider«, entfuhr es ihm, und sie mußten beide lachen. Beide wußten, daß der Regen bloß ein Vorwand gewesen war, um den Abschied hinauszuzögern.

Byron fuhr gemächlich die Dorchester Street hinauf, bog wenig später links in die Weymouth Street ein und hielt einen Straßenblock weiter an der Ecke zur Sydney Street an. Schräg gegenüber lag die kleine Parkanlage des Hillsborough Square.

»Du steigst jetzt besser hier aus und gehst den Rest zu Fuß«, sagte Byron. »Ich möchte nämlich nicht, daß du einen Verweis oder eine Ausgangssperre bekommst.« Er zögerte kurz. »Denn dann müßte ich zu lange warten, bis ich dich wiedersehe. Und auf solche Zufälle wie vor zwei Wochen und heute möchte ich mich in Zukunft nicht verlassen.«

Emily hatte das Gefühl, als glühe ihr Gesicht. »Was möchtest du dann?« fragte sie und wunderte sich, daß ihr die Stimme vor innerer Erregung nicht gänzlich den Dienst versagte.

»Ich möchte dich wiedersehen, Emily. Und zwar so schnell wie möglich«, antwortete er und sah sie dabei eindringlich an. »Aber vielleicht ist dieser Wunsch ja nur einseitig und findet bei dir

keinen Widerhall.« Sein Gesicht nahm einen unsicheren Ausdruck an, zwischen Bangen und Hoffen.
»Doch, er findet Widerhall«, antwortete Emily und senkte schnell den Blick.
»Können wir uns dann morgen nachmittag treffen?« stieß Byron hastig hervor, die Stimme von freudiger Erleichterung und Vorfreude erfüllt. »Bei schönem Wetter könnten wir über die Promenade und im Victoria Park spazierengehen, und wenn es wieder regnen sollte, dann ... dann ...« Er suchte nach einem alternativen Treffpunkt.
»Dann treffen wir uns in ›Megan's Tearoom‹!« kam Emily ihm spontan zuvor und hätte sich im nächsten Augenblick am liebsten zur Strafe für ihre unschickliche Voreiligkeit die Zunge abgebissen. Es gehörte sich einfach nicht und war auch nicht klug, einem Verehrer schon so schnell zu verstehen zu geben, daß man dem nächsten Wiedersehen ebenso ungeduldig entgegenfieberte wie er.
Byron schien jedoch nichts Unschickliches daran zu finden. Ganz im Gegenteil, er strahlte Emily voller Freude an. »Einverstanden! Also bei gutem Wetter treffen wir uns am besten vor dem Province House, bei Regen in ›Megan's Tearoom‹. Ist dir halb vier recht?«
Emily vertraute auf die Hilfe ihrer Freundin und nickte. »Ja, das kann ich einrichten.«
Er sprang aus dem Wagen, lief auf ihre Seite herum und machte ihr die Tür auf. »Sie klemmt ein bißchen«, sagte er entschuldigend und reichte ihr eine Hand, um ihr beim Aussteigen behilflich zu sein.
Der kräftige und zugleich doch zärtliche Druck seiner Hand auf ihrem Arm löste einen erregenden Schauer in ihr aus, der durch ihren ganzen Körper pulsierte und bis in die Haarspitzen reichte. Fast erschrocken über ihre Reaktion, entzog sie ihm hastig den Arm und hängte sich die Büchertasche über die Schulter.
»Danke, daß du mich hergefahren hast, Byron«, murmelte sie

und wagte nicht, ihm ins Gesicht zu blicken. Sie fürchtete, er könnte in ihr wie in einem aufgeschlagenen Buch lesen. *Was* er allerdings lesen könnte, darüber war sie sich selbst nicht im klaren.

»Nichts, was ich lieber getan hätte, Emily. Also, dann bis morgen. Ich freue mich schon«, sagte er zum Abschied.

»Ich mich auch!« lag es Emily schon auf der Zunge. Sie behielt die Worte jedoch für sich. »Ja, bis morgen«, murmelte sie nur, nickte ihm zu und eilte davon. Sie spürte, wie sein Blick ihr über die Straße folgte und an ihr haften blieb. Wie schwer es ihr fiel, sich nicht umzudrehen und ihm noch einmal zuzuwinken! Und woher kam diese merkwürdige Mischung aus Freude und Ungeduld, die sie so plötzlich erfüllte, wenn sie nur an ihn und an ihr morgiges Treffen dachte?

Was ist nur mit mir geschehen? schrieb sie an diesem Abend in ihr Tagebuch. *Ich habe Byron O'Neil in der Bibliothek wiedergetroffen. Wir haben in seinem Lieferwagen gesessen, weil es so heftig geregnet hat, und uns unterhalten. Dann hat er mich zum Hillsborough Square gefahren. Ich habe gerade mal etwas mehr als eine halbe Stunde mit ihm verbracht, und doch ist er mir so vertraut und nah, als würden wir uns schon eine Ewigkeit kennen. Und wenn er mich anblickt und mich berührt, geschieht etwas eigenartig Aufregendes. Mein Herz beginnt zu rasen, und ich erbebe innerlich, als berührte er tief in mir etwas Wunderbares, von dem ich bisher gar nichts geahnt hatte. Als legte er in mir eine verborgene Quelle frei, die plötzlich zu sprudeln beginnt und mich mit einem überwältigenden Gefühl überschwemmt, das sich jeder Beschreibung entzieht. Kann es sein, daß ...? Ich wage es nicht auszusprechen, dieses magische Wort namens Liebe. Ich bin völlig durcheinander. Fängt es so an? Ist es das, was geschieht, wenn man sich verliebt? Mein Gott, bin ich wirklich dabei, mein Herz an Byron O'Neil zu verlieren? Ist so etwas in so kurzer Zeit möglich? Und das Verrückte ist, daß ich mir nicht sicher bin, ob ich es mir wünsche oder nicht. In der einen Minute mahnt mich mein Verstand, das alles nicht so ernst zu nehmen, und dann sehe ich die Sache auch recht gelassen. Doch schon im nächsten Moment bleibt von dieser trügerischen Gelassenheit nicht mehr viel übrig. Denn dann beherrscht mich ausschließlich der quälende Wunsch, es möge doch schon morgen vier Uhr sein, weil ich es nicht erwarten kann, Byron wiederzusehen. Es ist schrecklich und gleichzeitig doch so wunderbar!*

17

Sechs Wochen später, am ersten Juli, feierte das ganze Land den Canada Day. Für die patriotisch gesinnten Bürger von Prince Edward Island und dort insbesondere für die Leute von Charlottetown besaß dieser Nationalfeiertag eine ganz besondere Bedeutung, schwelgten sie doch in dem stolzen Bewußtsein, die Wiege der Nation zu sein. Die Gründung eines konföderierten kanadischen Staates war 1864 nämlich hier auf der historischen Konferenz der Vertreter der britisch-kanadischen Kolonien beschlossen worden.
Emily sollte diesen ersten Juli des Jahres 1933 niemals vergessen. Nicht wegen der Festumzüge und patriotischen Reden, auch nicht wegen der musikalischen Darbietungen im Victoria Park, dem Jahrmarkt auf dem Festplatz mit seinen vielfältigen Volksbelustigungen und dem großartigen Feuerwerk kurz nach Einbruch der Dunkelheit. Was diesen Tag für sie so unvergeßlich machte, war der erste Kuß, den Byron ihr an einer einsamen Stelle im Park gab, als hinter ihnen auf den belebten Wegen schon die ersten Lampions in der einsetzenden Dämmerung aufleuchteten.
Die beiden hatten sich zusammen mit Caroline, die in den vergangenen sechs Wochen zu ihrer treuen und unschätzba-

ren Komplizin geworden war und mehr als ein Dutzend heimlicher Treffen ermöglicht hatte, den Festumzug im Herzen der Stadt angesehen, hatten von der Uferpromenade aus die Ruder- und Segelwettbewerbe auf dem Hillsborough River verfolgt und waren dann mehrere Stunden über den Rummel gezogen, wo sich jung und alt in ausgelassener Stimmung in Festzelten sowie vor Verkaufsbuden, Schießständen und zahlreichen anderen Attraktionen drängte. Daß die wirtschaftliche Depression das Land noch immer in ihrem unbarmherzigen Würgegriff hielt und Millionen Menschen ohne Arbeit waren, daran schien an diesem Tag niemand einen Gedanken zu verschwenden.

Nicht Emily, sondern Byron schob in diesen Stunden, die sie drei gemeinsam verbrachten, Carolines Rollstuhl.

»Ich ernenne dich heute zu meinem frischverheirateten Vetter Victor!« hatte Caroline lachend erklärt, als sie Byron am Vormittag wie verabredet in der Stadt getroffen hatten. »Sollte uns also jemand von unserem gestrengen Landon-Lehrpersonal begegnen und neugierige Fragen stellen, dann weißt du, was du zu sagen hast.« Und damit drückte sie ihm einen goldenen Ring in die Hand. »Steck dir den an den Finger, aber paß bloß auf, daß du ihn nicht verlierst. Der hat mal meiner Großmutter väterlicherseits gehört!«

»So wird man also mit einer Großmutter unter die Haube gebracht!« scherzte er. »Und was ist mit meiner Frau? Müßte die nicht an meiner Seite sein?« Dabei warf er Emily, die auf der anderen Seite des Rollstuhls stand, einen Blick zu, der ihr die Röte ins Gesicht trieb.

»Deine Frau konnte leider nicht kommen, weil sie sich, hilfsbereit und warmherzig wie sie ist, um eine kranke Tante auf dem Festland kümmert«, fabulierte Caroline die Geschichte ihres verheirateten Vetters fröhlich weiter.

»Und wie heißt meine Frau?«

Caroline zuckte mit den Achseln. »Such dir einen Namen aus.«

»Ich wüßte eigentlich nur einen, der mir besonders gut gefällt«, sagte Byron und blickte wieder zu Emily hinüber, deren gerötetes Gesicht nun regelrecht in Flammen zu stehen schien.
Caroline lachte vergnügt. »Na, den nimmst du besser nicht, wenn du uns nicht alle in große Schwierigkeiten bringen willst. Einigen wir uns besser auf Peggy – das ist unverfänglich. Unsere Katze heißt so. Und jetzt schieb mich an, Vetter Victor, sonst verpassen wir noch die Hälfte des Festumzuges!«
Die drei verbrachten miteinander einen wirklich fröhlichen und abwechslungsreichen Tag. Emily bedauerte auch nicht einen Augenblick, die Stunden nicht allein mit Byron verbringen zu können. Sie war sich völlig bewußt, wieviel sie der selbstlosen Unterstützung ihrer Freundin verdankte. Ohne Carolines Hilfe hätte sie kaum eine Chance gehabt, sich regelmäßig mit Byron zu treffen, ohne das Mißtrauen der Schulaufsicht zu erregen. Allein ihre Freundin machte es möglich, daß sie sich nicht eingeschlossen im Internat vor Sehnsucht nach Byron verzehren mußte.
»Wißt ihr was, ich höre mir das Konzert dieser jungen Musiker aus Halifax an und gönne mir ein wenig Ruhe«, sagte Caroline am späten Nachmittag, als sie zum großen Musikzelt zurückkehrten, dessen Segeltuchplanen wegen der Wärme an den Seiten hochgerollt waren. »Ich schlage vor, wir treffen uns hier wieder kurz vor Einbruch der Dunkelheit zum Feuerwerk. Es sei denn, ihr habt keine Lust, eine Weile allein zu sein und durch den Park zu spazieren.«
»Ich denke, wir werden einander schon nicht in die Haare geraten«, meinte Byron schmunzelnd und tauschte mit Emily einen sehnsuchtsvoll liebenden Blick.
Emily konnte sich später nicht mehr daran erinnern, worüber sie geredet und welchen Pfad sie abseits der allzu belebten Wege eingeschlagen hatten. Die Erlebnisse des ganzen Tages traten in jenem Moment in den Hintergrund, als Byron plötzlich im schon nachtschwarzen Schlagschatten einer Eiche mit mächtig aus-

ladenden Ästen stehenblieb. »Emily«, sagte er nur, und seine Hand berührte liebkosend ihre Wange.

»Ja?« raunte sie und erwiderte die zärtliche Geste, indem sie ihre Hand auf die seine legte.

»Weißt du überhaupt, was ich für dich empfinde?« fragte er leise, nahm ihre Hand, führte sie an seine Lippen und drückte ihr einen sanften Kuß auf die Handfläche.

Sie erschauderte. »O Byron«, seufzte sie, fast schwindlig vor Glückseligkeit.

»Ich muß dir ein Geständnis machen, Emily.«

»Ein Geständnis?« fragte Emily irritiert und versuchte, mit ihrem Blick die Dunkelheit zu durchdringen, um in seinem Gesicht lesen zu können, was es wohl damit auf sich haben könnte. »Willst du mir vielleicht beichten, daß du meine Locke damals gleich ins Hafenbecken geworfen hast?«

»Nein, deine Locke besitze ich noch immer. Sie war mir schon damals sehr wertvoll. Es war, als ob ich gewußt hätte, daß das Schicksal uns eines Tages wieder zusammenbringen würde.«

»Was ist es dann, das du mir gestehen mußt?«

»Ich muß dir eine Lüge beichten, und ich hoffe, du wirst sie mir verzeihen.«

Emily erschrak. »Aber Byron …«

»Erinnerst du dich noch an den Nachmittag, als wir uns in der Bibliothek getroffen haben?«

»Natürlich! Wie könnte ich das je vergessen?«

»Dann erinnerst du dich bestimmt auch noch daran, daß ich gesagt habe, ich hätte den Roman von Theodore Dreiser schon gelesen.«

Emily nickte nur und fragte sich mit wachsender Verwunderung, worauf Byron wohl hinauswollte. Und wieso er ausgerechnet jetzt, wo sie sich so nahe wie noch nie zuvor waren, über so etwas Nebensächliches sprechen wollte.

»Also, das war gelogen – ebenso wie meine Überraschung, dich

dort scheinbar zufällig zu treffen«, eröffnete er ihr. »Es ist nämlich ganz und gar kein Zufall gewesen: Ich habe auf dich gewartet. Du kennst doch Jennifer Kendrik, die etwas mollige Brünette mit der Stupsnase, nicht wahr?«
Der Name war Emily ein Begriff. »Ja, sie arbeitet in der Bibliothek vorn beim Empfang und bei der Ausleihe.«
»Richtig, und sie ist die jüngere Schwester meines Schwagers Roderick, mit dem meine Schwester Mary verheiratet ist«, fuhr er fort. »Ich habe sie tagelang bekniet, für mich herauszufinden, wann du immer in die Bibliothek kommst. Erst hat sie davon nichts wissen wollen, aber ich habe ihr keine Ruhe gelassen und sie nach allen Regeln der Kunst bearbeitet, damit sie mir hilft. Schließlich hat sie kapituliert und mir den Gefallen getan, in der Kartei nachzuschauen. Anhand der Daten der von dir ausgeliehenen Bücher hat sie festgestellt, daß du die Bibliothek nur dienstags oder donnerstags aufsuchst.«
»Ja, weil das die einzigen Tage sind, an denen wir nachmittags relativ viel Freizeit haben«, warf Emily ein.
»Jennifer hat mir auch erzählt, welche Bücher du vorbestellt hattest. Und weil ich Eindruck auf dich machen wollte, aber nicht an den Roman von Dreiser herankommen konnte, habe ich mir von Mary kurz den Inhalt des Buches erzählen lassen. Mittlerweile habe ich das Buch gelesen, und es hat mir ausnehmend gut gefallen. Aber damals habe ich dich von vorn bis hinten belogen. Kannst du mir das verzeihen?«
Emily lachte leise auf, weil sie nun wußte, was er ihr damit sagen wollte. Doch sie wünschte sich, daß er es noch deutlicher aussprach. Sie sehnte sich danach, diese magischen Worte zu hören und auch selbst auszusprechen, diese bedingungslose Kapitulation vor der Macht der Liebe. »Ja, ich verzeihe dir, aber erst mußt du mir sagen, warum du dir soviel Mühe gemacht hast, mich zu belügen.«
»Weil ich dich unbedingt wiedersehen wollte ... und weil ich damals schon ahnte, was ich heute mit großer Gewißheit weiß«,

antwortete er mit ernster, fast feierlicher Stimme und hielt noch immer ihre Hand umschlossen, »nämlich daß ich mein Herz an dich verloren habe.« Er machte eine kurze Pause. »Ich liebe dich, Emily.«
»O Byron, mein Liebster!« flüsterte Emily glücklich.
»Heißt das, daß du meine Liebe erwiderst?« fragte er und zog sie sanft an sich.
»Ja, das heißt es«, wisperte sie. »Ich liebe dich, mein Byron!«
Und da nahm er ihr Gesicht in seine Hände und küßte sie. Ihre Lippen verschmolzen zu einem innigen Kuß, der kein Ende nehmen wollte. Emily hatte das traumhafte Gefühl, in einem tiefen See der Zärtlichkeit zu versinken, und als sich ihre Lippen schließlich voneinander lösten, da rang sie nach Atem, erfüllt von einer glückseligen Benommenheit.
Überwältigt von ihren Gefühlen, sahen sie einander wortlos in der Dunkelheit an, um sich schon im nächsten Moment wieder zu küssen, diesmal jedoch mit ungezügelt stürmischem Verlangen. Emily schmiegte sich an ihn, schlang ihre Arme um seinen kräftigen Körper, schloß die Augen und überließ sich willig dem wunderbaren Taumel der Leidenschaft, der sie erfaßte.
Das Feuerwerk hatte schon begonnen, als sie zu Caroline zurückkehrten, die vor dem Musikzelt bereits auf sie wartete. Hand in Hand kamen sie über die Wiese gelaufen, ganz außer Atem und mit vor Glück glühenden Gesichtern.
Caroline lächelte wissend. »Schöner kann man einen solchen Festtag wohl nicht beschließen, findet ihr nicht auch?« fragte sie zweideutig, als ein halbes Dutzend Feuerwerkskörper gleichzeitig hoch über der Stadt explodierte und sich die Kaskaden eines goldenen Sternenregens über den Nachthimmel ergossen.
»Es ist schöner, als ich es mir erträumt hatte«, antwortete Emily leise, sah jedoch nicht auf zum Feuerwerk, sondern schaute Byron an.
Er erwiderte nichts, doch sein zärtlicher Blick war wie ein Kuß,

den sie auf ihrem Gesicht zu spüren glaubte und der bis in ihr Herz drang, das sich so weit anfühlte, als könnte es die ganze Welt umfassen.
Emily und Byron standen hinter Caroline und hielten sich im Schatten ihres Rückens noch immer an den Händen, die unablässig in der universalen Sprache der Liebenden zueinander sprachen. Jeder sanfte Druck und jedes liebkosende Spiel der Finger sagte immer und immer wieder aufs neue: Ich liebe dich. Ich sehne mich nach dir. Ich möchte nur noch mit dir zusammensein. Nichts wird uns jemals voneinander trennen können. Unsere Liebe ist für die Ewigkeit. Morgen muß ich dich wiedersehen, mein Liebling. Ich liebe dich, ich liebe dich, ich liebe dich! Ich bin für immer dein!

18

Emily lebte nur noch für die wenigen Stunden in der Woche, die sie dank Carolines Komplizenschaft mit Byron verbringen konnte. Am Morgen beim Aufwachen galt ihr erster Gedanke ihm und der bangen Frage, wann sie sich wohl wieder für ein, zwei Stunden mit ihm treffen konnte, und nachts schlief sie mit seinem Namen auf den Lippen und seinem Gesicht vor Augen ein.
Erst jetzt, da sie am eigenen Leib die Glückseligkeit und die Qualen der Liebe erfuhr, vermochte sie richtig nachzuempfinden, was ihre Schwester durchlitten hatte, nachdem Nicholas zum Zentrum ihres Lebens geworden war. Jetzt verstand sie, warum Leonora bei jedem Wind und Wetter nach Charlottetown gekommen war und kein Risiko gescheut hatte, um mit ihrem Geliebten zusammenzusein. Daß Leonora die brutalen

Prügel ihres Vaters bewußt herausgefordert und hinterher sogar mit einem Lächeln quittiert hatte, war ihr damals völlig unbegreiflich gewesen. Nun aber verstand sie.
Nach langem Zaudern weihte Emily ihre Schwester schließlich brieflich in ihr großes Geheimnis ein. Irgendwie hatte sie das Gefühl, ihr diese Offenheit zu schulden. Sie schrieb Leonora nach Yarmouth, daß sie sich rettungslos verliebt und den Mann ihres Lebens gefunden habe, ohne jedoch Details preiszugeben. Sie nannte auch nicht Byrons Nachnamen.
Diesmal schrieb Leonora ihr ausnahmsweise einmal umgehend zurück. Ihr Brief war von Bitterkeit geprägt.

... wenn Du Dir Deiner wirklich sicher bist, was diesen Byron angeht, und er es tatsächlich ernst mit Dir meint, dann gebe ich Euch den guten Rat, Euch den Teufel um alle anderen zu scheren! Auch wenn Dad Dir nicht so viele Steine in den Weg werfen dürfte, wie er es bei mir getan hat, würde ich mich an Deiner Stelle nicht darauf verlassen, daß er mit Deinem Byron als Schwiegersohn einverstanden ist. Vergiß nicht, daß Du erst siebzehn bist und er Dir somit noch vier Jahre das Leben zur Hölle machen kann. Ich habe damals einen großen Fehler begangen. Ich hätte einfach mit Nicholas durchbrennen sollen. Irgendein Friedensrichter auf dem Festland hätte uns schon getraut. Das geht einfacher, als Du glaubst. Man muß nur den nötigen Mut aufbringen und seine falsche Scham überwinden. Leider hatte Nicholas zu viele Skrupel. Ich hätte auf eine sofortige Heirat drängen sollen. Dann hätte sich Dad wohl oder übel damit abfinden müssen, und Nicholas wäre noch am Leben und bei mir. Wenn man die große Liebe gefunden hat, die einem nur einmal im Leben vergönnt ist, wie ich glaube, dann muß man dafür alles riskieren. Tut man es nicht, verliert man alles – so wie es mir ergangen ist. Also sei wenigstens Du schlau und kümmere Dich einen Dreck um diese verfluchten Konventionen, mit denen man uns Fesseln anzulegen versucht – und zum Teufel mit dem, was die anderen über einen denken oder klatschen mögen!

Wenn Emily die Ratschläge ihrer Schwester auch für überaus abenteuerlich hielt, so freute sie sich doch ungemein darüber, daß Leonora mit ihr fühlte und ihr das Glück mit Byron nicht neidete, sondern sie sogar dazu drängte, alles andere dafür aufs Spiel zu setzen.
Aber so stark sie auch in Liebe zu Byron entbrannt war, so hielt sie doch nichts davon, einfach mit ihm durchzubrennen. Sie dachte nicht einmal ernsthaft darüber nach. Ein derartiges Verhalten widersprach nicht nur ihrer Erziehung, sondern auch ihrem ganzen Wesen, das stets auf Harmonie bedacht war. Zudem würde Byron, der sehr an seiner Familie, besonders an seiner Mutter, hing, solch ein Ansinnen bestimmt ebenso kategorisch von sich weisen, wie Nicholas es getan hatte. So wie sie ihn einschätzte, war er viel zu stolz und selbstbewußt, um mit ihr bei Nacht und Nebel durchzubrennen, als müßte er sich ihrer Liebe schämen.
Nein, die Ratschläge ihrer Schwester waren zwar gut gemeint, aber ebenso unsinnig wie unnötig. Das Schicksal hatte Leonora zweifellos schwer getroffen. Aber das bedeutete doch nicht, daß es ihr ähnlich ergehen mußte. Warum sollte ihr Vater, der sich doch nie sonderlich um sie gekümmert hatte, sie jetzt plötzlich im Haus halten und ihr Knüppel zwischen die Beine werfen wollen?
»Wenn ich im nächsten Sommer mein Examen bestanden haben werde, wird mich mein Vater mit achtzehneinhalb Jahren dann schon gehen lassen«, versicherte Emily ihrer Freundin.
»Dann sieh mal bloß zu, daß du dir nicht noch mehr solche Ausrutscher erlaubst wie in der letzten Französischarbeit!« ermahnte Caroline sie. »Ich will dir wahrlich nichts Böses, das weißt du, aber mit Tagträumereien wirst du deine guten Zensuren nicht halten können, das ist so sicher, wie ich mein Leben lang ein Krüppel sein werde!«
»Sag doch nicht immer solche Sachen!«
»Es ist aber die Wahrheit – in beiden Fällen!«

Emily nahm sich Carolines Ratschlag zu Herzen. Sie mußte jedoch große Willenskraft aufbringen, um sich mit der nötigen Sorgfalt und Ausdauer auf ihre Schularbeiten zu konzentrieren. Sie konnte es sich nicht leisten, ausgerechnet in den letzten Wochen vor den Sommerferien in ihren schulischen Leistungen nachzulassen. Damit riskierte sie nicht nur ihr Stipendium, sondern auch das besondere Interesse der ihr bislang wohlgesonnenen Lehrerinnen. Mit ihren vielen Besuchen bei Caroline, die als Vorwand für ihre Treffen mit Byron dienten, wäre es dann schlagartig vorbei. Diese Einsicht half ihr, sich wieder zur Arbeit zu zwingen. Auch daß Byron seine erste Anstellung antrat und als Bauzeichner bei der Grand Acadia Construction Company nun wochentags bis in den späten Nachmittag, ja oft genug gar bis in den frühen Abend in einem stickigen Büro in der Grafton Street am Zeichentisch saß, hatte einen ähnlich günstigen Effekt auf ihre Arbeitsmoral.

Emily mußte die Sommerferien in Summerside verbringen, was sie sehr bedrückte, weil sie sich dort während der Woche kaum mit Byron treffen konnte. Wenigstens kehrte auch Caroline mit ihrem Vater über den Sommer in das stattliche Anwesen in der Duke Street zurück. Ihre Mutter hingegen blieb wieder einmal der Insel fern und verbrachte die heißen Monate im feudalen Bar Harbor und in Saratoga Springs. Auch wenn Byron sich sofort nach Feierabend in den kleinen alten Dodge-Lieferwagen setzte, den er sich regelmäßig von seinen Brüdern auslieh, konnte er selten einmal vor sieben Uhr in Summerside eintreffen – und dann hatte sie schon wieder zu Haus zu sein. Nur wenn sie angeblich mit ihrer Freundin ins neue Lichtspielhaus in der Central Street ging, an dem Carolines Vater beteiligt war, wodurch sie jederzeit über Freikarten verfügte, konnte sie abends wenigstens zwei Stunden mit Byron verbringen.

Wann immer es möglich war und sie länger Zeit hatten, fuhr Byron mit ihr zur Golfküste hinüber, wo niemand sie kannte und Klatsch über sie in Umlauf bringen konnte. Am liebsten hielten sie sich an den endlosen einsamen Stränden zwischen Cavendish und Delray auf, wo sie zwischen den hohen Dünen im warmen Sand liegen und sich küssen und liebkosen konnten, ohne Angst vor Entdeckung haben zu müssen. Hatten die beiden weniger als zwei Stunden zur Verfügung, beschränkten sie sich darauf, die nahen Strände an der Malpeque Bay aufzusuchen oder zur Linkletter's Shore hinauszufahren.

Auf einem ihrer ersten abendlichen Ausflüge war es so warm, daß Byron sein Hemd weit aufknöpfte. Und als er sich auf der Decke, die sie im Dünensand ausgebreitet hatten, zu Emily hinüberbeugte, um sie zu küssen, da glitt seine Halskette mit dem goldenen Anhänger aus dem Hemd.

Emily griff danach und sah nun, daß es kein Medaillon war, wie sie eigentlich angenommen hatte. »Was ist das für eine Münze?« fragte sie neugierig.

»Das ist keine Münze, sondern ein Abbild der Muttergottes«, antwortete Byron. »Meine Patentante Cecilia Vazetti hat mir die Kette mit dem Anhänger zu meiner Erstkommunion geschenkt.«

»Muttergottes?« wiederholte sie verwirrt.

»Ja, unsere Heilige Jungfrau Maria.«

Bestürzung verjagte augenblicklich die romantische Stimmung, die Emily eben noch wie auf Wolken getragen hatte. Jäh richtete sie sich auf. »Du bist ... katholisch?« stieß sie ungläubig hervor.

»Ja, natürlich.«

»Das ist überhaupt nicht natürlich!« entfuhr es ihr schroff, und sie rückte unwillkürlich von ihm ab. »Ich bin Methodistin!«

»Aber ich dachte ...«, begann er verstört, führte den Satz jedoch nicht zu Ende. Und einen schrecklichen Moment lang wußten beide nicht, was sie sagen sollten. In den Monaten ihrer Bekanntschaft hatten sie über so vieles gesprochen, doch keiner von ihnen war auf die Idee gekommen, den anderen nach seinem Glauben und seiner Konfessionszugehörigkeit zu fragen. So vieles andere war ihnen wichtiger gewesen.

Emily war plötzlich ganz elend zumute. Daß ihr geliebter Byron zu den Papisten, den Weihrauchschwenkern und Romhörigen gehörte, wie ihr Vater die Katholiken verächtlich bezeichnete, bedeutete einen großen Schock für sie. Nicht im Traum wäre sie auf den Gedanken gekommen, daß er zu diesen ... diesen Heiligenanbetern gehören könnte. Sie hatte einfach nicht darüber nachgedacht, weil die Welt, in der sie sich bisher bewegt hatte, fast ausschließlich von Anhängern der protestantischen Glaubensverkündigung bevölkert war, also von Methodisten, Baptisten, Lutheranern, Quäkern und Freikirchlern. Sie wußte nicht einen einzigen Nachbarn zu nennen, der sich zum Papst bekannte, wie es auch auf der Lawrence Landon School nicht ein einziges Mädchen gab, das katholischen Glaubens war. Diese gingen, wenn ihre Eltern das Geld aufbringen konnten, auf die private St. Andrew's School.

Und nun war das Undenkbare geschehen, und sie hatte sich in einen Katholiken verliebt! Nicht, daß sie Genaueres über die Religion dieser Papisten gewußt hätte. Keine Spur! Sie hatte bestenfalls eine dunkle Ahnung von den haarsträubenden mittelalterlichen Riten, denen diese Menschen angeblich anhingen. Zumindest konnte sie das aus den verächtlichen Bemerkungen schließen, die ihr Vater gelegentlich über die Romhörigen fallenließ. Und nun erfuhr sie, daß Byron einer von ihnen war!

Erschüttert und von einer namenlosen Angst erfüllt, saß sie dicht neben ihm und fühlte sich ihm doch so schrecklich fern. Er schien mit einemmal in eine andere, fremde Welt entrückt, von der eine tiefe Kluft sie trennte, die sie erschauern ließ.

Warum spielte ihr das Schicksal solch einen grausamen Streich? Sie biß sich auf die Lippen, um die Tränen des Zornes und der Verzweiflung zurückzuhalten.

»Emily«, brach Byron schließlich das Schweigen, das sich wie eine unsichtbare Mauer zwischen ihnen aufgebaut hatte. »Ich weiß nicht, warum ich all die Zeit geglaubt habe, du wüßtest, daß ich katholisch bin. Und ich habe auch gedacht, daß du das, was wir füreinander empfinden, für viel wichtiger halten würdest als unsere unterschiedliche Konfession.«

Emily schwieg, den Blick starr geradeaus gerichtet, wo im Einschnitt zwischen zwei Dünen das Meer im Mondlicht wie Quecksilber glitzerte.

»Ich liebe dich, Emily!« fuhr Byron beschwörend fort. »Und ich weiß, daß auch du mich liebst. Und ich glaube fest daran, daß unsere Liebe stark genug ist, um mit allem fertig zu werden, was wir an Schwierigkeiten zu überwinden haben werden. Wir leben im zwanzigsten Jahrhundert, Emily, und wir werden doch nicht so verbohrt und rückständig sein, uns um unser Glück zu bringen, nur weil du ein methodistischer Christ bist und ich ein römisch-katholischer. Können wir nicht die unterschiedlichen Vorzeichen, die uns trennen, in den Hintergrund verbannen, und das, was uns verbindet, nämlich das Bekenntnis zum Evangelium, in den Vordergrund stellen? Es gibt für alles eine Lösung, wir müssen nur nach ihr suchen ... und suchen wollen.« Er machte eine kurze Pause. »Willst du nach dieser Lösung mit mir suchen, Emily?«

Sie blieb stumm und regungslos wie eine Sphinx.

»Tu mir und dir das nicht an, daß du dich verschließt, Emily!« beschwor er sie und legte ihr seine Hand auf die Schulter. »Bitte sag etwas. Laß uns darüber reden. Ich liebe dich, und zusammen werden wir einen Weg finden, aber sprich mit mir ...! Emily, ich flehe dich an, sag endlich etwas!«

Emily fühlte sich benommen und schüttelte den Kopf. »Ich ... ich kann nicht, Byron. Nicht jetzt«, antwortete sie, und ihrer Stimme war die starke Verstörung deutlich anzuhören. »Ich kann im Augenblick einfach keinen klaren Gedanken fassen. Bitte bring mich zurück in die Stadt.«

Byron setzte zu einer Erwiderung an, wollte sie bedrängen, hier und jetzt mit ihm darüber zu reden, erkannte aber, daß er damit mehr Schaden anrichten als Gutes erreichen würde. Er ließ die Schultern sinken und nickte. »Wie du willst«, sagte er traurig.

Emily sprang auf und lief schon zum Wagen, während er noch die Decke aufnahm und den Sand ausklopfte.

Die Fahrt zurück nach Summerside verlief unter bedrückendem Schweigen, das mit jedem Herzschlag schwerer auf ihnen lastete. Die kurze Wegstrecke wurde ihnen diesmal quälend lang. Emily hielt ihre Hände im Schoß zusammengepreßt und wagte nicht einmal, den Kopf zu wenden, weil sie Angst hatte, seinem Blick zu begegnen und dann sofort in Tränen auszubrechen oder irgend etwas Unverzeihliches zu sagen.

Byron parkte in der dunklen Seitenstraße hinter dem Lichtspielhaus im Schutz des hohen Zaunes, der das Gelände der Brennholz- und Kohlehandlung Hubble & Tott umgab. Sofort schaltete er den Motor und die Scheinwerfer aus, lagen sie sich doch sonst noch einige leidenschaftliche Minuten in den Armen, um unter vielen Küssen, Liebkosungen und Liebesschwüren nur widerstrebend Abschied voneinander zu nehmen.

Nicht so in dieser Nacht. Sie trennten sich ohne einen einzigen Kuß, ohne eine zärtliche Berührung und ohne die gegenseitige Versicherung ihrer unverbrüchlichen Liebe.

Emily stieß die Tür auf, kaum daß der Wagen zum Stehen gekommen war, und sprang hinaus, als könnte sie gar nicht schnell genug von ihm wegkommen.

»Hast du es wirklich so eilig, meiner Nähe zu entfliehen, Emily? Bin ich für dich jetzt zum Aussätzigen geworden, weil mir das Schicksal nicht Methodisten, sondern Katholiken als Eltern gegeben hat? Ist das, was du die letzten Monate Liebe genannt hast, so leicht aus deinem Herzen zu wischen wie Kreide von einer Tafel?« fragte er mit bitterem Vorwurf.

Seine Worte schnitten ihr wie scharfe Messer ins Herz. Sie blieb an der geöffneten Wagentür stehen. »Du tust mir unrecht!«

»O nein! Ich beschreibe nur, was ich sehe, Emily!« antwortete er, und seine Stimme verriet, wie sehr ihn ihr Verhalten verletzte.

Mit gequältem Gesicht sah sie ihn nun an. »Bitte laß mir Zeit, Byron! Ich bin einfach völlig durcheinander. Ich muß das erst verdauen und einen klaren Kopf bekommen!«
»Bleibt es, wie besprochen, bei unserem Treffen am Samstag?«
»Ich weiß es nicht, Byron.« Sie zögerte und fügte dann noch hinzu: »Gute Nacht, und paß auf dich auf, wenn du jetzt nach Charlottetown zurückfährst.«
»Ich liebe dich, Emily!« erwiderte Byron leise, aber mit fester Stimme. »Und ich werde am Samstag auf dich warten!«
Emily schlug ohne ein weiteres Wort die Beifahrertür zu und hastete über die Straße davon, um im nächsten Augenblick in die Dunkelheit der schmalen Gasse zu tauchen, die auf die Central Street direkt neben dem Kino führte.
Die Kassiererin im Foyer kannte sie schon und winkte sie durch, ohne einen Blick auf ihre Karte zu werfen. Und Alice, die junge Platzanweiserin, geleitete sie im Vorführsaal zu Carolines Sitz.
»Du bist schon zurück? Mein Gott, der Hauptfilm hat doch gerade erst begonnen!« wisperte ihre Freundin ungläubig. »Ist irgend etwas passiert?«
Emily nickte und flüsterte: »Da ist etwas mit Byron.«
»Um Gottes willen, ihm ist doch wohl nichts zugestoßen?« stieß Caroline erschrocken hervor.
»Nein, aber ich habe etwas Schreckliches über ihn in Erfahrung gebracht – er ist katholisch!« raunte sie ihrer Freundin ins Ohr.
»Oh!« entfuhr es Caroline überrascht, jedoch nicht sonderlich schockiert.
»Ist das nicht schrecklich?«
»Ich weiß nicht«, lautete die zögerliche Antwort. »Willst du jetzt darüber sprechen? Wir können uns ins Foyer setzen. Stanley kommt mich ja erst in anderthalb Stunden abholen.«
»Nein, nicht jetzt«, wehrte Emily ab, die sich zu elend für ein

langes Gespräch fühlte. Sie wollte jetzt nur allein sein und ihren Tränen freien Lauf lassen. Und wer weiß, vielleicht mußte sie sich sogar noch erbrechen, so übel, wie ihr war. »Ich weiß im Augenblick nicht, wo mir der Kopf steht und wie alles werden soll. Aber morgen komme ich gleich nach dem Frühstück zu dir, wenn es dir recht ist.«

»Selbstverständlich. Aber quäl dich nicht zu sehr, Emily! Einen Mann zu lieben, der Katholik ist, bedeutet doch noch lange keinen Weltuntergang!« versuchte Caroline sie zu trösten.

»Nein, aber für mich eine Katastrophe!« erwiderte Emily düster und hastete aus dem Kino.

Ihre Eltern zeigten sich erstaunt, sie schon so früh wieder zu Hause zu sehen. Emily erklärte ihre Rückkehr mit bohrenden Kopfschmerzen, die sie plötzlich heimgesucht hätten, nahm das Glas Wasser und das Tütchen mit dem Kopfschmerzpulver, das ihre Mutter ihr sogleich brachte, und flüchtete in ihre Kammer unter dem Dach.

Die halbe Nacht wälzte sie sich schlaflos von einer Seite auf die andere. Tränen der Ratlosigkeit wechselten sich mit Zornesausbrüchen ab, weil Byron sie monatelang im dunkeln über seine wahre Religionszugehörigkeit gelassen und getäuscht hatte. Zudem glaubte sie, in dieser heißen Nacht unter dem Dach, wo sich die Hitze des Tages gestaut hatte, keine Luft mehr zu bekommen und zu ersticken. Das Nachthemd klebte ihr wie ein feuchter Lappen am verschwitzten Leib, und jede Bewegung hatte einen erneuten Schweißausbruch zur Folge. Als sie gegen Morgen endlich in einen unruhigen Schlaf fiel, verwandelten sich Verzweiflung, Angst, Unverständnis und Zorn in schreckensvolle Alpträume.

19

Matthew Whitefield kam am folgenden Morgen schon früh in den Laden, um mit ihrem Vater eine Angelegenheit zu besprechen, über die der Gemeinderat in Kürze beraten wollte. Emily nutzte die günstige Gelegenheit, um aus dem Haus zu schlüpfen und ihre Freundin aufzusuchen.
Caroline erwartete sie schon auf dem Rasen vor der Auffahrt. Die beiden zogen sich in den schattigen Laubengang hinter dem Haus zurück, dessen weiße Spaliergitter von herrlich duftenden Kletterrosen in Gelb und Rot dicht umrankt waren. In der Mitte des gut fünfzig Schritte langen gärtnerischen Kleinods öffnete sich der Laubengang zu einem Rondell, wo sich das Rosenspalier zu einer kleinen Kuppel formte. In der Mitte des kreisförmigen, pavillonähnlichen Raumes sprudelte ein kleiner Springbrunnen. Goldfische bevölkerten das untere der drei Steinbecken. An den beiden Seiten des Rondells, wo sich der Laubengang zu einem Halbrund öffnete, stand je eine bequeme Sitzbank. Und dort fand ihre Unterredung statt, die einen völlig anderen Verlauf nahm, als Emily vermutet hatte.
Caroline vermochte ihre krasse Ablehnung des römisch-katholischen Glaubens und seiner Anhänger nämlich ganz und gar nicht zu teilen. »Natürlich wäre es besser, wenn er kein Katholik wäre, denn das würde euch vieles erleichtern«, räumte sie ein. »Aber daß er keiner protestantischen Kirche angehört, ändert doch nichts an eurer Liebe und daß er ein wunderbarer Mensch ist.«
»Und ob das was ändert!« widersprach Emily heftig, hoffte tief in ihrem Innersten jedoch, mit Hilfe ihrer Freundin einen Ausweg aus dieser Katastrophe zu finden. »Siehst du denn nicht, daß wir unmöglich zusammenbleiben können?«
»Nein, das sehe ich nicht.«
»Mein Gott, er ist ein *Papist!*« Sie betonte das Wort und verzog dabei das Gesicht, als klebe die Pest an ihm.

»Und was ist ein Papist?« fragte Caroline herausfordernd. »Erklär mir das mal. Und erklär mir in dem Zusammenhang auch gleich, was einen Papisten zu einem Menschen macht, den man nicht lieben kann oder darf, wenn man selbst anderer Konfession ist? Nur zu, sag mir, was sich Katholiken durch ihren Glauben so unverzeihlich Gräßliches zuschulden kommen lassen!«

Emily sah sie verdutzt an. »Das weiß doch ich nicht!«

»Ach nein!« Caroline grinste spöttisch. »Aber wenn du doch gar nichts über ihren Glauben weißt, wie kannst du sie dann in Bausch und Bogen verurteilen?«

»Sie sind einfach anders!« stieß Emily ärgerlich hervor und wiederholte zu ihrer Verteidigung nun einige der verächtlichen Bemerkungen, die sie von ihrem Vater aufgeschnappt hatte.

»Nichts gegen deinen Vater«, erwiderte Caroline. »Aber nur weil er eine schlechte Meinung von Katholiken hat, muß das doch längst nicht alles stimmen, was er ihnen da unterstellt, oder? Genauso lächerlich und unsinnig wäre es nämlich, würde ich vom überspannten Verhalten meiner Mutter auf den Charakter aller anderen Mütter schließen und daraus folgern, daß alle anderen Frauen am liebsten keine Mütter sein wollen und sich mehr für ihre gute Figur und glänzende Gesellschaften interessieren als für ihre Kinder.«

Emily wollte ihr nur zu gern glauben, doch ihre Voreingenommenheit bäumte sich immer wieder gegen die Vernunft auf. »Aber irgend etwas wird ja wohl dran sein, oder?«

»Mein Gott, fast die Hälfte der Menschen, die hier auf der Insel lebt, gehört der römisch-katholischen Kirche an!« hielt Caroline ihr lachend vor. »Du wirst doch wohl nicht so einfältig sein und behaupten wollen, das wären alles Leute mit einem so schweren Charakterfehler, daß man nicht mit ihnen verkehren kann!«

Daran hatte Emily bisher nicht einen einzigen Gedanken verschwendet. »So habe ich es ja auch nicht gemeint.« Sie machte einen ersten Rückzieher.

»Und erzähl mir bloß nicht, daß dein Vater seine Kunden fragt, welchen Glauben sie haben. Bei euch kaufen doch auch jede Menge Katholiken ein.«

»Woher willst du das denn wissen?«

»Weil Bridget, unser zweites Zimmermädchen, und Dorothy, unsere Köchin, bei euch Stoffe kaufen, wenn sie sich was Neues nähen wollen, und die sind nun mal katholisch – so wie dein Byron oder wie der Prokurist meines Vaters!«

Emily machte ein verdutztes Gesicht. »Dorothy und Bridget sind katholisch? Aber das wußte ich ja gar nicht! Warum hast du mir das denn nicht schon längst mal erzählt?«

Caroline zuckte die Achseln. »Weil wir schon immer irisches und französisches Personal gehabt haben, solange ich mich erinnern kann, und die sind nun mal fast ausnahmslos Katholiken. Für mich ist das so normal wie ... wie morgens das Aufstehen. Okay, sie bekreuzigen sich manchmal, was wir nicht tun, und sie gehen sonntags in eine andere Kirche, aber damit hat es sich im großen und ganzen auch schon, wenn du mich fragst. Also nichts, worüber es etwas Interessantes zu reden gäbe. Mir ist einfach nie der Gedanke gekommen, daß dich das überhaupt interessieren könnte.«

»Bisher hat es mich auch nicht interessiert«, gab Emily nachdenklich zu. »Außerdem geht es bei euch viel ... na ja, unkomplizierter zu. Und deine Eltern sind auch keine so strengen Kirchgänger wie meine.«

»Zugegeben, aber mein Vater sagt immer, ehrliche Konkurrenz ist gut, weil sie das Geschäft belebt, und daß man gerade mit seinen Konkurrenten ein gutes Verhältnis pflegen soll, weil das zum Vorteil aller ist«, erklärte Caroline.

Emily zog verständnislos die Stirn kraus. »Und was hat das mit Byron und mir zu tun?«

»Eine ganze Menge, denn im übertragenen Sinn sind doch Methodisten, Baptisten, Katholiken und all die anderen Religionen, die sich auf Jesus Christus und das Evangelium berufen, in

ein und demselben Geschäft tätig, um bei dem Vergleich zu bleiben«, erklärte Caroline. »Sie sind doch alle Christen, oder?« Emily machte ein verdutztes Gesicht. »Na ja, schon ... vielleicht ... ich weiß nicht ...« antwortete sie verwirrt.
»Alle glauben sie an denselben Gott, lesen dasselbe Evangelium mit derselben Bergpredigt und demselben Aufruf zur Nächstenliebe und der Mahnung, nicht über andere zu richten und nicht den ersten Stein zu werfen. Und alle beten zu Jesus Christus als ihrem Erlöser. Wie können sie einander dann verteufeln und sich gegenseitig wie Aussätzige behandeln?« hielt Caroline ihr vor. »Wie können Christen, die *wirklich* Christen sein wollen, auch nur daran denken, einem anderen Christen die Augen auszukratzen, nur weil der seinen Gottesdienst ein wenig anders feiert – oder weil er die Muttergottes stärker verehrt? Ja ist es denn letztlich nicht völlig gleichgültig, ob man nun mit dem rechten oder dem linken Fuß zuerst losgeht, wenn das Ziel und sogar der bedeutendste Teil der Wegstrecke dorthin derselbe ist?«
Emily wußte darauf nichts zu erwidern und senkte beschämt den Blick. Ihr dämmerte, daß sie die Engstirnigkeit und Vorurteile ihres Vaters gedankenlos übernommen hatte. Schließlich fragte sie: »Was würde ich bloß ohne dich tun?«
»Vermutlich eine Dummheit nach der anderen begehen«, scherzte ihre Freundin.
»Du hast mir schon für so manches die Augen geöffnet. Manchmal komme ich mir in deiner Gegenwart schrecklich einfältig vor.«
»Red doch nicht so ein dummes Zeug!« erwiderte Caroline energisch. »Du bist einfach mehr mit Leben und Lieben beschäftigt, während ich meine viele Freizeit zwangsläufig mit Büchern und Grübeln verbringe. Aber du kannst mir glauben, daß ich nichts dagegen hätte, um einiges weniger belesen zu sein, wenn ich dafür einen Mann wie Byron unsterblich in mich verliebt wüßte.« Ein trauriger, sehnsuchtsvoller Ausdruck legte

sich kurz über ihr Gesicht. Doch schon im nächsten Augenblick war ihr Schmerz verschwunden, und sie fuhr mit forscher Stimme fort: »Womit wir wieder beim Kern der Sache wären – und das ist ja wohl die unleugbare Tatsache, daß Byron dich bedingungslos liebt. Das ist ja wohl die Hauptsache, und jeder, der etwas anderes sagt und sich dabei noch Christ schimpft, versündigt sich und ist zudem ein schrecklicher Pharisäer!«

Emily verbrachte noch anderthalb Stunden mit ihrer Freundin in der Rosenlaube, wobei sich ihr Gespräch ausschließlich um das Problem der verschiedenen Religionszugehörigkeiten drehte. Auch in den nächsten drei Tagen kam sie immer wieder darauf zurück. Und jedes Wort der Ermutigung, das ihrer Freundin über die Lippen kam, sog Emily begierig in sich auf. Bewußt meldete sie stets aufs neue ihre Bedenken an, um Caroline dazu zu bringen, die Mauern ihrer Vorbehalte gänzlich niederzureißen und ihre noch vage Zuversicht in eine gemeinsame Zukunft mit Byron zu stärken.

Am Samstagnachmittag wartete Emily dann schon am vereinbarten Treffpunkt, als Byron den alten Dodge-Lieferwagen über den staubigen und mit Schlaglöchern übersäten Weg steuerte, der am Waldrand des Compton Forest vorbeiführte. Sie trat mit wild klopfendem Herzen aus dem Schatten der Bäume, als er noch ein gutes Stück entfernt war, konnte sie es doch nicht abwarten, sich mit ihm zu versöhnen, ihn in ihre Arme zu schließen und seine Lippen auf ihrem Mund zu spüren.

Beinahe hätte Byron sie in eine rote Staubwolke gehüllt, so abrupt trat er auf die Bremse, als er sie sah. Er riß die Tür auf, sprang aus dem Wagen und lief zu ihr.

Sie flogen sich förmlich in die Arme. Ihre Versöhnung bedurfte keiner Worte. Ihr Kuß, der Leidenschaft und Reue ausdrückte, besiegelte ihre Liebe schon im ersten Moment.

»O mein Gott, Emily! ... Mein Liebling! ... Ich hatte solche Angst, du würdest vielleicht nicht kommen!« bekannte er, als sich ihre Lippen schließlich voneinander lösten.

In Emilys Augen schimmerten Tränen der Erlösung und der Beschämung. »Es tut mir ja so leid, daß ich am Dienstag so kopflos und dumm reagiert habe. Ich habe mich wirklich ganz schrecklich benommen.«

»Nein, du hast dir nichts vorzuwerfen, mein Liebstes«, wehrte er hastig ab und strich ihr zärtlich übers Gesicht. »Es ist mein Fehler gewesen.«

»Ich liebe dich, Byron«, flüsterte Emily. »Und für alles andere werden wir schon eine Lösung finden, so wie du es gesagt hast. Ich weiß nicht wie, aber der Gedanke, ohne dich zu sein, ist unerträglich und schrecklicher als alles andere, was mir je widerfahren kann.«

»Ja, wir werden ganz bestimmt eine Lösung finden, mein Schatz. Denn auf Erden gibt es keine stärkere Macht als die Liebe. Und meine Liebe ist so stark, daß ich bereit bin, alles zu tun, um dich nicht zu verlieren – wirklich alles«, versicherte er ihr und küßte sie.

Dieses Versprechen, das unausgesprochen auch die Bereitschaft beinhaltete, zu ihrem Glauben überzutreten, sollte ihr Vater seine Heiratserlaubnis davon abhängig machen, reichte Emily, um ihre letzten Zweifel zu beseitigen. Sie drang deshalb nicht weiter in ihn, und auch er ließ das Thema in den folgenden Wochen auf sich beruhen, was ihr ganz recht war. Wozu sollten sie sich auch das Herz schwer machen und sich den Kopf zerbrechen, wo die Zeit für solch schwerwiegende Entscheidungen doch noch lange nicht reif war? Sie wollte Byron ihrem Vater sowieso erst im nächsten Jahr, nach ihrem achtzehnten Geburtstag, vorstellen. Es war früh genug, wenn sie sich nach Neujahr ernsthaft Gedanken über ihr weiteres Vorgehen bei dieser verzwickten Angelegenheit machten.

Die Stunden waren einfach auch zu kostbar und von immer neuen Wundern der Liebe erfüllt, um sich mit Problemen die knappe Zeit zu verdüstern, die ihnen blieb.

In der letzten Ferienwoche geschah schließlich etwas, das Emily als eine Offenbarung ganz besonderer Art empfand – und das zu den wenigen Erlebnissen gehörte, die sie nicht nur Caroline verschwieg, sondern nicht einmal ihrem Tagebuch anzuvertrauen wagte.

Es passierte in einer drückend heißen Nacht, die Emily mit Byron am einsamen Strand von Cape Aylesbury verbrachte. »Ich wünschte, wir könnten schwimmen gehen!« entfuhr es Emily mit Blick auf die sanfte Dünung des Meeres.

»Und warum tun wir es nicht?« fragte Byron zurück.

Emily sah ihn überrascht an. »Ohne Badesachen?«

»Wir haben den Strand meilenweit ganz für uns allein, wozu brauchen wir da Badesachen? Komm, gehen wir ins Wasser!« Er stand auf und begann, sich das Hemd auszuziehen.

Ihr Herz schlug plötzlich in rasendem Rhythmus. »Ich ... ich weiß nicht, ob ich das kann, Byron«, raunte sie.

»Schämst du dich vor mir?«

»Nein, aber ich habe noch nie ... Ich meine, ich bin noch nie ganz nackt ...«, stammelte sie verlegen.

Er lachte leise. »Aber das ist ein wunderbares Erlebnis, glaube mir. Weißt du was, ich drehe mich um und warte im Wasser, bis du bei mir bist, okay?«

»Ich weiß nicht.«

Byron lachte nur und zog sich weiter aus. Emily konnte ihren Blick nicht von ihm wenden, als er sich seiner Unterhose entledigte und im schwachen Licht der Mondsichel nackt vor ihr stand. Sie hatte noch nie einen Mann vollständig nackt gesehen, und es überraschte sie, wie sehr sein Anblick sie erregte.

Sie nahm ihren Blick nicht von ihm, als Byron über den Strand rannte. Augenblicke später spritzte das Wasser unter seinen Füßen auf, und dann stürzte er sich in die nächste Welle.

Emily zögerte noch einen Moment, dann überkam sie das unwiderstehliche Verlangen, es ihm gleichzutun, alle Kleider von sich zu werfen und so zu ihm zu laufen, wie Gott sie erschaffen hatte. Sie sprang von der Decke auf und begann, sich hastig ihrer dünnen Sommersachen zu entledigen. Zum Teufel mit der Prüderie und Schicklichkeit, wie sie in der Lawrence Landon School tagtäglich gepredigt wurde! Sie liebten sich, und sie brauchten sich voreinander ihrer Nacktheit wahrhaftig nicht zu schämen!

Ein erregendes Gefühl erfüllte Emily, als sie ihre Leibwäsche abgestreift hatte, über den warmen Sand zum Wasser hinunterlief und dann die Wellen gegen ihren nackten Bauch und schließlich gegen ihre Brüste anrollen spürte. Es fühlte sich wunderbar an, nicht nur wegen der erfrischenden Wirkung des kühlen Golfstromes.

»Bist du da? Kann ich mich umdrehen?« rief Byron, der bis zu den Schultern im Wasser stand.

»Ja«, antwortete Emily leise.

Er wandte sich um und kam langsam auf sie zu. Die Wogen schwappten sanft gegen ihre Brüste, die sich zwischen den einzelnen Wellen einen Augenblick lang aus dem Wasser zu heben schienen. »Weißt du, daß du wie eine wunderschöne Meeresgöttin aussiehst?« fragte er zärtlich.

Sie sah ihn nur unsicher lächelnd an.

Byron legte ihr seine Hände auf die Schultern und ließ sie dann ganz langsam bis hinunter zu ihren Brüsten gleiten, deren harte Spitzen sich in seine Handflächen drückten. »Du siehst nicht nur wunderschön aus, du fühlst dich auch so an, mein Liebling«, flüsterte er und zog sie dann in seine Arme, um sie zu küssen.

Als sich ihre nackten Leiber berührten und Emily seinen harten, muskulösen Körper spürte, erzitterte sie innerlich wie unter einem elektrischen Schlag. Sie versteifte sich nur für einen flüchtigen Moment, dann gab sie ihrer brennenden Sehnsucht nach Zärtlichkeit und Hingabe nach, schlang ihre Arme um seinen Hals und preßte sich an ihn, um ihn ganz nah zu fühlen. Später trug er sie, nackt wie sie war, aus dem Wasser zurück zu den Dünen, legte sie auf die Decke und küßte das Salz von ihrem nassen Leib.

Sie hüteten sich davor, bis zum Letzten zu gehen, doch das minderte nicht im geringsten den überwältigenden Rausch der Leidenschaft, den Emily unter seinen Händen und Lippen in dieser Nacht zum erstenmal erfuhr.
Ja, dachte sie, so mußte Liebe sein!

20

Die Arbeit bei der Grand Acadia Construction Company stellte sich für Byron als große Enttäuschung heraus. Mit jeder Woche wurde er unzufriedener. »Das ist nicht das, was ich mir vorgestellt habe. Ich spiele für die anderen Männer, die zum Teil schon zehn, fünfzehn Jahre für Mister Douglas arbeiten, nur den Handlanger und Laufburschen«, berichtete er zutiefst desillusioniert. »Ich werde mich viele Jahre hochdienen müssen, um irgendwann einmal etwas selbständig machen zu dürfen. Aber auch dann werde ich nur alltäglichen Kleinkram wie Geschäftszeilen und Privathäuser zu betreuen haben, denn Mister Douglas wird nie den Zuschlag für den Bau einer Brücke, geschweige denn eines Hochhauses erhalten. Das ist einfach nicht sein Metier. Irgendwo einen Provinzbahnhof zu bauen, ist für Grand Acadia schon eine große Herausforderung.«
»Und was willst du jetzt tun?« wollte Emily wissen.
»Ich werde das eine Jahr bei Mister Douglas beenden und dann auf die Ingenieurschule gehen.«
»Aber hier auf der Insel gibt es doch keine solche Schule.«
»Nein, aber in Halifax und in Saint John.«
Emily erschrak. »Du willst von hier weggehen?«
»Warum nicht? Aber natürlich mit dir!« Byron gab ihr zur Beruhigung schnell einen Kuß. »Du weißt, daß mir ein Drittel

des Fuhrunternehmens gehört, das mein Vater meinen Brüdern und mir hinterlassen hat, auch wenn ich noch nicht darüber verfügen kann. Deshalb helfe ich ja auch ab und zu aus, und zwar gern.«

»Ich wünschte, du würdest dich nicht dafür hergeben, für deine Brüder diese gefährlichen Fahrten als *rum runner* zu übernehmen«, sagte Emily. »Ich mache mir Sorgen, daß dich die Khakihemden eines Tages schnappen, und dann …«

»Diese müden Burschen fischen doch bloß im trüben. Die schnappen mich nie«, fiel Byron ihr belustigt ins Wort. »Und was meine Brüder betrifft, so absolvieren auch sie ihr Soll an Fahrten. Deshalb kann ich mich davon nicht ausnehmen, wenn ich an den Gewinnen des Unternehmens beteiligt sein will. Wir sind nun mal ein Familienunternehmen, und da hält man zusammen. Auf jeden Fall ist genug Geld vorhanden, um zu heiraten *und* die Ingenieursausbildung zu finanzieren.«

Je länger Emily darüber nachdachte, desto besser gefiel ihr die Aussicht. Auch wuchs ihre Hoffnung, daß ihr Vater sich umgänglich zeigen würde. Was konnte er schon gegen einen gestandenen Mann wie Byron einwenden, dessen Anteil am Familienunternehmen es ihm erlaubte, eine eigene Familie zu gründen und gleichzeitig die Ausbildung zum Ingenieur zu bezahlen? Sie wünschte sich jetzt nur noch sehnlichst den Mai herbei, da feierte sie doch ihren achtzehnten Geburtstag.

Zuerst einmal galt es jedoch, den Oktober zu überstehen, und der brachte nicht nur Leonora nach Summerside zurück, sondern hielt noch andere unvorhergesehene Ereignisse für sie parat.

Die Briefe ihrer Schwester, die immer kürzer ausfielen, dafür aber seit August jede Woche eintrafen, hatten in den letzten Monaten einen zunehmend jammervollen Tonfall angenommen. Allein schon die Tatsache, daß Leonora ihren Stolz vergaß und sie seit Wochen inständig darum bat, bei ihrem Vater ein gutes Wort einzulegen, damit er sie endlich wieder aus der

Fremde nach Summerside zurückkehren ließ, verriet, wie einsam und unglücklich sich Leonora in Yarmouth fühlte.
Ihr Vater dachte jedoch nicht daran, Leonora die Rückkehr zu erleichtern. Er gab sich unerbittlich. »Sie soll ruhig am eigenen Leib zu spüren bekommen, was es heißt, auf eigenen Füßen stehen und die Verantwortung für das eigene Tun und Lassen tragen zu müssen!« erklärte er. »Jetzt begreift sie hoffentlich, daß das Leben kein Kinderspiel ist und wie gut sie es hier bei uns gehabt hat.«
»Ich glaube, das weiß sie längst«, sagte Emily. »Bitte schreib ihr, daß sie zurückkommen darf, Dad!«
Ihre Mutter nickte. »Leonora ist gestraft genug, Frederick. Sie hat doch alles verloren, woran ihr Herz hing. Mach ihrer Qual ein Ende und laß sie nach Hause kommen, bevor ein Unglück passiert«, bat auch sie.
Anfang Oktober lenkte ihr Vater schließlich ein. »Also gut, soll sie zurückkommen. Aber ich nehme sie nur wieder unter meinem Dach auf, wenn sie auch weiß, welcher Platz ihr zusteht!« betonte er. Am nächsten Morgen fuhr er nach Yarmouth.
Drei Tage später kehrte er mit Leonora auf die Insel zurück. Als Emily am Wochenende mit der Eisenbahn nach Summerside kam und ihre Schwester wiedersah, bekam sie bei ihrem Anblick einen Schreck. Leonora hatte sichtlich an Gewicht verloren. Eine fast kranke Blässe lag auf ihrem Gesicht. Was Emily jedoch am meisten bestürzte, war, daß der einst so lebhafte, ja geradezu feurige Glanz in den dunklen Augen ihrer Schwester erloschen war und einem matten Ausdruck der Resignation Platz gemacht hatte.
Emily überspielte ihre tiefe Betroffenheit, indem sie Leonora stürmisch umarmte und ihr versicherte, wie sehr sie sich freue, sie wieder zu Hause zu wissen.
»Du weißt ja nicht, was du da redest«, antwortete Leonora darauf mit erschreckender Tonlosigkeit, befreite sich aus ihrer Umarmung und verschwand in der Küche.

Emily tröstete sich mit der Hoffnung, daß Leonora mit der Zeit schon wieder aufleben und zu sich selbst zurückfinden würde. Doch diese Hoffnung erfüllte sich nicht. Die Leonora, die sie einst gekannt hatte, existierte nicht mehr. Ihre Kämpfernatur war erloschen, zerbrochen ihr starker Wille, sich um jeden Preis durchzusetzen.

Selbst Matthew Whitefield, der zu einem regelmäßigen Gast in ihrem Haus geworden war, zeigte sich ob dieser grundlegenden Verwandlung bestürzt. »Es muß ihr wirklich sehr bitter in Yarmouth ergangen sein. Sie kommt mir wie ... ja, wie ein in die Enge getriebenes Tier vor, das aufgegeben hat, an Flucht oder Gegenwehr zu denken«, hörte Emily ihn zu ihrem Vater sagen.

Worauf dieser recht unbewegt antwortete: »Das wird ihr hoffentlich eine heilsame Lehre sein! Sie sind übrigens noch immer am Zug, Reverend.«

Zwar erholte sich ihre Schwester körperlich recht schnell und gewann ihr gesundes Aussehen zurück, und bis zu einem gewissen Grad fand sie im Umgang mit Emily auch zu ihrer einstigen Bissigkeit und Rechthaberei zurück. Aber dennoch blieb sie nur ein Schatten ihrer selbst. Vorbei war die Zeit, als sie ihrem Vater kühn die Stirn geboten oder ihn zuckersüß um den Finger gewickelt hatte. Vorbei auch die Zeit der Privilegien. Statt Auflehnung und Selbstbehauptung beherrschte nun Fügsamkeit ihr Verhalten. Sie tat widerspruchslos, was ihr Vater ihr auftrug. Dabei war manches sichtliche Schikane und geschah zweifellos aus der bewußten Absicht heraus, sie zu demütigen und sie daran zu erinnern, wer in diesem Haus das Sagen hatte. Leonora begehrte nicht dagegen auf, sondern unterwarf sich ganz seinem Willen. Der Tod von Nicholas und das halbe Jahr in Yarmouth hatten in ihr etwas zerbrochen, was nicht wieder zu kitten war.

Die Veränderung ihrer Schwester erschütterte Emily, und sie schwor, daß nichts und niemand sie jemals von Byron trennen

sollte, was immer auch geschehen mochte. Nur der Tod konnte ihre Liebe hier auf Erden besiegen. Aber nicht einmal den fürchtete sie wirklich. Ohne Byron konnte sie sich ein sinnvolles Leben nicht mehr vorstellen. Sie wollte Byron lieber in den Tod folgen, als allein zurückbleiben. Nein, ihr würde ein so trauriges Schicksal, wie es Leonora getroffen hatte, erspart bleiben, dessen war sie sich ganz sicher.
Und dann, keine drei Wochen nach der kleinlauten Rückkehr ihrer Schwester, passierte die unglückselige Panne, die eine folgenschwere Kettenreaktion in Gang setzte.

21

Es geschah am Samstagabend vor dem Erntedankfest. Carolines Eltern pflegten seit vielen Jahren die Tradition, an diesem Tag in ihrem Haus in der Duke Street ein großartiges Fest zu veranstalten, zu dem alles, was in Summerside Rang und Namen hatte, eingeladen war sowie der vornehme Landadel in Form der Fox-Züchter und die wenigen Großgrundbesitzer. Caroline verbrachte deshalb auch dieses lange Wochenende in Summerside, was wiederum Emily die höchst willkommene Gelegenheit verschaffte, sich heimlich mit Byron treffen zu können.
Sie befanden sich gerade auf dem Weg zur Bentick Cove an der Nordküste des Isthmus, als auf halber Strecke zwischen Summerside und St. Eleanors der linke Hinterreifen platzte. »Verdammter Mist!« fluchte Byron, hämmerte mit der flachen Hand wütend auf das Lenkrad und brachte den schlingernden Wagen am Straßenrand zum Stehen. »Das hat uns gerade noch gefehlt, daß wir unsere wenige Zeit mit dem Wechseln eines Reifens vertrödeln müssen!«

»Hauptsache, wir sind zusammen«, tröstete sie ihn und gab ihm einen Kuß. »Kann ich dir helfen?«
»Nein, du bleibst besser im Wagen. Ich schaffe das schon allein«, erklärte er, zog die Taschenlampe unter dem Fahrersitz hervor und stieg aus, um sich den Schaden zu besehen.
Kaum hatte Byron sich am linken Hinterrad zu schaffen gemacht, als ein Wagen aus der Gegenrichtung auf der Straße auftauchte und Augenblicke später auf ihrer Höhe hielt. »Reifenpanne?« rief eine Männerstimme herüber.
»Ja«, antwortete Byron.
»Brauchen Sie Hilfe, Mister?«
»Danke, das ist nicht nötig«, lehnte Byron höflich ab.
»Sind Sie nicht zufällig der jüngste der drei O'Neil-Brüder?«
»Ja, Sir.«
»Natürlich, ich habe Sie doch schon mal auf dem Hof vom alten Finley gesehen! Wirklich guter Brandy!« Der Mann lachte vielsagend. »Wissen Sie was, ich helfe Ihnen doch, dann geht es schneller. Es sieht nämlich so aus, als zöge gleich ein Gewitter auf. Außerdem müssen Autofahrer zusammenhalten. Komm, steig mit aus und mach dich nützlich, Edwina. Du kannst uns die Taschenlampe halten!«
Emily hatte sich auf dem Beifahrersitz klein gemacht, um nicht vom Scheinwerferlicht erfaßt zu werden. Der Schreck fuhr ihr nun in die Glieder, als sie die Stimme als die von William Cobbs erkannte, der nun doch wahrhaftig mit seiner Frau aus dem Wagen stieg und zu ihnen herüberkam.
Sie rutschte noch tiefer in ihren Sitz, und während ihr Herz vor Angst raste, betete sie inständig, daß sie unentdeckt blieb, wußte sie doch, welche katastrophalen Folgen es haben könnte, wenn man sie hier im Wagen von Byron O'Neil und dann auch noch zu dieser Stunde entdeckte.
Das Glück war ihr nicht vergönnt. Neugierig, wie Edwina Cobbs von Natur aus war, leuchtete sie schließlich mit der Taschenlampe auch durch das offene Fahrerfenster in den Wagen, nachdem

der Reifen gewechselt war. Der Lichtkegel traf Emily wie ein Schlag und ließ sie zusammensacken.

»Oh, Sie haben ja eine ganz reizende Begleitung im Wagen, Mister O'Neil! Jaja, die jüngste der Forester-Töchter hat sich in den letzten Jahren wirklich ganz prächtig gemacht, nicht nur was die vornehme Schule in Charlottetown angeht«, rief Edwina Cobbs geradezu entzückt von ihrer Entdeckung, ohne den Blick abzuwenden. Und mit einem falschen Lächeln und ebenso trügerisch zuckersüßer Stimme flötete sie dann: »Guten Abend, Emily.«

»Abend, Missis Cobbs«, murmelte Emily mit hochrotem Gesicht und richtete sich schnell im Sitz auf.

»Donnerwetter!« kam es von William Cobbs. Er lachte vergnügt auf und sagte jovial zu Byron: »Na, dann mal noch gute Fahrt mit Ihrer kostbaren Fracht, mein Sohn.«

Die Taschenlampe erlosch, und die Cobbs kehrten zu ihrem Wagen zurück. Emily hörte noch, wie Edwina beim Einsteigen ihrem Mann mit vorgetäuschter Nachsicht erklärte: »Ich bin sicher, Fredericks Jüngste wird einen guten Grund gehabt haben, warum sie zu einem Katholen in den Wagen gestiegen ist – wo ihr der Commodore doch eine so feine Erziehung ermöglicht hat.«

Emily wurde fast übel bei der Bemerkung. Denn sie wußte, daß Edwina sie bewußt laut genug ausgesprochen hatte, damit sie ihr auch ja zu Ohren kam. Edwina hatte ihren ersten Giftpfeil zielsicher abgeschossen, und andere würden noch folgen, das stand fest.

Byron stieg ein, schlug die Tür zu und legte die Stirn einen Moment schweigend auf die Stange des Lenkrads. Dann straffte sich seine Gestalt. Hörbar atmete er durch. »Okay, sie haben uns erwischt. Werden sie uns bei deinen Eltern anschwärzen?«

»Wenn du das elende Klatschmaul Edwina Cobbs auch nur flüchtig kennen würdest, hättest du dir diese Frage erspart«, antwortete Emily niedergeschlagen.

»Es tut mir leid, Emily, daß ich dich in diese schreckliche Situation gebracht habe. Ich wäre besser in Charlottetown geblieben.«
Emily schüttelte den Kopf. »Das ist doch nicht deine Schuld, Byron. Ich wollte es doch auch.«
»Und was tun wir jetzt?«
»Fahr mich bitte nach Hause.«
»Gut, bringen wir es hinter uns!« sagte er entschlossen. »Ob ich nun jetzt oder erst in einem halben Jahr deinem Vater gegenübertrete, macht ja wohl keinen so großen Unterschied.«
»Nein, das ist keine gute Idee«, widersprach Emily. »Ich muß erst mit ihm allein reden. Vielleicht läßt Edwina ja erst morgen nach dem Gottesdienst etwas verlauten. Dann kann ich ihr zuvorkommen und somit das Schlimmste vielleicht noch verhindern. Falls sie jedoch sofort zum Telefon greift und ihr Gift versprizt, wird mein Vater bestimmt so außer sich sein, daß er dich nicht einmal über die Schwelle des Hauses läßt und vielleicht sogar handgreiflich wird. Ich habe dir doch erzählt, daß er eine sehr jähzornige Ader hat. Nein, damit ist nichts gewonnen. Ich muß das Unwetter zuerst allein überstehen.«
»O Emily!« seufzte Byron gequält.
Unter bedrücktem Schweigen fuhren die beiden nach Summerside zurück. Auf ihr Bitten hin brachte Byron Emily nicht bis vor die Haustür, sondern hielt weiter oben an. Sie umarmten und küßten sich und nahmen unter Tränen Abschied.
»Ich wünschte, du würdest mich doch mit dir gehen lassen!«
»Nein, das hätte keinen Sinn, glaube mir! Du würdest es nur noch schlimmer machen.«
Byrons Gesicht drückte die tiefe Seelenqual aus, die ihn peinigte.
»Was auch immer geschieht, ich stehe zu dir!« versprach er. »Ich liebe dich, mein Schatz. Wir gehören zusammen, und wir werden zusammensein! Auch dein Vater wird daran nichts ändern

können. Denk daran, daß unsere Liebe alle Hindernisse überwinden wird!«

»Glaubst du das wirklich?« fragte Emily mit zitternder Stimme und hielt seine Hände umklammert.

»Ja, mein Liebling, ich glaube es nicht nur, sondern ich weiß es – so wie ich weiß, daß auch morgen wieder die Sonne aufgeht!« versicherte er.

»Ich auch! Ich auch! Nichts und niemand wird uns trennen, Byron!« flüsterte sie, küßte ihn noch einmal mit dem wilden Verlangen der Verzweiflung und riß sich dann von ihm los.

Nur eine Frage beherrschte ihr Denken, als sie die Straße zu ihrem Elternhaus hinunterging: Hatte Edwina Cobbs ihren Vater schon über ihr heimliches Verhältnis mit Byron unterrichtet? Bei jedem Schritt wurde ihr elender zumute.

Als sie ins Haus trat und ihr Vater augenblicklich im Flur auftauchte, brauchte sie nur in sein hochrotes und wutverzerrtes Gesicht zu sehen, und die Antwort war klar: Er wußte alles!

Ihr Vater schlug ihr mit der flachen Hand heftig links und rechts ins Gesicht, noch bevor sie Zeit fand, die Tür hinter sich zu schließen. Sie taumelte gegen die Garderobe, spürte im ersten Moment jedoch keinen Schmerz, sondern seltsamerweise eine regelrechte Erleichterung, daß die Heimlichkeit und die Angst vor Entdeckung nun endgültig ein Ende gefunden hatten. Jetzt konnte sie offen für ihre Liebe eintreten und kämpfen.

»Wie kannst du es wagen, uns so zu hintergehen?« schrie ihr Vater sie außer sich vor Zorn an und trieb sie mit Schlagen vor sich her. »Bestimmt weiß inzwischen schon die ganze Nachbarschaft Bescheid! Und dieses Miststück von Edwina Cobbs tat am Telefon auch noch so heuchlerisch besorgt, ob du auch wohlbehalten aus der Obhut dieses Katholiken nach Hause gekommen bist! Wie hast du dich bloß so vergessen können, dich mit einem gottverdammten Papisten einzulassen? Mit einem dieser elenden Romhörigen, die vor dem Antichristen im Vatikan auf die Knie gehen!«

Ihre Mutter kam aus der Küche gerannt. »Du versündigst dich!« schrie sie mit sich überschlagender Stimme. »Im Namen des Allmächtigen, hüte deine Zunge, Frederick Forester!«

»Schweig! Von dir will ich kein Wort dazu hören, oder du wirst es bitter bereuen, das schwöre ich dir im Namen des Allmächtigen!« brüllte er in wilder Erregung zurück und drohte ihr mit erhobener Hand. Sein Kopf war nun fast dunkelrot, als wollte ihn jeden Moment der Schlag treffen. »Und jetzt geh mir aus den Augen und kümmere dich um die Dinge, von denen du etwas verstehst, Weib!«

Bleich wie Kerzenwachs, am ganzen Leib zitternd und die geballten Fäuste in einer hilflosen Geste vor die Brust gepreßt, wich ihre Mutter vor ihm in die Küche zurück.

Emily bemerkte ihre Schwester, die am Küchentisch stand, Brotteig knetete und offenbar nicht einen Augenblick in ihrer Arbeit innegehalten hatte; gerade als ginge sie das alles nichts an.

Und dann wandte sich ihr Vater wieder zu Emily um und fuhr fort, sie mit Vorwürfen, Beschimpfungen und Schlägen einzudecken. »Hast du denn keinen Funken Anstand im Leib? Wie kannst du nur so deine Erziehung vergessen? Willst du deine Schwester vielleicht übertreffen und noch mehr Schande über uns bringen? Wie kannst du unseren Namen bloß so in den Dreck ziehen und Verrat am Glauben deiner Eltern üben! Ist das der Lohn, daß wir dir so viele Freiheiten gelassen und dir erlaubt haben, in Charlottetown diese vornehme Privatschule zu besuchen? Und das vergiltst du uns, indem du dich mit einem miesen dahergelaufenen Papisten einläßt und dich nachts mit ihm wie eine käufliche Schlampe auf den Straßen herumtreibst? Nach alldem würde es mich nicht überraschen, wenn du schon längst deine Unschuld verloren und mit ihm herumgehurt hättest. Nun sag schon, hast du es mit ihm getrieben? Hat er dir vielleicht schon ein verfluchtes Katholikenbalg gemacht?«

»Nein, nein, nein!« stieß Emily unter Strömen von Tränen hervor. Die Beschimpfungen und Schmähungen schmerzten sie mehr als die Schläge, die ihr Vater austeilte. Er war es, der alles, was in Wirklichkeit rein und schön und ehrlich war, in den Schmutz der Gosse zog! Ihre Liebe hatte es nicht verdient, so geschmäht und in den Dreck gezogen zu werden.

Emily hatte sich schon seit Monaten Gedanken gemacht, mit welchen klugen Argumenten sie den möglichen Einwänden und Vorurteilen, die ihr Vater gegen Byron vorbringen mochte, begegnen wollte. Sie hatte zusammen mit Caroline viel Zeit darauf verwendet, sich alles gut zurechtzulegen. Fein säuberlich hatte sie die Sätze niedergeschrieben und sie auswendig gelernt. Nun aber vermochte Emily nicht eines ihrer klugen Gegenargumente anzubringen. Ihr Vater gab ihr auch gar keine Gelegenheit dazu. Er prügelte sie bis in ihre Kammer und schloß sie dann dort ein. Aber auch wenn er sie angehört hätte, hätte es ihr in dieser schrecklichen Situation an der nötigen Geistesgegenwart und Stärke gefehlt, um sich vor ihm auch nur halbwegs zu behaupten. Was ihr widerfuhr, ähnelte einem plötzlichen Schiffbruch: Die sturmgepeitschten Wogen dieser Katastrophe schlugen mit übermächtiger Gewalt einfach über ihrem Kopf zusammen, bevor sie auch nur einen klaren Gedanken fassen und nach einem Rettungsanker Ausschau halten konnte.

Aber auch am nächsten Tag, als Emily sich einigermaßen gefaßt hatte, nützte ihr das, was sie sich einst so schön zurechtgelegt hatte, nicht das geringste. Ihr Vater ließ sich auf eine Diskussion erst gar nicht ein. Er befahl ihr, zu schweigen und den Namen Byron O'Neil nie wieder in seiner Gegenwart auszusprechen. Und als sie dennoch weiterzureden wagte, setzte es erneut kräftige Ohrfeigen, und er schrie sie wutentbrannt nieder.

Er wollte Emily auch nicht mehr nach Charlottetown zurückfahren lassen. »Sie geht mir nicht mehr auf diese vornehme Schule!« verkündete er. »Mit diesen Flausen, etwas Besseres sein zu wollen, hat das Unglück seinen Lauf genommen. Und wer weiß, ob nicht diese feine Caroline Clark mit ihr unter einer Decke steckt. Wundern würde mich das nicht. Aber damit ist jetzt Schluß! Emily bleibt hier in Summerside!«

»Willst du sie vielleicht mit in den Laden nehmen?« fragte ihre Mutter bissig.

»Natürlich nicht!«

»Dann willst du sie also in Stellung schicken?«

»Was denn sonst?« blaffte er sie an.

»Dann wird man sich aber gehörig den Mund über uns zerreißen«, gab ihre Mutter mit erstaunlicher Ruhe zu bedenken. »Es wird heißen, daß unsere Tochter nicht gescheit genug gewesen sei, solch eine Schule erfolgreich zu beenden. Eine rechte Versagerin und eines Stipendiums nicht würdig, so wird man über sie reden. Natürlich wird das auch auf uns zurückfallen und vielleicht sogar Auswirkungen auf das Geschäft haben. So manch einer unserer Neider wird das zum Anlaß nehmen, um mit übler Gehässigkeit über uns herzuziehen. Und was willst du Reverend Whitefield und deinen anderen Bekannten sagen, warum Emily so kurz vor dem Examen von der Schule abgeht? Hast du dir das schon überlegt? Willst du uns wirklich zum Gerede der Leute machen, wo Emily nur noch ein halbes Jahr Schule vor sich hat?«

Ihr Vater machte ein finsteres Gesicht. »Sie sieht diesen Kerl nicht wieder, das habe ich mir geschworen. Und davon wirst auch du mich nicht abbringen können!«

»Ich weiß, aber deshalb mußt du doch nicht ihren und unseren Ruf der Gefahr bösartiger Nachrede aussetzen!« insistierte ihre Mutter und packte ihn so bei seiner Ehre. Besonders geschickt war der Hinweis auf eine mögliche geschäftliche Einbuße; das gab ihm sichtlich zu denken. »Du kannst auch so sicherstellen, daß Emily diesen ... diesen jungen Mann nicht wiedersieht, indem du dafür sorgst, daß Emily in Charlottetown unter strengste Aufsicht gestellt wird und das Schulgelände nicht verlassen darf.«

Und so geschah es dann auch.

Ihr Vater brachte sie höchstpersönlich mit dem Wagen nach Charlottetown zurück. Die Fahrt verlief unter eisigem Schweigen. Erst als die ersten Häuser der Stadt auftauchten, richtete er das Wort wieder an sie. »Du siehst mir diesen dahergelaufenen Katholiken nie wieder und nimmst auch sonst keinen Kontakt zu ihm auf! Hältst du dich nicht daran, wirst du es bitter bereuen, und dieser Byron O'Neil wird sich seines Lebens nicht mehr freuen, das schwöre ich dir!« wiederholte er seine Drohung. »Also überlege dir gut, was du tust, und vergiß ja nicht, daß ich mich nicht zum Narren halten lasse. Und schon gar nicht von meiner eigenen Tochter!«

Emily stand in Charlottetown also fortan unter Hausarrest, auch wenn sich Schulleitung und Aufsichtspersonal zu fein waren, ein solch häßliches Wort auszusprechen. Sie zogen es vor, von »besonderer Aufsicht« zu sprechen. Besuche im Haus der Clarks waren von nun an ebenso verboten wie unbeaufsichtigte Spaziergänge außerhalb des Schulgeländes. Daß sie wenigstens noch alle vierzehn Tage einmal die Bibliothek aufsuchen durfte, verdankte sie der Großzügigkeit von Missis Easton, die sich bereit erklärte, sie in ihrer Freizeit dorthin zu begleiten.

Geheime Briefe, die Caroline für ihre Freundin beförderte beziehungsweise von Byron ins Internat schmuggelte, waren fast die einzige Verbindung, die Emily in den folgenden Monaten mit Byron hatte. Zwar konnte Byron es mehrmals einrichten, ebenfalls in der Bibliothek zugegen zu sein, wenn Emily mit Missis Easton erschien. Aber mehr als versteckte Blicke voll quälender Sehnsucht vermochten sie dort nicht auszutauschen. Sie kamen sich nicht einmal nahe genug, um sich scheinbar zufällig berühren, geschweige denn miteinander sprechen zu können – ausgenommen die Begegnung im Dezember.

Da schaffte es Byron durch glückliche Umstände, mit einer Gruppe von Handwerkern, deren Vormann er gut kannte, ins Internatsgebäude zu gelangen. Es waren nach einem schweren

Sturm Schäden am Dach der Küche und des Speisesaals zu beheben.

Caroline überbrachte ihrer Freundin am Morgen die aufregende Nachricht. Byron hatte sie am Abend zuvor angerufen und ihr mitgeteilt, wo und wann er versuchen würde, Emily zu treffen. Sie hatten Glück. Emily konnte sich aus ihrem Trakt entfernen, ohne Mißtrauen zu erregen, und niemand hielt sich am frühen Nachmittag im Gang vor der Kellertreppe auf, die hinunter zum Heizungskeller führte. Byron wartete dort auf sie.

Emily vergaß jegliche Vorsicht, als sie ihn in der Ecke im Schatten der Treppe erblickte. Sie flog die letzten Schritte auf ihn zu, fiel ihm mit einem Aufschluchzen in die Arme und klammerte sich an ihn, während ihre Lippen sich zu einem leidenschaftlichen Kuß fanden. »O mein Gott, ich halte es ohne dich nicht länger aus!« stieß sie hervor. »Sie behandeln mich hier wie eine Gefangene! Laß uns davonlaufen!«

»Nichts, was ich lieber täte, mein Liebling«, antwortete er gedämpft und bedeckte ihr Gesicht mit Küssen. »Aber ein paar Monate müssen wir diese Qual noch ertragen, so wie wir es besprochen haben. Du weißt doch, daß ich erst mit fünfundzwanzig über meinen Firmenanteil frei verfügen kann. Aber im März, wenn ich einundzwanzig werde, kann ich zumindest schon an das Bargeld heran, das mir mein Vater hinterlassen hat. Das ist eine hübsche Summe. Aber bis dahin müssen wir warten. Vorher hätten wir bei der Wirtschaftslage keine Chance, uns finanziell über Wasser zu halten.«

Emily seufzte. »Ja, ich weiß«, murmelte sie gequält, hatten sie das in ihren Briefen doch alles schon unzählige Male durchgespielt.

»Außerdem wäre es wirklich unverzeihlich, wenn du so wenige Monate vor deinem Abschluß mit mir durchbrennst. Eines Tages würdest du das vielleicht bitter bereuen, und das darf nicht geschehen. Ich liebe dich, mein Engel, und jeder Tag ohne dich ist eine schreckliche Tortur. Aber ich weiß, daß uns die Zukunft

gehört, wenn wir nur noch diese kurze Zeit durchhalten, Emily! Daran richte ich mich jeden Tag auf. Diese paar Monate schaffen wir auch noch, gerade weil wir uns so sehr lieben. Und dann kann niemand mehr unserem Glück im Wege stehen.«
»Du hast ja recht«, gestand Emily und wünschte doch, sie würden sich über jegliche Vernunft hinwegsetzen, dem Drängen ihrer Sehnsucht nachgeben und auf der Stelle durchbrennen.
»Wir schaffen es, mein Liebling!« wiederholte Byron. »Wir schaffen es, und dann wird uns nichts mehr trennen. Nie wieder!« Er besiegelte das Versprechen mit einer Flut von Küssen und Liebkosungen, bis sie von oben die scharfe Stimme der Hauswirtschafterin hörten und Emily sich von Byron losreißen mußte, um nicht auf frischer Tat ertappt zu werden.
Das Weihnachtsfest zehn Tage später wurde zu einer deprimierenden Angelegenheit. Nicht ein Funken festlicher, geschweige denn fröhlicher Stimmung kam auf, sosehr sich ihre Mutter auch bemühte, ihre Töchter wenigstens ein paar Stunden lang vergessen zu machen, was sie bekümmerte. Leonora wirkte wie geistesabwesend. Ihre Gedanken wanderten wohl ständig zum Weihnachtsfest vor einem Jahr zurück, als sie sich mit dem widerwilligen Segen ihres Vaters mit Nicholas hatte verloben dürfen, und an die kurze Zeit ihres Glücks danach. Sie brach immer wieder unverhofft in Tränen aus, worauf ihr Vater sie jedesmal wütend aus dem Zimmer wies. Emily erging es kaum besser. Sie wünschte nicht nur sehnlichst das neue Jahr herbei, sondern sich selbst auch zurück nach Charlottetown, nur fort von dieser bedrückenden Atmosphäre, die ihr die Luft nahm. Der Hausarrest im Internat mochte bitter sein, ließ sich aber dennoch leichter ertragen als die Selbstaufgabe ihrer Schwester, die Tyrannei ihres Vaters und die betonte Geschäftigkeit ihrer Mutter, die vor allem die Augen verschloß und so tat, als wäre in ihrer Familie wieder alles in Ordnung. Allein die Gegenwart von Matthew Whitefield, dessen angenehme Gesellschaft den Lichtblick darstellte, vermochte wenigstens einen Nachmittag lang

ein wenig Freundlichkeit und Ablenkung in ihr Zuhause zu bringen.

Am Todestag von Nicholas, einem windigen und eisigen Februartag, bekam Emily die Erlaubnis, ihre Schwester zum Friedhof zu begleiten. Da sie ohne »Wachhund« das Internatsgelände nicht verlassen durfte, opferte Missis Easton wieder einmal eine freie Nachmittagsstunde.

Das Friedhofsgelände ließ sich von der Straße, wo Leonora den Studebaker parkte, gut überblicken. Missis Easton zog es vor, bei laufendem Motor im warmen Wagen sitzen zu bleiben, nachdem sie Emily das Ehrenwort abgenommen hatte, nichts Ungehöriges zu tun, was sie beide in Schwierigkeiten bringen würde.

»Vorgestern ist es zwischen Byron und Dad im Geschäft zu einer ganz schön häßlichen Auseinandersetzung gekommen«, eröffnete Leonora ihr, kaum daß sie sich außer Hörweite der treuherzigen Lehrerin befanden.

»Was? Byron ist nach Summerside gekommen und hat ihn im Geschäft aufgesucht?« stieß Emily ungläubig hervor, um dann voller Stolz fortzufahren: »Hat er wirklich noch mal versucht, mit ihm über unsere Hochzeit zu reden, obwohl Dad ihm doch schon zweimal die Tür grob vor der Nase zugeschlagen hat?«

Leonora verzog spöttisch das Gesicht. »Dein lieber Byron hatte kaum Heiratsabsichten im Sinn, als er in den Laden gestürmt kam, das kann ich dir versichern. Er war vielmehr auf hundert, stinkwütend und hat ihm sogar Prügel angedroht, wenn Dad solch einen gemeinen Trick noch einmal versuchen sollte.«

»Wovon redest du?« fragte Emily verwirrt und schlug den Kragen ihres Mantels höher, um sich vor dem schneidenden Wind zu schützen, der immer stärker wurde.

»Es sieht so aus, als hätte Dad zusammen mit den Khakihemden versucht, deinem Byron eine nette kleine Falle zu stellen«, wußte ihre Schwester fast vergnügt zu berichten. »Irgendwie hat unser fürsorglicher Vater wohl davon erfahren, daß Josh Finley ein

paar Gallonen Moonshine geordert hatte und daß Byron der *rum runner* sein würde, der ihm den Brandy bringen sollte.«
Emily war fassungslos. »Dad hat gemeinsame Sache mit diesen elenden Schnüfflern gemacht?«
Leonora nickte. »In Byrons Gegenwart hat er das zwar empört bestritten, aber ich habe ihm doch angesehen und angehört, daß es mit der Anschuldigung seine Richtigkeit hatte. Indirekt hat er es hinterher sogar zugegeben, als Mutter ihm Vorwürfe gemacht hat. Kann natürlich auch sein, daß der alte Finley mit ihm unter der Decke gesteckt hat, weil womöglich beide auf eine Belohnung scharf waren, was weiß ich. Auf jeden Fall haben die Khakihemden deinem Byron auf der Finley-Farm aufgelauert. Und die Falle wäre auch erfolgreich zugeschnappt, wenn nicht einer von den Finley-Söhnen davon erfahren, Gewissensbisse bekommen und Byron noch im letzten Moment gewarnt hätte, so daß er der Rum-Polizei um Haaresbreite entkommen konnte. Andernfalls säße dein Liebster jetzt hinter Gittern.«
»Wie konnte Dad nur so etwas Gemeines und Hinterhältiges tun!« empörte sich Emily.
»Dad ist zu allem fähig«, antwortete ihre Schwester trocken. »Aber dein Byron offenbar auch. Du hättest ihn mal erleben sollen. Ich dachte, jeden Moment stürzt er sich auf Dad, so war der in Fahrt. Ein hitziges Temperament ist müder Fliegendreck gegen das, was er da vorgestern im Laden vom Stapel gelassen hat.« Sie lachte kurz auf, und Emily hatte den Eindruck, widerwillige Bewunderung herauszuhören, als ihre Schwester noch hinzufügte: »Ich glaube, dein katholischer Betbruder ist genau wie unser Vater, der schreckt vor nichts zurück!«
»Byron ist kein Betbruder!«
Sie hatten die schlichte Grabstelle von Nicholas erreicht, und Leonora zuckte gleichmütig die Achseln. »Mir soll es egal sein«, meinte sie, legte den eingeschneiten Stein frei, so daß man Namen und Lebensdaten lesen konnte, und legte ein Gesteck aus Tannengrün nieder.

Eine Weile standen sie schweigend am Grab, beide in Gedanken versunken. »Wir haben zuviel Rücksicht auf andere genommen und zuwenig gewagt«, brach Leonora schließlich das Schweigen, während ihr Tränen übers Gesicht liefen. »Wir hätten heimlich unsere Sachen packen und aufs Festland verschwinden sollen. Dann wäre Nicholas heute noch am Leben und ...« Sie brach ab, biß sich auf die Lippen und sagte dann zu Emily: »Dad wird dir nie erlauben, einen Papisten zu heiraten. Also worauf wartet ihr noch? Warum brennt ihr nicht durch?«

»Wir können nicht!« antwortete Emily. »Noch nicht.«

»Und worauf wartet ihr?«

Emily zögerte, ihrer Schwester, die sich dem Willen ihres Vaters neuerdings so bedingungslos unterordnete, die Wahrheit anzuvertrauen. Sie entschied sich dagegen. Besser auf Nummer Sicher gehen. Was ihre Schwester nicht wußte, konnte sie auch nicht ausplaudern. »Auf nichts Bestimmtes«, log sie. »Dad kann sich uns nicht ewig in den Weg stellen.«

Leonora warf ihr einen sarkastischen Blick zu. »Lügen war noch nie deine Stärke, Schwester. Und mir streust du keinen Sand in die Augen. Aber behalte meinetwegen ruhig für dich, was du mit deinem Byron ausgeheckt hast. Was immer es ist, ich hoffe nur für dich, daß du nicht so dumm bist, wie wir es waren.« Ihre Stimme wurde zu einem tränenerstickten Flüstern. »Es kann alles so schnell vorbei sein, und dann wird man nie wieder seines Lebens froh ...« Sie wandte sich rasch ab und verbarg ihr Gesicht in ihren Händen, während der eisige Wind den Schnee von den Gräbern aufwirbelte und über den Friedhof trieb.

Keine vier Monate mehr, dachte Emily, während sie ihrer Schwester mit einer unbeholfenen Geste den Arm um die Schulter legte, obwohl doch kein Trost den Schmerz zu lindern vermochte. In vier Monaten ist alles vorbei!

Emily verschätzte sich gewaltig. Nicht einmal einen Monat mußte sie warten. Denn schon vierzehn Tage später passierte die Katastrophe.

22

Emily saß an jenem Märzabend in ihrem Zimmer am kleinen Erkerfenster und schrieb Byron gerade einen sehnsuchtsvollen Brief, als es an ihre Zimmertür klopfte. Da es schon zehn nach neun Uhr war und sich die Schülerinnen ab neun nicht mehr auf ihren Zimmern besuchen durften, konnte es sich nur um eine der im Haus wohnenden Lehrerinnen oder um die Fluraufsicht handeln. Deshalb ließ sie den Briefbogen schnell in der Schreibmappe verschwinden, die Byron ihr zu Weihnachten geschenkt hatte, schlug ein Schulbuch auf und rief dann: »Ja, bitte?«

Es war Missis Easton, die in ihr Zimmer trat. Mit blassem Gesicht stand sie in der Tür. »Kind, zieh dir schnell etwas Warmes über. Dein Vater …« Sie stockte, rang die Hände und schüttelte mit gequälter Miene den Kopf, als fehlten ihr die richtigen Worte für das, was sie ihr mitteilen mußte.

Eine dunkle Ahnung beschlich Emily. »Ist meinem Vater etwas zugestoßen, Missis Easton?« stieß sie erschrocken hervor.

Die Lehrerin nickte bedrückt. »Ich fürchte ja, mein Kind. Die Pforte hat gerade einen Anruf aus dem Krankenhaus erhalten. Dein Vater und deine Schwester haben einen schweren Unfall gehabt. Deine Schwester ist gottlob glimpflich davongekommen, aber dein Vater hat nicht soviel Glück gehabt. Es sieht sehr ernst aus«, erklärte sie voller Mitgefühl.

»O mein Gott!« Emily sprang auf, tauschte den gefütterten Morgenmantel, den sie gegen die Kühle ihres nur schwach beheizten Zimmers übergezogen hatte, gegen eine warme Strickjacke aus und griff zu Mantel und Schal, die an den Kleiderhaken neben der Tür hingen.

»Ich habe schon ein Taxi rufen lassen, damit du keine Zeit verlierst. Es muß jeden Augenblick eintreffen. Hier, du wirst

Geld brauchen«, sagte Missis Easton und steckte ihr ein paar Scheine zu, während die beiden schon den langen, kalten Flur zur Treppe hinuntereilten.
»Danke«, murmelte Emily.
»Dein Vater ist in besten Händen. Es wird schon alles wieder gut werden«, versuchte Missis Easton ihr Mut zu machen. »Nur den Kopf hoch und Gottvertrauen, mein Kind.«
Emily nickte benommen.
Das Taxi wartete schon im Hof. Die Fahrt zum Providence Hospital dauerte nur wenige Minuten, die Emily jedoch quälend lang erschienen. Ihre Gedanken sprangen wild hin und her. Für manche schämte sie sich, kaum daß sie ihr bewußt wurden. Sie bangte um das Leben ihres Vaters, dessen Liebe und Anerkennung ihr seit Kindesbeinen so unsagbar wichtig gewesen war wie kaum etwas anderes sonst. Und das galt sogar jetzt noch, wie sie erkannte. Vermutlich weil sie immer im Schatten ihrer älteren Schwester gestanden hatte.
Doch in ihre Angst und ihr Bangen um ihn mischte sich auch die Überlegung, daß sein Tod sie von seiner strengen Bevormundung befreien und es ihr erleichtern würde, Byron zu heiraten. Denn von ihrer Mutter hatte sie kaum ernsthaften Widerstand zu befürchten.
Emily erschrak jedoch schon im nächsten Moment über diese schändlichen Gedanken, die ihr durch den Kopf gingen. Sie schämte sich und fühlte sich noch elender. Wie konnte ihr nur so etwas Abscheuliches in den Sinn kommen, während ihr Vater im Krankenhaus vielleicht schon mit dem Tod rang? Auf keinen Fall wollte sie ihr Glück mit Byron einem derart schrecklichen Umstand verdanken, geschweige denn sich wünschen! Ihre Liebe war groß genug, daß sie ihr Glück aus eigenen Kräften machen würden, egal wie schwer ihr Vater und andere es ihnen machen mochten. Er sollte ein langes Leben haben. Ja, das wünschte sie ihm von Herzen. Denn trotz allem, was zwischen ihnen stand, hing sie sehr an ihm. Außerdem hoffte sie so sehr,

er würde eines Tages einräumen, wie sehr er ihr unrecht getan und sich in Byron geirrt hatte.

Im Krankenhaus wies ihr eine Schwester den Weg ins triste Wartezimmer. Die mollige Frau mit der gestärkten weißen Schwesterntracht, zu der auch eine steife Haube auf dem Kopf gehörte, verweigerte jegliche Auskunft über den Zustand ihres Vaters. »Tut mir leid, Miss Forester, aber dazu ist es noch zu früh, und zudem ist nur der Herr Doktor zu derartigen Auskünften befugt!«

Im Wartezimmer traf Emily auf ihre Mutter und Leonora. Sonst hielt sich niemand dort auf. »Wie geht es Dad?« stieß sie voller Bangen hervor. »Was ist passiert?«

Leonora, die bei ihrem Eintritt ihr Gesicht mit den Händen bedeckt und leise vor sich hin geweint hatte, sprang vom Stuhl hoch und stürzte sich wie eine Furie mit erhobenen Fäusten auf sie. »Du bist schuld! Das verdanken wir nur dir! Es ist alles deine Schuld!« schrie sie mit hysterischer, sich überschlagender Stimme und trommelte mit ihren Fäusten auf sie ein.

Erschrocken wich Emily zurück, selbst wenn in den Schlägen ihrer Schwester keine Kraft lag. Sie sah, daß Leonoras Gesicht mehrere blutige Kratzer aufwies, die mit Jod überpinselt waren.

»Wegen dir ist Dad jetzt ein Krüppel! Du und dein Byron, ihr habt das Unglück über uns gebracht!« kreischte ihre Schwester mit haßverzerrter Miene.

Ihre Mutter ging nun dazwischen. Sie packte Leonoras rechtes Handgelenk und zerrte sie zu sich herum. »Wirst du dich wohl zusammenreißen?« Sie herrschte sie scharf an. »Du solltest dich schämen, dich so aufzuführen! Was nützen diese unsinnigen Vorwürfe? Emily hat nichts mit dem Unfall zu tun!«

»Das hat sie sehr wohl!« widersprach Leonora schrill und riß sich los. »Wenn sie sich nicht mit diesem miesen Papisten eingelassen hätte, wäre der Unfall nicht passiert! Sie und dieser dreckige Katholik sind an allem schuld!«

Ihre Mutter gab ihr eine schallende Ohrfeige. »Sag so etwas Häßliches nie wieder, hast du mich verstanden?«
Verblüfft hielt Leonora sich die Wange, hatte ihre Mutter sich doch nicht einmal in den schwierigsten Zeiten ihrer Erziehung je zu so kraftvollen Schlägen hinreißen lassen. Das war allein ihrem Vater vorbehalten gewesen. »Aber die Wahrheit ist es dennoch«, murmelte sie erbittert.
»Um Gottes willen, was ist denn bloß passiert?« stieß Emily verstört hervor.
Ihre Mutter drehte sich zu ihr um. Ihre geröteten Augen verrieten, daß auch sie geweint hatte. Doch jetzt wirkte sie gefaßt. »Dein Vater war am Nachmittag mit Leonora in Kensington. Sie wollten sich dort einen Wagen ansehen, der von Privat zum Verkauf steht. Auf dem Rückweg ist es dann hinter Clermont zum Unfall mit dem Wagen deines ... Bekannten Byron O'Neil gekommen.«
»Das ist kein Unfall, sondern bösartige Absicht gewesen! Der Dreckskerl hat uns von der Straße gedrängt!« stieß Leonora erregt hervor und funkelte Emily an, als wollte sie sich jeden Moment wieder auf sie stürzen und ihr die Augen auskratzen.
Entsetzen schnürte Emily die Kehle zu. »Byron?« brachte sie nur mühsam hervor. »Byron soll so etwas getan haben? Unmöglich! Das glaube ich einfach nicht!«
Ihre Schwester verzog das Gesicht zu einer höhnischen Grimasse. »O ja, dein feiner Byron hat Dad zum Krüppel gefahren! Und ob es dir nun paßt oder nicht, das ist die Wahrheit, auch wenn du dich mit Händen und Füßen dagegen wehrst. Ich war dabei, Schwester, ich kann es bezeugen. Wie auch Mister Henderson von der Tankstelle in Kensington bezeugen kann, daß dieser Lump Byron sich sofort mit Dad angelegt hat, als sie sich dort an der Zapfsäule zufällig beim Auftanken getroffen haben.«
Kaltes Entsetzen packte Emily.
»Später dann hat er uns überholt und gerammt, so daß der Studebaker von der Straße abgekommen ist und wir verunglückt

sind. Und dann ist er einfach weitergefahren. Dafür wird er vor Gericht und hoffentlich für viele Jahre ins Gefängnis kommen!« stieß ihre Schwester voller Haß hervor. »Daß ich dabei nicht auch schwer verletzt worden bin, ist das reinste Wunder.«
Emily war wie gelähmt.
»Sie haben ihn zuerst nach Summerside in die Ambulanz gebracht und mich sofort geholt«, fügte ihre Mutter nun mit beherrschter Stimme hinzu. »Aber die Verletzungen sind so schwer, daß sie ihn dort nicht behandeln konnten und mit dem Krankenwagen hierher in die Klinik gebracht haben. Die Ärzte sagen, daß er sich wohl auch einige Rückenwirbel gebrochen hat und daß er ...« Sie zögerte kurz, bevor sie weitersprach. »... vermutlich für den Rest seines Lebens gelähmt sein wird, falls er die anderen Verletzungen übersteht. Er soll nämlich auch innere Blutungen haben. Sie haben ihn gleich in den OP gebracht.«
»Und wenn Dad nicht überlebt, wird sich dein Byron als Mörder vor Gericht verantworten müssen!« sagte Leonora so böse, daß es sich wie ein persönlicher Vorwurf anhörte.
»O Mom!« schluchzte Emily verzweifelt auf und fand sich im nächsten Moment an der Brust ihrer Mutter wieder.
»Ja, ich weiß«, murmelte ihre Mutter und hielt sie einen Augenblick in ihren Armen, während Emily hemmungslos weinte. Dann strich sie ihr liebevoll über den Kopf und schob sie behutsam von sich. »Das einzige, was wir jetzt für euren Vater tun können, ist beten. Deshalb wollen wir in die Krankenhauskapelle gehen.«
»Warum hast du deine Sachen nicht gepackt und bist mit deinem Byron verschwunden, als noch Zeit dafür war?« zischte Leonora Emily zu, während ihre Mutter mit einer der Krankenschwestern sprach. »Warum hast du bloß nicht auf mich gehört? Jetzt hast du Unglück über uns alle gebracht! Das werde ich dir nie verzeihen!«
Es war kurz vor elf, als eine Schwester in der Kapelle erschien

und ihnen mitteilte, daß die Operation beendet sei und der Chirurg Missis Forester und ihre Töchter zu sprechen wünsche. Der junge Arzt von der Nachtschicht hatte eine gute und eine schlechte Nachricht für sie. »Wir haben die schweren inneren Blutungen stoppen können, und sofern sich keine unverhofften Komplikationen einstellen, wird Ihr Mann sich bald von seinen Verletzungen erholen, Missis Forester.«
»Und was ist die schlechte Nachricht?«
»Der Schaden an der unteren Wirbelsäule ist leider irreparabel. Es tut mir leid, Ihnen keine Hoffnung machen zu können. Sie müssen davon ausgehen, daß Ihr Mann fortan vom Bauchnabel abwärts gelähmt und auf einen Rollstuhl angewiesen sein wird«, teilte ihnen der Chirurg mit.
Leonora gab ein unterdrücktes Aufstöhnen von sich.
Emily bewunderte ihre Mutter für die Gefaßtheit, die sie in dieser Situation zeigte und mit der sie die schreckliche Nachricht aufnahm. Auf ihrem Gesicht spielte sogar ein Lächeln, das Erleichterung ausdrückte. Sie nickte verständnisvoll, ja beinahe nachsichtig und sagte: »Ich verstehe. Nun, wir werden sicherlich lernen, damit umzugehen. Das Leben hält gewiß noch schlimmere Prüfungen für uns bereit. Seien wir dankbar, daß Frederick am Leben ist. Können wir zu ihm?«
Der Arzt war sichtlich überrascht über diese ungewöhnlich beherrschte Reaktion und antwortete: »Ich sehe keinen Grund, weshalb nicht. Es wird aber noch einige Zeit dauern, bis er aus der Narkose erwacht.«
»Wir haben heute nacht wahrlich nichts anderes vor, das uns von geduldigem Warten abhalten könnte«, sagte ihre Mutter ruhig. »Emily ... Leonora, kommt, wir wollen Nachtwache am Krankenbett eures Vaters halten!«
Für Emily begannen nun die schlimmsten Stunden ihres bisherigen Lebens, die Nacht hoffnungsloser Verzweiflung. Denn was konnte qualvoller sein, als stundenlang still am Krankenbett zu sitzen, in bedrückendem Schweigen auf das Erwachen ihres

Vaters aus der Narkose zu warten und dann die Kraft zu finden, ihm in die Augen zu blicken. Und all die Zeit ließ ein entsetzlicher Gedanke sie auch nicht eine einzige barmherzige Sekunde lang in Ruhe – nämlich daß Byron, der Mann, den sie über alles liebte, womöglich wirklich die Verantwortung dafür trug, daß ihr Vater bestenfalls gelähmt aus diesem Krankenhaus herauskommen und fortan sein Dasein als Krüppel fristen würde.

23

Schmutzig fahles Licht durchbrach die winterliche Dunkelheit der Nacht und sickerte unter den tiefhängenden schiefergrauen Wolken hervor. Mühsam kroch der neue Tag am östlichen Horizont über der Insel empor. Mit dem heraufdämmernden Morgen setzte Regen ein, den ein launischer Wind mal hierhin und mal dorthin trieb.
Emily hastete durch die Regenschleier, ohne sie überhaupt richtig wahrzunehmen. Die Turmuhr einer nahen Kirche schlug halb sieben, als sie die Pownal Street erreichte und diese Straße in Richtung Hafen hinuntereilte, der schon längst zum Leben erwacht war. Kurz vor der Kreuzung mit der Water Street bog sie in eine schmale Gasse ein und stand wenig später in einem großen Hinterhof, der von einem häßlichen Backsteingebäude aus der Zeit der Jahrhundertwende gebildet wurde. Rostige Eisentreppen führten außen zu den einfachen Wohnquartieren hinauf, die über den Werkstätten im Untergeschoß lagen. Hier lebte Byron in einer der schäbigen Anderthalbzimmerwohnungen, seit er bei der Grand Acadia arbeitete.
Emily blieb am Fuß des Aufgangs stehen und hielt sich am nassen Geländer fest, weil sie einen Moment lang fürchtete, nicht die

Kraft zu haben, die Treppe hinaufzusteigen und Byron zur Rede zu stellen. Doch sie hatte keine andere Wahl. Sie mußte die Wahrheit aus seinem Mund erfahren. Alles andere hieße, die Qual der Ungewißheit ins Unerträgliche zu steigern.

Auf ihrem Gesicht mischte sich der Regen mit ihren Tränen, als Emily die Treppe schließlich schweren Schrittes erklomm, oben über den Laufsteg aus Gitterrosten an den ersten Wohnungen vorbeiging und dann an die vierte Tür klopfte.

»Allmächtiger Gott, bitte laß es ganz anders sein, als Leonora es erzählt hat!« flüsterte sie inständig, sich an den Strohhalm der Hoffnung klammernd, daß der wahre Hergang des schrecklichen Unfalls Byron von jeglicher Schuld entlasten würde.

Byron öffnete im Morgenmantel und mit wildzerzausten Haaren die Tür. Er war noch nicht rasiert. »Emily!« stieß er ungläubig hervor, als er sie im Regen vor sich stehen sah. »Um Gottes willen, was machst du denn um diese Zeit hier? Nun komm schon herein!« Er zog sie schnell ins warme Zimmer. »Ja was ist denn passiert? Du hast doch hoffentlich nicht die Dummheit begangen und bist aus dem Internat weggelaufen, oder?«

Emily schüttelte den Kopf. »Nein, ich bin wegen Dad hier«, sagte sie und knöpfte ihren Mantel auf. Die Wärme, die der Kohlenofen in der Ecke abstrahlte, nahm ihr den Atem und trieb ihr den Schweiß aus allen Poren. Als sie den Kopf drehte, fiel ihr Blick auf das zerwühlte Bett mit dem alten Messingrahmen, das in der Nische hinter dem aufgezogenen Vorhang stand, und sofort überfielen sie Erinnerungen an jene wenigen, aber unbeschreiblich beglückenden Nachmittage, die sie hier in Byrons Wohnung zu verbringen gewagt hatte, dort in seinem Bett – und in seinen Armen. Nachmittage voller Zärtlichkeit und Leidenschaft und jedesmal auch voll quälender Versuchung, sich ihm ganz hinzugeben und endlich eins mit ihm zu sein. Eine Versuchung, der sie bisher widerstanden hatte.

Byron verzog das Gesicht zu einer bekümmerten Miene. »Du hast also schon davon gehört? Na, das ging ja sehr schnell. Okay,

dieser ... Zusammenstoß mit deinem Vater gestern ist schon eine üble Sache gewesen«, räumte er ein wenig verlegen ein. »Der Blechschaden ist sogar an meinem alten Dodge ganz erheblich. Ich habe ihn gleich in die Werkstatt meines Schwagers gebracht. Aber daß du deshalb so früh am Morgen zu mir kommst und möglicherweise einen Schulverweis riskierst ...«
»Blechschaden? Die Sache ist so übel gewesen, daß Dad gestern abend mit lebensgefährlichen Verletzungen hier ins Krankenhaus eingeliefert worden ist!« fiel Emily ihm erregt ins Wort, weil sie den Eindruck hatte, daß er sich der Schwere des Unfalls überhaupt nicht bewußt war. »Die Ärzte haben ihn stundenlang operiert, um wenigstens die inneren Blutungen zu stoppen. Sie haben ihm vermutlich das Leben gerettet, falls nicht noch Komplikationen eintreten. Aber die Verletzungen an seinen Rückenwirbeln werden nicht heilen. Dad wird von der Hüfte abwärts gelähmt sein, wenn er aus dem Krankenhaus herauskommt!«
Byron wurde mit einem Schlag bleich und sah sie fassungslos an. »Ja, aber ... das ... das kann nicht sein, Emily! ... Das ... das ist doch völlig unmöglich!« stammelte er ungläubig.
»O nein, das ist die bittere Wahrheit, Byron! Ich habe die ganze Nacht nicht eine Minute geschlafen, sondern Stunde um Stunde zusammen mit meiner Mutter und Leonora am Krankenbett meines Vaters ausgeharrt. Und jetzt will ich von dir wissen, was gestern passiert ist. Hast du ihn wirklich von der Straße gedrängt?«
»Mein Gott, er hat zuerst damit angefangen!« entfuhr es Byron entrüstet. »Schon an der Tankstelle ist er wie ein gereizter Stier auf mich losgegangen. Er hat mich übelst beschimpft und mir schon da angedroht, daß er schon noch mit mir abrechnen würde. Und als ich ihn dann später auf der Landstraße überholen wollte, hat er versucht, mich brutal abzudrängen. Ich wette, das hat deine Schwester vergessen, dir zu erzählen! Ich habe bloß spontan reagiert und das Lenkrad nach rechts eingeschlagen, um

nicht aus der Kurve zu fliegen. Da hat es auch schon gekracht, und der Studebaker hat sich auf der glatten Straße zweimal um seine eigene Achse gedreht und ist dann im Graben vor dem Baum gelandet.«

»Es stimmt also wirklich!« murmelte Emily gequält und jeder Hoffnung beraubt. »Und damit hast du alles zerstört, Byron. Als du Dad gerammt hast, hast du nicht nur ihn zum Krüppel gemacht, sondern du hast auch unser Glück zerstört!«

Ungläubigkeit und Bestürzung breiteten sich auf seinem Gesicht aus. »Aber er kann sich dabei doch unmöglich so schwere Verletzungen zugezogen haben!« stieß er beschwörend hervor. »Ich habe angehalten und zurückgesetzt, und da hat er das Fenster heruntergekurbelt, mich verflucht, mir mit der Faust gedroht und mir zugeschrien, daß er schon noch mit mir abrechnen würde. Er war nicht einmal benommen von dem Aufprall!«

»Im ersten Moment des Schocks spürt man oft keinen Schmerz, wie du weißt«, antwortete Emily verzweifelt. »Und die Wirkung seiner schweren inneren Verletzungen und Blutungen hat wohl erst eingesetzt, als du schon weitergefahren bist. Aber das ist letztlich auch ganz gleichgültig, denn es ändert nichts daran, daß du den Unfall verursacht hast, Byron.«

»Das ist nicht wahr, Emily!« widersprach er heftig. »Es ist nie meine Absicht gewesen, deinem Vater irgend etwas Böses anzutun! Ganz im Gegensatz zu ihm! Er wollte mich an die Khakihemden verraten, und er hat gestern abend auf der Landstraße versucht, mich von der Straße zu drängen.«

»Und da hast du dich revanchiert und ihm gezeigt, daß mit dir nicht zu spaßen ist, nicht wahr?« warf sie ihm bitter vor.

»Ich habe nichts weiter getan, als instinktiv meine Haut zu retten!« beteuerte er. »Daß es dabei zu dem Unfall gekommen ist, tut mir leid, aber ich trage keine Schuld daran!«

»Vielleicht hat Dad ja deshalb darauf bestanden, keine Anzeige gegen dich zu erstatten, als er heute nacht zu sich kam und wir kurz mit ihm reden konnten«, sagte Emily. »Er hat sogar heute morgen noch einmal darauf bestanden, woraufhin Leonora fast einen Wutanfall bekommen hätte.«

»Da hast du es doch!« rief er erleichtert.

»Aber selbst wenn du dich nicht vor Gericht verantworten mußt, ändert das gar nichts.« Emilys Augen füllten sich wieder mit Tränen.

»Ändert woran nichts?« Angst sprach aus seiner belegten Stimme.

»Daß ... daß unsere Träume ... daß alles vorbei ist«, flüsterte sie. »Daß wir nicht länger zusammensein können. Nicht heute, nicht morgen – niemals mehr.«

»Nein!« schrie er auf und packte sie hart an den Schultern. »So etwas darfst du nicht sagen, ja nicht einmal denken! Was da gestern geschehen ist, ist ein tragisches Unglück, das ich nicht verstehe, das aber doch unserer Liebe nichts anhaben kann.«

»Wenn du so viele Stunden zum Nachdenken gehabt hättest wie ich, würdest du nicht so naiv daherreden, Byron«, antwortete Emily traurig. »Denn natürlich ändert dieser Unfall nicht nur das Leben meines Vaters, sondern auch das, was zwischen uns gewesen ist.«

»Mein Gott, sag nicht gewesen!« beschwor er sie verzweifelt. »Ich liebe dich, Emily. Und du liebst mich!«

Emily nickte mit tränenüberströmtem Gesicht. »Natürlich liebe ich dich. Aber ich werde nicht damit leben können, jeden Tag, wenn ich neben dir aufwache, in deinen Armen liege oder auch irgend etwas Alltägliches mit dir tue, plötzlich daran erinnert zu werden, daß ich mit dem Mann zusammen bin, der meinen Vater zum Krüppel gemacht hat.«

Ein gehetzter Ausdruck trat auf Byrons Gesicht. »Aber begreifst du denn nicht, daß es keine Absicht, sondern ein tragischer Unfall war?« stieß er hervor.

»Und du begreifst nicht, daß ich dir das ja glaube und auch gar nicht von Schuld spreche, sondern nur von dem, was sein wird.«

»Wir werden das einfach vergessen und unser Leben leben!«

Emily schüttelte den Kopf. »Nein, das werden wir nicht, Byron. Sosehr ich mir das auch wünsche, aber ich weiß, daß wir uns damit nur selbst belügen. Die Vergangenheit wird immer ein Teil von uns sein – und dieser Teil würde unsere Liebe eines Tages zerstören. Du kannst meine Familie nicht von mir und unserem Leben abschneiden wie einen überflüssigen Faden an einem Kleid«, erwiderte sie und kämpfte gegen das Schluchzen an, das in ihrer Kehle hochstieg. »Mehr als neun Stunden habe ich mir verzweifelt das Hirn zermartert, was nun geschehen soll. Es gibt keinen anderen Weg, Byron.«

»Das ist verrückt, Emily!« keuchte er. »Das ist Wahnsinn, daß wir für etwas bezahlen sollen, woran uns keine Schuld trifft. Warum sollen wir unser Glück opfern? Das kannst du doch nicht zulassen, ich flehe dich an, Emily!«

Sie wich seinem gequälten Blick aus. »Ich sage dir, was ich nicht zulassen werde: Ich werde nicht zulassen, daß ich dich eines Tages hasse, weil das Unheil unser Leben und unsere Liebe langsam vergiftet hat. Ich werde nicht zulassen, daß wir eines Tages Kinder haben und wir sie über ihre Großeltern und ihre Tante belügen müssen, weil ich mich deiner schäme und mich nicht mehr traue, meiner Familie unter die Augen zu treten. Dies und vieles andere, was sich langsam in unser Leben einschleichen und uns nie mehr zur Ruhe kommen lassen würde, werde ich nicht zulassen. Noch können wir voneinander lassen, ohne daß wir einander das Leben zerstören, sosehr uns das Herz auch bluten wird.« Sie machte eine kurze Pause, weil ihre Stimme fast in ihren Tränen erstickte. »Und es wird sehr bluten, denn ich werde nie wieder jemanden so sehr lieben wie dich. Aber gerade deshalb müssen wir aufeinander verzichten ... und deshalb laß uns jetzt Abschied voneinander nehmen.«

»Um Gottes willen, Emily, laß uns in aller Ruhe darüber reden!« flehte er sie an, riß sie in seine Arme und hielt sie fest an sich gepreßt. »Es wird, es muß einen Ausweg geben! Ich liebe dich, und ich kann ohne dich nicht sein!«

»Ich liebe dich auch, Byron, aber ...«
»Kein Aber!« stieß er hervor und verschloß ihren Mund mit seinen Lippen.
Emily vergrub ihre Hände in seinen dichten Locken, und sie küßten sich mit einer verzweifelten Leidenschaft, die jeden Einwand der Vernunft hinwegzufegen drohte wie Laub im Sturmwind. Byrons Hände glitten unter ihren Mantel und fuhren verlangend über ihren Körper, liebkosten ihre Brüste und fanden ihren Weg unter ihren Rock, während er sie rückwärts zur Schlafnische zog. Sie nestelte am Gürtel seines Morgenmantels, zerrte die Schleife auf und schob ihre Hand in seine Pyjamahose.
Er streifte ihr den Mantel von den Schultern und knöpfte in fiebriger Hast ihre Bluse auf.
Als sie auf das Bett fielen und sie seine Hände auf ihren Schenkeln spürte, bäumte sich die Stimme der Vernunft mit aller Macht gegen das wilde verzehrende Begehren auf, sich über alles hinwegzusetzen und wider besseres Wissen darauf zu hoffen, daß das Gift der Vergangenheit ihre Liebe verschonen würde.
Plötzlich erkannte Emily mit Erschrecken, was sie zu tun bereit war, wenn sie sich dieser ungeheuren Versuchung, die seine Küsse und die erregende Zärtlichkeit seiner Hände in ihr weckten, auch nur noch eine Minute länger hingab. Wenn sie jetzt keine Kraft fand, war sie verloren. Jäh riß sie sich los. »Ich kann nicht ... und wir dürfen es auch nicht! Wir dürfen uns nie wiedersehen! ... Mach es gut, Byron. Ich liebe dich ... und wünsche dir alles Glück der Welt!« stieß sie atemlos hervor, bückte sich nach ihrem Mantel und rannte zur Tür.
»Nein, tu es nicht! ... Emily, verlaß mich nicht!« schrie er ihr entsetzt nach und sprang auf, um sie zurückzuhalten.
Doch bevor er wieder in seine Pyjamahose geschlüpft war und nach dem Morgenmantel gegriffen hatte, war Emily schon aus dem Zimmer gestürzt. Mit ihrem Mantel kämpfend, rannte sie

hinaus in den strömenden Regen, stolperte die Eisentreppe hinunter und floh aus dem Hinterhof, als ginge es um ihr Leben. Byrons verzweifelte Schreie schnitten ihr Herz in Stücke und hallten noch quälend in ihr nach, als sie durch das Tor der Landon School taumelte und auf den Stufen des Portals mit einem Weinkrampf zusammenbrach.

24

In manchen Stunden der folgenden Wochen meinte Emily, den quälenden Schmerz, der in ihr tobte und sie schier zu zerreißen schien, nicht mehr ertragen zu können. Sterben erschien ihr einfacher, ja geradezu eine Erlösung von ihrer Seelenqual. Immer wieder bestürmte sie die Versuchung, die unbarmherzige Stimme der Vernunft in ihr zum Schweigen zu bringen, zu Byron zurückzukehren und keine weiteren Gedanken an die Zukunft zu verschwenden. Was kümmerte sie das Morgen, wo doch nur das Heute, das Jetzt mit Byron zählte!

Die täglichen Besuche im Krankenhaus sorgten jedoch dafür, daß sie dieser Versuchung zur Selbsttäuschung nicht erlag. Jedesmal, wenn sie am Bett ihres halb gelähmten Vaters stand, wurde sie sich der Hoffnungslosigkeit, gegen alle Vernunft doch noch einmal mit Byron glücklich zu werden, mit grausamer Deutlichkeit bewußt.

Leonora tat zudem das Ihre, um Emily immer wieder mit erschreckender Feindseligkeit und Rachsucht daran zu erinnern, wer das Unglück über ihre Familie gebracht hatte. Tag für Tag bedrängte sie ihren Vater, doch noch Anzeige zu erstatten. Sie wollte Byron unbedingt vor Gericht stehen und verurteilt sehen. Ihr Vater wollte jedoch nichts davon wissen. »Laß mich in Ruhe

damit, Leonora. Was es dazu zu sagen gibt, habe ich schon gesagt. Also hör endlich auf damit«, knurrte er gegen Ende der ersten Woche gereizt.
Aber Leonora gab nicht auf. »Wie kannst du nur zulassen, daß er so billig davonkommt, nach allem, was er uns angetan hat?« warf sie ihm entrüstet vor. »Dieser Lump Byron O'Neil gehört ins Gefängnis, weggesperrt für immer und ewig.«
Da richtete sich ihr Vater plötzlich abrupt im Bett auf. »Halt jetzt endlich den Mund, verdammt noch mal!« schrie er sie wütend an, und seine Augen funkelten wild. »Du redest mir nicht mehr davon, verstanden? Ich will den Namen dieses verfluchten Papisten nie wieder aus deinem Mund hören. Tust du es doch, wirst du es bitter bereuen, das schwöre ich dir. Und das gilt auch für euch andere.«
Emily wich dem stechenden Blick ihres Vaters aus, während ihre Mutter beschwichtigend erwiderte. »Reg dich doch bitte nicht so auf, Frederick, das schadet nur deiner Genesung.«
»Dann haltet euch gefälligst an das, was ich sage!« stieß er grimmig hervor und sank erschöpft in die Kissen zurück.
Leonora gab an diesem Nachmittag im Krankenzimmer keinen Mucks mehr von sich. Mit blassem Gesicht und verkniffenem Mund saß sie an der anderen Seite des Bettes, bis es Zeit war zu gehen.
Draußen vor dem Krankenhaus verabschiedete sie sich von Emily jedoch mit den gehässigen Worten: »Da dein feiner Byron nun sicher sein kann, seiner gerechten Strafe zu entgehen, steht eurem Glück ja wohl nichts mehr im Wege, Schwester!«
»Ich werde ihn nicht wiedersehen«, teilte Emily ihr mühsam beherrscht mit. »Ich habe unsere Beziehung beendet.«
Leonora stemmte die Hände in die Hüften. »Was du nicht sagst! Dann hast du offenbar ja doch noch Gewissensbisse bekommen, dich weiterhin mit so einem katholischen Mistkerl abzugeben!« meinte sie höhnisch.
»Nein, ich habe keine Gewissensbisse, weil ich weiß, daß ich

nichts Unrechtes getan habe!« erwiderte Emily scharf. »Ich liebe Byron noch immer, und genau deshalb habe ich mich von ihm getrennt. Du wirst das vermutlich nicht verstehen oder verstehen wollen, aber das interessiert mich auch nicht. Mehr habe ich dazu nicht zu sagen. Vielleicht behältst du deine gehässigen Bemerkungen nun in Zukunft für dich. Aber wahrscheinlich ist dir das mittlerweile ja schon so zur zweiten Natur geworden, daß du gar nicht mehr merkst, wie gemein und verletzend du überhaupt bist!« Damit ließ sie ihre sichtlich verdutzte Schwester stehen und machte sich auf den Rückweg ins Internat.

Byron versuchte in diesen Wochen verzweifelt, mit ihr über Caroline in Kontakt zu kommen. Emily blieb jedoch eisern. Sie nahm nicht einen der Briefe an, die ihre Freundin ihr brachte. »Ich kann nicht und ich darf nicht!« gestand sie ihr. »Ich habe solche Angst, schwach zu werden, wenn ich auch nur eine Zeile lese.«

Caroline nickte verständnisvoll. Sie hatten stundenlang darüber gegrübelt und diskutiert, ob es richtig war, wozu Emily sich entschlossen hatte. Und nach qualvollem und gewissenhaftem Abwägen aller Argumente war auch Caroline zu der Überzeugung gelangt, daß es für ihre Freundin wohl besser war, die Beziehung jetzt zu beenden, da sie noch die Kraft dazu hatte.

Damit Byron sie auf dem Weg zum Krankenhaus nicht irgendwo abpassen und in Versuchung führen konnte, sich doch noch eines anderen zu besinnen, verließ Emily das Internat entweder nur noch in Begleitung von Missis Easton, der sie sich anvertraut hatte, oder ließ sich von ihrer Mutter und Leonora abholen. Manchmal brachte auch Stanley sie ins Krankenhaus, wenn sie gleich nach Schulschluß die Gelegenheit nutzte, um mit Caroline in die Stadt zu fahren.

Knapp drei Wochen nach dem Unfall holte Leonora den Studebaker aus der Reparaturwerkstatt. Von da an brauchte sie Missis Easton nicht mehr zu bemühen. Die restlichen drei Wochen, die ihr Vater noch im Krankenhaus verbrachte, kam Leonora mit dem Wagen vorgefahren und brachte Emily hinterher auch wieder ins Internat zurück.

Eines Tages tauchte Byron unverhofft im offenstehenden Tor auf, als Emily gerade zu ihrer Schwester ins Auto gestiegen war und sie aus dem Hof fahren wollten. Er stellte sich mitten in die Ausfahrt und bedeutete ihnen, die Arme hin und her schwenkend, daß sie den Wagen anhalten sollten.

»Und jetzt?« fragte Leonora knapp.

Emily zögerte kurz. Nicht nur ihr Herz, sondern ihr ganzer Körper krümmte sich bei seinem Anblick vor Schmerz zusammen. Wie gern wäre sie aus dem Wagen gesprungen und hätte sich ihm in die Arme gestürzt. Aber sie durfte jetzt nicht schwach werden!

»Halt bloß nicht an! Fahr zu!«

»Bist du dir auch wirklich sicher, daß du das willst?« stichelte ihre Schwester.

»Ja, fahr zu!« forderte Emily sie gequält, aber entschlossen auf.

»Mir soll es recht sein. Ich fahre den Kerl nur zu gern über den Haufen«, versicherte Leonora und gab Gas.

Der Wagen schoß auf Byron zu. Seine Augen wurden weit vor ungläubigem Erschrecken, dann sprang er im letzten Moment zur Seite. Um ein Haar hätte ihn der rechte Kotflügel erwischt. Er stürzte rücklings in den Kies der Auffahrt und starrte mit verstörtem, fassungslosem Ausdruck dem Fahrzeug hinterher.

Emily gab keinen Ton von sich und blickte starr geradeaus, während Leonora den Wagen durch den nachmittäglichen Stadtverkehr steuerte. Stumm liefen ihr die Tränen übers Gesicht.

Von dem Tag an hörte Byron jedoch auf, Caroline zu bedrängen, Briefe von ihm weiterzuleiten und dafür zu sorgen, daß Emily sie auch öffnete und las. Und er versuchte fortan auch nicht mehr, sie irgendwo auf der Straße abzufangen, um mit ihr zu reden.

Kurz vor dem Ende der sechsten Woche, an einem launischen Tag im April, der sich einfach nicht zwischen Regen und Sonnenschein entscheiden konnte, wurde ihr Vater aus dem Krankenhaus entlassen und kehrte nach Summerside zurück. Zu Hause hatten Leonora und ihre Mutter schon eine Kammer im Untergeschoß, die gleich hinter dem Laden lag und bisher als Lager gedient hatte, ausgeräumt und als Schlafzimmer hergerichtet.

Dieses erste Wochenende war für Emily eines der schlimmsten schlechthin. Nicht einmal die zeitweilige Gesellschaft von Matthew Whitefield, der sich wirklich nach Kräften bemühte, ihren Vater aufzumuntern und auf andere Gedanken zu bringen, vermochte daran etwas zu ändern. Ihr Vater hatte sich zwar inzwischen schon ganz gut an den Gebrauch eines Rollstuhls gewöhnt, doch seine tyrannische und aufbrausende Ader, die früher nur gelegentlich einmal durchgeschlagen war, entwickelte sich mehr und mehr zu seinem bestimmenden Wesen. Dann und wann verfiel er jedoch auch in ein langes stummes Brüten.

Den Unfall erwähnte er zwar mit keinem Wort, aber er ließ Emily seine Verbitterung über das Schicksal, das ihn getroffen hatte, deutlich spüren. An allem hatte er etwas auszusetzen. Und stets rief er ungeduldig nach Leonora, wenn er irgend etwas wollte, was er aufgrund seiner Behinderung allein nicht oder zumindest nicht schnell genug tun konnte. Von Emily oder ihrer Mutter wollte er sich nie helfen lassen. Nicht, daß Leonora ihm alles recht machte. Weit gefehlt! Er vergalt ihr die Fürsorge, um die sie sich wirklich aufopferungsvoll bemühte, wie Emily sich eingestehen mußte, nicht mit Dankbarkeit, sondern mit Ungeduld und groben Worten. Aber Leonora nahm alles klaglos hin. Dafür zollte ihr Emily insgeheim großen Respekt, wie sie auch die unerschütterliche Ruhe und Gelassenheit ihrer Mutter bewunderte. Sie fragte sich, woher sie bloß die Kraft nahm, in dieser entsetzlichen häuslichen Atmosphäre eine solche Ausgeglichenheit, ja fast schon fatalistische Heiterkeit auszustrahlen. Ihre Mutter kam ihr wie verwandelt vor. Es schien, als hätte das Unglück nicht nur ungeahnte Kräfte in ihr freigesetzt, sondern ihr plötzlich auch zu jenem Selbstbewußtsein verholfen, das Emily bei ihr all die Jahre so schmerzlich vermißt hatte. Es war ein stilles, zurückhaltendes Selbstbewußtsein, das sich nicht in den Vordergrund drängte, sondern zufrieden damit war, aus dem Hintergrund zu strahlen und zu wirken.

Emily war dennoch froh, als sie am Sonntagnachmittag nach Charlottetown zurückkehren und sich in ihre Studien vergraben konnte. Um sich von ihrem Kummer abzulenken, stürzte sie sich mit geradezu wildem Eifer in die Vorbereitungen für die schon in zwei Monaten stattfindende Abschlußprüfung. Sie zwang sich, bis zur Erschöpfung zu arbeiten. Sogar ihren achtzehnten Geburtstag verbrachte sie im Internat, obwohl der auf ein Wochenende fiel. Doch sie hatte darum gebeten, in der Schule bleiben zu dürfen, weil sie sich angeblich auf eine wichtige Arbeit am Montag vorbereiten mußte, und weder Leonora noch ihre Eltern hatten versucht, sie zum Kommen zu überreden. Nur ihre Mutter hatte am Telefon ein wehmütiges Bedauern erkennen lassen, aber einfühlsam bekundet: »Ich verstehe, daß dir im Augenblick nicht nach Feiern zumute ist, Kind.«

Emily wollte den Tag nicht einmal mit Caroline verbringen. Sie schloß sich in ihrem Zimmer ein und weinte sich fast die Augen aus, war dies doch der Tag, an dem Byron eigentlich bei ihrem Vater um ihre Hand hatte anhalten wollen. Damit hätte für sie ein neues Leben begonnen, ein Leben gemeinsam mit Byron. Doch aus der Traum. Für immer und ewig.

Das Examen, das an einem heißen Frühsommertag stattfand, bestand Emily mit Bravour. Sie gehörte mit Rose und Sarah zu den vier Schülerinnen, die mit der Auszeichnung summa cum laude von der Lawrence Landon Boarding School for Young Ladies abgingen.

Anstatt sich über das Ende der Schulzeit mit der gestrengen Aufsicht zu freuen und auf die eigenen Leistungen stolz zu sein, wie die meisten ihrer Mitschülerinnen, die an der feierlichen Examensfeier teilnahmen, beging Emily diesen Tag mit nur

mühsam verborgener Trauer. Denn nun hieß es Abschied von ihrer Freundin nehmen, die für sie nicht nur in den letzten schweren Monaten ein wahrer Fels in der Brandung gewesen war. Denn Caroline würde in Charlottetown bleiben, was bedeutete, daß sie sich in Zukunft nur noch selten sehen würden. Zudem trug sich ihre Freundin ernsthaft mit dem Gedanken, in Boston die Universität zu besuchen und Kunstgeschichte zu studieren.
»Irgend etwas muß ich mit meinem Leben ja wohl anfangen, bevor ich mir als alte Jungfer ein viel zu großes Haus am Meer baue und es in Ermangelung eigener Kinder mit Waisen bevölkere«, erklärte sie selbstironisch.
Emily war mehr als einmal den Tränen nahe. Dieser Tag hätte schließlich der Tag ihrer Befreiung von allen Fesseln der Jugend, vor allem aber von der hartherzigen Vormundschaft ihres Vaters sein sollen. Denn hätte er ihr nicht die Erlaubnis erteilt, Byron zu heiraten, wäre sie gleich nach dem Schulabschluß mit ihrem Geliebten auf das Festland durchgebrannt. So hatten sie es geplant – bevor es zu diesem entsetzlichen Unfall auf der Landstraße gekommen war.
Weder ihr Vater noch ihre Schwester befanden sich im Auditorium, als Emily für ihre hervorragenden Leistungen ausgezeichnet wurde und ihr Abschlußzeugnis erhielt. Angeblich fühlte sich ihr Vater nicht gut, was wiederum Leonora zum Anlaß genommen hatte, ebenfalls zu Hause zu bleiben. »Ich wäre ja gern gekommen, aber du verstehst bestimmt, daß jemand bei ihm bleiben muß, falls irgend etwas passiert, nicht wahr?« hatte sie am Telefon gesagt, ohne daß ihr Bedauern überzeugend gewirkt hätte. Was denn so Schlimmes passieren könnte, das ihre Anwesenheit erforderlich machte, hatte sie nicht erwähnt. Und Emily hatte es sich verkniffen, ihre Schwester danach zu fragen. Sie verstand auch so.
Ihre Mutter jedoch hatte es sich nicht nehmen lassen, an der feierlichen Abschlußfeier teilzunehmen. Sie kam in Begleitung

von Matthew Whitefield, der sich den Wagen von Reverend Sedgewick ausgeliehen und ihre Mutter chauffiert hatte, um ihr die umständliche Anreise mit der Eisenbahn zu ersparen. Das rechnete Emily dem Vikar hoch an. Und sie freute sich auch sehr über das wunderschöne Blumengebinde, das er ihr nach der Feier überreichte, als er sie zu ihrer Auszeichnung beglückwünschte. Anschließend lud ihre Mutter alle zum Mittagessen in das recht feudale »Royal Maritime Hotel« ein, womit ihre Mutter ihr eine Freude machen wollte. Natürlich beglich Matthew Whitefield die Rechnung mit dem Geld, das ihre Mutter ihm vorher gegeben hatte, denn es schickte sich einfach nicht, daß eine Frau in Gesellschaft eines Mannes bezahlte.
»Und was sind Ihre Pläne für die Zukunft, Miss Emily?« erkundigte sich der Vikar beim Essen.
»Ich habe keine«, antwortete Emily ohne Umschweife. »Für ein Studium fehlt mir das Geld und für das Lehrerinnenseminar das nötige Interesse.« Wobei die Frage wohl eher hätte lauten müssen, ob ihr Vater wirklich nicht genug Geld verdiene, um ihr ein Studium zu ermöglichen, oder ob er es dafür einfach nicht ausgeben wolle, weil er es für unnütz und unangebracht hielt. Aber diese Überlegung behielt Emily wohlweislich für sich.
»Sie bleibt erst einmal bei uns, bis sie sich zurechtgefunden hat und weiß, wohin es sie zieht. Es wird ihr guttun, wieder in Summerside zu sein. Alles andere gibt sich dann schon von selbst«, sagte ihre Mutter verlegen und fast entschuldigend, als hätte Emily mit ihrer unverblümten Antwort einen Fauxpas begangen.
»Nun, ich hege nicht den geringsten Zweifel, daß der Allmächtige Sie auf den rechten Weg führen wird und Sie zur gegebenen Zeit schon das Richtige finden werden, das Ihrem Leben die ersehnte Aufgabe und Erfüllung bringt«, versicherte Matthew Whitefield, hob sein Glas und lächelte sie an. Emily errötete unverhofft, spürte sie in diesem Moment doch instinktiv, daß sein Lächeln ihr als Frau galt und eine viel tiefere

Bedeutung besaß, als ihr nur Mut zu machen. Sie dachte sofort an den Blumenstrauß, den er ihr vorhin überreicht hatte, an seine Glückwünsche und daß er sich überhaupt die Mühe gemacht hatte, zu ihrer Abschlußfeier zu erscheinen, obwohl er doch überhaupt nicht zur Familie gehörte. Und wie ein Blitz traf sie die Erkenntnis, daß Matthew Whitefield ihr sehr dezent, aber dennoch unmißverständlich den Hof machte.

25

Daß sich ausgerechnet Matthew Whitefield, ihr pflichteifriger Vikar, in sie verliebt haben sollte, war zwar eine überraschende Entdeckung, berührte Emily in den ersten Wochen nach dieser Feststellung jedoch nur wenig. Je nach Gemütslage empfand sie diesen Umstand als Zumutung oder aber als erheiternd, manchmal sogar auch als schmeichelhaft. Denn immerhin war er mit bald dreißig Jahren ein gestandener Mann und erfreute sich großer Beliebtheit in der Gemeinde. Aber darüber hinaus machte sie sich keine Gedanken, daß sie in ihm einen stillen, aber beharrlichen Verehrer gefunden hatte.

Ihr Herz gehörte noch immer Byron, und wenn sich die tiefen Wunden auch allmählich zu schließen begannen und die Schmerzen erträglicher wurden, so bedeutete dies noch längst nicht, daß sie schon fähig und willens war, sich für die Aufmerksamkeiten eines anderen Mannes zu interessieren. Deshalb lag ihr sogar die rein theoretische Überlegung einer ehelichen Verbindung mit Matthew Whitefield so fern, daß ihr derartige Gedankenspiele noch nicht einmal flüchtig in den Sinn kamen. Über die Trennung von Byron hinwegzukommen, ohne zu verzweifeln und daran zu zerbrechen, beschäftigte Emily vorerst genug. Das Führen ihres Tagebuchs und das Schreiben von traurigen Gedichten und Geschichten in der Zurückgezogenheit ihrer Dachkammer sowie ihr reger Briefwechsel mit Caroline halfen ihr dabei sehr. Außerdem hatte sie zu Hause in Summerside mit Problemen zu kämpfen, deren Lösung ihr dringender als alles andere auf den Nägeln brannte. Denn schon nach einem Monat fürchtete sie, jeden Moment die Selbstbeherrschung zu verlieren und aus der Haut zu fahren. Das tagtägliche Zusammenleben mit ihrer Familie nach so vielen Jahren relativer Freiheit und Herausforderungen im Internat zehrte immer heftiger an ihren Nerven und ließ sie immer drängender nach einem Ausweg aus dieser häuslichen Falle ohne eine richtige Aufgabe suchen.

Die launisch verbitterte Art ihres Vaters setzte ihr nicht weniger zu wie das von Feindseligkeit und betonter Selbstlosigkeit bestimmte Verhalten ihrer Schwester, die sich mehr noch als früher für unabkömmlich hielt und sich als die rechte Hand ihres Vaters aufspielte, ihm dabei immer ähnlicher wurde und keine Gelegenheit ausließ, um ihr das Leben zu Hause zu vergällen. Zwar hielt sie sich eingedenk der Drohung ihres Vaters daran, den Namen Byron O'Neil in seinem Haus nie wieder in den Mund zu nehmen, fand aber genug andere Möglichkeiten, um ihr schmerzhafte Stiche zuzufügen und sie stets daran zu erinnern, daß ihre verbotene Liebe zu einem Papisten großes Unglück über ihre Familie gebracht hatte. Und sosehr sich ihre Mutter auch bemühte, ausgleichend einzugreifen, so gering blieb doch ihr Erfolg. Sie mochte ihre Gelassenheit bewahren, doch gegen die bedrückende Atmosphäre, die ihr Vater und Leonora schafften, kam sie nicht an.

Ich muß unbedingt irgendeine Arbeit annehmen, um die meiste Zeit des Tages außer Haus zu verbringen, sonst werde ich noch verrückt! Leonora verfolgt mich sogar schon im Schlaf mit ihren Bösartigkeiten. Ich halte das nicht viel länger aus, schrieb sie Caroline in ihrer wachsenden Verzweiflung. *Mittlerweile ist es mir*

ganz egal, was für eine Stelle das ist, wenn ich nur hier herauskomme!
Zaghaft und unsicher, an wen sie sich wenden sollte, ohne als Bittstellerin zu erscheinen, zog Emily Erkundigungen ein, wo sie wohl eine Anstellung finden konnte. Das kam Ende August zufällig Nigel Sherwood zu Ohren, der zu ihrer Gemeinde gehörte und bei der Royal Canadian Bank eine einflußreiche Position bekleidete. Er lud sie zu einem Gespräch mit dem Personalchef in das Geldinstitut ein, der sich von ihren Zeugnissen und ihrer Erscheinung sehr angetan zeigte. »Wenn Sie unsere hausinterne Ausbildung erst einmal erfolgreich absolviert haben, können Sie es mit Ihren Kenntnissen und Ihrer offensichtlich raschen Auffassungsgabe hier oder in Charlottetown schnell zur persönlichen Sekretärin eines unserer Direktoren bringen, Miss Forester!« versicherte ihr der Personalchef.
»Heißt das, Sie stellen mich ein?« fragte Emily aufgeregt.
Er lächelte. »Das heißt es, in der Tat.«
Emily trat ihre Stellung in der Bank in der Water Street schon zwei Wochen später an. Daß ihr nur ein bescheidener Lohn gezahlt wurde, machte ihr nichts aus. Sie mußte das Geld ja sowieso zu Hause abgeben. Sie war froh und dankbar, daß sie die Stellung bekommen hatte, um die nicht nur sie allein sich beworben hatte. Endlich hatte sie eine Aufgabe, auf die sie alle ihre brachliegenden Energien richten und die sie von ihrem Kummer ablenken würde. Und sie war von morgens um halb acht bis in den späten Nachmittag nicht in ihrem Elternhaus gefangen, sondern mit anderen jungen Frauen zusammen, was ihr schon wie ein Geschenk vorkam. Um wieviel leichter im Vergleich zu den Schikanen ihrer Schwester und der freudlosen Stimmung ihres Elternhauses doch die Strenge der matronenhaften Missis Pamela Chamberlain zu ertragen war, die in der Bank die Ausbildung leitete und wegen ihrer gefürchteten Pedanterie hinter ihrem Rücken verstohlen »Feldwebel Pamela Pedantia« genannt wurde.

Mit dieser Strenge, die sie schon vom Internat her gewohnt war, konnte Emily gut leben. Voller Enthusiasmus stürzte sie sich in die Ausbildung zur Banksekretärin, bei der Stenographie, korrekte Rechtschreibung und die Beherrschung der Schreibmaschine im Vordergrund standen. Nichts, was ihre Leistungsfähigkeit über Gebühr strapaziert hätte. Hier waren allein Ausdauer, peinlichste Sorgfalt und eine stets korrekte Körperhaltung gefordert. Schon ein leicht gekrümmter Rücken führte zu der scharfen Zurechtweisung, daß eine Sekretärin mit Haltungsfehlern nichts in einer Bank verloren habe und sich besser in einen Krämerladen stellen solle. Ja, Missis Chamberlain besaß nicht nur ein scharfes Auge, sondern auch eine nicht minder scharfe Zunge, von der sie nur allzugern Gebrauch machte.

Emily ließ sich davon jedoch nicht aus dem Gleichgewicht bringen, zumal sie sich erfolgreich anstrengte, möglichst selten zur Zielscheibe von Missis Chamberlains spitzzüngigen Maßregelungen zu werden. Sie machte in der Bank zwei nette Bekanntschaften, ohne daß die Beziehung zu den beiden fast gleichaltrigen Frauen sich jedoch zu einer Freundschaft entwickelte, die auch nur halbwegs an das heranreichte, was sie mit Caroline verband. Nach der Arbeit ging man getrennte Wege.

Naturgemäß legte sich der feurige Novizeneifer nach den ersten Wochen, als die Arbeit allmählich den Reiz des Neuen verlor und Emily mehr und mehr über ihre wahren Zukunftsaussichten im Bankgeschäft erfuhr. Es stimmte zwar schon, daß sie sich mit ihrer Internatsausbildung und wenn sie bei der internen Schulung gut abschnitt, beste Chancen ausrechnen konnte, eines Tages zu einer wirklich gutbezahlten Position aufzusteigen. Doch um dieses Ziel zu erreichen, mußte sie sich noch mindestens zwanzig Jahre in bedeutend niedrigeren und erheblich schlechter bezahlten Stellungen bewähren. Denn in den Vorzimmern von Direktoren und Prokuristen saßen eben keine jungen Frauen, sondern seriöse Damen mit langjähriger Erfahrung, die frühestens in ihrem vierten Lebensjahrzehnt in diese

Position aufgestiegen waren. Und das galt nicht nur für die Royal Canadian Bank und deren Konkurrenz, sondern wurde in fast allen anderen Großunternehmen so gehandelt. Eine Erkenntnis, die Emily viel von ihrer anfänglichen Begeisterung nahm. Aber dennoch war diese Tätigkeit, so schlecht sie auch entlohnt wurde und so eintönig sie bald werden mochte, immer noch um vieles besser, als den ganzen Tag die Launen ihrer Schwester und ihres Vaters ertragen zu müssen.

Im späten Oktober, als die Ernte erfolgreich eingefahren war, veranstaltete auch ihre Gemeinde wieder das traditionelle alljährliche Erntedankfest. Und dort, in dem großen Zelt hinter der Kirche auf der Tanzfläche aus primitiv zusammengenagelten Brettern, tanzte Emily zum erstenmal mit Matthew Whitefield.

Als er sie um den Tanz bat, zögerte sie zuerst.

Er spürte ihre Unschlüssigkeit und sagte deshalb schnell, bevor sie noch unter einem Vorwand ablehnen konnte: »Sie würden mir eine große Freude machen, Miss Emily!«

Da brachte sie es einfach nicht über sich, ihm einen Korb zu geben. Sie mochte seine ruhige, unaufgeregte Art und die Unermüdlichkeit, mit der er aufmunternd auf ihren Vater einzuwirken versuchte. Und warum sollte sie ihm nicht die Freude machen?

Recht steif und fast krampfhaft bemüht, daß sich ihre Körper nicht berührten, sondern stets den schicklichen Abstand wahrten, führte er sie im Takt der Musik über die Tanzfläche. Und so manch kritisches Augenpaar, vornehmlich aus den Reihen der anwesenden Damen, verfolgte wachsam jede ihrer Bewegungen. Matthew Whitefield wechselte beim Tanz kaum ein Wort mit ihr, und Emily meinte mehrmals bemerkt zu haben, daß sich seine Lippen rhythmisch bewegten, als zähle er leise mit, um nicht aus dem Takt zu kommen. Was ihr aber ganz deutlich auffiel, war, wie sehr seine Augen leuchteten – und daß er sie unentwegt anblickte.

Er tanzte noch zweimal mit ihr an diesem Abend. Öfter wagte er sie nicht auf die Tanzfläche zu bitten, wie er ihr anvertraute. »Die anderen Damen, die nicht mit Ihrer Jugend und Anmut gesegnet sind, würden mir wahrscheinlich die Augen auskratzen, wenn ich mein persönliches Vergnügen vor meine Pflicht stellte«, sagte er scherzhaft und gab sie mit einem Seufzer frei, der verriet, wie schwer es ihm fiel, auf ihre Gegenwart zu verzichten.

Natürlich war das besondere Interesse, das der Vikar ihr neuerdings schenkte, auch Emilys Familie aufgefallen. Und schon auf dem Heimweg begannen ihre Eltern darüber zu reden, was für ein sympathischer und angesehener Mann Matthew Whitefield doch sei. »Er soll schon bald seine eigene Gemeinde bekommen, wie ich von Missis Sedgewick gehört habe, und ernsthaft daran denken, eine Familie zu gründen«, sagte ihre Mutter und warf Emily einen bedeutsamen Blick zu.

»Er wird sich nicht schwertun, eine tüchtige Frau zu finden, die mit ihm geht. Ihr habt ja heute abend selbst gesehen, wie sie ihn umschwärmt haben. Matthew ist nämlich nicht nur attraktiv, sondern besitzt auch Charakterstärke und weiß, was im Leben wirklich zählt. Auf ihn ist Verlaß. Und die Frau, die ihn zum Ehemann bekommt, wird sich einmal glücklich schätzen dürfen«, betonte ihr Vater.

Leonora, die den Rollstuhl schob und zu diesem Thema bisher geschwiegen hatte, konnte sich eine bissige Bemerkung nicht verkneifen. »Vorausgesetzt, man kann sich damit abfinden, in schäbigen Pfarrhäusern zu wohnen und ständig irgendwelche Armensammlungen, Spendenaktionen und Wohltätigkeitsbazare zu organisieren und ewig dieselben Bibelstunden abhalten zu müssen!«

»Rede nicht über Dinge, von denen du nichts verstehst!« fuhr ihr Vater sie ungehalten an. »In diese Rolle wächst man hinein. Und als Frau eines Reverend genießt man ein hohes Ansehen in der Gesellschaft! Also behalte dein törichtes Geschwätz gefälligst für dich! Auf Matthew Whitefield lasse ich nichts kommen. Jeder Vater kann sich einen Mann wie ihn als Schwiegersohn nur wünschen!«

Emily schwieg sich aus.

»Er ist in der Tat aufmerksam, aufrichtig und verläßlich«, pflichtete ihre Mutter ihm bei, um dann nicht ganz ohne Hintersinn noch hinzuzufügen: »Und das findet man seltener bei einem Mann, als man glauben möchte.«

Damit hatten ihre Eltern das Loblied auf Matthew Whitefield angestimmt, dessen Melodie Emily in den folgenden Wochen und Monaten immer wieder hören sollte, in allen nur denkbaren Variationen. Und je öfter der Vikar ihre Gesellschaft suchte, ihr kleine Aufmerksamkeiten zukommen ließ und ihr auf seine unaufdringliche, jedoch beständige Art den Hof machte, desto deutlicher und auch drängender wurden die Reden ihrer Eltern, diese einmalige Chance ihres Lebens doch um Gottes willen nicht zu verpassen. Und auf einmal hatte sie plötzlich auch genau das richtige Alter erreicht, um sich zu verheiraten.

Daß Leonora in die genau entgegengesetzte Kerbe hieb, sich über die Avancen des Vikars lustig machte und die Ehe mit einem Geistlichen in den schwärzesten Farben ausmalte, wenn ihre Eltern ihre gehässigen Bemerkungen gerade nicht hören konnten, überraschte Emily dabei nicht im geringsten. Seit dem Autounfall schienen die letzten dünnen Fasern schwesterlicher Verbundenheit zerrissen. Und das traf sie tiefer, als sie sich eingestehen wollte.

Emily trauerte auch nach der Jahreswende noch immer um Byron und ihre verlorene Liebe, doch nach über zehn Monaten Trennung hatten sich Schmerz und Trauer allmählich verwandelt und eine neue Dimension angenommen. Byron und die glückliche Zeit, die sie miteinander erlebt hatten, gehörten nicht länger zur Gegenwart, sondern stellten ein abgeschlossenes Kapitel ihrer Erinnerung dar. Eine Erinnerung, die zwar immer in ihr lebendig bleiben und schmerzen würde, die aber doch dort

ruhte und auf ihr weiteres Leben keinen direkten Einfluß mehr ausübte.
Byron war die unveränderliche Vergangenheit, während Matthew Whitefield für die Gegenwart und die Verlockungen der Zukunft stand. Ein Geistlicher würde es zwar nie zu Reichtümern bringen, aber doch immer sein gesichertes Auskommen haben und gesellschaftliches Ansehen genießen. In einer noch immer unsicheren, von Krisen geschüttelten Zeit war dieser Vorteil nicht hoch genug einzuschätzen und blieb auch nicht ohne Eindruck auf Emily, die sich mit jedem Monat, der verging, immer weniger vorstellen konnte, noch unzählige Jahre für einen Hungerlohn als Sekretärin in einer Bank oder einem anderen Unternehmen zu arbeiten – und weiterhin im Elternhaus wohnen zu bleiben.
Und sprach denn nicht auch alles dafür, daß Matthew Whitefield einen guten Ehemann und Familienvater abgeben würde? Daß er von ernster Natur war und in manchen Dingen eine sehr konservative Meinung vertrat, war das einzige, was manchmal schwache Vorbehalte in ihr weckte, obwohl nicht nur ihre Eltern gerade das als besondere Vorzüge werteten. Woran jedoch kein Zweifel bestand, war die Tatsache, daß er recht attraktiv aussah, überall eine gute Figur abgab, viel Verständnis und Geduld zeigte und sie wohl aufrichtig lieben mußte, wenn er ihr so beharrlich den Hof machte, wo er doch bestimmt auch Leonora hätte haben können, die doch noch immer die hübschere von beiden war. Und Emily war insgeheim felsenfest überzeugt, daß ihre Schwester, all ihren gehässigen Reden zum Trotz, angenommen hätte, wenn der Vikar um ihre Hand angehalten hätte.
Je länger Matthew Whitefield sich um sie bemühte und ihre Eltern ihr zuredeten, desto mehr wuchs in Emily das nicht einmal unangenehme Gefühl, nicht wirklich aktiv an diesem Geschehen teilzunehmen, das um sie herum stattfand und auf einen entscheidenden Augenblick zusteuerte, sondern sich in

passiver Erwartung darauf zu beschränken, daß dieser alles entscheidende Moment kam und das Unabänderliche geschah.
Dieser Augenblick kam Ende Februar. An einem frostkalten, aber zauberhaft klaren und sonnigen Samstagnachmittag lud Matthew Whitefield sie zu einer Ausfahrt mit dem Pferdeschlitten ein. Eingewickelt in warme Decken und versorgt mit erhitzten Backsteinen, die in eigens dafür gehäkelten Taschen seitlich auf dem Sitz sowie unter den Füßen ihre Wärme abgaben, fuhren sie über die verschneiten Felder nach Norden, in Richtung St. Eleanors. Wie Dampf entwich der Atem von Mensch und Tier in die eisige Winterluft, während die Glocken am Geschirr fröhlich klingelten und die Eiszapfen, die von Ästen und Zaunlatten wie gläserne Dolche herabhingen, in der Sonne glitzerten.
Keine zehn Minuten hinter Summerside lenkte Matthew Whitefield das Gespann auf eine sanfte Anhöhe und brachte es im Windschatten einer Gruppe hoher Tannen zum Stehen. Gewissenhaft und ohne Eile wickelte er die Zügel um die Bremsstange, zog die gefütterten Handschuhe aus und rutschte auf der gepolsterten Bank seitlich herum, so daß er Emily nun gegenübersaß.
»Wir haben in den vergangenen neun Monaten viele Stunden miteinander verbracht. Ich glaube, inzwischen dürfte bei Ihnen kein Zweifel mehr daran bestehen, was ich für Sie empfinde. Nun ist es an der Zeit, wie ich denke, daß ich den letzten Schritt wage und mich Ihnen offen erkläre, Miss Emily.«
Der Moment der Wahrheit war gekommen! Emily bekam augenblicklich einen ganz trockenen Mund, und ihr Herz begann schneller zu schlagen. »Ja, ich glaube zu wissen, was Sie für mich empfinden«, erwiderte sie mit leicht unsicherer Stimme. »Aber gewiß sein kann ich mir nur, wenn Sie es mir sagen, Mister Whitefield.«
Er nahm ihre Hand, umschloß sie mit beiden Händen, schaute ihr ernst in die Augen und antwortete, zum erstenmal auf jegliche

Förmlichkeit verzichtend, feierlich: »Ich kann das, was ich für dich empfinde, ganz schlicht und doch umfassender als tausend Worte in eine einzige Frage kleiden: Willst du mir meinen größten Herzenswunsch erfüllen und meine Frau und die Mutter meiner Kinder werden, Emily?«
Sie zögerte. »Du hast mich nicht gefragt, ob ich dich liebe, Matthew.«
Er lächelte kaum merklich. »Weil ich Zuneigung, gegenseitigen Respekt und den aufrichtigen Wunsch nach Gemeinsamkeit für erheblich bedeutsamer halte als die zügellose Schwärmerei des Verliebtseins, die nur allzu oft mit der wahren Liebe verwechselt wird. Diese wahre Liebe, die ein Leben lang in guten wie in schlechten Zeiten hält, bildet sich erst im Eheleben aus und wächst nach vielen gemeinsamen Jahren mannigfacher Prüfungen zu jenem starken Baum der Liebe, der allen Stürmen des Lebens zu trotzen vermag.«
»Mag sein, daß dem so ist. Bis vor einem Jahr habe ich jedoch ganz anders gedacht«, erwiderte Emily. »Mein Vater wird dir von Byron erzählt haben.«
Er nickte, sagte jedoch nichts.
»Ich habe ihn geliebt, Matthew«, gestand sie, ohne seinem Blick auszuweichen. »Ich möchte dir nichts vormachen. Ich habe Byron so geliebt, wie ich wohl nie wieder einen Mann lieben kann. Das sollst du wissen, bevor du mich noch einmal fragst.«
»Aber du und dieser Mann, ihr habt doch nicht die Grenzen des ...« Er brach verlegen ab, weil er nicht auszusprechen wagte, was ihn so sehr beunruhigte.
Emily verstand und errötete. »Nein, ich kann zu meiner Hochzeit guten Gewissens Weiß tragen«, versicherte sie.
Nun schoß auch ihm das Blut ins Gesicht. »Verzeih mir, das hätte ich nicht fragen dürfen. Ich hätte wissen müssen, daß ...« Wieder führte er den Satz nicht zu Ende, sondern schüttelte mit reuevoller Miene den Kopf. »Verzeih mir, bitte!«

»Es gibt nichts zu verzeihen, Matthew«, sagte Emily ruhig. »Nach dem, was ich dir gerade eingestanden habe, war es dein Recht, diese Frage zu stellen.«
»Dann wollen wir die Vergangenheit ruhenlassen und darüber kein weiteres Wort mehr verlieren. Denn es sind ganz andere Fragen, die für mein beziehungsweise für unser Leben bedeutsam sind, Emily«, erwiderte er. »Die Fragen lauten: Empfindest du aufrichtige Zuneigung und Respekt für mich, und hegst auch du den Wunsch nach Gemeinsamkeit, Emily?«
»Ja, das tue ich«, antwortete sie.
Er drückte ihr die Hand. »Dann will ich dir meine Frage noch einmal stellen: Wirst du mir meinen größten Herzenswunsch erfüllen und meine Frau und die Mutter meiner Kinder werden, Emily?«
Sie sah ihn an, und für einen Moment schien die Zeit stillzustehen. Ihr Herz raste, und ihr war, als schnürte ihr eine Klammer die Kehle zu. Dann löste sich der Bann, und sie sagte mit fester Stimme: »Ja, Matthew!«
Ein erlöstes Lächeln vertrieb den ernsten, angespannten Ausdruck auf seinem Gesicht. »Herr, ich danke dir für die wunderbaren Segnungen, mit denen du mein Leben so reich beschenkst!« rief er dankbar mit Blick gen Himmel.
Emily erwartete, daß er ihr gegenseitiges Heiratsversprechen nun mit einem Kuß besiegelte. Das tat er auch. Er küßte sie jedoch nicht auf die Lippen, sondern drückte ihr einen sehr keuschen Kuß auf den Handrücken. Dann nahm er die Zügel wieder auf und lenkte den Pferdeschlitten zurück in die Stadt, um ihren Eltern die gute Nachricht zu überbringen.
Nun gut, dachte Emily und kämpfte tapfer gegen ihre Enttäuschung an, vielleicht sind aufrichtige Zuneigung, gegenseitiger Respekt und der Wunsch nach Gemeinschaft gar keine so schlechte Basis für eine Ehe. Alles andere wird dann schon noch kommen.
Aber warum fühlte sie sich nur so unendlich traurig?

26

Die Hochzeit fand im Oktober statt, fast auf den Tag genau ein Jahr, nachdem Matthew sie auf dem Erntedankfest zum erstenmal zum Tanz aufgefordert hatte.
Emily schritt in einem Brautkleid aus weißer Baumwolle, das ihre Mutter genäht hatte, vor den Altar. Trotz seiner Schlichtheit stand es ihr ausgezeichnet zu Gesicht. Ihre Mutter hätte nur zu gern einen erheblich aufwendigeren Schnitt und einen kostbareren Stoff mit Stickereien gewählt, doch Matthew hatte ihr dezent, aber doch unmißverständlich zu verstehen gegeben, daß ein solcher Aufwand nicht angemessen war – weder zu den schweren wirtschaftlichen Zeiten, unter denen das Land litt, noch bei seiner Person als einfacher Mann der Kirche.
Sie hatte geglaubt, am Tag ihrer Hochzeit ruhig und gefaßt zu sein, doch das Gegenteil war der Fall. Starke innere Erregung und Beklemmung erfüllte sie, als es schließlich soweit war, das Eheversprechen abzugeben und die Ringe zu tauschen. Hoffnung und Angst kämpften mit ihr. Und dann war es auch schon vorbei, und sie war nicht länger mehr Miss Emily, sondern Missis Whitefield, Ehefrau von Reverend Matthew Whitefield. In guten wie in schlechten Zeiten, bis daß der Tod sie trennte.
Die Glückwünsche nahm Emily wie in Trance entgegen. Es waren die Worte ihrer Schwester, die schließlich den Schleier der Benommenheit zerrissen, der sie nach der Trauungszeremonie eine Weile umgeben hatte. »Du wirst es mir vielleicht nicht glauben, aber ich wünschte wirklich, ich könnte dich guten Gewissens beglückwünschen, daß du unter die Haube gekommen und nun Missis Whitefield bist«, sagte Leonora bei all dem Trubel leise zu ihr. »Aber das wäre geheuchelt, Schwester. Denn ich bin überzeugt, daß du damit den größten Fehler deines Lebens begangen hast. Matthew ist bestimmt ein feiner Mann, aber du paßt nicht zu ihm und er nicht zu dir. Nein, das wird mit

euch nicht gutgehen. Aber was rede ich da, du hast jetzt ja Zeit genug, um das selbst herauszufinden. Viel Glück, Emily, du wirst es bitter nötig haben!«

Und bevor Emily noch wußte, wie ihr geschah, umarmte ihre Schwester sie und drückte ihr einen Kuß auf die Wange. Dann tauchte sie in der Menge der Hochzeitsgäste unter, und Emily wurde von anderen Gratulanten in Beschlag genommen, so daß sie keine Zeit fand, über die Worte ihrer Schwester groß nachzudenken. Aber das war auch besser so. Denn was Leonora in der ihr eigenen Gehässigkeit und Mißgunst von sich gab, war keinen zweiten Gedanken wert!

Als sie aus der Kirche trat, glaubte sie einen Moment lang, Byron auf der anderen Straßenseite im Schatten einer Eiche zu entdecken. Die Sonne blendete sie jedoch, und als sie näher hinblickte, verschwand die Gestalt in einer Torchurchfahrt, ohne daß sie hätte feststellen können, ob sie sich nun getäuscht hatte oder nicht. Der Gedanke an Byron allein reichte jedoch schon, daß sich ihr Herz schmerzhaft zusammenkrampfte.

Alles strömte nun in das Gemeindehaus und den Pfarrgarten, wo das Fest stattfand. Ein Fest, das jedoch nicht allein dem frischvermählten Paar galt. Denn Matthew nahm an diesem Tag gleichzeitig auch Abschied von der Gemeinde von Summerside. Reverend Sedgewick war schon vor Monaten voll und ganz von seiner langen Krankheit genesen, und Matthew wurde anderenorts dringender gebraucht, und zwar auf dem Festland, in einer Ortschaft südwestlich von Montreal.

»Damit verlassen wir jetzt also beide fast zur selben Zeit die Insel und werden uns wohl noch seltener sehen als bisher«, stellte Caroline wehmütig fest, die aus den Staaten angereist war, um an der Hochzeit teilzunehmen. Sie war schon im Spätsommer nach Boston übersiedelt, um dort Kunstgeschichte zu studieren – und eine Perspektive für ihr Leben zu finden.

»Ich weiß nicht, ob ich mich darauf freuen oder darüber traurig sein soll«, gestand Emily mit einem schweren Stoßseufzer. »Ich

habe diesen Ort, an den man Matthew versetzt hat, noch nicht einmal auf unserer Landkarte finden können! Und ich weiß nicht, wie ich all den Erwartungen überhaupt gerecht werden soll, die an mich als Frau des Reverend bestimmt gestellt werden! Außerdem wird in der Provinz Quebec doch vornehmlich Französisch gesprochen.«
Matthew hatte ihr versichert, daß sie mit ihren Französischkenntnissen schon zurechtkommen würde, aber er hatte gut reden, schließlich war sein Französisch makellos. Denn Matthew war zwar in Halifax geboren und hatte dort auch die ersten elf Lebensjahre verbracht. Doch dann war die entsetzliche Katastrophe im Kriegswinter 1917 passiert, als im Hafen von Halifax ein mit Sprengstoff voll beladener Frachter explodierte und das Hafenviertel von North End in Schutt und Asche legte. Dabei hatte Matthew seine ganze Familie verloren. Eine ältere unverheiratete Tante, die einzige Verwandte, die ihm geblieben war und die in der Nähe von Montreal wohnte, hatte ihn daraufhin bei sich aufgenommen und für seine Erziehung gesorgt.
»Wenn ich ganz ehrlich sein soll: Ich habe panische Angst, Caroline!«
»Ach was, das wirst du mit links schaffen, glaube mir!« sagte ihre Freundin im Brustton unerschütterlicher Überzeugung und machte ihr Mut, indem sie Emily daran erinnerte, wie sie bisher alle anderen Herausforderungen gemeistert hatte, im Internat und anderswo.
Emily schöpfte aus den Worten ihrer Freundin neue Zuversicht, spürte gleichzeitig aber um so stärker den Verlust, den die weite räumliche Trennung von ihrer Freundin mit sich brachte. »Du wirst mir schrecklich fehlen, Caroline – noch viel mehr als schon bisher!«
»Du mir auch.«
Die letzten Stunden auf der Insel vergingen wie im Flug. Emily und Caroline lagen sich lange in den Armen und vergossen

Tränen, als es Nachmittag und damit Zeit wurde, voneinander Abschied zu nehmen. Der kombinierte Fracht- und Passagierdampfer »HMS Confederation«, der Emily mit ihrem Mann in einer dreieinhalbtägigen Fahrt, die zugleich ihre Hochzeitsreise darstellte, den Sankt-Lorenz-Strom flußaufwärts nach Montreal bringen sollte, lief um siebzehn Uhr von Charlottetown kommend im Hafen ein und warf eine Stunde später schon wieder die Leinen los.

Emily vertauschte zu Hause das Brautkleid mit einem bequemen Reisekostüm aus dunkelbraunem Kord und nahm die beiden Koffer, die alles enthielten, was sie ihr eigen nannte. Leonora und ihre Eltern sowie Reverend Sedgewick und dessen Ehefrau begleiteten sie zum Hafen und kamen auch noch mit auf das Schiff, weil sie sich gern einmal auf so einem Dampfer umsehen wollten. Was sie auch ausgiebig taten – und was dazu führte, daß die allgemeine Verabschiedung etwas überhastet vor sich ging, als die Dampfsirenen und Durchsagen alle von Bord riefen, die keine Passage gebucht hatten.

Emily wurde es nun doch schwer ums Herz, als ihre Mutter sie weinend umarmte, ihr immer wieder alles Glück der Welt wünschte und sie nicht mehr loslassen wollte. »Und vergiß nicht zu schreiben, Kind!«

Ihr Vater beschränkte sich dagegen auf einige letzte Ermahnungen, die an ihr Pflichtbewußtsein appellierten und sie an den ehelichen Gehorsam erinnerten, den sie Matthew schuldete. »Also halte dich an das, was wir dir beigebracht haben, damit du uns und Matthew keine Schande machst!« faßte er seine guten Ratschläge zum Schluß zusammen.

»Ja, Dad«, erwiderte Emily, beugte sich zu ihm hinunter und gab ihm pflichtschuldig einen Kuß.

»Na, dann macht es mal gut«, sagte ihre Schwester zum Abschied mit einem kühlen, hintergründigen Lächeln und beließ es dabei.

Wenig später legte das Schiff von der Pier ab. Emily lehnte an der Reling und winkte, während Matthew neben ihr stand, seinen linken Arm um ihre Schulter gelegt. Ihr Winken galt jedoch nicht den Menschen, die auf der Anlegestelle schnell kleiner wurden, sondern der Insel, die sie zum erstenmal in ihrem knapp zwanzigjährigen Leben verließ, ohne zu wissen, wann sie jemals wieder zurückkehren würde.

Als Matthew sie schließlich für eine Weile allein an Deck ließ, weil er sicherstellen wollte, daß der Steward ihnen für die Dauer ihrer Reise im Speisesaal einen der besseren Plätze zuwies, dachte sie mit wachsender Beklommenheit darüber nach, daß sie nun eine verheiratete Frau war und daß hier auf diesem schon recht betagten Dampfer ihr Eheleben begann – mit all den intimen Seiten, die zu einer Ehe gehörten.

Wie mochte es bloß mit Matthew sein? fragte sie sich immer wieder mit Bangen, während der Abend fortschritt und die erste gemeinsame Nacht in ihrer Kabine unaufhaltsam näher rückte. Wird er in mir eine ähnliche Leidenschaft wecken können, wie ich sie in Byrons Armen erlebt habe? Was wird nur sein, wenn er im Bett ... zu mir kommt?

Als der intime Moment endlich da war und Matthew im Dunkel der Kabine mit spürbar unsicheren Bewegungen ihr Nachtgewand hochschob und sein Gesicht in ihrer Halsgrube vergrub, anstatt sie zu küssen und durch Liebkosungen zu erregen, da wußte Emily schon nach dem ersten Augenblick, daß sie in seinen Armen wohl nie diese rauschhafte Hingabe empfinden und nie jene unbeschreibliche Erfüllung finden würde, die Byron ihr geschenkt hatte.

Matthew zeigte sich rücksichtsvoll, aber ohne Leidenschaft und ohne die Zärtlichkeit und das Begehren, das nach mehr als bloßer Vollendung eines körperlichen Aktes verlangte.

Es war schnell vorbei, und er zog sich auch umgehend aus ihr zurück, kaum daß er sich mit einem mühsam unterdrückten Aufstöhnen in ihr verströmt hatte. Er gab ihr einen flüchtigen, fast brüderlichen Kuß auf die Stirn und murmelte irgend etwas, das nach einer Entschuldigung klang, als fürchtete er, ihr zuviel zugemutet zu haben.

»Ich bin so froh, daß wir ... eins geworden und damit nun wahrhaftig Mann und Frau geworden sind, mein Liebling«, sagte er nach einer langen Weile des Schweigens mit verlegener Stimme, als schäme er sich seiner Sexualität. Er suchte nach ihrer Hand und drückte sie.

»Ja, ich auch, Matthew«, flüsterte sie in die Dunkelheit, während ihr Tränen über das Gesicht liefen und ihr auf einmal die düstere Prophezeiung ihrer Schwester in den Sinn kam. Mit aller Macht kämpfte sie gegen die aufsteigende Verzweiflung und dunkle Ahnung an, daß sie von vielen Träumen und Hoffnungen Abschied nehmen und sich mit einer Realität abfinden mußte, die ihr viel abverlangen würde. Doch sie trug seinen Ring am Finger und war aus freien Stücken vor Gott und der Welt das Eheversprechen eingegangen. Sie war seine Frau und wollte es auch ohne Einschränkungen sein. Deshalb hielt sie die Hand ihres Mannes ganz fest und wiederholte noch einmal wie eine magische Beschwörungsformel: »Ja, ich auch, Matthew!«

Zweites Buch

*Quebec
1940–1969*

27

Kurvenreich wand sich die Straße durch die Wälder und Täler der bergigen Region Charlevoix, die gute zwei Autostunden nordöstlich von Quebec City begann, als die Schweiz Kanadas galt und nur dünn besiedelt war, wenn man sich vom Westufer des Sankt-Lorenz-Stromes ins Hinterland begab. Die herbstliche Laubfärbung hatte in der Provinz Quebec ihren Höhepunkt schon vor gut einer Woche überschritten. Das rote Feuer des Ahorn und der goldene Glanz der Tamarack-Lärchen beherrschten zwar noch immer das Bild, doch verloren sie nun mit jedem Tag deutlich an Leuchtkraft. Zudem riß der Wind zunehmend größere Lücken in das einst so herrliche Laubkleid der Bäume und wirbelte die herbstliche Pracht verächtlich zu Boden. Emily schenkte der Schönheit der Landschaft von Charlevoix und der Laubfärbung des ausklingenden *indian summer* keine Aufmerksamkeit. Sie hatte genug damit zu tun, den elf Jahre alten Chrysler Imperial mit dem offenen Anhänger sicher durch die vielen Kurven zu lenken. Was das Ehepaar nach fünf Jahren Wanderschaft an eigenen Möbelstücken vorweisen konnte, nahm sich sehr bescheiden aus und hatte auf dem kleinen einachsigen Anhänger leicht Platz gefunden. Doch seit Emily ihren Mann vor knapp einer Stunde hinter dem Steuer abgelöst hatte, weil ihn plötzlich heftige Kopfschmerzen plagten, erschien ihr der manchmal bedrohlich schlingernde Hänger mit den wenigen Möbeln unter der Plane wie ein hinter ihr herrollendes Monster, das nur auf einen Fehler von ihr wartete, um sie von der schmalen Straße zu zerren.

»Was machen deine Kopfschmerzen?« fragte sie, ohne den Blick von der Fahrbahn zu nehmen.

»Langsam lassen sie nach«, antwortete Matthew und gab einen Stoßseufzer von sich. »Das feuchte kühle Tuch auf der Stirn hat wirklich gutgetan.«

Emily lächelte. »Und was hast du dich erst dagegen gesträubt! Manchmal ist es eben doch nicht schlecht, wenn du auf mich hörst.«

»Ich werde mich bemühen, nächstens daran zu denken, und mich nicht mehr gegen einen Kopfwickel sträuben«, erwiderte er etwas säuerlich.

»Sind wir endlich da, Mom?« kam Jennifers weinerliche Stimme vom Rücksitz.

»Es kann jetzt wirklich nicht mehr weit sein, mein Schatz!« versicherte Emily ihrer vierjährigen Tochter, die auf der Rückbank saß, eingekeilt zwischen billigen Pappkoffern, zusammengeschnürten Buchpaketen und einfachen Leinensäcken, die mit Gardinen, Bettzeug und Wäsche vollgestopft waren. »Wir sind bestimmt bald da.«

Vor ihnen tauchte ein Hinweisschild auf, das die Gabelung der Straße ankündigte. Über dem nach links weisenden Pfeil stand: Lac-Saint-Germain, 7 Meilen.

»Da, schau!« rief Matthew und deutete auf das Schild am Straßenrand, das im nächsten Moment schon an ihnen vorbeiflog. »Es sind nur noch sieben Meilen bis zum See. In spätestens einer halben Stunde haben wir es geschafft!«

»Ich muß mal Pipi, Mom«, verkündete Jennifer in jenem langgezogenen quengeligen Tonfall, mit dem Kinder gleichzeitig Verlegenheit wie Anspruch auf unverzügliche Aufmerksamkeit auszudrücken vermögen.

Die Gabelung tauchte vor ihnen auf. »Am besten hältst du gleich drüben auf der anderen Seite an und gehst mit dem Kind hinter die Büsche«, sagte Matthew. »Ich muß ja jetzt sowieso wieder das Steuer übernehmen.«

»Ja, warum denn?« wollte Emily wissen, während sie den Wagen an den Straßenrand lenkte und vorsichtig abbremste.

»Warum schon! Weil es natürlich keinen guten Eindruck macht, wenn ich mich von meiner Frau in den Ort fahren lasse, wo ich meine erste eigene Gemeinde übernehme! Außerdem bist du schwanger.«

»Aber doch erst im fünften Monat.«

»Eine Frau gehört einfach nicht hinter das Steuer eines Automobils, wenn es sich vermeiden läßt – und schwanger schon erst recht nicht!« beharrte er.

Emily lag eine spöttische Erwiderung auf der Zunge, sie hielt sie jedoch zurück, weil es außer Mißstimmung zwischen ihnen nichts brachte, wenn sie ihm widersprach. Matthew hatte viele gute Seiten, aber was seine oftmals sehr konservativen Anschauungen anging, so ließ er sich darin nun mal nicht erschüttern, egal, wie ihre Meinung dazu auch aussah und welche Argumente sie ins Feld führte. Friedfertigkeit und Bescheidenheit in allen persönlichen Belangen sowie unerschütterlicher Eifer in der Gemeindearbeit, ohne sich und die eigenen Mühen dabei in den Mittelpunkt zu rücken, das waren die Tugenden, die in seinen Augen die vorbildliche Ehefrau eines Methodistenpfarrers auszeichneten. Er zeigte nicht das geringste Verständnis für Frauen, die in ihren Rechten und ihrer Bezahlung mit den Männern gleichgestellt werden wollten, wie das seit Kriegsbeginn die Frauen mit zunehmender Lautstärke verlangten, die in immer mehr kriegswichtigen Industrien die Arbeit der Männer übernahmen und auch in den militärischen Hilfskorps arbeiteten. Sie paßten nicht in sein Weltbild und stießen bei ihm auf harsche Ablehnung, die auch vor alltäglichen Kleinigkeiten nicht haltmachte. So hielt er eine Frau hinter dem Steuer nur dann für akzeptabel, wenn sie sich nicht in Begleitung eines Mannes befand. Andernfalls rechtfertigte nur ein Notfall solch ein Verhalten.

»Komm, Jennifer!« Emily verschwand mit ihrer Tochter, die

an diesem Tag eines ihrer besseren Kleidchen sowie hübsche Schleifen in den kastanienbraunen Zöpfen trug, hinter den Büschen, um wenige Minuten später ihre Fahrt nach Lac-Saint-Germain fortzusetzen.

Während Matthew seine ungeduldige Tochter durch ein Reimspiel ablenkte, ließ Emily ihre Augen über die herbstliche Landschaft von Charlevoix schweifen, wo sie immer wieder gegen bewaldete Bergketten stießen, egal in welche Richtung. Den letzten kurzen Blick auf weites freies Land und das glitzernde Wasser des breiten Sankt-Lorenz-Stroms hatte sie vor fast zwei Stunden erhascht, als sie kurz vor dem Hafenstädtchen Baie-Saint-Paul von der Küstenstraße abgebogen und in das bergige Hinterland gefahren waren.

Das Herz wurde ihr schwer. Ihr Leben lang war sie die unmittelbare Nähe der See gewohnt gewesen, wo die Luft nach Salz schmeckte und man ungehindert bis zum fernen Horizont sehen konnte. Und in den vergangenen fünf Wanderjahren hatte sie mit Matthew und ihrer Tochter Jennifer, die vor vier Jahren während ihres gerade mal achtmonatigen Aufenthaltes in Trois-Rivières zur Welt gekommen war, zumindest immer in Städten und Ortschaften gelebt, die an den Ufern großer Flüsse lagen. Nun jedoch würden sie sich in einem kleinen Ort namens Lac-Saint-Germain niederlassen, der sich fern von großen Flüssen und noch ferner von der offenen See in den Bergen von Charlevoix versteckte. Und das vermutlich auch noch für viele Jahre. Denn Matthew hatte mit Lac-Saint-Germain endlich seine erste eigene Gemeinde erhalten, was ihn verständlicherweise mit Stolz und Freude erfüllte, hatte er doch bislang nur als Vertretung in einem halben Dutzend Gemeinden zwischen Montreal und Quebec ausgeholfen. Ihre einzige Hoffnung bestand darin, daß sich der See, den der Ort ja schließlich in seinem Namen führte, wenigstens nicht als Dorftümpel entpuppte.

Die Berge wichen auf einmal überraschend zurück und öffneten sich einem immer breiter werdendem Tal, in das die Landstraße

in weiten Schleifen hinunterführte. Zwischen den Bäumen glitzerte es plötzlich im Licht der Nachmittagssonne.
»Da ist er!« rief Matthew fröhlich und ging vom Gas, als die Straße über eine baumfreie Anhöhe kam, von der aus man einen guten Blick über einen Teil des Tales und des Sees hatte. »Das ist der Lac Saint-Germain! So groß hatte ich ihn mir nicht vorgestellt. Du vielleicht?«
Emily schüttelte den Kopf. »Nein, er sieht wirklich ganz beachtlich aus«, pflichtete sie ihm bei und atmete innerlich ein wenig erleichtert auf, als sie auf den langgestreckten See hinunterschaute, der fast die Form eines Bumerangs mit ausgezackten Rändern besaß. Sie schätzte, daß er mindestens zehn, zwölf Kilometer lang sein mußte, und dort, wo er einen starken Knick nach Westen aufwies, befand sich seine breiteste Stelle, wo sicherlich nicht weniger als drei Kilometer die gegenüberliegenden Ufer trennten. Eine in der Tat ansehnliche Wasserfläche, wenn auch nicht im mindesten mit dem Anblick des Sankt-Lorenz-Stromes oder der See um Prince Edward Island vergleichbar. Sie reichte aber auf jeden Fall, um Emilys ärgste Befürchtungen zu vertreiben und ihr Zuversicht zu geben, daß alles vielleicht doch nicht so schlimm werden würde. Ein Trost war dieser See auf jeden Fall, soviel stand fest.
Sowie sie aus den Bergen herauskamen, säumten Weiden, Felder und Äcker die Landstraße. Die Farmhäuser, schlicht und schmucklos in ihrer Bauweise, aber gepflegt in ihrem Äußeren, verrieten einen bescheidenen Wohlstand, der sich auf harte Arbeit und Sparsamkeit gründete.
Wenig später tauchten die ersten Häuser von Lac-Saint-Germain auf. Mit seinen knapp tausend Einwohnern und den beiden Hauptgeschäftsstraßen, die sich auf dem Marktplatz in der Ortsmitte vor der ansehnlichen katholischen Kirche Notre Dame de Lorette kreuzten, unterschied sich Lac-Saint-Germain in nichts von unzähligen anderen Ortschaften dieser Art in der Provinz. Matthew hielt kurz auf dem Marktplatz vor dem Postamt an, um

wie abgesprochen dem Gemeinderatsvorsitzenden Henri Gardeaux sein Eintreffen mitzuteilen und nach dem Weg zur Methodistenkirche zu fragen.

»Wir werden schon erwartet!« rief er fröhlich, als er wieder zu seiner Familie in den Wagen stieg, um dann allerdings mit leichter Enttäuschung in der Stimme hinzuzufügen: »Aber unsere Kirche befindet sich ein gutes Stück außerhalb der Ortschaft.«

»Hast du denn etwas anderes erwartet?« fragte Emily.

Er seufzte. »Nein, ich weiß, daß für uns Methodisten die katholische Provinz Quebec die reinste Diaspora ist.«

Das schlichte Gotteshaus der Methodistengemeinde, das ausschließlich aus Holz errichtet war, lag am nordwestlichen Ortsrand direkt an der Landstraße, die hier dem Knick des Sees nach Westen folgte. Das Gebäude, das über einen kleinen Anbau verfügte, benötigte dringend einen neuen Anstrich. Eine genauere Inspektion würde zweifellos noch andere dringende Reparaturarbeiten aufdecken.

»Hier scheint in der Tat jemand mit viel Tatkraft gebraucht zu werden«, stellte Matthew mit grimmiger Genugtuung fest und hielt auf dem sandigen Vorplatz an. Er stellte den Motor ab, der jedoch mit heftigem Schütteln und Nachzünden reagierte, bevor er endlich verstummte.

Der Gemeindevorsteher und Vormann des örtlichen Sägewerks Henri Gardeaux, ein breitschultriger Mann Mitte Fünfzig mit Baskenmütze auf dem kahlen Kopf, buschigem Walroßbart und einem kalten Zigarrenstummel im Mundwinkel, erwartete sie schon vor der Kirche – gemeinsam mit Odette Bergeron. Die gleichfalls recht kräftige Person mit rundlichem Gesicht und schwarzem Haar, das sie streng nach hinten gekämmt und zu einem Schneckendutt hochgesteckt hatte, war Leiterin des Kirchenchors und in vielen Frauenkomitees aktiv. Beide trugen derbe Arbeitskleidung. Henri Gardeaux schwere Stiefel, Drillichhose und einen schwarzen Pullover aus grober Wolle, und

Odette Bergeron, die in der Eisenwarenhandlung ihres Schwagers arbeitete, ein blaugraues Wollkleid mit hochgeschlossenem Kragen, über das sie einen bunt geblümten ärmellosen Kittel gestreift hatte.
»Was für ein eindrucksvolles Begrüßungskomitee«, spöttelte Emily leise. »Und wie feierlich!«
»Es ist mitten in der Woche, Emily!« erwiderte Matthew, ihre Bemerkung deutlich mißbilligend. »Das ist keine reiche Gemeinde von Nichtstuern. Die Leute haben zu arbeiten. Seien wir froh und dankbar, daß überhaupt jemand da ist, um uns zu begrüßen und ein wenig zur Hand zu gehen.«
»Es war ja auch nicht böse gemeint, sondern nur ein Scherz«, murmelte Emily und wünschte, ihr Mann würde nicht immer jedes Wort auf die Goldwaage legen. Die Begrüßung durch Henri Gardeaux und Odette Bergeron fiel sehr herzlich aus.
»Wie schön, daß Sie endlich hier sind. Willkommen in Lac-Saint-Germain, Madame und Monsieur Whitefield!« rief er auf französisch, um dann sofort in einem fast akzentfreien Englisch fortzufahren: »Oder sollte ich lieber *Missis* und *Mister* Whitefield sagen?«
»Das wäre gewiß angebrachter, selbst wenn du nur auf den Tag wartest, da der Gottesdienst ausschließlich auf französisch abgehalten wird anstatt nur einmal im Monat, Henri«, meinte Odette Bergeron. »Immerhin ist dieses Tal überwiegend von britischen und nach der großen Hungersnot von 1848 vor allem von irischen Siedlern besiedelt worden, auch wenn französische Trapper und Händler diesem Ort schon lange zuvor seinen Namen gegeben haben.«
»Aus ihr spricht der Stolz des irischen Blutes mütterlicherseits«, warf Henri Gardeaux spöttisch ein.
»Und noch immer geben fast drei Viertel unserer Gemeindemitglieder der englischen Sprache den Vorzug!« fuhr die korpulente Frau mit den lebenslustig funkelnden Augen ungerührt fort.

»Das wird sich schon noch ändern, warte nur ab!« erklärte Henri Gardeaux lachend und erkundigte sich dann mit aufrichtigem Interesse, das auch Emily und der kleinen Jennifer galt, nach ihrer Reise und ihrem Befinden.

Matthew versicherte, daß sie trotz der langen Fahrt alle wohlauf und insbesondere dankbar seien, daß der alte Imperial klaglos durchgehalten habe. »Er kann nämlich manchmal ganz schreckliche Mucken haben.«

»Na, ganz so klaglos klang das eben nicht in meinen Ohren, als Sie den Motor abgestellt haben«, sagte Henri Gardeaux. »Und gequalmt hat er auch ganz ordentlich.«

Matthew zuckte die Achseln. »Ich verstehe leider nichts von Motoren«, bedauerte er.

Und für eine gründliche und längst fällige Überholung der Maschine fehlt uns das Geld, fügte Emily in Gedanken hinzu. Vom Ausbeulen der Türen und Kotflügel und dem Aufarbeiten des stumpfen Lacks mal ganz zu schweigen!

»Machen Sie sich darüber mal keine Sorgen, Mister Whitefield. Ihren Wagen kriegen wir schon wieder in Schuß!« versprach Henri Gardeaux. »Ich werde gleich morgen dafür sorgen, daß sich Jérôme Baxter Ihren Imperial vornimmt. Natürlich ohne daß es Sie einen Cent kostet. Er kriegt alles in Schwung, solange es nur mit Öl, Benzin oder Diesel betrieben wird. Motoren sind seine Leidenschaft.«

»Damit wäre uns natürlich ungemein geholfen«, sagte Matthew sichtlich erfreut über das großzügige Angebot.

Während Matthew und Henri Gardeaux nun ein Gespräch über die Gemeinde begannen, die nicht einmal hundert Familien umfaßte, die über einen Großteil der westlichen Talseite verstreut lebten, wandte sich Emily an Odette Bergeron. »Wo werden wir wohnen?« fragte sie. »Da vielleicht?«

Odette Bergeron folgte ihrem besorgten Blick, der auf den winzigen Kirchenanbau gerichtet war. »Um Gottes willen, nein! Der Anbau beherbergt nur ein kleines Pfarrbüro und einen

Lagerraum. Sie werden mit Ihrer Familie in dem Haus dort drüben leben!« Sie deutete die bucklige Schotterstraße hinunter auf eine kleine Farm mit grünen Schlagläden und grüngestrichenem Blechdach, das etwa zweihundert Meter von der Kirche entfernt auf einer baumbestandenen Anhöhe stand. »Es ist wahrlich kein Palast, und manches muß noch gerichtet werden, aber dafür haben Sie das ganze Haus für sich.«

»Oh, da fällt mir aber wirklich ein Stein vom Herzen!« gestand Emily mit großer Erleichterung und dachte an die beengten Wohnverhältnisse, mit denen sie sich in den vergangenen Jahren oft hatten begnügen müssen.

»Ich habe Durst, Mom!« meldete sich Jennifer.

Odette Bergeron strich dem Mädchen liebevoll über das Haar. »Wie unaufmerksam, dich einfach zu vergessen, nicht wahr? Aber du kannst gleich ein Glas frische Limonade bekommen.« Und zu Emily gewandt, sagte sie: »Ich habe vorsorglich ein paar Lebensmittel ins Haus gebracht, damit Sie am Tag Ihrer Ankunft nicht auch noch einkaufen gehen müssen, wo Sie doch mit dem Auspacken und Einräumen schon genug zu tun haben.«

Emily schenkte ihr einen dankbaren Blick. »Wie reizend von Ihnen. Das ist uns wirklich eine große Hilfe und sehr nett von Ihnen, Missis Bergeron. Wir wissen das sehr zu schätzen.«

»Ach, das ist doch selbstverständlich. Und sagen Sie doch bitte einfach nur Odette. So, und jetzt kommen Sie! Wir gehen schon mal zum Haus. Da kann ich Ihnen alles zeigen. Die Männer können ja mit dem Wagen nachkommen, falls Ihr Mann sich zuerst noch die Kirche ansehen will.«

Wenig später führte Odette sie und Jennifer durch das schlichte Farmhaus, das im Obergeschoß ein größeres Zimmer mit einem Waschkabinett und auf der anderen Seite des kurzen Flurs zwei kleinere Kinderzimmer aufwies. Was Emily an dem Haus ganz besonders gefiel, war die geräumige Küche, deren große Sprossenfenster rechts und links von der Hintertür in Richtung See hinausgingen. Bis zum Ufer waren es nicht mehr als hundert

Meter. Dieser wunderbar beruhigende Blick durch die Bäume auf das Wasser, das wußte sie im ersten Moment, als sie die Küche betrat, würde sie mit den vielen Nachteilen versöhnen, die das Leben in diesem Tal zweifellos mit sich bringen würde.

Henri Gardeaux und Odette Bergeron beließen es nicht allein dabei, sie im Namen der Gemeinde willkommen zu heißen und sie in ihrem neuen Zuhause einzuweisen, sondern packten auch tatkräftig mit an. Sie halfen, Wagen und Anhänger zu entladen und das Hab und Gut ins Haus zu tragen. Es war schon dunkel, als sie sich verabschiedeten und sich auf den Heimweg machten.

»Leider hat das Farmhaus keinen Telefonanschluß. Das wenige Geld wurde stets für wichtigere Dinge gebraucht«, bedauerte Odette Bergeron, als sie schon in der Tür stand. »Aber wenn Sie telefonieren wollen, zögern Sie nicht, zu uns zu kommen. Wir wohnen gleich schräg gegenüber von der Kirche, und Sie sind uns stets herzlich willkommen.«

Emily bedankte sich für das Angebot und schloß mit einem Lächeln die Tür hinter dieser warmherzigen Frau, die es ihr sicherlich um einiges leichter machen würde, sich hier einzuleben.

Jennifer schlief beim Abendbrot schon fast ein. Emily brachte sie danach gleich zu Bett. An diesem Abend brauchte sie ihrer Tochter keine Geschichte vorzulesen, fielen ihr doch schon die Augen zu, kaum daß sie unter die warme Decke gekrochen war. Emily und Matthew räumten und putzten noch eine gute Stunde, dann gaben auch sie der Müdigkeit nach und stellten die Arbeit für diesen Tag ein. Während Matthew sich noch im Bad zu schaffen machte, schlüpfte Emily schon aus dem Unterrock, hakte die Strumpfbänder auf und streifte die Unterwäsche vom Körper. Schon wollte sie nach ihrem langen Nachthemd greifen, als ihr Blick zufällig in den Spiegel über der Frisierkommode fiel und sie ihr nacktes Abbild darin sah.

Einige Sekunden lang stand sie reglos da und musterte sich im

Spiegel: ihre vollen Brüste, die sichtbare Rundung ihres Leibes und ihr buschiges krauses Schamhaar, das im schwachen Licht der Nachttischlampe rötlich schimmerte.

Sehe ich noch immer begehrenswert aus? fragte sie sich und dachte daran, daß Matthew schon über einen Monat nicht mehr mit ihr geschlafen hatte. Sie sehnte sich nach seiner körperlichen Liebe, auch wenn die Leidenschaft, die er in ihr weckte, nie jene erlösende Erfüllung fand, die Byron ihr geschenkt hatte.

Ohne den Blick von ihrem Abbild im Spiegel zu nehmen, berührten ihre Hände ihre Brüste, strichen über die sanfte Wölbung ihres Leibes und trafen sich dann über dem weichen Busch ihres Venushügels.

Ihr Körper schien plötzlich zu erwachen. Verflogen war die Müdigkeit. Erregung stieg wie eine warme Flut, die aus einer Quelle zwischen ihren Schenkeln gespeist wurde, in ihr auf.

In dem Moment kam Matthew aus dem kleinen Bad, in dem nur Platz für eine Person war. »Was tust du da?« fragte er verwirrt. Emily drehte sich um und präsentierte sich in ihrer ganzen Nacktheit. »Bin ich in deinen Augen schön, Matthew?« fragte sie. »Begehrst du mich noch immer?«

Er runzelte mißbilligend die Stirn. »Was sollen diese Fragen, Emily? Du solltest dich vor diesen Eitelkeiten hüten!« erklärte er, mußte dabei jedoch schlucken. »Wie kannst du dich nur so gehenlassen und dich ... splitternackt ins Licht stellen. Zieh dir dein Nachthemd über!«

Sie kam auf ihn zu. »Ich möchte aber, daß du mich so siehst«, flüsterte sie. »Und ich möchte, daß du heute mit mir schläfst.«

»Emily!« Er klang regelrecht erschrocken.

»Du möchtest es doch auch«, sagte sie und legte ihre Hand auf seine Pyjamahose. Deutlich spürte sie seine Erektion, was ihre Erregung nur noch steigerte. Und sie tat nun, was sie bisher noch nicht zu tun gewagt hatte: Sie übernahm die Initiative, schob ihre Hand durch den Schlitz der Hose und umfaßte sein steifes Glied.

Er zuckte zusammen unter ihrer Berührung. »Emily, bitte!« keuchte er. »Hast du vergessen, daß du schwanger bist?«
»Eine Schwangerschaft ist doch keine Krankheit, mein Schatz. Außerdem gibt es doch viele Möglichkeiten, um ... um es einander schön zu machen«, umschrieb sie verlegen ihren Wunsch nach sexueller Lust und streichelte ihn.
Einen Augenblick lang schien es so, als wollte Matthew ihrem Wunsch und seinem deutlichen Verlangen nachgeben. Doch dann gewann seine Prüderie wieder die Oberhand. Sein Körper straffte sich, und er entzog sich ihr, indem er sie von sich schob. »Wie kannst du nur so etwas tun? Schämst du dich denn nicht?« fragte er vorwurfsvoll.
»Vor dir, meinem Mann? Nein«, murmelte Emily und bekam dennoch einen hochroten Kopf.
»Das gehört sich einfach nicht, und jetzt zieh dir gefälligst dein Nachthemd über und mach das Licht aus, damit wir beten können«, fuhr er verdrossen fort und begab sich rasch auf seine Seite des Bettes. »Wir müssen unsere Leidenschaften unter Kontrolle halten und den Verlockungen des Teufels widerstehen, der uns mit dieser animalischen Lust in Versuchung zu führen versucht. Klarheit und Reinheit des Geistes wie des Körpers ist es, was wir mit all unseren Kräften anzustreben haben.«
Emily schwieg. Ihre Lippen folgten seinem Gebet automatisch, während sie mit ihren eigenen Gedanken wie mit Tränen zu kämpfen hatte.
Als sie schon einige Minuten im Bett lagen, schien er seine harschen Worte doch zu bereuen. Denn er berührte sie sacht am Arm und sagte versöhnlich: »Verzeih mir, wenn ich dich verletzt habe. Das lag nicht in meiner Absicht. Ich möchte nur, daß wir das Richtige tun und nicht der Sündhaftigkeit und Zügellosigkeit des Fleisches anheimfallen. Ich weiß, es ist nicht immer leicht, zu widerstehen. Aber ich weiß auch, daß du die Kraft dazu hast. Und wenn unser zweites Kind erst einmal zur Welt gekommen

ist, wird auch für … für das andere wieder Zeit sein.« Er machte eine kurze Pause und fragte dann in die Dunkelheit: »Sag, bist du mir noch böse, Emily?«

»Nein, ich bin dir nicht böse«, antwortete sie, und es entsprach auch der Wahrheit, denn es war nicht Ärger oder Wut, sondern Trauer, was sie empfand. Sie wußte, daß Matthew sie aufrichtig liebte. Leider nur auf seine Art, die von den wunderbar sinnlichen Freuden der Ehe nichts wissen wollte.

»Dann komm bitte noch eine Weile in meinen Arm«, bat er und zog sie an seine Brust.

Tapfer hielt Emily ihre Tränen zurück, während sie an ihn geschmiegt lag und noch immer das Verlangen in sich spürte, von ihm durchdrungen und erfüllt zu werden.

Als sein Atem ihr sagte, daß er in tiefen Schlaf gefallen war, rückte sie vorsichtig von ihm ab, um ihn nicht zu wecken, und glitt aus dem Bett. Auf Zehenspitzen schlich sie aus dem Zimmer und begab sich hinunter in die Küche. Sie warf sich eine warme Decke über die Schulter und goß sich den Rest Tee ein, der in der Metallkanne auf der Herdplatte stand und noch immer warm war. Mit dem Teebecher in der Hand setzte sie sich vor das Fenster und blickte hinaus auf den See Saint-Germain, der im schwachen Licht des aufgehenden Halbmondes glitzerte. Und dann löste er sich langsam in ihren Tränen auf.

28

Die Wehen setzten eine gute Woche früher als erwartet in einer Februarnacht ein, als ein Schneesturm über Charlevoix hinwegfegte und der einzige Arzt von Lac-Saint-Germain das Wochenende in Quebec verbrachte. Die Hebamme Eleanor Grimes, der viele einheimische Frauen zum Zeitpunkt ihrer Niederkunft den Vorzug vor dem jungen Arzt gaben, lebte in Moulinville, einer Ortschaft am Ostufer des Lac Saint-Germain. Als kurz nach Mitternacht der Anruf von Matthew kam, zögerte sie jedoch nicht einen Augenblick, sich in das gefährliche Schneegestöber hinauszuwagen. Da die Fahrt mit dem Auto um den See herum bei diesen Wetterverhältnissen unmöglich war, schnallte sie sich Skier unter die Füße und einen Rucksack auf den Rücken und machte sich auf den Weg quer über den zugefrorenen See. Matthew errichtete auf dem Westufer einen Stapel Holz, den er mit einem halben Kanister Benzin in Brand steckte. Das Feuer sollte der Hebamme helfen, auf dem Eis nicht in die Irre zu laufen. Bei dem dichten Schneetreiben, das in dieser Nacht herrschte, vermochte Eleanor Grimes die lodernden Flammen jedoch erst auszumachen, als sie sich schon in der Nähe des Ufers befand.

Emily hatte eine lange und schwere Geburt, die ohne den Beistand der kundigen Hebamme zweifellos einen für Mutter und Kind lebensgefährlichen Ausgang genommen hätte. Als sie schließlich ihr zweites Kind, einen kraftstrotzenden Sohn, im ersten Licht des neuen Tages zur Welt brachte, hatte sich auch der Schneesturm gelegt. Der Morgen brachte friedvolle Stille, als wäre auch die Natur von ihrem Toben erschöpft.

Matthew war über die Geburt seines Sohnes außer sich vor Stolz und Freude, während Emily Glück und Dankbarkeit erfüllten, dieses Kind ausgetragen und gesund geboren zu haben. Die Furcht vor einer weiteren Fehlgeburt wie die vor knapp zwei Jahren und die Erinnerung daran, wie oft ihre Mutter solch ein traumatisches Erlebnis hatte durchmachen müssen, hatten sie während ihrer ganzen Schwangerschaft nicht verlassen.

»Wir werden unseren prächtigen Stammhalter auf den Namen Chester taufen, so wie mein Vater geheißen hat«, erklärte Matthew strahlend, das in warme Tücher eingewickelte Baby auf

dem Arm. »Natürlich nur, wenn es auch dir recht ist, mein Liebes!«
Emily hätte sich einen weniger derb maskulinen Namen gewünscht, Jonathan oder Anthony zum Beispiel. Aber wie konnte sie ihrem Mann seinen Herzenswunsch verwehren, das Kind nach seinem verstorbenen Vater zu benennen, wenn er sie mit einer solch überschwenglichen Freude und Erwartung anblickte? Und so wurde ihr Sohn also auf den Namen Chester getauft.
Ganz im Gegensatz zu Jennifer, die schon von Geburt an eine etwas schwächliche Konstitution besessen hatte, in den ersten beiden Lebensjahren oft krank gewesen war und schnell zur Unleidlichkeit neigte, erwies sich Chester als unkompliziertes und robustes Baby. Er schrie wenig und war meist damit zufrieden, in seiner Wiege zu liegen und verträumt in die Welt zu blicken, wenn er nicht gerade in Schlaf versunken war oder mit seligem Blick an Emilys Brust lag.
... Wie wunderbar, daß wir jetzt auch einen Enkelsohn haben! Du mußt uns mit Jennifer und dem kleinen Chester unbedingt besuchen kommen, mein Kind, drängte ihre Mutter natürlich sofort in ihrem nächsten Brief, um sie nicht ohne Vorwurf daran zu erinnern: *Es ist jetzt immerhin schon über zwei Jahre her, seit wir Dich das letztemal gesehen haben, und Kinder wachsen doch so rasch heran. Allzuschnell werden sie erwachsen, und dann gehen sie aus dem Haus, um nur zu selten den Weg zu ihren Eltern zurückzufinden ...*
Emily hatte ihre Eltern in den fünfeinhalb Jahren, die seit ihrer Heirat und ihrem Abschied von Prince Edward Island verstrichen waren, nur zweimal besucht. Das erstemal im Herbst nach der Geburt von Jennifer, das zweitemal kurz nach ihrer Fehlgeburt, als sie ihr Kind im vierten Monat verloren hatte. Beide Aufenthalte hatten ihr, bis auf die ersten Tage des Wiedersehens, wenig Freude bereitet. Leonora hatte ihre Tochter kaum eines Blickes gewürdigt, dafür aber an allem, was bei Kleinkindern völlig normal war, etwas auszusetzen gehabt. Und ihr Vater hatte sie wieder so behandelt, als wäre sie noch immer sein Mündel,

das zu kuschen habe, und nicht eine verheiratete Frau und Mutter eines Kindes.
Nein, sosehr sich Emily manchmal auch nach der Insel sehnte, es zog sie doch wahrlich nicht in ihr Elternhaus zurück, und schon gar nicht mehrere Wochen lang, wie ihre Mutter sich das wünschte. Ein paar Tage konnte sie ja ertragen, aber ein so kurzer Aufenthalt lohnte dann einfach nicht die lange und nicht eben billige Anreise. Aber ihrer Mutter zuliebe, die sich wirklich nach ihr sehnte und ihr regelmäßig schrieb, versprach sie, in diesem Sommer mit ihren Kindern ein paar Wochen in Summerside zu verbringen. Sowie sie Chester nicht länger stillte, wollte sie auf die Insel kommen. Jennifer machte der freudigen Erwartung ihrer Oma jedoch zwei Tage vor der Abreise einen Strich durch die Rechnung, als sie plötzlich hohes Fieber bekam und der Arzt bei ihr Masern feststellte. Kaum davon genesen, holte sie sich einen Schnupfen und kränkelte bis in den Herbst hinein, so daß Emily die Reise nach Summerside guten Gewissens auf das nächste Jahr verschieben konnte.
Leonora nahm das zum Anlaß, um in einem Brief eine ihrer spitzen Formulierungen, was ihre Qualitäten als Mutter anging, anzubringen. Denn der Kluft zum Trotz, die sich zwischen ihnen aufgetan hatte, ließ ihre Schwester sich zu Emilys Überraschung gelegentlich doch dazu hinreißen, ihr einen Brief zu schreiben. Der natürlich meist mit bissigen Bemerkungen gespickt war. So schrieb ihre Schwester diesmal in Anspielung auf Jennifers ständiges Kränkeln:

… Vielleicht solltest Du einmal fachkundigen Rat bei einer wirklich erfahrenen Mutter einholen, wie Du Deine Kinder zu ernähren und großzuziehen hast, damit sie nicht jedesmal beim kleinsten Luftzug auf der Nase liegen und solch ein Gejammer veranstalten. Aber vielleicht kommt das ja noch mit den Jahren, wenn Du erst richtig in die Schuhe der Mutterschaft hineingewachsen bist, die im Augenblick wohl noch etwas zu groß für Dich sind, wie Vater vermutet. Du kannst

von Glück reden, einen so aufopferungsbereiten und verständnisvollen Mann wie Matthew an Deiner Seite zu wissen und als Frau eines Reverend vielfältige Unterstützung aus der Gemeinde zu erhalten. Das ist schon etwas anderes, als in Kriegszeiten eine Tuchhandlung wie die unsrige zu führen, um die Existenz zu sichern. Ach, da fällt mir noch etwas ein, was mir am Freitag auf dem Fischmarkt am Stand von Pat Mahony zu Ohren gekommen ist: Dein einstiger Schwarm Byron, der soviel Unglück über uns gebracht hat, ist ins kanadische Freiwilligenkorps eingetreten. Es heißt, er sei jetzt irgendwo in einem Camp der Air Force, wo Kampfflieger ausgebildet werden. Ich bin sicher, daß er seine Sache blendend machen und ordentlich unter den Feinden der Alliierten aufräumen wird. Die nötige Rücksichtslosigkeit und Brutalität dafür besitzt er ja, wie wir aus eigener Erfahrung wissen. Damit will ich es für heute belassen, denn auf mich wartet noch ein Berg Bügelwäsche und anderes, was erledigt werden muß. Seit Mutter ihre Herzbeschwerden hat, bleibt immer mehr Arbeit an mir hängen. Aber ich will Dir nicht mein Leid klagen. Du hast ja selbst genug um die Ohren, auch wenn es nur zwei kleine Kinder sind, für die Du zu sorgen hast, wogegen ein gelähmter Vater und eine Mutter, die den Haushalt immer mehr schleifen läßt und sich auf mich verläßt, bei weitem andere Anforderungen stellen. Aber es kann ja nun mal nicht jeder mit derselben Kraft und Fähigkeit gesegnet sein, auf die unsere Eltern sich immer mehr verlassen.

Vergiß bitte nicht, Matthew ganz herzlich von mir zu grüßen. Ich wette, er ist ein ganz wunderbarer Vater und Dir in dieser schweren Zeit mit seiner Geduld und seinem Verständnis eine große und sehr nachsichtige Stütze.

Deine Schwester Leonora

Dieser Brief traf in jenen Herbsttagen bei Emily ein, als ihre Freundin Caroline aus Boston anreiste, um sie in Lac-Saint-Germain über das lange Labour-Wochenende zu besuchen.
Ohne die ausgezeichneten gesellschaftlichen Verbindungen ihrer vermögenden Mutter hätte Caroline nach dem Studium

keine Chance gehabt, eine ihrer Ausbildung adäquate Stelle zu finden. Auch nicht mit dem exzellenten Examen, das sie vorweisen konnte. So aber war sie dank der elterlichen Beziehungen im renommierten Bostoner Kunst- und Auktionshaus Atkins, Blackburn & Croft untergekommen, das in der Branche gemeinhin unter dem Insiderkürzel ABC firmierte.

»Ich glaube, meine Mutter hat mit William Blackburn Junior, der diesen idiotischen Beinamen noch immer trägt, obwohl er doch schon Mitte Fünfzig ist, ein Verhältnis. Sonst hätte sie mich da auch wohl kaum unterbringen können!« hatte sie Emily bei ihrem letzten Wiedersehen vor einem Dreivierteljahr mit der ihr eigenen Offenheit berichtet, bevor sie ihre Stelle in der Abteilung angetreten hatte. Ihre Aufgabe war, sich mit Gutachten und der Zusammenstellung von Auktionskatalogen zu beschäftigen, Kundenkontakt hatte sie kaum. »Denn eine Frau im Rollstuhl, auch wenn sie mütterlicherseits dem unerträglich selbstherrlichen und snobistischen Bostoner Mayflower-Adel entstammt, möchte man bei Atkins, Blackburn & Croft der zahlungskräftigen und oft sehr empfindlichen Kundschaft natürlich nicht zumuten. Aber ich will nicht klagen. Ich bin dankbar, daß ich überhaupt arbeiten darf und das notfalls sogar ohne Bezahlung tun könnte.«

Und nun, fast ein Jahr später, hatte Caroline die umständliche und für sie doch recht beschwerliche Reise nach Lac-Saint-Germain auf sich genommen, um ihre Freundin endlich einmal wiederzusehen. Wobei beide Frauen wußten, daß Matthew über diesen Besuch alles andere als erbaut war, auch wenn er die Höflichkeit wahrte. Schon als Caroline kurz nach der Geburt von Jennifer in Trois-Rivières erstmals einige Tage bei ihnen zu Gast gewesen war, hatte sich Matthew an der selbstbewußten Direktheit gestoßen, wie Caroline ihre Meinungen ihm gegenüber zu behaupten wagte.

»Wie kann Leonora sich nur diese Unverschämtheit herausnehmen, mich als völlig untaugliche Mutter hinzustellen! ›Wenn ich

erst in die Schuhe der Mutterschaft hineingewachsen bin‹! Das ist ja unerhört«, empörte sich Emily an diesem Septembertag und reichte Caroline den Brief, der mit der Mittagspost eingetroffen war. »Hier, lies selbst!«
»Nun reg dich doch nicht so auf«, versuchte Caroline ihre Freundin zu beruhigen. »Du weißt doch, wie gern deine Schwester ihre kleinen Sticheleien anbringt.«
»Das sind keine kleinen Sticheleien mehr, sondern ganz gemeine Beleidigungen!« rief Emily wutentbrannt. »Ich brauche nicht in die ›Schuhe der Mutterschaft‹ hineinzuwachsen. Ich bin seit über fünf Jahren Mutter, ganz im Gegensatz zu ihr. Welch eine Frechheit, sich solche Bemerkungen herauszunehmen! Als ob ich dafür verantwortlich bin, daß Jennifer schnell zu allen möglichen Erkrankungen neigt. Und diese zuckersüße Art, wie sie Matthew in den Himmel hebt, damit ich um so dümmer und einfältiger dastehe, ist ja wohl die Höhe!«
Caroline überflog den Brief. »Leonora hat wirklich ein Händchen dafür, ihre Gehässigkeiten in scheinbare Komplimente und angeblich gutgemeinte Ratschläge zu verpacken«, räumte sie ein. »Aber dennoch solltest du dir das nicht so sehr zu Herzen nehmen. Ich vermute mal, daß deine Schwester in Wirklichkeit neidisch auf dich und dein Leben ist, neidisch auf deinen Mann und deine Kinder.«
»Ach was, sie ist ein gehässiges Miststück, sie hat mir nie auch nur das Schwarze unter dem Fingernagel gegönnt!« stieß Emily erregt hervor, riß ihrer Freundin den Brief aus der Hand, knüllte ihn zusammen und warf ihn in den Kamin, wo das prasselnde Feuer ihn in Sekundenschnelle verschlang.
»Sie ist neidisch, glaube mir!« versicherte Caroline. »Ich bin es ja auch, wenn ich ganz ehrlich bin.«
»Du?« Emily mußte unwillkürlich lachen. »Red doch keinen Unsinn! Du siehst doch, wie armselig wir leben. Diese Gemeinde zählt gerade mal hundertzwanzig Familien, von denen weniger als die Hälfte hier im Ort wohnt. Das ist eine winzig kleine,

versprengte Herde von Methodisten in einem Meer von Katholiken, und Matthew muß sich gewaltig abstrampeln, um wenigstens die Finanzierung der notwendigsten Kirchenaufgaben zu sichern.«
»Das mag ja alles sein, aber du hast jedenfalls einen Mann und zwei reizende Kinder«, erwiderte ihre Freundin.
»Und du hast studiert und einen tollen Beruf!«
Caroline lächelte nachsichtig. »Und das reicht, um mit mir tauschen zu wollen?«
Emily wich dem Blick ihrer Freundin verlegen aus. »Ach was, wir haben beide wirklich allen Grund, dankbar zu sein für das, was wir haben«, versicherte sie hastig und wechselte dann schnell das Thema, indem sie vorschlug: »Komm, laß uns die letzten Sonnenstrahlen noch nutzen und einen Spaziergang durch den Wald machen. Es gibt einen schönen Weg, der direkt am Seeufer entlangführt.«
Auf ihrem Streifzug erinnerten sie sich nicht nur unter viel Gelächter an gemeinsame Zeiten in Summerside und Charlottetown, sondern sie erzählten einander auch von ihrem gegenwärtigen Leben. Dabei gestand Emily ihrer Freundin, daß sie doch manches in ihrer Ehe mit Matthew vermißte.
»Leidenschaft?« fragte Caroline, die dezente Hinweise zu deuten verstand.
Emily errötete. »Ja, die auch«, gestand sie. »Aber was ich noch viel mehr vermisse, ist dieses ... dieses tiefe Gefühl der inneren Verbundenheit, das über alle Zweifel erhaben ist und dir die unerschütterliche Zuversicht gibt, gemeinsam im Sturmwind der Zeit bestehen zu können, gemeinsam alle Probleme zu meistern, die noch so auf einen zukommen werden.«
»Und diese Verbundenheit vermißt du in deiner Ehe?«
Emily nickte traurig. »Ich weiß, daß Matthew mich auf seine Art liebt, und ich bin auch für vieles, was unser Leben ausmacht, wirklich dankbar, von Jennifer und Chester ganz zu schweigen«, versicherte sie. »Die Kinder sind ein Segen, für uns beide. Aber

es fällt mir immer schwerer, mir diese Selbstbeherrschung aufzulegen und den Erwartungen gerecht zu werden, die Matthew an mich als Ehefrau stellt, wobei die Betonung auf Ehefrau eines Reverend der methodistischen Kirche liegt. Du weißt, wie hoch seine Ansprüche sind.«

»Ich würde nicht von Ansprüchen reden, sondern von den Überspanntheiten eines ausgemachten Puritaners, der dem Leben jegliche sinnliche Freude austreiben will und somit auch gut zu den Baptisten oder gar Quäkern zählen könnte!«

»Ja, damit habe ich schwer zu kämpfen. Und je länger wir verheiratet sind, desto weniger kann ich mich mit dieser Art von ... vernunftbestimmter Liebe abfinden«, sagte Emily bedrückt. »Die Vorstellung, daß so die restlichen Jahrzehnte meines Lebens aussehen sollen, macht mir manchmal regelrecht angst.«

Eine Weile gingen sie schweigend nebeneinander her. Dann fragte Caroline unverhofft: »Denkst du noch oft an Byron?«

Emily zögerte einen langen Moment mit ihrer Antwort, denn sie rang mit der Wahrheit. »Ja, ich denke immer wieder mal an Byron, und zwar in den letzten Monaten öfter als in all den Jahren davor zusammengenommen«, gab sie schließlich zu.

Das Farmhaus tauchte vor ihnen zwischen den Bäumen auf, und sie hörten das Splittern von Holz, das Matthew hinter dem kleinen Schuppen gerade mit wuchtigen Axtschlägen spaltete. Was immer Emily zu diesem Thema noch hatte sagen wollen, behielt sie für sich. Im Angesicht ihres Hauses und ihres Ehemannes und Vaters ihrer geliebten Kinder schämte sie sich plötzlich ihrer Klagen, die ihr auf einmal beschämend kleinlich schienen. Sie kam sich undankbar und charakterlos vor, verabscheuungswürdig wie eine Verräterin.

Matthew und Caroline bemühten sich an diesem Wochenende, den trügerischen Frieden nicht durch das Anschneiden von kontroversen Themen zu gefährden. Sie wußten, wie dünn das Eis dieses mühsam aufrechterhaltenen Waffenstillstands war, auf dem sie sich bewegten. Matthew machte es sich und Caroline einfach, indem er sich nur zu den Mahlzeiten zeigte und sich für den Rest der Zeit mit anderen Dingen beschäftigte, die er angeblich zu erledigen hatte und die ihn fern von Caroline hielten.

All diesen Vorsichtsmaßnahmen zum Trotz kam es am Sonntagabend, als die Kinder schon längst in ihren Betten lagen, dann doch noch zu einem erbitterten Streit. Es begann damit, daß Matthew zufällig den Kunstband über europäische Maler zur Hand nahm, den Caroline Emily aus Boston als Geschenk mitgebracht hatte.

»Das Buch nimmst du besser wieder mit, Caroline«, sagte er mit ärgerlich gerunzelter Stirn, kaum daß er darin geblättert hatte. »Es paßt nicht in unsere Bibliothek.«

»Wieso denn das?« fragte Caroline verdutzt.

»Weil es der Eitelkeit und der moralischen Zersetzung unserer Gesellschaft Vorschub leistet! Und weil ich nicht will, daß es meinen Kindern zufällig in die Hände fällt«, erklärte er gereizt.

»Wie bitte?« Plötzlich verstand Caroline. »Oh, ich verstehe! Dir sind die paar Abbildungen von Gemälden unangenehm, die männliche und weibliche Akte zeigen, nicht wahr?«

»In der Tat!« bestätigte er ärgerlich. »Und ich dulde Publikationen mit derart schamlosen Darstellungen nicht in meinem Haus. Das sollte dir genügen.«

»Aber das sind doch weltberühmte Gemälde, anerkannte Kunstwerke!« wandte Emily nun ein. »Du kannst doch nicht die Bilder von Rubens oder Gauguin als schamlose ...«

»Ich kann sehr wohl!« schnitt Matthew ihr das Wort ab. »Solche Bücher können meinetwegen in Bibliotheken stehen, aber in einem anständigen Haushalt, zu dem minderjährige Kinder gehören, haben sie nichts zu suchen.«

Caroline verdrehte die Augen. »Mein Gott, du stellst dich ja schlimmer an als der alte Calvin persönlich! Mußt du denn immer alles so gräßlich puritanisch verklemmt sehen?«

Matthew verwahrte sich mit großer Empörung gegen diese, wie er sagte, lächerliche Unterstellung und hielt ihr vor, offenbar kein Empfinden für die wahren Werte und Tugenden zu haben, die den Menschen auszeichnen. Außerdem würde sie mit ihrer unverantwortlichen geistigen Haltlosigkeit dazu beitragen, daß die moralische Verlotterung der Gesellschaft, insbesondere jedoch der Jugend, immer bedrohlichere Ausmaße annehme.

Nun platzte Caroline der Kragen. Sie gab dem schon lange gehegten Wunsch nach, ihm einmal ordentlich die Meinung zu sagen, ihm seine Prüderie und Freudlosigkeit, die sich hinter seiner Sittenstrenge verbarg, ins Gesicht zu schleudern. »Wofür hat Gott uns denn unsere Sinne und unsere Sinnlichkeit gegeben?« fragte sie zum Schluß rhetorisch. »Nur um uns wie ein göttlicher Folterer endlos in Versuchung zu führen und unser Leben lang mit verbotenen Früchten zu quälen – und um uns nach unserem Tod guten Gewissens der Hölle übereignen zu können? Ist das vielleicht der Gute Hirte, der unendlich barmherzige Gott, von dem das Neue Testament erzählt und den du verkünden sollst? Himmelherrgott, was für ein erbärmlich trauriges Bild du doch von unserem Heiland und Erlöser hast! Deine Gemeinde tut mir wirklich leid – und deine Familie noch viel mehr!«

Matthew funkelte sie mit vor Zorn gerötetem Gesicht an. »Wage es bloß nicht, dich mit deinen ebenso dümmlichen wie sittenlosen Reden auch noch zu Fragen der Theologie zu äußern! Es reicht völlig, daß du mit deinen Äußerungen zum Sittlichen beweist, wie erschreckend wenig du davon verstehst!« beschied er sie.

»Da muß man wirklich kein Theologe oder gar Geistlicher sein, sondern man braucht nur seinen gesunden Menschenverstand sowie Augen und Ohren aufzumachen, um zu sehen und zu hören, daß du mit deinen so freudlosen und auf Sittenstrenge getrimmten Predigten die wahre Botschaft des Evangeliums schändlichst verfälschst!« schleuderte sie ihm entgegen. »Statt den Menschen Hoffnung zu machen, ihnen von Gottes Gnade und Liebe zu erzählen und ihre Freude am Leben zu stärken, säst du Furcht vor einem Gott des Strafgerichts und Schuldgefühle! Mein Gott, predige doch endlich einmal über das Schöne dieser Welt, über die Lust am Leben und das Wunder der Liebe, wozu alles gehört, was Gott uns geschenkt hat, angefangen von unserer Nacktheit bis hin zu der wunderbaren Sinnlichkeit und Leidenschaft …«

»Das reicht!« donnerte Matthew. »Ich lasse mich nicht von dir belehren. Das muß ich mir von einem Gast in meinem eigenen Haus nicht bieten lassen! Wer sich so rücksichtslos verhält, ist unter meinem Dach ebensowenig geduldet wie dieses Buch. Wenn du nicht weißt, was Anstand ist, wird es Zeit, daß du dir darüber Gedanken machst. Eine gute Nacht – und eine gute Abreise!« Damit stürmte er aus dem Zimmer.

Bleich saß Emily in ihrem Sessel. Auf ihre Versuche, den Streit zu schlichten, bevor er so außer Kontrolle geriet, hatte keiner von beiden reagiert. Nun waren auf beiden Seiten bittere und verletzende Worte gefallen, die selbst eine Entschuldigung nicht ungeschehen machen konnte. Das Porzellan war zerschlagen. Unwiderruflich. Matthew würde nie mehr erlauben, daß Caroline sie besuchen kam.

Das dämmerte nun auch Caroline. »Es tut mir leid, Emily«, entschuldigte sie sich zerknirscht. »Wie konnte ich mich bloß dazu hinreißen lassen, ihn so aggressiv anzugreifen. Das war unverzeihlich.«

Emily seufzte und ließ den Kopf hängen. »Es gibt nichts zu verzeihen, Caroline«, antwortete sie leise. »Matthew hat das herausgefordert, aber es ist nicht klug von dir gewesen, daß du die Herausforderung angenommen hast.«

»Er wird mich jetzt wohl nicht wieder ins Haus lassen, was meinst du?«

»Nein, sicher nicht«, bestätigte Emily ohne zu zögern.

Matthew erwähnte die häßliche Auseinandersetzung mit keinem

Wort, als Emily eine halbe Stunde später die Tür des Schlafzimmers hinter sich schloß und sich auszukleiden begann. Er sagte überhaupt kein Wort. Stumm lag er im Dunkel da. Ihr war, als könne sie den kochenden Zorn, der zweifellos in Matthew wallte, förmlich mit den Händen greifen. Das ganze Zimmer schien damit angefüllt zu sein und ihr den Atem nehmen zu wollen. Als sie in ihrem langen Flanellnachthemd aus dem angrenzenden Waschkabinett kam, konnte sie sein wutgeschwängertes Schweigen nicht länger ertragen. »Ich werde morgen eine Stunde früher aufstehen«, sagte sie. »Ich bringe Caroline zur Bahnstation, werde aber rechtzeitig zum Frühstück wieder zurück sein.«
»Gut!« tönte die grimmige Stimme ihres Mannes aus der Dunkelheit. »Und sorge bitte dafür, daß ich diese Person nie wieder in meinem Haus zu Gesicht bekomme. Ich wünsche dir eine gute Nacht, Emily!«
»Ja, ich dir auch«, murmelte Emily automatisch, obwohl sie wußte, daß ihr wieder einmal zermürbende Stunden bevorstanden, in denen sie sich ruhelos von einer Seite auf die andere wälzen und das Gehirn zermartern würde, was sie nur falsch gemacht hatte und wie ihr Leben wohl verlaufen wäre, wenn ... ja, wenn sie mit Byron nur früh genug durchgebrannt wäre.
In den folgenden Wochen litt Emily zunehmend unter schlechtem Schlaf. Sie erwachte regelmäßig bereits in den frühen Morgenstunden lange vor Tagesanbruch. Danach vermochte sie nicht wieder einzuschlafen, und nach einer Weile des nutzlosen Herumwälzens hielt es sie meist nicht länger im Bett. Deshalb gewöhnte sie es sich bald an, in die Küche hinunterzugehen, das Feuer im Herd zu entfachen und sich frischen Tee aufzugießen, mit dem sie dann am schweren Holztisch vor dem Fenster saß.
Eines Tages, als der Schnee schon einen Fuß hoch lag, holte sie ihre Tagebücher und alten Kladden hervor, in die sie während ihrer Internatszeit Gedichte, Kurzgeschichten und Entwürfe für allerlei ehrgeizige Romanprojekte gekritzelt hatte. Zu einer

Idee, auf die Nicholas sie damals in »Megan's Tearoom« von Charlottetown mit seinen Geschichten über die gefährlichen winterlichen Passagen der Eisboote gebracht und der sie den Titel »Across the Icy Strait« gegeben hatte, kehrten ihre Gedanken immer wieder zurück. Und plötzlich verlangten die Gestalten, die in ihrer Phantasie zum Leben erwachten, so drängend danach, festgehalten und zu Papier gebracht zu werden, daß Emily an einem Novembermorgen um kurz nach fünf schließlich damit begann, sich an ihrem ersten Roman zu versuchen.

29

Wenige Wochen später, früh am Morgen des siebten Dezember 1941, unternahm die japanische Luftwaffe einen ebenso überraschenden wie massiven Bombenangriff auf Pearl Harbor und andere amerikanische Militärbasen auf den Inseln von Hawaii. Die Vereinigten Staaten verloren innerhalb weniger Stunden einen Großteil ihrer Flotte im Pazifik. Neunzehn Kriegsschiffe und hundertzwanzig Flugzeuge gingen im japanischen Bombenhagel in Flammen auf, und zweieinhalbtausend amerikanische Soldaten fanden in dem Inferno den Tod. Daraufhin erklärte Präsident Roosevelt Japan sowie den beiden anderen Achsenmächten, Deutschland und Italien, den Krieg.
Auch Kanada wurde tiefer in den mörderischen Strudel des Zweiten Weltkriegs hineingezogen, obwohl es vorerst noch die Zwangsrekrutierung von Soldaten vermeiden und sich auf freiwillige Truppen stützen konnte. Doch wie beim großen Bruder USA, wo sich nun eine gigantische Kriegsmaschinerie in Gang setzte, die nicht nur die Wirtschaft mit ihrer Rüstungsindustrie betraf, sondern auch alle Bereiche des öffentlichen wie privaten

Lebens, so unternahm auch die kanadische Gesellschaft in ihrer Gesamtheit einen gewaltigen Kraftakt, um ihren Anteil im erbitterten Kampf gegen Hitler und seine Verbündeten zu leisten. Kriegsanleihen zu kaufen gehörte ebenso zu den Selbstverständlichkeiten nationalen Stolzes, wie sogenannte Victory Gardens anzulegen, in denen man privat zumindest einen Teil all jener Produkte zog, die zunehmend rationiert und für die Versorgung der Truppen in Übersee benötigt wurden. Was auf den Wochenmärkten und in den Lebensmittelgeschäften bald besonders rar wurde und nur noch auf Marken in bescheidenen Portionen bezogen werden konnte, waren vor allem Fleisch, Zucker und Butter. Aber auch viele andere Güter, die es bislang im Überfluß gegeben hatte, verwandelten sich für die Zivilbevölkerung fast über Nacht in Mangelware, die man über die Rationierung hinaus bestenfalls noch auf dem Schwarzmarkt zu horrenden Preisen kaufen konnte.

Zu diesen streng rationierten Gütern zählte bald auch Benzin. Besitzer privater Autos, die ihren Wagen nicht zur Erledigung kriegswichtiger Arbeiten benötigten, erhielten pro Woche nur noch drei Gallonen zugewiesen, was bei dem enormen Verbrauch der Motoren die Bewegungsfreiheit drastisch einschränkte.

»Wenn das so weitergeht, bin ich bald wirklich gezwungen, das Angebot von Maurice Dallaire anzunehmen und meine Runden mit dem Pferdewagen zu machen, den er mir zur Verfügung stellen will«, grollte Matthew, der mindestens die dreifache Menge Benzin brauchte, um den Kontakt zu seinen weit verstreut lebenden Gemeindemitgliedern aufrechtzuerhalten. Zwar überließen ihm einige besonders treue Kirchgänger zu Beginn der Rationierung immer noch einen Teil ihrer Marken für einige zusätzliche Gallonen Benzin, aber diese anfängliche Großzügigkeit ließ doch schnell nach, als der Eigenbedarf dringlicher wurde und die Schwarzmarktpreise immer höher kletterten.

Als Ehefrau eines Reverend hatte Emily nie unter einem Mangel an Aufgaben zu klagen gehabt. Ganz im Gegenteil, wurde doch ihre unermüdliche Mitarbeit bei Chorproben sowie ihr federführender Einsatz bei den alljährlichen Spendenaktionen, Gemeindefesten, Bazaren, Laienspielaufführungen, Kindersportfesten, Teegesellschaften und Bridge-Abenden und anderen Wohltätigkeitsveranstaltungen als selbstverständlich erwartet. Das einzige, was sie zu Matthews Enttäuschung beharrlich ausgeschlagen hatte, war ihre Mitwirkung an den wöchentlichen Bibelstunden und in der Sonntagsschule. Sie wollte weder Frauen noch Kinder im Glauben unterweisen. Allein schon die Vorstellung löste in ihr eine heftige Abwehrreaktion aus. »Nein, dieser Aufgabe fühle ich mich nicht gewachsen«, erklärte sie schon in den ersten Monaten ihrer Ehe und ließ sich auch durch gutes Zureden nicht von ihrer starren Ablehnung abbringen – weder an jenem Tag, als Matthew sie zum erstenmal zu überreden versuchte, noch in den Jahren danach. »Dafür fehlt mir nicht nur das fundierte theologische Wissen, sondern auch das nötige Talent. Vor einer Klasse zu stehen und zu unterrichten, ist nicht meine Sache.«

Mit dem Krieg nahm die Last der Pflichten, die Emily neben ihren Aufgaben als Mutter und Hausfrau zu tragen hatte, noch um einiges zu. Überall im Land wurde zu Sammelaktionen aufgerufen, für die Poster, Zeitungsannoncen und Rundfunkspots mit dem bald geflügelten Spruch »Von der Bratpfanne an die Front!« warben. Diese Kampagnen richteten sich in erster Linie an all die Frauen, die nicht zur Arbeit in der Rüstungsindustrie rekrutiert wurden. Wer sich nicht zum Freiwilligen Frauenkorps gemeldet hatte und auch keinen Arbeiteroverall anzog, um in Munitionsfabriken und Stahlwerken seinen Beitrag zum Krieg zu leisten, der sollte zumindest Papier, Fett, Glas, Altmetall, Gummi, Lumpen und Knochen sammeln und an zentralen Stellen zur Wiederverwendung für die Kriegsproduktion abgeben.

Auch in Lac-Saint-Germain wurden Sammelstellen eingerich-

tet, und daß Emily mit gutem Beispiel voranging und auch in den Frauenkomitees mitarbeitete, erachtete nicht nur Matthew als Selbstverständlichkeit. Offensichtlich war man der Überzeugung, daß sich bei ihr nun einmal patriotische Pflicht mit dem selbstlosen Einsatz verband, den man von der mustergültigen Ehefrau eines Geistlichen erwarten durfte.
Je mehr Emily nun von ihren Kindern, dem Haushalt und ihren vielfältigen anderen Aufgaben in Anspruch genommen wurde, desto mehr schätzte sie die anderthalb Stunden, die sie am frühen Morgen in der Küche ganz für sich allein hatte. Wie müde sie beim Aufstehen auch sein mochte, so lebte sie doch förmlich auf, wenn sie mit ihrem Becher frischem Tee am Tisch vor dem großen Sprossenfenster saß, ihre Kladde aufklappte und an ihrer Geschichte über die gefährlichen Passagen mit den Eisbooten von Prince Edward Island weiterschrieb.
Diese anderthalb Stunden wurden zu einer Oase, in der ihre Seele Ruhe fand und sie Kraft für den neuen Tag gewinnen konnte. Und nicht selten ertappte sie sich tagsüber dabei, daß sie diese wunderbare Zeit der schöpferischen Stille herbeisehnte, wenn ihre Familie noch in tiefem Schlaf lag, während die Natur bereits erwachte. Dabei liebte sie alle Jahreszeiten gleichermaßen. Ob nun Frühling, Sommer, Herbst oder Winter, jede Jahreszeit brachte die ihr eigenen Wunder der Natur hervor, die sich vor ihren Augen entfalteten. Und der See bot einen Anblick, der sich mit jedem Tag, ja manchmal sogar stündlich änderte und dessen sie nie müde wurde.
Mit ihrer Geschichte kam Emily nur langsam voran, was sie jedoch nicht im mindesten bekümmerte. Daß ihr Manuskript nur sehr gemächlich an Seiten wuchs, lag unter anderem auch daran, daß ihre Gedanken oft abschweiften und sich in Erinnerungen an ihre Kindheit und Jugend auf Prince Edward Island verloren, ihrer geliebten Insel im blauen Strom des Sankt Lorenz.
Wie sehr ihr Herz an ihrer Heimat hing und wie viele kostbare

Erinnerungen sie damit verband, dessen wurde sie sich in diesen stillen Morgenstunden im Farmhaus am Lac Saint-Germain so nachdrücklich bewußt wie nie zuvor. Auch wurde ihr erstmals schmerzlich klar, daß sie an diesem Ort mittlerweile zwar einige nette Bekanntschaften gemacht hatte, die man bei großzügiger Auslegung des Wortes fast schon als Freundschaften hätte bezeichnen können und zu denen insbesondere Odette Bergeron zählte, aber daß diese Freundschaften doch bei weitem nicht so tief gingen, als daß sie sich wirklich heimisch und in der Wahrhaftigkeit ihres Wesens angenommen gefühlt hätte.

Bei aller Freundlichkeit und Hilfsbereitschaft, die man ihr entgegenbrachte, war sie doch eine Außenseiterin in Lac-Saint-Germain – so wie bei ihr überall, wo sie bisher mit Matthew gelebt hatte, immer ein letztes Gefühl von Fremdheit verblieben war. Und daran würde sich wohl auch nichts ändern. Ein junger und ehrgeiziger Reverend wie Matthew würde kaum länger als eine Handvoll Jahre in einem so kleinen Ort wie Lac-Saint-Germain ausharren. Dies war nur eine letzte große Bewährungsprobe für die großen Aufgaben, die eines Tages auf ihn warteten. Wenn seine Vorgesetzten ihn für erprobt und reif genug hielten, würden sie ihn versetzen, dann wohl in eine große Stadt, wo sich sein Ehrgeiz und sein Organisationstalent besser entfalten konnten. Und das wußte nicht nur sie, sondern auch die Gemeinde.

»Wir kriegen immer nur die jungen Geistlichen, die bei uns sozusagen beruflich auf Durchreise sind, oder aber die ganz alten, denen man hier ihr Gnadenbrot gibt«, hatte Emily einmal eine ältere Frau zu einer anderen sagen gehört. »Und dann und wann mutet man uns sogar einen Reverend zu, der anderswo nicht tragbar ist. Also seien wir dankbar, daß jetzt Reverend Whitefield bei uns ist, solange wir ihn haben, was wohl kaum mehr als vier, fünf Jahre sein dürfte.«

Im Sommer 1942 wurde Emilys Sehnsucht nach der Insel schließlich so groß, daß sie sich mit Jennifer und Chester in den Zug setzte und mit Matthews Segen für drei Wochen nach

Summerside zurückkehrte. Sie nahm sich fest vor, sich diesmal weder an der tyrannischen Art ihres Vaters noch an der Selbstgerechtigkeit und der Spitzzüngigkeit ihrer Schwester zu stören. Schon nach einer Woche fiel es ihr jedoch schwer, ihren guten Vorsatz durchzuhalten. Denn Leonora ließ kaum eine Gelegenheit aus, ihr unter die Nase zu reiben, daß sie nun schon seit Jahren die einzige Stütze ihrer Eltern war und wie schwer sie es doch im Vergleich zu ihr hatte. Und natürlich nörgelte sie auch wieder an ihren Kindern herum.

Diesmal dachte Emily jedoch nicht daran, einer Auseinandersetzung um des lieben Friedens willen aus dem Weg zu gehen. Als Leonora ihr wieder einmal vorwarf, es bei der Erziehung ihrer Kinder an der nötigen Strenge und Konsequenz vermissen zu lassen, fuhr sie ihr sofort in die Parade. »Mein Gott, jetzt spiel dich doch nicht ständig als die Mutter aller Mütter auf, Leonora! Bisher war das nur ein lästiges Ärgernis, aber allmählich wirkt es wirklich lächerlich, wenn du, eine unverheiratete und kinderlose Frau, pausenlos solch dümmliche Kritteleien von dir gibst!« fuhr Emily sie erbost an, als sie sich im Hinterhof gegenüberstanden. »Blas dich doch nicht so auf, Schwester! Was verstehst du denn schon von Kindern und ihrer Erziehung? *Ich* habe zwei Kinder zur Welt gebracht und zwei weitere bei Fehlgeburten verloren. *Ich* bin von uns beiden die Mutter! Deine angeblich so gut gemeinten Ratschläge sind weder willkommen, noch taugen sie zu irgend etwas. Also warum hebst du dir deine lästige Besserwisserei nicht für deine Besuche bei deinen Freundinnen auf, die Kinder haben? Oder besser noch: Sorge gefälligst dafür, daß du Ehefrau und Mutter wirst, damit du aller Welt und natürlich mir ganz besonders beweisen kannst, daß niemand so gut Kinder erziehen kann wie du!«

Leonora wurde bei dieser mit aller Schärfe vorgetragenen Zurechtweisung blaß wie eine frischgekalkte Wand. »Du ... du weißt ja nicht, was du da redest!« stieß sie schließlich hervor.

»O doch, das weiß ich sehr wohl!« beteuerte Emily energisch

und funkelte ihre Schwester an. »Laß mich und meine Kinder gefälligst in Ruhe, Leonora! Ich bin nicht länger deine hilflose kleine Schwester, die du nach Gutdünken herumstoßen und belehren kannst. Und hör endlich auf, an meinen Kindern herumerziehen zu wollen und ihnen die Freude am Aufenthalt bei ihren Großeltern zu verderben! Das lasse ich nicht zu, hast du mich verstanden? Wenn du das nächstemal mit deinen kleinlichen Ermahnungen und lächerlichen Belehrungen anfängst, wirst du von mir die passende Antwort bekommen – dann aber nicht wie jetzt unter vier Augen, sondern in Anwesenheit aller, das schwöre ich dir!«

Leonora schluckte sichtlich, spürte sie doch, daß Emily es ernst meinte. »Du bist schon immer ein verzogenes, undankbares Ding gewesen!« stieß sie hervor, drehte sich auf dem Absatz um und stürmte zurück ins Haus.

Von dem Tag an wurde es jedoch besser. Zumindest verkniff sich Leonora ihre Bemerkungen und unterließ es, Jennifer für jede kleine Unachtsamkeit zu rügen. Aber ihr verkniffenes Gesicht und ihre mißbilligenden Blicke verrieten noch oft genug, was sie dachte und nur zu gern ausgesprochen hätte.

Aber es gab auch Gelegenheiten, wo sie sich überaus umgänglich und aufgeschlossen zeigte. Das passierte meist dann, wenn Emily sich eine Weile im Laden aufhielt und ihre Schwester gerade erfolgreich eine schwierige Kundin bedient hatte.

Leonora führte den Laden nämlich nicht nur mit großem Geschick, wie Emily ihr zugestehen mußte, sondern auch mit einer Leidenschaft, die über das Engagement ihres Vaters weit hinausging. Man spürte, daß sie die Arbeit mit den verschiedenen Stoffen liebte. Sie ging in ihrem Beruf völlig auf. Das einzige, was sie bedauerte und als Wermutstropfen in ihrem Geschäft empfand, war die zwangsweise Beschränkung in ihrem Angebot. Ihr Geschäft konnte natürlich nur jene Stoffe führen, die bei der einfachen Landbevölkerung auch auf Nachfrage stießen, und das schloß all die feinen Gewebe aus, für die hier am

Ende der Russell Street einfach die zahlungskräftige Kundschaft fehlte.

»Wenn wir doch bloß das Geld hätten, um ein Geschäft unten in der Water Street eröffnen zu können, wo die Frauen Atlas und Brokat, Seide und Musselin zu würdigen wissen *und* auch noch das nötige Geld für edle Stoffe haben!« seufzte sie einmal sehnsüchtig und strich über einen Ballen Chinaseide, den sie als Sonderangebot unter Einkaufspreis verschleudern mußte, weil er einfach keine Käufer fand und schon viel zu lange im Regal lag.

Ihr Vater warf ihr wegen der Seide Verschwendung, mangelnden geschäftlichen Weitblick und völlige Untauglichkeit als Kauffrau vor, was Leonora ohne Widerspruch hinnahm. Dabei führte doch längst sie die Stoffhandlung, ohne daß der Umsatz darunter gelitten hätte. Und in Anbetracht der Tatsache, daß der Krieg auch eine starke Einschränkung in der Auswahl lieferbarer Stoffe mit sich gebracht hatte, war das eine Leistung, auf die sie und ihr Vater eigentlich hätten stolz sein können. Doch ein Lob kam ihm nicht über die Lippen.

Die Bitterkeit und Schroffheit, die zur zweiten Natur ihres Vaters geworden war, empfand Emily als bedrückend. Die Hoffnung, von ihm endlich als erwachsene Frau akzeptiert und ernst genommen zu werden, erfüllte sich auch bei diesem Besuch nicht. Er zeigte an ihrem Leben keinerlei Interesse. Und wenn er doch einmal Fragen stellte, wie es ihnen in Lac-Saint-Germain eigentlich so erging, dann galten sie ausschließlich Matthew, auf den er nichts kommen ließ. Sein Schwiegersohn, den er allen als leuchtendes Vorbild pries, war ohne Fehl und Tadel. Das einzige, was Emily mit ihrem Vater ein wenig versöhnte und sie das völlige Desinteresse an ihrer Person ertragen ließ, war die große Freundlichkeit und Aufmerksamkeit, die er ihrer Tochter schenkte. Während er an seinem Enkelsohn kein Interesse zeigte und ihn nicht einmal auf den Arm nehmen wollte, war er in Jennifer geradezu vernarrt. Ihr Anblick vertrieb den griesgrämigen, verbissenen Ausdruck auf seinem Gesicht, was sonst keinem im Haus gelang. Er hörte ihrem kindlichen Geplapper mit großer Geduld zu, spielte mit ihr, erzählte ihr Anekdoten und ließ sich von ihr um den kleinen Finger wickeln, so wie es einst Leonora vermocht hatte.

Emily entging nicht, daß ihre Schwester jedesmal eine finstere Miene machte und gereizt reagierte, wenn sie Jennifer und ihren Vater in so herzlicher Verbundenheit zusammen sah. Sie verstand nicht, wie Leonora auf ein kleines Kind, das sich in der Aufmerksamkeit seines Großvaters sonnte, eifersüchtig sein konnte. Denn daß sich hinter dem bissigen Verhalten ihrer Schwester regelrechte Eifersucht auf ihre sechsjährige Tochter verbarg, das stand für sie außer Zweifel.

Wie gut, daß wenigstens ihre Mutter trotz dieser niederdrückenden häuslichen Atmosphäre ihr sanftes Wesen bewahrt hatte und sich aufrichtig über ihren Besuch freute. Sie zog auch nicht ein Enkelkind dem anderen vor, sondern schenkte beiden ihre uneingeschränkte Liebe. Und daß ihre Mutter gern Zeit mit ihr verbrachte, ernsthaft mit ihr von Frau zu Frau redete und sie immer wieder spüren ließ, wie stolz sie auf sie war, rührte sie manchmal zu Tränen und war Balsam für ihre Seele.

Über ihre Herzschwäche und ihre häufigen Erschöpfungszustände wollte ihre Mutter jedoch nicht sprechen. »Ich nehme meine Pillen und muß mich einfach damit abfinden, daß ich nicht mehr so arbeiten kann wie früher. Jammern und Klagen ändert daran auch nichts, sondern macht es nur noch schlimmer. Daß der Körper nicht mehr so will wie in seinen besten Jahren, mein Gott, das ist nun mal so, wenn man ins Alter kommt. Jeder muß sein Kreuz tragen. Und jetzt laß uns mit den Kindern zum Strand fahren«, sagte sie leichthin, wechselte das Thema und ließ auch später nicht zu, daß Emily sie in ein Gespräch über ihre Krankheit verwickelte.

In der letzten Woche nahm sich Emily einen Tag frei, überließ ihre Kinder der Obhut ihrer Mutter und nahm die Eisenbahn nach Charlottetown, wo sie auf den Spuren ihrer Vergangenheit durch die Stadt schlenderte. Dazu gehörte auch ein Besuch bei Zelda Easton in der Lawrence Landon School, der sie in mehrfacher Hinsicht innerlich stark berührte. Ihre einstige Mentorin freute sich sehr, sie nach so vielen Jahren wiederzusehen, und sie verbrachten eine angeregte Stunde bei Tee und englischen Butterkeksen.

Als Emily sich von ihrer ehemaligen Lehrerin verabschiedete, versprachen sie einander, den Kontakt nicht abbrechen zu lassen und sich gelegentlich zu schreiben.

Da Emily bis zur Abfahrt ihres Zuges noch fast anderthalb Stunden blieben, spazierte sie noch einmal gemächlich durch die Straßen. Bei jedem Schritt und Tritt wurde die Vergangenheit mit all ihren Bitternissen und unvergessenem Schmerz, aber auch mit ihren schönen Erlebnissen in ihr lebendig. Sie folgte zunächst der Queen Street hinunter zum Hafen, ging dann die Pownal Street hinauf, überquerte den kleinen schattigen Park am Connaught Square, wo Carolines Eltern noch immer das stattliche Stadthaus besaßen, schlenderte eine Weile die Uferpromenade am Victoria Park entlang und kehrte über die Kent Street wieder zurück ins Stadtzentrum.

Zwei Häuserblocks vor der Bahnstation zog das Schaufenster eines Eckladens, der mit allerlei Trödel und Gebrauchtwaren handelte und dessen Besitzer mit halben Preisen wegen Geschäftsauflösung warb, Emilys Aufmerksamkeit auf sich. Sie blieb stehen, als ihr Blick auf eine schwarze Remington-Reiseschreibmaschine fiel, die nur fünf Dollar kosten sollte.

Emily blieb eine ganze Weile vor dem Schaufenster stehen, während sie mit sich rang, ob sie sich ihren schon lang gehegten Wunsch nach einer Schreibmaschine erfüllen sollte. Fünf Dollar waren für die Remington nicht viel, auch wenn sie schon deutliche Spuren der Benutzung aufwies, aber doch mehr, als ihr noch an Urlaubsgeld zur Verfügung stand. Außerdem würde Matthew bestimmt verärgert sein, wenn er hörte, daß sie in ihrer

finanziell angespannten Situation Geld für eine Schreibmaschine ausgegeben hatte. Aber mußte denn alles im Leben nur nach den strengen Richtlinien von Pflicht und Nützlichkeit entschieden werden?
Schließlich gab sich Emily einen Ruck, betrat das Geschäft und handelte so lange mit dem Besitzer, bis dieser ermüdet aufgab und ihr die Remington für dreieinhalb Dollar überließ.
Mit vor Glück strahlendem Gesicht und innerlich jubilierend wie ein Kind zu Weihnachten, das seinen größten Herzenswunsch erfüllt sieht, lief Emily mit der Remington unter dem Arm in den Bahnhof. Während der ganzen Fahrt nach Summerside hielt sie die Schreibmaschine, die in einem schon abgestoßenen Tragekoffer verstaut war, auf ihrem Schoß umklammert. Ihr war, als hätte sie noch nie einen größeren Schatz besessen.
Als sie ihrer Mutter am Abend vor der Abreise anvertraute, daß sie wegen des vielleicht doch zu leichtsinnigen Kaufs der Remington Gewissensbisse quälten, da überraschte diese sie ein wenig später, als Emily gerade zu Bett gehen wollte, mit einer Fünf-Dollar-Note. »Hier, nimm das, Kind. Matthew wird stolz sein, daß du so sparsam mit dem Geld umgegangen bist, das er dir anvertraut hat«, sagte sie und drückte ihr mit einem verschmitzten Augenzwinkern den Geldschein in die Hand. »Du sollst deinem Mann ohne Gewissensbisse unter die Augen treten können. Und was die Schreibmaschine angeht, so ist sie ein verspätetes Geburtstagsgeschenk von uns.«
Gerührt und dankbar fiel Emily ihrer Mutter um den Hals und drückte sie ganz lange, während ihr die Tränen über das Gesicht liefen. »Das ist das schönste Geschenk, das ich je bekommen habe!« versicherte sie mit erstickter Stimme.
»Ich wünschte, ich hätte dir mehr schenken können«, murmelte ihre Mutter und strich ihr übers Haar, wie sie es früher immer getan hatte, als Emily noch ein kleines Mädchen gewesen war.
Matthew freute sich bei ihrer Rückkehr wirklich, daß sie von dem Urlaubsgeld noch volle fünf Dollar übrig hatte. Das angebliche

Geschenk kommentierte er jedoch mit den kritischen Worten: »Eine Remington? Wozu brauchst du denn eine Reiseschreibmaschine? Das Geld wäre besser angelegt gewesen, wenn sie dafür Jennifer und Chester neu eingekleidet hätten!«

»Keine Sorge, ich habe genug Stoff im Koffer, um beiden einige hübsche Sachen nähen zu können«, erklärte Emily.

»Dann hätten sie das Geld eben für ein Paar Schuhe anlegen sollen«, brummte er. »Die Kinder wachsen so schnell aus allem heraus, und der nächste Winter ist nicht weit!« Als er ihren traurigen Ausdruck bemerkte, fügte er versöhnlich hinzu: »Na ja, sie haben es gut gemeint, und wenn du dir so etwas gewünscht und Freude daran hast, ist es wohl in Ordnung.«

Und welch große Freude Emily an der Remington hatte! Endlich konnte sie ihre Geschichte, die mittlerweile schon einen ganzen Stapel von einfachen Schreibkladden füllte, sauber abschreiben und ein richtiges Manuskript anfertigen. Leider fand sie viel zuwenig Zeit dafür. In der frühen Morgenstunde konnte sie die Stille im Haus nicht mit dem Geklapper stören. Damit hätte sie ihre Familie aus dem Schlaf geholt. Und wenn sie abends zu lange an ihrer Remington saß, reagierte Matthew ungehalten, weil er der Überzeugung war, daß es wichtigere Dinge zu erledigen gab, als eine Geschichte abzuschreiben, die sie sich ausgedacht und in schlaflosen Morgenstunden in Kladden gekritzelt hatte.

Um nicht länger Matthews Mißfallen zu erregen, verzichtete Emily schon bald darauf, sich abends noch an die Schreibmaschine zu setzen. Statt dessen holte sie die Remington nun, sooft sie konnte, am Vormittag hervor, wenn Jennifer in der Schule und Matthew beruflich unterwegs war, und arbeitete an ihrem Roman.

Sie brauchte dennoch bis in den März des Jahres 1943 hinein, um ihr Manuskript zu beenden. Dann jedoch lag es eines Vormittags fertig auf dem Küchentisch. Immerhin beachtliche hundertachtzig Seiten. Ein dicker Wälzer war es zwar nicht, aber dennoch ihr erster Roman! Voller Stolz blätterte sie in dem Stapel Papier und konnte kaum glauben, daß all diese Beschreibungen und Dialoge tatsächlich ihrer Phantasie entsprungen waren – und daß sie nach anderthalb Jahren nun endlich diese Geschichte zu einem runden Abschluß gebracht hatte, wie sie fand.

Am liebsten hätte sie Matthew ihr Manuskript schon am Mittagstisch präsentiert, als er von einem Krankenbesuch zurückkehrte, so stolz war sie auf ihre Leistung und nicht weniger aufgeregt und gespannt auf sein Urteil. Doch sie wußte, daß dieser Zeitpunkt dafür unklug gewählt sein würde, und beherrschte ihre Ungeduld bis zum frühen Abend.

»Was ist das?« fragte Matthew und blickte irritiert von der Zeitung auf, mit der er sich im Wohnzimmer vor den prasselnden Kamin gesetzt hatte, denn um diese Jahreszeit war die eisige Macht des Winters in Charlevoix noch ungebrochen.

»Das Manuskript meines ersten Romans!« erklärte Emily und reichte ihm den Stoß maschinenbeschriebene Blätter. »Er spielt um die Jahrhundertwende auf Prince Edward Island, als man im Winter noch mit offenen Ruderbooten die Passage über die Northumberland Strait gewagt hat. Ich habe ihn deshalb ›Across the Icy Strait‹ genannt. Aber vielleicht hast du ja einen Vorschlag für einen besseren Titel.«

»Und den soll ich jetzt lesen?«

Emily nickte mit leuchtenden Augen. »Ja, bitte, Matthew! Ich möchte doch unbedingt wissen, was du davon hältst und ob er vielleicht gut genug ist, um ihn ...« Sie machte eine verlegene Geste. »Na ja, um ihn vielleicht an einen Verlag zur Begutachtung zu schicken. Du wirst die nächsten Stunden auch ganz ungestört sein, denn ich muß ja jetzt zu diesem Bridge-Abend mit den Witwen, die heute abend bei den Bergerons zusammenkommen.«

Seufzend legte er die Zeitung weg und nahm das Manuskript entgegen. »Also gut, wenn es dir so wichtig ist.«

»Viel Spaß!« Emily drückte ihm einen Kuß auf die Wange und begab sich dann zu Odette, die mit ihr zusammen die Betreuung der Witwen übernommen hatte.

An diesem Abend war Emily weniger als sonst bei der Sache und keine gute Spielpartnerin. Sie mußte ständig daran denken, daß Matthew jetzt gerade ihren Roman las, an dem sie achtzehn Monate gearbeitet hatte. Er war ihr erster Leser – und er würde ein kritischer sein. Aber das war in Ordnung, schließlich wollte sie keine Schmeichelei hören, sondern ein ehrliches Urteil.

Endlich schlug die Standuhr in der Diele der Bergerons zehn Uhr. Das offizielle Zeichen zum allgemeinen Aufbruch. Während Robert Bergeron die Frauen, die nicht in unmittelbarer Nachbarschaft wohnten und nicht mehr gut zu Fuß waren, mit seinem Talbot nach Hause fuhr, half Emily ihrer Freundin noch beim Abräumen und Saubermachen in der Küche.

Dann eilte sie nach Hause und spürte kaum die eisige Nachtluft, so glühte sie innerlich vor Erregung und Spannung, was Matthew wohl zu ihrer ersten großen schriftstellerischen Arbeit sagen würde. Da er ein schneller, geübter Leser war, hatte er die hundertachtzig Seiten in den drei Stunden sicherlich leicht bewältigen können.

Emily nahm sich kaum die Zeit, sich von Mantel, Mütze, Schal, Handschuhen und Stiefeln zu befreien, und stürzte gleich mit glühenden Wangen und wild schlagendem Herzen zu Matthew in die warme Wohnstube. »Nun?« rief sie aufgeregt und fürchtete einen Moment, daß er es sich vielleicht doch noch anders überlegt haben könnte, denn sie sah, daß er eines seiner theologischen Fachbücher in der Hand hielt. »Hast du es gelesen?«

»Ja, das habe ich dir doch versprochen.«

»Und?« fragte Emily drängend. »Hat es dir gefallen?«

Matthew ließ sich mit seiner Antwort Zeit. Er schlug das Buch zu, nahm die Lesebrille ab und erhob sich aus dem Sessel, um beides auf dem Kaminsims abzulegen. »Nun, für eine Amateurschriftstellerin besitzt du zweifellos eine überaus blühende

Phantasie, und du weißt dich auch meist recht treffend auszudrücken«, begann er zurückhaltend.
»Dann hat dir mein Roman also gefallen?«
»Wer für derlei romantische Geschichten eine Schwäche hat, hätte an dieser sicherlich seinen Gefallen gefunden. Obwohl ich doch sehr überrascht, ja sogar unangenehm berührt war, daß du dieses ... nun ja, überaus leidenschaftliche Verhältnis zwischen diesem hitzköpfigen Jonathan und seiner angehimmelten Abigail mit wirklich unziemlicher Billigung, ja Sympathie beschrieben hast«, rügte er. »Man könnte meinen, daß du ihr verantwortungsloses Handeln nicht nur billigst, sondern dem Leser geradezu ans Herz legst.«
»Um Himmels willen, das ist ein Roman, in dem ich die historischen Ereignisse in eine Liebesgeschichte verpackt habe!« verteidigte sie sich. »Und wenn du wirklich meinst, daß ich einige Stellen ändern sollte, dann werde ich es gerne tun. Hauptsache, du glaubst wirklich, daß ich Talent zum Schreiben habe.«
»Möglich, daß ein gewisses Talent vorhanden ist«, antwortete er reserviert und mit ernster Miene. »Nur setzt du diese Gabe leider für denkbar unwürdige Ziele ein, nämlich zur Befriedigung deiner Eitelkeit und deiner Geltungssucht!«
Emily schluckte ob dieser schweren Zurechtweisung. »Ich werde das Manuskript noch einmal gründlich überarbeiten, das verspreche ich dir.«
»Das ist nicht nötig«, antwortete er. »Ich habe schon dafür gesorgt, daß du nicht in Versuchung kommst, dieses Manuskript aus der Hand zu geben und der Sündhaftigkeit der Hoffart anheimzufallen.«
Sie wurde blaß. »Was soll das heißen?«
»Ich habe das Manuskript verbrannt – und deine Kladden gleich mit dazu«, teilte er ihr mit.
Wie vor den Kopf geschlagen sah sie ihn an. Alles vernichtet, woran sie anderthalb Jahre gearbeitet hatte? Ihre Kladden und ihr Manuskript verbrannt? »Nein!« stieß sie fassungslos hervor.

Dann bemerkte sie den Haufen Asche im Kamin sowie vereinzelte Schnipsel Papier, die am Rand lagen und dem Feuer entgangen waren.
»Ich habe es nicht nur getan, weil ich es für meine Pflicht hielt, sondern auch aus Liebe zu dir«, erklärte er und trat zu ihr. Er hob die Hand, um sie besänftigend auf ihren Arm zu legen.
»Aus Liebe?« keuchte sie, schlug seine Hand zur Seite und wich vor ihm zurück. »Aus Liebe zu mir verbrennst du meine Arbeit von achtzehn Monaten?«
»Ja, aus Liebe!« bekräftigte er und bedachte ihre Abwehr mit einem halb verständnislosen, halb ungehaltenen Stirnrunzeln. »Ich habe dir damit einen großen Gefallen getan, auch wenn du das jetzt noch nicht einzusehen vermagst. Denn ich weiß, wie groß und zerstörerisch die Versuchung sein kann, sich seiner Eitelkeit und seiner Geltungssucht hinzugeben.«
Emily war wie vor den Kopf geschlagen. »Ich glaube, diese Art von Liebe, die sich so selbstlos um mein Seelenheil kümmert, habe ich nicht verdient, Matthew«, flüsterte sie.
Er verstand den bitteren Hintersinn nicht, denn er bedachte sie nun mit einem aufmunternden Lächeln. »Du hast alles verdient, was ich dir an Fürsorge schenken kann. Das bin ich dir als Ehemann schuldig, Emily. Ich will wirklich nur dein Bestes, wie du doch genau weißt. Und deine Aufgabe im Leben liegt nicht im Verfassen von derart ... zweifelhaften Romanen, sondern dein Heil findest du als Mutter und Ehefrau, die allen, sowohl der Familie als auch der Gemeinde, ein sittliches Vorbild ist. Und jetzt laß uns diese unschöne Szene vergessen und ins Bett gehen. Es ist schon sehr spät.« Damit war die Angelegenheit für ihn erledigt.
Emily folgte ihm nicht nach oben ins Schlafzimmer. Sie saß noch allein im dunklen Wohnzimmer, als das Feuer im Kamin schon längst erloschen war und die Glut unter einem Haufen Asche verborgen lag. Matthew hatte an diesem Abend mehr als nur ein maschinengeschriebenes Manuskript und ein halbes Dutzend

Kladden vernichtet, die ihr viel bedeutet hatten. Er hatte auch in ihrem Herzen etwas ausgebrannt, was wohl nie wieder dorthin zurückkehren und neu wachsen würde: das Gefühl der Zusammengehörigkeit, der unerschütterlichen ehelichen Verbundenheit.

30

Einige Tage lang hegte Emily noch die stille Hoffnung, daß Matthew erkennen und aufrichtig bereuen würde, was er nicht nur ihr persönlich, sondern auch ihrer Ehe mit der Vernichtung ihrer schriftstellerischen Arbeit angetan hatte. In diesem Fall wollte sie ihm verzeihen und versuchen, die Bitterkeit und den verzweifelten Wunsch, ihn doch nie geheiratet zu haben, aus ihrem Herzen zu verbannen.
Emily wartete vergeblich. Die Tage vergingen, ohne daß ihr Mann die Tragweite seines Handelns begriff und auch nur eine Spur von Bedauern zeigte. Fassungslos und verstört beobachtete sie, mit welch ungetrübter Selbstgerechtigkeit er zur normalen Tagesordnung zurückkehrte, als wäre nichts geschehen. Sein Verhalten bewies, daß ihn keinerlei Selbstzweifel quälten, sondern daß er der felsenfesten Überzeugung war, das Richtige, das moralisch Gebotene getan und damit auch in ihrem Interesse gehandelt zu haben.
In einem Brief an Caroline schüttete Emily ihrer Freundin ihr Herz aus.

… Wie soll ich mit einem Mann, der meine Gefühle und meine innigsten Sehnsüchte so mißachtet, ja sie geradezu mit Füßen tritt und sich dabei nicht nur im Recht, sondern auch noch als mein Beschützer und Wohltäter glaubt, wie soll ich mit solch einem Mann bloß den Rest

meines Lebens verbringen, ohne daran zu zerbrechen? Beginnen denn jetzt schon die schlechten Zeiten, von denen im Ehegelöbnis die Rede ist, wo ich doch noch nicht einmal dreißig Jahre alt bin? Wo sind denn die guten Jahre geblieben? Ich weiß mir keinen Rat. Wenn meine prächtigen Kinder, meine Augensterne nicht wären, deren Anhänglichkeit und übersprudelnde Lebensfreude mich gottlob immer wieder auf andere Gedanken bringen, ich weiß nicht, was ich jetzt täte. Heute verstehe ich nicht mehr, wie ich einmal glauben konnte, in einer Ehe auch ohne die allumfassende Liebe das Glück fürs Leben finden zu können. Ich hätte mich besser an das erinnern müssen, was ich einmal in den Armen eines Mannes empfunden hatte. Ja, ich hätte es besser wissen müssen. Aber für Hätte, Wenn und Aber ist es jetzt zu spät.

Carolines Antwort ließ nicht auf sich warten.

Nimm die Kinder und Deine Remington und komm zu mir nach Boston! In meiner Wohnung ist Platz genug, und irgendwie werden wir dann schon dafür sorgen, daß Du auf eigenen Beinen stehst. Arbeit gibt es genug, zumal für jemanden mit Deinen Qualifikationen! Niemand kann von Dir verlangen, daß Du für den Rest Deines Lebens eine solch deprimierende Ehe führst, die Dich jeglichen Glücks beraubt. Das wäre ja seelische Folter ohne Ende und nichts anderes als eine Art lebenslanger Gefangenschaft. Es ist schlimm genug, wenn man erkennen muß, einen schrecklichen Fehler begangen zu haben und nicht zueinander zu passen. Aber noch entsetzlicher ist es, wenn man sich mit diesem Wissen bis ans Ende seiner Tage quält, weil man nicht den Mut findet, die Konsequenzen aus dieser Einsicht zu ziehen, wie schmerzlich sie auch sein mögen. Denk daran: Lieber ein Ende mit Schrecken als ein Schrecken ohne Ende. Und quäl Dich bloß nicht mit Fragen der Schuld. Du bist ehrlich zu ihm gewesen, als er Dir den Heiratsantrag gemacht hat. Du bist guten Gewissens und mit der festen Überzeugung, in Matthew den richtigen Mann für eine gute Ehe gefunden zu haben, damals vor den Traualtar getreten. Wie kannst Du also in Deinem Brief von Schuld sprechen, weil sich erst im langjährigen Zusammenleben herausgestellt hat, daß sich Eure Ehe für Dich immer mehr zur Enttäuschung, ja zur persönlichen Katastrophe entwickelt? Ich sage es noch einmal: Nimm die Kinder und Deine Remington und komm zu mir nach Boston. Ich sorge für Euch, bis Du auf eigenen Beinen stehen kannst ...

Carolines Brief machte Emily Mut, ernsthaft über eine Trennung von Matthew nachzudenken. Eine Scheidung bedeutete für jede Frau, fortan mit einem großen häßlichen Makel leben zu müssen, den die sogenannte rechtschaffene Gesellschaft sie immer wieder spüren lassen würde. Aber war das nicht leichter zu ertragen als weitere zehn, zwanzig, dreißig Jahre oder mehr tagtäglich zusammen mit einem Mann, der das Leben nur als mühselige Aufgabe sah, die allein durch eiserne Selbstbeschränkung und strenges Pflichtbewußtsein zu erfüllen war, der ihre Freude am Schreiben als sündhafte Eitelkeit und Geltungssucht verurteilte und der sexuelle Leidenschaft für eine beschämende menschliche Verirrung, ja fast für satanische Versuchung hielt, der es mit aller Kraft zu widerstehen galt, wollte man sein Seelenheil nicht verlieren?
Fast einen geschlagenen Monat lang faßte Emily fast täglich aufs neue den Entschluß, diesem bedrückenden Leben zu entfliehen, indem sie Matthew reinen Wein einschenkte und ihn um die Scheidung bat. Denn eine Flucht mit den Kindern bei Nacht und Nebel kam für sie nicht in Frage. Wenn sie sich von ihm trennte, dann auf anständige Art, die es ihr gestattete, ihm auch in Zukunft unter die Augen zu treten und sich selbst ohne brennende Scham im Spiegel zu betrachten.
Manchmal, ganz besonders während der Gottesdienste, überfiel sie ein panikartiger Drang, aufzuspringen und einfach davonzulaufen. Ihr wurde bewußt, daß schon seit Jahren nichts mehr von dem, was Matthew predigte, ihr Herz berührte. Seine strenge Auslegung der Bibel besaß für ihre Welt keine Re-

levanz. Sie nährte nicht ihre Seele und ihre Sehnsucht nach dem Göttlichen, sondern entzog ihr vielmehr das spirituelle Leben, das sie sich seit ihrer Kindheit bewahrt hatte, und ließ sie innerlich immer mehr vertrocknen. Bis sie der ewig wiederkehrenden strengen Tiraden überdrüssig war, ihnen kein Gehör mehr schenkte und sie als bedeutungslosen Wortstrom über sich ergehen ließ. Unbeteiligt saß sie in der Bank und wartete, bis es endlich vorbei war. Der sonntägliche Kirchgang war längst zu einer reinen Pflichterfüllung verkommen – so wie ihre Ehe.

Aber irgend etwas, was Emily nicht recht zu benennen wußte, hielt sie dennoch jedesmal im letzten Moment davon ab, Matthew ihre Absicht zu offenbaren. Es war nicht allein der immer wiederkehrende Gedanke, daß Jennifer und Chester ihren Vater nicht weniger liebten als sie, die Mutter. Gewiß quälte sie die Vorstellung, daß sie bei einer Scheidung ihren Kindern den Vater wegnahm und sie unter dem Fehler, den sie, Emily, begangen hatte, nun leiden würden. Aber das hätte sie bei allen Selbstzweifeln und Selbstvorwürfen dennoch auf sich genommen, weil sie darauf vertraute, daß Jennifer, und vor allem Chester, schon darüber hinwegkommen würden. Es waren auch weder die Angst vor dem Makel, den eine geschiedene Frau trug, noch die nicht geringe Sorge, wie sie allein bloß zurechtkommen sollte, auch wenn sie sich der Unterstützung ihrer treuen Freundin gewiß sein konnte.

All diese Bedenken spielten sicherlich eine Rolle, warum sie den Zeitpunkt der Aussprache und Trennung immer wieder hinausschob. Von einem Tag auf den anderen. Von einer Woche zur nächsten. Doch dann, eines Morgens im April, als sie mit einem vertrauten Gefühl der Übelkeit erwachte und sich übergeben mußte, begriff sie, was ihr Unterbewußtsein schon längst gewußt und sie all die Wochen daran gehindert hatte, Matthew zu verlassen: Sie war schwanger!

Als die ärztliche Untersuchung bestätigte, daß sie wieder ein

Kind erwartete, empfand Emily darüber keine Bestürzung, weil das alle ihre Pläne über den Haufen warf, sondern vielmehr erwachte in ihr augenblicklich wieder jene tiefe beglückende Freude und Dankbarkeit über diesen wundersamen Schöpfungsakt in ihrem Leib, die sie bisher bei jeder Schwangerschaft erfüllt hatte. Ein Kind in ihrem Körper heranwachsen zu spüren und es nach neun Monaten zur Welt zu bringen, war für sie das größte und kostbarste Geschenk des Lebens und mit nichts zu vergleichen.

Emily wertete die Schwangerschaft in dieser Zeit der Krise auch als ein Zeichen, noch nicht den Stab über ihre Ehe zu brechen. Wie groß und unbefriedigt ihre persönlichen Sehnsüchte nach einem anderen Eheleben auch sein mochten, dieses Kind würde sie wieder fester an Matthew binden, dessen war sie sich sicher. Und so irrational es auch sein mochte, so schöpfte sie zugleich doch auch neue Hoffnung, daß sie wieder zu ihm und zu einer Zufriedenheit finden würde, die ihrer Ehe und ihrer Familie eine Zukunft gab.

Während der Sommer in Charlevoix Einzug hielt, läutete die gewaltige Invasion alliierter Truppen in der Normandie den letzten blutigen Akt auf dem Kriegsschauplatz Europa ein, indes die Japaner im pazifischen Raum weiterhin erbitterten Widerstand gegen die wachsende Übermacht der amerikanischen Streitkräfte leisteten.

An der amerikanischen und kanadischen Heimatfront hatte die Zivilbevölkerung immer stärker unter den Rationierungen zu leiden, die sich nicht nur auf immer mehr Waren ausdehnten, sondern die zugeteilten Mengen auch immer stärker reduzierten. Niemand hatte damit gerechnet, daß sich der Krieg gegen Deutschland und seine Verbündeten so lange hinziehen würde und die eigenen Truppen in Übersee einen derart enormen Bedarf an Nachschub hätten.

Wer sich am heftigsten über diese kriegsnotwendigen Einschränkungen beklagte, gleichzeitig aber die eigenen heroischen

Anstrengungen zur Unterstützung der Truppen herausstrich, war Leonora. Sie führte in ihren Briefen jedes Dutzend Paar Strümpfe und jedes Paar Fingerwärmer oder Ohrenschützer auf, das sie für die »tapferen Söhne Kanadas« gestrickt hatte, und ließ sich lang und breit darüber aus, wie sehr sie sich in ihrem Victory Garden abrackerte – natürlich ohne ihre anderen mannigfachen Arbeiten im Haushalt und im Laden zu vernachlässigen, wie sie niemals zu betonen vergaß.
Früher hatte sich Emily oft maßlos über die Briefe ihrer Schwester geärgert, weil sie meist nicht nur gehässige Bemerkungen enthielten, sondern auch nur so von Selbstlob ob der eigenen Genügsamkeit und Pflichterfüllung strotzten. Diesmal konnte sie über Leonoras Klagen und Selbstbeweihräucherungen nur lächeln, so gut und selbstbewußt fühlte sie sich in ihrer gottlob problemlos fortschreitenden Schwangerschaft. Das Leben, das in ihr wuchs und ihren Leib allmählich sichtlich wölbte, gab ihr ein unbeschreibliches Gefühl der Unbesiegbarkeit und zugleich das Vertrauen, daß alles möglich war, wenn sie es sich nur von ganzem Herzen wünschte und in Angriff nahm. Und sie wollte, daß ihre Ehe Bestand hatte und ihre Familie zusammenblieb. Die Angst vor einer erneuten Fehlgeburt verdrängte sie diesmal erfolgreich. Aus irgendeiner inneren Quelle schöpfte sie die Gewißheit, daß sie ihr Kind austragen würde.
Matthew besaß diese Gewißheit wohl nicht, selbst wenn er kein Wort darüber verlor. Aber das mußte er auch nicht, denn sein Verhalten sprach für sich. Er schenkte ihr nämlich eine Aufmerksamkeit und Fürsorge, wie er es schon seit Jahren nicht mehr getan hatte. Ohne daß sie ihn erst darum bitten mußte, entband er sie von einem Großteil der Aufgaben in der Gemeindearbeit, die er ihr im Laufe der Jahre aufgebürdet hatte. Er achtete darauf, daß sie sich schonte, und legte überhaupt sehr viel Wert auf Nähe. So nahm er sich auch wieder Zeit für gemeinsame Spaziergänge, setzte sich abends mit einem Buch zu ihr, anstatt sich wie sonst in sein Arbeitszimmer zurückzuzie-

hen und über irgendeinen Bibeltext oder eine Finanzaufstellung zu brüten, und zog sie nachts im Bett auch wieder in seine Arme.

All das stärkte Emilys Hoffnung, ihre Ehe doch noch retten zu können. Was ihr jedoch ein wenig Sorgen bereitete, wenn auch in einem völlig anderen Zusammenhang, waren die starken Stimmungsschwankungen ihres Mannes. An manchen Tagen konnte er sich zu nichts aufraffen und versank in einer bedrückend dunklen Gemütsverfassung.

Sogar den Kindern fiel es auf. »Worüber ist Dad denn immer so traurig?« fragte Jennifer einmal.

»Er hat eine Menge Sorgen, die Gemeinde zusammenzuhalten und mit dem wenigen Geld zurechtzukommen, das ihm zur Verfügung steht. Aber es wird auch wieder aufwärtsgehen, wenn dieser schreckliche Krieg endlich vorüber ist«, antwortete Emily zuversichtlich und beruhigte damit auch sich selbst. Denn Matthew hatte als Reverend in der Tat mit genug Problemen zu kämpfen, um bedrückt zu sein und graue Haare zu bekommen. Das Geld für die Gemeindearbeit reichte vorne und hinten nicht. Stopfte eine Sonderkollekte mühsam das eine Loch, tauchten schon eine Woche später mehrere neue auf. Und seit er festgestellt hatte, daß ein Großteil der Nordwand der Kirche morsch war und unbedingt ersetzt werden mußte, um noch größere Schäden am Gebäude zu vermeiden, sah die finanzielle Situation für die Gemeinde ausgesprochen düster aus. Dazu kam der private Ärger mit ihrem Imperial, dessen Getriebe nun endgültig seinen Geist aufgegeben hatte. Nicht einmal Jérôme Baxter, der wirklich ein technisches Genie war und vom Reverend keinen Cent für seine Arbeitszeit nahm, hatte die Reparatur ohne kostspielige Ersatzteile ausführen können. Hinzu kam, daß Matthew der Krieg mit seinen schrecklichen Verlusten an Menschenleben erschütterte und so naheging, daß er manchmal nach der Zeitungslektüre oder nach Radioberichten für den Rest des Tages keinen Bissen mehr hinunterbekommen konnte.

»Die Apokalypse, die erfahren wir noch zu Lebzeiten!« sagte er mehr als einmal mit erschreckender Düsterkeit. »Und das Blut, das wir vergossen haben, wird über uns kommen – über uns alle!«

Matthews Depressionsschübe beunruhigten Emily im Herbst, doch sie vertraute darauf, daß sich seine Gemütsverfassung bald bessern würde, hieß es doch, daß nach der erfolgreichen Invasion das Ende des Krieges nicht mehr weit sei.

Anfang November setzten bei ihr planmäßig die Wehen ein. Diesmal waren sowohl die Hebamme Eleanor Grimes als auch der Arzt Doktor Leonard Franceur frühzeitig zugegen. Die Geburt zog sich nicht allzu lang hin und verlief ohne Komplikationen. Doch als das Baby, ein Junge, zur Welt kam, mit blauem Gesicht und kaum noch atmend, da begann der kurze und erfolglose Kampf gegen den Tod.

Emily wartete auf den ersten Schrei. Schweißnaß richtete sie sich auf. »Warum schreit es nicht? Was ist mit meinem Kind?« stieß sie voller Angst hervor.

»Die Atmung hat ausgesetzt!« rief die Hebamme.

Wiederbelebungsversuche blieben ohne Erfolg. »Es tut mir leid«, sagte der Arzt schließlich niedergeschlagen und vermochte nicht, Emily dabei in die Augen zu blicken. »Wir haben alles getan, was in unserer Macht stand, aber sein Herz war einfach zu schwach. Nicht einmal eine Operation im Krankenhaus hätte das Kind retten können.«

Sie wollten ihr das tote Baby zuerst nicht geben, doch Emily schrie so gellend nach ihrem Sohn, daß Matthew ins Zimmer gestürzt kam und dafür sorgte, daß sie ihr das winzige Bündel in die Arme legten.

»Mein kleiner Jonathan, mein kleiner Jonathan«, schluchzte Emily immer wieder, während Tränen der Verzweiflung auf das winzige Gesichtchen ihres toten Babys tropften, das sie an ihre Brust drückte und in ihren Armen wiegte, als schliefe es nur tief.

Matthew saß an ihrer Seite. Auch er weinte, die Hände vor das Gesicht geschlagen. »Es ist alles meine Schuld«, murmelte er plötzlich. »Gott straft mich, weil ich meine Pflicht nicht getan habe. Ich habe versagt.«
Emily hörte ihn nicht.

31

Emily benötigte fast den ganzen langen Winter, um mit ihrem Schmerz fertig zu werden. Verwinden würde sie den Tod ihres Kleinen nie, das wußte sie genau. Schon eine Fehlgeburt war ein Trauma. Doch ein Kind nach vollen neun Monaten lebend zur Welt zu bringen und es nur Minuten später tot in den Armen zu halten, schlug eine ganz andere Wunde in das Herz und die Seele einer Mutter. Aber sie würde lernen, damit zu leben. So wie der Mensch nun einmal mit Schicksalsschlägen zu leben lernt, die er in der Zeit des ersten Schmerzes für unheilbar hält.
Als der Frühling zögerlich die letzten Schneefelder vertrieb, der eisige Boden unter den ersten warmen Sonnenstrahlen aufbrach und sich frisches Grün an Baum und Strauch zeigte, befreite sich Emily aus dem dunklen Labyrinth ihrer Depressionen. Nur um bestürzt festzustellen, daß Matthew sich in dieser ebenso rätselhaften wie erschreckenden Schattenwelt der Seele immer mehr verirrte.
Stundenlang saß er brütend in seinem dunklen Arbeitszimmer oder auf der Veranda, reglos und ohne auch nur ein Wort zu äußern. Was in ihm vor sich ging, behielt er für sich. Emilys wiederholte Versuche, mit ihm über seinen Zustand zu reden, blieben ohne Erfolg.
»Ich habe versagt. Gott bestraft mich, weil ich nicht genug getan

habe.« Diese und ähnliche Äußerungen hörte sie als Antwort auf ihre Fragen, sofern Matthew ihr überhaupt antwortete. Und wenn sie dann wissen wollte, worin er denn versagt habe und was er denn mehr hätte tun können, sah er sie nur mit gequältem Blick an, schüttelte den Kopf und ging aus dem Zimmer.
Die besorgniserregenden Anzeichen häuften sich. An manchen Tagen brauchte er Stunden, um sich dazu aufzuraffen, das Bett zu verlassen. Dann wieder verschwand er zu Fuß oder mit dem Wagen, ohne hinterher sagen zu können, wo er so lange gewesen war. Und mehr als eine Nacht verbrachte er damit, ruhelos in seinem Zimmer auf und ab zu gehen und mit sich selbst zu sprechen. Er probe eine neue Predigt und wolle gefälligst nicht gestört werden, beschied er Emily, wenn sie versuchte, ihn zu überreden, nun doch endlich nach oben ins Bett zu kommen.
Es wurde für Emily mit jedem Tag offensichtlicher, daß Matthew tatsächlich seelisch erkrankt war und unbedingt fachärztliche Hilfe benötigte, wenn es nicht noch schlimmer werden sollte; Doktor Franceur stimmte mit ihr überein. Es kostete sie jedoch viel Geduld und Überredungskunst, ihn schließlich dazu zu bewegen, sich in Baie-Saint-Paul, wo sich das nächste Krankenhaus befand, einer umfassenden ärztlichen Untersuchung zu unterziehen.
Beinahe hätte Matthew es sich noch anders überlegt, denn ausgerechnet an diesem Morgen befand er sich in einer recht guten seelischen Verfassung. »Ich weiß wirklich nicht, was das soll, Emily«, meinte er ungnädig, als sie am Frühstückstisch saßen. »Das kostet nur unnötig Geld! Mit mir ist alles in Ordnung. Dann und wann einmal ein paar trübe Stunden zu haben, ist doch nun wirklich kein Grund, gleich in solche Panik zu verfallen!«
»Bitte, tu es mir und den Kindern zuliebe!« bat Emily eindringlich.
Die Stirn gerunzelt, blickte Matthew erst sie und dann Jennifer und Chester an, die zu ihm aufsahen – in stummer Beklemmung,

blaß und mit einem unverhohlen verstörten Ausdruck auf dem Gesicht. Die Veränderung, die in den letzten Wochen und Monaten mit ihrem Vater vor sich gegangen war, beängstigte sie.
Matthew verzog das Gesicht und gab seinen Widerstand auf. »Also gut, wenn es euch beruhigt, fahren wir eben nach Baie-Saint-Paul. Hoffentlich hält bloß der Wagen durch.«
Das Krankenhaus machte auf Emily den Eindruck eines Militärlazaretts: überall verwundete Soldaten. Sogar auf den Fluren lagen sie, derart überfüllt waren alle Stationen. Obwohl Doktor Franceur sie angemeldet hatte, mußten sie mehrere Stunden warten, bis sie endlich aufgerufen wurden. Der Arzt stellte bei seiner Untersuchung, die Emily relativ kurz vorkam, einen physischen Erschöpfungszustand fest, der auch auf Matthews Psyche übergegriffen hatte. »Aber keine Sorge, das kriegen wir schon wieder hin!« versicherte der bärtige Spezialist und verordnete ihm Ruhe sowie verschiedene Tabletten.
Emily hielt die Untersuchung des Arztes für zu oberflächlich und hegte insgeheim große Bedenken, daß es mit einer derartigen Behandlung schon getan sein sollte. Zu ihrer großen Überraschung – und Erleichterung – zeigten die Medikamente jedoch tatsächlich schon in kürzester Zeit positive Wirkung. Mit Hilfe der Schlaftabletten endeten nicht nur die mit ruhelosem Aufundabgehen verbrachten Nächte, es stellte sich bei Matthew auch allmählich eine bessere seelische Ausgeglichenheit ein. Auch das Ende des Krieges in Europa, das endlich am siebten Mai mit der bedingungslosen Kapitulation Deutschlands kam, trug viel zu seinem Wohlbefinden bei.
»Daddy ist wieder gesund!« verkündete Chester überglücklich, als Matthew ihm eines Nachmittags zurief, doch seinen Baseballschläger und den Fanghandschuh zu holen, weil er bei dem schönen Sonnenwetter draußen mit ihm üben wollte.
Die schwere seelische Krise schien überwunden. Der vertraute Alltag zog wieder in ihrem alten Farmhaus ein, wie auch die

Kinder gottlob wieder zu ihrer gewohnten Fröhlichkeit zurückfanden. Auch Emily fiel ein Stein vom Herzen. Ganz traute sie dem Frieden jedoch nicht. In so mancher schlaflosen Nachtstunde quälte sie der beklemmende Gedanke, daß die Krankheit ja gar nicht geheilt sein konnte, weil die Tabletten nur ihren Ausbruch unterdrückten, nicht aber das kurierten, worunter Matthew wirklich litt. Was würde also passieren, wenn die Wirkung der Tabletten nachließ und die Krankheit mit vielleicht sogar noch stärkerer Gewalt wieder hervorbrach? Was dann? Eine Frage, die ihr mit jeder Woche, die in trügerisch friedlicher Alltäglichkeit verstrich, mehr Sorgen bereitete.

32

In derselben Woche, als Emily mit Matthew nach Baie-Saint-Paul ins Krankenhaus gefahren war, hatte ihre Freundin Caroline in Boston den vierunddreißigjährigen Juristen Arthur Shaw geheiratet.
Die Romanze, an die Caroline monatelang erst nicht glauben wollte, um sich vor einer bitteren Enttäuschung zu bewahren, begann schon im November.

... Du wirst nicht glauben, was mir letzte Woche passiert ist! schrieb sie Emily Mitte November in jenem Brief, in dem ihre Freundin Arthur Shaw zum erstenmal erwähnte. *Bei uns ist einer der Fahrstühle wegen eines technischen Defekts am Antrieb zwischen zwei Etagen steckengeblieben – und rate mal, wer zu den beiden Auserwählten gehörte, die sich zu diesem Zeitpunkt gerade in dem Fahrstuhl befanden? Ja, Du hast gut geraten. Ich zählte zu den beiden Pechvögeln, die da fast anderthalb Stunden festsaßen. Aber von Pech darf ich*

eigentlich nicht reden, denn wenn ich ehrlich sein soll, habe ich nach dem ersten Schreck doch jede Minute mit Arthur Shaw genossen, der mit mir in dem holzgetäfelten Käfig ausharren mußte. Er arbeitet zwei Etagen über mir und gehört zum Management der Firma. Hat in Harvard Jura studiert, ist aber alles andere als ein trockener Jurist, der nur seine Rechtsvorschriften und Bilanzen im Kopf hat. Unglaublich, was der Bursche von Kunst versteht, auch wenn mich manche seiner Ansichten zu heftigem Widerspruch veranlaßt haben. Auf jeden Fall haben wir uns wirklich hervorragend unterhalten, so daß die anderthalb Stunden regelrecht im Flug vergangen sind. Als man uns dann endlich befreite, habe ich es fast bedauert, weil ich am liebsten noch mehr Zeit mit ihm verbracht hätte. Und jetzt halte Dich fest, denn nun kommt das große Knallbonbon der Geschichte: Eine Stunde später hat Arthur Shaw mich aus seinem Büro angerufen und mich doch tatsächlich gefragt, ob ich nicht Interesse hätte, am kommenden Wochenende mit ihm in die Oper zu gehen! Er hätte zwei Karten für eine Wagner-Aufführung von einem guten Kunden geschenkt bekommen, der im Direktorium des Opernhauses sitzt. Und weißt Du was? Ich habe die Einladung angenommen, ohne auch nur eine Sekunde zu zögern.

Halt, keine vorschnellen Schlüsse, meine Liebe! Ich kann mir nämlich sehr gut vorstellen, was Dir sofort durch den Kopf schießt – von wegen Romanze und solche Geschichten. Aber da bist Du auf dem Holzweg, selbst wenn Arthur noch unverheiratet ist. Erstens sieht er viel zu gut aus, um mich, eine in wenigen Monaten schon dreißigjährige alte Jungfer an Krücken, für eine Romanze auch nur in Erwägung zu ziehen. Nicht mal mein Erbe könnte ihn locken, weil seine Familie nämlich selbst vermögend genug ist. (Jedenfalls hat er genug Geld, um unabhängig zu sein, wenn auch nicht genug, um als reich zu gelten.) Ihm ist nur daran gelegen, mit mir einen Abend mit angeregter intellektueller Unterhaltung zu verbringen. Und zweitens hätte er mich kaum zu einer fünfstündigen Aufführung von Tannhäuser *eingeladen, wenn er irgendwelche ... na ja, romantischen Gefühle für mich hegen würde. Nein, an dem Abend wird nichts passieren. Aber das ist mir auch ganz recht, weiß ich so doch wenigstens, woran ich bin. Mit viel Glück ist das vielleicht der Beginn einer guten Freundschaft ...*

Sie irrte, wie Emily den nächsten Briefen nach und nach entnehmen konnte, in denen Caroline seitenlang ihr Wechselbad aus glückseliger Verzauberung und tiefster Skepsis schilderte. Die anderthalb Stunden im Fahrstuhl erwiesen sich für ihre Freundin und Arthur Shaw nämlich als der Beginn einer großen Liebe, die sich weder von körperlichen Gebrechen noch elterlichen Bedenken aufhalten ließ und die das Paar schon im Mai vor den Traualtar führte.
Wie gern hätte Emily ihrer Freundin die Freude bereitet, bei ihrer Hochzeit zugegen zu sein. Aber in dem beängstigenden Zustand, in dem sich Matthew zu der Zeit befand, konnte sie es nicht verantworten, ihn mehrere Tage sich selbst zu überlassen. Es war bitter für sie, Caroline schreiben zu müssen, daß sie nicht kommen könne, sosehr sie es sich auch wünschte. Aber Matthew war krank, und in dieser schweren Zeit war ihr Platz nun mal an der Seite ihres Mannes.
Als sich Matthews Seelenlage nach dem Besuch beim Spezialisten in Baie-Saint-Paul rasch und auffallend verbesserte und Caroline sie von dem zusätzlichen Hochzeitsfest unterrichtete, das auf Drängen ihres Vaters Mitte Juni in Summerside für den weitläufigen Freundeskreis auf der Insel stattfand, besprach sich Emily mit Doktor Francœur, ob sie es nun verantworten könne, Matthew für drei Tage allein zu lassen.
Dieser hatte keine Bedenken. »Fahren Sie nur. Ihr Mann hat sich wieder gefangen, und ein schwerer Rückfall ist wirklich nicht zu befürchten. Ich werde ihm aber für alle Fälle täglich einen Besuch abstatten. Reisen Sie nur unbesorgt, zumal Sie ja nur drei Tage weg sein werden.«
Auch Matthew wollte, daß Emily nach Summerside fuhr. »Ich weiß gar nicht, warum du so ein Tamtam machst«, wunderte er

sich, fast ein wenig pikiert über ihre Besorgnis. »Mir geht es gut. Die Kinder und ich, wir kommen schon zurecht. Also fahr um Gottes willen nach Summerside, und bleib ruhig auch noch ein paar Tage bei deinen Eltern!«

Das tat Emily jedoch nicht. Sie hatte auch so schon genug Gewissensbisse, daß sie ihren Mann überhaupt allein ließ, wenn es auch nur für drei Tage war.

Bei ihren Eltern und ihrer Schwester verbrachte Emily nur die Nacht am Tag ihrer Ankunft sowie den darauffolgenden Tag bis in den späten Nachmittag. Dann zog sie sich für das Fest auf dem Anwesen der Clarks um und packte auch gleich ihren Reisekoffer.

»Ich weiß wirklich nicht, warum du die Nacht im Haus deiner feinen Freundin verbringen mußt, wo du doch hier dein eigenes Zimmer hast!« knurrte ihr Vater verdrossen.

»Bei uns ist es ihr vermutlich nicht mehr gut genug«, meinte Leonora bissig. »Bei den Clarks schläft man bestimmt in Samt und Seide. Da können wir natürlich nicht mithalten, Dad.«

»Samt und Seide! Mußt du immer so einen ausgemachten Blödsinn von dir geben? Kannst du denn nicht einmal auf gehässige und dumme Bemerkungen verzichten, Schwester?« fragte Emily ärgerlich. »Wir leben in dem alten Farmhaus in Lac-Saint-Germain viel einfacher und bescheidener als ihr hier, auch wenn du das nicht glauben willst! Aber es ist ja wohl nicht meine Schuld, daß von euch noch niemand den Weg zu uns gefunden hat!«

Ihre Mutter blickte betreten zu Boden.

Ihr Vater reckte dagegen das Kinn und sah sie empört und vorwurfsvoll zugleich an. »Du scheinst wohl vergessen zu haben, daß ich an den Rollstuhl gefesselt bin!« hielt er ihr vor, und sein Mund wurde ganz schmal, als müßte er sich zwingen, noch ganz andere Worte der Zurechtweisung zurückzuhalten.

Emily ignorierte den Einwand, wußte sie doch, daß es bloß noch mehr böses Blut geben würde, wenn sie darauf verwies, daß man, so umständlich und mühsam es auch sein mochte, auch in einem Rollstuhl nach Lac-Saint-Germain reisen konnte, wenn man es wirklich wollte. »Und was die Übernachtung im Haus meiner Freundin betrifft«, fuhr sie deshalb unbeirrt fort, »so ist das einfach praktischer, als noch spät in der Nacht hierher zurückzukehren, wo ich schon morgen in aller Frühe die Eisenbahnfähre erreichen muß.«

»Das verstehen wir natürlich«, sagte ihre Mutter hastig vermittelnd, bevor Leonora oder ihr Vater noch eine weitere spitze Bemerkung von sich geben konnten. »Und wir sind auch wirklich froh, daß du uns so oft besuchen kommst, wie deine Zeit es erlaubt, Kind. Wo du doch auch soviel um die Ohren hast.« Ein trauriges Lächeln trat auf ihr Gesicht. »Ich wünschte, ich hätte meine Eltern nur halb so oft besuchen können wie du.«

»Und warum hast du es nicht getan, Mom?« fragte Emily neugierig und in der Hoffnung, endlich etwas über ihre Großeltern zu erfahren.

»Weil es nicht jeder so gut gehabt hat wie du!« erklärte ihr Vater mit herrisch zurechtweisender Stimme, in der ein drohender Unterton mitschwang, was besonders deutlich wurde, als er in Richtung ihrer Mutter noch scharf hinzufügte: »Und weil bekanntlich jeder so liegt, wie er sich bettet!«

Ihre Mutter lächelte gequält. »Ich glaube, da ist gerade Mister Rhodes vorgefahren, um dich abzuholen, mein Kind. Eine schöne Feier, und komm uns bald mal wieder mit den Kindern besuchen«, drängte sie zum Abschied. »Und schreib uns weiterhin so brav wie bisher!«

Emily versprach es, packte ihren kleinen Reisekoffer und stieg in den eleganten Cadillac, in dem sich Carolines Vater neuerdings von Stanley Rhodes chauffieren ließ. Sie winkte allen noch einmal zu, während sie sich voller Bitterkeit fragte, warum es zwischen ihr und ihrer Schwester immer wieder zu solch häßlichen Auseinandersetzungen kommen mußte und warum ihr Vater so wenig Anteil an ihrem Leben nahm. Noch heute, nach fast zehn Jahren Ehe und als Mutter von zwei prächtigen Kindern, fühlte sie sich von ihm nicht ernst genommen, geschweige denn ... geliebt.

Warum war das nur so? Was hatte sie bloß getan oder was fehlte ihr im Gegensatz zu ihrer Schwester, daß ihr Vater sie so beständig aus seinem Herzen, ja aus seinem Leben ausschloß und sie noch immer wie ein lästiges und unmündiges Familienanhängsel behandelte?

Als Stanley Rhodes in die Duke Street einbog, den Cadillac durch das schmiedeeiserne Tor des Clarkschen Anwesens lenkte und Caroline ihr von der festlich geschmückten Terrasse so ausgelassen und ungeduldig zuwinkte wie zu ihrer Kinderzeit, da verdrängte Emily mit Macht diese äußerst schmerzlichen Gedanken, denn sie wußte, daß diese Grübelei zu nichts führte, und sie wollte sich das Wiedersehen mit ihrer Freundin und das Fest durch nichts verderben lassen. Der graue Alltag würde sie schon schnell genug wieder einholen.

Und Caroline ließ sie ihren Kummer auch schnell vergessen. Ihre Freundin strahlte ein Glück und eine Lebensfreude aus, die trübe Gedanken einfach nicht zuließ.

»Wo ist denn nun der Glückliche, der bloß anderthalb Stunden mit dir im Fahrstuhl zusammensein und eine Aufführung von *Tannhäuser* an deiner Seite überstehen mußte, um dich weich für die Ehe zu machen und mich in deinem Herzen auf einen der hinteren Ränge zu verbannen?« fragte Emily scherzhaft und sah sich nach Carolines Ehemann um.

Caroline lachte. »Da hat Arthur schon mehr aufbieten müssen, um mich davon zu überzeugen, daß es ihm ernst mit mir ist. Ich habe es ihm und mir wirklich nicht leichtgemacht, das kannst du mir glauben«, sagte sie stolz und berührte mit einem verklärten Lächeln ihren Ehering, als könnte sie es selbst noch immer nicht glauben, daß sie verheiratet war. »Ich stelle ihn dir gleich vor. Im Augenblick ist er mit Dad unten im Tanzpavillon. Und was dich angeht, Emily, so kann dir niemand diesen ganz beson-

deren Platz, den du in meinem Herzen einnimmst, streitig machen.«
»Bei mir auch nicht«, sagte Emily leise und legte die Hand wie zum Schwur aufs Herz. »Ganz egal, wohin das Leben uns verschlägt und wie viele Jahre zwischen jedem Wiedersehen vergehen mögen.«
Im nächsten Moment lagen sich die Freundinnen erneut in den Armen, tief berührt und intuitiv wissend, wie kostbar diese Stunden waren – und daß sie in Zukunft wohl noch weniger Gelegenheit finden würden, sich zu sehen.
»Komm, ich zeige dir erst einmal dein Zimmer«, sagte Caroline dann und wischte sich eine Träne aus dem Augenwinkel.
Ihre Freundin führte sie in das schönste aller Gästezimmer, das zum Garten hinausging und sogar über ein eigenes Bad verfügte.
»Das ist doch viel zu groß für mich, und wo ich doch nur die eine Nacht bleibe«, meinte Emily mit Blick auf das zauberhafte Himmelbett, dessen sanft geschwungener Baldachin und die kunstvoll drapierten Seitenflore aus sandgoldener Seide mit cremeweißem französischem Lilienmuster einen wunderbaren Kontrast zu den gedrechselten Bettpfosten und dem Rahmen aus dunklem Mahagoniholz bildeten. »Du bringst mich besser in einem der kleineren Zimmer unter dem Dach unter.«
»Das kommt überhaupt nicht in Frage! Das ist dein Zimmer, und damit hat es sich«, lehnte Caroline ab. »Aber wenn du mir einen Gefallen tun willst ...«
»Ja, gern!«
»... dann reise nicht morgen früh schon wieder ab, sondern bleibe noch ein paar Tage«, bat Caroline eindringlich. »Wer weiß, wann wir uns das nächstemal sehen können? Es ist nämlich gut möglich, daß wir schon im Herbst Boston verlassen und für ein paar Jahre nach England übersiedeln.«
Emily machte ein betroffenes Gesicht. »Ihr geht nach Übersee?«
»Entschieden ist noch nichts, aber wir müssen damit rechnen.

Atkins, Blackburn & Croft sehen nun, da der Krieg zumindest auf dem Kontinent beendet ist und der Wiederaufbau bestimmt nicht lange auf sich warten lassen wird, in Europa große geschäftliche Möglichkeiten. Deshalb planen sie, erst einmal eine Niederlassung in London und später vielleicht sogar eine zweite in Paris zu gründen. Arthur wird die Leitung des Teams übernehmen, das nach London gehen soll, wenn die endgültige Entscheidung für London gefallen ist. Und das ist eine berufliche Chance, die er natürlich nicht ausschlagen kann.«

»Natürlich nicht«, pflichtete Emily ihr bei und seufzte schwer. »Ach, Caroline. Ich würde ja so gern ein paar Tage bleiben, aber ich kann wirklich nicht.«

»Ich denke, Matthew ist inzwischen wieder wohlauf?«

»Ja, das stimmt schon. Ihm geht es wirklich viel besser. Aber ich weiß nicht, ob es auch so bleiben wird. Irgendwie traue ich dem Frieden nicht, und was diesen Spezialisten in Baie-Saint-Paul betrifft, so habe ich da meine Zweifel, daß er sich genügend Zeit genommen hat, um der Krankheit wirklich auf den Grund zu gehen«, erklärte Emily. »Man mag ja vieles mit Tabletten kurieren können, aber ob man damit auch solche ... seelischen Störungen beheben kann, erscheint mir doch sehr fraglich.«

»Sag mal, denkst du irgendwann auch mal an dich, Emily?« fragte Caroline nachdenklich und wurde plötzlich sehr ernst. »Wir haben uns nie etwas vorgemacht, Emily. Ich weiß, daß du mit Matthew nicht glücklich bist.«

»Laß uns bitte nicht darüber reden.«

»Warum nicht, Emily? Schämst du dich etwa, vor mir zuzugeben, daß du einen verhängnisvollen Fehler begangen hast, als du glaubtest, auch in einer Ehe ohne Liebe und Leidenschaft glücklich werden zu können? Oder willst du es nicht vor dir selbst eingestehen, daß deine Ehe mit Matthew gescheitert und zu einer schrecklichen Bürde für dich geworden ist?«

»Weder noch. Ich möchte nicht darüber reden, weil es einfach sinnlos ist, auch wenn alles stimmt, was du sagst«, erwiderte Emily ruhig und nicht im mindesten verletzt. »Erst vorhin hat mich mein Vater noch einmal daran erinnert, daß man so liegt, wie man sich bettet. Niemand hat mich gezwungen, Matthew zu heiraten, und ...«

»Na, da erinnere ich mich aber an ganz andere Geschichten!« fiel Caroline ihr ins Wort. »Oder hast du vielleicht schon den enormen Druck von seiten deiner Eltern vergessen? Besonders dein Vater hat dir Matthew doch monatelang als den besten aller möglichen Ehemänner angepriesen und meisterhaft auf der Tastatur deines schlechten Gewissens gespielt. Eines schlechten Gewissens übrigens, das du gar nicht hättest haben brauchen und das sie dir eingeredet haben.«

»Und wenn schon, das ist doch Vergangenheit«, antwortete Emily. »Ich bin nun mal mit Matthew verheiratet, und damit muß ich mich abfinden, schon um meiner Kinder willen.«

Caroline sah sie einen Moment schweigend an. »Es tut mir leid. Versprich mir, daß du mir nicht böse bist, Emily«, sagte sie mit sichtlicher Verunsicherung.

»Um Gottes willen, wie kommst du bloß darauf, daß ich dir böse sein könnte?« fragte Emily überrascht.

»Weil ich vielleicht nicht immer das Richtige sage und tue, obwohl ich doch von Herzen nur das Beste wünsche. Es läßt mir nämlich keine Ruhe, daß du es so schwer hast und in dieser bedrückenden, freudlosen Ehe gefangen bist. Sind nicht zehn Jahre Ehe ohne Liebe und ohne die Hoffnung darauf mehr als genug? Mein Gott, du bist noch keine dreißig Jahre alt, Emily! Das ist noch nicht einmal die Mitte deines Lebens, wenn du mal einen Blick auf die Statistiken mit der durchschnittlichen Lebenserwartung unserer Generation wirfst. Noch ist es nicht zu spät, einen neuen Anfang zu wagen. Oder willst du den Rest deines Lebens so verbringen? Ich möchte so gern, daß du glücklich bist!«

»Es ist lieb von dir, daß du dir solche Gedanken und Sorgen

machst, aber wie ich gerade schon sagte, sie sind sinnlos und führen zu nichts. Matthew ist krank und braucht mich«, antwortete Emily, »wie auch Jennifer und Chester ihren Vater brauchen. Was später einmal wird, wenn die Kinder groß sind und ihre eigenen Wege gehen und ich sicher sein kann, daß Matthew allein zurechtkommt, wird sich zu gegebener Zeit schon zeigen. Ich habe es mir abgewöhnt, so weit in die Zukunft schauen zu wollen. Es macht mir nur das Herz und das Leben in der Gegenwart schwer.«
Caroline nickte. »Ich will ja nur, daß du weißt, wie sehr ich dir helfen möchte ... auch wenn ich manchmal vielleicht zu spontan etwas sage oder tue, ohne weit genug über die möglichen Konsequenzen nachzudenken.«
Emily nahm ihre Freundin in den Arm und drückte sie. »Ja, und manchmal machst du dir auch zu viele Gedanken.« Dann wechselte sie das Thema, indem sie betont scherzhaft sagte: »So, damit aber genug der cleveren Ablenkungsmanöver! Jetzt will ich endlich deinen Arthur kennenlernen. Oder hast du mir vielleicht ein Geständnis zu machen, warum du offenbar nichts unversucht läßt, um ihn mir nicht vorstellen zu müssen?«
Caroline lachte belustigt auf und bemühte sich im nächsten Moment um ein möglichst theatralisch jammervolles Gesicht. »Jetzt sitze ich in der Falle. Wußte ich es doch, daß du mich durchschauen würdest! Also gut, ich gestehe, daß ich in meinen Briefen schändlichst gelogen habe.« Sie spielte die Reumütige. »Arthur trägt nicht nur daumendicke Brillengläser und hat schrecklichen Mundgeruch sowie eine Halbglatze, sondern ihm wachsen auch dichte Haarbüschel aus Nase und Ohren.«
»Kurzum: Er ist häßlich wie die Nacht!« folgerte Emily in gespieltem Triumph.
»Der Glöckner von Notre-Dame ist gegen ihn eine wahre Lichtgestalt von einem Beau!« versicherte Caroline, und kaum

hatte sie das gesagt, da prusteten sie beide auch schon los, weil sie das Lachen nicht länger zurückhalten konnten.

Als Emily den Mann ihrer Freundin wenige Minuten später im Garten kennenlernte, hatte sie Mühe, ihre Überraschung zu verbergen. Caroline hatte ihr zwar mehr als einmal geschrieben, wie gut Arthur aussah. Aber ganz so ernst hatte sie diese Schilderung doch nicht genommen, sah das Auge eines Liebenden die Welt und ihre Menschen doch gemeinhin in einem völlig anderen, sehr subjektiv geschönten Licht.

Wie sehr sie sich geirrt hatte! Arthur Shaw erwies sich tatsächlich als ein überaus gutaussehender Mann Mitte Dreißig. Er war von schlanker, mittelgroßer Gestalt und strahlte zudem einen ganz besonderen Charme aus. Ein Charme, der nicht allein mit eleganter Garderobe, weltmännischem Auftreten und der Beherrschung gesellschaftlicher Tugenden zu tun hatte, sondern zuallererst mit seiner herzlich natürlichen Art, die auch in seinem jungenhaften Lächeln und der Fähigkeit, wirklich interessiert und aufmerksam zuhören zu können, zum Ausdruck kam.

Emily fand ihn auf Anhieb sympathisch, was wohl auf Gegenseitigkeit beruhte. Arthur hatte sich schon sehr darauf gefreut, sie endlich persönlich kennenzulernen, nachdem Caroline ihm schon soviel von ihr erzählt hatte.

Kein Zweifel, ihre Freundin, die wegen ihrer Behinderung nie wirklich zu hoffen gewagt hatte, eines Tages die aufrichtige Liebe und Hingabe eines Mannes zu erfahren, und die sich schon als junges Mädchen darauf eingestellt hatte, ihr Leben einmal als alte Jungfer zu beenden, ihre Freundin hatte in Arthur gefunden, wonach sie nicht zu suchen gewagt hatte. Und wieviel sie einander bedeuteten, verrieten nicht nur die zärtlichen Berührungen, zu denen es sie immer wieder drängte, wenn sie nebeneinander standen, sondern auch die verliebten Blicke, mit denen sie sich in der wachsenden Menge der eintreffenden Gäste suchten und einander wortlose Zärtlichkeiten zuwarfen.

»Caroline, ich wünsche dir mit Arthur alles Glück auf Erden, du hast es mehr als verdient«, flüsterte Emily bewegt, als sie bei Einbruch der Dunkelheit sah, wie Arthur seine Frau im Tanzpavillon auf die Tanzfläche führte, als stelle ihre Behinderung überhaupt kein Problem dar. Er hielt sie fest in seinen Armen und wiegte sich mit ihr im Takt der Glenn Miller-Musik, die die eigens engagierte Big Band perfekt zu spielen verstand.

Emily mußte den Blick von ihnen abwenden, weil sie fürchtete, sonst vor Ergriffenheit jeden Moment in Tränen auszubrechen. Wenig später wurde sie von einem von Arthurs Freunden aufgefordert, der sich als exzellenter Tänzer erwies und sie über das Parkett wirbelte. Sie tanzte danach auch mit Arthur und genoß das unbeschwerte Vergnügen dieses fröhlichen Festes, das nun so richtig in Schwung kam.

Es war gegen zehn, als Emily das Bedürfnis nach einer Atempause verspürte. Mit einem Glas eiskalter Champagnerbowle schlenderte sie durch den Park, der im Licht unzähliger Lampions und funkelnder Fackeln leuchtete und von der mitreißenden Musik der Big Band erfüllt war. Eine milde Sommerbrise, die den salzigen Duft des nahen Meeres mit sich brachte, strich durch die Bäume.

Plötzlich sagte hinter ihr jemand ihren Namen, leise und dennoch eindringlich. »Emily.«

Ahnungslos wandte sie sich um und erstarrte. Das Glas entglitt ihrer Hand und zerschellte zu ihren Füßen auf dem Kiesbett des Weges. Vor ihr stand Byron, das Haar militärisch kurz und die Gesichtszüge ausgeprägter, schärfer und vielleicht noch ein wenig schlanker, aber sonst unverändert. *Ihr* Byron! In sprachloser Fassungslosigkeit und überwältigt vom Ansturm ihrer Gefühle, stand sie vor ihm und sah ihn an.

»Es tut mir leid, wenn ich dich so erschreckt habe, aber ich wollte dich nicht mitten unter den anderen Gästen ansprechen«, sagte er mit einer Hast, aus der Aufregung und Unsicherheit sprachen. »Ich warte schon seit zwei Stunden auf die richtige Gelegenheit, und ich hätte jedem von den Burschen, die mit dir getanzt haben,

vor Eifersucht den Hals umdrehen können. Aber ich ...« Er brach ab, schüttelte den Kopf und meinte dann gequält: »Mein Gott, was rede ich bloß für ein dummes Zeug zusammen, wo es doch ganz andere Dinge gibt, die ich dir sagen möchte.« Wieder machte er eine Pause. »Emily, ich ... ich mußte dich einfach wiedersehen. Du bist wunderschön.« Die letzten Worte flüsterte er, als getraue er sich kaum, sie auszusprechen.
Emily begriff nun, was Caroline gemeint hatte, als sie ihr das Versprechen abgenommen hatte, ihr nicht böse zu sein. Ihre Freundin hatte gewußt, daß Byron auf ihrem Fest auftauchen würde. Ja, sie mußte ihn sogar ausdrücklich eingeladen haben, denn sonst hätte er keinen Zutritt erhalten.
»Byron«, brachte sie schließlich hervor, und ein Schauer durchlief sie, als sie ihre innere Lähmung überwand, indem sie seinen Namen aussprach.
»Ich habe Caroline gestern in der Water Street getroffen, und da hat sie mir von dem Fest erzählt ... und von dir«, fuhr er erklärend fort. »Ich wäre nicht gekommen, wenn Caroline nicht darauf bestanden und mir gesagt hätte, daß ...« Er führte den Satz nicht zu Ende, sondern biß sich auf die Unterlippe.
»Daß was, Byron?«
»Daß wir beide vielleicht doch noch eine Chance haben, Emily«, antwortete er leise. »Ich habe in all den Jahren versucht, dich zu vergessen. Aber es hat nicht funktioniert. Nicht einmal der Krieg hat das vermocht, ganz im Gegenteil. Ich habe einfach nie aufgehört, dich zu lieben und mich nach dir zu sehnen.«
Emily sah ihn stumm an, während in ihr ein beängstigender Aufruhr der Gefühle tobte.
»Und du, Emily?« fragte Byron eindringlich. »Hast du mich denn vergessen können?«
Sie schluckte krampfhaft, und fast beschwörend antwortete sie: »Ich bin verheiratet und habe zwei wunderbare Kinder.«
»Das beantwortet meine Frage nicht. Sag mir, daß du glücklich in deiner Ehe bist und längst aufgehört hast, mich zu lieben –

und dann werde ich kein Wort mehr sagen, sondern weggehen und nie mehr versuchen, dich zu sehen oder zu sprechen.«

»Das ist nicht fair!« stieß Emily mit jagendem Herzen hervor. »Du weißt ganz genau, daß ich keine glückliche Ehe führe, denn das hat dir Caroline sicher erzählt, sonst wärst du auch gar nicht hier. Aber das ändert nichts an den Tatsachen, Byron!«

Er ließ jedoch nicht locker. »Gehört es auch zu den Tatsachen, daß du mich nicht mehr liebst?«

»Nein«, flüsterte sie mit tränenerstickter Stimme und gestand: »Ich ... ich liebe dich noch immer.«

Ein zärtliches Lächeln verklärte sein Gesicht. »O Emily, was habe ich mich danach gesehnt, das aus deinem Mund zu hören«, raunte er und zog sie in seine Arme.

»Byron, nein! Bitte, tu es nicht!« flehte sie ihn an, ohne jedoch ernsthafte Gegenwehr zu leisten. Und als sie erst seine Lippen auf ihrem Mund spürte, da brach auch der letzte klägliche Widerstand in ihr zusammen. Sie schlang ihre Arme um seinen Nacken und erwiderte seinen Kuß mit einer Leidenschaft und einem Hunger nach Liebe, der alle Bedenken wie ein Sturmwind hinwegfegte.

Ihr brennendes Verlangen wollte sich jedoch nicht mit einem Kuß zufriedengeben. Die Flammen, die nun aus der Glut ihrer Liebe auflodertenn, forderten mehr, viel mehr.

Byron flüsterte ihr ins Ohr, was er mit ihr tun wollte.

»Ja, ich möchte es auch, aber nicht hier!« sagte Emily mit schwerem Atem und beschrieb ihm, wie er zu ihrem Gästezimmer fand. »Warte dort auf mich! Ich entschuldige mich nur bei Arthur, daß ich schon zu Bett gehe.«

»Aber laß mich nicht zu lange warten!« bat er inständig, gab ihr noch einen Kuß und strich ihr über ihre Wange. »Zehn Jahre sind wirklich mehr als genug!«

Emily versprach es, glättete ihr Kleid und kehrte mit wild schlagendem Herzen zum Tanzpavillon zurück, wo sie darauf achtete, auf keinen Fall ihrer Freundin in die Arme zu laufen. Denn

Caroline würde ihre Ausrede mit der Migräne natürlich sofort durchschauen und wissen, warum sie sich jetzt schon in ihr Zimmer zurückzog. Und damit würde Caroline sie, bei aller Freundschaft und Verschworenheit, in tiefste Beschämung stürzen.
Arthur dagegen ahnte offenbar nichts von dem, was Caroline mit ihrer Einladung von Byron eingefädelt hatte. Er bedauerte aufrichtig, daß sie das Fest schon so früh verlassen mußte und bot sogar an, ihr Aspirin und vielleicht sogar einen Eisbeutel zu besorgen. Emily dankte ihm und versicherte, daß sie selbst alles habe, was sie brauche, und bat ihn, Caroline erst einmal nichts von ihrem frühen Zubettgehen zu sagen.
Emily begab sich ins Haus und mußte an sich halten, nicht zu laufen, denn sie konnte nun nicht schnell genug zu Byron kommen. Die wenigen Minuten Trennung von ihm hatten bei allem stürmischen Begehren, das sie erfüllte, jedoch der Stimme der Vernunft in ihr wieder etwas mehr Gehör verschafft. Und während sie den Flur hinunterhastete, wurde ihr klar, wo ihre Freiheit endete und was sie zu tun hatte.
»Endlich!« raunte Byron, als sie schließlich ins dunkle Zimmer trat und die Tür hinter sich verriegelte. Schwacher Lichtschein, der von einigen Lampions draußen im Garten kam, drang durch das zarte Gewebe der Gardinen. »Warte!« sagte Emily und schob ihn sanft von sich. »Ich möchte es so sehr wie du, aber über eins müssen wir uns vorher im klaren sein, Byron.«
»Und das wäre?« fragte er beunruhigt.
»Daß ich zwei Kinder habe, verheiratet bin und Matthew nicht verlassen werde. Daß ich dich noch immer liebe, ändert daran ebensowenig wie die Tatsache, daß ich keine glückliche Ehe führe!« erklärte sie mit fester Stimme.
Er seufzte gequält. »Emily, muß das gerade jetzt sein? Können wir nicht später in aller Ruhe darüber reden?«
»Nein, wir müssen jetzt darüber reden, damit wir beide wissen, worauf wir uns einlassen!« beharrte sie, obwohl alles in ihr gegen

diese störende Stimme der Vernunft rebellierte. »Ich möchte dir keine falschen Hoffnungen machen, Byron. Ich liebe meine Kinder und werde sie für nichts auf der Welt aufgeben, nicht einmal für dich. Das ist das eine. Das andere ist, daß mein Mann krank ist und ich geschworen habe, in guten wie in schlechten Zeiten zu ihm zu stehen. Und das werde ich auch tun, so schwer es mir oft fällt. Ich kann und ich werde ihn nicht verlassen, wie sehr mich der Wunsch auch quält, mit dir zusammenzusein und ein neues Leben zu beginnen. Auch wird es keine Affäre zwischen uns geben. Das einzige, was ich mir zugestehe, ist diese Nacht, Byron.« Ihre Stimme wurde zu einem Flüstern. »Das ist alles, was wir haben werden, diese eine Nacht. Wenn dir das nicht genügt, ist es besser, wir ...«
»Wie kann mir das genügen, wenn ich dich liebe?« antwortete er verzweifelt.
»Ich weiß, aber ich kann nicht anders, Byron«, sagte sie mit tränenerstickter Stimme. »Und ich liebe dich zu sehr, um dir etwas vorzumachen. Ich werde morgen zu meinem Mann und zu meinen Kindern zurückkehren, und du wirst dein eigenes Leben leben müssen – ohne mich und ohne die falsche Hoffnung, ich könnte Matthew doch noch verlassen.«
»Also nur diese eine Nacht«, murmelte er.
»Ja, nur diese wenigen Stunden bis zum Morgen«, bestätigte Emily leise, während ihr Tränen über das Gesicht strömten.
Eine Weile stand er stumm und mit hängendem Kopf vor ihr, ein Schattenriß vor dem hellen Fenster. Schließlich nahm er ihre Hand und sagte: »Dann laß uns jede Minute dieser kostbaren Stunden bewußt erleben, damit die Erinnerung auch für den Rest unseres Lebens in uns lebendig bleibt.«
»Ja, Byron«, hauchte sie, und ein Zittern erfaßte ihren Körper, als er sie nun ganz langsam zu entkleiden begann.

33

Die lange Rückfahrt mit der Eisenbahn nach Lac-Saint-Germain erlebte Emily am nächsten Morgen wie in Trance. Die Landschaft zog am Fenster vorbei, ohne daß sie auch nur eine Einzelheit bewußt in sich aufnahm, so wie sie auch die anderen Passagiere und ihr Kommen und Gehen nicht wirklich wahrnahm.
Nicht den monoton über die Gleise ratternden Zug und die Menschen in ihrem Abteil empfand Emily als Realität, sondern sie lebte in der Welt, in der es nur Byron und sie unter einem Baldachin aus goldfarbener Seide gab. Ihr war, als wäre sie noch immer mit ihm zusammen, spüre sie ihn noch ganz deutlich tief in sich sowie seine Hände und seine Lippen, die ihren Körper mit einer Flut von Zärtlichkeiten überschütteten, daß sie meinte, von einem Feuer der Seligkeit verzehrt zu werden.
Sie brauchte nicht einmal die Augen zu schließen, um immer und immer wieder aufs neue diese einzigartige Nacht zu erleben, in der Byron sie mehr als einmal auf den rauschhaften Gipfel wilder Leidenschaft geführt und mit einer ungekannten Zärtlichkeit in seinen Armen gehalten hatte.
Ihre Erinnerung schreckte jedoch jedesmal vor jener frühen Morgenstunde zurück, als Byron in seine Kleider fuhr und sie sich ein letztes Mal umarmten, schweigend und unter Tränen. Mit welcher Verzweiflung sie sich aneinander klammerten und wie sehr alles in ihnen danach schrie, die bösartige Stimme der Vernunft zum Schweigen zu bringen und sich zu schwören, nie mehr voneinander zu lassen, was immer auch kommen mochte!
War ihre Liebe denn nicht stark genug, um alle Prüfungen schadlos zu überstehen? Und hatten sie nicht auch ein Recht auf Glück?
Doch keiner von ihnen sagte auch nur ein Wort. Byron hielt sein Versprechen, ihnen beiden den Abschied nicht noch schwerer

zu machen, als er auch so schon war. Ein letzter Kuß, ein letzter qualvoller, ja verzweifelter Blick – und dann fiel die Tür lautlos hinter ihm ins Schloß. Und ihr blieb nur die Hoffnung, in dieser Nacht der Liebe ein Kind empfangen zu haben, so daß ihr ein Stück von ihm bleiben würde ... Sie wollte auch nicht an die Begegnung mit Caroline beim Frühstück denken. Zwar bewies ihre Freundin dankenswerterweise so viel Fingerspitzengefühl und Einfühlungsvermögen, daß sie weder ihr frühes Zubettgehen noch Byron auch nur mit einem einzigen Wort erwähnte, und sie erlaubte sich auch keine stumme Anspielung in Form eines wissenden, verschwörerischen Lächelns. Aber dennoch kostete es sie große Überwindung und Selbstbeherrschung, Caroline unter die Augen zu treten, während sie noch das Echo einer Nacht voller Zärtlichkeit und Ekstase in jeder Faser ihres Körpers verspürte und meinte, daß man ihr dies auch ansehen müsse. Nicht aus Scham oder Schuldgefühl konnte sie ihrer Freundin nicht ins Gesicht sehen, sondern weil es sie mit großer Verlegenheit, aber auch mit Unbehagen erfüllte, daß jemand von dem intimsten und leidenschaftlichsten Erlebnis ihres Lebens Kenntnis besaß. Daß dieser Jemand Caroline war, der sie sonst alles anvertraute, machte in diesem Fall keinen Unterschied.

Nein, an diese letzten Morgenstunden vor ihrer Abreise wollte sie nicht denken, weil sie so zwangsläufig auf das Morgen und Übermorgen verwiesen worden wäre, auf ihre unstillbare Sehnsucht nach Byron und die schreckliche Leere, die sie nun noch deutlicher als früher jeden Tag ihres Lebens empfinden würde. Deshalb verharrte sie in den Erinnerungen an das Wunder dieser einen Nacht, in der sie mehr als einmal geglaubt hatte, vor Glück vergehen zu können. Wie ein Komet am nächtlichen Sternenhimmel, der auf seiner Bahn noch einmal hell aufleuchtet, um im nächsten Moment auf ewig zu erlöschen.

Erst als Emily kurz vor Einbruch der Abenddämmerung in Lac-Saint-Germain aus dem Zug stieg und sie Matthew mit den

Kindern erblickte, die unter dem schadhaften Vordach warteten, kehrte sie widerstrebend in die Gegenwart zurück. Die Erkenntnis, daß dies ihre Familie, ihr Leben war, traf sie mit aller Gewalt.
»Warum weinst du denn, Mom?« fragte Jennifer verwundert. »Hast du vielleicht geglaubt, uns wäre etwas passiert, nur weil du drei Tage weg warst?«
»Bestimmt hat sie sich auf der Insel gelangweilt«, meinte Chester in dem Bemühen, etwas Kluges zu sagen.
Emily drückte ihre Kinder an sich. »Ich weine, weil ich euch über alles liebe und nie zulassen werde, daß euch etwas passiert!« erklärte sie und schämte sich plötzlich, daß in ihren Träumen mit Byron nie ihre Kinder aufgetaucht waren.
Matthew gab ihr einen trockenen, flüchtigen Kuß auf die Wange und nahm ihr den Koffer ab. »Sehen wir zu, daß wir nach Hause kommen. Der Wagen hat mal wieder seine Mucken, und ich möchte nicht gerade bei Dunkelheit mit der alten Kiste liegenbleiben.«
Auch wenn es Emily gelang, sich zusammenzureißen und sich nichts von ihrer Seelenqual anmerken zu lassen, so brauchte sie doch über ein Vierteljahr, um ihre innere Ruhe zurückzugewinnen und sich wieder in ihr gewohntes Leben mit Matthew einzufinden. Daß sich ihre Hoffnung auf ein Kind von Byron nicht erfüllte, machte ihr zusätzlich zu schaffen.
Der Brief von Leonora, der kurz vor Weihnachten eintraf und einen kleinen Zeitungsartikel aus der *Charlottetown Gazette* enthielt, sollte ihr weh tun. Und das tat er auch. Denn die kurze Meldung aus der Gesellschaftsspalte »Island Society«, auf die Leonora in ihrem Schreiben mit geradezu gehässigem Nachdruck hinwies, gab die Eheschließung zwischen dem hochdekorierten Captain Byron O'Neil, seit einem Dreivierteljahr Ausbilder an der Fliegerschule der Militärbasis bei St. Eleanors, und der Krankenschwester Rosemary McKenzie, der ältesten Tochter von William T. McKenzie, dem Besitzer der gleichnamigen Fischkonservenfabrik, bekannt.

Natürlich schmerzte es sie im ersten Moment, sich Byron als Ehemann einer anderen Frau vorzustellen, auch wenn ihre Vernunft ihr sagte, daß er alles Recht der Welt hatte, an der Seite einer anderen Frau sein Glück zu suchen, nachdem er sie nicht dazu hatte bewegen können, aus ihrer unglücklichen Ehe auszubrechen und mit ihm einen neuen Anfang zu wagen. Aber nach dem ersten Schock erreichte Leonora mit ihrem Brief und dem Zeitungsartikel das genaue Gegenteil von dem, was sie wohl beabsichtigt hatte, half ihr doch das Wissen über seine Eheschließung, das den letzten Funken Hoffnung in ihrem Unterbewußtsein austrat, sich besser mit der Unabänderlichkeit ihrer Situation abzufinden. Sie war regelrecht froh, daß die Ungewißheit ein für allemal ein Ende hatte. Und diese Erleichterung brachte sie in ihrem Antwortschreiben an ihre Schwester auch zum Ausdruck, zwar nur zwischen den Zeilen, aber dennoch unmißverständlich.

Weil Emily in diesem halben Jahr, das zwischen der Nacht mit Byron und der Nachricht von seiner Hochzeit lag, viel mit sich selbst beschäftigt war, nahm sie in dieser Zeit manches nicht so aufmerksam und bewußt wahr, wie sie es wohl andernfalls getan hätte. Dazu gehörte auch Matthews Rückfall in die dunklen Abgründe seiner Depression, der jedoch nicht abrupt eintrat, sondern sich ganz allmählich vollzog.

Später rekonstruierte sie die langsamen Veränderungen und kam zu dem Schluß, daß mit der Nachricht von der entsetzlichen Wirkung der beiden Atombomben, die am sechsten August auf Hiroshima und drei Tage später auf Nagasaki niedergingen, die Depressionen bei Matthew wieder einsetzten. Und sie wurden schlimmer, als sich im November mit Beginn der Nürnberger Kriegsverbrecherprozesse die Zeitungen mit Berichten über das unvorstellbare Morden und Leiden in den Konzentrationslagern der Nazis füllten. Aber wer hätte auf diese Berichte nicht mit Erschütterung und Verstörung reagiert?

Besorgniserregend wurde sein Verhalten, je weiter das Jahr 1946 dann voranschritt. Heftige Aggressionsschübe und Rastlosigkeit wechselten sich mit Phasen völliger Passivität und wortlosen Brütens ab.

Matthew wurde unberechenbar. Manchmal nahm er die harmlosesten Mißgeschicke zum Anlaß, um die Kinder anzufahren und über Gebühr zu maßregeln, so daß sie in seiner Gegenwart bald völlig verängstigt waren. Auch Emily blieb von diesen Wutausbrüchen über Lappalien nicht verschont. Dann wiederum ereigneten sich wirklich ernste und ärgerliche Vorfälle, wo eine Ermahnung durchaus angebracht gewesen wäre, über die Matthew jedoch wortlos hinwegging, als hätte er sie überhaupt nicht zur Kenntnis genommen – oder ihre wahre Bedeutung nicht erfaßt. So steckte Jennifer eines Tages beinahe den kleinen Holzschuppen hinter dem Haus in Brand, als sie mit Kindern aus der Nachbarschaft verbotenerweise ein Feuer entfachte und ein Stoß Reisig in Rauch aufging. Matthew kam zufällig im rechten Moment vorbei, spießte den brennenden Reisighaufen mit einer alten Heugabel auf und schleuderte ihn hinaus in den Schnee. Eine strenge Zurechtweisung bekam keines der Kinder zu hören. Ohne ein Wort zu sagen, ging er weiter und verschwand zu einem seiner einsamen Spaziergänge. Und so irritierend gleichgültig verhielt er sich auch, als Chester mit dem Schlitten gegen den Wagen fuhr und dabei das Glas des linken vorderen Scheinwerfers zertrümmerte.

Schlimm wurde es im März, als er mehrmals mitten in der Sonntagspredigt abrupt abbrach, mit abwesendem Blick über die Köpfe seiner Gemeinde hinwegblickte und reglos auf der Kanzel stand. Erst als es in den Bänken unruhig wurde, schien ihm wieder bewußt zu werden, wo er sich befand und was man von ihm erwartete. Er murmelte ein hastiges Amen, stolperte wie benommen von der Kanzel, murmelte etwas von »plötzlichem Unwohlsein« und flüchtete förmlich aus der Kirche.

Ich weiß mir allmählich keinen Rat mehr, schrieb Emily im März ihrer Freundin, die seit dem vergangenen Herbst mit Arthur in London lebte. *Mit jeder Woche läßt Matthew die Gemeindearbeit mehr und mehr schleifen. Er macht keine Besuche, hält kaum noch Verabredungen ein und geht nicht mehr zu den Sitzungen des Gemeinderates. Und schon zweimal ist er einfach nicht zu einer Beerdigung erschienen, was natürlich viel böses Blut gegeben hat. Die Geduld unserer Gemeinde ist allmählich erschöpft, zumal er sich nicht in ärztliche Behandlung begeben will. Ich mache mir schreckliche Sorgen und habe kaum noch eine ruhige Nacht. Auch tagsüber verläßt mich neuerdings die Angst nicht mehr, seit Matthew am Freitag letzter Woche fast sieben Stunden durch den Wald geirrt ist. Gilbert Lepage, ein Waldarbeiter, hat ihn aufgegriffen und nach Hause gebracht. Matthew war völlig unterkühlt und entkräftet. Ich bin sicher, daß er sich verirrt hatte, was Matthew hinterher aber heftig abgestritten hat. Er läßt die Wahrheit einfach nicht an sich heran. Doch so kann es mit ihm nicht weitergehen! Die Kinder leiden ganz schrecklich unter diesem untragbaren Zustand. Daß Jennifer plötzlich wieder nachts ins Bett macht und Chester immer wieder Alpträume quälen, ist sicherlich kein Zufall …*

Von einem Besuch beim Arzt wollte Matthew jedoch absolut nichts wissen. Er behauptete steif und fest, daß mit ihm alles in Ordnung sei und Emily nur aus einer Mücke einen Elefanten mache. Außerdem nehme er ja schon seine Pillen, und damit sei das Thema für ihn erledigt. Im übrigen sei er es leid, sich jeden Tag aufs neue von ihr Vorhaltungen machen zu lassen.
»Aber ich mache mir doch nur Sorgen um dich, Matthew! Du brauchst dringend ärztliche Hilfe! Du bist krank!« beschwor sie ihn. »Merkst du denn nicht, was mit dir passiert?«
Er sah sie nur mit einem unsteten Blick an, wandte sich wortlos um und schloß sich einmal mehr viele Stunden lang in sein Zimmer ein, ohne eine Lampe anzumachen, als schon am frühen

Nachmittag die Dunkelheit das letzte Tageslicht aus dem Tal von Lac-Saint-Germain vertrieb.
Ihr Bitten und Flehen hatte so wenig Erfolg wie die Bemühungen von Doktor Franceur, Henri Gardeaux, Odette Bergeron und anderen besorgten Gemeindemitgliedern, die ihn zu einem weiteren Krankenhausbesuch in Baie-Saint-Paul bewegen wollten.
»Wenn es mit ihm nicht besser wird, bleibt uns gar nichts anderes übrig, als ihn gegen seinen Willen zur Untersuchung in eine geschlossene Anstalt einzuweisen«, erklärte Doktor Franceur Anfang April. »Soll ich mich schon mal um einen Platz bemühen?«
Emily biß sich auf die Lippen und nickte.
Zur zwangsweisen Einlieferung kam es jedoch nicht mehr. Drei Tage später beobachtete der Zeitungsjunge Edmond Tremblay, als er auf seiner Runde im Morgengrauen wie gewohnt die Tageszeitung auf die Treppe des Farmhauses der Whitefields warf, wie die vertraute Gestalt des Reverend zum See hinunterging. Was er sah, kam ihm zwar schon sehr merkwürdig vor. Doch dann sagte er sich, daß der Reverend wohl schon wußte, was er da tat, und setzte seine Runde fort.
Edmond war schon zur Landstraße zurückgekehrt, als ihm Zweifel kamen. Vielleicht sollte er seine Beobachtung ja doch besser jemandem mitteilen? Als er Monsieur Bergeron mit einem Arm voll Feuerholz an der Hintertür seines Hauses erblickte, rief er ihm zu, daß er ihm etwas sagen müsse, und lief zu ihm.
»Der Reverend ist auf den See hinaus, wo das Eis doch schon so brüchig ist?« stieß Robert Bergeron erschrocken hervor, als er hörte, was ihm Edmond da sagte.
Der Junge zuckte die Achseln. »So genau habe ich das nicht verfolgt, Monsieur. Als ich mich wieder auf den Weg machte, stand er etwa auf der Höhe vom alten Bootssteg. Vielleicht hat er sich ja auch nur ein paar Schritte vom Ufer entfernt, weil er Angelschnüre in einem nahen Eisloch ausgelegt hat. Aber daß er

bloß seinen Pyjama und auch keine richtigen Schuhe trug, fand ich schon komisch.«
»O mein Gott!« rief Robert Bergeron entsetzt, ließ die Holzscheite achtlos zu Boden fallen und rannte zum See hinunter.
Zu diesem Zeitpunkt war Matthew jedoch längst durch das Eis gebrochen und betäubt vom eisigen Wasser. Matthew trieb schon leblos unter dem Eis, als Robert Bergeron das Ufer erreichte, seinen Namen hinausschrie und den See, dessen weiße Fläche das erste Sonnenlicht wie ein Spiegel reflektierte, erfolglos nach einem Lebenszeichen von ihm absuchte. Er fand nur die Fußspuren, die auf den See hinausführten und irgendwo dort draußen plötzlich abbrachen, wo das Eis unter Matthews Gewicht nachgegeben und er den Tod gefunden hatte.

34

Am Tag der Beerdigung schien über Charlevoix die Sonne von einem strahlendblauen wolkenlosen Himmel, als wollte sie die Trauernden verhöhnen. Das für diese Jahreszeit ungewöhnlich warme Wetter brachte die ausnahmslos in schwere schwarze Wollstoffe gekleidete Trauergesellschaft auf dem Friedhof gehörig ins Schwitzen. So mancher steife Kragen wurde diskret gelockert.
Emily war wohl die einzige, die dennoch fror, als sie mit den Kindern am Grab ihres Mannes stand und die schweren Erdklumpen auf den Deckel des einfachen Sarges polterten. Ihre Erschütterung und ihr Kummer gingen tiefer, als sie für möglich gehalten hätte. So manches Mal, vor allem in den letzten Jahren, hatte sie sich heimlich bei dem Gedanken ertappt, daß sie sich wünschte, von Matthew und den Ketten ihrer unglücklichen Ehe

befreit zu sein. Nun aber, da der Tod ihr diese Freiheit geschenkt hatte, wurde ihr schmerzhaft bewußt, wie sehr diese gemeinsamen zehn Jahre und die Liebe zu ihren Kindern sie doch mit Matthew verbunden hatten.

»Verzeih mir all das, was ich getan oder was ich unterlassen habe, Matthew«, flüsterte sie unhörbar, als sie ihre Blumen ins Grab warf. »Ich wünschte, wir wären glücklicher miteinander gewesen ... und ich hätte dir mehr helfen können. Ruhe in Frieden.«

Leonora und ihre Eltern waren am Abend zuvor in Lac-Saint-Germain eingetroffen. Trotz des Schmerzes und der Trauer über Matthews Tod konnte Emily sich nicht der bitteren Ironie erwehren, die beim Anblick ihrer Schwester und ihrer Eltern in ihr aufstieg. Zehn Jahre lang hatten sie sich nicht ein einziges Mal zu einem Besuch bei ihnen aufraffen können. Erst der Tod hatte sie dazu gebracht, die Reise zu ihr zu unternehmen. Die Verbitterung darüber besiegte sogar ihren Kummer und veranlaßte sie zu der sarkastischen Bemerkung: »Matthew hätte sich zu seinen Lebzeiten über euren ersten Besuch bei uns bestimmt noch mehr gefreut als jetzt zu seiner Beerdigung.«

»Jeder tut, was er kann. Im Leben geht nun mal nicht immer alles so, wie man es sich wünscht«, brummte ihr Vater verdrossen und war sich offensichtlich keiner Schuld bewußt. »Der gute Matthew hat das schon verstanden.«

»Ich kann mich zwar nicht erinnern, daß der *gute* Matthew auch nur einmal etwas in der Richtung gesagt hätte, aber du weißt es bestimmt besser als ich, Vater. Ihr habt euch ja so oft geschrieben und dabei so ausführlich eure intimsten Gedanken ausgetauscht, nicht wahr?« erwiderte Emily bissig, hatte ihr Vater in all den Jahren doch nicht einmal einen Brief geschickt. Er hatte immer nur Grüße bestellen lassen und sich hinter der Behauptung versteckt, Briefe schreiben wäre nun mal Frauensache, so wie Kinder kriegen und Brot backen. Und das Telefon war für Privatgespräche stets tabu gewesen. Aus Kostengründen und

weil vernünftige Menschen seiner maßgeblichen Überzeugung nach das, was sie sich persönlich zu sagen hatten, nun mal nicht dem Telefon anvertrauten. »Die Kinder und ich haben es jedenfalls nicht verstanden, aber das zählt natürlich nicht.«
Ihr Vater stemmte die Fäuste empört in die Hüfte. »Also das ist doch wirklich der Gipfel!« entrüstete er sich. »Matthew ist noch nicht einmal unter der Erde, und das erste, was du uns zu sagen hast, kaum daß wir nach dieser strapaziösen Reise einmal Zeit zum Atemholen gehabt haben, sind lächerliche Vorwürfe! So etwas Pietätloses ist mir noch nicht widerfahren, und das auch noch von meiner eigenen Tochter!«
»Nein, die Vorwürfe sind wirklich gerechtfertigt, Dad«, sprang ihr da Leonora überraschenderweise bei. »Auch wenn wir es nicht gerne hören, aber wir hätten Emily und ihre Familie wirklich schon längst einmal besuchen müssen, schon bevor sie nach Lac-Saint-Germain gezogen sind.«
Emily glaubte, ihren Ohren nicht zu trauen. Woher nur kam diese späte Reue bei ihrer Schwester?
»Wir haben es nur unterlassen, weil es uns zu lästig war, seien wir doch ehrlich«, gestand ihre Schwester beschämt ein. »Und so schlimm, wie du das jetzt hinstellst, war die Reise gar nicht. Nein, Emily hat alles Recht der Welt, uns Vorwürfe zu machen. Es war wirklich sehr lieblos von uns, sie nie zu besuchen und immer neue Vorwände vorzuschieben, warum es angeblich nicht möglich war zu kommen. Dabei wäre es sehr wohl gegangen, wenn wir es nur gewollt hätten, und das gilt auch für dich, Dad!«
Ihre Mutter nickte mit schuldbewußter Miene. »Ja, wir hätten schon vor Jahren kommen müssen«, murmelte sie. »Wir müssen uns wahrhaftig schämen, daß erst solch ein schreckliches Unglück passieren mußte, damit wir nach Lac-Saint-Germain reisen, wo ihr doch schon fast sechs Jahre hier lebt.«
Im ersten Moment blickte Emilys Vater sprachlos in die Runde. »Ach was, Kinder haben ihre Eltern zu besuchen, nicht umgekehrt!« stieß er dann ärgerlich hervor, hielt sich aber von Stund

an mit seiner Kritik auffallend zurück, spürte er doch, daß er in diesem Punkt zum erstenmal alle gegen sich hatte.

Emily wurde aus dem Verhalten ihrer Schwester nicht klug. Leonora erschien ihr wie verwandelt. Es war, als wäre in ihr wieder das Wesen jener Schwester zum Vorschein gekommen, mit der sie sich in ihrer Kindheit so eng verbunden gefühlt hatte, bis sie an Scharlach erkrankt und danach in die Dachkammer verbannt worden war. Nichts erinnerte mehr an die verkniffene, kratzbürstige und oftmals geradezu bösartige Art, mit der Leonora sie bei ihren Besuchen auf der Insel, aber auch in ihren Briefen all die Jahre gepiesackt hatte.

Kaum hatte Leonora ihren Koffer abgestellt und ihrem Vater unten in Matthews einstigem Arbeitszimmer das Bett gerichtet, da machte sie sich auch schon mit dem Haushalt vertraut und nahm die dringendsten Arbeiten in Angriff, die Emily in ihrem Kummer vernachlässigt hatte. Aufopferungsvoll und mit spürbar großer Anteilnahme versuchte sie, ihr und den Kindern in diesen ersten schweren Tagen nicht nur Trost zu schenken, sondern ihr auch möglichst viel abzunehmen. Sie strahlte eine schwesterliche Fürsorge und Verbundenheit aus, wie sie Emily seit ihrem zehnten Lebensjahr nicht mehr erlebt hatte – ausgenommen in der kurzen Zeit zwischen ihrer Verlobung und Nicholas' Tod. Und genau da, in der gemeinsamen Erfahrung des Todes, lag wohl auch des Rätsels Lösung.

»Wir haben beide dasselbe schwere Schicksal erlitten, den geliebten Mann zu verlieren, und müssen daher zusammenhalten«, sagte Leonora einmal.

Da begriff Emily auf einmal, warum ihre Schwester sich ihr wieder so nahe fühlte. Matthews tragischer Tod hatte ihre nach außen so glückliche Ehe und ihr eigenständiges Leben fern von zu Hause zerstört, worum Leonora sie immer beneidet hatte. Nun stand sie genauso verzweifelt und hilflos da wie einst Leonora, und es gab nichts mehr, was Anlaß zu Mißgunst gegeben hätte. In den Augen ihrer Schwester teilten sie nun das bittere

Schicksal der frühen Witwenschaft. Denn obwohl Leonora mit Nicholas nur verlobt gewesen war, betrachtete sie sich doch hartnäckig als Witwe, was sie auch von Anfang an durch ihre Kleidung unterstrichen hatte. Die ersten Jahre hatte sie sich strikt an die Konvention gehalten und ausschließlich Schwarz getragen. Erst nach fünf Jahren Trauerzeit hatte sie die ersten schiefergrauen Kleider in ihre Garderobe aufgenommen. Und jetzt, mehr als zwölf Jahre nach Nicholas' tödlichem Unfall, war ein dezent dunkles Violett der einzige Farbton, den sie sich in ihrer Kleidung neben Grau und Schwarz zugestand.

Leonora redete ihr in den letzten Tagen ihres Aufenthaltes gut zu, doch mit ihnen nach Summerside zurückzukehren. Sie war sogar ausdrücklich bereit, für sie und die Kinder Umbauten im Haus vornehmen zu lassen. »Unser altes Kinderzimmer ist für Jennifer und Chester erst einmal ausreichend, und bis wir unten einen weiteren Raum für mich angebaut haben, können wir uns doch mein Zimmer teilen«, bot sie ihr an. »Und wenn Chester zu alt ist, um mit Jennifer in einem Zimmer zu schlafen, kann er die Dachkammer bekommen.«

Sogar ihr Vater gab dazu seine Zustimmung, wenn auch in seiner bestimmenden und mürrischen Art. »Was soll das ganze Gerede? Natürlich kommt sie mit uns zurück!« erklärte er schroff, als hätte Emily mit Matthews Tod ihre Selbständigkeit verloren und über ihre Zukunft nicht mehr selbst zu bestimmen. »Was soll sie denn auch groß anderes tun, wo sie zwei kleine Kinder zu versorgen hat und quasi ohne einen Cent auf der Straße steht? Alleinstehende Frauen mit kleinen Kindern, von denen nicht wenige in Schande geboren sind, gibt es jetzt nach dem Krieg so viele wie Flöhe auf einem streunenden Straßenköter. Sie hat gar keine Chance, in dieser Zeit allein zurechtzukommen. Und deshalb gehört sie unter das Dach der Eltern!«

Emily stand wirklich so gut wie mittellos dar, denn die winzige Rente, die sie erhielt, reichte bei weitem nicht aus, um sie und ihre Kinder auch nur mit dem Notwendigsten zu versorgen. Und so war sie anfangs wirklich versucht gewesen, ernsthaft über das Angebot ihrer Schwester nachzudenken.

Sie gab diese Idee jedoch sofort auf, als sie ihren Vater reden hörte und eine Ahnung bekam, wie es sein würde, wieder bei ihren Eltern zu wohnen. Er betrachtete ihre Rückkehr nach Hause offensichtlich als selbstverständliche Pflicht ihrerseits und wartete wohl nur darauf, sie wie früher bevormunden und ihre Autorität vor den Kindern untergraben zu können. Nein, dieses Leid würde sie sich, Jennifer und Chester nicht antun! Und sie schwor sich in diesem Moment, unter gar keinen Umständen zu ihren Eltern nach Summerside zurückzukehren. Ganz gleichgültig, wie schwer sie es auch haben mochte, allein für ihre Familie zu sorgen, sie würde nicht zu Kreuze kriechen und sich von ihrem Vater demütigen lassen. Irgendwie würde sie es schon schaffen!

Außerdem wollte Emily, daß ihre Kinder weiterhin zweisprachig aufwuchsen. Jennifer und Chester sprachen Französisch längst so akzentfrei wie ihre Muttersprache, und diese Zweisprachigkeit, die sie auf Prince Edward Island gewiß rasch wieder verlieren würden, konnte ihnen in ihrem späteren Leben nur von Vorteil sein.

Ihr Vater warf ihr Verantwortungslosigkeit und Dummheit vor, als sie ihm mitteilte, daß sie mit ihren Kindern nicht nach Summerside ziehen werde. »Das sieht dir ähnlich«, knurrte er geringschätzig. »Du hast schon immer geglaubt, so gescheit zu sein, um dann früher oder später doch eines Besseren belehrt zu werden. Diese Überheblichkeit hat man dir wohl in Charlottetown beigebracht. Ich habe ja immer gewußt, daß es ein Fehler war, dich auf diese Schule zu schicken. Dort hast du nur vergessen, woher du kommst und wo dein Platz im Leben ist.«

Emily funkelte ihn aufgebracht an. »Diese Schule hat mir zu einer erstklassigen Ausbildung verholfen! Aber davon hast du ja nie etwas gehalten, zumindest nicht für Mädchen. Die haben bei dir ja nur zu gehorchen und den Mann zu heiraten, den der Vater für am geeignetsten hält!« erwiderte sie erregt. »Nun, ich sehe das anders, und ich werde dafür sorgen, daß meine Kinder die beste Ausbildung bekommen, die ich ihnen nur zukommen lassen kann! Jennifer soll eines Tages genauso wie Chester einen guten Beruf erlernt haben und jederzeit in der Lage sein, für sich selbst zu sorgen!«

»Von deiner so erstklassigen Ausbildung kannst du dir aber nicht einen Laib Brot und kein Paar Schuhe für deine Kinder kaufen!« hielt er ihr vor. »Denn wen interessiert es heute noch, daß du vor elf Jahren von dieser Schule für höhere Töchter abgegangen bist? Niemand! Und dein halbes Jahr als Tippse bei der Bank bringt dir auch nichts.«

»Von wegen! Ich habe eine gute Stellung in Baie-Saint-Paul in Aussicht«, log Emily aus Wut über seine Bösartigkeit und Geringschätzung ihrer Fähigkeiten. »Und ich werde sehr wohl auf eigenen Beinen stehen können!«

»Dummes Zeug!« erwiderte er und machte eine wegwerfende Geste. »Spätestens in ein paar Wochen weißt du nicht mehr ein noch aus, und dann stehst du bei uns vor der Tür. Aber dann wirst du hoffentlich von deiner Überheblichkeit kuriert sein und nicht länger so törichte und ungehörige Reden schwingen!«

Emily kam nicht mehr dazu, etwas zu erwidern, weil Odette Bergeron erschien, was ihrem Streit ein Ende bereitete. Doch in Gedanken erteilte Emily ihrem Vater auf seine Prophezeiung eine ebenso wütende wie entschlossene Antwort: »Daß ich noch einmal mit dir unter einem Dach lebe, darauf kannst du lange warten! Eher gehe ich betteln!«

Als Leonora und ihre Eltern nach fünf Tagen bei regnerischem Wetter wieder abreisten, ließ Emily ihre Kinder in der Obhut von Odette zurück. Auf dem Bahnhof wollte ihre Mutter ihr einige Geldscheine zustecken, was ihr Vater unglücklicherweise aber mitbekam. Sofort ging er dazwischen und nahm ihr das

Geld ab. »Was soll das, Frau?« fuhr er sie ärgerlich an. »Du hast doch gehört, daß Emily eine blendende Anstellung in Baie-Saint-Paul sicher ist und sie unsere Hilfe daher weder braucht noch will. Falls daraus aber doch nichts wird und sie allein nicht klarkommt, dann soll sie das gefälligst sagen!« Und ohne ein weiteres Wort des Grußes bedeutete er den beiden Bahnangestellten, die einige Schritte diskreten Abstand gehalten hatten, ihm nun in den Zug zu helfen.

Leonora standen beim Abschied die Tränen in den Augen. »Warum hast du dich mit Vater nur wieder in die Haare kriegen müssen?« fragte sie mehr traurig als vorwurfsvoll. »Du weißt doch, wie er ist.«

»Ja, deshalb kann ich ja auch nicht mit ihm unter einem Dach leben. Ich werde in drei Wochen dreißig, Leonora, und da lasse ich mich von ihm doch nicht wie ein dummes unmündiges Kind behandeln. Es ist schlimm genug, wie es jetzt schon ist.«

»Ich habe es mir so sehr gewünscht, dich wieder bei uns im Haus zu haben«, gestand ihre Schwester leise. »Es könnte wie früher sein, als ... als wir uns noch besser verstanden haben. Vielleicht überlegst du es dir ja noch einmal.«

»Rechne besser nicht damit«, antwortete Emily gerührt und drückte sie ein letztes Mal. Dann wurde es Zeit für Leonora, zu ihren Eltern in den Waggon zu steigen.

Der Wind wehte Regenschleier unter das Vordach, als der Zug sich in Bewegung setzte und aus dem Bahnhof auslief. Leonora und ihre Mutter winkten Emily aus dem Abteil hinter dem geschlossenen Fenster zu, bis die Gleise einen Bogen machten und sie aus ihrem Blickfeld verschwand.

Emily schaute dem Zug noch eine ganze Weile nach, bis sich ihr Blick nur noch an leere, regennasse Gleise klammern konnte. Und in diesem Moment traf sie mit voller Wucht das Bewußtsein, daß sie, eine mittellose dreißigjährige Witwe mit zwei kleinen Kindern, nun wirklich völlig auf sich allein gestellt war.

35

Daß Emily mit ihren Kindern von Lac-Saint-Germain wegziehen würde, verstand sich für die meisten Gemeindemitglieder ganz von selbst. Sie hatte gar keine andere Wahl, denn in dem Ort gab es keine Arbeit für sie, mit der sie ihre Familie durchbringen konnte. Damit Jennifer jedoch nicht kurz vor Ende des Schuljahres aus dem Unterricht gerissen wurde, gestattete man ihnen, bis zum Beginn der Sommerferien im Farmhaus wohnen zu bleiben. Dies galt als ein großzügiges Entgegenkommen der Gemeinde, traf der neue Geistliche überraschenderweise doch schon drei Wochen nach Matthews Tod in Lac-Saint-Germain ein, so daß für ihn eine Übergangslösung gefunden werden mußte, bis er mit seiner Familie in das gemeindeeigene Haus unweit der Kirche einziehen konnte.
Je näher der Tag der Abreise rückte, desto größer wurde Emilys Sorge, ohne eine Arbeitsstelle und ohne ein Dach über dem Kopf dazustehen, wenn sie das Farmhaus räumen mußte. Die Zuversicht, mit der sie in den ersten Wochen in die größeren Ortschaften der Umgebung und später dann sogar in die Städte am Fluß gefahren war, um sich dort nach einer Anstellung umzusehen, war längst der ernüchternden Erkenntnis gewichen, daß die Chancen für sie ausgesprochen schlecht standen.
Die Hoffnung, als Sekretärin wieder in einer Bank oder einer Versicherung unterzukommen, mußte sie ganz schnell aufgeben. Nach einem kurzen Blick auf ihren bisherigen Tätigkeitsnachweis, der das Datum von 1935 trug, erlosch sofort jegliches Interesse. Man bat sie noch nicht einmal zu einem Gespräch, sondern bedauerte augenblicklich, derzeit keinen Bedarf an neuen Kräften zu haben. Oft genug komplimentierte man sie auch mit der Versicherung aus dem Vorzimmer des Personalchefs, daß man sich bei ihr melden werde. Da sich jedoch niemand die

Mühe machte, auch nur ihren Namen und ihre Anschrift zu notieren, wußte sie, was davon zu halten war.

Die Suche nach einem weniger anspruchsvollen Posten, etwa als einfache Schreibkraft, verlief genauso enttäuschend. Und als sie sich in ihrer wachsenden Verzweiflung sogar bei Fabriken als ungelernte Kraft um einen dieser stumpfsinnigen, schmutzigen und schlechtbezahlten Jobs bewarb, da erhielt sie nicht nur ausnahmslos Absagen, sondern stieß zudem auch noch auf Unverständnis und unverhohlene Ablehnung.

»Wir stellen keine Frauen ein, wir entlassen Frauen«, bekam sie mehr als einmal unfreundlich zu hören. »Die Männer, die aus dem Krieg zurückkommen und Opfer genug gebracht haben, brauchen die Arbeit dringender. Kümmert ihr euch gefälligst um eure Kinder und den Haushalt, anstatt den Männern nun auch noch die Arbeit wegzunehmen!«

Daß sich die Frauen aus der Arbeitswelt der Männer zurückziehen und sich wieder auf ihre angestammten Tätigkeiten am heimischen Herd beschränken sollten, forderten nicht nur die Kriegsheimkehrer. Diese Erwartung wurde sogar von der Regierung mit großem Werbeaufwand propagiert und als neue Form von weiblichem Patriotismus gefeiert.

»Zuerst hieß es: Frauen an die Hochöfen, Schweißgeräte und Maschinen! Und jetzt, wo die Frauen in allen Bereichen jahrelang bewiesen haben, daß sie den Männern in nichts nachstehen und genauso tüchtige Mechaniker, Elektriker und was weiß ich noch alles abgeben – wenn auch bedeutend mieser bezahlt –, jetzt sollen sie gefälligst vergessen, was sie sich angeeignet und erkämpft haben, und demütig an den Kochtopf zurückkehren. Der Mohr hat seine Schuldigkeit getan, der Mohr kann gehen! Und wer das nicht freiwillig tut, bekommt seine Entlassung mit einem Tritt. Was für eine verlogene, selbstsüchtige Bande!« schimpfte Odette, als Emily ihr deprimiert berichtete, wie sie im Warteraum einer Fabrik von anderen arbeitssuchenden Männern angepöbelt und als undankbares Etappenflittchen beschimpft worden war, nur weil sie sich erdreistet hatte, sich um eine der freien Stellen zu bewerben.

»Aber wenn ich nicht bald Arbeit finde, weiß ich nicht, was ich machen soll«, sagte Emily niedergeschlagen. »Zu meinen Eltern kann ich unmöglich zurück. Das würde ich nicht ertragen.«

»Wir können mehr ertragen, als wir gemeinhin glauben. Außerdem ist noch längst nicht aller Tage Abend. Es wird sich schon noch etwas finden, Missis Whitefield«, versicherte ihr Odette aufmunternd. »Sie dürfen nur nicht den Mut verlieren.«

Emily kämpfte verbissen gegen die aufkommende Verzweiflung an und ließ nicht zu, daß Hoffnungslosigkeit sie lähmte. Sie gab nicht auf. Das Wissen, ihr Scheitern eingestehen und ihren Vater unterwürfig um Aufnahme bitten zu müssen, wenn sie keine Möglichkeit fand, selbst für ihre Kinder zu sorgen, trieb sie immer wieder aus dem Haus, wie deprimiert und kraftlos sie sich auch fühlte. Sie gab Chester morgens bei den Bergerons ab, wo Jennifer nach der Schule auch zu Mittag aß, stieg in den Zug oder Bus und fuhr in die nächste Stadt, um sich einmal mehr vergeblich die Füße nach einer Arbeit abzulaufen und bei Dunkelheit völlig erschöpft nach Lac-Saint-Germain zurückzukehren.

In ihrer Verzweiflung trug Emily sich schon mit dem Gedanken, Caroline ein Kabel zu schicken und sie um finanzielle Hilfe zu bitten. Aber das tat sie dann doch nicht. Zum einen begleitete ihre Freundin ihren Mann gerade bei einer ausgedehnten Rundreise auf dem Kontinent, um zu potentiellen Kunden und Händlern Kontakte zu knüpfen, so daß sie gar nicht wußte, wohin sie das Telegramm hätte senden sollen. Zum anderen schämte sie sich zu sehr, ihre Hilflosigkeit einzugestehen und Caroline um Geld zu bitten, nachdem ihre Freundin in ihrem Beileidsschreiben spontan ihre Unterstützung angeboten und sie diese in ihrem falschen Stolz dankend ausgeschlagen hatte.

Emily fand keine Arbeit. Daß sie dennoch keinen demütigenden Canossagang nach Summerside antreten mußte, verdankte sie schließlich Odette. Nur wenige Tage vor dem Termin, an dem

sie das Farmhaus zu räumen hatte, suchte Odette sie noch spät am Abend auf, als Jennifer und Chester schon im Bett lagen.
Emily befand sich bereits im Morgenrock, als sie die Tür öffnete. Mit vom Laufen gerötetem Gesicht und strahlenden Augen bat Odette um Entschuldigung, daß sie noch zu so später Stunde störte. »Aber ich wollte nicht bis morgen warten, weil ich denke, daß ich Ihnen vielleicht eine weitere schlaflose Nacht ersparen kann.« Sie machte eine kurze dramatische Pause, bevor sie fröhlich verkündete: »Ich habe nämlich eine Arbeit für Sie!«
Emily faßte sich fast erschrocken an die Brust. »Mein Gott, das ist fast zu schön, um wahr zu sein!« stieß sie aufgeregt hervor.
»Nun ja, ein paar Haken und Ösen hat diese Anstellung schon«, schränkte Odette Bergeron hastig ein, während sie in die Küche gingen. »Es ist sicher nicht das, was Sie sich vorgestellt haben. Ihre Bezahlung bestünde zum großen Teil aus Kost und Logis. Aber Sie und Ihre Kinder hätten zumindest ein Dach über dem Kopf und wären versorgt.«
Emily nickte und dachte im stillen, daß es nie gut war, sich zu früh zu freuen. »Ich mache uns einen Tee, und Sie erzählen, was es mit diesem Posten auf sich hat«, sagte sie und stellte den Wasserkessel auf den Herd.
»Wie der Zufall es will, habe ich heute einen Anruf von einer entfernten Verwandten erhalten, die schon seit Jahrzehnten in Quebec City lebt. Ihr Name ist Pauline Chamberlayne, sie ist jedoch eine geborene Bergeron. Unsere Urgroßväter waren Brüder, aber das dürfte Sie wohl weniger interessieren. Paulines Mann Percy war britischer Abstammung und hat einmal viel Geld im Holzhandel verdient«, erzählte Odette. »Aber der Börsencrash von 1929 hat aus seinen Aktien innerhalb weniger Tage einen Haufen wertloses Papier gemacht.«
»Ja, damals sind viele tief gefallen«, erinnerte sich Emily und stellte Tassen sowie Zucker und Milch auf den Tisch.
»Auf den eingebildeten Percy traf dies sogar in zweifacher Hinsicht zu«, fuhr Odette bissig fort. »Er stürzte nämlich nicht nur

von beachtlichem Reichtum in relative Armut, sondern sprang auch aus dem achten Stock eines Gebäudes in der Innenstadt, wo sein Börsenmakler sein Büro hatte. Die Vorstellung, von nun an ohne Dienstboten, ohne Mitgliedschaft in seinen exklusiven Clubs und ohne seine teuren Reitpferde leben zu müssen, konnte er wohl nicht ertragen. An seine Frau hat dieser britische Gentleman jedoch keinen Gedanken verschwendet. Denn sonst wäre er kaum vor Zeugen aus dem Fenster gesprungen, sondern hätte seinen Tod zumindest wie einen Unfall aussehen lassen. In dem Fall hätte Pauline nämlich das Geld aus der Lebensversicherung ausbezahlt bekommen, die den Börsenkrach ironischerweise recht unbeschadet überstanden hatte. Aber was aus seiner Frau wird, das hat diesen feinen Ehrenmann eben nicht gekümmert.«

»Wie schrecklich«, sagte Emily. »Und was ist aus ihr geworden?«

»Pauline hat mehr Charakterstärke und Willenskraft bewiesen als ihr Mann, der sich feige aus seiner Verantwortung gestohlen hat. Statt in Selbstmitleid und Gejammer zu verfallen, hat sie sich der Notlage tapfer gestellt, indem sie ihr großes Haus kurz entschlossen in eine Pension verwandelt hat und sich nicht zu fein gewesen ist, für Fremde zu kochen, zu waschen und zu putzen. Und Sie können mir glauben, daß Pauline das alles nicht leichtgefallen ist, auch wenn sie nicht gerade in einem vermögenden Elternhaus aufgewachsen ist«, berichtete Odette mit unverhohlener Bewunderung. »Die ersten Jahre sah es dann auch mehrmals so aus, als würde sie an dieser Aufgabe scheitern und das Haus doch noch verkaufen müssen, weil die Pension kaum genug einbrachte, um alle Rechnungen zu bezahlen. Oft genug hat Pauline sich selbst kaum mehr als dünnen Tee und trockenes Brot gegönnt, während sie ihren Pensionsgästen ein gutes Essen vorsetzte, um so das Haus halten zu können. Aber als sich dann allmählich herumsprach, daß im ›Chamberlayne House‹ eine ehrenwerte und gutbürgerliche Klientel verkehrte, die Zimmer ansprechend, das Essen gut und die Preise vernünftig waren, da ging es langsam aufwärts. Mittlerweile lebt Pauline von soliden und treuen Stammkunden, die ausnahmslos viele Wochen und Monate, manche sogar jahrelang dort logieren und durch ihre persönliche Weiterempfehlung dazu beitragen, daß bei Pauline kein Zimmer lange frei bleibt.«

Emily füllte die Tasse auf dem Tisch mit frischem dampfendem Tee und setzte sich nun zu Odette. »Das freut mich für Ihre Verwandte, aber wo werde ich in diesem Zusammenhang gebraucht?«

»Die Gute ist jetzt über sechzig und nicht mehr so flott auf den Beinen wie früher«, erklärte Odette. »Als es ihr wieder besserging, hat sie wohl geglaubt, vieles nachholen zu müssen, woran es ihr jahrelang gemangelt hatte. Das Gewicht macht ihr nun zu schaffen. Und dazu kommt, daß ihr Augenlicht bedenklich nachläßt. Deshalb hat sie auch seit einigen Jahren jemand im Haus, der ihr einen Großteil der Arbeit abnimmt, so eine Art Hauswirtschafterin. Und diese Stelle ist frei geworden. Die Frau, die zuletzt in ihren Diensten stand, hat in ihre eigene Tasche gewirtschaftet und sich rasch aus dem Staub gemacht, als sie merkte, daß Pauline ihr auf die Schliche kam. Und jetzt sucht Pauline eine neue Hauswirtschafterin für ihre Pension.«

Emily warf ihr einen verzweifelten Blick über ihre Teetasse zu. »Und dafür, glauben Sie, käme ich in Frage, wo ich in diesen Dingen doch nicht die geringste Erfahrung habe?«

»Aber gewiß doch!« versicherte Odette Bergeron. »Ich habe oft genug an diesem Tisch gesessen und gesehen, was für eine gewissenhafte und tüchtige Hausfrau Sie doch sind. Es fehlt Ihnen auch nicht an Einfallsreichtum und Organisationstalent, das weiß ich nach so vielen Jahren nun wirklich zu beurteilen.«

»Sie schmeicheln mir«, sagte Emily verlegen.

»Ganz und gar nicht.«

»Aber um als Haushälterin einer solchen Pension seine Sache

gut zu machen, bedarf es doch bestimmt mehr, als nur eine gute Hausfrau zu sein«, gab Emily zu bedenken.

Odette nickte. »In der Tat, es reicht nicht aus, gut kochen zu können und sich nicht zu fein zu sein, für andere Leute zu waschen und zu putzen«, bestätigte sie. »Genauso wichtig sind Zuverlässigkeit und Ehrlichkeit. Diese Anstellung bei Pauline Chamberlayne ist zugleich auch eine Vertrauensstellung, werden Sie doch auch einen beträchtlichen Teil der Finanzen verwalten müssen. Aber ich habe ihr gesagt, daß ich für Sie meine Hand ins Feuer lege.«

Emily errötete. »Danke«, murmelte sie.

»Kein Grund, mir für etwas zu danken, was Ihr eigenes Verdienst ist«, antwortete Odette mit einem warmherzigen Lächeln. »Pauline kommt allein nicht zurecht und braucht dringend eine neue Wirtschafterin. Sie hat mir vorhin noch ihr Leid geklagt, und da habe ich ihr gesagt, daß ich die perfekte Frau für diese Stelle kenne. Sie ist bereit, Ihnen eine Chance zu geben. Nun, was sagen Sie? Wollen Sie es versuchen? Ich bin sicher, daß Sie gut mit Pauline auskommen und Ihre Sache ganz ausgezeichnet machen werden.«

Doch Emilys Zweifel waren noch nicht ganz ausgeräumt. »Haben Sie ihr denn auch gesagt, daß ich zwei kleine Kinder habe und deshalb auch mehr als nur ein Zimmer brauche?«

»Selbstverständlich, und ich gebe zu, daß sie da erst etwas skeptisch gewesen ist. Aber als ich ihr versichert habe, daß sich Jennifer und Chester zu benehmen wissen, da hat sie keine weiteren Einwände mehr gehabt. Und was die Unterbringung betrifft, so hält Pauline für ihre Hauswirtschafterin unter dem Dach eine kleine Wohnung mit zweieinhalb Zimmern bereit. Es dürfte für Sie drei vielleicht schon ein wenig eng werden, nachdem Sie all die Jahre das ganze Haus hier für sich gehabt haben, aber unter den Umständen ...« Sie zuckte vielsagend die Achsel.

»Um Gottes willen, damit kommen wir schon zurecht«, beeilte sich Emily zu versichern.

»Dann kann ich Pauline also morgen in der Früh anrufen und ihr mitteilen, daß Sie die Stelle annehmen und nächste Woche bei ihr anfangen wollen?« vergewisserte sich Odette Bergeron.
Emily wagte ein zaghaftes Lächeln. »Ja, das können Sie, und ich werde mein Bestes tun, um keinen von Ihnen zu enttäuschen«, sagte sie mit einem Gefühl unendlicher Dankbarkeit und Erleichterung, der zwangsweisen Rückkehr ins Elternhaus noch im letzten Moment entronnen zu sein. »Ich weiß nicht, wie ich Ihnen für alles, was Sie für mich und die Kinder getan haben, jemals danken soll.«
Odette lächelte. »Ihre Freude und das Wissen, daß Sie und Ihre Kinder nach dieser Tragödie gut untergekommen sind und auf eigenen Beinen stehen können, ist mehr als Dank genug«, antwortete Odette schlicht und drückte ihr die Hand, während Emily nun die Tränen kamen.
Emily hätte nie geglaubt, einmal so erlöst und dankbar zu sein, Arbeit und eine schlichte Unterkunft für sich und ihre Kinder zu haben. Warum nur mußte man erst die Erfahrung des Verlustes machen, um richtig begreifen und schätzen zu können, was man einst besessen und tagtäglich für selbstverständlich gehalten hatte?

36

Die Bergerons brachten Emily und die Kinder am Samstag der folgenden Juliwoche nach Quebec. Dem altersschwachen Imperial wagte sich selbst Emily nicht mehr anzuvertrauen. Sie verkaufte den Wagen an Jérôme Baxter, der sich als einziger für den alten Chrysler Baujahr 1929 interessierte. Aus freundschaftlichem Andenken an den verstorbenen Reverend, für den er den

Wagen so manches Mal wieder zu neuem Leben erweckt hatte, und aus Mitgefühl mit Emily zahlte er vierzig Dollar, was den wahren Wert, den ein nüchtern kalkulierender Schrotthändler für die noch verwendbaren Teile taxiert hätte, um gute zehn Dollar überstieg.

Auf der offenen Ladefläche des Kleinlasters, den Robert sich für den Umzug ausgeliehen hatte, fand ihr Hab und Gut problemlos Platz. In den fast sechs Jahren, die Emily mit ihrer Familie in Lac-Saint-Germain gelebt hatte, war ihr persönlicher Besitz nur um wenige Möbelstücke angewachsen. Jennifer und Chester weinten bitterlich, als es endgültig Abschied nehmen hieß, waren das alte Farmhaus am See und der nahe Wald für sie doch ein einzigartiges Paradies gewesen. Daß sie von diesem wunderschönen Fleckchen Erde wegziehen und ihre Freunde zurücklassen mußten, verstanden sie nicht. Jennifer am allerwenigsten. Sie verschloß sich trotzig allen Erklärungen, warum ihr Umzug in ihrer verzweifelten finanziellen Lage keine Frage des Wollens, sondern des Müssens, des reinen Überlebens war. Sie verkündete am Morgen der Abreise mit ohnmächtiger Wut, daß sie die Stadt hasse und es ihrer Mutter niemals verzeihen würde, sie aus Lac-Saint-Germain vertrieben zu haben.

Um ein Haar hätte Emily ihre Tochter für diese Respektlosigkeit geohrfeigt. Doch sie beherrschte sich, weil sie verstand, wie schwer es für ihre Kinder war, nach dem traumatischen Verlust des Vaters nun auch noch ihrer vertrauten Umgebung und ihrer Freunde beraubt zu werden. Sie konnte nur hoffen, daß sie sich in Quebec schnell einleben und dort neue Freundschaften schließen würden. Diese Hoffnung, sowie ihnen viel Geduld und Liebe zu schenken, war alles, was sie tun konnte, um ihnen die Eingewöhnung in der Stadt zu erleichtern.

»Kinder vergessen schnell«, versuchte Odette sie auf der Fahrt nach Quebec zu trösten, während sie mit ihrem Privatwagen hinter ihrem Mann herfuhr, der den Kleinlaster lenkte, in dem auch die Kinder untergekommen waren.

»Manches tragen sie einem aber auch ewig als unverzeihlich nach«, erwiderte Emily spontan.

Odette nickte. »Ja, wenn es um unsere Eltern geht, bleiben wir offenbar ein Leben lang verletzliche Kinder.«

Emily warf ihr einen verblüfften Seitenblick zu. Wieso hatte Odette sofort gewußt, daß sie an ihre eigene Kindheit gedacht hatte? Verlegen schaute sie nach vorn und wechselte rasch das Thema, indem sie eine Frage stellte, die Pauline Chamberlayne betraf.

Was Emily am meisten bedrückte, war, daß sie Matthew in Lac-Saint-Germain zurückließ und die Pflege der Grabstelle den Bergerons und anderen wohlmeinenden Gemeindemitgliedern überlassen mußte. Sie machte sich keine Illusionen, was künftige Besuche mit ihren Kindern an Matthews Grab anging: Sie würden von Quebec aus nur noch sehr selten möglich sein. Dieses Wissen stimmte sie trauriger als alles andere und erfüllte sie mit Schuldgefühlen, als ließe sie ihren Mann dort in der Fremde lieblos im Stich. Und sie fragte sich voller Kummer und Ratlosigkeit, warum das Leben nur eine einzige Kette von gegenseitigen Verletzungen und schmerzlichen Abschieden sein mußte.

Die gut vierstündige Fahrt über die Berge von Charlevoix und dann über die staubige Landstraße am Sankt-Lorenz-Strom entlang nach Süden verlief friedlich und ohne besondere Vorkommnisse. Robert Bergeron gab mit dem Kleintransporter ein gemächliches Tempo vor, da sie gleich nach Mittag abgefahren waren und über ausreichend Zeit verfügten. Denn Pauline Chamberlayne hatte sehr nachdrücklich darum gebeten, erst nach der Teestunde, die ihr heilig war, einzutreffen – und auf keinen Fall über die Vordertreppe ins Haus zu platzen, sondern gefälligst den Hintereingang zu benutzen, wie es sich für Lieferanten und Personal geziemte.

»Ein paar Marotten hat Pauline schon«, hatte Odette freimütig eingeräumt.

Pünktlich um halb fünf trafen sie in Montcalm ein, einem

ruhigen, aber doch noch recht zentral gelegenen Vorort im Südwesten der Stadt. Sie fuhren den breiten Boulevard René Levesque hinunter, dessen alter und reichhaltiger Baumbestand auf beiden Seiten streckenweise herrliche schattige Alleen bildete, und bogen schließlich linker Hand in die Avenue Bougainville ein.

»Das da drüben ist das ›Chamberlayne House‹!« sagte Odette und deutete auf ein herrschaftliches Haus aus dunkelrotem Backstein, das sich auf der gegenüberliegenden Straßenseite auf einem großen Eckgrundstück hinter einem weißen Lattenzaun erhob. Eine gleichfalls weiß gestrichene kleine Veranda, deren Dach von zwei Säulen getragen wurde und zu der mehrere Stufen hinaufführten, faßte den Eingang ein. Genau darüber befand sich ein fast gleich großer quadratischer Balkon, auf den man von einem der Zimmer im Obergeschoß hinaustreten konnte. Er war wie die Veranda aus Holz und setzte sich mit seinem weißen Anstrich kontrastreich von dem rotbraunen Backstein ab.

Emilys Blick richtete sich sofort auf das Dachgeschoß. Sie stellte zu ihrer Erleichterung fest, daß sich der Giebel auf den ersten Metern noch nicht allzu stark neigte, sondern erst weiter oben einen scharfen Winkel aufwies. Die Dachzimmer würden demnach weniger Schräge aufweisen, als sie erst befürchtet hatte. Und die beiden großen Erkerfenster, die sie schon von der Straße ausmachen konnte, gaben ihr die berechtigte Hoffnung, daß genug Tageslicht in die Räume fiel.

Pauline Chamberlayne empfing sie auf der Rückseite des Hauses, wo eine breite Backsteintreppe mit Eisengeländer, der einstige Lieferanten- und Dienstboteneingang, in die Wirtschaftsräume der Pension führte.

Die scharfen Ermahnungen, sich ja tadellos zu benehmen, die Emily in ihrer Nervosität an ihre Kinder gerichtet hatte, als sie aus dem Wagen gestiegen waren, hätte sie sich sparen können. Jennifer und Chester wagten nicht ein Wort von sich zu geben, geschweige denn eine trotzig aufsässige Bemerkung zu machen, als sie Pauline Chamberlayne auf dem Treppenabsatz bemerkten und sich ihrem kritischen Blick ausgesetzt sahen. Ein gefährliches Raubtier hätte sie kaum mehr einschüchtern können als diese Frau.

Die Pensionswirtin besaß die Figur einer Walküre, die mit fortschreitendem Alter ihr einst kraftvoll straffes Gewebe verloren und durch eine anschwellende Masse von Fleisch und Fett ersetzt hatte. Aufgrund ihrer Körpergröße wirkte sie jedoch nicht abstoßend, sondern eher matronenhaft und respekteinflößend. Ihre hochgeschlossen strenge, fast schon viktorianisch zu nennende Kleidung aus flaschengrünem Taft mit breiten schwarzen Paspelierungen unterstrich diese Wirkung zudem. Wie auch ihr noch bemerkenswert dichtes eisgraues Haar, das glatt nach hinten gefaßt, zu einem dicken Zopf geflochten und als mächtiger Dutt wie eine Krone auf ihrem Kopf ruhte. Unterhalb des schwarzen Spitzenkragens prangte eine kostbare Kamee, cremefarben und groß wie ein Handteller. Und um den Hals trug sie eine schwarze Samtkordel, an deren Ende ein altmodisches Lorgnon mit dicken Brillengläsern baumelte.

Und durch diesen goldgefaßten Kneifer, den Pauline Chamberlayne mit ihrer fleischigen Hand vor ihre schlechten Augen hielt, musterte sie nun kritisch Emily und deren Kinder, die fünf Stufen unter ihr standen und mit einer Mischung aus Staunen und Furcht zu ihr emporstarrten.

»So, Sie sind also Missis Emily Whitefield, die sich zutraut, mir das Haus zu führen, ohne daß mir meine Gäste davonlaufen und ich erneut das Betrugsdezernat der Polizei bemühen muß«, begrüßte sie ihre neue Hauswirtschafterin nicht eben freundlich.

Emily war wie vor den Kopf geschlagen. Sprachlos blickte sie zu der massigen Frau hinauf, für die sie arbeiten sollte und deren Augen, die ihr so groß und kalt wie die eines gefräßigen Krokodils erschienen, sie so durchdringend fixierten.

»Nun, wir werden ja schnell genug sehen, was Sie zustande bringen und was Ihre Kindererziehung taugt«, fuhr Pauline Chamberlayne schroff fort. »Das ›Chamberlayne House‹ ist kein lärmender Kindergarten, damit wir uns gleich recht verstehen. Und jetzt stehen Sie da nicht länger so herum, sondern sehen Sie zu, daß Sie Ihre Sachen in Ihre Zimmer unter dem Dach bekommen! In zwei Stunden erwarten meine Gäste ihr Abendbrot, und dann will ich wieder Ordnung in meiner Pension haben!« Und wie ein selbstherrlicher Feldmarschall, der auf seinen Befehl keine Erwiderung, sondern einzig und allein unverzüglichen Gehorsam erwartet, ließ sie das Lorgnon fallen, drehte sich um und verschwand im Haus.

Odette fing Emilys bestürzten Blick auf. »Nehmen Sie sich ihren barschen Ton bloß nicht zu Herzen. Das ist ihr Panzer, hinter den sie sich am Anfang gern zurückzieht, damit man ja nicht merkt, was für ein weiches Herz sie in Wirklichkeit hat!« beteuerte sie mit einem verlegenen Lächeln, weil sie Emily auf diese Art von Empfang nicht vorbereitet hatte. Aus gutem Grund, wie sich gezeigt hatte. »Hunde, die bellen, beißen nicht.«

»So? Da habe ich aber ganz andere Erfahrungen gemacht«, erwiderte Emily beklommen und widerstand nur mühsam der Versuchung, sarkastisch hinzuzufügen, daß ihr Pauline Chamberlayne zudem auch gar nicht wie ein Hund vorkam, sondern vielmehr wie ein unleidlicher herrischer Drache, der bei jeder sich bietenden Gelegenheit Feuer und Schwefel spuckte.

Emily war den Tränen ebenso nahe wie ihre Kinder und wäre am liebsten davongelaufen, wenn sie nur gewußt hätte, wohin, ohne vom Regen in die Traufe zu kommen. Auf was hatte sie sich da bloß eingelassen?

37

In der Pension von Pauline Chamberlayne die vakante Stelle der Hauswirtschafterin anzutreten, bedeutete für Emily einen Sprung ins eiskalte Wasser, das ihr buchstäblich den Atem raubte. Sie trieb plötzlich in einem Meer von Arbeit, deren haushohe Wellen sie wie einen Spielball hin und her schleuderten und die jeden Moment über ihr zusammenzuschlagen drohten.
In den sieben vermieteten Zimmern wohnten acht alleinstehende Personen, darunter zwei ältere Witwen, zwei geschiedene Handelsvertreter sowie ein Buchhalter. Zwei der drei unverheirateten jungen Frauen, die als Sekretärinnen in einem nahegelegenen Bürokomplex arbeiteten, teilten sich eines der geräumigen Zimmer im ersten Stock. Und diese acht Pensionsgäste erwarteten jeden Morgen ein reichhaltiges Frühstück und an fünf Tagen in der Woche ein warmes Abendessen. Zur täglichen Teestunde ab vier Uhr nachmittags hatten zudem der große Samowar mit Tee im Aufenthaltsraum sowie eine mit Buttergebäck gefüllte Schüssel und ein Teller mit kleinen Gurkensandwiches bereitzustehen.
Emily schrieb ihrer Freundin nach London:

... An manchen Tagen weiß ich vor Arbeit nicht mehr, wo mir der Kopf steht. Morgens beim Aufstehen bin ich oft vom letzten Tag noch so erschöpft, daß ich kaum die Kraft aufbringe, aufzustehen. Und dabei habe ich geglaubt zu wissen, was harte Arbeit ist. Aber gegen das, was ich mir so ahnungslos als Hauswirtschafterin dieser Pension aufgeladen habe, war mein Leben bisher die reinste Erholung, das kannst Du mir glauben! Zusammen mit den Kindern sind wir ein Dutzend Personen, für die ich nun täglich einkaufen, kochen, waschen und putzen muß. Nun ja, da ist noch dieses Mädchen, Monique, eine zwanzigjährige Frankokanadierin aus der Nachbarschaft, die mir bei den groben Arbeiten im Haus und in der Waschküche zur Hand geht. Aber das

meiste bleibt doch an mir hängen, zumal diese Monique geistig ein bißchen zurückgeblieben ist, so daß man ihr keine Arbeiten übertragen kann, die auch nur ein wenig eigenständiges Denken erfordern. Und wenn meine Chefin, die mir wie eine hochgefährliche Mischung aus Walküre und Generalfeldmarschall vorkommt, auch viele hilfreiche Ratschläge in der Küche und zur allgemeinen Organisation des Haushalts herausbellt, so rührt sie doch selbst keinen Finger. Erstens sieht sie so schlecht wie eine alte Eule bei Tag, und zweitens leidet sie aufgrund ihrer Körperfülle unter Kurzatmigkeit wie ein an Land gespülter Wal. Aber irgendwie bekommt sie dennoch alles mit und läßt mir keine Nachlässigkeiten durchgehen. Sie weiß wirklich genau, wie sie ihre Pension geführt haben will, und macht es mir nicht leicht, sie zufriedenzustellen. Was ich ihr jedoch zugute halten muß, ist, daß sie nicht ungerecht ist ...

Auch kam Pauline Chamberlayne besser mit ihren Kindern und diese mit ihr aus, als Emily anfangs befürchtet hatte. Vor allem hatte es ihr Chester angetan, der ja noch nicht zur Schule ging und daher den ganzen Tag bei ihnen im Haus verbrachte. So artig er sich meist auch verhielt, so vermochte er dann und wann doch dem Reiz des Verbotenen nicht zu widerstehen.
Eines grauen Novembertages mißachtete ihr Sohn nicht nur das Verbot, die Privaträume von Missis Chamberlayne zu betreten, sondern klimperte auch noch unbekümmert auf dem kostbaren Piano herum, das neben der Tür an der Wand stand. Als Emily die schiefen Töne hörte, bekam sie einen Schreck und lief sofort zu ihm.
Der Koloß Pauline Chamberlayne ragte jedoch schon hinter ihrem Sohn auf, als Emily in der Tür erschien. Doch die scharfe Zurechtweisung, mit der sie gerechnet hatte, blieb aus. Statt dessen zeigte sich ein amüsiertes Lächeln auf ihrem Gesicht. »Das ist jetzt schon das drittemal, daß ich dich dabei ertappe, wie du auf meinem Klavier spielst«, stellte sie ohne jede Strenge fest und fügte dann mit einem Seitenblick auf Emily hinzu: »Die

letzten beiden Male hast du noch gewartet, bis deine Mutter außer Hörweite war. Daß du nun nicht einmal mehr darauf achtgibst, läßt ja wohl den Schluß zu, daß du großes Gefallen am Musizieren hast und die Versuchung einfach zu groß ist.«
»Entschuldige dich gefälligst!« forderte Emily ihren Sohn verärgert auf. Es war ihr äußerst unangenehm, daß Chester schon vorher mehrmals auf dem Piano herumgeklimpert hatte. »Und versprich, daß du es niemals wieder tun wirst!«
»Ja, Ma'am … Es tut mir leid, Ma'am«, murmelte Chester, den Kopf schuldbewußt gesenkt. »Ich … ich werde es bestimmt nicht wieder tun.«
Pauline Chamberlayne machte eine halb besänftigende, halb ungeduldige Geste in Emilys Richtung. »Gehen Sie nur wieder an die Arbeit, Missis Whitefield. Wir beide regeln das schon unter uns, nicht wahr, Chester?«
Emily wußte nicht, was sie davon halten sollte, leistete der Aufforderung jedoch Folge.
Eine gute halbe Stunde später tauchte Pauline Chamberlayne in der Küche auf. »Ihr Sohn ist wirklich sehr musikalisch, und er lernt auch schnell«, lobte sie Chester.
»Ja, ganz im Gegensatz zu seiner Schwester«, rutschte es Emily unwillkürlich heraus.
Kritisch beäugte Pauline Chamberlayne mit ihrem goldgefaßten Kneifer die Dicke der Kartoffelschalen, die sich im Ausguß auftürmten, fand jedoch keine Verschwendung zu beanstanden und sagte: »Chester sollte Klavierunterricht bekommen. Man kann gar nicht früh genug damit anfangen, wenn man bei einem Kind ein vielversprechendes musikalisches Talent entdeckt.«
»Wenn ich das Geld hätte, um meinen Kindern Privatunterricht erteilen zu lassen, würde ich mir wohl kaum als Hauswirtschafterin den Rücken krumm schuften, Missis Chamberlayne«, konnte Emily es sich nicht verkneifen zu antworten.
»Gewiß, aber schnödes Geld darf der Kunst nicht im Wege stehen. Deshalb werde ich Chester Unterricht erteilen, und es

wird Sie keinen Cent kosten«, antwortete Pauline Chamberlayne zu Emilys großer Überraschung. »Schauen Sie mich nicht so ungläubig an. Auch wenn es für eine Konzertkarriere nicht gereicht, sondern mir nur einen Mann wie Percy eingebracht hat, so bin ich früher doch eine ausgezeichnete Pianistin und glanzvoller Höhepunkt so mancher Gesellschaft gewesen. Davon ist auch heute noch genug vorhanden, um Ihren Sohn auf den richtigen Weg zu bringen. Und gottlob hat mein Gehör noch nicht annähernd so gelitten wie mein Augenlicht. Später wird man dann sehen, was sein Talent wirklich wert und was zu tun ist.«

Und so erhielt Chester fortan mehrmals die Woche Klavierunterricht von Pauline Chamberlayne, die darin bedeutend mehr Ehrgeiz investierte als ihr Sohn, wie Emily den Eindruck hatte. Doch sie hütete sich, etwas zu sagen, war sie doch viel zu froh darüber, daß ihre Arbeitgeberin ein wenig von ihrer strengen Zurückhaltung aufgab und zumindest zu ihren Kindern eine gönnerhafte, ja beinahe schon freundschaftliche Beziehung entwickelte. Denn im Umgang mit ihr, der Mutter, achtete Pauline Chamberlayne nämlich weiterhin rigoros darauf, daß der Klassenunterschied zwischen Pensionsbesitzerin und angestellter Wirtschafterin zu jeder Zeit und für jedermann im Haus klar und deutlich gewahrt blieb.

Aber damit konnte Emily gut leben. Es genügte ihr vollauf, sich nach einem halben Jahr endlich den Respekt von Pauline Chamberlayne erarbeitet zu haben. Sie hatte sich auch wirklich bis zur völligen Erschöpfung geschunden, um sich in den ungewohnten Arbeitsrhythmus einzufinden, eine eigene Routine zu entwickeln und den Haushalt der Pension fest in den Griff zu bekommen. Zwar fiel sie noch immer fast jeden Abend völlig ausgelaugt ins Bett, doch anstelle der Verzweiflung der ersten Wochen und Monate sowie der beklemmenden Angst, dieser Aufgabe nicht gewachsen zu sein und mit ihren Kindern vielleicht bald wieder auf der Straße zu stehen, schöpfte sie nun Kraft und Selbstbewußtsein aus dem befriedigenden Wissen, daß sie zu viel mehr fähig war, als sie sich selbst zugetraut hatte. Und als Pauline Chamberlayne sie im Frühling nach dem Hausputz mit den trockenen Worten: »Sie machen Ihre Sache wirklich nicht schlecht, Missis Whitefield!« lobte, kam das einem Ritterschlag gleich. Zumal diesem Lob eine Gehaltserhöhung folgte, so bescheiden diese mit anderthalb Dollar pro Woche auch ausfiel. Emily hatte Mühe, sich ihre Genugtuung und ihren Stolz nicht allzusehr anmerken zu lassen.

In den ersten beiden Jahren, die sie bei Pauline Chamberlayne angestellt war, ging sie an ihren freien Nachmittagen, die auf jeden Freitag sowie jeden zweiten Sonntag fielen, selten einmal aus dem Haus. Dabei gefiel ihr Quebec mit seiner Oberen und Unteren Stadt, dem alten historischen Kern, dem breiten Sankt-Lorenz-Strom und der besonderen Atmosphäre durch den starken Anteil an Frankokanadiern eigentlich recht gut. Ab und zu ein Spaziergang am Fluß entlang und alle Monat einmal ein Kinobesuch, das war so ziemlich alles, was sie sich an Entspannung und Ablenkung gönnte.

Emily brauchte die Zeit für ihren eigenen Haushalt in der kleinen Wohnung unter dem Dach. Es galt Wäsche zu bügeln, Socken zu stopfen und Kleider für ihre Kinder zu nähen, die allzuschnell aus ihren Sachen herauswuchsen. Und Kleider von der Stange kamen für sie nicht in Frage, sosehr Jennifer manchmal auch darüber maulte. Die erschreckende Erfahrung, wie schnell man in bittere Not geraten konnte, saß noch immer tief in ihr und veranlaßte sie dazu, sich jede nicht wirklich zwingende Ausgabe zehnmal zu überlegen, bevor sie eine Entscheidung traf. Sie wollte nicht noch einmal auf die Barmherzigkeit anderer angewiesen sein, schon gar nicht auf die ihres Vaters. Deshalb sparte sie eisern jeden Cent, den sie von ihrem mageren Lohn von einundzwanzig Dollar die Woche übrigbehielt. Einen Großteil ihrer wenigen freien Zeit nahm Jennifer in Anspruch, gaben ihre schulischen Leistungen doch Anlaß zur Sorge. Emily sah sich immer wieder gezwungen, ihre Hausaufgaben zu überprüfen und ihr beim Nacharbeiten des Schulstoffes zu helfen, weil sie mal wieder nicht aufgepaßt hatte und kein Sitzfleisch besaß. Jennifer dachte nur ans Spielen und ihre Freundinnen.

Einerseits war Emily ganz froh darüber, daß ihre Tochter endlich neue Kameradinnen in der Schule und in der Nachbarschaft gefunden und zu ihrer alten Fröhlichkeit und Lebendigkeit zurückgefunden hatte. Doch daß sie jede Gelegenheit nutzte, um mit ihren Freundinnen zusammenzusein, ging spürbar zu Lasten ihrer Zensuren. Sie zum Lernen und zur gewissenhaften Erledigung der Hausaufgaben zu bringen, kostete viel Zeit und Nerven. Denn Jennifer konnte ein sehr bockiges und launisches Kind sein, das es einem nicht leichtmachte, wie die ersten Monate in Quebec zur Genüge gezeigt hatten. Doch zum Glück hatte Chester keinerlei Probleme mit der Schule.

Wenn sie ihre Kinder endlich im Bett und alle Näh- und Flickarbeiten erledigt hatte, blieb Emily nur selten genug Kraft und Zeit, um sich dazu aufzuraffen, einen längst überfälligen Brief an Caroline aufzusetzen, die im Sommer 47 in London ihr erstes Baby, einen Jungen namens Christopher, zur Welt gebracht hatte, oder ihrer Mutter und ihrer Schwester zu schreiben, von denen regelmäßig alle paar Monate Post eintraf. Oft genug brachte sie noch nicht einmal genug Energie auf, um ihrer großen Leidenschaft, dem Lesen, zu frönen und ein Buch zur Hand zu nehmen. Meist fielen ihr schon nach wenigen Seiten die Augen zu. Und wie oft hatte sie sich schon vorgenommen, endlich wieder einmal ihre alte Remington vom Speicher zu holen und einige von den Gedanken festzuhalten, die ihr manchmal bei der Arbeit durch den Kopf gingen. Gedanken, die sich zu Geschichten entwickelten und die sie gern aufgeschrieben hätte. Der allgemeine Erschöpfungszustand machte jedoch allen guten Vorsätzen einen Strich durch die Rechnung.

Emily ließ sogar den sonntäglichen Kirchgang immer mehr

schleifen. Die nächste Methodistenkirche lag so weit von ihnen entfernt, daß jede Wegstrecke sogar bei zügigem Tempo über eine halbe Stunde in Anspruch nahm. Zudem verspürte sie nun, da Matthew tot und damit gleichzeitig der Zwang der Anwesenheit von ihr genommen war, deutlicher denn je, daß die nüchterne, fast freudlose Art der Gottesdienste methodistischer Gemeinden nichts in ihr berührte. Sie gehörte dort nicht hin, sondern hatte als Kind nur ihren Eltern gehorcht und als Ehefrau ihre Pflicht getan, so wie es Matthew und die Gemeinde von ihr erwartet hatten. Ihr Herz und ihre Seele waren jedoch nie beteiligt gewesen, wie sie nun erkannte. Und so hörte sie ein halbes Jahr nach ihrer Übersiedlung nach Quebec schließlich ganz auf, sonntags zur Kirche zu gehen. Ihre morgendlichen und abendlichen Gebete behielt sie jedoch bei, wie sie auch ihre Kinder dazu anhielt, ihre täglichen Gebete nicht zu vernachlässigen.

Manchmal quälten sie Gewissensbisse, ob sie auch richtig handelte, sowie ein merkwürdiges, fast beunruhigendes Gefühl der inneren Heimatlosigkeit. Aber sie kam nur selten dazu, darüber ins Grübeln zu verfallen. Die Last der Arbeit und die daraus resultierende Müdigkeit beherrschten ihr Leben vom Morgen bis tief in die Nacht. Sie konnte gerade noch die Energie aufbringen, um wenigstens zweimal im Jahr mit den Kindern die umständliche Fahrt mit Bus und Eisenbahn nach Lac-Saint-Germain zu machen, um Matthews Grab zu besuchen. An einen auch nur einwöchigen Aufenthalt bei ihren Eltern in Summerside war gar nicht zu denken. Bei Pauline Chamberlayne gab es keinen Urlaub, noch nicht einmal unbezahlten.

»Meine Gäste haben dafür bezahlt, daß sie täglich ihr Frühstück und ihr Abendessen bekommen, von den anderen Diensten einmal ganz abgesehen – und dafür hat meine Hauswirtschafterin zu sorgen!« hatte Pauline ihr schon gleich zu Anfang unmißverständlich erklärt. »Wer sich damit nicht abfinden kann, ist für diese Stelle nicht geeignet!«

Emily konnte sich ganz gut damit abfinden, auch wenn sie sich oft nach der Insel sehnte – wobei diese Sehnsucht ihr Elternhaus jedoch nicht mit einschloß. Sie war dankbar, daß sie und ihre Kinder es so gut getroffen hatten und nicht unter Entbehrungen leiden mußten. Alles andere würde die Zukunft bringen.

Was die Zukunft im vierten Jahr nach Matthews Tod wieder in ihr Leben brachte, war der Wunsch nach einem Mann, nach Zärtlichkeit und Leidenschaft. Immer öfter suchten sie im Schlaf erotische Träume heim, in denen sie die Nacht mit Byron noch einmal erlebte. Aber sie ertappte sich auch tagsüber dabei, daß sie sich vorstellte, wie es wohl sein mochte, von diesem oder jenem gutaussehenden Mann verführt zu werden und sich ihm hinzugeben. Diese Gedanken überfielen sie zu den unmöglichsten Gelegenheiten und trieben ihr, wenn der betreffende Mann zufällig ihren Blick auffing, das Blut heiß ins Gesicht.

Das Verlangen, sich nach Jahren der Enthaltsamkeit wieder ganz als Frau zu fühlen und mit jeder Faser ihres Körpers zu spüren, daß sie auch mit vierunddreißig noch begehrenswert war, wurde schließlich so übermächtig, daß sie sich mit einem Wildfremden einließ, den sie an einem kalten Winterabend im Kino kennengelernt hatte.

Groß, schlank, Anfang Vierzig und mit den erfahrenen Augen eines Frauenhelden schien er ihre geheimsten Gedanken lesen zu können, als er sich ihr nur mit seinem Vornamen Jack vorstellte und sie schon nach kurzer Unterhaltung fragte, ob sie nicht Lust hätte, noch auf einen Drink mit ihm nach Hause zu kommen.

O ja, sie hatte Lust – weniger auf den Drink als auf ihn. Und die seit Jahren unterdrückte Leidenschaft, die wenig später wie ein Vulkan aus ihr hervorbrach, erschreckte sie selbst am meisten. Sie kam jedoch nicht dagegen an. Sie gierte regelrecht nach dieser hemmungslosen, fast animalischen sexuellen Lust, und Jack war nur zu gern bereit und fähig, diesen wilden Hunger in ihr zu stillen. Sie brachte gerade noch so viel Vernunft auf, darauf zu achten, daß er auch Kondome benutzte.

Hinterher schämte sich Emily über ihre Zügellosigkeit, mit der sie sich so hemmungslos einem Wildfremden hingegeben hatte und einfach nicht genug bekommen konnte. Dennoch traf sie sich noch viermal mit ihm. Ohne viele Worte fielen sie übereinander her. Manchmal nahmen sie sich noch nicht einmal die Zeit, sich aller Kleidungsstücke zu entledigen, bevor sie ihrem sexuellen Vergnügen frönten, ohne darüber hinaus an der Person des anderen interessiert zu sein.

Bei ihrem fünften Treffen überkam Emily plötzlich Ernüchterung und Selbstekel, als er sich mit einem wohlig erschöpften Stöhnen von ihr rollte und sie schweißgebadet und mit fliegendem Atem auf dem zerwühlten Laken lag. Ihr Unterrock, den er ihr einfach hochgeschoben hatte, kaum daß sie ihren Schlüpfer abgestreift hatte, bauschte sich um ihre Hüften. Sie hatte sich in ihrem fiebrigen sexuellen Hunger noch nicht einmal die Zeit genommen, ihren Hüfthalter und die dicken Wollstrümpfe, die bei diesem eisigen Wetter vonnöten waren, auszuziehen.

Bestürzt und voller Scham fragte sie sich, was nur über sie gekommen war, daß sie derart die Kontrolle über sich verloren und sich ihrem Trieb so hemmungslos ausgeliefert hatte. Hatte sie denn alle Selbstachtung verloren?

Abrupt stand Emily auf, bückte sich nach ihrem Schlüpfer und sagte mit belegter Stimme, wobei sie ihm in ihrer Verlegenheit den Rücken zuwandte: »Ich kann das nicht mehr tun.«

»Was?« fragte er träge.

»Mit dir ins Bett gehen – einfach so, weil es Spaß macht. Das war das letztemal.«

»Ist in Ordnung«, antwortete er gleichgültig und griff nach seinen Zigaretten.

Emily konnte nicht schnell genug in ihre Kleider und aus seiner Wohnung kommen. Er stand noch nicht einmal auf, um sie zur Tür zu begleiten. Das letzte, was sie von ihm hörte, war ein

unverbindliches »Mach's gut!«, das er ihr aus dem Schlafzimmer nachrief.
Auf dem langen Heimweg durch die winterlichen Straßen, durch die der eisige Wind fegte, schwor sie, sich nie wieder auf eine solch entwürdigende Beziehung einzulassen, die einzig und allein von ihrem Trieb bestimmt wurde.
Als vier Monate später Marcel Larmont, ein dreißigjähriger Eisenbahninspektor mit einem jungenhaft charmanten Wesen, ein freigewordenes Zimmer in der Pension bezog und ihr schon nach einer Woche schöne Augen machte, da blieb Emily dann auch lange Zeit standhaft, obwohl sie sich immer mehr zu ihm hingezogen fühlte.
»Warum wollen Sie bloß nicht mit mir ausgehen, Emily?« fragte er, als sie ihm wieder einmal einen Korb gegeben hatte. »Ich spüre doch, wie schwer es Ihnen fällt, mich jedesmal zu enttäuschen. Also warum tun Sie das?«
»Weil ich prinzipiell nichts mit Gästen des Hauses anfange.«
Er lächelte verschmitzt. »Heißt das, Sie würden mit mir tanzen gehen, wenn ich nicht Pensionsgast wäre?« vergewisserte er sich.
Sie errötete unter seinem Blick. »Ja, möglicherweise.«
»Wunderbar!« rief er erfreut. »Dann werde ich Sie übernächste Woche noch einmal fragen, wenn ich endlich mein eigenes Apartment bezogen habe!«
Was Marcel auch wirklich tat, und diesmal nahm Emily seine Einladung bereitwillig an. Er führte sie in ein kleines Lokal in der Rue St. Louis in der Oberen Stadt und anschließend zum Tanz in einen Club, der moderate Preise und gute Tanzmusik bot. Ein Kuß auf die Wange beendete den ersten gemeinsamen Abend.
Marcel warb um sie und ließ sich Zeit, und Emily genoß diese Wochen, auch als sie schließlich eines Abends seiner ebenso liebevollen wie zielstrebigen Verführung nachgab. Illusionen machte sie sich jedoch keine. Wenn Marcel es auch ehrlich mit ihr meinte, so war er doch nur auf eine spielerisch naive Weise

in sie verliebt, die für eine gemeinsame Zukunft nicht taugte. Es war schön, solange ihre Beziehung dauerte. Aber bei dem Frauenüberschuß, der nach dem Krieg in allen Großstädten des Kontinents herrschte, wünschte ein Mann wie er sich nicht eine fünf Jahre ältere Witwe an den Hals, die zudem noch zwei halbwüchsige Kinder mit in die Ehe bringen würde.

Und so hielten sich Emilys Enttäuschung und ihr Kummer auch in recht erträglichen Grenzen, als er ihr ein halbes Jahr später mit einer Mischung aus Freude und Bedauern eröffnete, daß seine Beförderung mit einer Versetzung verbunden sei und sie voneinander Abschied nehmen müßten. Sie zu fragen, ob sie bereit sei, mit ihm und den Kindern nach Montreal zu ziehen, auf diesen Gedanken kam er offenbar nicht. Emily trug das Unausweichliche mit Fassung, wünschte ihm aufrichtig viel Glück und weinte sich nur einige wenige Nächte in den Schlaf, um dann auch schon über den gröbsten Schmerz hinwegzusein.

Und dann kam das turbulente Jahr 1952, in dem nicht nur Harriet Seymour im wahrsten Sinne des Wortes in ihr Leben schlitterte und sie sich zum erstenmal seit ihrer Trennung von Byron wirklich mit Haut und Haaren in einen Mann namens Frank Palmer verliebte. 1952 war auch das schicksalhafte Jahr, in dem sie ihre scheinbar so sichere Anstellung als Hauswirtschafterin verlor.

38

Zwei Wochen nach Neujahr bekamen die Bewohner von »Chamberlayne House« eine neue Nachbarin. Das ältere Ehepaar, das nebenan in dem kleinen gepflegten Einfamilienhaus gewohnt hatte und die langen strengen Winter Quebecs leid geworden war, hatte sein Anwesen schon im Herbst einem

Makler zum Verkauf übergeben und sich ins warme Florida geflüchtet, das immer mehr Rentner und Pensionäre anzog.
Als eines Morgens im Januar ein Umzugswagen vor dem seit Monaten leerstehenden Haus vorfuhr, beobachtete Emily, daß nicht ein Mann, sondern eine Frau Mitte Vierzig mit kastanienbraunem, lockigen Haar und etwas molliger Figur den Möbelpackern selbstbewußt Anweisungen erteilte und auch selbst kräftig mit anpackte.
»Um Himmels willen!« rief Emily, die gerade den Neuschnee vom Gehweg räumte, ihr besorgt zu, als sie sah, wie sich die Frau mit einer sichtlich schweren Kiste abmühte. »Überlassen Sie das lieber den Möbelpackern. Sie tun sich und Ihrem Mann bestimmt keinen Gefallen damit, wenn Sie sich verheben, kaum daß Sie Ihre Sachen im neuen Haus haben!«
Die Frau lachte amüsiert auf, stellte die Kiste auf der Veranda ab und kam zu ihr. »Ich würde Ihren gutgemeinten Ratschlag ja gern beherzigen, Missis …«
»Whitefield, Emily Whitefield«, stellte Emily sich vor und streckte ihr die Hand hin. »Willkommen in der Nachbarschaft.«
»Danke. Mein Name ist Harriet Seymour«, sagte die neue Nachbarin, schüttelte die dargebotene Hand und fuhr dann mit entwaffnender Offenheit fort: »Aber leider bezahle ich die Burschen, die nicht gerade zur schnellsten Truppe gehören, nun mal nach Stunden, und da packe ich doch lieber mit an, um den finanziellen Schmerz so gering wie möglich zu halten. Und was meinen Mann betrifft, so hatte der es nie mit schwerer Arbeit. Ganz davon abgesehen, daß er sich schon vor Jahren aus dem Staub gemacht hat.«
»Oh!« entfuhr es Emily verlegen. Unbewußt hatte sie damit gerechnet, daß eine Familie oder zumindest doch ein Ehepaar in das Haus einziehen würde. »Entschuldigen Sie, ich wollte nicht indiskret sein. Ich dachte nur …«
»Ach, da gibt es nichts, wofür Sie sich entschuldigen müßten, Missis Whitefield«, versicherte Harriet Seymour fröhlich.

»Warum soll ich Ihnen nicht gleich sagen, was beim Nachbarschaftsklatsch früher oder später ja sowieso die Runde macht?« Ihr Blick richtete sich auf die Pension. »Was für ein prächtiges Herrenhaus! Um so einen Besitz sind Sie wirklich zu beneiden. Aber es wird Ihnen bestimmt auch viel Arbeit machen, solch ein Haus als Pension zu führen und so gut in Schuß zu halten.«

»Ja, entsetzlich viel Arbeit sogar, vor allem wenn man nicht die Besitzerin, sondern nur die Hauswirtschafterin ist und zusätzlich noch zwei Kinder großziehen muß«, erwiderte Emily mit trockener Ironie.

Harriet Seymour lachte schallend auf, weil nun auch sie einer falschen Annahme aufgesessen war. »Dann sollten wir uns beide besser mal wieder ans Werk machen, bevor wir uns noch wirklich peinliche Mißverständnisse leisten. Es freut mich, Sie kennengelernt zu haben, Missis Whitefield!«

»Ja, mich auch. Auf gute Nachbarschaft, Missis Seymour.«

Sie tauschten noch einen herzlichen Händedruck über den Gartenzaun hinweg und nahmen dann wieder ihre Arbeit auf. Emily schaufelte weiter Neuschnee an den Straßenrand und streute Salz auf den Gehsteig, während Harriet Seymour sich mit ihrem Umzugsgut abschleppte und den Möbelpackern Beine machte.

Zwei Tage später rutschte Harriet Seymour auf der obersten, vereisten Stufe ihrer Veranda aus, als sie kurz vor Einbruch der Dunkelheit müde und mit einem vollgepackten Bastkorb vom Einkauf beim Lebensmittelhändler zurückkehrte. Vergeblich versuchte sie, sich am Geländer festzuhalten, und stürzte unglücklich die Treppe hinunter.

Emily hielt sich zufällig gerade im Hinterhof bei den Mülltonnen auf, als sie den gellenden Schrei vom Nachbargrundstück hörte. Erschrocken fuhr sie herum, ließ den Ascheneimer fallen und zwängte sich auf halbem Weg zur Straße durch die Lücke in der kahlen Hecke, die beide Grundstücke trennte.

Sie fand Harriet Seymour am Fuß der Veranda, halb im Schnee, halb auf den Stufen liegend mit kalkweißem, schmerzverzerrtem Gesicht. Ihr rechtes Bein ragte an zwei Stellen in einem grotesken Winkel von ihr ab, der verriet, daß es gebrochen war.

»Es tut mir leid, Ihnen Unannehmlichkeiten bereiten zu müssen, aber ich glaube, ich brauche einen Arzt«, stieß Harriet Seymour gepreßt hervor und bemühte sich um ein entschuldigendes Lächeln, das jedoch sehr gequält ausfiel.

»Rühren Sie sich nicht von der Stelle! Ich rufe den Krankenwagen und bin sofort wieder zurück!« versicherte Emily, rannte in die Pension und stürzte ans Telefon. Mit einem großen Kissen und zwei warmen Decken kehrte sie schon nach wenigen Minuten zu Harriet Seymour zurück. »Der Krankenwagen ist schon unterwegs, und dann wird man Ihnen eine Spritze gegen die Schmerzen geben. Es wird bestimmt nicht lange dauern«, redete sie ihr gut zu, während sie ihr das Kissen unterschob und sie mit den Decken wärmte. Auf das gräßlich verdrehte rechte Bein zu blicken, vermied sie lieber.

»Ich danke Ihnen, aber Sie ... sollten mir besser nicht so hilfsbereit den kleinen Finger reichen«, keuchte Harriet Seymour.

»Und warum nicht?«

»Weil ich dann gleich Ihre ganze Hand nehmen und Sie auch noch um den Gefallen bitten muß, in meinem Haus ein paar Sachen für mich zusammenzusuchen und mir ins Krankenhaus zu bringen«, sagte sie verlegen. »Ich werde Nachtwäsche brauchen, meinen Morgenmantel, Waschsachen und ein paar andere persönliche Dinge. Denn so schnell wird das wohl nicht gehen.«

»Aber das tue ich doch gern für Sie, Missis Seymour. Machen Sie sich darüber mal keine Sorgen«, beruhigte Emily sie, nahm den Schlüssel zum Haus entgegen und lenkte sie von ihren Schmerzen ab, indem sie sich erkundigte, was sie zusammenpacken sollte und wo sie die Sachen finden konnte.

Als endlich der Krankenwagen eintraf, hatte sich auf der Straße

und an der Hecke eine kleine Menge Schaulustiger eingefunden. Zu ihnen gehörten auch die meisten Pensionsgäste sowie Jennifer und Chester, die mit einer Mischung aus Faszination und Bestürzung beobachteten, wie Arzt und Sanitäter ihre verletzte Nachbarin auf die Trage hoben und in den Krankenwagen rollten.
Emily rief ihre Tochter herbei. »Du kannst mir helfen, Jennifer!« Sie wies auf den Korb und die Lebensmittel, die über die Veranda verstreut lagen. »Hebe doch bitte die Sachen auf und räume sie in den Kühlschrank.«
Jennifer zog eine Schnute. »Muß das sein?« maulte sie mißmutig.
»Was soll diese dumme Frage? Natürlich muß es sein, oder sollen die Lebensmittel vielleicht verderben? Ich habe mich um andere Dinge zu kümmern. Also führe dich nicht wieder wie eine launische Prinzessin auf, sondern nimm den Korb und mach dich gefälligst nützlich!« herrschte Emily ihre Tochter an, die sich manchmal unausstehlich gebärdete, seit sie in die Pubertät gekommen war und mit der raschen Entwicklung ihrer weiblichen Formen auch ihre Anziehungskraft auf junge Männer entdeckt hatte. »Und dann gehst du zu Monique in die Küche und hilfst ihr bei den Vorbereitungen, bis ich hier fertig bin.«
»Immer ich«, murmelte ihre Tochter verdrossen und bückte sich mit finsterer Miene nach den Lebensmitteln, als hätte man sie ungerechterweise bestraft. »Vielleicht kann unser Klein-Mozart ja auch mal mit anpacken!«
»Chester hat seine eigenen Pflichten.«
»Ja, das sehe ich.«
Emily zog es vor, den Verdruß ihrer Tochter nicht weiter zu beachten, um ihnen beiden eine unschöne Auseinandersetzung zu ersparen und nicht gezwungen zu sein, Jennifers Betragen mit einer Strafe ahnden zu müssen, die ihr hinterher dann doch nur wieder leid tat, wie sie aus Erfahrung wußte.

Da Harriet Seymour erst vor anderthalb Tagen eingezogen war, sah es im Haus noch sehr chaotisch aus. Überall standen Kisten und Kartons herum sowie Bilder, aufgerollte Teppiche, verschnürte Pakete und kleinere Möbelstücke, die im neuen Heim erst noch ihren richtigen Platz finden mußten. Daß Harriet Seymour eine leidenschaftliche Leserin war, verrieten der große Stapel Bücher vor einem leeren Bücherschrank im Wohnzimmer sowie ein halbes Dutzend Kisten an der Wand, die alle mit dicker schwarzer Stempelfarbe den Aufdruck »Bücher« trugen.

Im Schlafzimmer bemerkte Emily auf der Kommode eine kunstvoll geschnitzte Madonna mit dem Jesuskind im Arm – und daneben ein Foto in einem alten Silberrahmen, das ihre Nachbarin mit einem katholischen Priester zeigte. Der Mann, der nur wenige Jahre älter war und sehr attraktiv aussah, hatte seinen Arm um sie gelegt und lachte in die Kamera.

Emily fragte sich, wer dieser Mann auf dem Foto wohl sein mochte – und schämte sich im nächsten Moment ihrer Neugierde und ihrer Gedanken, die sich ihr aufdrängten und die sich wirklich nicht gehörten. Nein, so durfte sie das Vertrauen, das Harriet Seymour ihr schenkte, nicht mißbrauchen! Denn jemanden, den man kaum kannte, unvorbereitet und ohne Aufsicht in sein Schlafzimmer und sein Bad zu lassen und ihm dort, im intimsten Lebensbereich, freie Hand zu gewähren, setzte wirklich großes Vertrauen voraus.

Schnell konzentrierte sie sich darauf, eine Reisetasche mit den persönlichen Dingen zu füllen, die ihre Nachbarin im Krankenhaus benötigte. Sie kam jedoch erst spät am Abend dazu, die Tasche auf der chirurgischen Frauenstation abzugeben. Denn Pauline Chamberlayne bestand darauf, daß sie ihre Pflicht tat und das Abendessen auftrug.

Die Stationsschwester ließ sie dann nicht mehr zu Harriet Seymour ins Zimmer. »Besuchszeit ist nur bis achtzehn Uhr. Außerdem befindet sich die Patientin noch unter der Nachwirkung der

Narkose.« Wenigstens teilte sie Emily noch mit, daß die Operation des komplizierten doppelten Bruchs erfolgreich verlaufen sei und sie sich keine Sorgen zu machen brauche.
Bevor Emily sich am Vormittag des nächsten Tages wieder ins Krankenhaus begab, suchte sie den Buchladen auf, der sich auf der anderen Straßenseite befand. Ein Roman schien ihr das passende Geschenk für jemanden zu sein, der gerne las und sicherlich noch viele Tage im Bett zubringen mußte.
Da sie sich jedoch nicht entscheiden konnte, welches Buch aus welchem Genre sie für Harriet Seymour erstehen sollte, wandte sie sich an den Mann im braunen Tweedjackett hinter der Ladenkasse, der von kräftiger Gestalt war, einen gepflegten Schnurrbart hatte sowie eine Brille mit schmalem Horngestell trug und gerade in der Tageszeitung blätterte. »Entschuldigen Sie bitte, aber könnten Sie mir vielleicht mit einer Empfehlung für ein Geschenk helfen? Ich bin ein wenig ratlos.«
»Aber gern doch, Ma'am«, sagte er zuvorkommend, legte augenblicklich die Zeitung beiseite und kam hinter dem Kassentisch hervor. »Für wen soll das Buch denn sein?«
»Für meine Nachbarin, die mit einem schlimmen Beinbruch im Krankenhaus liegt.«
»Und darf ich fragen, wie alt Ihre Nachbarin ist?« erkundigte er sich höflich.
»So um die Mitte Vierzig«, antwortete Emily.
»Also in meinem und damit im besten Alter«, sagte er mit einem Augenzwinkern.
»Etwas arg Teures darf es leider nicht sein, weil ich mir das nicht leisten kann«, fügte Emily etwas verlegen hinzu. »Außerdem habe ich keine Ahnung, was sie wohl gerne liest, da sie erst vor drei Tagen im Haus neben uns eingezogen ist. Aber sie besitzt viele Bücher, das habe ich gesehen. Nur habe ich nicht auf die Titel geachtet.«
»Wir werden bestimmt etwas finden, das Ihren Geldbeutel nicht zu sehr strapaziert und Ihrer Nachbarin gleichzeitig einige schö-

ne Lesestunden bereitet«, versicherte er und lächelte sie freundlich an.
Zuvorkommend, geduldig und überaus sachkundig ging er mit ihr eine ganze Reihe von Büchern durch. Einmal bemerkte sie, daß sein Blick einen Moment lang auf ihrer rechten Hand ruhte, an der sie seit Matthews Tod als äußerliches Zeichen ihrer Witwenschaft beide Eheringe trug.
Schließlich entschied sie sich für die preiswerte Sonderausgabe eines Romans von Archibald J. Cronin. Sie gestand, von diesem britischen Autor bisher weder etwas gehört noch gelesen zu haben.
»Dann beneide ich Sie und Ihre Nachbarin schon jetzt um das Vergnügen, seine Bücher zu entdecken. Cronin ist nämlich ein ausgezeichneter Schriftsteller, bei dem auch die Spannung nicht zu kurz kommt. Sie können sicher sein, daß Ihre Nachbarin das Buch nicht mehr aus der Hand legen wird, wenn sie erst einmal angefangen hat zu lesen. Sollte sie den Roman jedoch wirklich schon kennen, können Sie das Buch natürlich gerne zurückbringen und gegen ein anderes umtauschen«, beruhigte er sie, während sie zur Kasse gingen.
In dem Moment trat ein hagerer älterer Mann mit einem schmalen grauen Haarkranz in den Laden, zog sich mit den Zähnen die Handschuhe aus, schälte sich hastig aus seinem dicken Wollmantel und eilte hinter die Ladentheke. »Danke, daß Sie während meiner Abwesenheit die Stellung gehalten haben, Mister Palmer!« sagte er noch ganz außer Atem. »Diese Büchersendung mußte wirklich dringend zur Post, sonst hätte es Ärger gegeben. Tut mir leid, daß ich Sie so lange aufgehalten habe, aber auf dem Postamt war mal wieder nur ein Schalter geöffnet.«
»Nicht der Rede wert, Mister Wellington«, antwortete der Mann vergnügt, der sich so aufmerksam um Emily gekümmert hatte. »Ich hatte ja reizende Gesellschaft, und beinahe hätte ich sogar ein Buch für Sie verkauft, das Sie schon viel zu lange im Regal stehen haben.«

Verblüfft sah Emily den Mann an, den sie für den Besitzer oder zumindest doch für einen Verkäufer gehalten hatte. »Sie arbeiten gar nicht hier?«
»Nein, ich arbeite mehr auf freiem Feld, stöbere aber für mein Leben gern in Bücherläden herum, besonders in dem hier von Mister Wellington«, antwortete er verschmitzt. »Aber was den Roman von Cronin betrifft, so ist das wirklich erstklassige Lektüre, die ausgesprochen süchtig nach anderen Werken von ihm macht.«
»In der Tat, in der Tat!« versicherte der Buchhändler. »Eine vortreffliche Empfehlung. Ein besserer Schreiber als dieser Norman Mailer, der mit seinem Roman *Die Nackten und die Toten* soviel Aufsehen erregt, ist er allemal.«
Emily errötete. »Mein Gott, das tut mir aber leid, daß ich Sie für einen Verkäufer gehalten habe«, sagte sie, peinlich berührt, ihn in ihrer Ahnungslosigkeit so lange in Beschlag genommen zu haben.
»Das muß es aber nicht, denn es ist mir ein Vergnügen gewesen«, erklärte er mit einem Schmunzeln, holte seinen Mantel aus dem Hinterzimmer und wünschte ihr noch einen guten Tag.
Emily verbrachte eine gute halbe Stunde am Krankenbett von Harriet Seymour, die über ihren Besuch und das Buch fast zu Tränen gerührt war und sich immer wieder für ihre Freundlichkeit bedankte. Emily lenkte schnell von sich ab und brachte sie dazu, ein wenig von sich zu erzählen. Und so erfuhr sie, daß ihre Nachbarin als Lehrerin in der Grundschule von Montcalm unterrichtete, seit vielen Jahren allein lebte und im November letzten Jahres eine überraschende Erbschaft gemacht hatte, die es ihr erlaubt hatte, sich den Traum von einem eigenen Haus zu erfüllen. »Jetzt habe ich endlich Platz genug, mir die Töpferwerkstatt einzurichten, die ich mir schon so lange gewünscht habe«, sagte sie, um mit Blick auf ihren Streckverband trocken hinzuzufügen: »Aber bis ich dazu komme, werde ich mich wohl

noch einige Zeit mit schlichtem Krankenhausgips zufriedengeben müssen.«

Emily bereitete es Freude, sich mit ihr zu unterhalten. Sie mochte die offene lebensfrohe Art, mit der Harriet Seymour von sich erzählte und auch ihre Situation akzeptierte. Dabei konnte sie manchen Andeutungen entnehmen, daß ihr bisheriges Leben wirklich alles andere als ein Spaziergang durch einen lieblichen Rosengarten gewesen war. Und als sie sich schließlich mit dem Versprechen verabschiedete, sie schon am nächsten Tag wieder besuchen zu kommen und dann auch ihre Post mitzubringen, hatte sie das frohe Gefühl, daß Harriet Seymour sich auch ganz wunderbar mit Caroline verstehen und bestimmt eine wunderbare Freundin sein würde. Eine zuverlässige Freundin, die ihr seit Carolines Übersiedlung nach London so schmerzlich fehlte.

Sie fuhr mit dem Fahrstuhl in die Eingangshalle hinunter – und traf dort auf Mister Palmer, der in dem Moment aus der Ambulanz kam. Er winkte ihr zu, was sie mit einem Nicken und verlegenen Lächeln beantwortete. Sie blieb jedoch nicht stehen, sondern schlug den Kragen ihres Mantels hoch und eilte hinaus in die Kälte.

Vier Tage später begegnete sie ihm ein drittes Mal, als sie gerade dem Ausgang des Krankenhauses zustrebte. Mit schnellen Schritten holte er sie ein, bevor sie die Schwingtüren erreichte. »Nun, wie gefällt Ihrer Nachbarin der Roman?« erkundigte er sich leutselig.

»So gut, daß sie ihn in zwei Tagen ausgelesen und mich schon gebeten hat, ihr weitere Bücher von diesem Cronin aus der Bibliothek zu holen«, antwortete Emily. »Aber leider hat die Bücherei nichts von ihm in ihrer Ausleihe.«

»Wenn Sie möchten, borge ich Ihrer Nachbarin gerne einige von meinen Cronin-Romanen«, bot er ihr spontan an.

»Würden Sie das wirklich?« fragte sie freudig überrascht.

Er nickte. »Aber gewiß doch, wenn ich Ihnen und Ihrer Bekannten eine Freude machen kann. Ich besitze fast alle Romane von Cronin. *Das Haus der Schwäne* und *Lucy Moore* kann ich ganz besonders empfehlen.«

»Das wäre wunderbar!«

»Ich bringe sie Ihnen«, sagte er. »Nur müßte ich dazu Ihren Namen und Ihre Adresse wissen.«

»Emily Whitefield«, stellte sie sich vor und reichte ihm ihre Hand. »Ich wohne im ›Chamberlayne House‹ in der Avenue Bougainville. Ich bin dort die Hauswirtschafterin.«

»Frank Palmer«, sagte er, nahm ihre Hand und sah sie mit einem hoffnungsvollen Lächeln an. »Darf ich Sie mit meinem Wagen nach Hause bringen?«

Emily warf nur einen kurzen Blick hinaus auf das heftige Schneetreiben und nahm sein freundliches Angebot dankbar an. Noch am selben Tag brachte er die Bücher in die Pension, als sie gerade alles für die nachmittägliche Teestunde gerichtet hatte. Schon aus Höflichkeit bot sie ihm eine Tasse an.

»Ich sagte doch, daß ich mehr auf freiem Feld arbeite«, scherzte er auf ihren ungläubigen Gesichtsausdruck hin, als er ihr bei einer zweiten Tasse Darjeeling erzählte, daß er an der Laval-Universität als Football-Coach angestellt sei und schon in der sechsten Saison die Quebec Warriors trainiere.

Als er sie Anfang Februar das erstemal bat, mit ihm auszugehen, und sie nach einem Tag Bedenkzeit zusagte, da lud er sie nicht zu einem Heimspiel seines Football-Teams ein, sondern zu einer Aufführung des Musicals *South Pacific* von Rogers und Hammerstein. Und im März führte er sie zu einer wunderbaren Vorstellung von Jerome Robbins' gefeiertem Ballett *Fancy Free*, was Harriet zu der erstaunten Bemerkung veranlaßte: »Ein Football-Coach, der sich für Musicals und Ballett interessiert? Frank Palmer ist offensichtlich ein Mann, der für jede Überraschung gut ist! Frag ihn doch mal, ob er noch einen Zwillingsbruder hat.«

39

Komplikationen, die eine zweite Operation erforderlich machten, verlängerten Harriet Seymours Krankenhausaufenthalt auf fast fünf Wochen, in denen Emily sie fast täglich besuchen kam. In dieser Zeit schlossen die beiden Freundschaft, eine Freundschaft, die sich rasch vertiefte und an gegenseitigem Vertrauen wuchs. Sie konnten zusammen lachen und träumen und vor allem freiherzig über alles miteinander reden, was sie beschäftigte, sie aber mit niemandem sonst zu teilen wagten. Nie hatten sie auch nur eine einzige Minute Langeweile.
Auch nach ihrer Entlassung blieb Harriets Bewegungsfreiheit noch wochenlang stark eingeschränkt, konnte sie sich mit dem schweren Gipsverband doch nur auf Krücken bewegen. Zudem hatte ihr der Arzt eindringlich ans Herz gelegt, ihr Bein zu schonen und möglichst hochzulagern. Emily half ihr in diesen schweren Wochen, soweit es ihre Arbeit in der Pension zuließ. Sie schaute tagsüber regelmäßig nach ihr und blieb dann meist am späten Abend einige Stunden, in denen sie nach und nach einen Großteil der Kisten auspackte, das Geschirr einräumte und die Bilder aufhängte, damit Harriet es endlich ein wenig gemütlich in ihrem neuen Zuhause hatte. Auch ging sie für sie einkaufen und sorgte dafür, daß sie sich nicht selbst an den Herd zu stellen brauchte.
Harriet freute sich jedesmal, wenn sie kam. Oft genug quälten sie jedoch auch Schuldgefühle, daß Emily ihr soviel von ihrer freien Zeit opferte, die doch auch so schon knapp genug bemessen war. »Ich werde das nie wiedergutmachen können«, seufzte sie, als Emily ihr eines späten Abends noch ihre Wäsche bügelte.
»Red doch nicht so einen Unsinn. Du steckst in einer Notlage, und da muß man einander helfen«, erwiderte Emily und hatte Mühe, ein Gähnen zu unterdrücken.
»Frank Palmer wünscht mir bestimmt schon die Pest an den

Hals, weil du so wenig Zeit für ihn hast«, mutmaßte Harriet. »Und ich kann es ihm noch nicht einmal verdenken. Du solltest wirklich öfter mit ihm ausgehen. Ich komme schon irgendwie zurecht.«
»Ich sehe Frank oft genug.«
»Ach was, ihr trefft euch doch bestenfalls einmal die Woche! Und wie oft ist er mit seinem Team zu Auswärtsspielen unterwegs. Im Schnitt seht ihr euch bestimmt nicht öfter als alle vierzehn Tage!«
Emily zuckte die Achseln. »Das ist auch genug. Ich mag Frank sehr, und vielleicht bin ich sogar dabei, mich regelrecht in ihn zu verlieben«, räumte sie ein. »Aber ich bin ein gebranntes Kind, Harriet, und denke nicht daran, irgend etwas zu überstürzen.«
Harriet verzog das Gesicht und nickte. »Da sagst du was! Wir beide sind wirklich gebrannte Kinder, was Männer betrifft. Ich verstehe heute noch nicht, wie ich zuerst auf Gilbert und dann auf Kenneth hereinfallen konnte. Mein erster Mann hat getrunken und mich zu Hause grün und blau geprügelt, während er in der Schule nicht nur perfekt die Rolle des tadellosen Pädagogen, sondern auch die des aufmerksamen und liebenden Ehemannes gespielt hat. Und Kenneth, den ich Dummkopf nach der Annullierung meiner ersten Ehe geheiratet habe, hat sich schon in den Flitterwochen als krankhafter Spieler entpuppt. Er hat alles Geld verspielt, das er in die Finger bekommen konnte, mich mit jedem billigen Barflittchen betrogen und mich mit einem Berg Schulden sitzengelassen, als er schließlich mit der blutjungen Tochter unserer Nachbarn durchgebrannt ist.«
Emily wußte, daß ihre Freundin stark in ihrem katholischen Glauben verwurzelt und stolz auf ihren Bruder Andrew war, den Mann an ihrer Seite auf dem Foto im Silberrahmen. Pater Andrew gehörte seit mehr als zwei Jahrzehnten dem Jesuitenorden an und lebte seit dem Kriegsende in Rom, wo er am kanadischen Priesterkolleg Moraltheologie lehrte. »Wie hast du es nur geschafft, deine erste Ehe für ungültig erklären zu lassen?«

»Ich hatte das Glück im Unglück, daß Gilbert im Gegensatz zu mir keine Kinder haben wollte und dies auch mehr als einmal vor Zeugen erklärt hat«, erzählte Harriet. »Er hat das mit dem Krieg und anderen verschrobenen politischen Argumenten begründet, aber in Wirklichkeit konnte er Kinder einfach nicht ausstehen.«

»Wie kann man dann nur Lehrer werden!«

Harriet lachte spöttisch auf. »Von dieser Sorte Lehrer und Lehrerinnen gibt es leider mehr als genug!«

Emily runzelte die Stirn, als ihr ein beunruhigender Gedanke kam. »Sag mal, bist du denn überhaupt von deinem zweiten Mann, diesem Kenneth, geschieden?«

»Nein, seit er vor sechs Jahren mit dem jungen Mädchen, das gut seine Tochter hätte sein können, durchgebrannt ist, während man mir im Krankenhaus den entzündeten Blinddarm herausgenommen hat, habe ich von ihm nichts mehr gehört. Und eine Scheidung kommt für mich sowieso nicht in Frage, ich könnte dann nämlich unter Umständen meine Anstellung verlieren. Außerdem wird man in meinem Alter recht dumm angesehen, wenn man unverheiratet ist. Du weißt schon, alte Jungfer und so.« Sie hob ihre Hand und betrachtete ihren Ehering. »So falsch der Glanz auch ist, so schützt der Ring doch vor einigen Unannehmlichkeiten – unter anderem auch vor der Versuchung, noch einmal eine ähnliche Dummheit zu begehen. Denn was die Männer in meinem Leben betrifft, bin ich doch ganz offensichtlich mit einem gefährlich unterentwickelten Urteilsvermögen ausgestattet. Nur bei den Männern anderer Frauen gelingt es mir, einen klaren Blick zu bewahren. Ist das nicht komisch?«

»Aber was ist, wenn er nun plötzlich auftaucht und Anspruch auf die Hälfte deines Vermögens erhebt?« sorgte sich Emily.

»Davor habe ich mich schon vor Jahren geschützt, als ich noch bis zu den Ohren in den Schulden steckte, die er mir hinterlassen hatte«, beruhigte Harriet sie. »Er hat mich böswillig verlassen und ungedeckte Schecks ausgestellt. Ich habe deshalb keine

Schwierigkeit gehabt, vor Gericht für die Zukunft Gütertrennung durchzusetzen. Bei mir kann er sich also nicht einen Cent holen. Er wird außerdem nicht so dumm sein, sich noch einmal in Quebec blicken zu lassen. Aber reden wir nicht länger über meine Verflossenen. Erzähl mir lieber, wie es mir dir und Frank weitergehen soll.«

»Tut mir leid, dich enttäuschen zu müssen, aber ich werde mich hüten, auch nur irgendwelche Pläne zu machen. Nicht mal vage, geschweige denn konkrete«, sagte Emily mit Nachdruck. »Vergiß nicht, daß ich zwei Kinder habe.«

»Was soll das denn heißen?«

Emily setzte das Bügeleisen ab und verzog das Gesicht. »Ich glaube, sie halten mich schon für jenseits von Gut und Böse. Jedenfalls ist es ihnen sichtlich peinlich, daß Frank mit mir ausgeht und mir Blumen und Karten schickt. In ihren Augen schickt sich das nicht für eine Mutter und Frau meines Alters.«

Harriet stemmte die Hände in die Hüften. »Entschuldige mal, du bist doch noch keine Vierzig!« rief sie entrüstet aus.

»Die Jugend ist stets felsenfest davon überzeugt, daß sie allein die Liebe entdeckt hat und daß Eltern davon nichts verstehen, weil sie ihr Leben ja schon längst hinter sich haben.«

»Ja, diese himmlische Ignoranz und Selbstsucht der Jugend, die durch nichts zu erschüttern ist!« seufzte Harriet und verdrehte die Augen, während sie mit ihrem Rosenkranz spielte. »Wie haben wir sie doch genossen! Und jetzt leiden wir für den Rest unseres Lebens unter der bitteren Vertreibung aus dem Paradies.«

Emily lachte schallend, und dieses Lachen, in das Harriet von Herzen mit einstimmte, vertrieb für diesen Abend alle trüben Gedanken. Und während Harriet sie nun mit heiteren Anekdoten aus ihrer Jugend unterhielt, nahm Emily das Bügeleisen wieder auf, bis es Zeit wurde, in die Pension zurückzukehren.

Ihre Beziehung zu Frank hielt sie auch in den folgenden Monaten bewußt auf kleiner Flamme, ohne daß dieser sich darüber beklagte. Er besaß genug Einfühlungsvermögen, um zu wissen, daß er keinen größeren Fehler begehen konnte, als Emily zu bedrängen.

»Taktik ist die planmäßige Ausnutzung einer Situation, während Strategie die Kunst ist, die Möglichkeit künftiger Ereignisse abzuschätzen, in großen Zusammenhängen verschiedene Optionen zu durchdenken und daraus folgernd sein Vorgehen einzustellen«, sagte er einmal mit deutlichem Hintersinn, als sie ihn um Verständnis und Geduld bat. »Oft genug habe ich mein Team damit aus einer scheinbar sicheren Niederlage doch noch zum Sieg geführt. Und diese Kunst läßt sich nicht nur auf dem Spielfeld erfolgreich anwenden, sondern in allen anderen Lebensbereichen auch.«

Im Sommer traf ein Brief von Caroline aus London ein, in dem sie ihr überglücklich mitteilte, vor wenigen Tagen von gesunden Zwillingen entbunden worden zu sein, die sie auf die Namen Beverly und Dauphne taufen wollten. Und daß sie sich entschlossen hätten, auf unbestimmte Zeit in London zu bleiben, hatte Arthur doch einen gewaltigen Karrieresprung gemacht. Um ihn nicht zu verlieren, hatten ihn Atkins, Blackburn & Croft als Partner in ihre Firma aufgenommen und ihm neben dem Tochterhaus in London auch noch die alleinverantwortliche Leitung der beiden weiteren europäischen Filialen in Rom und Paris übertragen.

... Er wird natürlich viel auf Reisen sein, aber das war er ja bisher auch schon, und ich werde ihn, sooft es geht, begleiten, bis Christopher in die Schule kommt, was leider gar nicht mehr so lang hin ist. Wir haben übrigens ein zauberhaftes Cottage auf dem Land gekauft, gar nicht weit von Cambridge entfernt, das wir zu unserem Ferien- und Wochenendheim umbauen wollen. Wir haben so viele Pläne, so daß der Traum von der eigenen Galerie in Boston mit einem kleinen Ableger in Charlottetown wohl noch eine Weile auf seine Realisierung warten müssen wird. Obwohl ich zugeben muß, daß ich mich neuer-

dings viel öfter als früher nach der Insel meiner Kindheit und Jugend zurücksehne. Ist das vielleicht ein Zeichen, daß ich ins Alter komme, wo man allmählich mehr in der Vergangenheit als in der Gegenwart lebt und in Erinnerungen schwelgt, die man sich selbst rosarot eingefärbt hat. Wie auch immer, ich denke jedenfalls oft an unsere Jahre auf der Insel. Wirst Du es dieses Jahr endlich einmal schaffen, mit den Kindern wieder mal nach Summerside zu reisen? ...

Ja, in diesem Jahr reiste Emily mit Jennifer und Chester wirklich für zehn Tage zu ihren Eltern und ihrer Schwester nach Summerside. Gute sechs Jahre waren seit Matthews Beerdigung vergangen, bei der sie sich das letztemal gesehen hatten – und sie in solch bitterem, unversöhnlichem Zorn auf dem Bahnhof von Lac-Saint-Germain von ihrem Vater geschieden war.
Wäre es um die Gesundheit ihrer Mutter besser bestellt gewesen, hätte Emily die Reise wohl kaum angetreten. Zumal ihre Kinder sich von einem Besuch bei ihrer Tante und ihren Großeltern auf Prince Edward Island alles andere als begeistert zeigten. Insbesondere Jennifer wollte nichts davon wissen, kostbare Ferientage fern von Quebec zu verbringen, hatte sie in den letzten Schultagen doch mit dem Captain des Schwimmteams eine Eroberung gemacht, um die alle anderen Mädchen sie beneideten. Aber Leonoras Berichte über den schlechten gesundheitlichen Zustand ihrer Mutter machten Emily doch Sorge und wogen schwerer als alles andere, was sie oder ihre Kinder gegen einen Aufenthalt in Summerside einzuwenden hatten. »Wir fahren, und damit basta!« beschied sie ihre Tochter, als sie nicht aufhören wollte, ihr mit ihrem Gequengel in den Ohren zu liegen. »Mein Gott, wir sind ja nur zehn Tage weg! Wenn das schon reicht, damit dein neuer Schwarm dich vergißt und einem anderen Mädchen schöne Augen macht, ist er es sowieso nicht wert, daß du dich mit ihm abgibst.«
Jennifer funkelte sie empört und mit Tränen in den Augen an. »Was verstehst denn du schon davon?«

»Du wirst es vielleicht nicht glauben, aber ich bin nicht als Mutter von zwei Kindern auf die Welt gekommen, die alles besser zu wissen glauben, sondern ich bin auch einmal in deinem Alter gewesen«, erwiderte Emily sarkastisch. »Und damit ist Schluß der Diskussion!«
Ohne Harriets energisches Eingreifen wäre diese Reise jedoch erst gar nicht möglich gewesen. »Es wird Zeit, daß du mal für ein, zwei Wochen aus dieser Tretmühle bei Missis Chamberlayne herauskommst und Urlaub machst!« redete sie ihr gut zu. »Du bist gut! Urlaub gibt es bei ihr nicht, das weißt du doch«, erinnerte Emily ihre Freundin. »Wer soll denn in der Zeit, die ich weg bin, die Pensionsgäste versorgen?«
»Ich!« erklärte Harriet zu Emilys Verblüffung. »Ich habe bei dir eine Menge gutzumachen. Nein, fang erst gar nicht an, mich davon abbringen zu wollen. Jetzt ist es endlich einmal an dir, etwas von mir anzunehmen! Ich habe Sommerferien und kann ganz ordentlich kochen, wenn auch bei weitem nicht so gut wie du. Missis Chamberlayne und ihre verwöhnten Gäste werden sich eben mit einfacherer Kost und öfter mal mit kalter Küche zufriedengeben müssen. Sie wird nicht im Traum daran denken, dir zu kündigen. Dazu weiß sie viel zu gut, was sie an dir hat. Also laß dich bloß nicht ins Bockshorn jagen.«
Pauline Chamberlayne machte wie erwartet erst einen großen Aufstand und gab sich regelrecht entrüstet, daß ihre Hauswirtschafterin es überhaupt wagte, ihr mit solch einem wahnwitzigen Ansinnen zu kommen. Als sie jedoch merkte, daß Emily auf diesem unbezahlten Urlaub bestand, gab sie schließlich klein bei.
Emily genoß die Tage in Summerside mehr, als sie für möglich gehalten hatte. Und das trotz der ständigen Reibereien mit ihrem Vater und des übellaunigen Betragens ihrer Tochter, die sich offenbar fest entschlossen hatte, auf dieser Reise nicht eine Stunde ihren Spaß zu haben und das auch jeden spüren ließ. Allein schon morgens mit dem Wissen zu erwachen, sich nicht hetzen zu müssen, dem endlosen Strom ihrer Pflichten als Haus-

wirtschafterin entronnen zu sein, empfand sie als wunderbares Geschenk. Dazu kam die herrliche Freiheit, nach dem Frühstück mit ihrer Mutter am Tisch sitzenbleiben und einfach noch eine Stunde bei einer weiteren Tasse Tee verplaudern zu können oder einfach faul am Strand liegen zu dürfen, ohne sich schuldig fühlen zu müssen. Alles Unerfreuliche dieser Tage verblaßte dagegen zu Nebensächlichkeiten, die ihre Freude und Dankbarkeit für diese wunderbar erholsame Zeit nicht dauerhaft zu beeinträchtigen vermochten.

Emily kehrte mit neuer Kraft nach Quebec zurück. Kraft, die sie bitter nötig hatte. Denn bei ihrer Ankunft in der Stadt lag Pauline Chamberlayne, die tags zuvor einen tödlichen Hirnschlag erlitten hatte, schon aufgebahrt beim Leichenbestatter.

40

Pauline Chamberlaynes Testament nannte einen Neffen, der im fernen Saskatchewan wohnte und sich in den vergangenen Jahren nicht einmal bei seiner Tante hatte blicken lassen, als Alleinerben der Pension, deren Tage damit gezählt waren. Der Neffe hielt es nicht einmal jetzt für nötig, nach Quebec zu kommen. Er beauftragte einen Anwalt mit seiner Vertretung, der den Verkauf des stattlichen Anwesens für seinen Mandanten unverzüglich in Angriff nahm.

Viel Arbeit hatte der Anwalt aus Saskatchewan mit dieser Aufgabe dank der Vermittlung des Testamentsvollstreckers nicht. Noch am Tag seiner Ankunft meldete sich bei ihm im Hotel ein Interessent, der das Objekt im Namen einer Anwaltssozietät erwerben wollte. Schon am nächsten Vormittag wurde man sich über den Kaufpreis einig. Keine zwei Tage später erhielten alle

Bewohner der Pension die Kündigung. In zwei Wochen mußte das Anwesen geräumt sein, weil dann die Handwerkerkolonne anrückte, um das Haus in eine vornehme Anwaltskanzlei umzubauen. Damit war der gesetzlichen Kündigungsfrist Genüge getan.

»Jetzt stehe ich mit meinen Kindern und mit dem Piano, das die Chamberlayne meinem Sohn vermacht hat, wieder auf der Straße!« sagte Emily bestürzt, als sie die Kündigung in der Hand hielt. Sie hatte sich in ihrer Stellung als Hauswirtschafterin im »Chamberlayne House« so sicher gefühlt, und nun hatte ihr der plötzliche Tod ihrer Arbeitgeberin jäh den Boden unter den Füßen weggezogen. »Wie soll ich bloß so schnell eine neue Position und Wohnung für uns finden?«

»Natürlich steht ihr nicht auf der Straße«, widersprach Harriet energisch. »Ihr zieht erst einmal bei mir ein. Auch wenn wir ein wenig zusammenrücken müssen, so ist in meinem Haus doch für uns alle Platz genug. Du kannst dich also in aller Ruhe nach einer neuen Arbeitsstelle umsehen.«

Die Idee, eine eigene Pension zu eröffnen, kam Emily, als sie ihr Geschirr in altes Zeitungspapier wickelte und ihr Blick dabei zufällig an einer Spalte mit Immobilienanzeigen hängenblieb. Sie konnte es kaum erwarten, daß ihre Freundin aus der Schule nach Hause kam, um diese Möglichkeit mit ihr zu bereden. Sie hätte gern auch Frank dazu befragt, aber der befand sich gerade mit einer Jugendgruppe auf einem mehrwöchigen Kanutrip im Seengebiet von Gouin.

»Was meinst du, Harriet? Ob ich das Wagnis eingehen soll?«
Ihre Freundin wiegte nachdenklich den Kopf. »Das kommt ganz darauf an, wie schnell du so ein Haus mit Gästen füllen kannst, die auch immer pünktlich zahlen und sich nicht bei Nacht und Nebel aus dem Staub machen«, gab sie zu bedenken. »Du weißt doch selbst, daß nicht alle die solide Zahlungsmoral der Dauermieter besitzen, die bei Pauline Chamberlayne logiert haben. In solch einem Geschäft steckt ein ganz schönes Risiko,

zumal wenn man neu ist und immer erst einmal alle Ausgaben vorstrecken muß. Denn kein Pensionsgast leistet Vorkasse, vergiß das nicht!«
Emily pflichtete ihr bei. »Aber ich bin sicher, daß ich bestimmt drei oder vier von Paulines Kunden bewegen kann, mit mir zu gehen. Ich muß nur schnell genug ein geeignetes Haus finden, das ich langfristig mieten kann. Und es sollte natürlich am besten auch in Montcalm liegen.«
»Was für ein Startkapital kannst du denn aufbringen?«
Jahrelang hatte Emily jeden Cent, den sie von ihrem Wochenlohn sparen konnte, auf die hohe Kante gelegt. Ihre Anspruchslosigkeit und die vielen Nächte, in denen sie für sich und ihre Kinder gestrickt und genäht hatte, erfüllten sie nicht ohne Stolz, als sie nun antworten konnte: »Gute viereinhalbtausend Dollar.«
»Heilige Muttergottes!« entfuhr es Harriet vor Überraschung. »Wie hast du denn dieses Wunder angestellt, wo dir die alte Walküre doch so einen kargen Lohn gezahlt hat?«
Emily lächelte. »Leicht ist es nicht gewesen, das kannst du mir glauben. Aber ich bin froh, den guten Zeiten nicht getraut und möglichst viel weggelegt zu haben.«
»Viereinhalbtausend Dollar, ich werd verrückt! Dafür könntest du dir ja fast schon ein eigenes kleines Haus kaufen!«
»Aber auch nur fast und schon gar kein Haus, das groß genug ist, um mehrere Zimmer vermieten zu können«, sagte Emily, die ihre finanzielle Lage realistisch einschätzte.
»Okay, aber du kannst etwas Hübsches mieten, das für deine Zwecke groß genug ist, ohne bei der kleinsten Krise gleich in Geldschwierigkeiten zu geraten. Und wenn du clever bist, schließt du einen langfristigen Mietvertrag mit einer Kaufoption ab!« riet Harriet.
Emily nickte. »Aber dieses Haus müssen wir erst einmal finden!«
»Morgen machen wir uns auf die Suche nach dem künftigen ›Whitefield House‹. Es wäre doch wirklich gelacht, wenn wir nicht fündig würden!« erklärte Harriet mit ihrem unerschütter-

lichen Optimismus, trug die Tageszeitungen der letzten Tage zusammen und studierte mit Emily voller Eifer die Immobilienanzeigen.

Sechs Wochen später unterschrieb Emily mit einer Mischung aus Euphorie und Bangen einen fünfjährigen Mietvertrag mit Kaufoption für ein Haus in der Avenue Bienville, die nur zwei Straßen weiter westlich von der Avenue Bougainville entfernt lag. Es konnte dem Herrenhaus von Pauline Chamberlayne natürlich nicht einmal annähernd das Wasser reichen, aber es hatte eine hübsche Fassade mit zwei Erkerfenstern im Erdgeschoß und bot vor allem genug Platz, um vier Zimmer für Untermieter einrichten zu können.

Emilys Kinder vermochten die Begeisterung ihrer Mutter für ihr neues Zuhause jedoch ganz und gar nicht zu teilen. »Was, da sollen wir einziehen? Das ist doch eine schrecklich heruntergekommene Bruchbude!« rief Jennifer entrüstet, als Emily sie zum erstenmal zu einer gemeinsamen Besichtigung mit in die Avenue Bienville nahm.

»Es ist schon ein wenig vernachlässigt, sonst hätte ich es ja auch nicht so preiswert mieten können«, räumte Emily ein. »Aber das wird natürlich nicht so bleiben. Das Haus ist in der Substanz gesund. Wenn es erst einen neuen Außenanstrich hat und innen renoviert ist, werdet ihr es nicht mehr wiedererkennen. Frische Farbe und neue Tapeten wirken Wunder. Ihr werdet überrascht sein.«

»Wer soll es denn renovieren?« fragte Chester mürrisch.

»Mister Palmer kennt da einige Leute vom Baugewerbe, die sich nach ihrer Arbeit gern noch etwas dazuverdienen wollen. Außerdem ist er selbst handwerklich ganz geschickt. Er wird uns helfen. Natürlich werde ich auch mit Hand anlegen.«

»Der ach so selbstlose Mister Palmer hat dir also gut zugeredet, ja?« sagte Jennifer ironisch und verdrehte die Augen. »Na, dann ist ja alles in Ordnung.«

»Klar, für einen tollen College-Trainer wie Mister Palmer ist das doch ein leichtes Heimspiel«, haute Chester, der absolut kein Interesse an Sport zeigte, in dieselbe Kerbe.

Ärger wallte in Emily auf. »Solche respektlosen Bemerkungen will ich nicht noch einmal von euch hören, habt ihr mich verstanden? Ihr solltet ihm dankbar sein, daß er uns hilft – ganz davon abgesehen, daß er überhaupt ein ... ein reizender Mensch ist, der auch eure Sympathie verdient hat!«

Jennifer und Chester tauschten einen genervten Blick. »Wir sind bisher doch auch sehr gut ohne diesen Mister Palmer ausgekommen«, sagte Jennifer bockig und fuhr vorwurfsvoll fort: »Außerdem verstehe ich nicht, warum wir nicht endlich mal so normal wie andere Leute wohnen können, sondern immer mit Fremden leben und die dann auch noch bedienen müssen. In meiner Klasse hat keiner Untermieter im Haus! Es ist so schrecklich peinlich, daß man immer alles mit irgendwelchen Leuten teilen und von ihnen Geld annehmen muß.«

Dieser Vorwurf schmerzte Emily sehr. Sah ihre Tochter denn nicht, daß sie alles tat, um ihr und Chester eine möglichst sorgenfreie Jugend zu bieten, soweit ihre begrenzten Mittel das zuließen? »Dann sind deine Klassenkameradinnen zu beneiden, daß es ihnen so gutgeht. Hoffentlich ist ihnen auch bewußt, welches Glück sie haben, sich nicht nach der Decke strecken und Zimmer untervermieten zu müssen«, antwortete sie beherrscht, doch nicht ohne bittere Zurechtweisung in der Stimme. »Vermutlich fehlt ihnen auch nicht der Vater, der in ihrer Familie für ein sicheres Einkommen sorgt. Falls ihr es vergessen haben solltet: Ich sorge seit dem Tod eures Vaters vor über sechs Jahren ganz allein für euch, und zwar so gut ich eben kann. Wunder kann ich leider nicht vollbringen.« Nur mühsam hielt sie die Tränen zurück. »Und dieses Haus hier ist das einzige, das ich mir leisten kann, damit wir alle ein Dach über dem Kopf und weiterhin unser bescheidenes Auskommen haben!«

Jennifer und Chester machten ein verlegenes Gesicht und enthielten sich jeden weiteren Kommentars. Ihr Schweigen war jedoch nicht das, was sich Emily gewünscht hatte. Es machte sie traurig, weil sie offensichtlich nicht begriffen, wie stolz sie eigentlich darauf hätten sein sollen, daß ihre Mutter buchstäblich aus dem Nichts eine Existenz aufgebaut hatte. Aber dann tröstete sie sich damit, daß Kinder nun mal Kinder waren, das Leben nur aus einem sehr engen und ichbezogenen Blickwinkel sahen und einfach nicht die Vernunft und Einsicht besaßen, wie man sie von einem Erwachsenen erwarten konnte.

In den folgenden sechs Wochen verbrachte Emily viele schlaflose Nächte mit der bangen Frage, ob sie sich auch nicht übernommen hatte. Sie bekam Angst vor ihrer eigenen Courage. Denn die Renovierungsarbeiten zogen sich länger hin und kosteten mehr als anfangs kalkuliert. Und Leonoras briefliche Vorhaltungen, sich überschätzt zu haben, sowie ihre pessimistische Prophezeiung, daß sie mit einer eigenen Pension Schiffbruch erleiden würde, verstärkten ihre Selbstzweifel nur.

Harriet redete ihr dagegen gut zu, auf ihre eigenen Fähigkeiten zu vertrauen und sich nicht beunruhigen zu lassen. »Gut, die Renovierung ist ein bißchen teurer als geplant, aber das bricht dir doch nicht den Hals, sondern kostet dich bloß den Profit des ersten halben Jahres, und das kannst du gut verkraften. Also nimm dir diesen Unsinn, den deine Schwester da schreibt, nicht so sehr zu Herzen.«

Auch Frank stärkte ihr immer wieder den Rücken. »Ich kenne deine Schwester ja nicht und will ihr auch nichts Schlechtes nachsagen. Aber wenn du meine Meinung wissen willst, so klingt mir das in ihren Briefen doch sehr nach Neid. Die Vorstellung, daß du dir etwas Eigenes aufbaust und dann damit auch noch Erfolg haben könntest, scheint ihr nicht recht zu gefallen.«

Anfang Oktober, an einem sonnigen Herbsttag, feierte Emily schließlich im kleinen Kreis ihrer Freunde die Eröffnung ihrer Pension. Das »Whitefield House« leuchtete im Glanz seines neuen Anstrichs, und die vier Gästezimmer waren vom ersten Tag an belegt. Emily hatte wirklich vier von Paulines ehemaligen

Mietern für ihre Pension gewinnen können. Missis Martha Rutherford und Missis Cecilia Dickinson, die beiden älteren Witwen, hatten sich in ihrer neuen Unterkunft nicht recht wohl gefühlt. Sie kehrten deshalb nur zu gern in eine Pension zurück, in der Emily ihre bekannt gute Küche bot und den Haushalt wie einst im »Chamberlayne House« führte. Daß sie zudem bei der Wahl der Tapete und der Einrichtung ihres Zimmers ein gewichtiges Wort mitreden durften, hatte ihnen die Entscheidung, ins »Whitefield House« zu ziehen, nur noch erleichtert. Dagegen hatte hauptsächlich der günstige Pensionspreis ihre anderen Hausgäste, die beiden Handelsvertreter, zum Einzug bewogen.

An der kleinen Einweihungsfeier nahm auch Harriets Bruder teil. Pater Andrew traf anderthalb Wochen vorher aus Rom ein. Nach zwei Jahrzehnten in Übersee zog es ihn in die Heimat zurück. Sein Orden hatte seinem Wunsch entsprochen und ihm eine Dozentenstelle am Jesuiten-College von Quebec angeboten, die er auch dankbar angenommen hatte.

Emily lernte Harriets acht Jahre älteren Bruder bei einem Abendessen kennen. Sie hatte sich insgeheim darauf eingestellt, kaum Gemeinsamkeiten mit einem katholischen Ordenspater und damit auch wenig interessanten Gesprächsstoff zu finden. Doch das Tischgespräch erwies sich keineswegs als steif und anstrengend. Pater Andrew gab mit seiner schlanken Figur, dem schwarzgrauen Haar und dem ganz kurz gestutzten Vollbart nicht nur eine sehr attraktive Erscheinung ab, sondern er überraschte Emily auch durch seine Natürlichkeit und Lebendigkeit. Er verstand sich ebensogut auf das Erzählen wie auf das Zuhören. In angeregter Unterhaltung verging der Abend wie im Flug.

»Also so hätte ich mir deinen Bruder nicht vorgestellt«, gestand Emily ihrer Freundin hinterher. »Er ist ein ungemein interessanter und reizender Mann!«

»Wie hast du ihn dir denn vorgestellt?« fragte Harriet ebenso

stolz wie amüsiert. »Als verknöcherten engstirnigen Kirchenmann, der allem Weltlichen spinnefeind ist und nur fromme Sprüche und Belehrungen von sich gibt?«
Emily lachte leise auf. »Ja, so in der Richtung liegst du wohl nicht ganz falsch.«
Harriet schmunzelte. »Es gibt überall solche und solche, Emily. In jedem Beruf findest du in etwa den gleichen Anteil Begabte, Mittelmäßige und Pfuscher, wie du auch in jeder Bevölkerungsgruppe Aufgeschlossene und Verbohrte findest. Priester, egal welcher Kirche, und Ordensangehörige stellen da keine Ausnahme dar. Wer meint, daß ein Geistlicher besser oder schlechter als der Rest der Gesellschaft ist, der beweist damit nur, daß ...« Sie zögerte.
»Keine falsche Zurückhaltung! Sprich es nur aus, Harriet!« forderte Emily ihre Freundin auf. »Er beweist damit nur, daß er voreingenommen ist und sich von Vorurteilen leiten läßt, nicht wahr?«
»Zumindest hat er sich nicht genug Gedanken gemacht. Eine Priesterweihe macht aus einem Mensch voller Schwächen nun mal keinen Heiligen.«
»Na, die Schwächen deines Bruders werde ich wohl erst noch entdecken müssen. Heute abend hat er sie jedenfalls ausgezeichnet vor mir versteckt – sofern er überhaupt welche hat«, meinte Emily augenzwinkernd.
»Er hat, keine Sorge!« erwiderte ihre Freundin lachend und wünschte ihr eine gute Nacht.
Daß auch Jennifer und Chester den Jesuitenpater von der ersten Begegnung an sympathisch fanden und daher auch keine Hemmungen zeigten, sich mit ihm zu unterhalten und sogar lebhaft zu diskutieren, überraschte Emily zuerst doch sehr. Dann ging ihr jedoch ein Licht auf: Als katholischer Priester und Ordensmann, der sich der Armut, dem Gehorsam sowie der Ehelosigkeit verschrieben hatte, ging von ihm keine Gefahr aus. Er würde immer nur ein Freund sein, nie mehr. Ganz im Gegensatz zu

Frank Palmer, der in ihrem persönlichen Leben einen immer wichtigeren Platz einnahm. Zum großen Mißfallen ihrer Kinder. Über eine Heirat hatte Emily noch nicht mit Frank gesprochen. Keiner wagte das Thema anzuschneiden, obwohl es sie beide mit jedem Monat mehr beschäftigte. Beide warteten darauf, daß Jennifer und Chester ihre ablehnende Haltung gegenüber ihrer Verbindung aufgaben.

Das Weihnachtsfest, das Frank mit ihnen verbrachte, nahm jedoch leider nicht den harmonischen Verlauf, den sie sich erhofft hatten. Statt sich einander näherzukommen, ließen Jennifer und Chester Frank mit typisch kindlicher Grausamkeit spüren, daß er in ihrer Familie nicht willkommen war, zumindest nicht, was sie betraf. Und sie machten das geschickt. Sie legten eine eisige Höflichkeit an den Tag, so daß Emily noch nicht einmal eine richtige Handhabe hatte, um sie zurechtweisen zu können. Das einzige, was sie tun konnte, war, bei ihren Kindern um Verständnis und Aufgeschlossenheit zu werben. Doch ihre wiederholten Bitten, Frank doch eine reelle Chance zu geben, stießen bei Jennifer und Chester auf taube Ohren.

Im neuen Jahr spürte Emily, daß Frank sich enttäuscht von ihr zurückzuziehen begann. Sie wollte ihn jedoch nicht verlieren. Andererseits liebte sie ihre Kinder zu sehr, um sie unglücklich zu machen und ihr Familienleben zu vergiften, indem sie ihnen einen Stiefvater aufzwang, den sie aus tiefstem Herzen ablehnten.

»Sie werden jeden Stiefvater ablehnen, auch wenn er der netteste und verständnisvollste Mann der Welt wäre!« prophezeite Harriet. »Sie wollen dich einfach nicht mit einem anderen teilen, Emily. Sie sind es gewohnt, daß dein ganzes Sinnen und Trachten nur um ihr Wohlergehen kreist. Sie sind eifersüchtig auf Frank, weil sie in ihm einen ernstlichen Konkurrenten um deine Liebe und Aufmerksamkeit sehen. Aber du darfst nicht zulassen, daß sie dich aus reinem Egoismus erpressen, zwischen ihnen und einem Mann zu wählen. Sie müssen begreifen, daß deine Liebe zu Frank nichts an deiner Liebe zu ihnen ändert – und daß auch du ein Recht auf Glück hast!«

Schließlich nahm sich Emily ein Herz, und in einer Nacht der Leidenschaft, aber auch der Tränen, redete sie offen mit Frank darüber, was sie bloß tun sollten. »Ich kann einfach keine Wahl zwischen dir und meinen Kindern treffen«, gestand sie. »Und ich kann nicht mit dir glücklich werden, wenn ich mit zwei Kindern unter einem Dach leben muß, die mich einfach nicht akzeptieren wollen und dich täglich damit quälen«, antwortete er. »Ich liebe dich, Emily, aber ich glaube nicht, daß ich die Kraft und Geduld besitze, jahrelang darauf zu warten, bis deine Kinder endlich aus dem Haus sind. Ich fürchte, daß dann schon lange vorher einer von uns bereut, sich auf solch eine Ehe eingelassen zu haben.«

»Laß es uns noch einmal versuchen!« beschwor sie ihn. »Die Kinder haben bisher doch noch nie länger als einen halben Tag mit dir verbracht. Vielleicht brauchen sie einfach mehr Zeit, um zu begreifen, wie dumm und kindisch ihr Verhalten ist. Laß uns in den Sommerferien gemeinsam etwas unternehmen!«

»Und was ist mit deiner Pension?«

»Harriet besteht darauf, mich in den Ferien zwei Wochen lang zu vertreten. Außerdem übernimmt Missis Rutherford gern einige der täglich anfallenden Arbeiten. Du weißt ja, daß sie mir schon seit einigen Wochen ein wenig zur Hand geht. Sie ist nämlich ganz froh, wenn sie etwas zu tun hat. Also was hältst du davon? Laß es uns noch einmal gemeinsam versuchen, Frank!«

Er verzog skeptisch das Gesicht, nickte dann jedoch. »Schön, aber wir planen lieber erst einmal eine Woche. Falls es wirklich gut läuft, können wir noch immer um eine Woche verlängern.«

Sie einigten sich darauf, diese Woche im westlichen Seengebiet zu verbringen, wo es komfortable und trotzdem preiswerte Ferienunterkünfte für Familien gab. Frank, der diese Gegend gut kannte, empfahl die »Little Bear Lodge«. Er buchte für sich ein Zimmer im Haupthaus und mietete für Emily und die Kinder

eine der idyllischen Blockhütten, die etwas weiter unten am Ufer des Sees verteilt standen.
Diese gemeinsame Ferienwoche, die die große Wende hätte bringen sollen, erwies sich jedoch als einzige Katastrophe. Schon auf der Fahrt gaben Jennifer und Chester freiwillig nicht ein Wort von sich. Wurden sie etwas gefragt, antworteten sie nur mit einem feindseligen Ja oder Nein. Mit verbissener Miene starrten sie aus dem Fenster.
Am Ziel angekommen, hatten sie an allem etwas auszusetzen. Weder gefiel ihnen die rustikale, aber doch nett eingerichtete Blockhütte noch die wirklich zauberhafte »Little Bear Lodge«. Und als Frank sie am ersten Abend zum Essen ins Restaurant des Haupthauses einlud und eine ahnungslose Kellnerin ihm und Emily ob ihrer reizenden Kinder ein harmloses Kompliment machte, da platzte Jennifer sofort giftig heraus: »Er ist nicht unser Vater. Unser Vater ist tot. Er ist nur ein Bekannter unserer Mutter, und weiter nichts!« Damit setzte sie sich und verschränkte die Arme trotzig vor der Brust.
Emily schoß das Blut vor Verlegenheit – und Zorn – heiß ins Gesicht. Beinahe hätte sie ihrer Tochter eine Ohrfeige gegeben, so sehr empörte sie diese unverschämte und verletzende Bemerkung. Gottlob hatte Frank sich in der Gewalt. »Jennifer hat heute nicht ihren besten Tag, Miss. Ich glaube, sie verträgt lange Autofahrten nicht so gut«, sagte er scheinbar gelassen zu der verdatterten jungen Kellnerin und erkundigte sich nach dem Tagesgericht.
Emily stellte ihre Kinder später in der Blockhütte zur Rede. Doch weder Jennifer noch Chester zeigten sich einsichtig, geschweige denn schuldbewußt. Im Gegenteil, sie fühlten sich völlig im Recht, Frank abzulehnen. Das entnahm sie auch dem Gespräch zwischen ihren Kindern, das sie zwei Tage darauf zufällig mit anhörte, als sie von einem frühmorgendlichen Spaziergang mit Frank zurückkam und am offenen Fenster des Zimmers vorbeikam.

»... und das in ihrem Alter! Wie kann man nur so wenig Stolz haben, sich mit fast vierzig noch einem Mann an den Hals zu werfen!« hörte sie Jennifer fast angewidert sagen. »Was will sie denn bloß mit diesem Typen? Kannst du dir Sex mit vierzig vorstellen? Igitt! Daß Mutter sich nicht schämt, verstehe ich nicht.«

»Ja, richtig peinlich ist das Ganze!« pflichtete Chester ihr mürrisch bei. »Wie er sich schon immer aufführt, wenn sie in seiner Nähe ist. Dieses affige Getue, die Wagentür aufhalten und all diese Sachen. Glaubt er denn, er könnte uns Sand in die Augen streuen? Daddy würde sich im Grab umdrehen, wenn er wüßte, daß sie einem blöden Football-Trainer schöne Augen macht.«

»Also wenn ich Kinder hätte und würde mich als Witwe in ihrem Alter noch so schamlos aufführen, würde ich bestimmt vor Schande im Erdboden versinken wollen!« erklärte Jennifer im Brustton jugendlicher Allwissenheit.

»Und nicht mal Noten lesen kann er, dieser Affe!« brummte Chester abfällig. »Geschweige denn ein Menuett von einem Rondo unterscheiden!«

Leichenblaß wankte Emily einige Schritte rückwärts, weg von dem Fenster, hinter dem ihre Kinder in so unglaublich herzloser Weise ihr Urteil über Frank und sie fällten. Sie sank auf einen Baumstumpf, legte ihr Gesicht in die Hände und weinte lautlos über das Ende ihrer Hoffnung auf eine gemeinsame Zukunft mit Frank. Denn in diesem Moment wußte sie, daß alle Mühen vergeblich sein und ihre Kinder in ihrer Ablehnung unerschütterlich bleiben würden. Frank würde nach dieser gräßlichen Woche weniger denn je eine Ehe mit ihr in Betracht ziehen, und sie konnte es ihm nicht einmal verdenken.

Und genau so kam es dann auch. Nach ihrer Rückkehr nach Quebec vollzog Frank die Trennung. »So kann ich nicht leben, Emily. Ich möchte mit Freude zu meiner Familie nach Hause kommen – und auch mit Freude empfangen werden. Alles andere macht keinen Sinn. Ich bin zu alt, um mich im täglichen

Kleinkrieg mit Halbwüchsigen aufzureiben, die nichts von mir wissen wollen.«

Einige Monate später nahm er das lukrative Angebot eines College an der Westküste an, das dortige Football-Team zu trainieren, packte seine Sachen und hinterließ Emily einen langen und schmerzvollen Abschiedsbrief, doch keine neue Adresse. In dieser schweren Zeit fand sie viel Trost bei Harriet und Andrew. »Auch wenn die Nacht bedrückend dunkel ist, so vergiß doch nicht, daß die Nacht auch voller Sterne ist«, versuchte er, ihr Mut zu machen und ihre Zuversicht zu wecken. »Das dürfen wir nie aus den Augen verlieren.«

In dieser schmerzlichen Zeit holte Emily eines Tages ihre alte Remington hervor und kehrte schreibend auf die Insel ihrer Jugend zurück. Wann immer sie morgens eine freie Stunde fand, zog sie sich in die Welt ihrer Phantasie zurück, in der sie den Gang der Geschichte bestimmen und dem Glück am Ende den Sieg schenken konnte.

41

Ereignisse wie das Ende des Koreakrieges, die Eroberung einer Stadt namens Dien Bien Phu im nördlichen Vietnam durch die Kommunisten, die Bürgerrechtsbewegung der Schwarzen und die Entmachtung des übermächtigen McCarthy-Senatsausschusses, der in den USA jahrelang einen regelrechten Kreuzzug gegen wahre und vermeintliche Anhänger des Kommunismus geführt und dabei skrupellos unzählige Karrieren, ja Leben vernichtet hatte – diese und andere weltgeschichtliche Ereignisse drangen durch Tageszeitungen, Radioberichte und später durch das Fernsehen in Emilys Alltag. Und sie bestimmten auch so manches Gespräch, das sie mit ihren Pensionsgästen, Freunden und Kindern führte.

Aber diese gewichtigen Meilensteine des Weltgeschehens, die in künftigen Geschichtsbüchern als bedeutende Zäsuren hervorgehoben werden sollten, stellten in ihrem Lebensbuch der Erinnerungen keineswegs die großen Markierungen dar. Wenn sie später an die bewegten fünfziger Jahre zurückdachte, dann allein in Verbindung mit Ereignissen, die sie in ihrem Privatleben als einschneidend empfunden und im Gedächtnis bewahrt hatte.

So standen der Sommer und der Herbst 1953 für das bittere Ende ihrer Verbindung zu Frank sowie für ihre Rückkehr an die Schreibmaschine, über die sie jedoch mit keinem sprach, weil sie fürchtete, sich dem Spott ihrer Kinder und der Belustigung ihrer Freunde auszusetzen. Und das darauffolgende Jahr verband sie mit dem Stipendium des Konservatoriums, das Chester zu ihrem großen Stolz bei einem regionalen Wettbewerb für musikalisch talentierte Schüler gewonnen hatte, sowie mit Jennifers Eintritt ins Berufsleben.

Ihre Tochter hatte sich in den letzten beiden Jahren in der Schule sehr schwergetan, mehr aus Faulheit als aus Mangel an intellektuellen Fähigkeiten. Daß Jennifer nicht das geringste Interesse an einer weiterführenden Ausbildung zeigte, bedeutete für sie eine schmerzliche Enttäuschung. Wie gern hätte sie ihre Tochter auf das College geschickt und ihr damit das ermöglicht, was sie sich einst so sehnlichst selbst gewünscht hatte, was ihr Vater aber vereitelt hatte. Und wenn sie sich für Jennifers College-Besuch finanziell auch noch so sehr hätte krummlegen müssen, sie hätte es mit Freuden auf sich genommen. Doch Jennifer wehrte sich erbittert gegen jeden Vorschlag. Auf keinen Fall wollte sie noch länger die Schulbank drücken.

»Unsere Träume sind nun mal ganz selten auch die Träume unserer Kinder«, versuchte Harriet sie zu trösten, als Emily ihrer Freundin ihr Leid klagte. Sie verstand einfach nicht, wie jemand

so kurzsichtig sein konnte. »Daß du früher Gott weiß was dafür gegeben hättest, solch eine Chance zu bekommen, kann und darf für deine Tochter wirklich keine Verpflichtung sein, nun um jeden Preis das anzustreben, was du selbst gern getan hättest.«
»Aber sie hätte das Zeug dazu, wenn sie sich nur auf den Hintern setzen würde!« grollte Emily.
»Das mag ja sein, aber wenn sie das nicht glücklich macht, was hat es dann für einen Sinn?« hielt Harriet ihr vor. »Vielleicht entfalten sich ihre Talente in einem Beruf, für den man keine College-Ausbildung benötigt, ja viel besser.«
»Aber was man in seiner jugendlichen Dummheit und Ungeduld für gravierende Fehler begangen hat, weiß man oft erst, wenn es für Schule und College schon zu spät ist!«
»Richtig«, stimmte Harriet ihr zu. »Aber du kannst Jennifer nur den Weg weisen. Sie auf den Weg *zwingen* kannst du nicht. Und erinnere dich doch nur an deine eigene Jugend. Hast du dich denn nicht auch mit aller Kraft dagegen gewehrt, daß deine Eltern über dein Leben bestimmen und dir alles vorschreiben, was du zu tun und zu lassen hast?«
Emily verzog das Gesicht. »Ja, schon … aber irgendwie war das etwas anderes. Und die Zeiten damals auch.«
»Die Zeiten sind immer anders, Emily. Und wenn Jennifer partout nicht aufs College will, dann mußt du dich damit abfinden. Du kannst nicht das Leben deiner Kinder leben, und du kannst sie auch nur bis zu einer bestimmten Grenze vor Fehlern bewahren.«
»Das weiß ich ja, aber es fällt mir so schwer, es auch zu akzeptieren«, gestand Emily niedergeschlagen.
Nach vielem Hin und Her begann Jennifer eine Ausbildung als Krankenschwester am Laval-Universitätskrankenhaus. Daß sie trotz ihres sehr mittelmäßigen Abgangszeugnisses angenommen wurde, verdankte sie allein der Fürsprache von Pater Andrew. Und sie blamierte ihn nicht, sondern stürzte sich mit heller Begeisterung in die Arbeit und erhielt schon nach wenigen

Wochen Belobigungen sowie ausgezeichnete Zensuren von ihren Ausbilderinnen.

»Ich habe den richtigen Beruf für mich gefunden, Mom!« verkündete sie glücklich und zu Recht stolz.

Daß ihre Tochter so gute Fortschritte machte und offenbar die für sie richtige Berufswahl getroffen hatte, versöhnte Emily nun doch. Wenn die Arbeit als Krankenschwester ihr Kind so sehr erfüllte, wollte sie nicht länger ihrem Traum nachhängen, Jennifer mit einem Abschluß von einem College abgehen zu sehen. Vielleicht hatte Chester ja ihren Ehrgeiz geerbt. Zumindest absolvierte er seine Schuljahre, ohne daß sie sich Sorgen zu machen brauchte. Er besaß eine rasche Auffassungsgabe. Denn obwohl er nie viel Zeit für seine Schulaufgaben aufwandte und darin seiner Schwester sehr ähnelte, kam er doch stets mit ausgezeichneten Zensuren nach Hause. Seinen musikalischen Studien ging er dagegen mit großem Eifer nach. Er besuchte nicht nur das Konservatorium an drei Nachmittagen pro Woche, sondern übte auch fleißig in seinem Zimmer, das Emily während der Renovierungsarbeiten in weiser Voraussicht besonders hatte isolieren lassen, um keinen Ärger mit ihren Pensionsgästen heraufzubeschwören.

»Vielleicht wird Chester eines Tages einmal ein berühmter Konzertpianist oder gar Komponist«, meinte Harriet bewundernd nach einem Schulfest, bei dem Chester am Klavier mit einer gefälligen Eigenkomposition im Stil von Mozart viel Applaus geerntet hatte.

Emily strahlte, denn genau das war es, was sie sich für ihren Sohn erträumte.

Ihr eigenes Leben verlief derweil in seinen vertrauten und wenig aufregenden Bahnen. Die Pension warf bescheidenen, aber doch beständigen Profit ab. Weshalb sie schließlich auch dem Drängen ihrer Kinder nachgab und 1954 einen Fernseher anschaffte. Mit ihren Pensionsgästen kam sie gut aus, und seit die rüstige Missis Rutherford ihr so manche Arbeiten im Haus abnahm, zu denen auch die Durchführung der nachmittäglichen Teegesellschaft gehörte, blieb ihr mehr Zeit für eigene Dinge.

Das Schreiben nahm für sie dabei einen immer höheren Stellenwert ein. Sie setzte sich jedoch nur morgens an die Remington, wenn die Kinder aus dem Haus waren und sie den Frühstückstisch im Eßzimmer abgedeckt hatte. An guten Tagen blieben ihr dann wie früher gute anderthalb Stunden, bis es Zeit wurde, zum Einkauf für das Abendessen auf den Wochenmarkt zu gehen, Küche und Bäder zu schrubben, sich an das Bügelbrett zu stellen, Unkraut zu jäten oder eine der anderen Arbeiten in Angriff zu nehmen, die ein solcher Haushalt nun einmal mit sich brachte.

Zu Beginn des Winters 1954 beendete sie die erste, mehr als dreihundert Seiten lange Fassung ihres Romans, dem sie den Titel »A House on Finley's Corner« gab. Er spielte kurz nach dem amerikanischen Unabhängigkeitskrieg, als viele Royalisten aus den aufständischen amerikanischen Kolonien flüchten mußten, um im britisch loyalen Kanada eine neue Heimat zu suchen; und er erzählte die dramatische Familiengeschichte der Finleys, die sich auf Prince Edward Island eine neue Existenz aufbauen und deren jüngste Tochter Polly nicht von ihrer verbotenen Liebe zu einem Mann lassen kann, den ihre Eltern als Schwiegersohn nicht akzeptieren. Eine Liebe, die am Schluß jedoch über alle Zweifel und Intrigen obsiegt.

Auf die erste Freude und den Stolz, diesen Roman abgeschlossen zu haben, meldeten sich bei Emily jedoch rasch starke Selbstzweifel, als sie ihr Manuskript erneut durchlas. Sie erinnerte sich plötzlich daran, was Matthew ihr einst auf ihre Frage zu ihrem Talent geantwortet hatte. Sie hatte seine Antwort nicht vergessen, sondern in den zehn Jahren nur verdrängt, wie ihr jetzt bewußt wurde.

»Für eine Amateurschriftstellerin besitzt du zweifellos eine überaus blühende Phantasie, und du weißt dich auch meist recht treffend auszudrücken ... Möglich, daß ein gewisses Talent vorhanden ist.« Das waren seine Worte gewesen. Matthew hatte wirklich nicht viel von ihrer Kunst gehalten, das war ihr damals sehr deutlich geworden. Er hatte sie nicht zufällig als »Amateurschriftstellerin« bezeichnet. Nein, das war vielmehr Matthews Art gewesen, ihr klarzumachen, daß sie mit ihrer Schreiberei nichts geleistet hatte, worauf sie stolz sein durfte. Nicht allein wegen der eigentlich doch harmlosen Liebesgeschichte zwischen ihren Hauptfiguren Abigail und Jonathan hatte er ihr Manuskript ins Feuer geworfen. Er war einfach der Überzeugung gewesen, daß sie als Schriftstellerin nichts taugte!

Die bohrende Frage, ob Matthew mit seinem vernichtenden Urteil nicht vielleicht doch recht gehabt hatte, verunsicherte Emily immer mehr, je länger sie darüber nachdachte. Eigentlich hatte sie vorgehabt, Harriet mit dem fertigen Manuskript zu überraschen, nahm von dieser Idee jedoch schnell wieder Abstand. Sie stieß nämlich auf jeder Seite auf Stellen, die ihr plötzlich nicht mehr gefielen und die ihre Zweifel an der Qualität ihrer Geschichte zunehmen ließen. Und so beschloß sie, weiterhin Stillschweigen über ihre schriftstellerischen Versuche zu bewahren, und begann das Manuskript zu überarbeiten.

Aus London kamen in diesem Jahr keine guten Nachrichten. *In diesem Jahr scheint sich alles gegen uns verschworen zu haben*, schrieb Caroline bedrückt. Ihre Kinder, die sonst so vor Gesundheit strotzten, lagen alle naselang im Bett. Die Zwillinge steckten sich gegenseitig mit Masern an, Christopher mußte mit Mandelvereiterung ins Krankenhaus eingeliefert werden, und die Erkältungen, die von einem zum anderen sprangen, nahmen das ganze Jahr über kein Ende. Dazu kam, daß Arthur bei einer nächtlichen Fahrt schuldlos in einen Autounfall verwickelt wurde und sich dabei schwere Verletzungen zuzog, von denen er sich nur langsam erholte. Und als wäre das alles noch nicht genug, hatte Arthur auch noch mit geschäftlichen Problemen zu kämpfen.

... Der allmächtige Altherren-Club in Boston macht Arthur das Leben immer schwerer. Für neue Ideen sind sie so empfänglich wie meine snobistische Mutter für das einfache Landleben. Am liebsten wäre es ihnen, alles bliebe so wie zur Zeit ihrer Väter. Aber vielleicht ist er ihnen auch nur zu erfolgreich, so daß sie nun allmählich Angst um ihre Vorrangstellung bekommen. Wie auch immer, Du kannst Dir nicht vorstellen, wie frustrierend das für Arthur ist, die Zeichen der neuen Zeit zu sehen und doch nicht danach handeln zu dürfen. Am liebsten würden wir unsere Sachen packen und nach Hause kommen! Aber Arthur ist keiner, der sich so leicht geschlagen gibt. Also grüß Du mir die Insel. Aber wie Du schreibst, kommst ja auch Du nur sehr selten nach Summerside ...

Im Herbst 1955 stand Emily kurz vor der Fertigstellung der dritten Fassung ihres Romans, als die Wirklichkeit ihr einen ebenso schmerzhaften wie nachdrücklichen Eindruck von dem Zorn und dem Unverständnis gab, die Eltern verspüren, deren Kinder gegen ihren Willen eine Ehe eingehen wollen.
»Was ist schon dabei? Leon und ich wollen sowieso bald heiraten!« platzte es trotzig aus Jennifer heraus, als sie statt um elf Uhr erst kurz vor Mitternacht nach Hause kam und Emily sie deswegen zur Rede stellte.
Jennifer hatte den neun Jahre älteren Leonard Kendall erst im August kennengelernt – als Patienten im Krankenhaus. Der junge Mann, von Beruf Anwalt und in einer großen Kanzlei in der Innenstadt angestellt, war mit einem Bänderriß am rechten Fuß eingeliefert worden, den er sich beim Tennis zugezogen hatte. Jennifer und er hatten sich quasi ineinander verliebt, kaum daß er aus der Narkose erwacht war. Zumindest erweckten ihre schwärmerischen Geschichten über ihre erste Begegnung mit ihm diesen Eindruck.
Emily hatte gegen den jungen Mann nicht viel einzuwenden, wenn man einmal davon absah, daß sie Leonard Kendall für ein paar Jahre zu alt und zu pedantisch und ihre Tochter für noch

nicht reif genug für eine derart weitreichende Entscheidung wie die Ehe hielt. Aber da hatte Jennifer natürlich eine ganz andere Auffassung.
»So, ihr wollt heiraten?« fragte Emily trocken. »Und wie habt ihr euch das vorgestellt? Ist Leonard denn auch damit einverstanden, daß du deine Ausbildung fortsetzt?«
»Ich höre natürlich auf«, erklärte Jennifer, um mit einer Mischung aus Verlegenheit und Stolz fortzufahren: »Leon bekommt ein gutes Gehalt. Er kann es sich sogar erlauben, ab und zu *pro bono*-Fälle anzunehmen. Das sind …«
»Ich weiß, was *pro bono*-Fälle sind«, kam Emily ihrer Tochter zuvor und ärgerte sich insgeheim mal wieder darüber, daß Jennifer neuerdings sogar die Fachausdrücke der Anwälte nachplapperte, als gehöre sie schon dazu. »Du magst es ja vergessen haben, aber ich bin nicht immer Pensionswirtin gewesen, sondern habe einmal eine der besten Schulen von Prince Edward Island besucht und mehrere Jahre Latein gehabt!«
Jennifer zuckte die Achseln, als gehöre das einer längst vergangenen Zeit an, die für die Gegenwart ohne Bedeutung war. »Außerdem möchte Leon schon bald Kinder!« verkündete sie im Tonfall eines unschlagbaren Triumphes.
Emily beherrschte ihren aufsteigenden Zorn. »Ich habe nichts dagegen, daß du Leonard Kendall heiratest und zu gegebener Zeit Kinder mit ihm hast, aber zuerst wirst du dein Examen machen!« verlangte sie. »Ich will, daß du mit einer abgeschlossenen Berufsausbildung in deine Ehe gehst!«
Jennifer sah sie empört an. »Das kannst du uns nicht antun! Wir wollen Weihnachten schon heiraten. Und ich brauche keine abgeschlossene Berufsausbildung. Ich habe Leon …«
»Und ich hatte deinen Vater!« fiel Emily ihr scharf ins Wort. »Doch als er starb, ließ er uns alle so gut wie mittellos zurück, und ich hatte keine anständige Ausbildung, die es mir erleichtert hätte, auf eigenen Füßen zu stehen und für euch zu sorgen. Ich habe mir geschworen, daß dir so etwas niemals widerfahren soll.

Du sollst die Sicherheit eines eigenen Berufes haben, den du im Notfall immer ausüben kannst. Krankenschwestern werden stets gebraucht.«

»Mein Gott, das sind doch uralte Geschichten, die nichts mit mir und Leon zu tun haben, Mom! Mir kann so etwas nicht passieren!« behauptete Jennifer verärgert.

Emily nickte. »Richtig, weil ich nämlich dafür sorgen werde, daß du deine Ausbildung abschließt, bevor du irgend jemanden heiratest. Du hast nur noch ein gutes Jahr vor dir, und so lange werdet ihr ja wohl noch warten können!«

»Ein Jahr ist eine Ewigkeit, Mutter! So lange wollen wir nicht warten. Das kannst du nicht machen! Das ist gemein!«

»Und ob ich das kann! Außerdem ist es nicht gemein, sondern geradezu meine Pflicht als Mutter, dich vor derart kurzsichtigen Entschlüssen zu bewahren. Denn offenbar fehlt es dir an der nötigen Reife einzusehen, daß es nur zu deinem Guten ist, wenn du mit der Hochzeit bis zu deinem Examen wartest.«

»Ich bin es leid, mich wie ein kleines Kind bevormunden zu lassen. Ich bin alt genug, um das selbst zu bestimmen!« widersprach Jennifer zornig.

»Nein, bist du nicht! Erst in zwei Jahren bist du volljährig. Bis dahin brauchst du für die Eheschließung noch mein Einverständnis!« antwortete Emily unnachgiebig und packte ihre Tochter mit hartem Griff am Handgelenk. »Und glaube ja nicht, mich erpressen zu können, indem du die Dummheit begehst, mit Leon jetzt schon bis zum Letzten zu gehen und dir ein Kind von ihm machen zu lassen. Die Schande hast nur du zu tragen, nicht ich.«

»Mom!« schrie Jennifer empört auf. »Wie kannst du nur ...«

Emily schnitt den Protest ihrer Tochter mitten im Satz ab. »Deine entrüstete Miene und den dazu passenden Tonfall kannst du dir sparen! Damit kannst du vielleicht deinen Leonard beeindrucken, doch bei mir verfängt das Theater nicht. Ich weiß, wovon ich spreche. Du wirst deine Ausbildung beenden, so wie es sich gehört. Dann habe ich nichts gegen eure Heirat. Und damit ist Schluß der Diskussion!«

Emily litt nicht weniger als ihre Tochter unter dieser Auseinandersetzung und der schweren Verstimmung, die dieses und einige ähnlich hitzige Gespräche zwischen ihnen zur Folge hatten. Aber sie blieb dennoch hart und rückte nicht von ihrer Forderung ab, daß Jennifer zuerst ihre Ausbildung abschließen solle.

Das machte sie auch Leonard Kendall klar, den sie zu einer Aussprache in ein Café in der Innenstadt bestellte. Sie gab sich viel Mühe mit ihrem Make-up und ihrer Garderobe, wählte ihr strengstes konservativstes Kostüm und ließ den sehr von sich eingenommenen jungen Mann bewußt eine Viertelstunde warten. Dann rauschte sie hoheitsvoll herein und ging mit gut eingeübten Formulierungen sofort zum Angriff über, so daß von seinem selbstsicheren Auftreten schon nach wenigen Minuten nicht mehr viel übrigblieb.

»Sie und Jennifer haben meinen Segen, Mister Kendall. Aber wenn Sie meine Tochter wirklich so sehr lieben, wie Sie mir nun mehrfach versichert haben, dann werden Sie doch wohl auch so viel Vernunft aufbringen zu begreifen, was für eine Schande eine ohne Not abgebrochene Berufsausbildung ist. Oder hätten Ihre Eltern Ihnen vielleicht applaudiert, wenn Sie auf halber Strecke vom College abgegangen wären? Und kommen Sie mir bitte nicht mit dem ebenso unverschämten wie dummen Argument, daß Frauen keinen eigenen Beruf brauchen. Ich weiß aus eigener bitterer Erfahrung, daß die Wirklichkeit anders aussieht«, schloß Emily ihre Ausführungen. In versöhnlichem Ton fuhr sie dann fort: »Nun, die Wahl liegt ganz bei Ihnen. Sie können Ihren beachtlichen Einfluß auf meine Tochter dahin gehend nutzen, daß sie ihre wirklich kindische Bockigkeit endlich aufgibt und ihr Diplom als Krankenschwester macht. In diesem Fall können wir zu Weihnachten gern Ihre Verlobung feiern und einige Monate später die Planung der Hochzeit in Angriff nehmen. Sollten Sie jedoch mit meiner Tochter ›Romeo und Julia gegen den Rest der Welt‹ spielen wollen, können Sie sich darauf einstellen, daß Jennifer frühestens ab ihrem einundzwanzigsten Lebensjahr Ihre Frau wird.« Sie machte eine kurze, aber gewichtige Pause. »Und das trifft auch für den Fall zu, daß Sie nicht in der Lage sein sollten, Ihren Trieb zu beherrschen. Wenn Sie Jennifer ein Kind machen, bevor sie Ihren Namen und Ihren Ehering trägt, werden Sie mich erst richtig kennenlernen.« Sie lächelte kühl, während sie ihm unverhohlen drohte: »Ich denke, diese Unerfreulichkeit wollen wir uns doch beide ersparen – und natürlich auch Ihren Eltern und Ihrem Arbeitgeber, dem sicherlich genausoviel an Ihrem guten Namen gelegen ist. Ein Skandal dürfte Ihrer Karriere ja wohl kaum förderlich sein, nicht wahr?« Leonard Kendalls Gesichtsfarbe wechselte von Blaß nach Dunkelrot. Er öffnete den Mund, wußte in seiner Verlegenheit jedoch nicht, was er seiner künftigen Schwiegermutter auf diese direkten Worte erwidern sollte.

»Nun, darf ich auf Ihre Einsicht und Unterstützung zählen?«

»Ja, sicher ... Natürlich, Missis Whitefield«, stieß er verstört hervor und beteuerte: »Ich werde mit Jennifer reden. Das eine Jahr werden wir schon noch abwarten können.«

»Ich wußte, daß ich mich auf Sie verlassen kann«, sagte Emily zuckersüß, tätschelte seine Hand wie die eines braven Kindes, winkte den Kellner heran und machte Leonard Kendalls Niederlage vollkommen, indem sie die Rechnung bezahlte.

Und Leonard hielt Wort. Eine Woche nach ihrem Treffen im Café teilte Jennifer ihr zürnend und kurz angebunden mit, daß sie ihren Willen bekomme. Sie werde erst ihre Ausbildung abschließen und dann heiraten. »Weil du ja so herzlos bist und uns keine andere Wahl läßt!« fügte sie noch im Hinausgehen erbittert und mit Tränen in den Augen hinzu.

»Nein, weil es zu deinem eigenen Besten ist und du mir so sehr am Herzen liegst!« rief Emily ihrer Tochter nach.

Es tat sehr weh, so mißverstanden zu werden. Und Emily wußte,

daß sie ihren Sieg nach der Hochzeit vermutlich teuer bezahlen mußte. Vor allem Leonard würde ihr wohl nicht so leicht verzeihen, daß sie ihn derart unter Druck gesetzt hatte, und somit brauchte sie sich auf eine warmherzige Beziehung zu ihrem künftigen Schwiegersohn erst gar keine großen Hoffnungen zu machen. Ihr Verhältnis würde vermutlich sehr reserviert sein. Aber diesen Preis wollte sie gern für die Gewißheit zahlen, daß Jennifer mit einer abgeschlossenen soliden Berufsausbildung in die Ehe ging – sosehr sie selbst später auch unter ihrer Beharrlichkeit leiden mochte, wenn erst einmal Enkelkinder da waren.
Wenige Wochen später fiel Harriet zufällig das Manuskript von Emilys Roman in die Hände. Sie hatten Karten für Cole Porters Musical *Silk Stockings*, und Harriet kam ihre Freundin mit dem Wagen abholen.
»Nein, keine Sorge, deine Uhren gehen schon richtig. Ich bin mehr als eine halbe Stunde zu früh dran«, entschuldigte sie sich, als Emily sie mit erschrockener Miene zur Tür hereinließ – noch im Bademantel und mit der Brennschere in der Hand. »Ich wollte vorher noch bei Andrew vorbeischauen, aber als ich vorfuhr, kam er gerade aus dem Haus geeilt, weil er beinahe eine wichtige Verabredung vergessen hätte. Du hast also Zeit genug, um dich in Ruhe fertigzumachen.«
»Gott sei Dank!« stieß Emily erleichtert hervor, streifte den gefütterten Morgenmantel von den Schultern und bat ihre Freundin, ihn doch wieder im Schlafzimmer an den Haken hinter der Tür zu hängen. »Sonst kriege ich noch einen Hitzeanfall!«
Harriet hängte den Morgenmantel auf und bemerkte dabei das Manuskript, das auf dem kleinen Tisch vor dem Erkerfenster lag. Überrascht überflog sie die Zeilen auf dem Deckblatt, setzte sich dann auf den Stuhl und begann zu lesen. Als Emily ins Zimmer kam, fand sie ihre Freundin ganz in ihr Manuskript vertieft vor.
»Das packst du besser schnell wieder zur Seite!« rief sie ihr verlegen zu. »Hilf mir lieber bei den Knöpfen!«

Harriet drehte sich zu ihr um und sah sie mit einem verwunderten Lächeln an. »Du hast diesen Roman geschrieben?« fragte sie, obwohl die Antwort offensichtlich war.
Emily zuckte die Achseln. »Ein Hobby, nichts weiter. Das ist schon die dritte Fassung.«
»Von wegen ein Hobby!« widersprach Harriet. »Was ich bis jetzt gelesen habe, ist einfach toll. Ich habe sogar völlig vergessen, daß ich hier bei dir im Schlafzimmer sitze und wir gleich ins Theater wollen.«
»Wirklich?« fragte Emily mit einem unsicheren Lächeln. Harriet war immer so warmherzig und wohlwollend, daß sie nicht so ganz an die Ernsthaftigkeit ihres Kompliments glauben wollte.
»Wenn ich es dir doch sage! Mein Gott, warum hast du mir nie davon erzählt, daß in dir eine richtige Schriftstellerin steckt und du einen Roman geschrieben hast?« fragte Harriet mit freundschaftlichem Vorwurf und bestand darauf, den Text mit nach Hause nehmen zu dürfen, um in aller Ruhe weiterzulesen.
Am nächsten Nachmittag brachte sie das Manuskript zurück. Sie sah sehr erschöpft und abgekämpft aus und bat um einen starken Kaffee. »Mir fallen sonst vor Müdigkeit die Augen zu«, sagte sie unter herzhaftem Gähnen.
»Hattest du heute einen so schweren Tag?« fragte Emily mitfühlend.
»Ja, und das ist allein deine Schuld! Denn wenn ich mich gestern nacht nicht in deinem Roman festgelesen hätte, wäre ich heute morgen um einiges erholter aus dem Bett gekommen. Aber so habe ich bis nach drei Uhr mit Polly gebangt, weil ich dein Manuskript einfach nicht aus der Hand legen konnte!« beklagte sich ihre Freundin mit gespieltem Vorwurf. »Mein Gott, was habe ich am Schluß geheult, wie ein Schloßhund. Die Geschichte ist ganz wunderbar erzählt, Emily. Zudem lernt man auch eine ganze Menge über die Zeit, in der du die Handlung spielen läßt. Ich bin mächtig beeindruckt.«

»Ach, das sagst du nur, weil du meine Freundin bist!« wehrte Emily befangen ab, sog jedoch jedes Wort begierig auf.
»Unsinn, du bist wirklich gut, Emily!« beteuerte Harriet. »Und das sage ich nicht nur so daher. Der Roman ist dir gelungen. Ich wette, du findest dafür auf Anhieb einen Verleger!«
Nicht ganz.
Harriet besorgte ein Dutzend Adressen von Verlagen, in dessen Buchprogramm der Roman ihrer Meinung nach gut paßte. »Du fängst am besten mit den renommiertesten Häusern an und arbeitest dich dann langsam von der Spitze nach unten!« riet sie Emily.
Nach wochenlangem Warten kam das Manuskript vom ersten Verlag zurück, mit einem freundlich nichtssagenden Ablehnungsbrief.
»Nimm das doch nicht so tragisch, Emily! Was bedeutet denn schon eine Absage? Dafür kann es doch tausend Gründe geben. Na los, nimm dir den nächsten Verlag vor. Irgendein kluger Kopf wird schon erkennen, was du wert bist, und zupacken!« machte Harriet ihrer Freundin Mut, als Emily von der ersten Absage sehr ernüchtert war und mehr denn je an ihren schriftstellerischen Fähigkeiten zweifelte. »Du muß nur ein bißchen Geduld haben!«
Nach der fünften Absage wollte Emily endgültig die Flinte ins Korn werfen. Es deprimierte sie zu sehr, nach Wochen gespannter Hoffnung wieder nur eine dieser höflichen Absagen zu erhalten, aus denen nicht einmal hervorging, ob sich überhaupt jemand die Mühe gemacht hatte, ihr Manuskript zu lesen. Doch Harriet ließ nicht zu, daß sie aufgab, sondern sorgte dafür, daß sie das Deckblatt und die ersten schon abgegriffenen Seiten noch einmal abschrieb und das Manuskript nach Montreal an die Bretton & Lorimer Company Ltd., Publishers schickte, dem Verlag Nummer sechs auf ihrer Liste.
Emily konnte kaum glauben, als sie schon zehn Tage später, an einem regnerischen Apriltag, mit der Nachmittagspost Antwort

aus Montreal erhielt – und zwar traf nicht das bisher übliche dicke Paket, das ihr abgelehntes Manuskript enthielt, bei ihr ein, sondern ein Brief.

Mit wild schlagendem Herzen und zitternden Fingern riß sie den Umschlag auf, entfaltete den Briefbogen und glaubte erst, ihren Augen nicht trauen zu dürfen. Sie ließ alles stehen und liegen, warf sich ihren Regenmantel über und lief mit dem Brief hinüber zu Harriet.

»Sie werden mein Buch drucken! Bretton & Lorimer werden meinen Roman veröffentlichen«, rief sie mit überschäumender Freude, kaum daß Harriet aufgemacht hatte, und wedelte mit dem Brief wie mit einer Siegestrophäe. »Und sie zahlen mir sogar fünfhundert Dollar Honorar, stell dir das mal vor! Fünfhundert Dollar! Das ist weit mehr, als ich in einem ganzen Jahr bei Pauline Chamberlayne verdient habe!«

»Champagner! Champagner!« jubelte Harriet, fiel ihr um den Hals und tanzte lachend mit ihr im Regen. »Endlich kann ich sagen, daß ich eine leibhaftige Schriftstellerin zur Freundin habe – sofern du mich jetzt überhaupt noch anguckst!«

Sie feierten das große Ereignis zusammen mit Andrew, der sich nicht nur für sie freute, sondern sich auch sehr beeindruckt zeigte. »Ich weiß, was es heißt, etwas zu schreiben, was Hand und Fuß hat!« versicherte er. »Und dabei rede ich noch nicht einmal von einem dicken Roman, sondern nur von Predigten und wissenschaftlichen Abhandlungen. Was für ein großartiges Geschenk, mit solch einem wunderbaren Talent gesegnet zu sein und zudem auch noch die Disziplin und die Ausdauer zu besitzen!«

Als Emily ihren Kindern von ihrem Roman und dem Vertrag berichtete, da fiel die Reaktion darauf doch sehr unterschiedlich aus. Chester machte große Augen und fand es ganz toll, daß seine Mutter ein Buch geschrieben hatte, das man in einem halben Jahr in jedem Buchladen kaufen konnte. Er war richtig stolz darauf, daß sie mehr als »nur« eine Pensionswirtin war.

Dagegen hielt sich Jennifer mit Anerkennung sehr zurück. Daß ihre Mutter einen richtigen und zudem auch noch recht umfangreichen Roman geschrieben hatte und sich mit diesem Verlagsvertrag in der Hand rechtmäßig als Schriftstellerin bezeichnen konnte, paßte wohl schlecht in das kritische Bild, das sie sich von ihr gemacht hatte. Und nachdem sie in einem hochnäsigen Nebensatz angedeutet hatte, daß ein Liebesroman vermutlich so schwer auch wieder nicht zu schreiben sei, fand sie sofort einen Anlaß, ihrer Mutter einen Vorwurf zu machen. »Und du hast die ganze Zeit daran geschrieben, ohne uns davon auch nur ein Wort zu erzählen?«

»Ich glaube nicht, daß dich das interessiert hätte«, antwortete Emily bemüht, sich ihre tiefe Verletzung über die mangelnde Anerkennung ihrer Tochter nicht anmerken zu lassen. Sie konnte es sich jedoch nicht verkneifen, noch hinzuzufügen: »Und um ehrlich zu sein, wollte ich mich auch nicht eurem Spott aussetzen. Ich weiß ja, daß Kinder sich selbst alles und ihren Eltern rein gar nichts zutrauen – und wie spitz deine Zunge sein kann, hast du ja gerade wieder bewiesen.«

Jennifer lief rot an. »Ich habe nur gesagt …«

Emily zwang sich zu einem versöhnlichen Lächeln. »Schon gut«, fiel sie ihr sanft ins Wort. »Übrigens habe ich keinen schmalzigen Liebesroman geschrieben, der als billiges Heft verkauft wird, sondern einen historischen Gesellschaftsroman, in dem selbstverständlich auch die Liebe eine Rolle spielt, aber nicht nur – so wie es eben im Leben auch der Fall ist.«

Die Geringschätzung ihrer Tochter, was ihre schriftstellerische Arbeit anging, empfand Emily zwar als Wermutstropfen, trübte ihre Freude jedoch nicht wesentlich. Sie wußte, daß Jennifer es im Grunde ihres Herzens nicht wirklich böse meinte, sondern in ihrer recht nachtragenden und launischen Art einfach Zeit brauchte, um vor sich das allzu schlichte Bild ihrer Mutter als einfacher Pensionswirtin zu revidieren.

Was ihre Freude jedoch mit einem Schlag zunichte machte, war

der Anruf, der sie Tage später, keine zwei Wochen vor ihrem vierzigsten Geburtstag, noch vor dem Morgengrauen aus dem Schlaf riß. »Ja, bitte?« meldete sie sich verschlafen.
»Ich bin's ... Leonora.«
Emily erschrak, und schlagartig fiel jede Müdigkeit von ihr ab. Augenblicklich wußte sie, was der Anruf zu bedeuten hatte. »Um Himmels willen, was ist passiert?«
»Es ist Mutter ... es ... es geht ihr nicht gut ... gar nicht gut«, antwortete ihre Schwester stockend und mit belegter Stimme. »Du weißt, ihr schwaches Herz ... Doktor Bennett meint, daß sie es nicht mehr lange macht ... Emily, du mußt kommen, wenn du sie noch einmal lebend sehen willst.«

42

Zum erstenmal bestieg Emily ein Flugzeug. Eine DC 3 der Quebec Air brachte sie noch am selben Tag auf die Insel. Böige Winde rüttelten wütend an der Propellermaschine, und Regen prasselte gegen die Fenster. Emily fürchtete jedoch nicht eine Sekunde lang um ihr Leben. Die Angst um ihre Mutter hielt sie viel zu gefangen und ließ für nichts anderes Raum. Inständig betete sie darum, nicht zu spät zu kommen.
Am Nachmittag traf sie in Charlottetown ein. Jahrelang hatte sie in Quebec auf jede nicht wirklich nötige Busfahrt verzichtet, um sich die fünf Cent für das Ticket zu sparen. Jetzt verschwendete sie nicht einmal einen flüchtigen Gedanken an die Kosten, als sie vor dem primitiven Flughafengebäude auf das nächste Taxi zustürzte und dem Fahrer Anweisung gab, sie auf schnellstem Weg nach Summerside zu bringen.
Während vor ihren Augen die vertraute Landschaft vorbeizog,

die unter Regenwolken und im trüben Licht einer noch kraftlosen Sonne ausgebreitet lag, wurden Erinnerungen an ihre Kindheit in ihr wach. Und je näher sie Summerside kam, desto stärker wurde die Flut der auf sie eindringenden Bilder. Wohin ihr Blick auch ging, wurde die Vergangenheit lebendig. Ihr fielen beim Anblick eines jeden Farmhauses, Bachlaufes, alten Heuschobers, Teiches oder Waldstückes gleich eine ganze Reihe von Begebenheiten und Geschichten ein, die eine gewichtige Rolle in ihrer Kindheit gespielt hatten. Lag es wirklich schon fast fünfunddreißig Jahre zurück, daß sie mit ihrer Mutter dort an jenem Waldsaum einen ganzen Nachmittag lang Beeren gepflückt hatte und auf dem Rückweg so müde gewesen war, daß sie auf ihrer Schulter hatte reiten dürfen? Wo war nur die Zeit geblieben?
Der Regen gewann an Stärke, als der Fahrer in die Russell Street einbog und vor dem Haus mit der Tuchhandlung hielt. Emily ergriff ihre Reisetasche und sprang aus dem Wagen, ohne sich um das Wechselgeld zu kümmern, das der Fahrer aus seinem Geldbeutel kramen wollte. »Danke, es stimmt so!« rief sie nur aus und schlug auch schon die Wagentür hinter sich zu. Ihre einzige Sorge galt ihrer Mutter. »Herr, gib, daß sie noch lebt!« flüsterte sie und rannte durch den Regen zur Hintertür.
Ihr Vater machte auf. Fast zwei Jahre hatte sie ihn nicht gesehen, doch er hatte sich in dieser Zeit auch nicht um einen Deut geändert. Weder was sein hager knochiges Aussehen anging, noch was sein Verhalten ihr gegenüber betraf.
Statt über ihr schnelles Eintreffen dankbar und erleichtert zu sein, begrüßte er sie mit mißmutiger Überraschung. »Was, du bist ja schon hier? Leonora hat dich doch erst heute morgen angerufen!«
»Ich bin mit dem Flugzeug gekommen.«
»Mit dem Flugzeug?« echote er und zog sarkastisch die Augenbrauen hoch. »Schau an, jetzt machst du also ganz auf vornehm,

ja? Wohl wegen dieses Buches, das du geschrieben und irgendwo untergebracht hast, nicht wahr? Leonora hat mir erzählt, was du ihr letzte Woche mitgeteilt hast.«

Emily unterdrückte ihren Ärger über seine gehässige Unterstellung. »Das hat mit vornehm nichts zu tun. Ich wollte nur so schnell wie möglich bei euch sein, und das ging eben nur mit dem Flugzeug. Hätte ich die Eisenbahn genommen, wäre ich nicht früh genug am Cape Tormentine gewesen, um noch die letzte Fähre nach Summerside zu erreichen. Ich hätte dann bis morgen warten müssen.«

Ihr Vater ging auf ihre Antwort überhaupt nicht ein. »Na, das muß ja ein schöner Verlag sein, der dein Geschreibsel veröffentlichen will«, brummte er abfällig, drehte seinen Rollstuhl ruckartig herum und fuhr den schmalen Flur in Richtung Küche und Treppenaufgang hinunter. »Du solltest das Schreiben besser den Leuten überlassen, die wirklich etwas davon verstehen!«

Diese Spitze ging ihr nun doch zu tief unter die Haut, als daß sie auch diesmal wieder um des lieben Friedens willen zu seinen Bissigkeiten geschwiegen hätte. »Ja, Bretton & Lorimer ist in der Tat ein schöner Verlag, Vater«, erwiderte sie wütend und zutiefst verletzt. »Und dieser angesehene Verlag zahlt mir nicht nur gutes Geld für mein Manuskript, sondern hält mich als Schriftstellerin sogar für so gut, daß er mir einen Vertrag für zwei weitere Romane gegeben hat – und das noch, bevor mein erstes Buch überhaupt auf dem Markt ist! Soviel zu meinem Geschreibsel!« Sie holte tief Luft. »Aber ich bin nicht gekommen, um mir deine so beeindruckend profunde Meinung zu meinen Fähigkeiten anzuhören, die ist mir nämlich seit Jahren nur allzugut bekannt, Vater. Sondern ich bin wegen Mom hier!«

Er zuckte unwillig die Achseln. »Ich weiß, warum du hier bist. Ihr geht es unverändert«, brummte er mürrisch.

»Unverändert wie?«

»Schlecht natürlich!« blaffte er sie an. »Mein Gott, was erwartest du denn, wenn jemand im Sterben liegt?«

Emily hielt sich nicht länger mit diesem Herumgerede auf. Sie stellte ihre Reisetasche im Flur ab, fuhr aus ihrem Mantel und warf ihn über das Geländer. Dann zwängte sie sich an ihrem Vater vorbei, der den schmalen Gang nicht frei machte und sich mit wütender Geste eine Zigarette ansteckte. Sie stürzte die Treppe hinauf.
Leonora kam gerade aus dem Zimmer, als sie den Absatz im Obergeschoß erreichte. Ihre Schwester sah grau und völlig übermüdet aus. Wortlos fiel sie ihr in die Arme und vergoß ein paar Tränen, bevor sie sich wieder unter Kontrolle hatte. »Wie gut, daß du so schnell kommen konntest.«
»Warum ist Mom nicht im Krankenhaus?« flüsterte Emily, stand doch die Tür zum Zimmer ihrer Mutter weit offen.
»Weil sie sich mit Händen und Füßen gegen eine Einweisung gewehrt hat. Sie möchte zu Hause sterben, und das verstehe ich – ganz im Gegensatz zu Dad, der meint, das sei auch noch Aufgabe der Ärzte. Aber da werden Todkranke ja doch nur in eine Kammer abgeschoben, ohne daß sich einer um sie kümmert, und das lasse ich nicht zu«, antwortete ihre Schwester leise. »Außerdem kann man ihr im Krankenhaus längst nicht mehr helfen, wie Doktor Bennett uns versichert hat. Ihr Herz schafft es einfach nicht mehr, und ihre Nieren sind auch schon stark angegriffen. Es ist nur noch eine Frage der Zeit ... und nicht einmal viel Zeit. Wenn sie noch einen oder anderthalb Tage durchhält, ist das schon gut, wie er sagt. Du hast ihn übrigens nur um eine halbe Stunde verpaßt. Und jetzt geh zu ihr. Ich setze indessen den Wasserkessel auf und mache uns einen starken Kaffee. Wir haben eine lange Nacht vor uns.« Sie berührte Emily noch einmal kurz am Arm. »Ich bin froh, daß du hier bist, Emily. Nicht nur, weil ich jemanden brauche, der mich an ihrem Krankenbett ablöst. Sie hat schon so oft nach dir gefragt und solche Angst gehabt, du könntest es nicht mehr rechtzeitig schaffen.«
Emily schluckte. »Ist Mom bei Bewußtsein?«
»O ja, sie ist ganz klar, und sie weiß auch, wie es um sie steht.

Deshalb ist sie auch so unruhig gewesen und hat ständig nach dir gefragt.« Sie lächelte ein wenig traurig. »Du bist eben schon immer ihr Liebling gewesen.«

»Sag doch nicht so etwas!« wehrte Emily verlegen ab.

»Es stimmt aber, und das weißt du auch«, antwortete Leonora müde. »Es macht auch nichts. Keiner kann nun mal aus seiner Haut, und das gilt für jeden von uns. Und jetzt laß sie nicht länger warten.« Damit nickte sie Emily zu und ging mit hängenden Schultern in die Küche hinunter.

Beklommen betrat Emily das Zimmer, in dem nur eine abgedunkelte Nachttischleuchte brannte. Ihre Mutter lag halb aufgerichtet mit aufgedunsenem, teigigem Gesicht und röchelndem Atem in den weißen Kissen, die Leonora wohl gerade erst aufgeschüttelt hatte.

»O mein Kind, mein Kind!« stieß sie hervor, als sie Emily an ihrem Bett erblickte. Ein erlöstes Lächeln trat auf ihr verschwitztes Gesicht, und ihre rechte Hand hob sich von der Bettdecke. »Endlich bist du da!«

Emily kämpfte mit den Tränen, während sie ihre todkranke Mutter vorsichtig umarmte. Sie fühlte sich entsetzlich hilflos. Was sagte man einem lieben Menschen im Angesicht des Todes? Ihre Mutter ließ ihr nicht viel Zeit zum Nachdenken. »Schließ die Tür, Kind!«

Der drängende Tonfall verwunderte Emily.

»Schließ die Tür und dreh den Schlüssel im Schloß um! Ich muß mit dir reden.«

»Ja, aber warum soll ich denn die Tür abschließen, Mom? Wir können doch auch so reden.«

»Ich weiß schon, was ich tue«, versicherte ihre Mutter kurzatmig und machte eine ungeduldige Handbewegung. »Und nun ... mach schon. Du weißt, daß mir nicht mehr ... viel Zeit bleibt.«

Ein ungutes Gefühl, das nichts mit dem nahen Tod ihrer Mutter zu tun hatte, beschlich Emily, während sie von der Bettkante aufstand, zur Tür ging und sie verriegelte.

»Komm, setz dich wieder zu mir, mein Kind!« Ihre Mutter nahm ihre Hand, nachdem Emily wieder an ihr Bett getreten war. »Und jetzt versprich mir bei allem, was dir heilig ist, daß du tun wirst, worum ich dich gleich ... bitten werde. Es ist ein ganz ... einfacher Gefallen, den du mir erweisen mußt ... Nur ein Brief, den du ... gleich für mich wegbringen mußt. Ich warte schon seit Tagen darauf, daß ...« Sie brach ab und rang nach Atem.
»Ich soll einen Brief für dich wegbringen?« fragte Emily verständnislos. »Aber das hätte Leonora doch schon längst für dich tun können, wenn es dir so wichtig damit ist. Warum hast du sie nicht darum gebeten?«
Ihre Mutter schüttelte den Kopf. »Nicht Leonora ... du mußt es tun ... Deine Schwester ist eine ... gute Frau, aber Frederick ... er hat zuviel Macht über sie. Und der Brief darf auf keinen Fall in seine Hände fallen ... Also versprich mir, daß du tust ... was ich dir gleich sage, Emily! Es ist der letzte Wunsch deiner Mutter, die schon bald dem Allmächtigen gegenüberstehen wird ... Schwöre mir, daß du den letzten Wunsch deiner sterbenden Mutter respektierst und ausführst!«
»Um Gottes willen, streng dich doch nicht so an, Mom! Natürlich werde ich dir den Wunsch erfüllen.«
»Schwöre es!« verlangte ihre Mutter.
»Ich schwöre es bei allem, was mir heilig ist!«
»Gut«, seufzte ihre Mutter und schloß kurz die Augen. Ihre Brust hob und senkte sich in einem erschreckend schnellen Rhythmus, als sie neue Kraft sammelte. »Es tut mir ja so leid ...«
»Was, Mom?«
»Ich wollte euch so vieles geben, so vieles«, flüsterte ihre Mutter, und Tränen liefen ihr plötzlich übers Gesicht. »Doch statt dessen habe ich zugesehen, wie euch alles genommen wurde ... Erst Leonora und dann dir. Wir haben dir nicht allein Byron genommen ...«
»Mom, bitte quäl dich doch nicht! Wir alle begehen Fehler. Keiner macht im Leben alles richtig, auch wenn er immer nur

das Beste für seine Kinder will«, versuchte Emily ihr die Gewissensbisse zu nehmen. »Und du hast getan, was in deiner Macht stand, mehr kann niemand ...«
»Nein, ich habe nicht alles getan, was ich ... hätte tun können ... und tun sollen«, widersprach ihre Mutter gequält. »Mein Leben ist voll häßlicher Lügen ...«
Emily sah sie betroffen an. »Mom!«
»Ja, so ist es! Und diese Lügen quälen mich nicht erst, seit ich weiß, daß ich bald sterben werde, sondern schon seit vielen ... vielen Jahren, mein Kind. Es war die Hölle auf Erden, damit leben zu müssen ... eine Hölle, die ich für all meine Sündhaftigkeit verdient habe!« stieß sie abgehackt hervor. »Aber nun ... nun kann ich nicht länger schweigen. Du sollst wissen, was ich Schändliches ... auf mich geladen habe und was wir euch ... verschwiegen haben.«
Emilys Unruhe wuchs, aber auch ihre Neugier. »Wir? Meinst du damit Vater und dich?«
»O ja ... ich habe alles in einem Brief niedergeschrieben, Emily ... In einem zweiten Brief, den ich dir später geben werde. Aber zuerst muß ich vor Gott mit meinem Gewissen ins reine kommen, meinen Seelenfrieden wiederfinden ... Und dazu muß ich dir von damals erzählen, als ich ... noch bei meinen Eltern lebte und mich, jung und naiv wie ich war, in deinen ... Vater verliebte.«
Emily beugte sich unwillkürlich vor. Sollte sich hier auf dem Totenbett ihrer Mutter doch noch das Geheimnis lüften, das all die Jahrzehnte die Vergangenheit ihrer Eltern umgeben hatte? Gespannt hing sie an ihren Lippen.
»Mein Vater hieß Bancroft ... Timothy Xaver Bancroft ... und war ein angesehener Mann in Halifax«, begann sie wahrhaftig den Schleier der Vergangenheit zu lüften. »Er war mit meiner Mutter ... Martha verheiratet und führte eine gutgehende Tuchhandlung ... mit vier Angestellten. Einer von ihnen war dein Vater ... Frederick kam aus dem ... Waisenhaus und arbei-

tete zuerst ... in einem Kontor am Hafen. Er war gerade siebzehn, als er meinem Vater auffiel. Frederick war fleißig und ehrgeizig ... Er wollte hoch hinaus, und das gefiel meinem Vater, so daß ... er ihn einstellte ... Er war fleißiger denn je, sparte wie besessen jeden Cent, den er verdiente, und wurde mehr ... und mehr zur rechten Hand meines Vaters ... Frederick baute bald fest darauf, daß ... er eines Tages die Leitung des Geschäftes übernehmen würde ... Doch um ganz sicherzugehen, begann er, mir schöne Augen zu machen und mich zu umwerben ... Und ich ... ich verliebte mich in ihn, kaum daß ich älter als sechzehn war. Damit begann das Unglück.«

Emily lauschte erschrocken und fasziniert zugleich. Wie oft hatte sie als Kind, aber auch später noch darüber gegrübelt, woher ihre Familie kam und wer wohl ihre Großeltern und Verwandten sein mochten, wo sie wohnten und was sie taten!

Ihre Mutter schnappte nach Luft. »Gib mir ... Wasser!«

»Um Gottes willen, das Reden strengt dich zu sehr an! Du mußt dich schonen!« entfuhr es Emily schuldbewußt, und sie hielt ihr das Wasserglas, das auf dem Nachttisch stand, an die Lippen, während sie ihr den Kopf mit der anderen Hand stützte.

»Schonen? Wofür?« fragte ihre Mutter. »Ich werde es nicht mehr lange machen. Deshalb ist jede Minute kostbar, mein Kind ... Und was ich dir zu sagen habe, ist wichtiger ... viel wichtiger als ein, zwei Stunden mehr des Wartens auf den Tod.«

Emily biß sich auf die Lippen, hielt ihr die Hand und harrte aus. Der Regen hämmerte so laut auf das Wellblechdach, als ginge schwerer Hagelschlag auf das Haus nieder.

»Mein Vater hatte jedoch eine andere Vorstellung, wer sein Schwiegersohn werden und wer eines Tages das Geschäft übernehmen sollte«, fuhr ihre Mutter nach einer Weile fort. »Denn ich war das einzige Kind meiner Eltern. Frederick wollte jedoch weder mich ... noch den Traum aufgeben, eines Tages selbst Herr ... über das gutgehende Geschäft zu sein. Deshalb ließ er nichts unversucht, um mich ...« Sie zögerte und wandte den

Kopf beschämt zur Seite, bevor sie weitersprach. »Um mich zu verführen, und ich ... ich ließ es geschehen, denn ich hatte zuviel von dem Brandy getrunken, den er mitgebracht hatte, als ... als ich meine Unschuld in jener Nacht verlor.«

»Vater hat dich betrunken gemacht?« stieß Emily bestürzt hervor und fragte sich, weshalb sie bei aller Schockiertheit eigentlich doch nicht so überrascht war.

»Ja, als meine Eltern eines Abends bei Freunden eingeladen waren ... und ich ihn heimlich ins Haus ließ ... Aber ich ... ich trage genausoviel Schuld wie er, denn ich habe mich nicht groß dagegen gewehrt ... Und es kam, wie es kommen mußte ... Ich wurde schwanger, und Frederick triumphierte, dachte er doch, daß meine Eltern ihre Zustimmung zu unserer Heirat jetzt geben mußten ... Doch sein Plan ging nicht auf, weil mein Vater nicht mitspielte ... Statt einer schnellen Hochzeit zuzustimmen, prügelte er Frederick grün und blau und warf ihn aus dem Geschäft ... Ich weiß nicht, was ... damals in mich gefahren ist, auf jeden Fall bin ich wenige Wochen später mit Frederick durchgebrannt. Ich war blind vor Liebe ... Zumindest hielt ich es damals für Liebe ... Wir sind aufs Festland geflüchtet ... und dort haben wir geheiratet. Ich war damals gerade siebzehn und er zweiundzwanzig. Auf dem Land kurz vor Saint John hat ein Friedensrichter die Trauung vollzogen. In wenigen Minuten war alles vorbei. Niemand hat Fragen gestellt, denn ich hatte eine gefälschte Geburtsurkunde vorgelegt ... Dein Vater hatte sie vorher besorgt. Allein das war schon eine große Sünde, doch was ich mir nie verziehen habe, ist, daß ich ... daß ich damals und all die Jahre danach bis zu dieser Stunde meinen Glauben verleugnet habe.«

»Welchen Glauben solltest du denn verleugnet haben, Mom?« fragte Emily irritiert.

»Ich war nie in meinem Leben Methodistin, sondern bin als Katholikin aufgewachsen«, stieß sie unter heftigem Schluchzen hervor. »Und ich habe diesen Glauben im Grunde meines Herzens auch nie aufgegeben, obwohl Frederick mich dazu gezwungen hat, meiner Religion abzuschwören ... und den methodistischen Glauben anzunehmen!«

Das Geständnis erschütterte Emily. Fassungslos starrte sie ihre Mutter an. Plötzlich entsann sie sich verschiedener Vorkommnisse, die sie als Kind nicht verstanden hatte. Etwa als ihr Vater eines Mittags, Augenblicke nach dem Tischgebet, wütend auf den Tisch schlug und ihre Mutter, die sich gerade an die Stirn faßte, mit den ihr damals völlig unverständlichen Worten: »Untersteh dich!« anfuhr.

Ihre Mutter hatte sich damals in einem wohl unbewußten Reflex bekreuzigen wollen, so wie Emily es auch von Harriet und Andrew und anderen Katholiken kannte, die sich vor jeder Mahlzeit mit dem Kreuzzeichen segneten. Und jetzt wurde ihr auch klar, weshalb manche der Gebete, die ihre Mutter abends an ihrem Bett gesprochen hatte, irgendwie immer ein wenig anders geklungen hatten als das, was in der Methodistenkirche in der Spring Street gebetet wurde. Auch glaubte sie nun besser zu verstehen, weshalb ihre Mutter so oft ihre »schwierigen Zeiten« oder »Gemütskoliken« gehabt hatte, wie ihr Vater ihre gelegentlichen Anfälle von Schwermut sarkastisch bezeichnet hatte – und weshalb sie ausgerechnet an Sonntagen so häufig davon befallen worden war und sich in ihr Zimmer eingeschlossen hatte. Viele kleine und große Rätsel aus ihrer Kindheit verwandelten sich im Licht dieses Geständnisses in klare Bilder, die jedoch eine ganz neue Verstörung in ihr auslösten.

»Als er noch Hoffnung hatte, daß ... mein Vater unserer Hochzeit zustimmen würde, war er nur zu gern bereit gewesen, zur römisch-katholischen Kirche zu konvertieren«, setzte ihre Mutter ihren Bericht schwer atmend fort, während ihr die Tränen über das Gesicht liefen. »Doch als ihm das nichts nutzte und er mit mir durchbrannte ... von dem Tag an haßte er alles Katholische ... Es war und ist ein unversöhnlicher Haß, unter dem nicht nur ich all die Jahre meiner Ehe gelitten habe. Sondern

dieser ... entsetzliche Haß hat Unglück über uns alle gebracht ...
Er hat deinen Vater zum Krüppel gemacht und dich ... um dein
Glück mit Byron O'Neil betrogen ...«
»Bitte, wein doch nicht, Mom«, flüsterte Emily, konnte jedoch
selbst die Tränen nicht länger zurückhalten. »Das liegt doch
schon so lang zurück, daß es kaum noch wahr ist. Diese alten
Wunden sind längst verheilt.«
Es war eine gnädige Lüge, aber nichtsdestotrotz eine Lüge.
Manche Wunden wurden nie heil, und diese war eine davon.
»Erzähl mir von deinen Eltern, Mom. Hast du sie nach eurer
Heirat noch einmal wiedergesehen?«
Ihre Mutter schüttelte den Kopf. »Sie haben mir nie verziehen,
was ich ihnen angetan hatte ... Ich war für sie gestorben. Sie
haben mich enterbt, den Sohn einer verwitweten Tante adoptiert und ihm alles hinterlassen«, sagte sie. Das Sprechen berei-
tete ihr immer größere Mühe, die Pausen zwischen den einzel-
nen Sätzen wurden länger. »Ich habe mein Kind im eisigen
Februar von 1913 verloren ... Dann sind wir nach Prince Edward Island gekommen ... Ich habe es später nicht gewagt,
Kontakt mit meinen Eltern aufzunehmen ... Frederick hatte es
mir verboten, und nun sind sie längst tot ... Zu spät ... zu spät
für so vieles.«
Emily gab ihr noch einmal zu trinken und wischte ihr Gesicht
mit einem feuchten Tuch ab.
»Meinen Nähkorb! ... Bring ihn mir her, Kind!« forderte ihre
Mutter sie dann auf.
Emily holte den bauchigen Weidenkorb ans Bett, der mit allerlei
Näh- und Strickutensilien vollgestopft war. »Was willst du jetzt
damit, Mom?« fragte sie verwundert.
»Nimm alles raus. Auch den Boden!«
Emily runzelte die Stirn. »Auch den Boden? Wie soll ich das
denn machen? Und wozu soll das zu nütze sein?«
»Den *falschen* Boden!«
Verwundert leerte Emily den Korb und stieß plötzlich auf einen

Zwischenboden. Sie nahm ihn heraus und fand darunter einen Brief sowie einen kunstvoll bestickten Beutel, den sie auf die ungeduldige Gebärde ihrer Mutter hin vor ihr auf die Bettdecke legte. Der Beutel enthielt ein kleines Votivlicht, dessen Kerze schon halb heruntergebrannt war, eine Schachtel Streichhölzer, ein kleines hölzernes Triptychon, das im Mittelteil die Muttergottes mit dem Jesuskind auf dem Arm zeigte und aufgeklappt nicht viel mehr Platz einnahm als zwei nebeneinanderliegende Handflächen, sowie ein kleines Samtetui, aus dem ihre Mutter mit zitternden Fingern einen Rosenkranz zum Vorschein brachte.

»Den bekam ich ... zu meiner ersten heiligen Kommunion. Er gehörte meiner Mutter«, flüsterte sie und preßte das kleine silberne Kruzifix gegen ihre Lippen. »Das ist das einzige, was mir von meinen Eltern geblieben ist.«

Emily starrte auf die Perlen der Gebetskette, die aus wunderschöner grüner Jade gearbeitet waren – und wußte, daß sie diese grünen Kugeln schon einmal gesehen hatte. In ihrem Alptraum, als sie mit Scharlach in der Dachkammer lag! Nur daß es ganz und gar kein böser Traum gewesen war, sondern blutige Wirklichkeit.

»Du hast damals, als ich mit Scharlach unter dem Dach in Quarantäne lag, an meinem Bett den Rosenkranz gebetet!« stieß Emily hervor. »Und Vater hat dich dabei erwischt und dich in seiner Wut geschlagen – mit der Faust ins Gesicht, nicht wahr?«

Ihre Mutter nickte, ging jedoch nicht darauf ein. »Den Brief ... Nimm den Brief und bring ihn zu Father Malone! In den letzten Jahren habe ich mich oft verschleiert in die Kirche geschlichen ... Er kennt mich, ich habe schon mit ihm gesprochen, doch weiß er nicht alles ... Er muß kommen, Emily! Ich möchte, daß er mir die Beichte abnimmt und mir die Sterbesakramente erteilt, damit ich endlich meinen Seelenfrieden bekomme und im ... im Zustand der Gnade sterben kann ... Sorge du dafür, daß niemand ihn davon abhält, mir meinen letzten Willen zu erfüllen!« beschwor sie ihre Tochter. Angst stand in ihren Augen. »Das ist es, was du als letztes für mich zu tun geschworen hast, mein Kind! Du magst mich verurteilen und dich meiner schämen, aber bitte geh zu Father Malone und bring ihm den Brief!«

»Ich verurteile dich nicht, und ich werde mich deiner nie schämen, Mom«, sagte Emily mit erstickter Stimme und streichelte die Hand ihrer Mutter. Dann stellte sie auf ihr Bitten hin das kleine Triptychon mit der Muttergottes auf der Kommode gegenüber vom Bett auf, zündete die Kerze an, nahm den Brief und ging aus dem Zimmer.

Ihr Vater kam aus der Küche gerollt, als er sie die Treppe herunterkommen hörte, und versperrte ihr den Weg. »Was ist das für ein Brief?« fragte er mißtrauisch, als er den Umschlag in ihrer Hand und sie nach ihrem Mantel greifen sah. »Und wo willst du damit hin?«

»Zu Father Malone!«

Sein Gesicht verzerrte sich zu einer haßerfüllten Grimasse. »Das wirst du nicht tun!« schrie er. »So ein verfluchter Papistenpfaffe kommt mir nicht über die Türschwelle hier! Niemals!«

Emily sah ihn mit eisigem Blick an. »Wen Mutter an ihrem Sterbebett sehen will und wen nicht, das hast du nicht zu bestimmen, Vater! Du hast ihr genug angetan. Ich werde nicht zulassen, daß du auch noch ihren Tod mit deiner abscheulichen Tyrannei, deiner Verlogenheit und deinem abstoßenden Haß vergiftest!«

»Um Gottes willen, was geht hier vor?« stieß Leonora verstört hervor. »Wovon redet ihr? Warum sollte unsere Mutter den katholischen Geistlichen sehen wollen?«

»Weil sie Katholikin ist!«

»Das ist gelogen!« schrie ihr Vater in ohnmächtiger Wut.

»O nein, das ist die Wahrheit, die dich all die Jahre rasend gemacht hat, weil du gegen Mutters starken Glauben machtlos warst!« schleuderte sie ihm erregt entgegen. »Alles hast du ihr

genommen, nur in ihrem Glauben hast du sie nicht in die Knie zwingen können. Und jetzt gib den Weg frei!« Grob stieß sie ihn zurück, so daß er mit dem Rollstuhl hart gegen den Türrahmen stieß. Und zu ihrer Schwester sagte sie: »Was immer er dir jetzt auch erzählt, glaub ihm kein Wort, Leonora. Er ist so vom Haß zerfressen, daß er vermutlich noch seine eigenen Lügen für bare Münze hält. Geh zu Mutter hoch und hör dir an, was sie zu sagen hat. Dann weißt du, was er ihr und uns angetan hat!« Damit warf sie die Tür hinter sich zu.
Father Joseph Malone, ein Mittfünfziger mit der kräftigen Statur eines Waldarbeiters, zeigte sich nicht im mindesten überrascht, sie zu dieser Abendstunde vor seiner Tür stehen zu sehen. Mit freundlicher Zurückhaltung bat er sie herein, las den Brief und sagte ohne weiter nachzufragen: »Geben Sie mir nur fünf Minuten, dann können wir gehen.«
Emilys Vater tobte und stieß lästerliche Verwünschungen aus, als sie mit dem katholischen Geistlichen zurückkehrte, wurde jedoch von Leonora in der Küche zurückgehalten. Father Malone hatte offenbar damit gerechnet. Vielleicht hatte der Brief eine entsprechende Warnung enthalten. Auf jeden Fall verzog er keine Miene und tat so, als höre er nichts von dem, was ihr Vater aus der Küche an Flüchen durchs Haus brüllte.
Father Joseph Malone blieb eine gute halbe Stunde im Zimmer ihrer Mutter. Unterdessen brachte Emily ihren Vater zum Schweigen. Kaum hatte sie den Geistlichen nach oben geführt und die Tür hinter ihm geschlossen, als sie auch schon wieder zu ihrem Vater in die Küche hinunterstürzte. »Halt endlich den Mund!« herrschte sie ihn an, am ganzen Leib zitternd und die Hände zu Fäusten geballt. »Noch ein einziges Wort, und ich sorge dafür, daß alle Welt erfährt, was du Mutter angetan hast!« Das brachte ihn zum Schweigen. Leonora saß wortlos und mit bleichem Gesicht am Küchentisch und stierte mit abwesendem Blick in ihren Kaffee, der schon lange kalt war.
Als Father Malone gegangen war, begab sich Emily wieder an

das Sterbebett ihrer Mutter, deren Gesicht einen ausgesprochen erlösten Ausdruck trug, obwohl sie immer schlechter Luft bekam. »Nun kann ich in Frieden gehen«, murmelte sie und drückte ihr den Rosenkranz in die Hand. »Ich möchte, daß du ihn als Andenken behältst, mein Kind ... Von Mutter zu Mutter ... Halte ihn in treuen Ehren, denn ... das ist das einzige, was ich dir geben kann.«

Emily löste sich mit Leonora alle zwei Stunden am Bett ihrer Mutter ab. Der Himmel hellte sich im Osten über der See schon auf, als Emily sich im Nebenzimmer auf das Bett ihrer Schwester legte, weil sie die Augen nicht mehr offenhalten konnte.

Keine halbe Stunde später rüttelte Leonora sie wach. »Mutter ist ...« Sie stockte, als könnte sie es nicht über sich bringen, die schmerzliche Wahrheit beim Namen zu nennen. »Es ist vorbei. Sie ist gerade von uns gegangen.«

Emily und Leonora hielten einander einen Moment schweigend fest, während sie ihren Tränen freien Lauf ließen. Emily sollte diesen Augenblick nie vergessen, war sie ihrer Schwester doch nie so nahe gewesen wie in diesen wenigen kostbaren Sekunden. Als der Leichenbestatter ins Haus kam, erinnerte sich Emily an den zweiten Brief, von dem ihre Mutter gesprochen und den sie für sie bestimmt hatte. Doch sie konnte ihn nirgendwo finden. Auch Leonora, die sie danach fragte, vermochte ihr nicht zu helfen.

Ihre Mutter wurde, wie sie es in ihrem Testament bestimmt hatte, auf dem katholischen Friedhof beerdigt, was natürlich in der Nachbarschaft und vor allem in der Methodistengemeinde für gehörige Aufregung sorgte. Manche, die sich im alleinigen Besitz der Wahrheit glaubten, sprachen sogar von einem Skandal.

Ihr Vater weigerte sich mit unversöhnlichem Haß, den Letzten Willen seiner Frau zu respektieren. Er nahm weder an der Totenmesse in St. Paul's noch an der Bestattung teil.

»Warum bleibst du bloß noch bei ihm? Er hat jegliches Recht

verspielt, daß du dich für ihn aufopferst. Nicht nur wegen Mom. Warum nur läßt du dir seine Tyrannei nach all den Jahren immer noch gefallen, Leonora?« fragte Emily, als ihre Schwester sie nach Charlottetown zum Flughafen brachte. »Ich verstehe das nicht.«
»Ich weiß«, antwortete Leonora mit versteinertem Gesicht. »Wie solltest du auch.«
Emily bedrückte auf dem Rückflug und auch noch später ein beklemmendes Gefühl der Schuld. Ihr war, als hätte sie einen schändlichen Verrat an ihrer Schwester begangen, weil sie Leonora im Haus ihres Vaters zurückgelassen hatte.

43

Nicht ein Wort des Abschieds fiel zwischen Emily und ihrem Vater. Ihr Versuch, vor ihrer Abreise aus Summerside noch einmal mit ihm zu sprechen, scheiterte kläglich an seiner unbändigen Wut über ihr Verhalten. Als sie nach der Beerdigung an seine Tür klopfte und mit ihm reden wollte, da drehte er in seinem Zorn das Radio so laut auf, daß sie nicht einmal mehr brüllend zu ihm durchgedrungen wäre. Aber selbst wenn er sie eingelassen und sie angehört hätte, hätte sie ihn nicht mehr erreicht. Die Kluft zwischen ihnen hatte erschreckende Ausmaße angenommen.
Zum endgültigen Bruch mit ihrem Vater kam es, als Emily dreieinhalb Jahre später, im Advent 59, zum römisch-katholischen Glauben konvertierte und ihr Vater davon erfuhr. Zum ersten und letzten Mal schrieb er ihr einen Brief, der vor unflätigen Ausfällen gegen Katholiken im allgemeinen und gegen sie im besonderen nur so strotzte. Haßerfüllt bezeichnete er Rom

als den verfluchten Hort des Antichristen und Emily als elende Verräterin an der einzig wahren Lehre. Er teilte ihr mit, daß er sie nie wiederzusehen wünsche. Er habe sie enterbt und aus seinem Leben gestrichen.
Auch wenn sie sich im Laufe der vergangenen dreieinhalb Jahrzehnte einander schon sehr entfremdet hatten, so schlug dieser Brief doch eine Wunde, die tiefer als alle anderen ging. Und deshalb schrieb Emily zurück und fragte ihn, ob wirklich Unversöhnlichkeit die Botschaft sei, die er aus dem Evangelium herauslese.

... Wie soll auf der Welt jemals Frieden einkehren, wenn schon Menschen, die Christen sein wollen, die Christen einer anderen Konfession verteufeln und zum Todfeind erklären? Gibt es in Deinem Neuen Testament denn keine Bergpredigt und keine Seligpreisungen und nirgendwo einen Aufruf Jesu, statt Haß und Ausgrenzung Versöhnung und Frieden zu stiften?

Der Brief kam ungeöffnet zurück: Annahme verweigert. Ihr Vater sprach nie wieder mit ihr. Emily war für ihn gestorben. Nicht einmal in seiner Todesstunde verzieh er ihr, daß sie den Glauben ihrer Mutter angenommen hatte.
Dabei war Emilys Übertritt zum römisch-katholischen Glauben ganz und gar nicht das Ergebnis eines von Anfang an zielgerichteten Unterfangens gewesen, sondern stand am Ende eines jahrelangen Prozesses, der mit reiner Neugier begann, in wachsendes Interesse überging und eines Tages in gläubige Überzeugung mündete.
Zuerst beschäftigte sich Emily mit der Geschichte und der Theologie des Katholizismus, weil sie erfahren wollte, woran ihre Mutter trotz der unablässigen Repressalien ihres Vaters ihr Leben lang so treu gehangen und was ihr diese erstaunliche Kraft zum Durchhalten verliehen hatte, während sie selbst ihren Glauben, der in ihrem Herzen offensichtlich nie wirklich Wurzeln

geschlagen hatte, nach Matthews Tod so leicht und ohne Gewissensbisse hatte aufgeben können.
Ihre innere Hinwendung vollzog sich ganz unmerklich, je mehr sie sich mit der Materie beschäftigte und die Fülle dieser Religion entdeckte. Sie lernte zwischen dem Glauben und der Organisation Kirche mit all ihren Fehlern, Mißständen und menschlichen Erbärmlichkeiten zu unterscheiden. Und je mehr sie sich auf den Glauben einließ, desto mehr entdeckte sie die enorme spirituelle Kraft der großen Kirchenväter und Heiligen sowie die tiefe Sinnlichkeit und Symbolhaftigkeit der Liturgie, die sie in ihrem ganzen Wesen, also geistig wie leiblich, ansprach und damit die nicht faßbare göttliche Realität in die erfahrbare Wirklichkeit brachte.
Ihre Kinder nahmen ihren Übertritt zum Katholizismus mit einer Mischung aus Verwunderung, Interesse und jener jugendlichen Überheblichkeit auf, die sich im Besitz der letzten Wahrheiten glaubt. Letzteres traf besonders auf Chester zu, der sich mit seinen achtzehn Jahren für viel zu unbesiegbar, gar unsterblich hielt, um sich auch nur irgendwelche Gedanken über Gott zu machen. Außerdem reichte seine Zeit auch so schon nicht für seine vielfältigen musikalischen Interessen und Aktivitäten aus, als daß da noch Platz für den Glauben gewesen wäre. Er besuchte nach Abschluß der Schule nämlich nicht nur täglich das Konservatorium, was aufgrund eines Stipendiums mit keinen allzu hohen Kosten verbunden war, sondern übte zu Emilys wachsendem Mißfallen immer häufiger nachmittags und abends auch mit einer eigenen Band, die sich The Ultimate Voyage nannte, sich dem Rock'n'Roll verschrieben hatte und berühmten Vorbildern wie Jerry Lee Lewis, Eddie Cochran, Buddy Holly, Elvis Presley sowie neuerdings auch Rockbands aus England nacheiferte.
Jennifer zeigte hingegen Verständnis und Interesse an Glaubensfragen, was Emily jedoch auch nicht erstaunte. Ihre Tochter hatte nämlich mittlerweile das Wunder der Mutterschaft am eigenen Leib erfahren, als sie zehn Monate nach ihrer Hochzeit

mit Leonard Kendall einem gesunden Jungen das Leben schenkte. Ihr Sohn Rodney war fast zwei Jahre alt, als Emily dreieinhalb Jahre nach dem Tod ihrer Mutter im Advent die Firmung und heilige Kommunion erhielt, und Jennifer erwartete in drei Monaten bereits ihr zweites Kind.

Rodneys Geburt hatte Jennifer nachdenklich und empfänglich für den Gedanken gemacht, daß die menschliche Existenz vielleicht doch nicht das bedeutungslose Zufallsprodukt einer gänzlich ziellosen und gleichgültigen Natur war. »Was ich nun aber nicht verstehe, ist, daß Katholiken Maria anbeten und sich mit den monotonen Wiederholungen des Rosenkranzes abgeben. Also ich kann diesem Geleier nichts abgewinnen«, sagte Jennifer eines Tages kritisch, als sie ihre Mutter mit Rodney in der Pension besuchte und sie bei einer Tasse Tee in der Küche saßen. Ihr Sohn schlief gerade im Kinderwagen den Schlaf des gesättigten und unschuldigen Babys.

»Was du da sagst, ist zwar das, was die meisten Nichtkatholiken denken, ändert aber nichts daran, daß die Behauptungen in beiden Fällen falsch sind, Kind«, antwortete Emily. »Katholiken beten Maria nicht an, sondern verehren sie und beten nur zu ihr. Anbetung gebührt Gott allein. Aber Katholiken bitten Maria in ihrem Gebet um Fürsprache. Jesus und Maria stehen nicht in Konkurrenz miteinander. Maria richtet unsere Aufmerksamkeit vielmehr auf Jesus. Und was den Rosenkranz angeht, so sind die Perlen wahrlich nicht als Zählhilfe für in Routine erstarrte Christen gedacht, die möglichst rasch ihr Pensum herunterleiern wollen und ein Gebet eher als lästige Pflicht denn als Geschenk und freudiges Verweilen vor Gottes Angesicht betrachten.«

»Sondern?«

»Sie sind so etwas wie körperlich spürbare Haltepunkte auf dem Weg des Gebets durch die Bibel an der Seite von Maria und Jesus zu den freudenreichen, schmerzhaften und glorreichen Stationen. Die Wiederholungen schaffen einen atmosphärischen Raum, der eine innere Erfahrung der spirituellen Geheimnisse

ermöglicht, wenn man es nur richtig anstellt. Und die meditative Hilfe der Wiederholung ist nun wahrlich keine katholische Erfindung, sondern Bestandteil aller großen Religionen«, antwortete Emily. »Wer an den Gott der Bibel glaubt, kann Maria nicht einfach in der Versenkung verschwinden lassen, als wäre sie nur eine unbedeutende Statistin gewesen. Das ist keine Frage der Konfession oder Dogmen, sondern allein schon das Ergebnis der Logik und des gesunden Menschenverstandes. Wie kann ein Christ die Frau, die Gottes Verkündigung angenommen und seinen eingeborenen Sohn zur Welt gebracht hat, zu einer unbedeutenden Nebenfigur degradieren? Unmöglich!«
Jennifer machte ein nachdenkliches Gesicht. »Schön und gut, aber es kommt doch noch immer darauf an, welche Stellung man ihr zuweist, oder?« meinte sie kritisch.
»Es ist Maria, die uns wie keine andere Gestalt der Bibel zeigt, daß der mühselige Weg unseres Glaubens durch das steinige Gebirge unseres Alltags führt. Sie ist die Figur der Heilsgeschichte, die uns Menschen am nächsten ist und der wir uns wohl noch unbeschwerter anzuvertrauen vermögen als Gottes Sohn.«
»Du vielleicht, ich aber nicht!« widersprach ihre Tochter.
»Das kommt vielleicht daher, weil sich all die Jahre lang ein falsches Bild über die Muttergottes in dir festgesetzt hat.«
»Ich wüßte nicht, was an meinem Marienbild falsch sein sollte, Mom! Es ist ja wohl kein großes Geheimnis, wer Maria war und welche Rolle sie in der Bibel spielt.«
»Du irrst. Es stimmt zwar, daß Maria von den herrschenden Kreisen in der Kirche mit Vorliebe als die demütige, tugendsame und göttlich reine Muttergottes dargestellt wird, weil das nicht nur biblisch richtig, sondern den Herrschenden von Staat und Kirche auch stets sehr dienlich gewesen ist – und wohl leider auch noch in Zukunft sein wird«, räumte Emily ein. »Aber das ist eben nur die eine Seite, die Maria uns zu bieten hat.«
»Und wie sieht deiner Meinung nach die andere aus?« fragte Jennifer mit skeptisch hochgezogenen Augenbrauen.

»Das ist nicht meine Meinung, die ich mir zusammengereimt habe, sondern vielmehr die geschichtlich korrekte Ergänzung ihrer Person, die andere Hälfte ihres Wesens, die sich genauso in der Heiligen Schrift belegt findet wie ihre Demut, Gottes Wort anzunehmen und ihr Schicksal, das sich daraus ergibt, klaglos zu ertragen. Maria war eine ungemein starke, selbstbewußte und mutige Frau, die sich von den Vorurteilen ihrer Zeit nicht beirren ließ, sondern freimütig und kämpferisch ihren Weg ging.«
»Das stimmt schon«, räumte ihre Tochter ein.
»Maria hat uns allen, insbesondere aber uns Frauen ein Beispiel gegeben, daß es sehr wohl möglich ist, sich aus den oftmals erdrückenden Zwängen einer von Männern beherrschten Gesellschaft zu befreien«, fuhr Emily fort. »Es ist natürlich kein Wunder, daß in unserer Männerwelt, in der das Verlangen nach Macht und Reichtum vorherrscht, diese Seite Mariens von herrschsüchtigen Fürsten und Bischöfen am liebsten verschwiegen wird. Aus ihrer Sicht ist es nur zu verständlich, daß sie viel lieber die unnahbare Demutsgestalt der Muttergottes quasi als verlängerten Arm einer zum Gehorsam aufrufenden Kirche benutzen möchten. Aber dagegen haben schon zu allen Zeiten engagierte Klosterfrauen mit ihrem mystischen Schrifttum gekämpft. Du brauchst nur die Bücher der heiligen Teresa von Ávila oder der Hildegard von Bingen zu lesen, um sehr schnell festzustellen, daß diese Frauen wahrhaftig nicht unter Minderwertigkeitsgefühlen gelitten haben. Sie und andere, Gott sei Dank auch kluge Köpfe unter den Männern, haben immer wieder aufgezeigt, daß Maria stets auf der Seite der Schwachen und Verachteten steht und kein unerreichbarer Übermensch war, sondern eine Frau, die alles erlitten hat, was auch heute Frauen erleiden: Schwangerschaft und Entbindung, Armut und Ablehnung sowie Flüchtlingselend und den Verlust des geliebten Kindes. Und noch etwas ganz Entscheidendes wird gern verschwiegen: Daß Frauen wie Maria mehr Mut und Charakter bewiesen haben als alle Apostel zusammen!«

Jennifer sah sie verwundert an. »Worauf willst du denn jetzt hinaus?«

»Lies dir in der Bibel doch nur die Szenen über die Kreuzigung durch: Während sich fast alle Apostel feige aus dem Staub machen, beweisen Maria und die anderen Frauen von Jesu Gefolgschaft ihm als einzige wahrhaftige Treue bis in den Tod. Das angeblich minderwertige, schwache Geschlecht zeigte sich mannhafter und mutiger als die Apostel, die angesichts der Bewährung versagt haben.«

»Wieso brauchten die Frauen denn Mut, um bei der Kreuzigung auszuharren, von dem schrecklichen Anblick einmal abgesehen?« wollte Jennifer wissen.

»Weil sie sich mit ihrer beharrlichen Anwesenheit der großen Gefahr aussetzten, selbst verhaftet, gefoltert und hingerichtet zu werden!« erklärte Emily. »Denn damals galt es als Verbrechen, die Hinrichtung eines Staatsfeindes zu betrauern und diese Verbundenheit bei der Urteilsvollstreckung auch noch öffentlich zum Ausdruck zu bringen. Wem als Verwandter oder Freund eines Verurteilten sein Leben lieb war, der hielt sich deshalb möglichst weit von der Hinrichtungsstätte entfernt auf. Nicht jedoch so Maria und ihre Begleiterinnen. Sie boten der Obrigkeit mutig die Stirn und harrten unter dem Kreuze aus.«

Jennifer machte ein überraschtes Gesicht. »Das ist wirklich interessant«, gab sie zu. »Ich muß gestehen, daß die Muttergottes für mich bisher nur eine entrückte, verklärte Gestalt gewesen ist, mit der ich wenig anfangen konnte.«

Emily lächelte nachsichtig. »Ja, leider gehört es zu unseren ausgeprägtesten Schwächen, immer wieder vorschnell ein Urteil zu fällen, ohne uns vorher gründlich kundig gemacht zu haben und somit ohne recht zu wissen, worüber wir eigentlich mit so fester Überzeugung reden. Und nichts wird davon stärker betroffen als der Glaube und das Gebet, dies hier eingeschlossen.« Sie hob den Rosenkranz ihrer Mutter hoch.

Mit Jennifer konnte Emily über diese Themen reden, auch wenn sie oft genug nicht einer Meinung waren und sich manchmal sogar recht heftig stritten. »Weil ihr euch nämlich viel ähnlicher seid, als ihr euch eingestehen wollt!« hatte Chester einmal spöttisch und recht zutreffend bemerkt.

Mit ihrem Schwiegersohn, der sehr von sich selbst eingenommen war, kam Emily dagegen bei weitem nicht so gut aus. Jennifer hatte ihr zwar auch lange gezürnt, daß sie ihr die Erlaubnis zu heiraten erst nach erfolgreich beendeter Berufsausbildung erteilt hatte, aber vom Tag ihrer Hochzeit an hatte sie darüber kein Wort mehr verloren und sich auch sonst nicht nachtragend verhalten. Anders dagegen Leonard. Er hatte ihr nie verziehen, daß sie, eine einfache Pensionswirtin, ihm damals im Café das Messer auf die Brust gesetzt und ihn in seinem Stolz verletzt hatte. Denn als Sohn einer Familie von Anwälten und Richtern stand sie in seinen Augen gesellschaftlich auf einer Stufe mit dem Kindermädchen, das ihn einst erzogen hatte.

Wann immer er eine Gelegenheit fand, ihr nun seine Macht über ihre Tochter und ihre Enkelkinder zu demonstrieren, sie zurückzusetzen und ihre Gefühle zu verletzen, ließ er sie nicht verstreichen. Dabei ging er jedoch so raffiniert vor, daß Jennifer diese Giftpfeile meist gar nicht mitbekam, weil Leonard nach außen hin stets die Fassade falscher aalglatter Freundlichkeit wahrte. Er stand nicht von ungefähr in dem Ruf, ein überaus talentierter Anwalt zu sein, dem eine großartige Karriere bevorstand.

»Mehr als kühle Höflichkeit werde ich mir von meinem Schwiegersohn wohl nie erhoffen dürfen, vermutlich ist sogar das schon zuviel erwartet«, klagte Emily einmal Harriet ihr Leid, als im Spätsommer 59 ihr zweites Enkelkind geboren wurde und Leonard sie erst am Morgen nach der Niederkunft informierte, während er seine Eltern schon am Abend der Einlieferung ins Krankenhaus verständigt hatte. »Übrigens werden sie ihr Mädchen auf den Namen Marjorie taufen lassen.«

»Heißt nicht seine Mutter so?«

Emily verzog das Gesicht und nickte. »Ja, so wie sein Großvater, der ehrwürdige Richter, Rodney heißt. Der Name einer ›tüchtigen Pensionswirtin‹, wie er mich ja seinen Freunden und Geschäftspartnern stets gönnerhaft vorzustellen pflegt, wenn er partout nicht darum herumkommt, auch mich zu irgendwelchen Familienfeiern wie Taufen und Geburtstagen einzuladen, ist natürlich für die Kendalls nicht fein genug.«

»Was heißt hier Pensionswirtin? Was glaubt denn dieser Schnösel, wer er ist?« empörte sich Harriet. »Ganz davon abgesehen, daß du so einem blasierten Burschen wirklich nichts beweisen mußt, bist du auch noch eine erfolgreiche Schriftstellerin!«

»Na ja, das ›erfolgreich‹ streichen wir mal besser«, erwiderte Emily trocken.

»Du *bist* erfolgreich!« beharrte Harriet. »Und eines Tages kommt auch noch der richtig große Durchbruch, da bin ich mir ganz sicher. Du hast das Zeug dazu!«

Emily lächelte. »Ach, so wichtig ist mir das gar nicht, Harriet. Ich bin auch so vollkommen glücklich und kann es manchmal selbst nicht glauben, daß ich schon meinen zweiten Roman veröffentlicht habe und zur Zeit an meinem dritten arbeite.«

»Vielleicht hättest du deine Romane doch besser unter deinem jetzigen Namen veröffentlichen sollen, statt deinen Mädchennamen Forester als Pseudonym zu verwenden«, meinte ihre Freundin. »Dann müßtest du nicht immer lang und breit erklären, daß die bescheidene Emily Whitefield und die berühmte Emily Forester ein und dieselbe Person sind.«

Emily lachte belustigt auf. »Nun übertreibst du aber schamlos, Harriet! Die eine Emily ist der breiten Masse so unbekannt wie die andere!« Ihre beiden historischen Romane »A House on Finley's Corner« und »Summer on Mimic Pond« hatten ihr bei der Kritik zwar einen Achtungserfolg verschafft, jedoch in den Kassen der Buchläden keine großen Wellen geschlagen. Von beiden Titeln wurden nach Angabe des Verlages nicht mehr als viertausend Exemplare verkauft, so daß sie auch keine zweite

Auflage erlebten. »Und ich habe meinen Mädchennamen mit Bedacht als Autorennamen gewählt.«
»Wegen der Sache mit deinem Mann, der damals dein erstes Manuskript ins Feuer geworfen hat, richtig?«
Emily nickte bestätigend. »Matthew hielt nichts von mir als Schriftstellerin und wollte auch keine an seiner Seite haben. Als mich dann der Verlag fragte, ob ich unter meinem Namen oder vielleicht lieber unter einem Pseudonym meine Bücher veröffentlichen wolle, habe ich mir gesagt, daß nur der Name Forester mich als Schriftstellerin angemessen repräsentiert.«
»Da hast du vollkommen recht«, pflichtete Harriet ihr bei und fuhr augenzwinkernd fort: »Dein Mann – ruhe er in Frieden – ist selbst schuld daran, daß er zu deinem unsterblichen Ruhm nun nicht einmal seinen Namen beitragen darf. Sag, wie kommst du überhaupt mit deinem neuen Roman voran?«
»Sehr gut, weil ich mir ja neuerdings viel mehr Zeit fürs Schreiben nehmen kann, seit ich diese Haushilfe eingestellt habe. Wenn es weiterhin so gut läuft, werde ich das Buch wohl bis zum nächsten Frühjahr abgeschlossen haben«, antwortete Emily und mußte ihrer Freundin versprechen, ihr das Manuskript wieder zum Lesen zu geben.
Das Honorar, das Bretton & Lorimer ihr für ihre Romane zahlte, mochte zwar kein Vermögen sein, hatte Emily jedoch einen größeren finanziellen Spielraum verschafft, zumal Jennifer aus dem Haus war und Chester sich mit seiner Band mehr als nur ein Taschengeld verdiente. So hatte Emily es sich sogar leisten können, eine Haushilfe einzustellen, die täglich für vier Stunden in die Pension kam und ihr einen Gutteil der Arbeit abnahm – wobei Missis Rutherford ein scharfes Auge auf sie hielt. Und als der Verlag zur Jahreswende die Übersendung eines neuen Vertrages für weitere drei Romane ankündigte, vermietete Emily auch das schöne Gartenzimmer nicht wieder neu, als in den ersten Tagen des Jahres 1960 einer ihrer Pensionsgäste auszog.

Jahrelang hatte sie unter dem Dach in einer kleinen Ecke ihres Schlafzimmers ihre Schreibmaschine stehen gehabt. Nun gönnte sie sich nach langem Ringen mit sich selbst den Luxus, diesen lichten Raum ganz für sich zu beanspruchen und als richtiges Arbeitszimmer einzurichten, in das sie sich jeden Morgen zurückziehen konnte, um an ihrer neuen Geschichte zu schreiben. Ihre intensive Hingabe an die Schriftstellerei verstand sie mittlerweile nämlich nicht als Möglichkeit zur Aufbesserung ihrer Finanzen, sondern immer mehr als ihre wahre Berufung im Leben, auch wenn sie oft genug qualvoll war und ihr das Letzte abverlangte.

Einen Tag, nachdem der neue Vertrag von Bretton & Lorimer bei ihr eintraf, erhielt sie zudem einen Anruf von einem Mister David Clifford, der sie gern unter vier Augen zu sprechen wünschte, am Telefon aber kein Wort über sein Anliegen verlieren wollte.

»Tut mir leid, aber der Name David Clifford sagt mir gar nichts«, antwortete Emily mit mißtrauischem Zögern.

»Das wundert mich auch nicht, aber dafür ist mir Ihr Name nur zu gut bekannt«, antwortete der geheimnisvolle Anrufer. »Und ich versichere Ihnen, daß Sie es nicht bereuen werden, mich zu einem persönlichen Gespräch unter vier Augen in Ihr Haus geladen zu haben, Missis Forester.«

Forester! Daß er sie mit ihrem Autorennamen ansprach, gab schließlich den Ausschlag. Zudem flößten ihr seine bedächtige Sprechweise sowie seine wohlklingende, sonore Stimme Vertrauen ein. Sie schätzte, daß sie es mit einem Mann in den Fünfzigern zu tun hatte. »Sie machen es ja wirklich äußerst spannend, aber meinetwegen. Wann wäre es Ihnen denn recht, Mister Clifford?«

»Dafür müßte ich zuerst einmal wissen, wie lange man mit dem Taxi vom Hauptbahnhof bis zu Ihnen braucht.«

»Bei dem dichten Schneegestöber bestimmt gute zwanzig Minuten, wenn nicht gar eine halbe Stunde.«

»Gut, dann können Sie in einer halben Stunde mit mir rechnen, Missis Forester. Es tut mir wirklich leid, daß ich Sie so überfalle, aber ich befinde mich leider nur auf der Durchreise und muß meinen Anschluß nach Toronto um achtzehn Uhr erreichen«, entschuldigte er sich. »Doch wie ich schon sagte, ich bin sicher, daß Sie unser Gespräch, so ungelegen es Ihnen jetzt vielleicht auch kommen mag, nicht bereuen werden!«

44

Emily stand hinter der Gardine des Eßzimmers und sah hinaus in das winterliche Schneetreiben, als fast auf die Minute genau eine halbe Stunde nach dem Anruf ein Taxi vor ihrer Pension hielt. Der Mann, der aus dem Wagen stieg, trug einen schweren, dunkelbraunen Ledermantel sowie einen passenden Hut in der gleichen Farbe. Mit hochgeschlagenem Kragen und den Hut tief ins Gesicht gezogen, eilte er über den freigeschaufelten Weg durch den Vorgarten und unter das Vordach des Eingangs, so daß es Emily nicht gelang, einen Blick auf sein Gesicht zu werfen. Als sie die Tür öffnete und er den mit Schneeflocken besprenkelten Hut zog, sah sie sich zu ihrer Überraschung nicht einem Mittfünfziger gegenüber, sondern blickte in das braungebrannte Gesicht eines überaus attraktiven und sportlich elegant gekleideten Mannes, der kaum älter als Mitte Dreißig sein konnte.
»Missis Forester? Oder sollte ich lieber Missis Whitefield sagen? Ich bin David Clifford. Wir haben vorhin am Telefon miteinander gesprochen«, stellte er sich vor, klopfte dabei den Schnee von seinem Hut und sagte mit einer Geste in Richtung auf das kunstvoll gemalte Schild über der Verandatreppe: »Man hat mir ja gar nicht gesagt, daß Sie eine Pension betreiben.«

»Darf ich fragen, wer ›man‹ ist, Mister Clifford?« fragte Emily reserviert.
Eisige Windböen jagten Schneeschauer unter das Vordach.
»Wäre es zuviel erbeten, das Kreuzverhör nicht hier im Freien, sondern in Ihrem Haus fortzusetzen?« fragte er mit einem entwaffnenden Lächeln zurück. »Ich würde weniger frieren, und Sie hätten den Heimvorteil auf Ihrer Seite. Im Warmen fällt es zudem eher auf, wenn man lügt, rot im Gesicht wird und einem der Schweiß ausbricht.«
Sein Lächeln war so ansteckend und vertrauenerweckend, daß Emily sich eines Schmunzelns nicht erwehren konnte. »Darauf würde ich mich zwar nicht verlassen, aber kommen Sie doch bitte herein, Mister Clifford. Falls hinter Ihrer Geheimnistuerei nur ein besonders raffinierter Vertretertrick steckt, dann finden Sie sich jedenfalls schneller wieder im Freien, als Sie noch Ihren Namen buchstabieren können!« warnte sie ihn.
»Besten Dank«, sagte er und trat ein. »Ich glaube nicht, daß Sie Veranlassung haben werden, mir die Tür zu weisen.«
Emily nahm ihm Hut und Mantel ab und führte ihn in ihr Arbeitszimmer, wo in der Ecke zwei bequeme Sessel standen. Sie bat ihn Platz zu nehmen, bot ihm jedoch kein heißes Getränk an, obwohl eine Kanne mit heißem Tee auf ihrem Schreibtisch stand. »Ich höre, Mister Clifford!« forderte sie ihn auf. »Und bitte kommen Sie gleich zur Sache, denn ich habe noch zu arbeiten.«
Er nickte verständnisvoll. »Das Ende eines Romans ist immer das schwerste Stück Arbeit – vor allem weil man längst vergessen hat, wie sehr man am Anfang geschuftet hat, nicht wahr?«
Verblüfft sah sie ihn an.
David Clifford fuhr sich mit der Hand über sein volles, schwarzglänzendes Haar und lächelte verschmitzt. »Jetzt wollen Sie natürlich wissen, woher ich weiß, daß Sie gerade an den letzten beiden Kapiteln Ihres neuen Romans ›Autumn Leaves‹ arbeiten, richtig?«

Emily glaubte die Antwort zu kennen, denn es gab nur eine Handvoll Leute, die den Arbeitstitel ihres neuen Buches kannten – und die saßen alle in Montreal bei Bretton & Lorimer.
»Mein Gott, warum haben Sie denn nicht gleich gesagt, daß Sie vom Verlag kommen?«
»Weil ich Sie dann belogen hätte, denn ich gehöre nicht zu Bretton & Lorimer und auch zu keinem anderen Verlag«, erklärte er, zog eine Visitenkarte aus der Brusttasche seines bernsteinfarbenen Kordanzugs, zu dem er einen schwarzen Rollkragenpullover trug, und reichte sie ihr mit den Worten: »Ich bin Literaturagent und vertrete Autoren.«
Emily ignorierte die Visitenkarte und schüttelte mit grimmiger Miene den Kopf. »Dann also doch ein Vertreter!« Sie erhob sich abrupt. »Sie hätten sich und mir die Zeit sparen können. Ich brauche niemanden, der mich bei Bretton & Lorimer oder sonstwo vertritt. Würden Sie also bitte mein Haus verlassen, Mister Clifford?«
David Clifford blieb sitzen, schlug sogar seelenruhig die Beine übereinander und sah sie geradezu herausfordernd an. »Bitte entschuldigen Sie mein scheinbar schlechtes Benehmen, Ihnen so dreist zu widersprechen. Aber wenn irgend jemand dringend einen Agenten braucht, der ihn vor verhängnisvollen Fehlern bewahrt, dann sind Sie das, Missis Forester. Bretton & Lorimer nimmt Sie doch aus wie eine Weihnachtsgans. Schauen Sie sich doch nur mal Ihren neuen Vertrag an, mit dem diese skrupellosen Burschen Sie für eine halbe Ewigkeit an sich binden wollen, ohne Ihnen dafür mehr als nur ein paar Brosamen vorzuwerfen!«
Emilys Verblüffung verwandelte sich in Ärger. »Was gehen Sie meine Verträge an?« herrschte sie ihn erbost an. »Und woher wissen Sie überhaupt, daß ich einen neuen Vertrag von meinem Verlag erhalten habe, wenn Sie dort nicht angestellt sind?«
»Weil ich in diesem Haus einige gute Bekannte habe, die es mit ihrem Gewissen nicht vereinbaren können, weiterhin tatenlos mit anzusehen, wie man Sie über den Tisch zieht«, antwortete

er. »Nein, Ihre Lektorin Connie Burke hat damit nichts zu tun, obwohl auch sie von der schamlosen Art abgestoßen ist, mit der man Sie schon seit Jahren um Ihr angemessenes Honorar bringt. Aber sie muß den Mund halten, weil sie zu Hause einen kriegsversehrten Mann hat und auf ihren Job angewiesen ist. Der Anruf und die dringende Bitte, mich auf meiner Rückreise von Saint John, wo ich mit einem bekannten Sachbuchautor künftige Projekte besprochen habe, Ihnen zu widmen, kam von jemand anderem, jemand, der wußte, daß Sie in diesen Tagen neue Verträge von Bretton & Lorimer vorliegen haben würden – und den Gedanken nicht länger ertrug, daß Sie diesen Blutsaugern auch diesmal wieder auf den Leim gehen und diese fast schon sittenwidrigen Machwerke unterschreiben würden. Also bitte, setzen Sie sich wieder und geben Sie mir eine Chance. Ich bin wirklich hier, um Ihnen einen Gefallen zu tun und Sie vor einer gewaltigen Dummheit zu bewahren.«

»Diese Sprüche kenne ich«, erwiderte Emily argwöhnisch, nahm jedoch wieder Platz und fragte direkt: »Was genau haben Sie Bretton & Lorimer vorzuwerfen?«

»Wieviel Prozent Honorar erhalten Sie von jedem verkauften Exemplar Ihrer Romane?« fragte er zurück.

»Prozente?«

Er machte eine entschuldigende Geste. »Tut mir leid, Ihnen diese rhetorische Frage zu stellen, war eigentlich überflüssig. Denn ich weiß ja ganz genau, was in Ihren alten und neuen Verträgen steht – nämlich absolut nichts über eine prozentuale Beteiligung am Verkauf Ihrer Bücher. Man speist Sie mit einem einmaligen Pauschalhonorar ab, für das Sie bis weit nach Ihrem Tod alle Rechte an den Verlag abtreten, ohne jemals auch nur einen lausigen Cent zu sehen. Für lächerliche fünfhundert Dollar hat Bretton & Lorimer die Rechte an Ihren ersten drei Büchern aufgekauft ...«

»Aber jetzt haben sie das Honorar auf siebenhundertfünfzig erhöht!« warf Emily ein.

»Ja, was für ein fetter Köder«, sagte Clifford sarkastisch. »Nur hätten Ihnen sogar bei einem nicht einmal besonders clever ausgehandelten Vertrag mit einer Anfangstantieme von bescheidenen acht Prozent – was bei professionellen Romanautoren wirklich der unterste Einstieg ist – vom Verkauf Ihrer ersten beiden Romane schon mehr als dreieinhalbtausend Dollar zugestanden – pro Buch wohlgemerkt, und das nur für die gebundene Ausgabe. Für die Taschenbuchausgabe, die ja jetzt auf den Markt kommt und vermutlich eine mindestens doppelt so hohe Auflage erreicht, hätten Sie bestimmt noch einmal soviel erwarten dürfen. Und jeder Verlag hätte sich dabei noch die Hände gerieben, eine so gute und produktive Autorin wie Sie für lumpige acht Prozent und ohne weitere Staffelung eingekauft zu haben. Also, sind Sie jetzt mit Ihren fünfhundert oder siebenhundertfünfzig Dollar noch immer so zufrieden, Missis Forester?«

Sprachlos sah Emily ihn an. Sie hatte sich noch nie ernsthaft mit der kaufmännischen Seite ihrer Schriftstellerei beschäftigt, sondern geglaubt, sich schon glücklich schätzen zu dürfen, daß ihre Romane überhaupt einen Verlag gefunden hatten. Das Honorar, das ihr nach den bescheidenen Profiten mit ihrer Pension schon beachtlich vorgekommen war, hatte sie weniger als gerechte Bezahlung denn als unverhoffte Belohnung betrachtet. Nun dämmerte ihr, daß sie, im Gegensatz zu ihrer Lebensklugheit in vielen anderen Bereichen, von der Buchbranche doch ein sehr naives Bild gehabt und allzu gutgläubig den Versicherungen ihres Verlages Glauben geschenkt hatte, daß ihr Honorar dem Verkauf ihrer Bücher angemessen sei.

»Was Bretton & Lorimer mit Ihnen treibt, ist in der Branche leider keine Ausnahme, sondern eher die Regel«, fuhr David Clifford fort und berichtete ihr, wie viele Verlage vorgingen, um unerfahrene neue Talente billig einzukaufen und an sich zu binden, und welche Konditionen eigentlich zu einem durchschnittlichen, normalen Vertrag gehörten.

»Schön und gut«, sagte Emily schließlich. »Aber irgendwie kann ich mich nicht so ganz von dem Verdacht befreien, daß auch Sie mich nicht aus reiner Nächstenliebe aufgesucht und vor den ›Blutsaugern‹, um Ihren Ausdruck zu gebrauchen, gewarnt haben, sondern damit auch eigene Interessen verfolgen. Könnte es sein, daß ich mit dieser Vermutung nicht ganz falsch liege, Mister Clifford?«

Er lachte auf, nicht im mindesten pikiert. »Um Himmels willen, natürlich bin ich nicht die Heilsarmee der Verlagsbranche!« räumte er bereitwillig ein. »Ich vertrete Autoren, setze mich für ihre Interessen ein, was sich übrigens nicht allein im Aushandeln von Verträgen erschöpft, und erwarte dafür selbstverständlich ein Honorar, das meinen Leistungen entspricht. Und dieses Honorar liegt bei zehn Prozent von dem, was ich für meine Klienten an Tantiemen heraushole. Aber es dürfte doch wohl ein wesentlicher Unterschied sein, ob Sie mir zehn Prozent von mindestens fünftausend Dollar Honorar pro Buch bezahlen, was bei den Verträgen, die ich für Sie aushandeln kann, noch recht bescheiden angesetzt ist, und somit für sich immerhin noch viereinhalbtausend übrigbehalten, oder ob Sie niemand etwas abzugeben brauchen, dafür aber auch nur mit schäbigen fünfhundert oder siebenhundertfünfzig Dollar abgespeist werden.«

»Das wird mir bestimmt nicht mehr passieren, denn nun haben Sie mir ja die Augen geöffnet, so daß ich in Zukunft solche unverschämten Verträge nicht mehr unterschreiben werde«, hielt sie ihm vor und fragte dann provozierend: »Also wozu sollte ich Sie jetzt noch brauchen?«

»Selbstverständlich können Sie es auf eigene Faust versuchen, und das ist auch Ihr gutes Recht«, gab er gelassen zu. »Aber wenn Sie sich mir anvertrauen, fahren Sie dennoch besser. Ich verfüge nämlich nicht nur über die nötigen Kontakte, um Sie in einem Verlag unterzubringen, der wirklich hinter Ihnen steht und sich für Ihre Romane einsetzt, sondern ich kann auch dafür sorgen, daß Bretton & Lorimer Sie aus seinem Vertrag entläßt, so daß Sie ihnen den neuen Roman ›Autumn Leaves‹ nicht auch noch zu diesen ganovenhaften Konditionen überlassen müssen. Sie könnten mit Ihrem dritten Roman gleich bei Ihrem neuen Verlag herauskommen.«

»Aber Vertrag ist doch Vertrag!« wandte Emily skeptisch ein.

David Clifford lächelte verschmitzt. »Es gibt immer Mittel und Wege, um aus einem Vertrag auszusteigen, Missis Forester, vor allem für einen Autor. Wenn Sie mir die Verhandlungen überlassen, hole ich Sie da heraus, ohne daß Sie auch nur irgend etwas tun müssen, das Sie nicht mit gutem Gewissen verantworten können«, versicherte er. »Geben Sie mir eine Chance, Ihnen zu beweisen, daß Ihre Arbeit und Ihre finanziellen Interessen bei mir in den besten Händen liegen! Sie brauchen nichts zu unterschreiben. Darüber reden wir, wenn ich Sie bei Bretton & Lorimer herausgehauen und Ihnen einen Vertrag eines anderen Verlages vorgelegt habe.«

Lange rang Emily mit sich selbst, ob sie diesem Mann Vertrauen schenken konnte. Bestürzung und Empörung erfüllten sie, daß man ihre Unerfahrenheit dermaßen schamlos ausgenutzt hatte. Aber noch unerträglicher war ihr die Vorstellung, dem Verlag nun auch noch ihren dritten Roman zu überlassen, und zwar im vollen Bewußtsein seiner ehrlosen Geschäftspraktiken. Und das gab schließlich den Ausschlag.

Als David Clifford eine halbe Stunde später in einem Taxi wieder wegfuhr, um seinen Anschlußzug nach Toronto zu erreichen, wo er wohnte, da nahm er nur ihr Wort mit, sich fortan ausschließlich von ihm vertreten zu lassen, wenn es ihm tatsächlich gelang, sie von Bretton & Lorimer zu befreien und zu bedeutend besseren Konditionen bei einem anderen Verlag unterzubringen.

David Clifford hatte nicht zuviel versprochen. Schon zwei Wochen später traf er wieder in Quebec ein und überraschte sie mit einem kurzen und unpersönlichen Schreiben von Bretton & Lorimer, in dem der Verlag ihr die Auflösung des dritten Romanvertrages in gegenseitigem Einverständnis anbot. »Sie brauchen nur den Durchschlag zu unterschreiben und zurückzuschicken – und schon sind Sie vom Joch dieser Blutsauger befreit«, erklärte ihr David Clifford strahlend.

Emily konnte es kaum glauben, daß sie ihr neues Manuskript nun nicht für ein Butterbrot abgeben mußte. »Mein Gott, wie haben Sie das bloß so schnell geschafft?«

Er lächelte vergnügt. »Mit ein wenig gutem Zureden. Zum Glück waren Sie so vernünftig, sich an meine Warnung zu halten und sich nicht am Telefon oder sonstwie von den Burschen einseifen zu lassen, sondern sie an mich zu verweisen.«

»Genau das habe ich auch getan. Ich habe mich auf kein Gespräch eingelassen«, sagte Emily.

»Das hier hätte ich jetzt fast vergessen!« Er tippte sich kurz gegen die Stirn, als wäre ihm etwas eingefallen, und zog einen weiteren Brief hervor, den er ihr reichte.

»Was ist das?«

»Ein recht interessantes Angebot von Chapman & Sons, die mit ihren Büchern im Gegensatz zu Bretton & Lorimer nicht nur die Region Quebec abdecken, sondern deren Vertreter Ihre Romane in den Buchgeschäften von ganz Kanada und gleichzeitig auch in den USA plazieren werden – sofern Sie sich mit ihren Konditionen anfreunden können, natürlich«, sagte er, um scheinbar beiläufig noch hinzuzufügen: »Sie bieten Ihnen zehn Prozent Einstiegstantieme mit einer Staffel sowie sechstausend Dollar Vorschuß, die erste Hälfte bei Vertragsunterzeichnung, die zweite bei Manuskriptabgabe. Und an der Taschenbuchausgabe sind Sie mit sechs Prozent plus einer Staffelung beteiligt. Was meinen Sie, könnten Sie sich für so einen Vertrag erwärmen?«

Sprachlos starrte Emily auf den Brief, der genau diese Konditionen enthielt. »Sechstausend Dollar? Mein Gott, ich weiß gar nicht, was ich sagen soll«, brachte sie schließlich hervor.

Er deutete ihre Antwort bewußt falsch. »Ja, ich weiß, das sind noch längst keine Konditionen, wie Bestsellerautoren sie erhalten, aber für den Beginn einer Karriere sind sie doch schon ganz akzeptabel, was meinen Sie?« In seinen Augen glitzerte ein schelmisches Lächeln.

»Von wegen akzeptabel!« rief Emily nun lachend. »Das ist einfach großartig, Mister Clifford! Geradezu ein Traumvertrag ist das! Sechstausend Dollar sind ja fast so viel Geld, wie ich in zwei Jahren mit den Einkünften aus meiner Pension und mit meiner Rente zusammengenommen zur Verfügung habe!«

»Und das ist nur der Anfang, Missis Forester. Wenn wir Ihre Romane richtig vermarkten – und das wird Chapman & Sons entschieden besser machen als Ihr Regionalverlag in Montreal –, dann werden Sie bald noch viel mehr Geld verdienen!« versicherte er.

»Ich weiß gar nicht, wie ich Ihnen danken soll, Mister Clifford! Wo ich doch erst so skeptisch war und Sie um ein Haar aus dem Haus geworfen hätte!«

»Oh, ich weiß schon, wie Sie mir danken können – nämlich indem Sie mich als Ihren Agenten unter Vertrag nehmen und wir den Beginn unserer Zusammenarbeit bei einem Abendessen im ›Frontenac‹ gebührend feiern«, schlug er lächelnd vor.

»Im ›Château Frontenac‹? Aber das ist doch sündhaft teuer!« entfuhr es Emily unwillkürlich. Denn dieses Hotel, einst Herrschaftssitz französischer und englischer Gouverneure und mit seinen Rundtürmen einem Loire-Schloß nicht unähnlich, war *das* Luxushotel Quebecs und wie der Eiffelturm in Paris das Wahrzeichen der Stadt.

»Machen Sie sich über die Preise im ›Frontenac‹ mal keine Gedanken«, beruhigte er sie mit einer Mischung aus Stolz und Belustigung. »Von meinen zehn Prozent kann ich mir das schon ganz gut leisten. Und wenn ich mich nicht in Ihnen und Ihrem Potential als Schriftstellerin täusche, werde ich mir bei meinen nächsten Besuchen es sogar sorglos erlauben können, dort auch zu nächtigen.«

Mit diesem Abendessen im »Frontenac« nahm nicht nur eine

ungemein erfolgreiche geschäftliche Zusammenarbeit ihren Anfang. Es begann auch eine wunderbare und langjährige Freundschaft, deren erotische Spannung Emily und David Jahre später sogar zu einem Liebespaar machte. Jedoch zu einem Liebespaar ohne das verzehrende Verlangen nach ständigem Zusammensein. Alle paar Wochen, manchmal aber auch nur alle paar Monate, verbrachten sie in Quebec, Toronto oder anderswo unter irgendeinem wahren oder nur erfundenen geschäftlichen Vorwand ein paar schöne Tage, sahen ihre Beziehung aber zu realistisch, um Träume von einer gemeinsamen Zukunft als Ehepaar zu hegen.

»David ist nun mal der Typ des ewigen Junggesellen. Aber auch wenn er es nicht wäre, würde ich nicht daran denken, ihn heiraten zu wollen, ganz davon abgesehen, daß ich nicht zur Frau eines Mannes tauge, der ständig unterwegs und nur selten zu Hause ist«, gestand Emily ihrer Freundin, als sie von einer einwöchigen Reise mit David auf die Bermudas zurückkehrte, die er ihr im Frühling 1964 anläßlich ihres ersten nationalen Bestsellers geschenkt hatte. »Autumn Leaves« und »Island of Red Soil and Blue Seas« hatten bei Chapman & Sons schon beachtliche Verkaufszahlen erreicht, doch mit dem Roman »On Linkletter's Shore« war ihr schließlich der Durchbruch gelungen. Der Verlag stand sogar schon in Verhandlungen mit einer Produktionsfirma, die ihren Roman für das Fernsehen verfilmen wollte. »Es ist nun mal nicht die große bedingungslose Liebe, die uns verbindet, sondern es sind geschäftliche Interessen, Freundschaft und eine gute Portion sexueller Anziehungskraft. Das ist eine wunderbare Mischung, wenn man nur gelegentlich ein, zwei Tage oder auch mal eine volle Woche miteinander verbringt. Aber im Alltag einer Ehe würden sich dieser Zauber und diese Leichtigkeit im Handumdrehen verflüchtigen und einer schmerzlichen Ernüchterung weichen, ja vielleicht sogar zu Streit und Verbitterung führen. Wir sind glücklicherweise alt und einsichtig genug, um uns so ein Desaster zu ersparen.«

Ein Desaster, das sie immer deutlicher in der Ehe ihrer Tochter heraufziehen sah – und zwar schon lange bevor sie auf dem Sommerfest wenige Monate später die bestürzende Entdeckung machte, daß Jennifer ihren Mann betrog.

45

Der Tag fing schon am Morgen mit einer unschönen Szene an. Ahnungslos saß Emily unter dem Sonnenschirm auf der Terrasse der geräumigen, zentral gelegenen Dachterrassenwohnung, die sie nach der Aufgabe ihrer Pension vor zwei Jahren mit ihrem Sohn bezogen hatte, genoß den freien Blick auf den Sankt-Lorenz-Strom und freute sich auf das gemeinsame Frühstück mit Chester.
»In letzter Zeit bekomme ich dich viel zu selten zu Gesicht«, beklagte sie sich, als er sich endlich zu ihr auf die Terrasse gesellte, milderte ihren Tadel jedoch durch ein Lächeln. »Du solltest dir auch mehr Schlaf gönnen, statt dich jede Nacht bis zum Morgengrauen in verräucherten Clubs oder wer weiß wo herumzutreiben.« Eines kritischen Kommentars über seine schulterlangen Haare enthielt sie sich, wenngleich er ihr auf der Zunge lag. Darüber hatten sie sich schon oft genug gestritten, ohne daß es zu etwas geführt hätte.
»Mom, ich bin kein kleines Kind mehr«, brummte er verdrossen und nippte an seinem schwarzen Kaffee. Etwas essen wollte er nicht. Keinen Appetit, wie er sagte, während er auf seinem Stuhl unruhig hin und her rutschte.
Emily kannte ihren Sohn gut genug, um ihm förmlich an der Nasenspitze anzusehen, daß ihn etwas beschäftigte und er ihr etwas mitzuteilen hatte. Vieles an ihm erinnerte sie an Matthew,

zumindest was sein markantes Aussehen und seine Eigenwilligkeit anging. Daß er die musische Seite jedoch von ihr geerbt hatte, stand außer Zweifel. »Also sag schon, was du auf dem Herzen hast!« forderte sie ihn schließlich auf. »Worum geht es denn, Chester? Muß ich dich mal wieder irgendwo auslösen, oder ist etwas mit dem Wagen?«
»Weder noch«, antwortete er. »Ich wollte dir nur sagen, daß du mich künftig wohl noch seltener zu Gesicht bekommen wirst, weil wir nämlich auf Tournee gehen werden.«
»Wer ist wir?« fragte sie mit böser Vorahnung, und ihr war, als hätte sich der schöne warme Sommertag augenblicklich bewölkt.
Er verdrehte die Augen. »Natürlich unsere Band!«
»Und wie heißt deine Band zur Zeit?« fragte sie sarkastisch, brachte sie das Thema doch jedesmal im Handumdrehen in Rage. Obwohl es nun schon fast zweieinhalb Jahre zurücklag, daß Chester seine klassische Ausbildung am Konservatorium von heute auf morgen abgebrochen und sich mit Haut und Haaren der Rockmusik verschrieben hatte, schmerzte sie diese große Enttäuschung auch jetzt noch wie eine offene, schwärende Wunde. Und wider besseres Wissen klammerte sie sich noch immer an die Hoffnung, daß er eines Tages genug von diesem Hungerleben haben, Vernunft annehmen und zur klassischen Musik zurückfinden würde. »Bitte entschuldige, daß ich frage, aber ihr wechselt euren Namen und die Besetzung der Band ja öfter als andere Leute ihre Socken.«
»Das stimmt doch gar nicht!« protestierte Chester entrüstet. »Schon seit über einem halben Jahr spielen wir in der jetzigen Formation unter dem Namen Wishbone Express in den Clubs!«
»Richtig, die Band Paperclip, die angeblich schon so gut wie sicher einen Plattenvertrag in der Tasche hatte, hat das sechsmonatige Verfallsdatum nicht erreicht. Die ist ja schon vor der Jahreswende auseinandergegangen. Was ist noch mal der Grund

gewesen? Ach ja, jetzt fällt es mir wieder ein: Weil du dich mit diesem einfältigen Drummer Josh gestritten hast, wer denn nun wirklich die erste Geige bei diesem magersüchtigen Mädchen spielt, das bei euch auf der Bühne mit dem Tamburin herumgesprungen ist«, erinnerte sie sich mit beißendem Spott. »Sag, ist sie dann nicht mit eurem Bassisten sang- und klanglos verschwunden – zusammen mit einem Großteil eurer Verstärkeranlage?«
»Dir mag die Musik, die wir spielen, ja nicht gefallen. Wenn man fünfzig ist, versteht man das eben nicht mehr. Das hat wohl mit dem Alter zu tun«, konterte er sofort mit der traumwandlerischen Sicherheit des erwachsenen Kindes, das die empfindlichen Seiten seiner Eltern genau kennt. »Aber wir haben ja auch nicht vor, Leute deiner Generation in Verzücken zu versetzen. Das überlassen wir gern diesen Schmalztüten vom Schlag eines Sinatra, Dean Martin oder Perry Como.«
»Bis zu meinem Fünfzigsten sind es noch ein paar Jahre hin, wenn du gestattest!« warf Emily indigniert ein.
Er gab ihr mit einem gleichgültigen Schulterzucken zu verstehen, daß die zwei Jahre in seinen Augen auch keinen großen Unterschied machten. »Auf jeden Fall hält man uns für so gut, daß man uns angeboten hat, die Savages als Vorgruppe auf einer viermonatigen Tournee durch ganz Kanada und sogar Kalifornien zu begleiten, und das ist eine große Chance, die wir uns nicht entgehen lassen werden!«
Emily bereute, daß sie sich in ihrer Verärgerung wieder einmal zu solch sarkastischen und verletzenden Bemerkungen hatte hinreißen lassen. »Ich bin sicher, daß ihr eure Sache gut machen werdet«, lenkte sie ein. »Aber warum, in Gottes Namen, mußt du dein großes musikalisches Talent ausgerechnet …«
Chester wußte, was jetzt kommen würde, und fiel ihr sofort ins Wort: »Mom, fang bitte nicht schon wieder davon an! Ich bin nicht das Pianistenwunder, für das du mich all die Jahre gehalten hast. Ich bin ganz gut am Klavier, aber nicht gut genug, um als

Konzertpianist bestehen zu können. Ich bin bestenfalls Provinzklasse!«

»Das ist nicht wahr!« widersprach Emily heftig. »Wie kannst du nur so eine geringe Meinung von dir haben?«

»Ich habe ganz und gar keine geringe Meinung von mir, Mom. Ich sehe die Dinge nur, wie sie wirklich sind, ganz im Gegensatz zu dir, die du die Wahrheit einfach nicht zur Kenntnis nehmen willst. Und ich habe vor allem eine andere Vorstellung von dem, was ich mit meinem Leben anfangen möchte, als du!« erwiderte er heftig und knallte den leeren Kaffeebecher auf den Tisch. »Es ist dein Traum gewesen, daß ich eines Tages irgendwo auf einer Konzertbühne als Pianist glänze und im schwarzen Frack den Applaus des begeisterten Publikums in eleganter Abendgarderobe entgegennehme. Aber mein Traum ist das nicht, Mom! Schon seit vielen Jahren nicht. Ich hätte mich schon viel eher gegen deine energische Lebensplanung für mich zur Wehr setzen sollen, nur hatte ich lange Zeit einfach nicht den Mumm, dir die Stirn zu bieten. Es ist nicht leicht, sich gegen deinen verdammt eisernen Willen zu behaupten.«

Emily wurde blaß, denn der Vorwurf saß und ging tief. So direkt und ungeschminkt hatte er ihr noch nie vorgehalten, ihn mit ihren Vorstellungen an der Verwirklichung seiner eigenen Wünsche und Träume zu hindern.

»Ich habe andere Vorstellungen, und ich bin es leid, mir von dir oder wem auch immer sagen zu lassen, was ich mit meinen Fähigkeiten tun oder lassen soll«, fuhr er erregt fort. »Ich habe das Recht auf meine eigenen Träume, Mom, und nicht auf Träume aus zweiter Hand! Und nimm bitte endlich zur Kenntnis, daß ich alt genug bin, um allein über mein Leben zu entscheiden, selbst wenn mir dabei anfangs nicht immer alles so gelingt, wie ich es gerne hätte. Oder bist du vielleicht fehlerfrei durch dein Leben gegangen?«

»Nein, das bin ich nicht«, sagte sie leise und kämpfte um ihre Fassung. »Und du sollst dich auch nicht mit Träumen aus

zweiter Hand begnügen, das ist nie mein Ziel gewesen. Ich wollte doch nur ...« Sie führte den Satz nicht zu Ende, weil er ihr plötzlich so dumm und hohl vorkam.
»Ich weiß, nur mein Bestes«, beendete Chester den Satz für sie und verzog das Gesicht zu einer Grimasse, um dann aber mit ruhiger Entschlossenheit fortzufahren: »Und ich weiß auch, daß du es wirklich nur gut meinst, Mom.«
»Danke, daß du mir wenigstens das noch zugestehst«, sagte sie, und Tränen schimmerten in ihren Augen.
»Aber was das Beste für mich ist, wirst du schon mir überlassen müssen, so schwer es dir auch fallen mag«, erwiderte er, wich ihrem Blick jedoch aus.
»Ja, das tut es allerdings«, murmelte sie und biß sich auf die Lippen, um nicht doch noch in Tränen auszubrechen.
Einen Augenblick saßen sie schweigend am Tisch. Er berührte kurz ihre Hand, die neben dem Teller lag, in einer rührenden Geste, so als wollte er sie trösten, daß die Nabelschnur nun endgültig durchschnitten war und sie sein Leben nicht länger bestimmen konnte. Dann stand er auf. »Ich muß jetzt wirklich los, Mom. Die anderen warten bestimmt schon auf mich. Wir wollen noch ein paar neue Songs durchgehen, die ich geschrieben habe.«
»Denkst du auch daran, daß wir heute nachmittag zum Sommerfest bei Jennifer und Leonard eingeladen sind?« erinnerte Emily ihren Sohn, ahnte jedoch schon, wie seine Antwort ausfallen würde. Denn die Geringschätzung, die Leonard für ihren Sohn hegte, den er als Versager und gesellschaftlich nicht vorzeigbar betrachtete, erwiderte dieser aus vollstem Herzen. Leider litt darunter auch die Beziehung zu seiner Schwester, die bei diesen Auseinandersetzungen immer wieder zwischen den Fronten stand.
»Du weißt doch, daß ich mich auf den vornehmen Festen meines verehrten Schwagers so fehl am Platz fühle wie du dich bei einem Konzert der Rolling Stones. Ich kann dieses affektierte

Theater, das da von Leonard und seiner Clique blasierter Geschäftsleute zelebriert wird, nun mal nicht ab. Für diese Snobs, die sich für den Nabel der Welt und die Krönung der Zivilisation halten, ist mir meine Zeit einfach zu schade«, antwortete er. »Bestell Jenny schöne Grüße von mir und sag ihr, sie soll sich lieber mal wieder allein bei mir blicken lassen, dann haben wir beide wirklich was davon. Und grüß mir auch die Kleinen. Und vergiß nicht, immer tapfer zu lächeln, Mom!« Ein spöttisches Grinsen flog über sein Gesicht, wußte er doch nur zu gut, daß auch sie nicht gerade versessen darauf war, so viele Stunden im Kreis von Leonards Freunden zu verbringen.

Als Chester gegangen war, saß Emily noch eine ganze Weile in Gedanken versunken auf der Terrasse und dachte bedrückt über die Vorwürfe nach, die er ihr gemacht hatte. War es denn wirklich so verwerflich, daß sie versucht hatte, sein Talent nach besten Kräften zu fördern und in die ihrer Meinung nach richtigen Bahnen zu lenken? War es denn nicht ihre Pflicht als alleinerziehende Mutter, ihn immer wieder im guten zu ermahnen und zu versuchen, ihn vor schwerwiegenden Fehlern zu bewahren, notfalls sogar mit ein wenig mehr Druck, als ihr selbst lieb war? Später würden ihr sonst ihre Kinder bestimmt noch schwerere Vorwürfe machen, wenn sich ihre Befürchtungen bewahrheitet hatten und es zu spät war, um die verpaßten Chancen der Jugend wiedergutzumachen.

Oder hatte Chester vielleicht doch recht, daß er trotz seiner erst dreiundzwanzig Jahre besser als sie wußte, was für sein Leben und sein Glück das Richtige war, und daß sie sich nur nicht damit abfinden konnte, ihm nicht länger Vorschriften machen zu können. Kam es deshalb so oft zum Streit zwischen ihnen, weil sie nicht akzeptieren wollte, daß ihr Traum nicht sein Traum war und er selbstbewußt für sich in Anspruch nahm, einen völlig anderen Weg einzuschlagen, als sie es für richtig hielt?

Warum fiel es ihr nur so schwer, loszulassen und die Eigenständigkeit und Selbstverantwortlichkeit ihrer Kinder als unwiderrufliche Tatsache anzunehmen? Weil sie ihre Kinder zu sehr liebte und nach Matthews Tod zu große Opfer hatte bringen müssen, um ihnen die bestmöglichen Zukunftschancen zu geben, die ihr selbst verwehrt geblieben waren – oder aber weil sie nicht von der jahrelangen Gewohnheit und mütterlichen Macht lassen konnte, ihnen Vorschriften zu erteilen und den Weg durchs Leben zu weisen? Oder kam beides zusammen? Kinder brauchten die konsequente Führung und Einflußnahme ihrer Eltern. Aber wann waren sie erwachsen genug und wann war die Zeit gekommen, die Zügel aus der Hand zu legen und darauf zu vertrauen, daß sie schon ihren eigenen Weg finden würden?

Eine große Traurigkeit überkam sie, weil sie sich auf einmal sehr allein fühlte. Sie konnte noch nicht einmal zum Telefon greifen und mit ihren besten Freunden reden, um auf andere Gedanken zu kommen. Harriet befand sich mit ihrem Bruder an der Westküste, irgendwo in den Bergen von British Columbia auf einer Lodge, um auszureiten und in den klaren Gewässern ihr Anglerglück zu versuchen, und David hielt sich gerade geschäftlich in New York auf.

Emily überlegte, ob sie wohl ihre Schwester in Summerside anrufen sollte, widerstand dieser flüchtigen Versuchung jedoch, auch wenn sie schon lange nicht mehr miteinander gesprochen hatten, was jedoch kein Wunder war. Leonora verhielt sich am Telefon fast wie eine Fremde, kurz angebunden, unverbindlich und reserviert, so daß ihre Unterhaltung nie über eine befremdliche Oberflächlichkeit hinauskam. Zudem ähnelten ihre Telefonate einem mühseligen Gang durch ein nicht allzugenau markiertes Minenfeld von Themen, über die Leonora nicht zu sprechen wünschte oder durfte, was im Ergebnis aber keinen Unterschied machte. Im Hintergrund schien immer die drohende Gestalt ihres unversöhnlichen Vaters zu lauern, dessen Tyrannei ihre Schwester jeglicher Natürlichkeit und Lebensfreude beraubte. Alle Versuche, sie am Telefon oder durch einen

Brief aufzurütteln, sich doch endlich aus diesem entsetzlichen Gefängnis zu befreien, in dem ihr Vater sie hielt und mit seiner Bösartigkeit quälte, und sich dabei von ihr helfen zu lassen, wo ihr doch nun die finanziellen Mittel dazu zur Verfügung standen, fruchteten nichts. Leonora ließ sich auf keine Diskussion ein.

... In Deinen erfolgreichen Büchern sind Deine unerbetenen Ratschläge zehnmal besser aufgehoben, hatte sie ihr einmal voller Zorn und Bissigkeit geschrieben. *Da kennst Du Dich mit Deinen Figuren auch viel besser aus, weil Du sie ja selbst erfunden hast und sie agieren lassen kannst, wie es Dir paßt. Ich gehöre jedoch nicht zu den Marionetten Deiner Phantasie, die sich Deine klugen Spielzüge gefallen lassen müssen, und ich will zu dem Thema von Dir nichts mehr hören noch lesen. Nimm das gefälligst zur Kenntnis und fang nicht jedesmal wieder davon an, sonst brauchst Du mir erst gar nicht wieder zu schreiben oder anzurufen!*

Emily dachte unwillkürlich daran, daß ihr Vater jeden Artikel, der über sie erschien – und das geschah in den letzten Jahren mit dem wachsenden Erfolg ihrer Bücher recht häufig –, herausschnitt und zerriß, bevor er ihrer Schwester die Zeitung zum Lesen überließ. Natürlich bekam Leonora den Artikel dennoch jedesmal zu Gesicht, weil ihre Nachbarn und Freundinnen davon wußten und stets die betreffende Seite für sie aufbewahrten. Aber die Unerbittlichkeit, mit der ihr Vater sie aus seinem Leben gestrichen hatte und nicht einmal duldete, daß ihr Name in seiner Gegenwart fiel, schmerzte sie auch nach so vielen Jahren noch – und würde sie wohl immer schmerzen, solange sie lebte.

Um sich von ihren niederdrückenden Gedanken abzulenken, räumte Emily den Frühstückstisch ab, beschäftigte sich eine Weile in der Küche mit dem schmutzigen Geschirr und setzte sich schließlich an ihren Schreibtisch. Sie fühlte sich jedoch nicht in der Lage, sich auf die Arbeit an ihrem neuen Roman zu konzentrieren. Deshalb spannte sie einen Briefbogen in die Schreibmaschine und machte sich daran, Carolines letzten Brief zu beantworten.

...jetzt, wo ich endlich über das nötige Geld verfüge, um mir eine Reise nach Europa leisten zu können, ausgerechnet jetzt teilst Du mir mit, daß Ihr Eure Zelte in England abbrecht und im Herbst schon wieder in Boston sein werdet! Fast könnte ich glauben, Ihr kommt nur deshalb zurück, weil ich in meinem letzten Brief davon gesprochen habe, Euch nun vielleicht doch endlich in England besuchen zu kommen. Kann es sein, daß Ihr all die Jahre in einer ärmlichen Hütte gelebt habt und daß es mit dem zauberhaften Cottage auf dem Land auch nicht so weit her war und daß Ihr zurück in die Heimat flüchtet, weil Ihr eine peinliche Erklärung fürchtet?

Emily hielt mit einem versonnenen Lächeln inne und las noch einmal Carolines Brief durch, in dem ihre Freundin ihr mitgeteilt hatte, daß Arthur sich endgültig von Atkins, Blackburn & Croft getrennt hatte und sie mit ihren drei Kindern nach Amerika zurückkehren würden, weil Arthur in Boston eine eigene Kunstgalerie eröffnen wollte. Wie sehr sie sich darüber freute, ihre Freundin bald wiedersehen zu können und sie künftig in relativer Nähe zu wissen! Eine Eisenbahnfahrt erster Klasse oder gar einen Flug nach Boston konnte sie sich jetzt glücklicherweise so bedenkenlos leisten wie früher noch nicht einmal ein Busticket von Montcalm in die Innenstadt. Wie sich ihr Leben in den letzten zehn, zwölf Jahren doch geändert hatte!
Auch das Leben ihrer Tochter hatte in den mittlerweile schon acht Jahren ihrer Ehe mit Leonard eine dramatische Wende genommen, wie sie am späten Nachmittag wieder einmal feststellen konnte, als sie in der neuen Villensiedlung von Loretteville vor dem imposanten Haus ihres Schwiegersohns aus dem Auto stieg.

Leonard hatte wie üblich einen renommierten Partyservice verpflichtet, zu dem auch zwei junge Burschen in Livree gehörten, die den ankommenden Gästen die Wagentüren öffneten und ihnen das Einparken abnahmen. Das Sommerfest, zu dem mehr als siebzig Gäste erwartet wurden, wie Emily von ihrer Tochter erfahren hatte, befand sich schon in vollem Schwung, wie Musik und fröhliches Stimmengewirr verrieten, die aus dem Haus und dem weitläufigen Garten zu ihr drangen.
Leonard genoß es, seinen steilen Aufstieg zu einem der gefragtesten Anwälte der Ostküste mit dem entsprechend hohen Einkommen zur Schau zu stellen. Die phantastische Villa, das französische Au-pair-Mädchen, der Jaguar vor der Garage und das Cadillac-Kabrio für Jennifer, großartige Feste, die Mitgliedschaft im Golf-Club, Maßanzüge, ein gutsortierter Weinkeller – all dies gehörte für ihn zu den unverzichtbaren Statussymbolen. Er lebte nach der Devise: »*Work hard and play hard!*« Daß ihm der Erfolg nicht in den Schoß gefallen, sondern das Ergebnis von großem Ehrgeiz wie unermüdlicher harter Arbeit war, mußte sogar Emily anerkennen.
»Wie schön, daß du uns die Ehre gibst, Emily. Ich fürchtete schon, die holde Muse könnte dich Spätberufene mal wieder geküßt und am Schreibtisch festgehalten haben«, begrüßte Leonard sie auf der Terrasse spöttisch und sich seiner guten Figur in dem weißen Sommeranzug nur zu bewußt. »Wo ist denn mein werter Schwager, der geniale Musikus der Familie und verkannte Beatle von Kanada?«
»Chester konnte nicht kommen.«
Leonard schenkte ihr ein scheinheiliges Lächeln. »Wirklich? Wie überaus rücksichtsvoll von ihm.«
Diese dreiste Überheblichkeit ärgerte Emily nun doch so sehr, daß sie ihren guten Vorsatz vergaß, sich jeglicher unfreundlicher Kommentare zu enthalten. Mit demselben falschen Lächeln, das Leonard zur Schau trug, antwortete sie: »Jetzt, wo du es sagst, fällt mir ein, daß ich dir etwas von ihm ausrichten

soll – nämlich daß ihm seine Zeit zu schade ist. Und wenn ich dir so zuhöre, kann ich es ihm noch nicht einmal verdenken.«

Leonards überhebliches Lächeln verlor erheblich an Strahlkraft, doch bevor er noch etwas erwidern konnte, trat ein sportlich gekleideter Mann mit grauen Schläfen zu ihnen und sprach Emily an. Er stellte sich als Direktor eines Mineralölkonzerns und begeisterter Leser ihrer Romane vor. Besonders schwärmte er von »Island of Red Soil and Blue Seas« und »On Linkletter's Shore«, die er sogar ein zweites Mal gelesen hatte.

»Als ich hörte, daß ich heute die Gelegenheit haben würde, Sie kennenzulernen, da habe ich es mir nicht nehmen lassen, drei Ihrer Bücher in den Wagen zu legen«, gestand er mit einer Mischung aus Verlegenheit und Bewunderung. »Ich hoffe, ich belästige Sie nicht zu sehr, wenn ich Sie herzlichst darum bitte, sie irgendwann im Laufe des Abends zu signieren? Sie würden mir damit eine große Freude bereiten.«

»Aber ich bitte Sie, das ist doch keine Belästigung. Ich signiere sie Ihnen nur zu gerne«, versicherte ihm Emily freundlich.

Der Mann strahlte sie an und sagte dann zu Leonard gewandt: »Ihre Schwiegermutter schreibt einfach wunderbare Bücher, finden Sie nicht auch, Mister Kendall?«

»Ja, ihr Erfolg ist wirklich beachtlich«, gab Leonard diplomatisch zur Antwort.

Schon dieses Eingeständnis kam ihm nur widerwillig über die Lippen, wie Emily wußte. Seit sie als Schriftstellerin Erfolg hatte und regelmäßig Artikel über sie in der Presse erschienen, war sie ihm weniger denn je auf seinen Festen willkommen. Es wurmte ihn, daß er sie nicht länger herablassend als die »tüchtige Pensionswirtin« behandeln konnte. Aber noch mehr ärgerte es ihn, daß viele seiner Gäste das Gespräch mit ihr suchten, sie um ein Autogramm baten und ihr Respekt und Bewunderung zollten. Es paßte ihm gar nicht, wenn nicht er allein im Mittelpunkt einer Gesellschaft stand.

»Welches ist denn Ihr Lieblingsbuch, Mister Kendall?« wollte der Mineralöldirektor nun von ihm wissen.
»Lieblingsbuch? ... Oh, ehm ... an Titel kann ich mich nur schlecht erinnern ... Da verläßt mich mein Gedächtnis regelmäßig«, drückte sich Leonard verkrampft um eine aufrichtige Antwort herum.
»Was ja auch nicht verwunderlich ist. Denn ich glaube nicht, daß mein Schwiegersohn auch nur ein Buch von mir gelesen hat«, sagte Emily mit einem feinen Lächeln. »Sie kennen doch sicher den Spruch mit dem Propheten im eigenen Land.«
»Aber das kann doch nicht sein!« stieß der Direktor ungläubig hervor.
Emily fand, daß sie sich für Leonards Unverschämtheiten ausreichend revanchiert hatte. »Wenn Sie mich bitte entschuldigen würden, aber ich habe meine Tochter und Enkelkinder noch nicht begrüßt«, sagte sie regelrecht beschwingt, nickte den beiden Männern zu und begab sich zu Jennifer, die weiter unten am Gartenpavillon stand und sich gerade mit einer Gruppe von Frauen unterhielt.
Stolz erfüllte sie beim Anblick ihrer Tochter, die einen eleganten, enganliegenden Hosenanzug aus flaschengrüner Rohseide mit einem raffinierten Ausschnitt trug. Eine schlichte Perlenkette betonte den reizvollen Ansatz ihrer Brüste, und ihr wohlfrisiertes Haar glänzte in der Abendsonne. Jennifer war immer ein hübsches Mädchen gewesen, doch in den letzten Jahren hatte sie sich wahrlich zu einer aparten Schönheit entwickelt!
»Wo sind denn Rodney und Marjorie?« wollte Emily wissen, nachdem sie ihre Tochter begrüßt hatte.
Jennifer verzog das Gesicht. »Leonard hat sie vor einer halben Stunde ins Haus verbannt. Sie sind oben im Spielzimmer. Madeleine, unser Au-pair-Mädchen, kümmert sich um sie.«
»Warum denn das? Es ist doch noch früh.«
»Sie waren ihm zu wild, obwohl sie nur ein bißchen herumge-

laufen sind und Seifenblasen durch die Luft gepustet haben. Aber du weißt ja, wie schrecklich empfindlich Leonard ist, wenn er hochkarätige Geschäftskunden eingeladen hat«, beklagte sie sich leise. »Als ob deren Kinder anders wären. Kinder sind nun mal keine Marionetten oder Schaufensterpuppen, die man einfach in die Ecke stellen kann!«
»Ich gehe nachher zu ihnen hoch und kümmere mich um sie«, tröstete Emily sie. »Und ich bringe sie auch zu Bett.«
Jennifer seufzte dankbar, hakte sich bei ihr ein und stellte ihre Mutter einigen Gästen vor, die sie gern kennenlernen wollten. Der Stolz, den ihre Tochter dabei zeigte, tat Emily gut. Später signierte sie die Bücher des Mineralöldirektors und begab sich dann ins Haus, um mit ihren geliebten Enkelkindern zu spielen, ihnen vorzulesen und selbst erfundene Geschichten zu erzählen.
Als sie die Kinder schließlich ins Bett gebracht und das Licht im Flur gelöscht hatte, verharrte sie einen Augenblick auf dem Treppenabsatz im Obergeschoß und blickte versonnen in die Eingangshalle hinunter.
Und da geschah es.
Jennifer kam gerade aus der Küche, als im selben Moment ein junger, sehr athletisch gebauter Mann mit einem flotten kurzen Haarschnitt sein Telefongespräch beendete, das er vom Apparat unten in der Halle geführt hatte. Er drehte sich um, und als sein Blick auf Jennifer fiel, lächelte er ihr verschwörerisch zu und führte dann in einer verstohlenen Geste seinen Zeigefinger an die Lippen. Daraufhin formte sich der Mund ihrer Tochter zu einem Kuß.
Eine wortlose Begegnung von nicht mehr als zwei, drei Sekunden, denn Jennifer wandte sich sofort um und verschwand wieder durch die Küchentür. Doch war diese Szene nicht weniger aussagekräftig, als hätten die beiden einander laut zugerufen: »Ich liebe dich! Ich bin verrückt nach dir und kann es nicht erwarten, mit dir endlich allein zu sein!«

Was Emily da so zufällig beobachtet hatte, löste große Bestürzung in ihr aus – und bestätigte einen bösen Verdacht, gegen den sie sich bisher mit aller Macht gewehrt hatte. Jennifer hatte tatsächlich eine Affäre, und zwar mit diesem Mann, der eben noch dort unten am Telefon gestanden hatte. Sie war zutiefst erschüttert, wohl weil sie so schmerzhaft an ihre unglückliche Ehe mit Matthew erinnert wurde – und an jene unvergeßliche Nacht mit Byron im Haus ihrer Freundin Caroline.

Daß es um die Ehe ihrer Tochter nicht gerade zum besten stand, wußte Emily schon seit geraumer Zeit. Zwar hatte Jennifer sich ihr noch nicht anvertraut und offen über ihre Probleme gesprochen, aber auch ihre indirekten Klagen, die oft genug in Nebensätzen anklangen, und der gereizte Tonfall, der die Gespräche zwischen Jennifer und Leonard immer häufiger kennzeichnete, reichten aus, um ihre wachsende Unzufriedenheit erkennen zu lassen.

Zudem besaß Emily ein scharfes Auge, und so war ihr nicht entgangen, daß Jennifer und Leonard einander buchstäblich aus dem Weg gingen und nicht mehr berührten. Sie hielten sich nicht mehr an der Hand, gaben sich keinen Kuß und nahmen sich nicht mehr in die Arme. Schon nach wenigen Ehejahren hatte sich bei ihnen diese unwiderstehliche Sehnsucht verflüchtigt, die Verliebte dazu bringt, stets die Nähe des anderen zu suchen, ihn zu berühren, als müßten sie sich der Existenz des Geliebten immer wieder aufs neue versichern. Nichts von diesen spontanen Zeichen der Liebe und Verbundenheit schien geblieben – zumindest nicht in Jennifers Ehe.

Emily wartete einen Moment, bis sie ihre Fassung wiedergewonnen hatte. Dann ging sie hinunter, mischte sich unter die Gäste und beobachtete heimlich ihre Tochter und den gutaussehenden jungen Mann. So vorsichtig sie sich auch verhielten, so entdeckte sie dennoch bei ihnen all jene Zeichen der Verliebtheit, die bei Jennifer und Leonard schon seit Jahren fehlten. Die verstohlenen Blicke, die scheinbar zufälligen Berührungen im Vorbeigehen am Büfett, all das verriet die beiden, wenn man nur wußte, worauf man zu achten hatte.

Schließlich nahm Emily ihre Tochter beiseite und fragte außer Hörweite der anderen Gäste: »Sag mal, wer ist denn dieser gutaussehende junge Mann in der weißen Leinenhose und dem blauen Blazer?«

Bei dem Kompliment lächelte ihre Tochter unwillkürlich, was Emily die letzte Gewißheit brachte. »Oh, das ist John Milton, der jüngere Bruder von Terence Milton, dem die große Werbeagentur gehört, für die Leonard im letzten Dezember den Riesenprozeß gegen die Warenhauskette gewonnen hat. Er ist ein ganz toller Grafiker.«

»So. Ist er auch verheiratet?«

Nun stutzte Jennifer. »Ja, John ist verheiratet, aber warum interessiert dich das, Mom?«

»Weil ich gern wissen möchte, wie lange das mit dir und diesem John Milton schon geht!«

Ihrer Tochter schoß das Blut ins Gesicht. »Ich weiß gar nicht, wovon du redest!« stieß sie entrüstet hervor.

»Das weißt du sehr wohl, Jennifer!« erwiderte Emily scharf. »Wir können über alles sprechen, auch wenn es noch so unerfreulich ist. Aber lüge mich bitte nicht an und versuche nicht, mich für dumm zu verkaufen.«

»Da ist nichts, Mom!« beteuerte ihre Tochter mit hochrotem Gesicht. »John und ich, wir sind nur gute Freunde, das ist alles.«

»Von wegen! Dummes Zeug ist das!« sagte Emily ärgerlich. »Du hast eine Affäre mit ihm. Ich brauche dir doch bloß ins Gesicht zu blicken, um zu sehen, daß du mich belügst!«

»Das ist nicht wahr! Das bildest du dir nur ein!« zischte Jennifer erregt. »Und ich denke gar nicht daran, mir deine lächerlichen Verdächtigungen noch länger anzuhören. Ich habe Wichtigeres zu tun, Mom. Ich muß mich um meine Gäste kümmern. Also entschuldige mich bitte!«

Emily hielt ihre Tochter mit festem Griff am Arm fest. »Wenn du glaubst, daß es damit getan ist, dann irrst du dich aber gewaltig, Jennifer!« warnte sie eindringlich. »Ich kann vieles vertragen, nur nicht, daß ich von meinem eigenen Kind schamlos belogen werde. Geh bitte in dich und frage dich, ob du wirklich nicht genug Charakterstärke besitzt, deiner Mutter die Wahrheit zu sagen. Ich bin bislang der Meinung gewesen, euch eine andere Erziehung mitgegeben zu haben. Also überleg dir gut, ob du wirklich darauf beharren willst, daß zwischen dir und John Milton nichts ist.« Damit ließ sie ihre Tochter stehen und verließ das Fest.

Die halbe Nacht wälzte sich Emily schlaflos im Bett hin und her und quälte sich mit der bangen Frage, ob sie nicht besser geschwiegen und sich aus der Sache herausgehalten hätte. Reichte es denn nicht, daß sie schon mit Chester so ein gespanntes Verhältnis hatte? Mußte sie jetzt auch noch damit rechnen, von ihrer Tochter mißverstanden und künftig auf kühle Distanz gehalten zu werden? Diese Möglichkeit raubte ihr den Schlaf. Sie liebte ihre Kinder zu sehr, um ihnen weh tun zu wollen. Sie wollte sie in jeder Hinsicht glücklich wissen. Aber sollte sie deshalb zu allem ja und amen sagen, jeder Meinungsverschiedenheit aus dem Weg gehen? Zu schweigen und die Augen vor dem Offensichtlichen zu verschließen konnte nicht die wahre Mutterliebe sein. Dazu gehörte nun eben auch, unbequeme und schmerzhafte Wahrheiten auszusprechen, die niemand gern hörte. Doch wo mußte man als Mutter die Grenze ziehen? Warum nur erwiesen sich im Leben die scheinbar einfachsten Fragen stets als diejenigen, die sich am schwierigsten beantworten ließen – und für deren Bewältigung oft nicht einmal ein ganzes Leben reichte?

46

Am nächsten Vormittag stand Jennifer unverhofft vor ihrer Wohnungstür, mit blassem Gesicht und geröteten Augen, die verrieten, daß sie schon auf der Fahrt zu ihr geweint hatte. »Es tut mir leid, Mom, was ich gestern gesagt habe«, entschuldigte sie sich und brach in Tränen aus, kaum daß Emily sie hereingelassen hatte. »Ich will dich nicht anlügen. Ich war gestern nur so erschrocken und durcheinander, daß ich nicht gewußt habe, was ich sagen soll. Ich hätte nie damit gerechnet, daß es für dich so offensichtlich ist und du ...« Hilflos brach sie ab und schüttelte den Kopf.
»Ich weiß, daß ich dich gestern überrumpelt habe und du das nicht so gemeint hast. Und jetzt bist du ja hier, und wir können über alles in Ruhe reden, Kind«, sagte Emily, nahm ihre Tochter liebevoll in ihre Arme und beruhigte sie erst einmal. Dann brühte sie frischen Tee auf, und Jennifer beichtete ihr, daß sie Leonard schon seit mehr als einem halben Jahr mit dem dreißigjährigen John Milton betrog, nämlich seit sie sich auf der Silvesterparty der Terence-Milton-Werbeagentur ineinander verliebt hatten.
»Wir sind einfach füreinander geschaffen, Mom. John versteht mich und teilt meine Interessen. Er hat einfach all das, wonach ich mich seit Jahren sehne und was Leonard mir nicht geben kann oder geben will, weil ihn bloß noch seine Karriere interessiert – und die jungen Sekretärinnen und Assistentinnen, die ihn anhimmeln und mit denen er mich doch schon seit Jahren betrügt«, verteidigte sie ihr Verhältnis, als Emily ihr vorsichtig ins Gewissen redete.
»Bist du dir denn auch wirklich sicher, daß er dir untreu geworden ist, bevor du dich mit John Milton eingelassen hast?«
»O ja, und ob ich mir sicher bin!« beteuerte Jennifer mit einem bitteren Auflachen. »Leonard kommt und geht schon lange, wie es ihm in den Kram paßt. Manchmal bleibt er auch über Nacht

weg, weil er angeblich einen auswärtigen Geschäftstermin wahrnehmen muß, und ständig muß er zu irgendwelchen Konferenzen und Geschäftsessen, die sich natürlich bis tief in die Nacht hinziehen. Nur komisch, daß er von diesen Besprechungen häufig frisch geduscht nach Hause kommt. Außerdem hat er schon lange kein Interesse mehr an mir.« Sie zögerte und machte eine verlegene Geste. »Du weißt schon, im Bett ... Ich kann es an einer Hand abzählen, wie oft er im letzten Jahr ... seine eheliche Pflicht erfüllt hat. Und genauso hat es sich auch angefühlt, wie eine lästige Pflicht, die er so schnell wie möglich hinter sich bringen wollte! Nein, er betrügt mich schon seit Jahren, Mom. Einmal wäre ich ihm ja beinahe auf die Schliche gekommen, aber da hat er sein Liebchen, eine Sekretärin namens Françoise, noch schnell genug in die Wüste geschickt oder bei einem seiner Geschäftskollegen untergebracht.«

»Ach, Kind«, sagte Emily bedrückt.

»Aber das ist es ja nicht allein. Wenn er dann mal zu Hause ist, führt er sich wie ein Pascha auf, dem man auch wirklich nichts recht machen kann. Ständig nörgelt er an mir und meiner Kindererziehung herum. Letzte Woche wollte er mir doch sogar vorschreiben, wie ich das Geschirr in den Schränken einzuordnen habe, um den Platz besser zu nutzen. Und über jeden Dollar, den ich ausgebe, muß ich Buch führen, als wäre ich seine Angestellte!« empörte sie sich. »Das ist schon lange keine Ehe mehr, die wir führen. Für Leonard bin ich bloß noch ein bequemes gesellschaftliches Aushängeschild, mit dem er sich bei offiziellen Anlässen schmücken kann. Ich weiß nicht, wie ich die letzten Monate überstanden hätte, wenn ich John nicht gehabt hätte. Du hast ja keine Ahnung, wie unglücklich ich mit Leonard bin.«

»Ich habe mir so etwas gedacht, mein Kind, aber du hast ja in all den Jahren nie mit mir darüber gesprochen«, sagte Emily mit sanftem Vorwurf. »Und was das ›füreinandergeschaffen‹ angeht, so möchte ich dich doch daran erinnern, daß du das auch einmal von Leonard behauptet hast.«

»Mein Gott, Mom, das kannst du doch mit heute nicht vergleichen! Was habe ich denn damals schon von Liebe verstanden, so naiv und unerfahren, wie ich mit neunzehn war?« erwiderte sie selbstkritisch. »Ich war ja nicht einmal mit mir selbst im reinen, geschweige denn hatte ich eine Ahnung davon, was mich als Ehefrau und Mutter erwartet.«

»Das wolltest du damals aber nicht hören«, erinnerte Emily sie. »Du hast mich für herzlos, rückständig und was weiß ich noch alles gehalten, weil ich immer wieder Zweifel angemeldet und darauf bestanden habe, daß ihr mit der Heirat noch ein gutes Jahr wartet.«

Jennifer machte eine zerknirschte Miene. »Ja, stimmt, und es tut mir auch leid, daß ich in meiner blinden Verliebtheit so ungerecht gewesen bin, aber ich war einfach noch zu jung, um es besser zu wissen.«

»Und du meinst, jetzt weißt du es besser?«

»Ganz bestimmt!« versicherte Jennifer. »John ist in seiner Ehe so unglücklich wie ich mit Leonard. Seine Frau und er haben sich auch schon lange nichts mehr zu sagen. Außerdem möchte er gerne Kinder, die seine Frau aber offenbar nicht bekommen kann. Ich habe ihre Ehe also nicht kaputtgemacht. Sie hätten sich sowieso bald getrennt.«

»Und du willst dich wirklich von Leonard scheiden lassen?«

»Ja, Mom. Und ich werde mit John zusammenziehen.«

»Weißt du, was du damit herausforderst? Leonard kann dir vor Gericht mit Leichtigkeit Ehebruch und böswilliges Verlassen vorwerfen, und dann stehst du womöglich mit zwei Kindern und ohne einen Cent auf der Straße und bist vollkommen von deinem John abhängig. Leonard ist ein ausgezeichneter Anwalt, vergiß das nicht.«

»Das ist mir egal, Mom. Ich brauche sein Geld nicht. John und ich werden sofort heiraten, sowie wir geschieden sind.«

Emily wurde das Herz schwer. »Und wann soll das geschehen?«

»Am liebsten schon morgen, aber wir wollen abwarten, bis die

Terence-Milton-Werbeagentur in Toronto eine zweite Geschäftsstelle eröffnet, die John dann übernehmen soll.«

Emily verurteilte ihre Tochter nicht, weil sie schon so lange eine außereheliche Beziehung unterhielt, und machte ihr auch keine moralischen Vorhaltungen. Sie hatte in ihrer Ehe mit Matthew selbst zu sehr gelitten und genau wie ihre Tochter ihren ehelichen Treueschwur gebrochen, um sich nun auf das hohe moralische Roß zu setzen. Emily war vor sich selbst ehrlich genug, um sich einzugestehen, daß sie unter anderen Umständen Matthew vermutlich verlassen hätte.

Aber sie machte sich große Sorgen und redete Jennifer nicht nur an diesem Tag, sondern auch in den folgenden Wochen und Monaten immer wieder eindringlich zu, sich jeden Schritt wirklich genau zu überlegen und die Konsequenzen zu bedenken. Denn sie traute dem neuen Glück nicht, von dem ihre Tochter so felsenfest überzeugt war und das scheinbar hinter den Kulissen nur darauf wartete, auf die Bühne des Lebens zu treten.

»Ein leidenschaftliches Verhältnis mit einer verheirateten Frau und Mutter von zwei Kindern zu haben und sich in romantischen Zukunftsplänen zu ergehen, solange jeder den Ehering eines anderen trägt, ist eine Sache. Aber diese Frau dann auch zu heiraten und von heute auf morgen die Verantwortung für eine plötzlich vierköpfige Familie zu übernehmen, das steht auf einem ganz anderen Blatt!« warnte sie ihre Tochter deshalb immer wieder.

Jennifer wollte davon jedoch nichts wissen. »John liebt mich, Mom, und nichts kann unserem Glück im Wege stehen. Wir müssen nur noch einige Monate stillhalten, bis sein Bruder und dessen Partner offiziell entschieden haben, daß John die Leitung der Filiale in Toronto übernimmt!« versicherte sie immer wieder und glaubte unerschütterlich an die Beteuerungen ihres heimlichen Geliebten.

Der Entscheidungsprozeß zog sich jedoch bis ins nächste Jahr hin. Erst Mitte Februar, als Chester mit seiner Band Wishbone

Express im Studio die Aufnahmen für ihre erste Schallplatte abschloß, fand die endgültige Sitzung statt, auf der John offiziell mit der Führung der Geschäftsstelle betraut wurde. Zwei Tage später eröffnete er ihr, daß seine Frau im fünften Monat schwanger sei und er nun nicht mehr an eine Scheidung denke.

Für Jennifer brach eine Welt zusammen. Ihre Fassungslosigkeit und ohnmächtige Wut standen ihrer herzzerreißenden Verzweiflung an Intensität in nichts nach. Wie konnte er ihre Liebe nur so schändlich verraten und sie sozusagen mit seiner eigenen Frau betrügen? Hatte er ihr denn nicht immer wieder beteuert, daß er mit ihr schon lange keinen Sex mehr hatte? Und nun war seine Frau schon im fünften Monat schwanger, und er wollte plötzlich nichts mehr von dem wissen, was er ihr, Jennifer, einst versprochen hatte. Sie verstand nicht, daß er ihr das angetan und sie sich dermaßen in ihm getäuscht hatte.

Welch eine bittere Ironie, dachte Emily und tat ihr Bestes, um ihrer Tochter über diese Demütigung und den ersten Schmerz hinwegzuhelfen, so gut es eben ging. Ihre Ehe vermochte sie jedoch nicht zu retten.

Jennifer verließ ihren Mann im März, als Leonard zu einem einwöchigen Kongreß kanadischer und amerikanischer Firmenanwälte auf die Bahamas flog, und zog mit ihren Kindern zu Emily. Chester war schon im vergangenen Jahr nach der mäßig erfolgreichen Tournee bei seiner Mutter ausgezogen und lebte mit anderen Musikern in einer Wohngemeinschaft in der Unterstadt. Emily konnte ihre Tochter und ihre verstörten Enkelkinder daher bequem in ihrer Wohnung aufnehmen, da sie seit Chesters Auszug nun über zwei geräumige Gästezimmer verfügte.

Nach vier schweren Monaten, die ihnen allen viel abverlangten, sie einander aber auch näher als je zuvor brachten, bezog Jennifer mit ihren Kindern eine eigene kleine Wohnung. Da Leonard ihr wie erwartet böswilliges Verlassen vorwarf und sich weigerte, ihr auch nur einen Cent Unterhalt zu zahlen, mußte Emily sie finanziell unterstützen, was sie auch nur zu gerne tat. Doch der Stolz ihrer Tochter verbot es ihr, mehr von ihrer Mutter anzunehmen, als nötig war, damit sie und die Kinder so eben ihr Auskommen hatten.

»Erst jetzt begreife ich, wie schwer du es nach Vaters Tod gehabt hast und was du durchgemacht haben mußt«, gestand Jennifer ihr eines Tages, von Kummer und Zukunftsangst überwältigt. »Und was du geleistet hast, Mom. Ich hoffe, ich habe denselben starken Willen und die Ausdauer, um mir so wie du aus eigener Kraft eine neue Existenz aufzubauen.«

»Du schaffst das ganz bestimmt, mein Kind. Du wirst dich schon nicht unterkriegen lassen. Du mußt dir und den Kindern nur Zeit geben«, machte Emily ihr Mut, nahm sie in ihre Arme und weinte mit ihr.

Jennifer wollte so schnell wie möglich auf eigenen Beinen stehen und drängte daher zurück in ihren Beruf, mußte jedoch zuerst einmal einen sechsmonatigen Lehrgang zum Auffrischen ihrer Kenntnisse absolvieren.

In dieser Zeit beauftragte Emily eine Detektei damit, den Aufenthaltsort von Françoise Tremblay, Leonards einstiger Sekretärin, ausfindig zu machen. Leonard blockierte das Scheidungsverfahren nämlich mit jedem juristischen Trick und zahlte noch immer keinen Unterhalt.

Jennifer hätte sich schon fast auf seine dreiste Forderung eingelassen, bei der Scheidung die alleinige Schuld auf sich zu nehmen und auf jegliche Ansprüche zu verzichten. Sie wollte nur, daß dieser zermürbende Nervenkrieg, den Leonard gegen sie führte, endlich ein Ende fand. Allein schon wegen Marjorie und Rodney. Er bedachte sie nämlich nicht nur mit seitenlangen juristischen Schriftsätzen und belästigte sie mit unverschämten Anrufen, sondern versuchte auch, die Kinder für seine Zwecke zu mißbrauchen.

Emily ließ das jedoch nicht zu. »Du unterschreibst nichts, Jennifer! Diesmal gewinnt er nicht vor Gericht, das habe ich mir geschworen! Wenn es stimmt, was du mir alles erzählt hast, dann trägt er an eurer gescheiterten Ehe mindestens genauso viel Schuld wie du – und dann soll er dafür auch gefälligst bezahlen!«

Die Detektei fand Françoise Tremblay innerhalb weniger Tage, und Emily traf sich mit ihr zu einem langen Gespräch. Die junge Frau, unverheiratet und einem lukrativen Geschäft nicht abgeneigt, hörte erst aufmerksam zu und plauderte dann nicht nur munter über die Affäre mit Leonard, sondern auch über eine Praktikantin, die er offenbar geschwängert und zu einer Abtreibung gezwungen hatte. All dies wiederholte sie später in Gegenwart eines Notars.

Am nächsten Morgen rauschte Emily in die Kanzlei ihres Schwiegersohns und knallte ihm eine Kopie dieser eidesstattlichen Aussage auf den Schreibtisch. »Du wirst meine Tochter vor Gericht nicht durch den Schmutz ziehen und demütigen!« sagte sie kalt und beherrscht. »Du wirst ihr eine faire Scheidung ermöglichen sowie pünktlich und bis auf den letzten Cent zu deinen Verpflichtungen stehen – andernfalls ist das hier erst der Anfang der Enthüllungen, du verdammter Heuchler und Intrigant!«

Leonard mußte sich geschlagen geben und stimmte vor Gericht einer einvernehmlichen Scheidung zu. Jennifer erhielt das alleinige Sorgerecht für Marjorie und Rodney sowie einen angemessenen Unterhalt. Damit beruhigten sich die aufgepeitschten Wellen der Emotionen, zumal Leonard auch schlagartig das Interesse an seinen Kindern verlor. Endlich konnte ein heilendes Gleichmaß in Jennifers Leben mit ihren Kindern einziehen, das auch so noch schwer genug war.

Im Sommer 1966 mietete Emily auf Cape Cod ein großes Strandhaus und verbrachte dort mehrere Wochen mit ihren Kindern und Enkelkindern. In dieser Zeit kam auch Caroline mit Mann und Familie für ein paar Tage zu Besuch, so daß Emily gar nicht dazu kam, die Fahnen ihres neuen Romans zu korrigieren. Aber das machte nichts. Die wunderbare Unbeschwertheit, die Kinder wie Erwachsene unter einem Dach sowie am Strand und auf gemeinsamen Ausflügen erlebten, wog alles auf.

Emily wünschte an manchen Tagen, die Zeit möge stillstehen. Denn diesen gemeinsamen Sommerurlaub, der erste seit zehn Jahren, empfand sie wie ein unendlich kostbares Geschenk, heilte er doch viele Wunden und führte sie auch als Familie wieder zusammen. Er markierte für sie alle einen neuen Lebensabschnitt: Jennifer hatte endlich eine Stelle gefunden und kehrte im September in ihren Beruf zurück. Auch Chester suchte neuen Boden unter den Füßen. Nach zwei Schallplatten, die sich als totale Flops erwiesen hatten, hatte sich seine Band Wishbone Express aufgelöst. Er hielt sich nun als Studiomusiker über Wasser, konzentrierte sich auf die Komposition eigener Songs und stand schon in Kontakt mit einigen Produzenten, die Interesse an seinen Arbeiten zeigten.

Zwei Jahre später, im Herbst 1968, erhielt Chester den Auftrag, die Filmmusik für den Spielfilm »West of Winnipeg« zu komponieren, der die bewegte Geschichte einer kanadischen Pionierfamilie Mitte des 19. Jahrhunderts erzählte und für eine kanadische Produktion ein beachtliches Budget aufwies.

Als Emily den Film mit Jennifer und ihrem stolzen Sohn in einer Privataufführung sah und die Musik hörte, die zu den Bildern der weiten kanadischen Landschaft aus den Lautsprechern flutete, da kamen ihr die Tränen. Denn nun wußte sie, daß sie sich keine Sorgen mehr um den weiteren Lebensweg ihres Sohnes zu machen brauchte. Chester würde zwar nie als gefeierter Pianist die Konzertsäle der Welt füllen, wie sie es sich einst erhofft hatte, aber er würde auf seine ganz eigene Art das Herz der Menschen berühren und sie mit seinem großen Talent beschenken.

Im Winter desselben Jahres, fast vier Jahre nach der Trennung von Leonard, gelang es nun auch wieder einem Mann, Jennifers Herz nicht nur zu berühren, sondern es nach Monaten beständiger, aber unaufdringlicher und liebevoller Werbung zu erobern. Er hieß Charles Shaffer, war Lehrer und hatte selbst eine Scheidung hinter sich.

Jennifer blühte förmlich auf, traute jedoch ihren eigenen Gefühlen nicht und überstürzte nichts. »Es ist nicht nur wegen mir, sondern auch wegen der Kinder. Sie brauchen einfach Zeit, um mit Charles warm zu werden«, gestand sie Emily an Weihnachten. »Im Augenblick benehmen sie sich noch ganz schön zickig, aber das werde ich ihnen schon austreiben.«

Emily hob die Augenbrauen. »So, sie benehmen sich zickig, und du wirst ihnen das austreiben, ja?« wiederholte sie die Worte ihrer Tochter spöttisch. »Ich hoffe nur, daß du da mehr Glück hast als ich damals.«

Jennifer errötete schuldbewußt. »Du denkst an Frank Palmer, den wir aus deinem Leben geekelt haben, nicht wahr?«

Emily seufzte. »Ja, das habt ihr. Ihr habt tatsächlich geglaubt, daß Liebe und Leidenschaft allein der Jugend vorbehalten sind und daß vor allem verwitwete Mütter ein Schauspiel erbärmlicher Peinlichkeit abgeben, wenn sie noch jenseits der Dreißig Interesse an einem Mann und an Sex zeigen.«

Ihre Tochter machte ein zerknirschtes Gesicht. »Ich weiß, und es tut mir so leid, Mom«, sagte sie beschämt. »Das war wirklich nicht nur dumm, sondern auch schrecklich gemein von uns. Heute würden wir uns bestimmt gut mit ihm verstehen. Ich weiß wirklich nicht, was damals in uns vorgegangen ist ... und was heute in den Köpfen meiner Kinder gärt.«

Emily mußte unwillkürlich lachen. »Keine Sorge, Rodney und Marjorie werden keine Gelegenheit auslassen, um dir das ganz brutal unter die Nase zu reiben. Zum Glück hast du den Vorteil, gewarnt zu sein.«

Emily vertraute darauf, daß ihre Tochter zu gegebener Zeit schon die richtige Entscheidung treffen würde. Und mit dieser Gelassenheit und dem gewachsenen Vertrauen in die Lebenstüchtigkeit ihrer Kinder ging sie in das neue Jahr, das auch für sie persönlich vielversprechend begann. Sie kam nicht nur gut mit ihrem neuen Roman voran, sondern es gelang David im Mai auch, die Filmrechte von »Farewell My Love« für einen schier atemberaubenden Betrag zu verkaufen – und zwar an ein großes Filmstudio in Hollywood. Diesen sensationellen Abschluß feierten sie wieder im »Château Frontenac« – jedoch nur als gute Freunde und Geschäftspartner, denn ihre sexuelle Beziehung hatte schon vor über einem Jahr ihr Ende erreicht, wie eine Kerze, deren Flamme immer kleiner und kleiner wird, bis sie ein letztes Flackern von sich gibt und schließlich ganz unspektakulär erlischt.

Wenige Tage später klingelte es am frühen Nachmittag, und als Emily die Tür öffnete, glaubte sie im ersten Moment an eine Halluzination. Vor ihr stand Leonora. Ihre Schwester, die in ihrem ganzen Leben die Insel nur zweimal verlassen und jede Einladung nach Quebec kategorisch ausgeschlagen hatte, stand hier vor ihrer Wohnungstür!

Fassungslos starrte Emily ihre Schwester an. »Mein Gott, du?« stieß sie ungläubig hervor, zuckte im nächsten Moment jedoch innerlich zusammen. Und noch bevor Leonora ihr antworten konnte, wußte sie, was geschehen war.

»Vater ist tot. Ich habe ihn gestern beerdigt!«

47

Emily erschrak, jedoch nicht über die Nachricht vom Tod ihres Vaters, sondern über ihre Reaktion darauf. Denn sie empfand weder Schrecken noch Trauer. Kein Stich ging durch ihr Herz, und keine Träne wollte ihr in die Augen steigen. Leonoras Nachricht verhallte in ihr ohne erkennbares Echo. Sie fühlte nichts als emotionale Leere, in der sich allenfalls ganz schwach und in sehr weiter Ferne so etwas wie schmerzliches Bedauern regte. Ein Bedauern, das jedoch nicht ihrem Vater, sondern ihrem eigenen Seelenfrieden galt. So wie man eben ein unerledigtes Geschäft bedauerte, das zwar längst seine einstige Bedeutung und Dringlichkeit verloren hatte, das man aber dennoch, schon aus Prinzip, gerne zu einem befriedigenden Abschluß gebracht hätte.

Zur Nachricht vom Tod ihres Vaters wollte Emily nicht einmal eine halbwegs angemessene Antwort einfallen, und so blieb sie lieber stumm und nickte nur, als gäbe es nichts zu sagen. Dankbar für die profanen Handreichungen, die es sogar in solch befremdlichen Situationen zu erledigen gibt und die einem einige kostbare Sekunden Aufschub schenken, schloß sie die Tür hinter ihrer Schwester, nahm ihr Hut, Handschuhe und den viel zu warmen Wollmantel ab, hängte die Sachen in der Garderobe auf und führte sie ins Wohnzimmer. Leonora sah sich noch nicht einmal mit flüchtigem Interesse um. Ihre unschlüssigen Bewegungen und ihr Blick hatten etwas Ruheloses, als suchte sie nach etwas, woran sie sich festhalten konnte, obwohl sie doch genau wußte, daß sie diesen Halt nicht finden würde.

»Warum hast du mich nicht angerufen, als es mit Vater zu Ende ging?«

»Dafür war keine Zeit. Vater hatte einen unverdient schnellen und gnädigen Tod, Emily. Gehirnschlag, und weg war er. Außerdem war eine Tochter, die ihm keine Träne nachweinte, am Grab völlig ausreichend. Ich habe dich gebührend vertreten«, antwortete Leonora scheinbar gefühllos.

»Ich hätte um das weinen können, was nicht gewesen ist.«

Leonora zuckte gleichgültig die Achseln. »Das kannst du überall. Er wollte dich bei seiner Beerdigung nun mal nicht dabeihaben und hat das in seinem Testament auch so bestimmt. Daran habe ich mich gehalten.« Sie zog eine Schachtel Zigaretten hervor. »Was dagegen, wenn ich mir eine anstecke?«

»Nein, aber seit wann rauchst du denn?« fragte Emily verwundert.
»Daran sieht man, wie lange wir uns nicht mehr gesehen haben«, sagte Leonora lakonisch.
»Das lag wohl nicht nur an mir.«
»Ich habe kurz nach Mutters Tod damit angefangen. Jetzt kann ich ja versuchen, es mir wieder abzugewöhnen. Ich glaube, ich habe nur damit begonnen, weil Vater es nicht wollte und ich ihn damit zur Weißglut bringen konnte. Was hat er es doch gehaßt, wenn ich seine Zigaretten geraucht habe und mir dann Stunden Zeit ließ, ihm eine neue Schachtel zu besorgen!« Sie lachte spöttisch auf, zündete sich eine Zigarette an und ging vor der doppelflügeligen Terrassentür nervös auf und ab.
Emily reichte ihr einen Aschenbecher. »Willst du dich nicht setzen?« forderte sie ihre Schwester auf, deren Unruhe sich allmählich auch auf sie übertrug. Leonora schüttelte den Kopf und stellte den Aschenbecher auf die Fensterbank. »Ich kann nicht. Es ist auch im Stehen schon schlimm genug. Sag, hast du etwas zu trinken?«
»Natürlich. Entschuldige, daß ich dir noch nichts angeboten habe, aber ich bin ein bißchen durcheinander. Hast du einen besonderen Wunsch?«
»Ja, was Starkes.«
»Ich kann uns eine Flasche Wein aufmachen«, schlug Emily vor, der dieser Wortwechsel mit ihrer Schwester mit jeder Minute grotesker und irrealer vorkam.
»Mit Wein überstehen wir das nicht«, erwiderte Leonora mit beunruhigender Rätselhaftigkeit. »Hast du nicht vielleicht eine Flasche Whiskey oder so was in der Art im Haus?«
Verblüfft sah Emily ihre Schwester an, die sich ihres Wissens nie viel aus Alkohol gemacht und schon gar keine harten Sachen getrunken hatte. »Du kannst einen Scotch haben.«
»Gut«, sagte Leonora. »Und gieß uns gleich einen dreistöckigen

ein. Ja, dir auch. Und schau mich nicht so überrascht an. Du wirst ihn brauchen, glaube mir!«

Emilys Unruhe wuchs. »Weshalb?«

»Hol den Scotch!« forderte Leonora sie anstelle einer Antwort auf und rauchte mit hektischen Zügen, ihre Handtasche unter den linken Arm geklemmt. »Eis und Soda kannst du dir sparen. Heute wird nichts verwässert.« Sie schnitt eine Grimasse, als hätte sie einen besonders gelungenen Witz gemacht.

Emily holte die Flasche und zwei schwere Kristallgläser, die sie gut zwei Fingerbreit füllte. »Reicht das?« fragte sie und reichte ihrer Schwester das Glas.

Wortlos nahm Leonora den Drink entgegen und kippte den Scotch auf einen Zug hinunter. Sie verzog das Gesicht, schüttelte sich und meinte dann: »Sehr unfein, nicht wahr? Dabei schmeckt mir dieses Zeug noch nicht einmal, aber es soll ja schnell wirken, habe ich mir sagen lassen. Und ich muß mir Mut antrinken, Schwesterherz. Sonst überlege ich es mir doch noch anders. Wer weiß, vielleicht täte ich damit ja uns beiden einen Riesengefallen.«

»Was willst du dir sonst anders überlegen?«

Leonora zögerte und zog die Unterlippe zwischen die Zähne. »Das mit dem Brief«, antwortete sie schließlich und hielt ihr auffordernd das leere Glas hin.

Mit dem beklemmenden Gefühl, daß ihre Schwester ihr etwas mitzuteilen hatte, das sie viel mehr treffen würde als die Nachricht vom Tod ihres Vaters, nahm Emily die Flasche vom Tisch und füllte Leonoras Glas wieder auf. »So, würdest du mir jetzt bitte endlich verraten, was das alles soll?«

Leonora nahm einen zweiten ordentlichen Zug, stellte das Glas neben den Aschenbecher und zog aus ihrer Handtasche einen Brief, der an einer der beiden Längskanten deutliche Brandspuren zeigte. »Dieser Brief hier ist von Mutter. Sie hat ihn mir kurz vor ihrem Tod gegeben. Er ist an dich gerichtet.«

»Ja, sie hat damals von einem Brief für mich gesprochen«, stieß

Emily überrascht und zugleich auch erleichtert hervor, denn von ihrer Mutter waren bestimmt keine erschütternden Enthüllungen mehr zu erwarten. »Aber als wir ihre Sachen nach der Beerdigung durchgegangen sind, hat sich dann doch keiner gefunden. Ich dachte damals, sie hätte ihn vielleicht gar nicht geschrieben oder auch vernichtet, weil sie mir an ihrem Totenbett ja schon alles erzählt hatte.«

»Sie hat ihn mir gegeben, weil sie mich kurz vor ihrem Tod in ihrer geistigen Verwirrung für dich gehalten hat«, erklärte Leonora. »Und wie du siehst, hätte ich ihn beinahe verbrannt, nachdem ich ihn gelesen hatte.«

»Du hast den Brief, der an mich gerichtet war, nicht nur einfach aufgemacht und gelesen, sondern ihn mir auch noch all die Jahre vorenthalten?« entrüstete sich Emily.

»Ja, und ich hatte jedes Recht der Welt dazu, Schwester!« erwiderte Leonora hart. »Vor allem, als ich gelesen hatte, was da drinsteht. Mir hätte sie den Brief schreiben müssen, nicht dir!«

»Und was hat dich plötzlich bewogen, ihn mir jetzt gnädigerweise auszuhändigen?« fragte Emily grimmig.

»Vaters Tod«, antwortete ihre Schwester. »Und weil ich wie Mutter nicht länger mit all diesen Lügen leben kann. Irgendwann kann man sich nicht mal mehr im Spiegel anschauen, ohne von Selbstekel gewürgt zu werden. Hier, lies den Brief, dann weißt du, wovon ich rede. Aber du solltest dir vorher einen kräftigen Schluck genehmigen. Dann erträgst du es vielleicht besser.« Und mit einer abrupten Bewegung hielt ihr Leonora den angesengten Brief hin.

Emily nahm ihn mit einem entsetzlich flauen Gefühl entgegen. Und weil sie nicht wußte, was sie erwartete, und plötzlich ganz weiche Knie bekam, nahm sie in einem ihrer bequemen Polstersessel Platz, nippte sogar an ihrem Drink und zog dann den Brief aus dem Umschlag. Als sie kurz den Kopf hob, sah sie, wie Leonora sich mit zitternden Händen eine neue Zigarette ansteckte. Ihr Gesicht sah trotz des Alkohols noch immer erschreckend blaß aus. Und als sie zu ihr herüberschaute, da glaubte Emily einen Ausdruck von Angst, ja sogar Panik in den Augen ihrer Schwester entdecken zu können. Doch schon im nächsten Moment wandte Leonora sich hastig um und kehrte ihr den Rücken zu. »Worauf wartest du noch? Nun lies schon!« stieß sie fast beschwörend hervor, als könnte sie das Warten nicht länger ertragen.

Und mit klopfendem Herzen begann Emily zu lesen:

Meine geliebte Tochter Emily!
Wohl zum letztenmal in meinem sündigen Leben greife ich zu Papier und Stift, um Dir zu schreiben, denn mein Gewissen läßt mir keine Ruhe. Ich fühle den Tod nahen, und ich wehre mich nicht länger dagegen. Soll er denn kommen. Längst hält mich nichts mehr auf Erden, und daran trage ich allein die Schuld. Mir bleibt nur die Hoffnung, daß mir Gott in seiner unermeßlichen Barmherzigkeit gnädig ist und mich trotz meiner entsetzlichen Sünden vor dem Fegefeuer bewahren wird, und darum bete ich ohne Unterlaß. Ja, meine letzte Stunde wird bald kommen, mein Kind, und ich weiß nicht, ob es mir vergönnt sein wird, Dich noch einmal zu sehen und in Dein Gesicht zu blicken, bevor ich von dieser Welt scheide. Ich wünsche es mir so sehr. Aber auch wenn ich Dich noch einmal sehen sollte, ist dieser Brief vonnöten. Denn was ich Dir anvertrauen, ja beichten muß, könnte ich niemals in Deiner Gegenwart aussprechen, nicht einmal auf der Schwelle des Todes; ich könnte es nicht über die Lippen bringen. Zu groß sind Scham und Schuld, die ich auf mich geladen habe. Sogar diesen Brief zu schreiben ist mir eine unsägliche Qual. Nichts ist mir in meinem Leben schwerer gefallen. Allein die Wahrheit wird uns befreien – so steht es in der Bibel geschrieben. Die Wahrheit ist jedoch so entsetzlich grausam, daß man sie kaum auszusprechen vermag. Und doch muß sie heraus, sonst ersticke ich daran. Denn wenn ich meine Lügen mit ins Grab nehme, habe ich die letzte Gelegenheit zu aufrichtiger Reue und Buße vertan, und wie sollte meine arme Sünderseele

dann noch zu retten sein? Sogar das heilige Sakrament der Beichte allein reicht mir nicht aus.
Aber wie schreibe ich Dir bloß, was ich so viele Jahre lang sogar vor mir selbst verleugnet habe? Merkst Du, wie verzweifelt ich mich winde, um den Moment der fürchterlichen Wahrheit immer wieder um ein paar weitere Zeilen hinauszuschieben? Wo soll ich nur beginnen?
Du warst noch keine zehn, als es anfing – zwischen Leonora und Deinem Vater. Damals habe ich vor dieser schrecklichen Tatsache die Augen verschlossen, weil ich es für ausgeschlossen hielt oder einfach nicht wahrhaben wollte. Aber heute weiß ich, daß es in der Zeit Deiner Scharlacherkrankung gewesen sein muß, als Dein Vater sich wohl zum erstenmal an Deiner Schwester vergangen hat. Ich habe mich jahrelang blind und taub gestellt, jedoch nicht allein, weil ich auch später nicht glauben wollte, daß Frederick dazu fähig sein sollte, sondern weil es so erlösend für mich war, daß Dein Vater nachts nicht mehr in mein Zimmer kam. Nach meinen vielen Fehlgeburten wünschte ich mir nichts sehnlicher, als nicht mehr das Ehebett mit ihm teilen zu müssen. Und als mein Wunsch endlich in Erfüllung ging und Frederick mich nicht mehr zu meinen ehelichen Pflichten zwang, da fühlte ich mich unendlich erlöst und wollte nicht darüber nachdenken, bei wem er sich nun das holte, was er von mir nicht mehr bekam. Daß er unsere Tochter mißbrauchte, sein eigen Fleisch und Blut, das verdrängte ich. Wie mir das gelingen konnte, verstehe ich heute selbst nicht mehr. Wahrscheinlich habe ich das auch mit Leonoras Stolz und Selbstbewußtsein, nun ganz allein der Liebling des Vaters zu sein, entschuldigt. Ich habe mir eingeredet, daß sie ja offenbar nicht unglücklich und vielleicht auch nicht ganz so schuldlos daran ist. Daß sie doch noch ein Kind war und gar nicht wissen konnte, was mit ihr geschah, übersah ich einfach. Und dieses Verbrechen, das ich somit kaum anders als Frederick an meinem eigenen Kind begangen habe, werde ich mir nie verzeihen.
Ja, ich habe geschwiegen und nichts von dem wissen wollen, was in all den Jahren bis zu seinem schweren Unfall zwischen ihm und Leonora vor sich ging. Ich habe weggeschaut und mich blind gestellt. Aber was

hätte ich auch groß tun können? Wem hätte ich mich anvertrauen sollen? Es hätte mir doch niemand geglaubt. Natürlich hatte ich auch Angst vor einem Skandal und der Schande, Angst auch vor der Gewalttätigkeit Deines Vaters, die in späteren Jahren immer schlimmer wurde, wie Du ja selbst weißt. Mir fehlte es einfach an Mut und Kraft, meine Tochter um jeden Preis vor ihm zu schützen und die Konsequenzen zu tragen.

Ich weiß, daß Leonora mir dieses jämmerliche Versagen nie vergeben kann, sondern mich vermutlich bis zu ihrem Tod verfluchen wird, und ich habe ihren Haß nicht weniger verdient als Frederick. Sie hat mich schon damals als Kind durchschaut und gewußt, daß ich mich nur ahnungslos stellte, während mir in Wirklichkeit doch bekannt war, was da Entsetzliches geschah. Nicht einmal heute kann ich mich dazu bringen, ihr meine zum Himmel schreiende Schuld einzugestehen, obwohl mich mein Verrat an meiner Tochter seit Jahren quält und mich wie ein Krebsgeschwür langsam von innen zerfrißt. Aber ich kann es einfach nicht. Deshalb schreibe ich Dir in meiner großen Verzweiflung diesen Brief und flehe Dich an, das zu tun, wozu ich zu schwach und zu feige war, nämlich Leonora vor Deinem Vater zu retten, der sie noch immer nicht freigeben will! Seine bösartige Macht über sie ist so ungebrochen stark, daß sie es aus eigener Kraft nicht mehr schafft. Ich flehe Dich an, mich nicht ganz aus Deinem Herzen zu verstoßen, so wie es Deine Schwester wohl schon getan hat. Verzeih mir und bete für mich, auch wenn ich Deine Fürsprache nicht verdient habe.

*In unendlicher Scham und Schuld
Deine Mutter*

Wie betäubt ließ Emily den Brief sinken, eine schreckliche innere Kälte drang ihr bis ins Mark. Ihr war, als wäre ein Schleier vor ihren Augen zerrissen, und ihre Kindheit und Jugend breitete sich plötzlich in einem unbarmherzig grellen Licht vor ihr aus, daß sie meinte, vor unerträglichem Schmerz laut aufschreien zu müssen. Sie brachte jedoch keinen Ton heraus,

sondern saß wie gelähmt im Sessel und starrte ihre Schwester an.
Inzest! Wie Hammerschläge hallte dieses abscheuliche Wort immer und immer wieder durch den Kopf. *Inzest!* ... *Inzest!*
»O mein Gott, Leonora!« stieß sie schließlich erschüttert hervor, denn dieses Geständnis ließ das Bild zusammenstürzen und zu Makulatur werden, das sie sich jahrzehntelang von ihrer Schwester gemacht hatte. »Warum hast du bloß nicht ...«
Weiter kam sie nicht. Denn Leonora, die mittlerweile die wer weiß wievielte Zigarette rauchte, hatte sich zu ihr umgedreht und den Rest ihres zweiten Drinks hinuntergekippt. Sie machte eine schroffe Geste mit dem leeren Glas, während sie ihr fast abweisend ins Wort fiel. »Frag mich nicht, Emily! Es gibt einfach zu viele verdammte Fragen, die alle mit einem sinnlosen Warum anfangen und einen nur quälen, ohne daß sie auch nur zu irgend etwas führen, geschweige denn ungeschehen machen. Diese Fragen haben mich seit Nicholas' Tod nicht mehr verlassen. Dreieinhalb Jahrzehnte reichen mir. Bitte erspare sie mir deshalb. Die Antworten würden dich genauso wenig befriedigen, wie sie mich befriedigt haben!«
Emily wußte nicht, was sie sagen sollte. Sie fühlte sich irgendwie schuldig und spürte mit den aufsteigenden Tränen auch das übermächtige Verlangen aufzuspringen und zu ihrer Schwester zu laufen, der sie in ihrer Unwissenheit all die Jahre doch so sehr unrecht getan hatte, um sie in die Arme zu nehmen. Doch Leonora verhielt sich abweisend kühl, ja beinahe feindselig, als wollte sie jeden Gefühlsausbruch von vornherein unterbinden. Und so blieb Emily verstört und ratlos sitzen.
»Ich bin gekommen, um ein für allemal reinen Tisch zu machen und dir zu erzählen, wie alles war«, ergriff Leonora mit sehr sachlichem Ton wieder das Wort. »Vater fing an, mich in sein Bett zu holen, als ich gerade zehn war. Als du dann mit Scharlach in der Dachkammer lagst, gab er seine letzte Zurückhaltung auf.

Er ... er war dabei nicht grob, sondern sehr ...« Sie zögerte und sagte dann mit einem Achselzucken: »... liebevoll. Ich weiß kein besseres Wort dafür. Jedenfalls ging er sehr geschickt vor und gab mir das Gefühl, etwas Besonderes zu sein. Da unsere Mutter so krank sei und nicht mehr das Bett mit ihm teilen könne, sei es als älteste Tochter nun meine Pflicht, an ihre Stelle zu treten. Ich sei nun sein Liebling, das Wichtigste und Kostbarste in seinem Leben, versicherte er mir immer wieder. Und ich glaubte ihm jedes Wort. Schließlich war er mein Vater, den ich wie einen Gott anhimmelte. Was er sagte, mußte einfach stimmen. Daß ich mit keinem darüber reden durfte, machte mich sogar noch stolzer, teilte ich doch mit ihm nun ein Geheimnis, das niemand sonst kannte.«

»Wie perfide er deine kindliche Unschuld ausgenutzt hat!« entfuhr es Emily erschüttert.

Ihre Schwester nickte. »O ja, darauf verstand er sich wirklich ganz ausgezeichnet. Ich bin ihm wie dem Rattenfänger gefolgt«, pflichtete sie ihr bitter bei. »Aber aus irgendeinem Grund hatte ich doch auch Angst, daß er dieses ›Geheimnis‹ in Zukunft vielleicht auch noch mit dir teilen wollte. Vielleicht ahnte ich damals doch schon, wie unrecht es war, was er mit mir tat. Anfangs spielten aber bestimmt auch Eigensucht und Eifersucht mit. Ich wollte ihn mit keinem anderen teilen. Er sollte nur mir allein gehören. Später geriet ich dann innerlich schon in Panik, wenn er nur seinen Arm um dich legte oder in der Kirche zufällig neben dir saß.« Ihre Stimme verlor viel von ihrem betont forschen, festen Klang. Sie wurde brüchig und zittrig, wie unter einer enormen inneren Anspannung. »Er hatte mich in seinem ekelhaften Netz aus Verführung, Lügen, Versprechungen und unterschwelligen Drohungen gefangen. Ich war verloren. Für mich gab es keinen Ausweg. Aber dich sollte er nicht auch noch kriegen, das hatte ich mir geschworen. Ich glaube, ich hätte ihn umgebracht, wenn er auch dich noch angerührt hätte.«

»Und deshalb hast du nichts unversucht gelassen, um mich nicht nur von ihm fernzuhalten, sondern auch von dir. Du hast unsere Beziehung zielstrebig zerstört, weil du dir keinen anderen Rat wußtest, um mich auf Distanz zu halten«, erkannte Emily, und ein Schauer durchlief sie, als sie sich mit einem Schlag der ungeheuerlichen Verantwortung bewußt wurde, die ihre Schwester in ihrer Angst um sie auf sich genommen hatte – und wie tapfer sie die entsetzlichen Konsequenzen ganz allein getragen hatte. Daß sie in ihrer Not und Ratlosigkeit und wohl auch aus Scham heraus keinen anderen Ausweg gewußt hatte, wer konnte das einem Mädchen von zwölf, dreizehn Jahren schon vorwerfen?

Leonoras Körper straffte sich, und auch ihre Stimme gewann wieder an Festigkeit. »Ja, ich mußte es tun. Denn ich sah, was du nicht sehen konntest. Als er dich damals in der Küche auf den Schoß nahm und dir zum erstenmal erlaubte, ihn zu rasieren, da hatte er seine Hand schon unter deinem Kleid. Ich habe ihm gedroht, daß ich nachts nicht mehr zu ihm kommen würde, wenn er dich nicht in Ruhe ließ«, fuhr sie fort. »Aber ich traute seinen Versprechungen immer weniger, je älter ich wurde und je mehr ich mich vor mir selbst ekelte und begriff, was er mir angetan hatte und was er immer wieder von mir verlangte. Und deshalb habe ich heimlich in deinem Tagebuch gelesen. Ich war sicher, dort zumindest einen Hinweis zu finden, sollte er hinter meinem Rücken versucht haben, sich auch an dir zu vergreifen.«

Emilys Augen füllten sich mit Tränen. Das rätselhafte Verhalten ihrer Schwester, das sie nicht nur in ihrer Kinder- und Jugendzeit, sondern auch noch viele Jahre später mit Zorn, Unverständnis und Schmerz erfüllt hatte, bekam plötzlich ein völlig neues Gesicht und machte auf erschütternde Weise Sinn. Leonora hatte sie nicht aus Launenhaftigkeit oder Eigensucht von sich gestoßen, sondern sie auf die einzige Art und Weise vor ihrem Vater beschützt, die ihr als Kind möglich gewesen war – durch den radikalen Bruch ihrer schwesterlichen Verbundenheit, die bis dahin keinen Zwist und kein Geheimnis gekannt hatte. Um sie vor den Nachstellungen ihres Vaters zu bewahren, hatte sie sich und ihre unverbrüchliche Liebe als Schwester geopfert.

»Deshalb hast du auch dafür gesorgt, daß ich so oft wie möglich mit Caroline zusammensein konnte. Ich verstehe jetzt auch, warum du dich damals so vehement dafür eingesetzt hast, daß ich das Stipendium annehmen und auf das Internat in Charlottetown gehen konnte. Du wolltest mich um jeden Preis aus dem Haus haben, weil du immer noch Angst um mich hattest!«

»Ja«, bestätigte Leonora knapp.

»Und ich habe all die Jahre gedacht, du hättest mich ...«, begann Emily mit bewegter Stimme.

»Du wartest besser mit deinem Loblied und abschließenden Urteil über mich, Schwester, denn es kommen noch einige unschöne Kapitel, die dir weniger gefallen werden«, fiel Leonora ihr zum zweitenmal und mit deutlichem Sarkasmus ins Wort. Ihr Blick löste sich von Emily und richtete sich auf einen fernen Punkt, der weit in der Vergangenheit lag. »Als ich Nicholas kennenlernte und mich in ihn verliebte, begann ein neues Leben für mich. Einerseits wurde es zu Hause fast unerträglich, weil Vater mit fürchterlicher Eifersucht reagierte und mehr denn je auf seinen ... Rechten an meinem Körper bestand. Andererseits wußte ich, daß er mich nicht mehr lange festhalten konnte und ich bald frei sein würde. Ich würde Nicholas heiraten – und diesem Alptraum endgültig entfliehen. Dieses Wissen ließ mich alles ertragen, nicht nur seine Schläge, als ich ihm Weihnachten gestand, schwanger zu sein, sondern auch das ... das andere, mit dem ich Vater schließlich seine Zustimmung zu unserer Hochzeit abrang.«

Entsetzt blickte Emily ihre Schwester an. »Du warst schwanger, und er hat ...« Die Bilder, die sich ihr in Erinnerung an jenes Weihnachtsfest unwillkürlich aufdrängten, waren so grauenhaft, daß ihr die Worte im Hals steckenblieben.

»Ja, er hat mich im Geschäft erst grün und blau geschlagen und mich dann auf die nackten Dielenbretter geworfen. Verflucht hat er mich und mich eine billige Hure geschimpft und ... und mich auch wie eine solche behandelt. Brutal ist er über mich hergefallen«, berichtete Leonora stockend mit fast tonloser Stimme. »Aber es hat mir nichts ausgemacht ... nicht viel zumindest. Denn ich hatte mir vorher seine Zustimmung zu unserer Heirat erkauft: Bis zu meiner Hochzeit durfte er mich haben, wann und wie er wollte.«

»O mein Gott!« flüsterte Emily erschüttert. Sie blickte in einen Abgrund menschlicher Verdorbenheit, die regelrecht Übelkeit in ihr hervorrief. Hastig griff sie nach ihrem Scotch.

Leonora lachte kurz auf. »Ja, das war sein Preis, und ich war nur zu gern bereit, ihn zu bezahlen. Ich fand sogar, daß ich dabei das bessere Geschäft gemacht hatte. Aber dann verunglückte Nicholas tödlich ... und Vater triumphierte. Er schickte mich unter dem Vorwand einer Anstellung bei den Ashcrofts nach Yarmouth, damit ich fern von Summerside Nicholas' Baby los wurde. Du weißt ja, was damals einem Mädchen blühte, das ein uneheliches Kind zur Welt brachte.«

Emily nickte stumm. Es wurde wie eine Aussätzige von der Gesellschaft behandelt und von der eigenen Familie als häßlicher Schandfleck betrachtet, den es vor den Nachbarn und allen anderen zu verbergen galt. Das Leben eines sogenannten »gefallenen Mädchens« war ruiniert und bestand aus einer endlosen Kette von Demütigungen, Verurteilungen und Bloßstellungen.

»Vater wollte, daß ich das Baby abtrieb, aber das kam für mich nicht in Frage. Ich wollte Nicholas' Kind austragen. Es sollte leben. Wenigstens unser Kind wollte ich retten, und davon konnten mich auch seine Schläge und Drohungen nicht abbringen«, setzte Leonora ihren erschütternden Bericht fort. »Und so fuhr Vater mit mir schließlich in dieses Haus außerhalb von Yarmouth, das von einer hohen Mauer umgeben war. Dort brachte ich mein Kind zur Welt. Es war ein Mädchen. Man nahm es mir sofort nach der Geburt weg, denn Vater und ich hatten bei meiner Ankunft Papiere unterschrieben, mit denen wir mein Baby zur Adoption freigegeben hatten.«

»Es tut mir ja so leid«, sagte Emily und schämte sich, daß ihr kein anderes Wort der Bestürzung und des Mitgefühls einfiel. Etwas, das dem Leiden ihrer Schwester auch nur halbwegs angemessen wäre. Aber gab es so ein Wort überhaupt?

Leonora ging überhaupt nicht darauf ein. Sie blickte wie in Trance an ihr vorbei, als sie mit gleichförmiger Stimme weitererzählte. »Damals hätte ich mich von Vater befreien können – wenn ich die Kraft dazu besessen hätte. Aber wohin hätte ich schon gehen sollen? Zudem war mein Widerstand gebrochen, und die Hoffnung, mein Kind eines Tages vielleicht doch noch wiedersehen zu können, kettete mich an Vater, der mich damit bis zu seinem Tod erpreßte. Er ließ mich nämlich wissen, daß er genau darüber informiert sei, wer mein Kind adoptiert hatte, und daß er jemanden beauftragt habe, ihn regelmäßig zu unterrichten, wie es meiner Kleinen ging und wo sie lebte. Damit und mit dem Versprechen, mir eines Tages ihre Adresse zu geben, hat er mich all die Jahre an sich gebunden. Wenigstens dieses Versprechen hat er aber gehalten. Gestern hat mir ein Anwalt nach der Beerdigung einen Umschlag übergeben. Er enthielt tatsächlich ein Foto und die Adresse meiner Tochter. Sie heißt Elizabeth. Ich finde, das ist ein schöner Name. Elizabeth ist verheiratet, Mutter von drei Kindern und wohnt in Edmundston. Das ist drüben in New Brunswick.« Ein flüchtiges Lächeln flog über ihr Gesicht. »Morgen werde ich meine Tochter, die nun schon eine erwachsene Frau ist, zum erstenmal wiedersehen, vierunddreißig Jahre nach ihrer Geburt. Natürlich hat sie von mir keine Ahnung, und ich weiß auch nicht, ob ich überhaupt den Mut aufbringen werde, bei ihr zu klingeln und sie anzusprechen, wenn sie zu Hause ist. Ich weiß nur, daß ich endlich frei bin und mein Kind wiedersehen kann, und für den Anfang reicht es mir schon zu schauen, wo sie mit meinem Schwiegersohn und Enkelkindern lebt, und vielleicht einen Blick von ihnen zu erhaschen.« Sie machte eine kurze Pause, bevor sie hinzufügte: »Ich habe ja viel Übung im Warten.«

Emily begriff nicht, wie ihre Schwester jahrzehntelang damit hatte leben können. »Ich weiß, ich habe gut reden, weil ich nicht wirklich ermessen kann, was du durchgemacht hast, aber dennoch – du hättest dich von ihm befreien müssen, Leonora. Spätestens nach Yarmouth hättest du von zu Hause weggehen müssen!«

Leonora schüttelte mit einem traurigen Lächeln den Kopf. »O nein, ich konnte eben nicht von ihm weg. Denn es kam noch etwas anderes dazu, was mich davon abhielt, von zu Hause wegzugehen.«

»Und was war das?«

Leonora sah sie einen Augenblick schweigend an. Dann antwortete sie leise: »Die Sache mit Byron und dem Autounfall.«

Emily machte ein verständnisloses Gesicht. »Was hat denn das damit zu tun?«

»Mehr als du denkst!« versicherte ihre Schwester und griff wieder nach ihren Zigaretten. »Denn nicht dein Byron hat damals den Unfall verursacht, der Vater zum Krüppel gemacht hat, sondern ich bin an allem schuld – auch daß du Byron verloren hast.«

»Nein, das ist unmöglich!« widersprach Emily heftig und sprang unwillkürlich auf, weil ihr schon die Vorstellung unerträglich war, damals von ihrer Schwester und ihrem Vater getäuscht und um ihr Glück betrogen worden zu sein. »Byron hat den Unfall doch selbst zugegeben!«

»Ja, aber bestimmt nur den ersten, denn von dem zweiten Unfall wußte er nichts.«

Emily erblaßte und sank in den Sessel zurück.

»Vater hat Byron in seiner blinden Wut damals zuerst von der

Straße zu drängen versucht, und dabei sind wir dann im Graben gelandet. Byron hat sofort angehalten, ist dann jedoch weitergefahren, als Vater ihm nur wüste Verwünschungen zugerufen hat.«

»Er war gar nicht verletzt?« stieß Emily fassungslos und mit einem Würgen in der Kehle hervor. Denn plötzlich erinnerte sie sich an Byrons Fassungslosigkeit und an seine Beteuerungen, sich absolut sicher gewesen zu sein, daß ihr Vater und ihre Schwester den Unfall ohne ernsthafte Verletzungen überstanden hatten. Und sie hatte ihm nicht geglaubt!

»Nein, jedenfalls nicht so, daß er einen Arzt benötigt hätte«, gestand Leonora und wagte nicht, sie dabei anzusehen. »Er hatte sich nur ein paar Prellungen zugezogen, unter anderem auch an seinem rechten Arm. Ein Vertreter, der Minuten später zufällig auf der Straße auftauchte, zog uns im Handumdrehen aus dem Graben. Und weil Vater wegen der Schmerzen im Arm nicht mehr fahren konnte, setzte ich mich ans Steuer. Ich fuhr zu schnell. Der Wagen geriet schon wenige Kilometer hinter der ersten Unfallstelle auf der regennassen Straße ins Schleudern, und dann ... dann geschah die wirkliche Katastrophe, die Vater fast das Leben gekostet hätte und ihn fortan an den Rollstuhl gefesselt hat – und mich an ihn. Mein Gott, ich wünschte, er wäre damals im Dreck gestorben!« stieß sie mit verzerrtem Gesicht hervor. »Aber diesen Gefallen hat er uns nicht getan. Er war sogar lange genug bei Bewußtsein, um mir einzuhämmern, daß ich auf keinen Fall die Wahrheit sagen dürfe, so groß war sein Haß auf Byron. Wenn er gekonnt hätte, hätte er ihn sogar noch vor Gericht angeklagt und trotz aller Unschuld ins Gefängnis gebracht. Aber er hatte Angst, daß der Handelsvertreter, der uns aus dem Graben gezogen hatte, in der Zeitung von dem Prozeß lesen, sich an einen ganz anderen Hergang erinnern und ihn vor Gericht entlarven würde. Nur deshalb hat Vater auf eine Anklage verzichtet. Und ich ... ich habe mich nicht dagegen gewehrt, sondern habe sein gemeines Spiel mitgemacht. Ich hatte ein-

fach keinen eigenen Willen, Emily. Nach Nicholas' Tod war ich nicht mehr ich selbst. Vermutlich habe ich damals sogar wirklich geglaubt, daß Byron indirekt doch schuld daran gewesen ist, daß ich die Kontrolle über den Wagen verloren und Vater dabei zum Krüppel gemacht habe. Ja, ich wollte es wohl glauben, weil ich nur so mit meiner eigenen Schuld leben konnte.« Sie schluckte. »So, jetzt weißt du, warum ich Vater nicht verlassen habe. Die Hoffnung, eines Tages mein Kind wiedersehen zu dürfen, und diese Schuld haben mich an ihn gekettet. Ich war dazu verflucht, bis zu seinem Tod bei ihm auszuharren. Das war meine Strafe ... aber in deinen Augen vielleicht nicht Strafe genug, daß ich Vater dabei geholfen habe, dir deinen Byron zu nehmen.«
Emily liefen die Tränen übers Gesicht. Sie hatte Byron unrecht getan – und er hatte davon genauso wenig geahnt wie sie. Ihr Vater hatte sie in seinem grenzenlosen Haß auf alles Katholische skrupellos um ihr Glück betrogen – und ihre eigene Schwester hatte ihm dabei geholfen!
»Ich weiß, daß du es mir niemals verzeihen kannst, was ich dir angetan habe«, sagte Leonora mit erstickter Stimme nach langem bedrückenden Schweigen, in dem nur Emilys Schluchzen zu hören war. »Vielleicht hätte ich ja Stillschweigen bewahren und alte, längst verheilte Wunden nicht wieder aufreißen sollen. Aber ich konnte nicht länger damit leben, so wie auch Mutter nicht länger für sich behalten konnte, was sie an Schuld auf sich geladen hatte.« Sie wartete auf eine Antwort. Doch es kam keine von Emily, und sie nickte schließlich. »Ja, ich glaube, ich gehe jetzt besser.«
Emily rührte sich nicht von der Stelle. Wie betäubt saß sie im Sessel, während ihre Schwester sich an der Garderobe zu schaffen machte. Dann hörte sie, wie Leonora die Tür öffnete und noch zu ihr in Richtung Wohnzimmer sagte: »Ich wünschte so sehr, Mutter hätte mir diesen Brief geschrieben. Es hätte mir unendlich viel bedeutet. Und ich verfluche sie auch nicht. Wie

könnte ich auch, bin ich doch genauso schwach und schuldig wie sie.« Damit zog sie leise die Tür hinter sich ins Schloß.
Und Emily war allein, mit der entsetzlichen Wahrheit, die sie wie ein Messer zerschneiden wollte, dem ohnmächtigen Zorn und der unsäglichen Trauer um das, was hätte sein können und was sie verloren hatte – was sie alle verloren hatten.

Epilog
Prince Edward Island
1969

Der Taxifahrer, in dessen Wagen sie vor dem Flughafengebäude von Charlottetown stieg, wollte ein Gespräch mit ihr anknüpfen. Ihr Gesicht käme ihm bekannt vor, ließ er sie redselig wissen, doch wisse er nicht woher. Doch Emily dachte nicht daran, seinem Gedächtnis auf die Sprünge zu helfen. Ihre einsilbigen Antworten brachten ihn schnell dazu, seine Versuche aufzugeben und sich damit abzufinden, daß sie sich nicht mit ihm unterhalten wollte.
Emily ließ sich bei halb heruntergekurbeltem Fenster den Fahrtwind ins Gesicht wehen, ohne sich Gedanken um ihre Frisur zu machen, atmete in tiefen ruhigen Zügen die salzhaltige Luft ein und konnte sich an der vertrauten Landschaft einfach nicht satt sehen. Die Strecke führte durch leuchtende Rapsfelder, die im Licht der Nachmittagssonne wie ein Meer aus flüssigem Gold wogten.
Wie sehr hatte sie sich im Innersten ihrer Seele doch nach dem Tag gesehnt, an dem sie auf ihre geliebte Insel im blauen Strom heimkehren würde! Nicht zu Besuch, sondern *heimkehren*, im wahrsten Sinne des Wortes. Und dieser Tag war nun gekommen, das wußte sie, was immer auch geschehen mochte. Die Insel hatte ihr nicht von ungefähr die Stoffe für fast all ihre Romane geschenkt. Hier gehörte sie hin, mit Leib und Seele, und hier würde sie auch wieder leben, nun, da ihre Kinder erwachsen waren und ihre eigenen Wege gingen.
In Summerside ließ Emily den Fahrer vor einem Blumengeschäft auf der Central Street anhalten und wies ihn dann an, sie zum Friedhof hinter der katholischen St.-Paul's-Kirche zu bringen.

»Warten Sie hier, aber es kann etwas dauern.«

»Solange der Gebührenanzeiger läuft, können Sie sich so viel Zeit nehmen, wie Sie wollen, Ma'am«, erwiderte der Taxifahrer gleichmütig, zog eine Zeitung unter dem Sitz hervor und machte sich daran, das Kreuzworträtsel zu lösen.

Emily legte den Blumenstrauß auf das Grab, strich mit einer zärtlichen Geste über den kalten Stein und führte stumme Zwiesprache mit ihrer Mutter, die ihr im Tode so viel näher stand, als sie es zu Lebzeiten je gewesen war. »Ich werde dich jetzt öfter besuchen kommen, Mom«, sagte sie und begab sich in die Kirche, wo sie vor dem Marienaltar eine Kerze aufstellte und eine Weile im Gebet verbrachte.

Getröstet und gestärkt zugleich kehrte sie zu ihrem Taxi zurück und nannte dem Fahrer nun die Adresse in der Russell Street. Als er wenig später vor dem Haus anhielt und sein Blick auf das Ladenschild Forester's Fine Fabrics fiel, da schlug er sich mit der flachen Hand vor die Stirn und rief geradezu triumphierend: »Natürlich! Sie sind die Schriftstellerin Emily Forester! Ich wußte doch, daß ich Ihr Gesicht schon einmal gesehen habe. Meine Frau leiht sich alle Ihre Bücher aus, und da ist doch immer ein Foto von Ihnen drauf!«

Emily kam nicht umhin, ihm ein Autogramm für seine Frau zu geben. Dann beglich sie die Rechnung, nahm ihren leichten Reisekoffer vom Rücksitz und stieg schnell aus.

Ihr Elternhaus machte einen traurigen, leicht heruntergekommenen Eindruck. An dem Gebäude hatten schon seit Jahren kein Anstreicher und kein Dachdecker mehr Hand angelegt. Überall blätterte Farbe von den Brettern, und auf dem Dach mußten dringend schadhafte Schindeln ersetzt werden. Das Schaufenster des Geschäftes war lieblos mit einem Laken verhängt, und in der Ladentür hing ein primitives Pappschild mit der Aufschrift: »Für unbestimmte Zeit geschlossen!!« Das doppelte Ausrufezeichen wirkte wie eine unfreundliche Warnung.

Emily nahm ihren Koffer und ging um das Gebäude herum, in

dem sie kein Lebenszeichen entdecken konnte. Sie wußte jedoch, daß Leonora zu Hause war. Sie hatte am Morgen vor dem Abflug noch bei ihr angerufen, aber sofort wieder aufgelegt, als ihre Schwester abgenommen und sich gemeldet hatte. Im Hof stieß sie auf einen großen Haufen Asche und verkohlte Sachen, die wohl ein Feuer in einem mehr oder minder unbeschadeten Zustand überstanden hatten. Sie konnte einen halb verbrannten Stiefel, den Ärmel einer Jacke, eine Gürtelschnalle, eine Ecke vom Schachbrett sowie das Endstück eines Bettpfostens erkennen. Als sie ein Stück weiter verbogene, rußgeschwärzte Eisenteile aus der Asche zog, sah sie, daß es sich um die Räder des Rollstuhls handelte. Und da begriff sie, daß Leonora alle persönlichen Habseligkeiten ihres Vaters – angefangen von seiner Kleidung und seinen Schuhen bis hin zu seinem Rollstuhl und Bett –, daß sie all das zerrissen und zertrümmert, hier im Hof aufgetürmt und in Brand gesteckt hatte.

Die Küchentür war verschlossen, und niemand meldete sich auf ihr Klopfen hin. Aber das beunruhigte Emily nicht. Sie wußte, daß ihre Schwester nicht weit sein konnte und gewiß bald zurückkommen würde, was ihr ein Blick durch das Küchenfenster verriet. Denn auf dem Tisch stand ein frischgebackener Laib Brot zum Abkühlen auf einem Rost.

Sie kannte auch die Stelle, wo Leonora stets einen Zweitschlüssel versteckte. Emily verschaffte sich damit Einlaß und ging mit einem beklemmenden Gefühl durch das verlassene Haus. Sie fand das Zimmer ihres Vaters völlig ausgeräumt vor. Nichts hatte Leonora zurückgelassen, sie hatte alle Spuren von ihm im Haus getilgt – und dennoch würde er hier immer zugegen sein.

Emily zwang sich, jeden Raum zu betreten und sich den erschreckenden Bildern zu stellen, die sich ihr aufdrängten, während sie daran dachte, was ihre Schwester hier erlitten hatte. Als die Flut sie zu überwältigen drohte und ihr plötzlich der kalte Schweiß ausbrach, kehrte sie hastig in die Küche zurück und beschäftigte sich damit, Wasser aufzusetzen und Tee aufzubrühen.

Es dämmerte schon, als Schritte über den Hof hallten. Es war ihre Schwester. Emily hatte bis auf das kleine Teelicht, das im Stövchen unter der Teekanne brannte, keine Lampe in der Küche entzündet. Sie sah, wie Leonora, die sich nur als Schattenriß vor der Tür abzeichnete, einen Moment verharrte, als sie das schwache Kerzenlicht in der Küche bemerkte.

Langsam kam sie ins Haus und blieb auf der anderen Seite des Tisches stehen, als traue sie sich nicht weiter. Keine der beiden Frauen wagte zu sprechen. Schließlich brach Leonora das lange Schweigen. »Hast du schon lange gewartet!« fragte sie mit unsicherer Stimme.

»Nein«, antwortete Emily. Was bedeutete schon eine Stunde, nachdem sie über vierzig Jahre darauf gewartet hatte, sich mit ihrer Schwester zu versöhnen? »Ich habe uns Tee gekocht.«

Leonora nickte, als hätten sie das so ausgemacht, und setzte sich ihr gegenüber an den Tisch. »Ich habe mich so geschämt und nicht zu hoffen gewagt, daß du kommen würdest.«

»Wer bin ich, daß ich den ersten Stein werfen könnte?« antwortete Emily mit einer Frage. »Aber laß uns nicht darüber reden. Nicht heute. Später ja, da wird Zeit genug sein für alles, was es darüber noch zu sagen gibt, aber nicht jetzt. Erzähl mir lieber wie es in Edmundston gewesen ist. Hast du deine Tochter gefunden?«

Ein zaghaftes Lächeln erschien auf Leonoras Gesicht. »Ja, ich habe Elizabeth gesehen. Sie wohnt mit ihrer Familie in einem hübschen Reihenhaus. Ich bin ihr sogar unauffällig gefolgt, als sie mit ihren Kindern in die Stadt zum Einkaufen gefahren ist. Aber ich hatte nicht den Mut, sie anzusprechen. Es war einfach zuviel. Schon meine Tochter nur zu sehen und ihr so nahe zu sein, daß ich sie jeden Moment hätte berühren können, wenn ich es gewollt hätte, war fast mehr, als ich verkraften konnte. Beim nächstenmal – oder vielleicht schreibe ich ihr auch zuerst einen Brief. Ich weiß es noch nicht. Es hat auch keine Eile.«

Emily nickte. »Das kann niemand für dich entscheiden, Leonora. Du mußt tun, was dein Herz dir sagt. Aber wenn ich dir helfen kann, laß es mich wissen. Ich möchte so gerne etwas für dich tun, aber gleichzeitig habe ich Angst, etwas falsch zu machen.«

»Du könntest mir helfen, das Haus zu verkaufen und irgendwo anders in Summerside ein neues Geschäft aufzumachen. Ich kann hier nicht länger leben. Am liebsten würde ich dieses Haus eigenhändig mit der Axt kurz und klein schlagen oder in Flammen aufgehen lassen, so wie ich es mit Vaters Sachen getan habe«, gestand ihre Schwester.

Emily versprach, sich um den Verkauf zu kümmern, und faßte im stillen den Entschluß, dafür zu sorgen, daß ihre Schwester in bester Geschäftslage eine Tuchhandlung mit dem entsprechenden Sortiment eröffnen konnte, so wie sie es sich immer gewünscht hatte. Finanziell konnte sie sich das problemlos leisten. Und was bedeutete schon Geld gegen das Wunder, ihre Schwester wiedergefunden zu haben?

Nach einer Weile brachte sie das Gespräch auf Byron. »Vor ein paar Jahren hast du geschrieben, daß er wieder auf der Insel lebt.«

»Ja, er ist vor fünf, sechs Jahren zurückgekehrt«, bestätigte Leonora. »Er soll lange Jahre in Australien, am Persischen Golf und in Alaska als Flieger für große Ölgesellschaften gearbeitet haben, die dort neue Quellen erschließen und Pipelines verlegen. Offenbar hat er dabei so blendend verdient, daß er es sich dann leisten konnte, diese gefährliche Fliegerei an den Nagel zu hängen, nach Prince Edward Island zurückzukommen und sich ein hübsches Haus und ein Boot zu kaufen. Er unterrichtet zweimal die Woche in Charlottetown am Technischen Institut, aber nicht weil er das Geld braucht, sondern weil es ihm Spaß macht.«

»Und er wohnt drüben in Stratford?«

Leonora nickte. »Direkt am Ufer vom Hillsborough River. Aber verheiratet ist er nicht.«

Überrascht und mit plötzlich beschleunigtem Pulsschlag sah Emily ihre Schwester an. »Aber du hast doch geschrieben, daß er mit seiner Frau dort lebt!«

»Ja, das habe ich, aber damals wußte ich noch nicht, daß er nur einmal kurz verheiratet war, und das nur knapp ein Jahr. Dann haben sie sich scheiden lassen, weil sie erkannten, daß sie einen Fehler begangen hatten«, berichtete Leonora. »Ich glaube, seine Frau dachte nicht daran, solch ein unstetes und abenteuerliches Leben mit ihm zu teilen. Auf jeden Fall hat er danach nicht wieder geheiratet. Und bei der Frau, die mit ihm in dem Haus am Fluß wohnt, handelt es sich um seine verwitwete ältere Schwester Mary.«

»Oh!« entfuhr es Emily.

Und dann überraschte Leonora sie mit der Frage: »Kannst du dir vorstellen, daß Byron alle deine Bücher besitzt und eine Mappe, in der er alle Artikel aufgehoben hat, die über dich in den letzten Jahren erschienen sind?«

Emily lachte ein wenig verlegen auf. »Woher willst du denn das wissen?«

»Erinnerst du dich noch an Harold Cobbs, den ältesten Bruder meiner Freundin Deborah?«

»Natürlich, er hat doch mit seiner Frau Evelyn im Haus seiner verwitweten Schwiegermutter Wilma Marsh in Charlottetown gewohnt«, erinnerte sich Emily.

»Missis Marsh ist natürlich längst tot, aber Harold und Evelyn wohnen noch immer dort, und ihre Tochter Jane ist mit Byrons Schwester befreundet. Ich glaube, sie haben beide mal eine Zeitlang in ein und derselben Konservenfabrik gearbeitet und sogar zusammen an einem der Streiks teilgenommen. Auf jeden Fall hat Deborah sie auf mein Betreiben hin ein wenig über Byron ausgehorcht.«

»Das Boot, das er besitzt, ist … ist es vielleicht ein ehemaliges Lobsterboot?« fragte Emily.
»Ja, genau. Und weißt du, auf welchen Namen er es getauft hat?«
»Nein.«
»Er hat es ›Forever E.‹ genannt.«
Ein Schauer überlief Emily. »Forever E.«, murmelte sie und dachte lange und mit klopfendem Herzen darüber nach, welchem Byron sie morgen wohl begegnen würde. Denn morgen würde sie all ihren Mut zusammennehmen und ihn endlich wiedersehen.
Leonora störte sie nicht in ihren Gedanken. Später deckten sie dann gemeinsam den Tisch, schnitten das frische Brot an und aßen zu Abend, ohne viel zu reden. Sie sprachen auch nicht ein Wort, als Emily den Brief ihrer Mutter hervorholte, ihn auf einen alten Teller legte und ihn mit Leonoras Feuerzeug in Brand steckte. Emily nahm die Hand ihrer Schwester und hielt sie fest, während sie schweigend und unter Tränen zusahen, wie der Brief sich unter den Flammen krümmte und zu schwarzer Asche verbrannte.
»Du lächelst«, sagte Leonora plötzlich.
Emily hielt noch immer die Hand ihrer Schwester. »Es ist zwar kein Gewitter und wir sind längst aus dem Alter heraus, wo man so etwas macht, aber könnten wir dennoch diese Nacht in einem Bett schlafen – so wie früher?« fragte sie leise. »Du hast mir so schrecklich gefehlt … all die Jahre.«
»Du mir auch, Schwester«, flüsterte Leonora mit erstickter Stimme und drückte ihr die Hand, während sich ihre Augen wieder mit Tränen füllten.
Morgen, dachte Emily und hatte plötzlich das verrückte Gefühl, wieder jung zu sein und die Verheißungen eines langen Lebens noch vor sich zu wissen. *Morgen, Byron! Morgen für immer und ewig!*